SOPHIE GREEN

Der Shelly Bay Ladies Schwimmclub

W0271281

GOLDMANN
Lesen erleben

Buch

Theresa Howard, berufstätige Mutter zweier Kinder, will fitter werden. Vor allem aber will sie dem häuslichen Chaos und ihrem nörgelnden Mann für ein paar Momente entfliehen. Also beschließt sie, von nun an jeden Tag bei Sonnenaufgang hinunter an den Strand ihres australischen Heimatortes zu gehen, um zu schwimmen. Dort trifft sie auf die verwitwete Marie, die sich bereits seit Jahrzehnten jeden Morgen in die Wellen stürzt. Es ist die wichtigste Konstante in ihrem Leben, vor allem seit dem Tod ihres Mannes. Die 26-jährige Leanne wiederum hat erst kürzlich mit dem Schwimmen begonnen und sogar Unterricht genommen. Nun wagt sich die introvertierte junge Krankenschwester zögernd ins Meer. Wie aus der lebenslustigen Leanne die stille, zurückgezogene junge Frau wurde, ahnen ihre neuen Schwimmfreundinnen nicht. Zu diesen gehört auch Elaine, eine Engländerin, die erst kürzlich mit ihrem australischen Mann in dessen Heimat zog. Getrennt von ihren erwachsenen Söhnen und einsam in dem ihr fremden Land, hat Elaine mit dem Trinken angefangen. Nun findet sie bei Theresa, Marie und Leanne Zuwendung und Unterstützung.

Die vier Frauen teilen nämlich bald mehr als die Liebe zum Meer. Sie trotzen Hai-Sichtungen und Stechmücken, überstehen gebrochene Herzen und Krankheiten, lachen, bis sie Wasser schlucken, und vergießen Tränen, die sich mit Meer vermischen. In ihrer Freundschaft finden sie Halt, teilen Glück und Leid und lernen, welch unterschiedliche Formen die Liebe annehmen kann.

Autorin

Sophie Green ist Autorin und Verlagsleiterin. Sie hat, teilweise unter Pseudonym, bereits einige Romane und Sachbücher verfasst. Nach ihrem Bestseller »Willkommen im Fairvale Ladies Buchclub« ist »Der Shelly Bay Ladies Schwimmclub« ihr zweiter Roman, der auf Deutsch erscheint. Sophie Green lebt in Sydney.

Von der Autorin bei Goldmann lieferbar:

Willkommen im Fairvale Ladies Buchclub. Roman

SOPHIE GREEN

Der Shelly Bay Ladies Schwimmclub

Roman

Aus dem Englischen von
Claudia Franz

GOLDMANN

Die Originalausgabe erschien 2019 unter dem Titel
»The Shelly Bay Ladies Swimming Circle«
bei Hachette Australia, Sydney.
First published in Great Britain by Sphere.

Dieses Buch ist auch als E-Book erhältlich.

MIX
Papier aus verantwortungsvollen Quellen
FSC® C014496
FSC www.fsc.org

Verlagsgruppe Random House FSC® N001967

1. Auflage
Deutsche Erstveröffentlichung Juni 2020

Umschlaggestaltung: UNO Werbeagentur, München,
nach einer Gestaltung von Christabella Designs;
Brille: shutterstock/Svetlana_Okeana;
Wasser: shutterstock/Pipochka
Redaktion: Susanne Bartel
AB · Herstellung: kw
Satz: Vornehm Mediengestaltung GmbH, München
Druck und Einband: GGP Media GmbH, Pößneck
Printed in Germany
ISBN: 978-3-442-49053-0
www.goldmann-verlag.de

Besuchen Sie den Goldmann Verlag im Netz

Für Jen, meine Freundin aus der Shelly Bay

FRÜHLING 1982

1

Theresa rümpft die Nase, als sie sich dem Wasser nähert. Sie weiß, dass es kalt sein wird. Auch wenn es schon Frühling ist, machen sich im Ozean immer noch die Strömungen der Antarktis bemerkbar. Es waren doch die der Antarktis, oder? Das hat ihr mal jemand erzählt. Kalt genug dafür wären sie jedenfalls, aber vielleicht sind es auch Strömungen der Bass-Straße. Oder welche aus Südamerika. Sie kann sich nicht erinnern. Immerhin weiß sie noch, wie es war, als sie als Kind hier am Main Beach trainiert hat. Wie sie gelernt hat, die Brandungsrückströmung zu lesen, über den Sand zum Meer zu rennen und so schnell zu schwimmen, dass sie Leben retten könnte. Rettungsschwimmerin ist sie zwar nie geworden, aber die Erinnerung daran, wie kalt das Wasser im November sein kann, ist noch immer lebendig.

Sie atmet tief ein und verschränkt die Hände hinter dem Kopf, um Arme und Schultern zu dehnen, weil sie glaubt, dass man das vor dem Schwimmen tun soll. Im Fernsehen hat sie Schwimmerinnen dabei beobachtet, während der Olympischen Spiele. Lisa Curry, damals in Moskau. Theresa macht sich nichts vor: Sie wird niemals so gut schwimmen können wie Lisa Curry. Aber sie ist hier und macht Dehnungsübungen. Ein Schritt nach dem anderen.

Während sie das Ziehen in Brustkorb und Schultern spürt, schaut sie zum Horizont, wo sich der Himmel allmählich gelborange färbt. Die Sonne ist noch nicht aufgegangen, aber es ist bereits hell genug, um den langen Strand zur Linken sehen zu können, der erst bei Kings End aufhört.

Hinter dem Strand ragt die Betonmauer der Promenade auf. Die Bäume dort sind wesentlich älter als sie selbst, gehören aber eigentlich nicht hierher, weil es Norfolktannen sind und die Norfolkinsel, wo sie wachsen, näher an Neuseeland als an Australien und diesem Strand liegt. Was man nicht sieht, obwohl er nur einen Katzensprung entfernt ist, ist der Little Beach. Das ist ihr Ziel: zum Little Beach zu schwimmen. Nicht heute natürlich. Irgendwann. Bald. Für heute sollte sie sich ein realistischeres Ziel setzen. Vielleicht von diesem Ende des Strands loszuschwimmen und nach halber Strecke wieder zurück. Das ist nicht weit. Nicht so weit, wie sie früher beim Schulsport im Becken geschwommen sind. Damals war sie eine gute Schwimmerin.

Du versuchst, Zeit zu schinden.

Ach ja, da ist sie wieder, diese nervige Stimme, die sie schon eine ganze Woche zu ignorieren versucht – seit sie ihr weismachen will, dass sie *etwas unternehmen* muss. Um fit zu werden. Und abzunehmen.

Aber das weiß sie selbst. Übergewicht ist nicht gut für die Knochen, und für die Männer ist man damit auch nicht mehr attraktiv. Schon ihre Mutter hat ihr das früher regelmäßig gepredigt, wenn sie in ihrer Schuluniform in die Küche kam und sich ein Stück Kuchen nehmen wollte.

Ihre Mutter hat gern gebacken, aber gegessen hat sie den Kuchen nie. Von Theresa erwartete sie, dass sie ihrem Beispiel folgt. »Man kann nie reich und schlank genug sein«, lautete die Weisheit, die sie von der Herzogin von Windsor aufgeschnappt hatte. Theresas Brüder durften natürlich nach Herzenslust zugreifen; der Kuchen wurde ja nur für sie gebacken.

Theresa weiß also, dass sie ein bisschen abnehmen sollte. Allerdings könnte sie darauf verzichten, dass ihr Ehemann in dasselbe Horn stößt wie schon die Stimme in ihrem Kopf, aber das wird wohl ein frommer Wunsch bleiben.

Erst vor ein paar Wochen saß Andrew – Andy, Ando, Ands für seine Freunde – auf der Couch und ließ zwischen dem Bündchen seiner Arbeitshose und dem schmutzigen weißen Unterhemd, das er zu Hause trägt, ungeniert seinen neuerdings wachsenden Bierbauch hervorquellen. Eine Bierdose in der einen, blätterte er mit der anderen Hand lustlos durch die Börsenkurse in der Zeitung, während er nach Delvene Delaney schielte, die in der *Paul Hogan Show* im Bikini auftrat. Als Theresa mit dem Tablett ins Zimmer kam, damit er auch beim Abendessen nicht auf Delvene Delaneys Anblick verzichten musste, betrachtete er sie von oben bis unten.

»Du hast ganz schön zugelegt«, verkündete er und beäugte dann das Essen auf dem Tablett. »Was ist das … Koteletts?« Er verzog das Gesicht, obwohl offensichtlich war, dass er sich freute.

Sie blitzte ihn an und knallte ihm das Tablett in Hodennähe auf den Schoß, damit er sich bloß vorsah. »Richtig … Koteletts.«

Er grinste und zwinkerte ihr zu. Sein Grinsen und das

Zwinkern hatten besser gewirkt, als er noch ein schöner Mann gewesen war; wobei er seinem Empfinden nach in den letzten Jahren natürlich nichts an Attraktivität eingebüßt hatte.

Sie wandte sich brüsk ab, spürte dann aber, dass er ihr Handgelenk packte. »Sei doch nicht gleich beleidigt«, sagte er und stellte seine Bierdose auf den Tisch, ein Zeichen dafür, dass für ihn das Gespräch noch nicht beendet war. »Ich wollte dir nicht zu nahe treten.«

Vielleicht, aber sie wusste auch, dass er seinen Kommentar ernst gemeint hatte. Ähnliches hatte er schon vorher von sich gegeben, selbst ohne Delvene Delaney auf dem Bildschirm.

Und leider kann sie nicht behaupten, dass er unrecht hätte. Sie ist wirklich ein bisschen pummeliger als früher. Aber sie hat auch zwei Kinder zur Welt gebracht, eines davon durch Kaiserschnitt, was soll man da erwarten? Trotzdem ist sie fest entschlossen, etwas zu unternehmen. Nicht, weil sie sich selbst nicht gefallen würde, sondern weil sie es satthat, sich so langsam und träge zu fühlen – und so alt. Sie ist erst achtunddreißig, kommt sich aber oft wie hundert vor. Sie hätte gern mehr Energie – *bräuchte* mehr Energie –, um sich um die Kinder zu kümmern. Sosehr sie die beiden liebt, sie rauben ihr auch den letzten Nerv.

Sie sollte wirklich dankbarer sein für ihren frechen Oliver und die brave Sasha. Sasha hätte sie fast verloren. Bei der Geburt wickelte sich die Nabelschnur um ihren Hals, und Theresa sah ihren Traum, eine Tochter namens Alexandra mit Spitznamen Sasha zu haben, bereits platzen. Die hatte sie sich gewünscht, seit ein russisches Mädchen in ihre Klasse gekommen war, das alle nur Sasha nannten –

bis Theresa den wahren Namen herausfand. Es kam ihr so weltläufig vor, ein *Diminutiv* als Namen zu haben, auch ein Wort, das sie damals gelernt hat. Und sie wollte doch so gern weltläufig sein. Will es immer noch. Sie hätte gern ein aufregendes Leben, in dem sie sorglos um die Welt jettet – vielleicht an der Seite des attraktiven Schauspielers Tom Burlinson, den sie gerade in seinem neuen Film gesehen hat, *Snowy River*. Von dem gleichnamigen Gedicht, das sie in der Schule so geliebt hat, ist darin nicht mehr viel zu finden, aber das ist ihr egal. Wenn sie allein ist, stellt sie sich manchmal vor, wie Tom Burlinson auf einem Pferd aus den Bergen zu ihr geritten kommt …

Irgendwann hat sie also beschlossen, sich von Olivia Newton-John inspirieren zu lassen und etwas sportlicher zu werden; nur nicht wie Olivia, mit Leotard und Schweißband à la John McEnroe. Schwimmen ist der einzige Sport, den sie als Kind mochte. Wahrscheinlich hat sie sich deshalb vor zwei Nächten, als die Stimme ihres Gewissens einen kleinen Sieg davontrug und auf eine große Entscheidung bestand, darauf zurückbesonnen. Jetzt muss sie ihr Vorhaben nur noch in die Tat umsetzen. Bis zum Ende des Sommers will sie morgens noch vor Sonnenaufgang schwimmen gehen. *Jeden* Morgen, hat sie beschlossen. Keine faulen Ausreden, sofern das Wetter nicht wirklich scheußlich ist.

Andrew und die Kinder schlafen noch oben, in ihrem kleinen Haus auf dem Hügel zwischen Kings End und dem nächsten Strand, dem Sunrise Beach. Wenn die Kinder aufwachen, wird Andrew sich eben um sie kümmern müssen. Zur Abwechslung. Abends ist sie sowieso meistens mit ihnen allein, weil er nach der Arbeit mit seinen Kollegen in den Pub geht. Bei der Heimkehr stinkt er dann nach Bier. Und nach Brut 33, was sonderbar ist, da sie nie einen Flakon von dem Parfüm bei sich im Haus gesehen hat.

Heute Morgen war sie schon drauf und dran, ihre guten Vorsätze aufs neue Jahr zu verschieben. Andererseits ist im Januar der Sommer schon fast vorbei, was ihr möglicherweise den Wind aus den Segeln nimmt. Wenn sie sofort beginnt, kann sie bis dahin noch ein paar Wochen täglich ins Meer gehen und trainieren.

Kurz hat sie darüber nachgedacht, eine Bekannte zu überreden, sich ihr anzuschließen. Aber die anderen Frauen sind genauso wie sie mit ihren Kindern beschäftigt und haben keine Freizeit. Das muss man offenbar so hinnehmen, bis die Kinder in der High School sind. Erst dann kann man an alte Freundschaften wieder anknüpfen, weil sie in dieser Phase, wie ihre Mum mal gesagt hat, »aus dem Gröbsten raus« sind.

»Tag, Tess«, hört sie jetzt eine Stimme von rechts. Sie muss gar nicht hinschauen, um zu wissen, dass sie Trevor King gehört, dem selbst ernannten Herrscher des Surfclubs der Shelly Bay. Er hat jahrelang die Ausbildung der Rettungsschwimmer geleitet und Theresa höchstpersönlich beigebracht, wie man in der Strömung nicht untergeht. Sie hat nichts gegen ihn, er ist nur ein bisschen engstirnig, so wie Andrew. Und wie sie selbst es zu werden fürchtet, wenn sie weiterhin nur mit engstirnigen Menschen zusammen ist.

»Tag, Trev.« Sie bemüht sich, freundlich zu sein, obwohl sie ihm – wie immer – gern sagen würde, dass sie es nicht leiden kann, Tess genannt zu werden. Sie heißt Theresa, wie ihre Großmutter. Er hingegen war immer Trev, nie Trevor; so wie Andrew, außer für sie, nie Andrew war.

»Schöner Tag dafür«, sagt Trev.

Seine Standardfloskel, wenn sie ihm über den Weg läuft, selbst wenn sie nur am Strand im Sand steht und zuschaut, wie ihre Kinder im strömenden Regen spielen. Vermutlich ist er einfach nur ein fröhlicher Mensch, was ja nicht das Schlechteste ist.

Als er näher kommt, meidet Theresa jeden Blick auf seine knappe Badehose, die er offenbar extra eine Nummer zu klein gekauft hat, um seine Kronjuwelen angemessen zu präsentieren. Auch wenn das, was er da in seiner Hose hat, nicht gerade überwältigt.

»Das stimmt«, sagt sie mit einem angespannten Lächeln und einer noch angespannteren Geste, in der Hoffnung, dass er sie dann in Ruhe lässt. Sie möchte sich nicht unterhalten. Sie trägt ihren alten Badeanzug, der unter den Brüsten schon fadenscheinig ist und einer näheren Inspektion nicht standhalten würde. So wie sie selbst. Aber das wird sich ändern. Heute geht sie schwimmen, und später am Nachmittag wird sie sich im Einkaufszentrum einen neuen Badeanzug kaufen, der ihre Einstellung zu ihrer sich selbst auferlegten Aufgabe sicher positiv beeinflussen wird.

Als Theresa einen Schritt in die Gischt macht, merkt sie selbst, dass sie die Luft anhält.

Ein weiterer Schritt, und der weiße Schaum umspült ihre Schienbeine. Das Wasser ist gar nicht so kalt, wie sie befürchtet hat. Noch nicht.

Sie beobachtet die anschwellenden Wellen. Man muss den richtigen Zeitpunkt erwischen, um nicht von der größten der Gruppe überrascht zu werden. Theresa ist zwar keine Rettungsschwimmerin geworden, aber mit Wasser kennt sie sich trotzdem aus. Sie weiß, worauf man achten muss und wie man Gefahren aus dem Weg geht – Lehren, von denen sie manchmal denkt, sie hätte sie auch im Leben beherzigen sollen.

Nach der Wellenreihe folgt die Lücke, auf die sie gewartet hat, also watet sie schnell ins Meer und taucht unter. Jetzt, im tieferen Wasser, ist es tatsächlich so kalt, wie sie befürchtet hat. Sie schnappt nach Luft. Der Preis für eine atemberaubende Bikinifigur: Wer schön sein will, muss leiden, das erklären die Zeitschriften *Cleo* und *Cosmo* unermüdlich. Und das ist auch der Grund, warum Theresa lieber *Women's Weekly* liest und die Keksrezepte ausprobiert.

Nichtsdestotrotz ist sie jetzt hier. Sie wird ein paar Meter schwimmen und schauen, wie sie sich dabei fühlt. Ganz sicher wird sie sich über Nacht nicht in eine Athletin verwandeln, aber wenn sie nur intensiv genug an Tom Burlinson auf seinem Pferd denkt, sollte das Motivation genug sein, um ihr Training durchzuziehen.

2

Marie rubbelt sich mit einem Handtuch die Haare trocken, den Blick in ihren verwilderten Garten gerichtet. Jeden Tag nach dem Schwimmen und der anschließenden Dusche schaut sie beim Abtrocknen dorthin. Sie weiß selbst nicht, warum. Trotz der schönen Blumen – Wachsblumen im Sommer, Kamelien im Herbst, Azaleen im Winter, die Pflaumenblüte im Frühling und Hibiskus das ganze Jahr hindurch – ist der Anblick nicht sehr erquicklich. Das Unkraut wuchert wild, und sie hat nie wirklich gelernt, die Bäume fachgerecht zurückzuschneiden. Das hat immer Norm gemacht, und seit seinem Tod gibt es niemanden mehr, der es tut. So wie es auch niemanden mehr gibt, der mit ihr schwimmen geht. Vor vielen Jahren hat er ihre lebenslange Gewohnheit übernommen und zu einer gemeinsamen gemacht, und jetzt ist sie wieder allein damit. Wie mit dem Garten.

Sie hat sogar schon daran gedacht, jemanden kommen zu lassen, der den Garten wieder auf Vordermann bringt, aber das kann sie sich nicht leisten. Sie kann sich überhaupt nicht mehr viel leisten, nur mit ihrer Rente und ohne irgendwelche Ersparnisse. Aber das hat sie sich natürlich selbst zuzuschreiben. Sich und Norm. Keiner von ihnen hat für die Zukunft vorgesorgt.

»Charlie Brown, was tust du da?« Sie bückt sich, um ihren Australian Silky Terrier hinter den Ohren zu kraulen, während er zwischen ihren Füßen herumschnuppert.

Gwen, Maries beste Freundin, hat Charlie Brown in ihr Leben gebracht. Gwens Tochter hatte sich einen Welpen von dessen Züchter zugelegt. Eigentlich sollte Charlie Brown auf Hundeschauen präsentiert werden, aber dann war der Züchter der Meinung, dass er dafür doch nicht tauge. Marie wollte gar nicht wissen, was einem solchen Hund blühte, daher sprang sie ein und bot an, ihn zu sich zu nehmen. Sie hätte sogar für ihn bezahlt, aber das wollte der Züchter nicht, weil Marie ihm offenbar ein großes Problem vom Hals schaffte. Seither ist Marie sehr glücklich mit Charlie Brown, obwohl sie ihr Glück eher Norm zu verdanken glaubt – der sich von irgendeinem Ort aus immer noch um sie kümmert. Daher auch der Name Charlie Brown: Die *Peanuts* waren Norms Lieblingscomic.

»Ich gehe schnell einkaufen«, sagt sie zu dem Hund. »Bist du auch schön brav in der Zwischenzeit?«

Als er zu ihr aufschaut, flattern die Härchen an seinen Augen – sie sind zu fein, um die Bezeichnung Fell zu verdienen –, und Marie weiß, dass er nicht brav sein wird. Er wird sich auf ihrem Bett zusammenrollen, obwohl er genau weiß, dass er das nicht darf. Und sie wird ihm verzeihen, wie immer, weil er nun ihre einzige Gesellschaft ist.

Gwen und Marie haben ihr ganzes Leben lang in Fußnähe zueinander gewohnt, aber vor ein paar Monaten ist ihre Freundin in eine Wohnanlage für Senioren ein paar Vororte zu weit nördlich gezogen. Norm ist nun bereits fünf Jahre tot, und ihre Tochter Nicole lebt am anderen Ende der Stadt, noch hinter dem Hafen. Deshalb unterhält sich Marie mit niemandem so oft wie mit ihrem Hund. Ihm scheint es nichts auszumachen.

Marie isst schnell ihren Toast mit dem hart gekochten Ei und trinkt ihren Tee, weil sie sofort bei Ladenöffnung beim Gemüsehändler sein will. Dann kommen Obst und Gemüse direkt vom Lastwagen, frisch von den Großmärkten. Das weiß sie, weil Norm in diesem Laden gearbeitet hat. In seinem eigenen. Vor sieben Jahren hat er ihn verkauft, zwei Jahre später war er tot. So viel zu einem geruhsamen Lebensabend.

Sie nimmt ihre Einkaufsnetze vom Küchentresen und gibt sich Mühe, flott zur Haustür zu gehen. Mit Erreichen des sechzigsten Lebensjahrs haben ihre Gelenke sehr zu ihrem Unmut begonnen, Probleme zu machen. Seit ihrer Kindheit ist sie fast jeden Tag schwimmen gegangen, immer hier in der Shelly Bay, und trotzdem wird ihr Körper älter. Reagiert unleidlich. Sie weiß auch nicht, was sie noch tun soll, um ihn bei Laune zu halten. Sie isst gesund, macht zusätzlich noch Gymnastik und wird trotzdem dick und steif, genau wie ihre Mutter und deren Mutter zuvor. Vielleicht sollte sie das mit dem Schwimmen lassen, wenn ihre Gene sowieso die Oberhand gewinnen.

Andererseits liebt sie das Schwimmen. Das Meer war immer für sie da, in guten wie in schlechten Zeiten. In den letzten Jahren gab es einige schlechte Zeiten und früher in ihrem Leben sogar ein paar sehr schlechte. Zeiten, die sie am liebsten vergessen würde, aber an die sie sich erinnern muss, weil sie Teil ihrer Geschichte sind. Teil der Person, die sie geworden ist.

Damals ist sie, sobald es ging, wieder ins Wasser zurückgekehrt. Jeder Beinschlag, jeder Armzug hat sie wieder zu sich gebracht. Immerhin hatte sie Nicole, die die Sonne irgendwann wieder für sie scheinen ließ. Und es immer noch tut.

»Du bleibst hier, Charlie Brown«, sagt sie jetzt und schiebt den Hund mit dem Fuß zurück ins Haus, bevor sie ihm die Tür vor der Nase zuschlägt. Er soll nicht mitkommen, weil er nicht in die Geschäfte darf und sie ihn nicht gern auf dem Fußweg zurücklässt. Besser, er bleibt in dem alten Sandstein-Cottage, in dem Marie aufgewachsen ist. Sie hat es von ihrem Vater geerbt, weil dem der ersehnte Sohn versagt blieb – wie ihr.

Sie ignoriert die wild wuchernden Lavendelbüsche in ihrem Vorgärtchen, öffnet und schließt das Tor und steigt den Hügel hinab zum Dorf, wie die Einheimischen den Vorort nennen. Als sie Mrs Morrison auf der anderen Straßenseite entdeckt, winkt sie ihr zu. Der Rücken der alten Frau ist stark gekrümmt, aber sie arbeitet trotzdem im Garten und schneidet ihre Rosen zurück. Bei Marie regt sich das schlechte Gewissen.

Die Livingstone Road ist die Arterie, die Marie seit jeher mit dem Dorf verbindet. Sie führt sie hinunter zum Strand und zu den Geschäften; vorbei an dem Haus, in dem der Junge wohnte, in den sie zum ersten Mal verknallt war; vorbei am Spielplatz ihres Kindergartens; vorbei an dem Eckhaus, in dem früher einmal das Café war, in dem sie ihr erstes Date mit Norm hatte. Sie lächelt, als sie daran zurückdenkt, wie sie am Fenster saßen, er mit seinem dunklen Lockenschopf und der Narbe über dem rechten Auge. Die habe er seinem Bruder zu verdanken, erzählte Norm, und dem Cricketschläger in dessen Hand. Ob es Absicht gewesen sei, wisse er bis heute nicht.

Nach Norms Tod konnte sich Marie eine Weile nicht dazu überwinden, in seinen alten Laden zu gehen, obwohl er der nächstgelegene ist. Sie hat lange darüber nachgedacht, ohne den Grund für ihren inneren Widerstand benennen zu können. Irgendwann ging sie einfach wieder hin, und sie wird niemals vergessen, wie froh der neue Besitzer war, sie zu erblicken.

Als sie heute den Laden betritt, arrangiert er gerade Pfirsiche.

»Hallo, Vince«, sagt sie.

Er schaut auf. »Marie!« Dann kommt er wie immer mit ausgestreckten Armen auf sie zu, als wäre sie seine alte Lieblingstante, und umarmt sie. Er wirkt fast dankbar.

Und er hat keine Ahnung davon – weil es ihr allzu merkwürdig vorkäme, ihm das zu sagen –, dass sie ihm noch viel dankbarer ist, weil er Norms Geschäft erfolgreich weiterführt.

»Was darf es denn heute sein?«, fragt er mit seinem seltsamen Akzent, den er selbst mal als den eines »australischen Vorstädters mit Umweg über Kalabrien« beschrieben hat.

Sie hat ihm ebenfalls nie gesagt, dass er dem Akzent nach auch einen Umweg über das Paradies genommen haben könnte. Welcher junge Mann ist schon erpicht auf Komplimente einer alten Frau? Sie möchte ihn nicht in Verlegenheit stürzen, zumal sie sowieso nicht der kokette Typ ist. Aber sie vermisst den Umgang mit Männern. Mit einem bestimmten Mann.

»Sechs Orangen bitte«, sagt sie.

Er nimmt das Obst und legt es in einen Korb. »Waren Sie heute Morgen schwimmen, Signora?«

»Ich schwimme jeden Morgen, Vince.« Was er natürlich weiß, da er sie immer danach fragt. Dennoch gefällt ihr dieses Geplänkel.

»Bewundernswert, wie Sie das machen. Selbst im Winter?«

»Selbst im Winter.«

Wieder schüttelt er den Kopf. »Für mich ist das Wasser jetzt noch zu kalt, Signora – dabei ist doch fast schon Sommer.«

»Das Wasser wärmt sich sehr schnell auf. Sie sollten es mal ausprobieren.« Sie nickt zum Ende der Straße hinüber, zu den Norfolktannen, wo sie täglich morgens bei Sonnenaufgang ins Wasser geht. »Das Meer ist so nah, da könnten Sie doch nach der Arbeit schnell hineinspringen. Im Sommer.«

Er schaut sie mit hochgezogenen Augenbrauen skeptisch an.

»Vier Bananen«, sagt sie, und er nickt und wählt sie sorgfältig aus.

»Und zwei Tomaten.«

»Zwei?« Er runzelt die Stirn. »Was für einen *sugo* kann man denn aus zwei Tomaten machen?«

Sie lacht. Ein schönes Gefühl. Eingerostet. Sie lacht nicht mehr viel. Es gibt kaum noch jemanden, mit dem sie lachen könnte. Noch so ein Grund, Vince dankbar zu sein. Obwohl auch das nichts daran ändert, dass sie sich nicht mehr als zwei Tomaten leisten kann.

»Sie wissen doch, dass ich auch mit mehr Tomaten nie eine anständige Pastasoße hinbekommen würde«, neckt sie ihn freundlich. »Schließlich bin ich nicht Ihre Großmutter.«

Er zwinkert. »Die den besten *sugo* macht.«

»Ich weiß, das erzählen Sie mir immer.«

Sie hat die Dinge von ihrer Einkaufsliste schon fast beisammen. Danach wird sie sich wieder umdrehen und den Hügel hinaufsteigen. Die kurze Strecke zurücklegen, auf der sich ihr Leben nun abspielt. In den letzten Jahren ist ihre Welt immer kleiner geworden. Wenn sie nur einen Führerschein gemacht hätte. Früher hat sie ihn nicht gebraucht, weil Norm sie überall hingefahren hat, und jetzt ist es zu spät dafür, auch wenn sie mit einem Führerschein Gwen besuchen könnte. Und Nicole. Eigentlich wohnt ihre Tochter gar nicht so weit weg, aber für den Weg braucht man ewig. Marie muss die Fähre nehmen, dann den Bus und dann noch ein paar hundert Meter zu Fuß gehen. Der ganze Tag ist futsch, wenn sie Nicole und die Kinder sehen will. Und obwohl Marie weiß, dass sie den ganzen Tag zur Verfügung hat – sie hat alle Zeit der Welt –, fährt sie trotzdem nicht hin. Sie sollte sich wirklich einen Ruck geben, bevor sie in dem Morast stecken bleibt, der sich manchmal unter ihren Füßen zu bilden scheint und der sie in ihren alten Bahnen gefangen hält.

»Danke, Vince«, sagt sie, als sie ihre Einkäufe in den Netzbeuteln verstaut.

»Es war mir eine große Freude, Marie.« Er küsst sie auf die Wange. »Bis sehr bald hoffentlich.«

Er ist ein Charmeur und weiß das auch, aber ihr Tag ist gerettet. Es sind diese kleinen Lichtblicke, die sie am Leben halten. Sie winkt Vince noch einmal zu, als sie auf die Straße tritt.

Hinter den Norfolktannen kann sie den Blick auf einen Zipfel vom Ozean erhaschen, der im Sonnenlicht schimmert. Kurz überlegt sie, heute noch einmal schwimmen zu gehen. Das könnte sie einfach tun. Oder zur Landspitze laufen und damit ihren Hüften einen richtigen Anlass zur Beschwerde geben.

Sie hat Zeit. So viel Zeit. Vielleicht sollte sie beginnen, damit etwas Sinnvolles anzufangen.

3

»Kopf unten halten. Genau. So ist es richtig! Und jetzt mit den Beinen treten. Treten!«

Leanne kann kaum verstehen, was der Schwimmlehrer ihr zuruft. Sie hat sich Lanolin-getränkte Watte in die Ohren gestopft und trägt eine Badekappe. Das Wasser rauscht an ihrem Gesicht vorbei, als sie unbeholfen versucht, ihre Arme durchzuziehen und gleichzeitig die Beine zu bewegen. Freistil fühlt sich nicht besonders frei an, wenn man ihn nicht beherrscht.

Matthew scheint so etwas wie »Atmen!« zu rufen, aber sie hört ihn immer noch nur undeutlich. Dann spürt sie seine Hand auf ihrer Schulter und hält inne.

»Du vergisst zu atmen«, sagt er, als sie das Gesicht aus dem Wasser hebt. »Wenn du so weitermachst, wirst du noch ohnmächtig.«

»Tut mir leid«, sagt sie verlegen. Beim Schwimmunterricht vergisst sie immer zu atmen, was ihr nie passiert, wenn sie alleine übt. Vielleicht konzentriert sie sich zu sehr auf Matthews Anweisungen. Oder sie hat in seiner Gegenwart einfach mehr Angst, etwas falsch zu machen.

»Kein Problem«, sagt er mit so breitem Grinsen, dass sich

seine gebräunte Haut spannt. Seine zerzausten braunen Haare hängen ihm in die Augen, und an seinen Brauen und Wimpern scheint sich eine Salzkruste gebildet zu haben. Er ähnelt vielen jungen Männern hier in der Gegend, auch wenn diese eher am Strand als im städtischen Schwimmbad zu finden sind.

Leanne hat einige Zeit gebraucht, um sich an das Leben in der Shelly Bay zu gewöhnen. Es ist so anders als das in der Gegend, wo sie aufgewachsen ist, fernab des Ozeans, wo sie nicht das einzige Kind war, das nicht schwimmen konnte. Ihre Mutter konnte es auch nicht. Ihr Vater und ihre Brüder schon, aber von denen wurde es auch erwartet. Ihr Vater sagte immer zu ihren Brüdern, dass sie nie Rettungsschwimmer werden würden, wenn sie nicht schwimmen könnten. Ein sonderbarer Satz, da er selbst kein Rettungsschwimmer war, nie mit ihnen ans Meer fuhr und ihre Brüder keinerlei Interesse daran zeigten, auch nur irgendetwas zu retten. Aber offenbar war es etwas, das typische Australier eben taten: Rettungsschwimmer werden. Und ihrem Vater war es wichtig, dass ihre Brüder typische Australier wurden. Manchmal fragt sich Leanne, ob sie es geworden sind, aber es ist schon viele Jahre her, dass sie jemanden von ihrer Familie gesehen hat.

»Lass es uns noch einmal versuchen«, dringen Matts Worte durch die Watte in ihren Ohren. »Du machst das wirklich sehr gut, aber wir wollen sichergehen, dass du nicht ertrinkst.«

Er lacht sein dröhnendes Lachen, an das sie sich in den letzten Wochen gewöhnt hat. Seit sie beschlossen hat, Schwimmunterricht zu nehmen, hat sie keinen anderen Lehrer gehabt.

Als sie sich vom Beckenrand abstößt und ihre Bewegungen zu koordinieren versucht, denkt sie, dass sie sich vielleicht Illusionen über ihre Fortschritte macht. Aber sie wird jetzt nicht aufgeben, nur weil sie nicht Shane Gould ist. Sie lebt am Meer, und wenn sie nicht schwimmen lernt, wird sie das nie wirklich ausnutzen können. Die Hälfte der Einwohner der Shelly Bay scheint jeden Morgen im Wasser zu sein; wenn sie joggt, kann sie sie durchs Meer pflügen sehen. Das möchte sie auch können. Sie war immer sportlich und ist vor keiner Herausforderung zurückgeschreckt. Einmal durch die ganze Bucht schwimmen, das gehört zu ihren großen Zielen; erst wenn sie das erreicht hat, wird sie wirklich hierhergehören.

Leanne kann sich keinen Ort vorstellen, der sich so sehr von dem ihrer Kindheit unterscheidet wie die Shelly Bay. In den Straßen ihrer Heimat standen dicht an dicht dunkle Ziegelsteinhäuser mit meist ungepflegten Vorgärten voller englischer Pflanzen. Die Parks ähnelten eher Brachen, auf denen gelegentlich mal eine Schaukel stand, und auf den Spielplätzen tummelten sich am Wochenende die Rowdys. Es war so wenig los auf den Straßen, dass ihre Brüder und sie dort Cricket spielen konnten, ohne sich vor Autos vorsehen zu müssen. Auch die Menschen blieben meist in ihren Häusern. Im Sommer war es heiß, im Winter kalt, die dunklen Ziegel der Häuser sollten die Innentemperatur konstant halten.

In der Shelly Bay sind die Menschen offenbar den ganzen Tag draußen. Die Straßen sind breit, und die Häuser stehen weiter auseinander als in ihrer Heimatstadt und verbreiten ein Gefühl von Leichtigkeit, das sich auf die ganze Gegend überträgt. Alles ist viel heller. Die älteren Häuser bestehen aus Sandstein, die neueren aus Holz; und selbst, wenn sie aus Ziegeln sind, sind diese nicht dunkel. Die Bäume und Blumen in den Gärten künden vom Sommer: Wachsblumen mit weiß-gelben Blüten; Strelitzien, Lavendel und Freesien auf den Grünstreifen. Wildes Buschwerk wuchert auf der Landspitze und in das Leben der Menschen hinein. In jeder Straße stehen Eukalyptusbäume, und in die Vorgärten verirren sich immer mal wieder die typischen Wildpflanzen der Gegend. Mit Lachenden Hänsen, Schwatzvögeln und Elstern ist Leanne aufgewachsen, aber hier gibt es zusätzlich noch farbenprächtigere Vögel: Kakadus, Allfarbloris und Königssittiche. Offenbar leben sie lieber an der Küste.

Leanne ist vor ein paar Jahren in die Shelly Bay gezogen, weil sie im Northern Hospital oben auf dem Hügel eine Stelle als Kinderkrankenschwester bekommen hat – die erste nach ihrem Abschluss. Während ihrer Ausbildung hat sie am liebsten in der Pädiatrie gearbeitet, daher ist die Stelle ein absoluter Traumjob für sie. Außerdem war sie froh, aus dem engen städtischen Vorort in der Nähe ihrer Ausbildungsstätte in die Shelly Bay ziehen zu können, wo alles lichter und freier erscheint. Sie hat jetzt eine eigene Wohnung und genießt es immer noch, selbst entscheiden zu können, was sie tun und wie sie leben will.

Der Ort hat ihre Sicht auf das Leben verändert. Zuvor fühlte sie sich in der Vergangenheit und ihren Entscheidungen gefangen, aber je weiter sie sich davon entfernte, desto stärker gelangte sie zu der Überzeugung, dass sie eine andere Person sein kann – eine Person, die an einem hellen, heiteren Ort mit freundlichen, offenen Menschen lebt. Mit Matt zum Beispiel – das erste Paradebeispiel dafür.

»Gut«, sagt er jetzt und klopft ihr auf die Schulter, als sie am Beckenrand anschlägt. »Das war ziemlich gut. Wie geht es dir?«

»Okay«, sagt sie, zieht die Nase hoch und schmeckt das Chlor, das dabei durch ihre Kehle rinnt.

Er lacht sein typisches Lachen. »Du redest nicht viel, was?«

»Nicht wirklich.« Sie ringt sich ein Lächeln ab und fürchtet, dass es eher wie eine Grimasse aussieht.

»Ich würde sagen, das reicht für heute«, erklärt er. »Aber es wäre gut, wenn du vor unserer nächsten Stunde ein wenig üben könntest. In Ordnung?«

Sie nickt einmal. »In Ordnung.«

Er grinst. »Dann bis nächste Woche.«

Als Matt in Richtung Büro geht, paddelt Leanne zur Treppe und muss dabei einem Schwimmer ausweichen, der kraftvoll, elegant und flüssig an ihr vorbeikrault. So möchte sie eines Tages auch schwimmen können. Oder vielmehr: bald. Wenigstens annähernd, damit sie sich zu Beginn des Sommers unter die Einheimischen im Meer mischen kann.

Vielleicht wird sie dann das Gefühl haben, angekommen zu sein.

4

Pfff. Der Ball geht ins Netz, und Elaine zuckt zusammen. Noch ein Doppelfehler. Sie riskiert einen Blick zu ihrer Doppelpartnerin, die keine Miene verzieht. Dabei sollte sie sich aufregen: Wegen Elaines Aufschlägen haben sie schon zwei Spiele verloren.

Wenn Elaine nur wüsste, was sie falsch macht, könnte sie etwas dagegen unternehmen. Bei sich zu Hause hat sie nie so schlecht gespielt. Aber seit sie vor ein paar Monaten mit ihrem Ehemann nach Australien gezogen ist, hat sie irgendetwas … verloren. Nicht ihr Können; sie weigert sich, das auch nur zu denken. Sie spielt seit ihrer frühen Kindheit Tennis, und die Bewegungsabläufe sind ihr in Fleisch und Blut übergegangen. Aber vielleicht ist das das Problem: Vielleicht gilt das nur für England. Durch den Umzug in ein anderes Land wurden offenbar sämtliche Parameter verändert, und jetzt ist sie nicht so sehr ein Fisch auf dem Trockenen als vielmehr eine Meerjungfrau, die in der Ödnis gestrandet ist. Wenigstens sieht sie es gern so. Das klingt besser als die Wahrheit, dass ihr Leben auf der südlichen Erdhalbkugel der reinste Albtraum ist. Ihr Versagen im Tennis ist nur ein Teil davon. Allerdings der greifbarste, daher arbeitet sie daran, auch wenn sie seit dem Damendoppel der letzten Woche keine Verbesserungen feststellen kann.

»Wie wär's, wenn ich die Aufschläge übernehme?«, fragt Marguerite jetzt mit gequältem Gesichtsausdruck, und Elaine möchte am liebsten protestieren und ihr sagen, dass sie normalerweise nicht *ganz* so schlecht spielt, aber das wäre nicht gerecht. Im Moment *ist* sie einfach nur schlecht.

»Klar«, antwortet sie leichthin und ringt sich ein Lächeln ab, das sicher genauso falsch wirkt, wie es sich anfühlt. »Offenbar habe ich heute keinen guten Tag.«

Marguerite schnaubt, und Elaine meint, den Laut übersetzen zu können: Ihre Tennispartnerin glaubt nicht daran, dass sie je einen guten Tag hat.

Es ist auch keine Genugtuung, dass Marguerite den Ball zwar über das Netz bekommt, die Schläge der Gegnerinnen danach aber nicht gut pariert, sodass sie das Match haushoch verlieren.

»Danke«, sagt Elaine, als sie dem anderen Team und dann Marguerite die Hand schüttelt. »Bis nächste Woche?«

Sie hat nicht wirklich Lust, weiter mit ihnen zu spielen, aber bisher hat sie hier noch keinen anderen Zeitvertreib gefunden, den sie mag. Und wenn sie nicht zum Tennis gehen würde, hätte sie außer James, der den ganzen Tag und die halbe Nacht arbeitet, niemanden zum Reden. Nicht dass sie an sein Arbeitspensum nicht gewöhnt wäre. In England war das nicht anders, und eigentlich hat sie nicht damit gerechnet, dass sich mit der Rückkehr in seine Heimat etwas daran ändern würde. Die Arbeit eines Chirurgen endet nie, oder so ähnlich. Und die Warterei seiner Ehefrau ebenso wenig.

»Tja, na ja …« Marguerite wechselt einen Blick mit den anderen, diese Art von Blick, den sich für gewöhnlich fiese Mitschülerinnen untereinander zuwerfen. »Die Sache ist die, Elaine …«

Marguerite tätschelt ihr den Arm, eine Geste, die Elaine als bevormundend und übergriffig empfindet. Zusammen Tennis zu spielen stellt noch keine Vertraulichkeit her, die Körperkontakt rechtfertigen würde. Sie überlegt, ob es unhöflich wäre, jetzt vor Marguerite zurückzuweichen.

»Wir haben eine gute Freundin, die gern mit uns spielen würde«, sagt eine der anderen beiden – Cheryl, denkt Elaine.

Cheryl und Beryl. Elaine hat es für einen Witz gehalten, als sie sich vorgestellt haben, aber dem war nicht so. Seither hat sie sich nicht merken können, wer wer ist. Zumal der Umstand, dass sie beide wasserstoffblond sind, Bustiers, ultrakurze Ellesse-Röckchen und Söckchen mit rosa Bommeln an den Hacken tragen und Ehemänner namens Barry haben, eine Unterscheidung nicht gerade vereinfacht. Am Wochenende gehen sie in den »Services« – ein Club auf den Klippen beim Sunrise Beach –, wie Elaine annimmt, wo die beiden Barrys an Spielautomaten ihr Glück versuchen und auf Hunde und Pferde wetten.

Marguerites Ehemann wird Bluey genannt – wegen seiner roten Haare, wie Elaine erfahren hat. James hat versucht, ihr den Witz zu erklären, aber sie hat ihn nicht kapiert. Die steile kulturelle Lernkurve, auf der sie sich seit dem Umzug nach Australien befindet, gibt ihr das Gefühl, gleichzeitig dumm und müde und übellaunig zu sein. Andererseits hat sie die letzten Wochen überlebt, obwohl sie mit diesen Frauen nur gemein hat, dass sie alle seit ihrer Kindheit Tennis spielen. Und jetzt wird sie aus der Viersamkeit verstoßen. Sie wünschte, sie könnte darüber Erleichterung verspüren, weil sie sowieso nicht mit ihnen spielen will. Aber es ist nie angenehm, abserviert zu werden.

»Ach so?«, sagt sie bemüht gleichgültig, klingt aber eher, als hätte sie eine Pflaume verschluckt.

»Tja.« Cheryl – oder Beryl – mustert ihren abgeplatzten Nagellack. »Kel. Du bist ihr schon einmal begegnet. Sie spielt manchmal gemischtes Doppel.«

Elaine erinnert sich an eine kleine Frau mit herausgewachsener Dauerwelle und verblichenem blauem Lacoste-T-Shirt. »Richtig. Kel.« Sie lächelt schnell. »Dann ist für mich also kein Platz mehr.«

»Wir melden uns, wenn wir wieder jemanden brauchen«, sagt Marguerite, und Elaine tritt schnell beiseite, da sie schon die nächste Berührung fürchtet.

»Schön.« Sie quält sich ein freundliches Lächeln auf die Lippen, wirkt aber vermutlich eher vergrätzt. »Danke, dass ich mitspielen durfte.«

»Keine Ursache!«, sagt die andere, Cheryl oder Beryl. »Und bleib fit.«

Das könnte euch so passen zuzusehen, wie ich aus dem Leim gehe, möchte Elaine sie anfahren. Sie war nie dick in ihrem Leben, wenn man mal von ihren beiden Schwangerschaften absieht. Gut erzogene Frauen essen nicht viel. Stattdessen trinken sie gern – irgendwoher müssen die Kalorien ja kommen.

An einen Drink denkt sie jetzt auch, als sie im Eiltempo den Tennisplatz verlässt; an ihr tägliches Gin-Tonic-Ritual, das sie noch vor einiger Zeit nie vor achtzehn Uhr begonnen hat. Wenn es jetzt schleichend früher geworden ist, dann schlicht aus dem Grund, dass sie einsam ist. Und sich langweilt, trotz der Massen an Romanen, die sie verschlingt. Und da sie bei James' Heimkehr abends oft schon schläft, dürfte er es kaum merken, wenn sie mehr trinkt als zuvor. Es sei denn, er kontrolliert die Flasche auf dem Sideboard. Vielleicht sollte sie eine Alibiflasche dort deponieren.

Als sie den Hügel zur Francis Street hochsteigt, wünscht sie fast, sie hätte den Wagen genommen. Aber eine solche Faulheit darf sie nicht einreißen lassen. Die Tennisanlage ist schließlich nur zehn Minuten zu Fuß von ihrem neuen Zuhause entfernt – nicht dass das jetzt noch von Belang wäre. Sie wird sich dort kaum andere Mitspielerinnen suchen.

Vielleicht gibt es ja noch einen anderen Tennisplatz in der Nähe … Andererseits hätte sie dann vermutlich dasselbe Problem: Frauen, die nicht wirklich mit ihr spielen wollen, zumal sie grad unbestreitbar einen Durchhänger hat, was ihre Form betrifft. Zu Hause mit ihren Büchern hätte sie vermutlich mehr Spaß. Oder sie könnte sich einen Hund zulegen. Sie hatten keinen Hund mehr, seit die Jungen größer wurden.

Auf dem Hügel angekommen, seufzt sie und dreht sich um. Von hier kann man über die Dächer von Wohnhäusern und Geschäftsgebäuden blicken, vorbei am Kirchturm von St Mary's Immaculate, bis hin zum Ozean. Heute, an diesem warmen Novembertag, ist er tiefblau und sieht unglaublich einladend aus.

Sie könnte mit dem Schwimmen anfangen. In der Schule war das ihr Lieblingssport, und sie war gut darin. Es ist zwar nicht gerade ein Mannschaftssport, bei dem man Freundschaften schließt, aber der Versuch, in einer Mannschaft zu spielen, wenn auch einer kleinen, war ja auch nicht erfolgreich. Im Einzel war sie sowieso schon immer besser als im Doppel – daran hätte sie eher denken sollen.

Morgen früh wird sie im Meer schwimmen gehen. Oder besser erst übermorgen, denn wenn sie das ernsthaft in Erwägung zieht, braucht sie eine Badekappe und eine Schwimmbrille, die sie erst besorgen muss.

Heute Nachmittag hat sie nur eines ernsthaft vor, und das ist ihr Gin-Tonic-Ritual. Mit großen Schritten eilt sie nach Hause, nichts als Chinin und Zitronenscheiben im Kopf.

5

Das Wasser wirkt trübe unter dem schweren grauen Morgenhimmel. Keine Regenwolken, versucht sich Theresa zu überzeugen, nur feuchte Bäusche, die viel versprechen und wenig halten. Ohne das übliche einladende Blau des Ozeans muss sie sich überwinden. Aber immerhin hat sie es schon bis hier an den Strand geschafft, so schwer kann es doch nicht sein, jetzt auch noch ins Wasser zu gehen! Wirklich nicht!

Doch die kühle Luft an ihren Schultern spricht eine andere Sprache, und sie gerät ins Wanken. Im Bett war es so gemütlich, auch wenn Andrew sich im Schlaf ständig hin- und hergewälzt und sie die halbe Nacht wachgehalten hat.

»Tag, Tess.«

»Hallo, Trev«, sagt sie und hält ihren Blick aufs Wasser gerichtet, als er neben ihr auftaucht. Es wirkt so kalt, und sie weiß immer noch nicht, ob sie wirklich hineingehen kann.

Mit Trev will sie darüber gar nicht erst reden, denn er bildet sich etwas darauf ein, dass er das ganze Jahr über im Meer schwimmen geht – »selbst wenn es so kalt ist, dass meine Aprikosen zu Erdnüssen zusammenschrumpeln«.

Das hat er neulich gesagt und vor sich hin gegluckst, während sie rot angelaufen ist. Theresa ist nicht prüde, aber ein so enges Verhältnis haben sie dann doch nicht, dass sie mit Trev über dessen Geschlechtsteile reden würde. Selbst Oliver gegenüber sucht sie nach den geeigneten Worten für diese Dinge, obwohl er selbst eines Tages aus der Schule gekommen ist und wissen wollte, was »Eier« seien.

»Nach was hältst du Ausschau? Nach dem weißen Hai?« Trev lacht, als wäre sein Witz zum Schreien komisch.

Theresa findet ihn überhaupt nicht lustig. Nachdem sie diesen schrecklichen Film gesehen hat, hat sie mehr als ein Jahr gebraucht, um sich wieder ins Meer zu wagen.

»Hast du da draußen je einen Hai gesehen?«, fragt sie.

Trev schüttelt den Kopf. »Nicht oft.«

»Nicht oft?«, japst sie.

»Dir passiert schon nichts.« Er zieht den Bauch ein und die Badehose hoch. Dann schaut er über die Schulter. »Tag, Marie.«

»Trev«, erklingt die Antwort.

Theresa dreht sich um und erblickt eine ältere Frau mit breitem Kiefer und fülligem grauem Haar, das sie zu einem Bob geschnitten trägt. Sie wirkt wie eine Schwimmerin: breite Schultern und ein muskulöser Körper, selbst wenn er an einigen Stellen nicht mehr ganz so straff ist. Nicht dass Theresa sich ein Urteil anmaßen dürfte.

Marie geht ein paar Schritte weiter und zieht langsam T-Shirt und Shorts aus.

»Sie ist jeden Tag im Wasser«, sagt Trev leise, und die Bewunderung ist ihm anzuhören. »Seit ihrer Kindheit.« Er nickt langsam. »Ihr Ehemann wurde von einem Hai gefressen.« Er reckt das Kinn. »Da draußen.«

»Wie bitte?«

Trev stößt ein Lachen aus, das zu einem gewaltigen Dröhnen anschwillt. »Wahnsinn, du glaubst aber auch alles, Tess!«

Theresa würde ihm am liebsten die Faust in die Rippen rammen. Sie ist nicht leichtgläubig, nur vertrauensselig. Das ist etwas anderes.

»Und nein, er ist an einem Herzinfarkt oder so was in der Art gestorben.« Trevs Blick verschleiert sich. »Vor fünf Jahren ungefähr. Seither ist sie allein. Und schwimmt auch allein. Früher haben sie es zusammen gemacht. Sie war schneller als er, aber das war ihnen egal.« Wieder zieht er den Bauch ein. »Ich muss dann mal wieder. Trainiere für den Surf-Wettkampf. *Cheerio.*«

Theresa ist froh, nichts erwidern zu müssen. Am liebsten hätte sie ihn angeschrien, weil er ihr weismachen wollte, dass genau hier, wo sie schwimmen will, ein Hai einen Menschen getötet hat.

Als sie zu Marie hinüberschaut, merkt sie, dass die sie beobachtet.

»Morgen«, sagt Marie und hebt eine Hand.

»Hallo!«, erwidert Theresa und zieht sich schnell die Badekappe über. Sie hat es schon viel zu lange vor sich hergeschoben. Wenn Marie jeden Tag ihres Lebens schwimmen kann, all die Jahre hindurch und zu sämtlichen Jahreszeiten, sollte sie, Theresa, das doch auch schaffen.

»Ich bin Marie«, sagt die Frau und kommt ein Stück näher. Sie spricht den Namen »Ma-*rie*« aus wie die Franzosen, nicht »*Ma*-rie« wie Trev.

»Und ich Theresa.« Sie lächelt breit.

»Nicht Tess?«

Theresa lacht. »Nein, so nennt mich nur Trev. Aber das kann ich ihm kaum verübeln, da ich ihn nie korrigiert habe.«

Marie nickt. »Die Menschen nehmen sich oft einfach Vertraulichkeiten heraus. Aber egal, ich gehe jetzt ins Wasser.«

Theresa lächelt wieder, zögerlich, weil sie Marie gern um etwas bitten würde, sich aber nicht aufdrängen will.

»Darf ich mich anschließen?«, fragt sie endlich. »Ich meine, nur wenn Sie nichts dagegen haben. Ich fühle mich manchmal etwas einsam da draußen im Meer.«

Spekuliert sie etwa darauf, dass Marie an ihrer Stelle vom Hai gebissen wird? Aber selbst wenn, wäre das nicht nur Ausdruck eines gesunden Überlebensinstinkts? Jedenfalls könnte sie bestimmt etwas von Marie lernen, die vermutlich die wesentlich bessere Schwimmerin von ihnen beiden ist.

»Klar«, sagt Marie und schenkt Theresa ein zaghaftes Lächeln.

»Danke!« Schnell stopft Theresa ihr Haar unter die Kappe. »Ich schwimme noch nicht so lange, deshalb bin ich ziemlich langsam. Ich werde auch gar nicht versuchen, mit Ihnen mitzuhalten. Aber ... es ist trotzdem nett, na ja ... im Wasser nicht ganz allein zu sein, oder?«

»Stimmt«, sagt Marie und nickt.

War das dreist?, überlegt sie. Sie hat sich dieser Fremden aufgedrängt, die vielleicht einfach nur zu höflich ist, um sie zum Teufel zu schicken. »Macht es Ihnen auch wirklich nichts aus?«, fragt sie deshalb noch einmal, als sie ihren Sarong zusammenfaltet und unter ihr Handtuch legt.

Marie wirft ihr einen fragenden Blick zu. »Warum sollte es?«

»Wunderbar.« Theresa strahlt und folgt Marie ins Wasser. Die ältere Frau schreitet fast majestätisch in die Wellen, während sie schon auf dem weichen Sand ins Straucheln gerät. Wie peinlich – Marie dürfte fünfundzwanzig Jahre älter sein als sie und strotzt nur so vor Energie.

Du musst einfach dranbleiben, Theresa. Komm jeden Tag her und schwimm, dann wird das schon.

Die Wirkung dieses Mantras hält nicht lange an, denn als sie hinter Marie herpaddelt und sich im Kraulen versucht, weil sie mit Brustschwimmen keine Chance hat, den Anschluss zu halten, kann sie nur eines denken: *Keine Haie bitte. Keine Haie bitte. Keine Haie bitte.*

Natürlich könnte sie sich fragen, warum sie überhaupt ins Meer gegangen ist, wenn sie denn solche Angst vor Haien hat. Und die Antwort könnte lauten, weil die Haie nur ein guter Vorwand sind, um nicht schwimmen zu müssen – obwohl sie weiß, dass sie die Bewegung bitter nötig hat. Sie schwimmt zwar erst seit Kurzem, aber dennoch geht es ihr bereits besser. Wenn sie nach Hause kommt, ist sie gut gelaunt und regt sich nicht so schnell auf, wenn Ollie schon wieder Falten in seine Schuluniform gemacht hat. Sie schläft auch besser. Andrew geht ihr zwar immer noch auf die Nerven, aber so ist das eben in einer Ehe, oder?

Als sie sich dem Little Beach nähert – den sie an ihrem vierten Schwimmtag zum ersten Mal erreicht hat, indem sie langsamer als eine Schildkröte brustgeschwommen ist –, wird das Wasser flacher, und sie erblickt Fische, die sie schon bei den letzten Malen gesehen hat. Einige sind klein und silbrig weiß mit gelber Brustflosse und einem schwarzen Rand an der Rückenflosse und schießen wild hin und her. Andere sind größer und ebenfalls silbrig weiß, haben aber eine gelbe Schwanzflosse. Sie überlegt, ob es sich um verwandte Arten handelt. Als Kind besaß Theresa zwar Goldfische, hat sich aber nie so für Fische interessiert wie jetzt, da sie deren Welt teilt.

Beim Anblick eines kleinen braunen Stachelrochens zuckt sie zusammen. Er ist harmlos und nicht einmal in ihrer Nähe, aber ein bisschen unheimlich wirkt er schon. Jeden Tag, den sie hierherkommt, sieht sie ihn am selben Fleck. Vielleicht ist das bei Stachelrochen so, dass sie sich nicht bewegen. Sie sollte in die Bücherei gehen und versuchen, es herauszufinden.

Als sie Boden unter den Füßen spürt, beschließt sie, am Strand kurz durchzuatmen. Zu ihrer Überraschung entdeckt sie Marie vor sich.

»Ich dachte, ich warte auf Sie«, sagt sie und mustert Theresa neugierig.

»Das ist nett! Danke.«

Theresa ist sich bewusst, dass sie vor Anstrengung keucht. Mit der Zeit wird sich das hoffentlich geben. Sie wird diese Strecke mit Leichtigkeit bewältigen und unterwegs einfach weiterreden können – wenn das denn unter Wasser möglich wäre. Das hat ihre Mutter immer gesagt: *Theresa quasselt noch unter Wasser weiter*. Was ihren Vater und ihre Brüder immer zum Kichern gebracht hat.

»Halte ich Sie auch nicht auf?«, fragt sie, als sie sich neben Marie stellt und zum Main Beach zurückschaut. Der helle Sand bildet Verwehungen an der Mauer der Promenade, auf der man Menschen als kleine Punkte sieht, Spaziergänger und Jogger. Manchmal denkt Theresa über die Leute am Strand nach, über ihre Leben. Sind sie hier aufgewachsen? Oder zugezogen? Fahren sie zur Arbeit in die Stadt? Sie selbst hat einen Großteil ihres Erwachsenenlebens an diesem Strand oder in der Nähe verbracht. Stünde hier ein Wald, hätte sie mit Sicherheit bereits einen Trampelpfad in ihm hinterlassen, aber die Wellen löschen sämtliche Spuren ihrer Anwesenheit am Strand aus.

Ihr Haus kann sie von hier aus nicht sehen, aber sie weiß, dass die Kinder bald aufwachen werden. Andrew wird vor sich hin schimpfen, weil er ihnen Frühstück machen muss. Aber er wird es tun, da die Quengelei hungriger Kinder noch schlimmer ist. Wenn er gut gelaunt ist, wird er auch noch Kaffee für Theresas Nonna kochen und ihr in die Wohnung rüberbringen.

»Wovon denn?«, fragt Marie zurück. »Auf mich wartet nur mein Hund.«

Theresa hat das Gefühl, einen dieser Momente zu erleben, in denen man etwas über jemanden weiß, sich aber nicht sicher ist, ob es dem anderen überhaupt recht ist. Weil er es einem vielleicht lieber selbst erzählen möchte. Oder für sich behalten. Nur weil Trev eine Plaudertasche ist, heißt das noch lange nicht, dass es okay ist, wenn Theresa weiß, dass Maries Ehemann tot ist.

»Oh?«, ist die Reaktion, für die sie sich entscheidet.

Marie stützt die Hände in die Hüften. Im ersten Moment muss Theresa an Yul Brynner in *Der König und ich* denken – dieselbe stolze Haltung, breitbeinig und mit vorgereckter Brust. Sie muss sich beherrschen, um nicht zu kichern.

»Früher bin ich mit meinem Mann geschwommen«, sagt Marie mit einem knappen, traurigen Lächeln. »Aber der ist gegangen. Gestorben, meine ich.« Sie hält inne. »*Gegangen* ist eine nette Bezeichnung für den Tod, oder?«

Theresa will etwas erwidern, aber Marie runzelt die Stirn.

»Sagen Sie jetzt nicht, dass es Ihnen leidtut. Sie haben ihn ja nicht gekannt. Und ich erwarte auch nicht, dass es Ihnen leidtut.«

Theresa öffnet den Mund und schließt ihn wieder. Sie fühlt sich wie ein Guppy und hat keine Ahnung, was sie sagen soll, wenn »tut mir leid« keine Option ist.

Marie atmet aus. »Jetzt tut es *mir* leid, das war ein wenig grob.« Ihr Lachen klingt rau, als wäre es eingerostet. »Aber ich bin es nicht gewöhnt, Leute zu treffen, die nicht wissen, dass Norm tot ist. Das kommt davon, wenn man jeden Tag dasselbe tut und nie seine gewohnte Umgebung verlässt.«

»Mein Ehemann lebt noch«, sagt Theresa und denkt, dass sie wenigstens eine Gemeinsamkeit haben: einen Ehemann. »Aber er ist kaum zu Hause.«

Marie zieht die Augenbrauen hoch.

»Er ist viel unterwegs. Mit seinen Freunden.« Theresa zuckt mit den Achseln. »Männer scheinen das zu brauchen.«

Sie weiß nicht, ob alle Männer, wenn sie zu Hause sind, keinen Finger rühren, während ihre Frauen kochen, putzen, waschen und sich um die Kinder kümmern, aber sie vermutet es. Ausgehen und trinken scheint in direktem Zusammenhang mit der Untätigkeit daheim zu stehen.

»Haben Sie Kinder?«, fragt Marie.

»Zwei.« Theresa kann sich ein Lächeln nicht verkneifen, als sie an die beiden denkt. »Oliver ist acht und Sasha fünf. Meine Nonna lebt auch bei uns.«

»Nonna? Ihre Großmutter ist Italienerin?«

»Ja. Nonna hält uns ganz schön auf Trab, aber für die Kinder ist es toll, dass sie bei uns wohnt. Manchmal redet sie Italienisch mit ihnen.«

»Das ist die beste Methode, um eine Sprache zu lernen.« Marie schaut zum Main Beach hinüber. »Dann sollten wir wohl wieder zurückschwimmen. Wahrscheinlich müssen Sie die Kinder zur Schule bringen.«

»Stimmt.« Theresas Haut ist getrocknet, während sie am Strand gestanden haben, und die Idee, sich wieder ins beißend kalte Wasser zu stürzen, ist nicht sonderlich verlockend.

»Ich schwimme jeden Tag bei Sonnenaufgang vom Main Beach hierher«, sagt Marie, als sie zurück ins Meer waten.

»Ich auch. Aber noch nicht lange, das haben Sie sicher gemerkt.« Theresa verspürt diese Nervosität, die sie immer befällt, wenn sie mit jemandem Freundschaft schließen will. Wenn man erwachsen ist, ist das schwieriger, daher versucht sie es nur noch selten. Und meistens halten diese Freundschaften sowieso nicht lange.

»Nun …« Marie bleibt stehen und dreht sich zu ihr um. »Wenn Sie nicht weiter allein schwimmen wollen, könnten wir uns doch von nun an morgens treffen, oder?«

Theresa fühlt sich wie früher in der Grundschule, wenn sie eine Urkunde dafür bekam, dass sie das ordentlichste, höflichste oder hilfsbereiteste Kind war. »Das wäre schön«, sagt sie, und ihre Stimme quietscht kurz vor Aufregung.

Marie zwinkert ihr zu. »Abgemacht. Dann sehen wir uns gleich am Strand.« Damit setzt sie die Schwimmbrille auf und taucht unter einer Welle hindurch.

Theresa weiß, dass sie Marie auf dem Rückweg nicht einholen wird – aber sie weiß auch, dass sie das gar nicht muss. Denn Marie wird morgen früh wieder da sein. Und übermorgen. Weshalb sie ebenfalls da sein wird.

6

Als Leanne aufwacht, will ihr beim besten Willen nicht einfallen, ob Dienstag oder Mittwoch ist. Der Wecker hat sie aus einem Traum gerissen, den sie gern weitergeträumt hätte, und sie braucht eine Weile, um sich zu orientieren. Schließlich erkennt sie die vertrauten Umrisse ihres kleinen Schlafzimmers. Die ganze Wohnung ist klein. Sie hat nie viel Platz gebraucht. Sie besitzt keinen Schnickschnack, und wenn sie ein Buch ausgelesen hat, hängt sie nicht daran und muss es nicht aufheben. Die winzige Küchenzeile und das enge Bad sind nicht ideal, aber da sie nicht häufig kocht und nur kurz duscht, ist das kein großes Problem für sie.

Sie überlegt, schwimmen zu gehen. Vielleicht sogar im Meer? Dann merkt sie selbst, dass sie davor zurückschreckt. Oder vielmehr regelrecht Angst hat. Ist sie überhaupt schon gut genug dafür? Was passiert, wenn sie Probleme bekommt, aber Matt nicht dabei ist? Im Becken zu schwimmen ist eine Sache, im Meer eine ganz andere. Sie ist noch nicht bereit dafür.

Als Kind – und auch noch als Teenager – kannte sie solche Ängste nicht. Sie ist auf Bäume geklettert und hat sich von Ästen herabfallen lassen; sie ist auf Felsen gestiegen und von oben hinuntergesprungen. Wettrennen unter Mädchen hat sie meistens gewonnen. Wie oft ist sie ihren Brüdern durch die Straßen nachgejagt, liebevoll und spöttisch von ihnen angestachelt, wie große Brüder es eben tun. »Komm schon, Lee!«, riefen sie, wenn sie vor ihr herliefen. Und dann, wenn Leanne sie fast eingeholt hatte, verschwanden sie plötzlich hinter der nächsten Ecke. Zugeständnisse, weil sie jünger war und ein Mädchen, haben sie nie gemacht, aber das hat sie nie gestört. Eigentlich hat sie es sogar genossen, weil sie die Herausforderung liebte. Nicht dass sie jemals schneller als einer ihrer Brüder gewesen wäre, aber der bloße Versuch, es zu sein, hat sie stark gemacht.

Doch als sie in die Pubertät kam, verlor sie nach und nach das Vertrauen in ihren Körper. Und eines Tages war es ganz verschwunden. Fortan besaß sie keinen Körper mehr.

Jetzt ist sie fünfundzwanzig und empfindet ihren Körper als ein fremdes Land, für das sie kein Visum besitzt. Vielleicht sollte sie sich eins besorgen. Es ist schon lange her, dass sie ihren Körper aus bloßer Freude an der Bewegung benutzt hat und nicht einfach, um ihn zu kontrollieren – oder zu vergessen. Jahrelang hat sie ihn kontrolliert, indem sie joggen ging und mit jedem gelaufenen Kilometer vor ihrer Vergangenheit wegrannte.

Das Schwimmen hat ein bisschen von der kindlichen Begeisterung zurückgebracht, ihren Körper zu immer größeren Leistungen antreiben zu wollen. Sie stürzt sich in die Aufgabe, obwohl sie manchmal den Eindruck hat, dass die Fortschritte auf sich warten lassen. Es erfordert Mut, etwas Neues zu lernen. Denselben Mut, den es gebraucht hat, ihr Leben umzukrempeln, zur Uni zu gehen und in dieses Viertel zu ziehen, wo sie niemanden kennt.

Für den Ozean fühlt sie sich trotzdem noch nicht reif. Daher geht sie an diesem Morgen lieber joggen, isst anschließend die übliche Scheibe Toast mit Hefeaufstrich und trinkt ihren Tee mit einem halben Zuckerwürfel. Dann zieht sie ihre Schwesterntracht an und steigt die zehn Minuten zum Northern Hospital hoch.

Im Krankenhaus geht Leanne noch einmal ins Bad, um zu kontrollieren, dass ihr Haar auch ordentlich gekämmt ist und ihre Arbeitskleidung auch wirklich sitzt. Die Oberschwester mag es, wenn alles seine Richtigkeit hat, und lässt ihren Untergebenen keine Schluderei durchgehen. Leanne steht vor dem Spiegel, zieht ihre Uniform glatt und stopft eine lose Strähne in den Haarknoten. Ihr feines, glattes Haar hat leider die Tendenz, sich immer wieder selbstständig zu machen.

Als sie es an den Seiten glatt streicht, kommen Züge ihrer Mutter in ihrem Gesicht zum Vorschein, und sie verspürt einen Stich.

Plötzlich fliegt die Tür auf, knallt gegen den Handtuchspender, und jemand kommt in den Raum gehetzt.

»Leanne, hallo!«

»Hallo, Theresa.« Leanne lächelt knapp, da sie die Frau nicht zum Plaudern animieren will. Wenn Theresa erst einmal loslegt, kann das dauern.

Es ist nicht so, dass sie Theresa nicht mag – sie ist furchtbar nett, ohne jeden Zweifel –, aber sie stellt gern Fragen, die Leanne nicht beantworten möchte. *Wo sind Sie aufgewachsen? Wollten Sie schon immer Krankenschwester werden? Leben Sie schon lange in der Shelly Bay?* Theresa will ihre

Mitmenschen kennenlernen, aber Leanne ist noch nicht bereit, sich kennenlernen zu lassen. In den letzten Jahren hat sie alles dafür getan, nichts von sich preiszugeben. Glücklicherweise arbeitet Theresa nur ehrenamtlich und tageweise im Krankenhaus, sodass Leanne ihr nicht allzu oft aus dem Weg gehen muss.

Lächelnd stellt Theresa ihre Handtasche auf die Ablage und wühlt darin herum. »Ich bin fast geflogen, weil ich die Kinder noch zur Schule bringen musste. Zum Schminken war keine Zeit.« Sie verdreht die Augen. »Irgendwie renne ich immer allem hinterher.«

Leanne wirft ihr einen flüchtigen Blick zu und fragt sich, weswegen sie sich überhaupt Sorgen macht. Theresa hat dichte, lange braune und wellige Haare, große braune Augen und lange Wimpern. Ihre Lippen sind tiefrosa, ihr Teint dunkel. Sie braucht kein Make-up. Leanne hingegen wirkt mit ihrem schwarzen Haar, den schwarzen Brauen, den kleinen Augen, der schmalen Nase und dem kleinen Mund streng und hart, wenn sie nicht wenigstens ein bisschen Rouge auflegt.

»Meine Schicht beginnt, ich muss«, sagt sie mit dem Hauch eines Lächelns. Auch wenn sie keine Lust zum Reden hat, möchte sie nicht unhöflich sein.

»Oh!« Ein Anflug von Enttäuschung huscht über Theresas Miene, dann kehrt ihr herzliches Lächeln zurück. »Aber bevor Sie gehen – habe ich Sie nicht heute Morgen am Strand joggen sehen?«

Leanne weiß nicht immer, wo genau sie langgelaufen ist, da ihre Beine sie einfach irgendwohin tragen. Aber sie erinnert sich noch, dass sie gedacht hat, wie anstrengend es ist, im weichen Sand zu laufen. Allerdings war ihr nicht bewusst, Zeugen zu haben. Die Vorstellung behagt ihr nicht.

»Ja, ich war am Strand«, sagt sie.

»Wusste ich's doch! Zu Marie habe ich auch gesagt, dass Sie das sind.« Theresa holt einen Lippenstift aus der Tasche. »Ah, da ist er ja! Mein Lieblingslippenstift. Er wird nicht mehr hergestellt – ist es nicht schrecklich, dass es so vieles nicht mehr gibt? Vielleicht können Sie sich ja mal zu uns gesellen«, fügt sie durch die nach außen gezogenen Lippen hinzu, als sie den grellen Pinkton aufträgt.

Leanne, die schon auf dem Sprung ist, wittert die Gefahr, auf eine unerbetene Einladung reagieren zu müssen.

»Zu Marie und mir, meine ich«, fährt Theresa fort und tupft mit einem Taschentuch an ihren Lippen herum. »Wir gehen jeden Morgen bei Sonnenaufgang schwimmen, zum Little Beach und zurück. Herrlich!«

Leanne kommen die Schwimmer in den Sinn, die sie immer im Wasser sieht. Wie naiv von ihr, dass sie nie auf die Idee gekommen ist, jemanden von ihnen zu kennen. Immerhin läuft sie im Krankenhaus gefühlt Tausenden von Leuten über den Weg.

Dann denkt sie an die Schwimmstunden, die sie nimmt, damit sie eines Tages dazugehören kann. Und dass Theresa ihr gerade die Chance gegeben hat, ihren Plan jetzt schon in die Tat umzusetzen. Wenn Leanne normal wäre – eine Person also, die sich auch mit Leuten unterhält, die nicht ihre jungen Patienten sind –, dann würde sie sich diese Gelegenheit nicht entgehen lassen.

»Natürlich müssen Sie nicht«, sagt Theresa, leicht verunsichert, und ihr Lächeln erlischt.

Sie hat ihr Schweigen zweifellos als Ablehnung gedeutet. Aber Leanne kann nicht ohne Weiteres zustimmen. Diese spontane Person gibt es nicht mehr.

»Ich … ich werde darüber nachdenken«, sagt sie stattdessen. »Aber jetzt gehe ich besser. Die Oberschwester regt sich furchtbar auf, wenn wir zu spät kommen.«

Theresa nickt schnell. »Ich weiß. Sie kann ein ganz schöner Drachen sein, was?«

Leanne lächelt und verschwindet im Flur, wo sie schon die hohen Stimmen der Kinder hören kann. Es ist schön zu beobachten, wie sich die kleinen Patienten untereinander kennenlernen. Als Kind hat sie, wenn sie erst einmal angefangen hatte, selbst wie ein Wasserfall geredet. Manchmal hat sie ihrem Vater zufolge so lange nichts gesagt, dass ihre Eltern schon Sorge hatten, ihr fehle etwas. Bei anderen Gelegenheiten hat sie wiederum so viel gequasselt, dass sie ihr einfach nur noch den Mund stopfen wollten. Aber das ist lange her.

Sie geht in Richtung Kinderstation und wappnet sich für den vor ihr liegenden Tag. Sie liebt ihre Arbeit, aber manchmal geht sie ihr auch an die Nieren. Einige Kinder nehmen so viel Zeit in Anspruch, dass sie das Gefühl hat, andere wegen ihnen zu vernachlässigen. Manche kehren nach wochenlangem Krankenhausaufenthalt an Orte zurück, wo sie nicht die nötige Betreuung bekommen, das ist ihr vollkommen bewusst. Aber sie hat sich ja auch nicht für diese Arbeit entschieden, weil sie einfach ist. Dann hätte sie sich einen ruhigen Job in einer Bank oder einem Büro suchen sollen, einen, an den sie nach Feierabend nicht mehr denkt. Einen, der nicht beinhaltet, Schmerz, Leid und Traurigkeit mitzuerleben. Doch Einfachheit ist für Leanne kein erstrebenswertes Ziel. Sie ist keine einfache Person.

»Guten Morgen, Schwester«, sagt die Oberschwester.

»Guten Morgen, Oberschwester.« Leanne stellt schnell ihre Handtasche ins Regal und stopft eine Haarsträhne, die sie am Hals kitzelt, zurück unter die Haube.

»Ich kann Ihre Kollegin nicht finden, daher mache ich die Übergabe mit Ihnen. Wenn Sie bereit sind?« Die Oberschwester bedeutet Leanne, ihr zu folgen.

»Ja, Oberschwester.«

Die Kinderstimmen werden lauter, als sie sich dem ersten Zimmer nähern. Leanne hat keine Ahnung, was sie erwartet. Das weiß sie nie, was einen gewissen Reiz für sie hat. Sie weiß nur, dass sie den kleinen Patienten vielleicht helfen kann. So jemanden hätte sie auch gern gehabt. Andererseits hat sie nie um Hilfe gebeten, und mittlerweile ist sie so gut darin, ihre Bedürfnisse zu verbergen, dass sie niemandem Vorwürfe machen kann.

Als Leanne hinter der Oberschwester durch die Tür tritt und die fünf Gesichter erblickt – ein paar mit Zahnlücken, ein paar mit verstrubbelten Haaren, aber alle mit leuchtenden Augen –, fällt ihr noch ein Grund ein, warum sie ihren Beruf so liebt: Es gibt immer wieder einen Neuanfang, für diese Kinder und für sie. Jeder Tag ist ein neuer Tag. Jede Stunde ist die Gelegenheit, etwas zu verändern. Zu verbessern.

Und eines Tages wird sie es tun.

7

Sind das Ihre berühmten Haferflocken-Kokos-Kekse, Marie?«

Pater Paul zwinkert und nimmt sich noch einen vom Teller. Es ist bereits sein dritter, und Marie fühlt sich geschmeichelt, dass sie ihm so gut schmecken.

»Keine Ahnung, ob sie berühmt sind«, sagt sie und wünscht sich insgeheim, man hätte ihr nicht von Kindesbeinen an diesen Hang zur falschen Bescheidenheit eingetrichtert. »Ich habe sie schon eine Weile nicht mehr gebacken, daher war ich unsicher, ob sie mir gelungen sind.«

»Sogar in der Gemeinde wird darüber gesprochen.« Pater Paul lächelt, als er von einem Keks abbeißt. »Dulcie klang fast wütend, weil sie nicht hinter das Rezept kommt.«

Marie nimmt sich selbst einen Keks. »Es liegt nur am Zucker, Pater. Ich nehme nicht den Zucker, den alle nehmen.«

Sie beißt mit geschlossenen Augen hinein und denkt an ihre Mutter, die diese Kekse früher blechweise aus dem Ofen geholt hat. Irgendwann vertraute ihre Mutter ihr mal an, dass sie nach der Rückkehr von Maries Vater aus dem Ersten Weltkrieg nur eine Möglichkeit hatte, sein ewiges

Schweigen zu ertragen, und das war, indem sie backte. Es war der einzige Weg, ihm zu zeigen, dass sie ihn noch liebte, denn Liebeserklärungen waren damals nicht gerade an der Tagesordnung.

Auch ihr selbst haben Maries Eltern nie gesagt, dass sie sie lieben, obwohl sie es natürlich wusste. Und genauso hat sie selbst sich Norm gegenüber mit Liebesbekenntnissen zurückgehalten, obwohl sie ihn liebte – es immer noch tut. Auch von ihm waren keine großen Liebesschwüre zu erwarten, aber in der Art und Weise, wie er sie anschaute und sich um sie kümmerte, waren seine Gefühle deutlich sichtbar.

Jetzt bedauert Marie, dass sie ihm nicht öfter gesagt hat, dass sie ihn liebt, aber so war das eben. Die heutige Tendenz, die eigenen Gefühle breitzutreten, hat ihrer Meinung nach mit diesen lächerlichen Fernsehshows zu tun. Und diesen Seifenopern. Da lobt sie sich doch ein gutes Buch. Davon zehrt sie viel länger, und es spendet mehr Trost als noch so viele Folgen von *Zeit der Sehnsucht*. Was sie allerdings nicht laut aussprechen darf, weil ein paar Kirchendamen ganz verrückt nach der Serie sind.

Andererseits sieht sie diese Frauen ohnehin nicht mehr besonders häufig. Zur Morgenmesse in St Mary's Immaculate zu gehen – ein Fußweg von zwölf Minuten, nachdem sie sich das salzige Meerwasser abgeduscht hatte – war immer schön. Trotzdem hat sie die Gewohnheit etwas einschlafen lassen. Sie hat sich schon gefragt, ob es die Trägheit oder das Alter oder etwas noch Schlimmeres ist, was ihr die Energie raubt, an den alten Traditionen festzuhalten.

Zur Kirche zu gehen bedeutet, mit vielen Leuten zu reden, die keine wirklichen Freunde sind – eher Leute, die zwar nett zu ihr sind, sich aber nicht wirklich für sie interessieren. Ihr sind Leute nicht egal. Wenn sie sich erkundigt, wie es ihnen geht, möchte sie es wirklich wissen. Aber inzwischen ist sie nicht mehr gewillt, sich für andere zu interessieren, wenn nichts von ihnen zurückkommt. Sie ist nicht dafür geschaffen, ihrem Nächsten grenzenlose Liebe und Achtung entgegenzubringen, und ihr ist bewusst, dass das bedeutet, dass sie an ihrem Glauben zweifelt. An ihrem Gott. Sie sollte sich mit ihm auseinandersetzen, aber dafür braucht sie kein Publikum. Deshalb geht sie nicht mehr jeden Tag in die Kirche.

Hinzu kommt, dass ihr an den meisten Tagen die Kraft dafür fehlt, über das morgendliche Schwimmen hinaus noch etwas anderes zu unternehmen. Gwen hat mal gesagt, dass einen die Trauer überfällt, wenn man gerade meint, sie überwunden zu haben. Gwens erster Ehemann ist so unerwartet gestorben, dass Marie sie für eine Expertin für das Witwensein hält, obwohl ihr zweiter Ehemann noch quicklebendig ist. Sie würde Gwen gern fragen, ob die Trauer sich ihrer Meinung nach wie ein Gewicht anfühlt, das man mit sich herumschleppt, ein Gewicht, das einen hemmt und manchmal sogar unter sich begräbt. Aber sie hat Gwen schon lange nicht mehr gesehen, und das ist nicht gerade das Thema, über das man mal so eben am Telefon spricht. Vielleicht schafft sie es ja irgendwann einmal, Gwen in ihrer Wohnanlage für Senioren zu besuchen und sie persönlich danach zu fragen.

Pater Paul hat das Gewicht, das sie mit sich herumschleppt, durchaus bemerkt, und auch ihre Abwesenheit an manchen Morgen. Letzten Sonntag hat er sie beiseitegenommen und gesagt, dass er immer Zeit für sie habe, wenn sie mit jemandem sprechen wolle. »Ich bin zwar kein Arzt, mache aber genauso wie er Hausbesuche« – und da ist er nun und nimmt sich noch einen Keks.

»Vermutlich werden Sie mir nicht verraten, was für einen Zucker Sie verwenden?«, sagt er mit einem komplizenhaften Lächeln.

Marie lächelt zurück. »Nur wenn Sie mir im Gegenzug einen Platz im Himmel besorgen.« Sie ist ihm dankbar, dass er Zeit für einen Besuch gefunden hat. Allein damit geht es ihr schon besser.

»Ich werde ein gutes Wort für Sie einlegen.«

Pater Paul sitzt tief in dem Sessel, den Marie eigentlich entsorgen will. Aber es ist Norms Lieblingssessel, und obwohl er bessere Zeiten gesehen hat, hängt sie an den Erinnerungen, die damit verknüpft sind.

Auf den Dielen im Vorraum ist das Kratzen von Hundepfoten zu hören.

»Charlie Brown«, ruft sie streng, »du weißt doch, dass du hier nichts verloren hast, wenn Besuch da ist.«

Das Kratzen verstummt.

»Von mir aus kann er gern hereinkommen«, sagt Pater Paul und beugt sich in Richtung Türrahmen, wo eine von Charlie Browns Pfoten zu sehen ist. »Ich mag Hunde.«

»Es kann nicht schaden, wenn er ein bisschen Disziplin lernt«, erklärt Marie. »Meistens darf er frei im Haus herumlaufen, aber er soll nicht denken, das sei immer so.«

Pater Paul wirkt amüsiert. »Ist es nicht ein bisschen spät, um ihn zu erziehen?«

Marie denkt daran, dass Charlie Brown in ihrem Bett schläft, auf der Couch auf ihrem Schoß sitzt und beim Kochen neben ihr steht.

»Vermutlich«, gibt sie zu und lächelt verlegen.

»Es ist schön, Sie lächeln zu sehen, Marie.« Pater Paul stellt seine Tasse auf den Couchtisch, lehnt sich zurück und schlägt ein Bein über das andere. Dann streicht er sich die Haare aus den Augen. Er hat dichtes Haar wie John F. Kennedy. Irisches Haar. *Präsidentenhaar* könnte man auch dazu sagen.

»Ich freue mich, dass Sie mich besuchen, Pater.«

Sie sitzen da und schauen sich an, und ihr wird bewusst, dass sie nicht weiß, wie sie mit ihm ein Gespräch führen soll. Er war noch nie bei ihr zu Hause. Sie haben immer nur in der Kirche miteinander geredet, und jetzt ist sie unschlüssig, ob eine unkonventionelle Beichte oder eher Smalltalk über das Wetter angebracht ist.

»Sie haben schon lange nichts mehr von Gwen erzählt«, sagt er.

»Das liegt daran, dass …« Marie unterbricht sich, selbst überrascht, dass sie plötzlich von Gefühlen übermannt wird. Vor dem Priester ist ihr das unangenehm. Mag sein, dass er hier ist, weil er sich Sorgen um sie macht, aber es wäre sicher nicht richtig, deswegen gleich in Tränen auszubrechen.

»Sie ist mit ihrem Mann weggezogen«, fährt sie fort, als sie sich wieder gefasst hat. »In eine Wohnanlage für Senioren im Norden der Stadt.«

Pater Paul nickt langsam. »Das Leben besteht aus stetigen Veränderungen, nicht wahr?«

Der Satz scheint weniger eine existenzielle Aussage als ein persönliches Bekenntnis zu sein – oder vielleicht will Marie ihn auch nur so verstehen.

»In der Tat.« Ihre Stimme droht zu brechen, als sie das sagt.

Pater Paul nimmt die Teekanne und schaut Marie fragend an. Sie nickt. Er gießt ihre Tasse exakt so voll, dass sie noch Milch hinzufügen kann. Was für ein aufmerksamer Mann.

Außer Norm hat Marie nicht viele Männer gekannt. Einen Bruder hat sie nicht. Einen Cousin schon, aber der Kontakt zu ihm ist schon vor vielen Jahren abgebrochen. Sie hat die katholische Mädchenschule hinter St Mary's besucht. Der Umgang mit dem anderen Geschlecht wurde dort nicht gern gesehen, genauso wenig wie zu Hause, daher hatte sie kaum Kontakt zu jungen Männern ihres Alters. Als sie Norm kennenlernte, wusste sie nicht einmal, wie sie sich mit ihm unterhalten sollte. Ihre Mutter hatte sie die Straße hinuntergeschickt, um Obst zu kaufen, und da stand er plötzlich vor ihr, im Laden. Er war groß und ein bisschen gebeugt, aber das störte sie nicht; große Männer halten sich oft nicht gerade. Er fragte nach ihrem Namen, und sie stellte sich vor. Als er sagte, dass er sie aus der Kirche kenne, konnte sie es kaum glauben. Erstens, weil auch er anscheinend katholisch war – ein zu großer Zufall –, und zweitens, weil sie ihn noch nie bemerkt hatte. Als es längst zu spät war, gestand er ihr, dass er nicht einmal gefirmt war und den Gottesdienst nur besuchte, weil er das Ritual als solches mochte. Dass sie ihn nie gesehen hatte, lag daran, dass er immer hinten saß und nicht zur Kommunion ging.

»Sie müssen hier manchmal sehr einsam sein«, sagt Pater Paul und trinkt einen Schluck Tee. »Trotz Charlie Brown.«

Sie nickt schnell. Zum ersten Mal seit Norms Tod hat jemand registriert, was mittlerweile Alltag für sie ist.

»Der Verlust Ihres Mannes war sicher schwer für Sie«, fährt er fort, »aber ich fürchte, dass Gwens Umzug ein Verlust zu viel war.«

»Sie ist ja nicht tot«, erwidert sie fast scharf.

»Das nicht. Aber Sie kennen sie länger als Ihre Tochter – oder als Sie Ihren Ehemann gekannt haben. Sie ist Ihre – wie sagten Sie mal? – Busenfreundin.« Er lächelt. »Wie Anne aus dem Buch *Anne von Green Gables* und ihre Freundin Diana.«

»Das stimmt«, sagt Marie. Gwen und sie haben das Buch geliebt und sich darin wiedererkannt: junge Frauen, die sich etwas darauf einbilden, willensstark und klug zu sein. Inzwischen ist sie sich nicht mehr so sicher, ob diese Einschätzung richtig war.

»Ich weiß jedenfalls, wie es mir gehen würde, wenn mein bester Freund weggezogen wäre und ich ihn nicht so ohne Weiteres wiedersehen könnte. Besonders dann, wenn andere liebe Menschen auch weit weg sind.« Seine Augen halten ihren Blick fest, überaus verständnisvoll.

Marie hat die Trauer um Norm zugelassen, selbst an Tagen, wenn das Leid sie zu verzehren schien. Auch dass sie Nicole vermisst, kann sie sich eingestehen, zumal die nicht aus der Welt ist. Was sie aber nicht an sich herangelassen hat, ist die Bedeutung von Gwens Umzug für ihren Alltag. Seit ihrer Kindheit haben sie sich fast jeden Tag gesehen und zwischendurch miteinander telefoniert. Zu Gwen war sie ehrlicher als zu jeder anderen Person, Pater Paul eingeschlossen. Sie haben sämtliche Höhen und Tiefen eines normalen menschlichen Lebens miteinander geteilt.

»Haben Sie Gwen seit ihrem Umzug schon einmal besucht?«, erkundigt sich Pater Paul.

»Nein.« Sie seufzt. »Komisch, nicht wahr? Dass ich meine beste Freundin nicht besuche. Ich meine, sie ist ja nicht auf den Mars gezogen.«

Ihr unbekümmerter Tonfall hört sich falsch an, und sie weiß, dass er das bemerkt.

»Sind Sie ihr böse, weil sie Sie verlassen hat? – Norm und Nicole können Sie ja kaum böse sein.« Pater Paul mustert sie. »Ich denke, Sie sollten einen Weg finden, wie Sie mit ihr in Kontakt bleiben«, fährt er fort. »Der Austausch mit Gwen war für Sie etwas ganz Selbstverständliches, als sie in Ihrer Nähe lebte. Er war Teil Ihres Alltags, über Jahrzehnte hinweg. Da ist es nachvollziehbar, dass Sie jetzt Schwierigkeiten haben, sich an ein Leben ohne diesen regelmäßigen Kontakt zu gewöhnen.«

Ein Vorschlag zur Güte. Er scheint es ihr nicht krummzunehmen, dass sie jammert, obwohl ihre Freundin mit ihrem Umzug nur etwas Vernünftiges getan hat.

»Meinen Sie nicht, dass es ihr genauso geht?«, fragt er. »Vielleicht hat sie auch Schwierigkeiten, sich an ein Leben ohne Sie zu gewöhnen.«

»Das bezweifle ich«, erwidert Marie, obwohl sie es gar nicht weiß. Sie ist immer davon ausgegangen, dass Gwen, weil sie die Entscheidung getroffen hat, auch deren Konsequenzen leicht ertragen kann.

»Warum denken Sie, dass man Sie so einfach vergessen kann, Marie?« Pater Pauls Miene entspannt sich, und er lächelt wieder. »Ich bin mir wirklich sicher, dass Gwen Sie genauso sehr vermisst wie Sie sie. Warum besuchen Sie sie nicht einfach mal?«

Marie spürt, wie sich ihre Kehle zusammenschnürt. Vielleicht muss sie sich eingestehen, dass sie Angst hat, ihre Freundin wiederzusehen, weil Gwens Leben ohne sie genauso wunderbar sein könnte wie mit ihr.

»Das sollte ich vielleicht«, bekommt sie schließlich heraus.

»Ja, das sollten Sie.«

Als er sie anschaut, fragt sie sich, wie er in seinen jungen Jahren schon so weise sein kann. Er dürfte nicht älter als vierzig sein, aber er ist verständnisvoller und anteilnehmender, als sie es vermutlich je sein wird.

»Sie gehen immer noch schwimmen, wenn ich Sie recht verstanden habe?«, fragt er.

»Ja.«

Sie denkt an den Morgen mit Theresa, die heute versucht hat zu kraulen, um schneller voranzukommen, dabei aber wie Taz aussah, der tasmanische Teufel aus den Looney-Tunes-Comics: Sie hat wild mit Armen und Beinen um sich geschlagen, ohne vom Fleck zu kommen. Marie musste so laut lachen, dass sie Wasser geschluckt hat. Ihr ganzer Körper hat vor Freude vibriert, als sie anschließend den Hügel wieder hochstieg.

»Sie lächeln«, sagt Pater Paul. »Daraus darf ich wohl schließen, dass es Ihnen Spaß macht.«

Marie nickt. »Ja. Ich schwimme auch nicht alleine. Nicht im Moment jedenfalls.«

»Im Moment?«

»Wer weiß, wie lange sie durchhält. Ich habe schon viele erlebt, die im Frühjahr oder Sommer mit Feuereifer geschwommen sind, um dann erst im nächsten Jahr wieder aufzukreuzen.«

Das hat sie nie begriffen – warum sollte jemand eine Gewohnheit so schnell wieder ablegen, besonders wenn sie einem so guttut wie das Schwimmen? Aber sie hofft, dass Theresa nicht zu dieser Gruppe Mensch gehört. So nette Gesellschaft hat sie schon lange nicht mehr gehabt.

»Darüber würde ich mir keine Sorgen machen«, sagt

Pater Paul und schaut sie an. »Ich bin mir sicher, dass es für Ihre Begleitung ein so großes Vergnügen ist, mit Ihnen schwimmen zu dürfen, dass sie problemlos durchhält.« Er nimmt sich noch einen Keks. »Und Sie sind sich wirklich sicher, dass Sie mir nicht verraten wollen, was für einen Zucker Sie nehmen?«

Sie lächeln sich an. In der Tat, er ist ein aufmerksamer Mann. Aufmerksam und nett.

Mindestens eines hat Marie heute gelernt. Auch wenn Gwen nicht mehr in ihrer Straße wohnt, ein Freund ist noch in der Nähe.

8

Die Kinder schlafen, als Theresa nach ihnen schaut. Ollie liegt auf dem Rücken, Arme und Beine von sich gestreckt, Sasha hat sich um ihren Lieblingsteddy gewickelt. Es hat Ewigkeiten gedauert, sie so weit zu kriegen. Beide wollten zwei Geschichten vorgelesen bekommen, und dann sollte sie ihnen noch den Rücken kraulen. Theresa kann das gut verstehen: Sie hätte auch gern jemanden, der ihr den Rücken krault.

Wenn Andrew nicht zum Abendessen nach Hause kommt, verhalten sie sich immer so. Sie kommentieren seine Abwesenheit nicht, klammern sich aber umso heftiger an sie und wehren sich gegen den Schlaf, um so viel Aufmerksamkeit wie möglich von ihr zu bekommen. Obwohl solche Abende auf Kosten der Hausarbeit gehen, die Theresa vor dem Zubettgehen erledigen müsste, denkt sie oft, dass sie sie stärker wertschätzen sollte. Sie ist ja froh, die Kinder zu haben, und hält das keineswegs für selbstverständlich. Eine ihrer Schwägerinnen hat jahrelang versucht, schwanger zu werden, aber es hat einfach nicht geklappt. Und das Baby einer Frau, die Theresa von der Schule her kennt, hat nur wenige Wochen gelebt. Überall wird man darauf gestoßen, wie wenig selbstverständlich es ist, Mutter zu sein.

Sie öffnet die Fliegengittertür und geht den kleinen Weg zum Häuschen ihrer Großmutter hinüber. All ihre Bekannten in der Shelly Bay haben ein solches Haus: ein Stockwerk, drei Schlafzimmer, die Wände halb aus echtem Backstein, halb aus künstlichem, mit einem durchschnittlichen Garten hinter dem Haus und einem Vorgärtchen für ein paar Rosenstöcke oder was auch immer die Leute dort pflanzen wollen, damit ihr Haus von der Straße aus einen guten Eindruck macht.

Als Andrew und sie das Haus nach ihrer Hochzeit gekauft haben, war Nonnas Wohnung noch ein Schuppen. Andrew gefiel es, dass man den Rasenmäher, sein Surfboard und die Gartengeräte dort unterstellen konnte. An den Wochenenden verschwand er in dem Schuppen, um wer weiß was zu tun. Einmal fand Theresa dort Tittenmagazine, leere Bierdosen und drei Packungen Benson & Hedges. Die Dosen warf sie fort, und als sie das nächste Mal eine Schaufel holen wollte, waren die Tittenmagazine verschwunden.

Als Nonna vor drei Jahren zu ihnen zog, wurde aus dem Schuppen Wohnraum.

Andrew protestierte, als Theresa ihm den Plan unterbreitete.

»Warum sollte ich das für jemanden von deiner Familie tun?«, fragte er in einem Tonfall, der den Verdacht aufkommen ließ, dass es ihm schon nicht schmeckte, etwas für ihre gemeinsamen Kinder tun zu müssen. »Kann sie nicht bei deinen Eltern wohnen?«

Theresa wies darauf hin, dass Nonna eine ältere Dame

sei, die schon seit Ewigkeiten an den Northern Beaches lebe. All ihre Freunde seien hier, während sie an der Central Coast, wo Theresas Eltern wohnten, niemanden kennen würde. Dass sie nicht mehr allein leben könne, sei kein Grund, sie zu entwurzeln.

»Außerdem kann sie nach der Schule auf die Kinder aufpassen, wenn ich …«

»Wenn du dir die Fingernägel machst?«, fragte er, und sie wäre am liebsten in Tränen ausgebrochen.

»Nein, Andrew. Wenn ich einkaufe, koche und putze.«

»Das ist doch dein Job.«

»Das ist mir schon klar. Aber du musst dich neben deinem Job nicht auch um die Kinder kümmern.«

Einen Moment wirkte er verblüfft. »Du könntest dein Ehrenamt an den Nagel hängen. Dann hättest du mehr Zeit für deine Aufgaben *und* für die Kinder.«

Aber die ehrenamtliche Tätigkeit im Northern Hospital ist das Einzige, was Theresa nur für sich tut – jedenfalls war das so, bis sie mit dem Schwimmen angefangen hat. Im Krankenhaus kann sie sich mit ihren Fähigkeiten einbringen und kommt mit Leuten ins Gespräch, deren Alter im zweistelligen Bereich angelangt ist. Die erwachsen sind. Aber das würde Andrew nie verstehen, das wusste sie; und sie wusste auch, dass sie nicht allzu defensiv auftreten durfte, weil sie ja etwas von ihm wollte.

»Es ist wichtig, der Gemeinschaft etwas zurückzugeben«, sagte sie so ruhig wie möglich, »daher werde ich weiterhin ins Krankenhaus gehen. Und Nonna wird uns nicht stören. Wenn überhaupt, wird sie uns unterstützen.«

Er schnaubte. »Und du wirst noch weniger Zeit für mich haben als jetzt schon.«

Ihr war schleierhaft, was er damit meinte, da er nie Interesse zeigte, Zeit mit ihr zu verbringen. Er ging morgens zur Arbeit und verzog sich abends in seinen Schuppen. Aber es hatte keinen Sinn, weiter mit ihm zu diskutieren. »Bitte«, war alles, was sie noch sagte.

Und er stimmte zu – ein paar Tage später.

Mittlerweile scheint es ihm zu gefallen, dass Nonna bei ihnen lebt, weil sie sich gern mit ihm über Cricket unterhält und exzellent kocht. Nonnas Lasagne mag Andrew lieber als alles, was Theresa ihm vorsetzen könnte. Was ihn aber nicht davon abgehalten hat, sich ständig zu beklagen, als er für Nonna die Wände des Häuschens streichen und Badewanne und Toilette einbauen musste. Sehr zu Theresas Überraschung, die gar nichts von seinen Fähigkeiten wusste, hat er alles in Eigenregie erledigt. Ihren Dank hat er brüsk abgetan. Sie weiß, dass sie ihm gegenüber nie die richtigen Worte findet, ist aber ratlos, wie sie sich sonst ausdrücken soll.

Auf dem Weg zu Nonnas Haustür spürt sie die Feuchtigkeit in der Luft. Ursprünglich hat sie mit einem Unwetter gerechnet, aber das scheint an ihnen vorübergezogen zu sein. Jetzt hängen nur noch die schweren Vorahnungen davon in der Luft.

Sie klopft leise an. »Nonna?« Normalerweise ist ihre Großmutter um diese Zeit noch wach, aber sie möchte auch nicht stören.

»*Si*, Theresa«, erklingt die volle Stimme, die mit der Zeit und Nonnas Vorliebe für Mentholzigaretten und ihren nachmittäglichen Aperitif immer tiefer geworden ist.

Als Theresa die Tür öffnet, sitzt Nonna mit einer Zigarette in der einen und einer Ausgabe von *La Fiamma* in der anderen Hand da.

»Brauchst du irgendetwas?«, fragt Theresa.

»Nein danke, mein Schatz.« Nonna fuchtelt mit der Zigarette herum. »Ich habe alles, was mein Herz begehrt.« Sie lächelt, und ihr Gesicht verwandelt sich in eine Ziehharmonika. Ihre Augen verschwinden fast zwischen den Falten.

Theresa kann sich nicht mehr erinnern, wie ihre Großmutter aussah, bevor sie alt war. Unwillkürlich fragt sie sich, ob sie selbst eines Tages so aussehen wird. Der einzige Unterschied zwischen ihnen besteht darin, dass Theresa nur ein paar Jahre geraucht und bereits am Anfang ihrer ersten Schwangerschaft damit aufgehört hat, während Nonna sogar während der Schwangerschaften und in der Stillzeit weitergequalmt hat.

»Spielst du morgen wieder Karten?«, fragt Theresa und lehnt sich an den Türrahmen.

Nonna trifft sich regelmäßig zum Pokerspielen im Haus einer Freundin. Wie sich herausgestellt hat, sind diese Termine eine sprudelnde Geldquelle, aus der Geschenke für Ollie und Sasha finanziert werden.

Nonna stößt Rauch aus und nickt. »Ja. Ich brauche mal wieder einen Sieg.«

»Gewinnst du nicht jede Woche?« Theresa zieht eine Augenbraue hoch. »Du lässt diese alten Schrullen doch immer bluten.«

Nonna lächelt maliziös. »Weil sie es nicht anders verdient haben.«

Theresa lacht. »Das glaube ich nicht. Du willst einfach immer gewinnen.«

»Du nicht?«

Theresa hört die Haustür knallen und zuckt zusammen.

Andrew sollte doch wissen, dass die Kinder um diese Zeit schlafen.

Sie schaut ihre Großmutter an und zieht die Augenbrauen zusammen.

Nonna zuckt mit den Achseln. »Er ist dein Ehemann«, sagt sie und nimmt einen Zug von ihrer Zigarette.

Theresa schneidet eine Grimasse und tritt aus der Tür. »*Ciao*«, sagt sie, als Nonna sie fortwinkt.

Sie riecht Andrew, bevor sie ihn sieht: Hopfen vermischt mit Qualm, der Geruch eines jeden Pubs. Als sie ins Wohnzimmer kommt, hockt er bereits auf dem Sofa und stellt den Fernseher lauter.

»Du weckst die Kinder«, sagt sie und hört den Ärger in ihrer Stimme. Sie sollte nicht so mit ihm reden müssen, als wäre er selbst noch ein Kind. Aber darauf läuft es hinaus, besonders wenn er nicht nüchtern ist.

»Ebenfalls hallo«, sagt er, und sie hört den Tadel heraus. Sie weiß, dass sie meistens vergisst, Hallo oder Tschüss zu sagen, aber er tut es auch nicht.

»Andrew ... die Lautstärke.«

»Sie werden es schon überleben«, erwidert er.

Theresas Schultern krümmen sich, und ihr Kiefer spannt sich an. Eigentlich möchte sie ihren Ehemann nicht so behandeln – viel lieber würde sie ihn mit offenen Armen und einem Kuss begrüßen. Aber er macht es ihr unmöglich.

Noch nie ist er nach Hause gekommen und hat gesagt, dass er sich freut, sie zu sehen. Früher hat sie immer gesagt, dass sie ihn vermisst habe, worauf er ihr zuzwinkerte und ihr einen Klaps auf den Hintern gab. Aber keine Rede davon, dass er sie auch vermisst hat. Es dauerte eine Weile – zu lange vielleicht –, bis ihr klar war, dass sie von ihm nie etwas Liebevolles oder Anerkennendes hören würde. Nicht einmal seinen Kindern sagt er, dass er sie lieb hat.

Darauf hat sie ihn sogar schon angesprochen, aber er hat nur erwidert, dass sie die Kinder verziehe, wenn sie ihnen die ganze Zeit sage, wie sehr sie sie liebe. »Dann werden sie zu Weicheiern«, befand er.

Sie hätte nicht überrascht sein sollen, da »Weichei« das Lieblingsschimpfwort seines Vaters ist. Andrew war früher offenbar auch ein Weichei – bis er dann ein harter Typ wurde. Andrews Vater ist der Meinung, dass Ollie sich genauso entwickeln wird: jetzt sei er noch ein Weichei, weil er immer nach seiner Mutter krähe, »aber das wird sich schon geben – ihr werdet noch an meine Worte denken«. Theresa denkt nie an die Worte ihres Schwiegervaters. Andrew schon, das weiß sie.

Als sie ihn nun auf der Couch hocken sieht, das Gesicht im Schatten, weil die Glühbirne nur noch matt funzelt, kann sie bereits seinen Vater in ihm erkennen. Er bekommt dieselben Hängebacken – nicht dass sie Hängebacken sexy findet. Weiß man dann noch, dass sie selbst unentwegt erschöpft ist und mit ihm statt zwei drei Kinder zu haben scheint, ist es kaum verwunderlich, dass sie schon lange nicht mehr nackt zusammen waren. Sie kann sich kaum noch erinnern, wie er aussieht. War es vielleicht zu Neujahr? Dann wäre es … fast ein Jahr her. Um Gottes willen! Laut *Cleo* sollte man es viel öfter tun, wenn man »seinen Mann halten« will. Was keine besonders erfreuliche Aussicht ist, wenn sie Andrew so betrachtet.

»Wo warst du?«, fragt sie, da es ihr immer noch nicht ganz egal ist, was er macht. Sie hingegen ist ihm vollkommen gleichgültig.

»Weg.«

Sie zählt innerlich bis fünf, damit sie nicht etwas erwidert, das nur einen Streit vom Zaun brechen würde.

»Die Kinder haben dich vermisst.«

»Ach ja?« Er lässt sich noch tiefer ins Sofa sinken, dreht sich aber nicht zu ihr um.

»Ich fände es wirklich schön, wenn du zum Abendessen hier wärst.« Sie bemüht sich um einen selbstbewussten Tonfall. So wie sie es in der *Cleo* gelesen hat.

»Ihr esst so früh«, sagt er. »Dann habe ich noch keinen Hunger.«

Noch einmal bis fünf zählen.

»Gut, aber sie würden dich trotzdem gern sehen, bevor sie ins Bett gehen.«

»Und ich würde dich gern sehen, wenn sie aufwachen«, sagt er.

Jetzt blicken seine trüben Augen in ihre Richtung, aber sie könnte nicht sagen, ob er einfach nur beleidigt ist oder die Wahrheit sagt. Sie schauen sich an, während im Fernseher ein Film läuft. Sie glaubt, John Waynes Stimme zu hören.

»Du gehst schwimmen«, sagt Andrew, »und ich gehe mit den Jungs aus. Das ist nur gerecht.«

Das hat eine gewisse Logik, das muss sie zugeben. Aber wenn sie ihm vorrechnen würde, was sie sonst noch alles macht, verglichen mit dem, was er tut, und wer dann an der Spitze einer solchen Liste stehen würde, würden sie sich wieder im Kreis drehen – was sie schon viel zu lange tun. Ihre Ehe ist ein einziges Gezerre darum, wer was will und wer nicht bekommt, was er will. Beide haben sie das Gefühl, zu kurz zu kommen. Sie denkt, wegen der Hausarbeit und den Kindern keine ruhige Minute zu haben, während er der Meinung ist, ja die finanzielle Verantwortung für sie zu tragen, was ihren Stress locker aufwiege.

Theresa ist unweigerlich zu dem Schluss gelangt, dass der einzige Ausweg darin besteht, klein beizugeben. Gar nicht mehr um etwas zu bitten. Den Mund zu halten. Die gehorsame kleine Ehefrau zu spielen. Vielleicht kommt Andrew dann von selbst früher nach Hause, um die Kinder noch zu sehen. Da er sich nicht ändern wird, muss sie es wohl als Erste tun. Was auch weniger kraftraubend ist, als ihn ändern zu wollen, so viel ist sicher.

Das Schwimmen wird sie allerdings nicht aufgeben, das braucht sie mittlerweile. Und leistet damit wirklich etwas, während sie sonst nicht das Gefühl hat, irgendetwas zustande zu bringen, außer vielleicht, sich irgendwie durchzuschlagen. Wenn ihre Kinder unbeschadet das Erwachsenenalter erreichen, wird sie vielleicht denken, etwas geleistet zu haben, aber bis dahin ist es noch ein weiter Weg.

»Ich gehe ins Bett«, sagt sie wie an jedem Abend.

»Gut«, sagt er, den Blick wieder auf den Fernseher gerichtet.

Langsam begibt sich Theresa ins Schlafzimmer und zieht sich aus. Andrew wird heute vermutlich auf der Couch schlafen, wie er es in letzter Zeit häufig tut. Obwohl sie es nicht vermisst, dass er nachts um sich schlägt, ist sie nicht begeistert über die Entwicklung. Sie hat nicht den Eindruck, als würde es sich um eine vorübergehende Phase handeln.

Früher einmal kam es ihr so vor, als würde die Sonne aus Andrew herausscheinen, und er schien dasselbe zu denken, wenn er sie betrachtete. Wenn sie jetzt nachts wach liegt, versucht sie sich vorzustellen, wie sie diesen Zustand zurückholen könnten. Dann wäre das Leben friedlicher.

Allerdings kann sie nicht leugnen, dass es ein Problem an der ganzen Sache gibt. Für sie scheint die Sonne nun aus Oliver und Sasha heraus. Früher dachte sie, ihre Liebe zu Andrew sei grenzenlos, aber inzwischen ist sie an deren Grenzen gestoßen. Andererseits weiß sie mit jeder Zelle ihres Körpers, dass ihre Liebe zu den Kindern so groß ist wie das Universum. Sie kann Andrew nur wünschen, dass er ähnlich empfindet.

9

Eigentlich klang es wie ein guter Plan, jeden Morgen schwimmen zu gehen, aber Elaine ist noch nicht überzeugt davon, dass er sich in der Praxis bewähren wird. Die Chancen dafür stehen jedenfalls umso schlechter, wenn sie den ganzen Abend davor Gin Tonic trinkt und darauf wartet, dass James nach Hause kommt – der sie bei seiner späten Heimkehr gestern einmal geküsst hat, um dann quer über ihrem Körper einzuschlafen. Glücklicherweise war er zu müde, um zu merken, dass sie betrunken war, sonst hätte es bestimmt wieder eine Diskussion gegeben. Immer wenn er sie mit einem Drink sieht, ermahnt er sie, »es nicht zu übertreiben«. Aber er hat ja auch gut reden mit seinem Zwölf-Stunden-Tag, während sie zu Hause hockt und die Kinder vermisst und ihre Firma, die sie einmal hatte, und ihre Freundinnen und ihre Eltern, bei denen sie immer mal vorbeigeschaut hat, um Kreuzworträtsel mit ihnen zu lösen oder sie zum Arzt zu bringen.

Jetzt muss sich Elaines Schwester um ihre Eltern kümmern, und Elaine bleibt nichts anderes zu tun, als sich an das neue Land zu gewöhnen, das für ihren Ehemann nicht neu ist. Er trifft sich mit Freunden aus Schul- und Studienzeiten, und seine Mutter ist entzückt darüber, dass ihr einziger Sohn zu ihr zurückgekehrt ist. Elaines Anwesenheit hier entzückt niemanden. Nur James, wenn er sie denn mal anschaut. Vermutlich sollte sie dankbar sein – sie kennt nicht wenige Frauen, deren Ehemänner ungehobelte Kerle oder Langweiler sind, weshalb sich in diesen Ehen niemand mehr über den Anblick des jeweils anderen freut.

Vom Trinken kann sie das allerdings nicht abhalten. Sie weiß, dass es überhandnimmt. Was als Zeitvertreib begonnen hat, weil die Hausarbeit ihren Tag nicht ausfüllt, ist zu einer Gewohnheit geworden, von der sie nicht mehr loskommt. Eigentlich lächerlich, weil es ja nicht so ist, dass sie keine Willenskraft hat. Die hat sie seit ihrer Jugend fast täglich unter Beweis gestellt, und auch während ihrer Schwangerschaften. Ihre Essgewohnheiten unterliegen einer Mode, die man als asketisch bezeichnen könnte, im Gegensatz dazu lässt sich der Alkohol offenbar nicht so leicht kontrollieren.

Heute Morgen verdankt sie diesem Kontrollverlust pochende Kopfschmerzen, die gut zu den heftigen Wellen passen, denen sie auf dem Rückweg zum Strand ausweicht. Sie muss verrückt sein, durch diese Brandung zu schwimmen, wo sie es doch in Freibädern und an Stränden in Norfolk gelernt hat. James hat sie gewarnt, aber sie hat dagegengehalten, dass sie früher verschiedene Preise bei Wettkämpfen in sämtlichen Schwimmstilen eingeheimst habe und mit der Strömung schon klarkommen werde – *danke, aber kein Problem, mein Schatz, mach dir um mich keine Sorgen.*

Die aktuelle Interpretation von *kein Problem* beinhaltet das Bedürfnis zu kotzen – wegen ihres Katers und auch wegen der Panik, die vom Sog an ihren Füßen herrührt, der Strömung, die sie hinaus aufs Meer zieht. Sie muss kämpfen, um wieder an den Strand zu gelangen, dabei ist sie stark und durchtrainiert. Sie sollte nicht so kämpfen müssen.

»Oi! Marie!«, hört sie einen Mann rufen, als sie endlich Grund unter den Füßen spürt und mit den Händen durchs Wasser schaufelt. »Verdammte Touristen!«

Elaine schaut nach rechts, wo ein älterer Mann in einer knappen Badehose steht, die Arme vor der behaarten Brust verschränkt.

»Die denken immer, sie könnten alles«, fährt er fort. »Und dabei bringen sie sich ständig in Gefahr, verdammt.«

»Halt den Mund, Trev«, erwidert eine grauhaarige Frau, die, wie Elaine jetzt sieht, eine Jugendliche aus dem Wasser zieht. »Hilf mir lieber.«

»Du machst das schon«, sagt er. »Außerdem habe ich mir das Kreuz verrenkt.« Er verzieht übertrieben das Gesicht und stützt eine Hand in die Hüfte.

Die Augen des Mädchens sind geschlossen. Sein Körper ist schlaff, weshalb sich Marie – wie die grauhaarige Frau offenbar heißt – sichtbar abmüht. Elaine kämpft sich schneller durch das Wasser und eilt zu den beiden hin.

»Kann ich helfen?«, fragt sie und nimmt die Beine des Mädchens. Die Erleichterung ist Marie ins Gesicht geschrieben.

»Ich bin schon da, Marie!«, vernimmt Elaine eine Stimme hinter sich und sieht, als sie über die Schulter schaut, eine jüngere Frau, die genauso viel Mühe hat wie sie selbst zuvor, an den Strand zu kommen.

»Achtung, hinter Ihnen!«, sagt Elaine zu Marie, da die anlaufenden Wellen im Sand eine Rinne frei gespült haben.

»Danke«, keucht Marie und packt das Mädchen fester unter den Armen, während Elaine die Knöchel umklammert. An einer Stelle, die das Wasser nicht mehr erreicht, sagt sie: »Hier können wir sie ablegen. Ganz vorsichtig.«

Sobald das Mädchen auf dem Sand liegt, steht die andere Frau neben ihnen. »Tut mir leid – der Rückweg war gar nicht so einfach«, sagt sie atemlos, kniet sich hin und legt die Wange an den Mund des Mädchens. »Sie atmet, aber wir sollten sie in Seitenlage bringen.«

Elaine steht untätig dabei, als Marie die Hände unter den Kopf der Jugendlichen schiebt, während die andere Frau die Arme um ihren Körper schlingt. Sie scheint mit ihm zu ringen, als sie ihn auf die Seite dreht. Schockiert beobachtet Elaine, wie sie dem Mädchen den Finger in den Mund steckt.

»Die Atemwege müssen frei sein«, sagt Marie, als sie Elaines Blick bemerkt. »Falls sie Meerwasser oder sonst was geschluckt hat. Damit sie nicht erstickt.«

Elaine nickt, sprachlos angesichts der Choreographie dieser surrealen Szene: zwei Frauen, die sich als Lebensretterinnen betätigen, ein bewusstloses Mädchen und ein Mann, der danebensteht und keinen Finger rührt. Und dann noch sie selbst, die auch keinen Finger rührt, weil sie keine Ahnung hat, was sie tun soll. Im Gegensatz zu den Frauen, die genau zu wissen scheinen, was sie da tun. Vielleicht ist das auch etwas, das man in Australien lernt – Leben retten.

Die Jugendliche hustet und stöhnt. Ihre Lider flattern.

»Hallo?«, sagt die Frau. »Kannst du mich hören? Wie heißt du?«

Das Mädchen hustet wieder. »Kathy«, krächzt es dann.

»Kathy, es scheint, du hast im Wasser Probleme bekommen«, sagt Marie und streicht dem Mädchen über die Stirn. »Wie geht es dir?«

»Mhm … ein bisschen komisch.«

»Bleib erst mal liegen«, sagt die andere Frau, als Kathy sich bewegen will. »Nichts überstürzen. Du hast wahrscheinlich einen Schock.«

Marie und sie wechseln einen Blick.

»Du kannst jetzt gehen, Theresa«, sagt Marie. »Die Kinder müssen doch zur Schule.«

Theresas Stirn legt sich in Falten. »Aber ich möchte sie nicht allein lassen.«

»Ich bleibe ja bei ihr«, erwidert Marie.

»Ich kann auch dableiben«, sagt Elaine. Das ist das Mindeste, was sie tun kann.

Die Frau – Theresa – lächelt Elaine an. »Danke, dass Sie uns vorhin geholfen haben.«

Elaine winkt ab. »Das war doch nicht der Rede wert.«

»Es hilft schon zu wissen, dass anderen auch nicht egal ist, was um sie herum passiert.« Die Frau steht auf. »Ich heiße Theresa. Und das ist meine Freundin Marie.«

»Ich bin Elaine«, murmelt sie wie ein schüchternes Mädchen auf dem Spielplatz.

»Danke noch einmal. Dann verschwinde ich jetzt mal. Sehen wir uns morgen?« Theresa wartet die Antwort gar nicht ab, sondern eilt zu einem Handtuch, das zusammengefaltet in der Nähe im Sand liegt. Sie hebt es auf und reißt sich gleichzeitig die Badekappe vom Kopf. »Tschüss, Marie!«, ruft sie, als sie fast hüpfend zur Treppe eilt, die zur Promenade hinaufführt.

Marie winkt ihr hinterher und richtet ihre Aufmerksamkeit dann wieder auf das Mädchen, das sich nun mühsam aufstützt. Trev ist verschwunden, wie Elaine bemerkt.

»Hier«, sagt sie und hält Kathy ihre Hand hin, um ihr langsam auf die Beine zu helfen.

»Wie geht es dir?«, erkundigt sich Marie, während sie den Ellbogen des Mädchens nimmt.

Kathy wird rot. »Das ist mir so peinlich. Ich dachte wirklich, ich kann gut schwimmen.«

»Das haben wir alle mal gedacht, meine Liebe«, sagt Marie freundlich. »Bis wir merkten, dass dem nicht so ist. Lass dir Zeit. Schau, wie es sich anfühlt, wieder auf beiden Beinen zu stehen. Es besteht kein Grund zur Eile.« Sie fängt Elaines Blick auf und nickt zur Seite. »Lassen wir ihr ein wenig Zeit.«

Elaine geht ein paar Schritte weiter, und Marie folgt ihr. Das Mädchen behalten sie dabei im Blick.

»Sie schwimmen oft?«, fragt Marie.

»Was?«

»Ich habe Sie neulich schon hier gesehen.«

»Oh … nun ja. Neuerdings bin ich immer morgens hier.«

»Vielleicht wollen Sie ja lieber für sich bleiben, aber falls nicht: Theresa und ich treffen uns täglich bei Sonnenaufgang hier. Sie können sich uns gern anschließen. Wir schwimmen zum Little Beach und wieder zurück.« Marie lächelt. »Mir ist gar nicht klar, wie Theresa das schafft, wo sie doch so viel um die Ohren hat: Kinder in der Grundschule, das Ehrenamt im Krankenhaus und so weiter. Heute Morgen war sie ein bisschen gestresst, aber eigentlich ist sie die Freundlichkeit in Person.«

Elaine schämt sich fast. Theresa scheint bis zum Hals in Arbeit zu versinken und kümmert sich trotzdem um eine

Fremde in Not. Sie selbst dagegen versinkt in einer großen Leere und schafft es nicht einmal, sich selbst zu helfen.

»Ich denke, ich kenne Theresa inzwischen gut genug, um sagen zu können, dass sie sich über eine weitere Schwimmbegleitung freuen würde«, fügt Marie hinzu und schenkt Elaine ein Lächeln.

»Danke«, sagt die schnell, nicht sicher, ob sie Marie das glauben soll. Was, wenn Theresa sie nicht dabeihaben will? Elaine möchte nach dem Erlebnis beim Tennis nicht schon wieder enttäuscht werden.

Kathy streckt sich ein wenig mehr und dreht sich zu ihnen um.

»Kannst du gehen?«, ruft Elaine und geht ihr entgegen.

Kathy nickt. »Ja. Danke.«

»Soll ich dich irgendwohin bringen?«, fragt Elaine, die froh wäre, eine Aufgabe zu haben.

Wieder nickt Kathy. »Gerne. Meine Tasche steht im Surfclub.«

Marie lächelt zufrieden. »Danke, Elaine.«

»Nicht der Rede wert. Wirklich.« Sie hakt das Mädchen unter.

»Bis bald«, sagt Marie, und Elaine weiß nicht, ob die Worte an das Mädchen oder sie gerichtet sind.

Während sie Kathy zum Surfclub bringt, schaut sie sich noch einmal um. Marie geht bewusst langsam, den Kopf gesenkt, als würde sie jeden einzelnen ihrer Schritte beobachten. Vielleicht ist sie jemand, den Elaine gern näher kennenlernen würde; jemand, der auch Elaine gern näher kennenlernen würde. Aber wenn Elaine sich nicht überwindet, mit Marie und Theresa schwimmen zu gehen, werden sie es nie erfahren.

SOMMER 1982 – 1983

10

»Guten Morgen, Theresa.« Maries Lächeln ist in der Dämmerung nur zu erahnen, aber die breiten Schultern würde sie überall erkennen.

»Guten Morgen, Marie!«

Theresa freut sich fast so sehr, Marie zu sehen, wie sie sich auf ihre Kinder freut, wenn die Schule zu Ende ist. Es ist dieses warme Gefühl, dass man jemanden genug liebt, um ihn zu vermissen und seine Gesellschaft immer wieder von Neuem zu genießen.

Theresa hat den Eindruck, dass Marie sie ebenfalls mag. Wer morgens zuerst da ist, wartet auf die andere, dann gehen sie zusammen ins Wasser und schwimmen bis zum Little Beach. Manchmal halten sie unterwegs an und treten auf der Stelle. Das sei gut für die Beine, behauptet Marie. Theresas Beine finden zwar, dass das Schwimmen sie schon genug beansprucht, aber da Marie für eine alte Schachtel ziemlich athletisch wirkt, steht es Theresa nicht zu, ihre Worte anzuzweifeln.

Außerdem sollte sie von Marie nicht als alter Schachtel denken. Sie ist einfach nur ein bisschen älter. Irgendwas in den Sechzigern, aber das weiß sie nur, weil sie Theresa gegenüber mal erwähnt hat, dass sie während des Zweiten Weltkriegs schon über zwanzig war. Bislang hat sich Theresa vorgestellt, dass Leute über sechzig zu Hause in ihrem Ohrensessel sitzen, Kreuzworträtsel lösen und die Todesanzeigen im *Herald* studieren. Die Eltern ihres Vaters waren so – und viele andere Bekannte auch.

Nonna ist allerdings anders. Vielleicht sollte sich Theresa besser zurückhalten mit ihrem Urteil über Leute, die sie gar nicht kennt. Das ist wirklich eine schlechte Angewohnheit von ihr. Sie könnte ihrer Mutter die Schuld dafür geben, weil die immer Sätze von sich gibt wie, Mädchen seien »billig«, wenn ihre Röcke zu weit über dem Knie enden, oder »gewöhnlich«, wenn sie ihr Haar auf eine bestimmte Weise färben. Nicht dass ihre Mutter gehässig wäre – sie spricht einfach nur das aus, was auch alle ihre Freundinnen denken. Theresa hat keine Ahnung, wo sie das herhaben, aber die Äußerungen haben ihr eigenes Denken ziemlich lange geprägt. Irgendwann ist ihr dann ein Licht aufgegangen: Man muss die Leute nehmen, wie sie sind. So hat sich Marie ihr gegenüber verhalten und sie sich Marie gegenüber auch. Keinerlei Vorurteile, so wie es unter Freundinnen eigentlich sein sollte.

Als sie Marie beim Anblick des Meers seufzen hört, wird Theresa in die Wirklichkeit zurückgeholt.

»Was ist denn los?«, fragt sie und stopft sich das Haar unter die Badekappe.

»Was meinst du?« Marie schaut sie an.

»Der Seufzer!«

»Was denn für ein Seufzer?«

»Du hast geseufzt. Ziemlich laut sogar. Hast du das gar nicht gemerkt?«

Marie runzelt leicht die Stirn, und Theresa hat schon die Befürchtung, dass sie an etwas gerührt hat, das Marie gar nicht bewusst war.

»Es ist …« Marie seufzt noch einmal und schüttelt den Kopf. »Heute ist es wieder so weit.«

»Womit?«

Maries Lippen öffnen sich leicht und schließen sich wieder. Ihre Schultern sacken leicht nach vorn. »Ich hatte einen Sohn.« Sie schaut weiter aufs Meer hinaus, und Theresa wünscht sich, ihren Blick auffangen zu können, weil Marie so traurig klingt. »Er war eine Totgeburt. Heute. Vor dreiunddreißig Jahren.«

Jetzt lächelt sie Theresa an, während Theresa das Gefühl hat, an ihrer Stelle weinen zu wollen.

»Er wäre jetzt dreiunddreißig. Logisch.« Noch ein Seufzer. »Ich denke nicht ununterbrochen an ihn, aber an diesem Tag immer.«

Theresa legt Marie die Hand auf den Arm. Obwohl sie mittlerweile wahrscheinlich Freundinnen sind, hat sie nicht das Gefühl, sie gut genug zu kennen, um sie in den Arm zu nehmen. »Das tut mir leid«, sagt sie, aber die Worte klingen leer. Bedeutungslos. Zumal sich Marie schon im Zusammenhang mit dem Tod ihres Ehemanns solche Floskeln verbeten hat. »Das ist eine Phrase, ich weiß, aber etwas Besseres fällt mir nicht ein.«

»Es gibt keine richtigen Worte dafür.« Marie schaut sie freundlich an. »Und auch keine falschen. Ich freue mich schon, dass ich überhaupt jemandem davon erzählen kann. Norm und ich …« Sie hält inne. »Na ja, wir haben das Thema ausgeklammert. Und Nicole war erst zwei und kann sich nicht daran erinnern, daher möchte ich mit ihr nicht darüber reden. Meine Freundin Gwen war damals ein Geschenk Gottes für mich, aber auch wir haben schon jahrelang nicht mehr darüber gesprochen.«

Theresa nickt, da sie nicht weiß, was sie anderes tun soll, als das Gesagte einfach zur Kenntnis zu nehmen.

»Die Zeit ist sonderbar, nicht wahr?«, fährt Marie fort. »Es kommt mir so vor, als wäre er gerade noch hier gewesen. Und dann wieder, als wäre das alles in einem anderen Leben passiert. Kopfmäßig bin ich immer noch so jung wie damals.« Sie zuckt mit den Achseln. »Dabei fühle ich mich an den meisten Tagen furchtbar alt.«

Theresa nimmt ihre Hand. Eine Geste, die ihrem Empfinden nach jetzt angemessen ist. »Wie hieß er?«, fragt sie leise.

»Duncan.« Marie drückt ihre Hand. »Danke, dass du fragst.«

Eine Minute lang stehen sie so da, vielleicht sogar zwei oder drei, dann färbt sich der Himmel orange. Normalerweise will Theresa so schnell wie möglich ins Wasser, weil sie weiß, welche Aufgaben zu Hause auf sie warten. Rein, raus, wieder weg und in den Tag gestürzt. Aber heute ist sie froh, eine Weile still sein zu können.

»Äh … Hallo?«

Als Theresa sich umdreht, erblickt sie die Frau von neulich, die ihnen mit dem Mädchen geholfen hat. Sie wirkt nervös.

»Elaine, nicht wahr?«, sagt Marie, und Elaines Gesicht entspannt sich.

»Ja. Hallo … Marie. Und Theresa.«

»Sie können ruhig näher kommen, wir beißen nicht«, sagt Marie.

Theresa hätte fast gelacht. Marie kann tatsächlich ganz schön einschüchternd wirken. Wenn sie aus dem Wasser kommt, strahlt sie etwas Kriegerisches aus, und ein Lächeln ist ihr dann auch nicht so leicht zu entlocken.

Sie selbst wiederum könnte ihr Lächeln etwas sparsamer einsetzen, das ist Theresa bewusst. Aber das hat man ihr als kleines Kind ebenfalls eingetrichtert: *Lächle, Theresa, niemand möchte ein hübsches Mädchen so finster dreinschauen sehen* – so die ständige Ermahnung ihrer Mutter, wie eine Schallplatte mit Sprung. Egal, mit wem sie zusammen waren, Theresa musste lächeln, während ihre Brüder einfach sie selbst sein durften. Diese Ungerechtigkeit lässt sie immer noch nicht kalt, aber sie hat gelernt, solche Gefühle zu unterdrücken.

»Haben Sie etwas dagegen, wenn ich mich zu Ihnen geselle?«, fragt Elaine, und Theresa verspürt einen Stich. Aus Eifersucht? Nein. Es ist eher so etwas wie … Enttäuschung. Damit wird sie Marie nicht mehr für sich allein haben, woran sie sich schon gewöhnt hat.

Aber gut, nichts im Leben bleibt, wie es ist. Das sagt Nonna immer, und da sie zwei Weltkriege miterlebt hat, weiß sie vermutlich, wovon sie spricht.

»Ich habe Elaine gesagt, dass wir nichts dagegen hätten, zu dritt zu schwimmen.« Maries Blick wirkt fast bittend.

»Von mir aus gern«, sagt Theresa. »Allerdings wirken Sie etwas fitter als ich. Wahrscheinlich können *Sie* mit Marie mithalten.« Sie verdreht die Augen. »Ich kann nicht mal daran denken. Sie ist so viel besser als ich.«

»Bin ich nicht«, sagt Marie mit einer Art Schnalzen. »Ich bin nur besser in Form. Aus Ihrem Akzent schließe ich, dass Sie nicht immer schon im Ozean geschwommen sind, oder, Elaine?«

»Das stimmt. Und ich bin auch noch nicht lange genug in Australien, um es häufig ausprobiert zu haben.«

»Was hat Sie hergeführt?«, erkundigt sich Theresa.

»Mein Ehemann ist Australier. Wir haben uns in England kennengelernt und bis vor Kurzem dort gelebt.« Elaines Miene verfinstert sich für einen Moment. »Dann wollte er nach Hause.«

Marie kneift leicht die Augen zusammen. »Das dürfte für Sie nicht leicht sein. Haben Sie Kinder?«

»Zwei Söhne. Aber die sind schon erwachsen, daher …« Wieder die finstere Miene. »Sie sind in England geblieben.«

»Oh, wie traurig«, sagt Theresa, die sich nicht vorstellen kann, ihre Kinder nicht um sich zu haben. Tatsächlich will sie sich das noch nicht einmal vorstellen. Aber vielleicht macht sie die Situation für Elaine nur noch schwerer erträglich, wenn sie so heftig reagiert? Sie hätte nachdenken sollen, bevor sie den Mund aufmacht.

Doch Elaine wirkt fast erleichtert. »Ja«, bestätigt sie mit einem leisen Lächeln. »Ich vermisse sie immer. Aber sie sind ja jetzt selbstständig. Wir konnten von ihnen nicht erwarten, dass sie ihr ganzes Leben umkrempeln, nur weil ihr Vater verständlicherweise auch mal wieder in der Nähe seiner Familie und seiner Freunde sein wollte.«

»Dann ist das Schwimmen im Meer genau das, was Sie brauchen«, sagt Marie. »Es erfordert Disziplin und lenkt ab. Ich spreche aus Erfahrung.«

Elaines Gesichtsausdruck ist abzulesen, dass sie versteht. »Bislang macht es mir wirklich Spaß«, sagt sie. »Obwohl ich neulich morgens fast einen Schock erlitten habe – es war viel anstrengender als gedacht.«

Ihre Augen huschen von Marie zu Theresa, als erhoffte sie sich Bestätigung von ihr.

»Nur ein kleiner Rat«, sagt Marie, »Sie sollten immer Respekt vor dem Ozean haben und nie einer Welle den Rücken zukehren.«

Elaine runzelt die Stirn. »Aber wie kommt man denn dann …«

»Aus dem Wasser raus?« Marie lächelt. »Schauen Sie immer wieder in Abständen über die Schulter. Selbst wenn der Wellengang nicht sehr stark ist, kann immer eine Welle kommen, die Sie überrascht. Wie heute zum Beispiel. Die meisten Wellen sind klein, aber jede siebte hat es in sich.«

»Jede siebte?«

»Ein Set, also eine Wellengruppe, besteht aus sieben Wellen. Die letzte ist für gewöhnlich die größte.« Marie zwinkert. »Halten Sie sich an mich, dann kann Ihnen nichts passieren.«

Elaine nickt. »Das werde ich.«

»Und ich werde von hinten, von ganz hinten, auf euch aufpassen«, sagt Theresa, als sie ihren Sarong auszieht, zusammenfaltet und unter ihr Handtuch legt.

Elaine setzt schnell ihre Badekappe auf.

»Bereit?«, fragt Marie.

»Bereit«, antwortet Elaine motiviert.

»Bitte, ich lasse Ihnen gern den Vortritt!«, sagt Theresa kichernd.

Sie macht langsam, sodass Elaine neben ihrer Freundin in die Brandung geht. Ihre ursprüngliche Enttäuschung ist verschwunden. Es war wunderbar – ein regelrechtes Privileg –, Marie für sich allein zu haben, aber eine so besondere Frau darf man anderen nicht vorenthalten. Außerdem mag sie Elaine irgendwie – wie man so etwas eben manchmal weiß, ohne eine Ahnung zu haben, warum. *Kismet*, könnte man sagen. Das Wort hat sie mal in einem Buch gelesen. Es war Kismet, dass sie Marie über den Weg gelaufen ist, und mit Elaine könnte es etwas Ähnliches sein. Sie wird sich nicht dagegen wehren.

11

Heute ist der Tag. Nach den vielen Schwimmstunden und Matts Beteuerungen, dass ihr Kraulstil »schon ganz ordentlich ausschaut«, ist Leanne bereit, sich ins Meer zu wagen. Mit Theresa und ihren Freundinnen.

Sie hat sich die Entscheidung nicht leicht gemacht. Man könnte sie auch als Kapitulation bezeichnen – die Kapitulation vor Theresas launiger Kampagne, sie in den Ozean zu locken. »Was für ein schöner Morgen«, hat sie zum Beispiel gesagt, als sie Leanne im Flur sah. »Das Meer ist jetzt so warm – fast wie in der Badewanne.« Dann ist sie weitergegangen, als hätte sie nichts anderes im Sinn gehabt, als Leanne mit dieser aktuellsten Wettermeldung zu versorgen. Bei ihrer nächsten Begegnung hatte sie sich schon wieder eine neue Bemerkung ausgedacht: »Es ist unglaublich, wie gut es tut, jeden Tag im Meer zu schwimmen.« Oder: »Es macht so viel Spaß, mit anderen Leuten zu schwimmen. Da bleibt gar keine Zeit, um an die körperliche Erschöpfung zu denken.«

Leanne nickte dazu, als fühlte sie sich nicht wirklich angesprochen, aber Theresas Beharrlichkeit hat sie beeindruckt.

Man konnte den Eindruck gewinnen, als wäre Theresa wirklich erpicht auf ihre Gesellschaft.

Den einzigen Hinweis darauf, warum Theresa sich wohl so verhält, verdankt sie einem kurzen Gespräch vor ein paar Wochen, bei dem Theresa sich erkundigte, ob sie sich am Wochenende mit Freunden treffe. Leanne war gerade in ein paar Akten vertieft und hörte nur mit halbem Ohr hin, weshalb sie sich auch nicht um eine ausweichende Antwort bemühte. Denn sie hat keine Freunde. Stattdessen kümmert sie sich am Wochenende um ihren kleinen Garten, geht samstagsmorgens in die Bücherei, um sich neuen Lesestoff für die Woche auszuleihen, und am Sonntagnachmittag ins örtliche Kino.

»Nein«, erwiderte sie.

»Warum denn nicht?«, fragte Theresa, und in diesem Moment registrierte Leanne, dass sie einen Fehler gemacht hatte.

»Weil, na ja …« Sie wandte sich ab und hoffte, dass Theresa nicht nachbohrte – eine unbegründete Hoffnung, da Theresa die Letzte war, die so etwas auf sich beruhen ließ.

»Leanne?«

»Mhm?« Sie kehrte ihr immer noch den Rücken zu, was unhöflich war, aber sie wollte sich nicht in ein Gespräch verwickeln lassen.

»Sie reden nie über Ihre Freunde«, sagte Theresa, und es klang nicht wie ein Vorwurf. Eher schien sie neugierig zu sein und hatte vielleicht auch ein bisschen Mitleid, so als müsste man sich um Leanne Sorgen machen.

»Weil das nichts mit der Arbeit zu tun hat«, sagte sie so bestimmt wie möglich, dankbar, dass Theresa ihr Gesicht nicht sehen konnte, da ihre Lüge sonst offensichtlich gewesen wäre.

»Na dann«, sagte Theresa nachsichtig und ging, und Leanne fühlte sich schlecht.

Seither stellt ihr Theresa gelegentlich Fragen: Was hat sie am Wochenende vor? Hat sie diesen oder jenen Film schon gesehen? Es scheint weniger Sorge als Neugierde dahinterzustecken, aber Leanne weiß, dass Theresa sich nur diskret verhalten will.

Doch vielleicht möchte Leanne auch einfach nicht glauben, dass Mitleid der Grund dafür ist, dass Theresa sie fragt, wann sie endlich mit ihnen schwimmen geht. Allerdings kann sie schlecht nachhaken, obwohl selbst das sie nicht von ihrem Vorhaben abhalten könnte. Um heute am Strand zu erscheinen, muss sie darauf vertrauen, dass es Theresa gut mit ihr meint – so einfach ist das. Ob Leanne sich der Gruppe nun anschließen wird oder nicht, klar ist, dass Theresa Freundinnen hat, mit denen sie schwimmen geht. Sie braucht Leanne also nicht und handelt wahrscheinlich aus uneigennützigen Gründen. Oder hat gern viele Freundinnen. Leanne kann sich zwar nicht vorstellen, warum Theresa mit einer so schwierigen Person wie ihr befreundet sein will, aber sie hat nicht locker gelassen.

Sie hat Theresa nicht gesagt, dass sie heute kommt. Oder überhaupt irgendwann. Sie wollte sich nicht unter Druck setzen, und wenn sie etwas versprochen hätte, wäre das wie eine Verpflichtung gewesen. Aber vor ein paar Tagen erwähnte Theresa, dass Marie und sie nun noch eine dritte Begleiterin hätten, eine Frau, die auch erst seit Kurzem im Ozean schwimmt. Das hat Leanne bestärkt. In diesem Moment dachte sie, dass sie bereit sei – so bereit wenigstens, wie man es nur sein kann. Leanne liebt das Gefühl der Körperlosigkeit, wenn sie im Wasser ist, der Befreiung, und fragt sich, wie viel stärker es sein muss, wenn nur der Horizont die Sicht begrenzt.

Jetzt hält sie die Luft an. Sie steht am Strand und wartet auf Theresa. Extra für diesen Anlass hat sie sich einen neuen Badeanzug gekauft, einen schlichten schwarzen, und dazu eine ebenfalls schwarze Badekappe. Beides gab es im Schwimmbad, genauso wie die Schwimmbrille, die nicht perfekt sitzt, aber hoffentlich ihren Dienst tun wird.

Es ist Sonntag. Leanne hat sich für diesen Tag entschieden, weil sie dann hinterher nicht zur Arbeit hetzen muss, sollte sie zu langsam sein – wenn sie, was vermutlich der Fall sein wird, doppelt so lange braucht wie die anderen. Sie stellt sich vor, wie sie sagt: »Schwimmen Sie schon einmal vor.« Das klingt fast souverän. Nicht dass sie souverän wäre. Oder besonders höflich. In den letzten Jahren musste sie all ihre Kraft und Energie für sich aufwenden, daher wird sie sie jetzt kaum an andere verschwenden. Aber es wird sie auch keine Überwindung kosten, den anderen zu sagen, schon einmal vorauszuschwimmen. Vielmehr wird sie dann das Gefühl haben, langsam hinter ihnen herpaddeln zu dürfen.

Als sie vor Sonnenaufgang aufgestanden ist, hat sie sich fast überschwänglich darauf gefreut, ihre neu erlernten Fähigkeiten auszuprobieren. Jetzt allerdings, mit Blick auf das Wasser, das noch dunkel ist, fragt sie sich unwillkürlich, was sich wohl alles darin verbirgt: Geheimnisse natürlich, aber bestimmt auch schreckliche Dinge. Als sie mal am Strand spazieren gegangen ist, hat sie gesehen, wie Rettungsschwimmer ein Mädchen aus dem Wasser zogen. Die

Familie stand am Strand und schrie. Wo ist die Grenze zwischen einem herrlichen Bad im Meer am Morgen und der Gefahr, in der Brandung abgetrieben zu werden?

»Leanne!«

Sie dreht sich um und sieht Theresa ein paar Meter weiter stehen. Einen Sarong um die Hüfte geschlungen und ein Handtuch über der Schulter, winkt sie ihr zu. Theresa kokettiert gern damit, sich gehen zu lassen, aber davon kann Leanne nichts erkennen. In ihren Augen wirkt Theresa kräftig und sinnlich.

»Sie haben ja gar nicht Bescheid gesagt, dass Sie kommen!« Das könnte man als Vorwurf verstehen, aber Theresa strahlt, und Leanne freut sich. Fühlt sich bestärkt. »Marie wird begeistert sein!«

»Meinen Sie?«

»Ah, da ist sie ja schon. Juhu, Marie!«

In der Morgendämmerung sieht Leanne eine ältere Frau langsam, aber selbstbewusst durch den weichen Sand auf sie zukommen. Ihre nackten Füße sinken kaum ein.

»Hallo, Leanne«, sagt Marie mit kehliger Stimme. »Theresa hat mir schon von Ihnen erzählt. Ich freue mich, dass Sie beschlossen haben, sich uns anzuschließen.«

»Ich bin … äh, ich freue mich auch.« Leanne ist nervös, obwohl sie weiß, wie albern das ist. Nur weil es hier am Boden keine schwarze Linie gibt, an der sie sich orientieren könnte, heißt das nicht, dass sie im Meer nicht genauso schwimmen kann wie im Becken. Matt hat gesagt, dass es vermutlich sogar leichter sein wird, weil das Salzwasser sie trägt. »Aber ich werde es langsam angehen lassen«, fügt sie schnell hinzu. »Ich schwimme ja noch nicht so lange wie Sie alle.«

»Schon in Ordnung«, sagt Marie. »Wir werden Sie nicht scheuchen. Aber ich bin mir sicher, dass Sie besser sind, als Sie denken.«

»Ich bin sooo langsam«, sagt Theresa und verzieht das Gesicht. »Arme Marie! Sie ist es bestimmt schon leid.«

»Quatsch«, erwidert Marie, und ihre Stimme klingt fest und ruhig. »Außerdem passe ich mein Tempo gern an das meiner Begleitung an.«

Leanne spürt, dass neben ihr jemand aufgetaucht ist. Als sie sich umdreht, sieht sie eine große, schlanke Frau mittleren Alters, die ihr Handtuch neben sich fallen lässt.

»Meine Damen«, sagt die Frau.

»Hallo, Elaine.« Theresa grinst. »Ich würde dir gern Leanne vorstellen. Sie wird heute mit uns schwimmen. Vielleicht sogar für immer!«

Theresa schaut sie erwartungsvoll an, und Leanne spürt, wie ihr Tatendrang nachlässt. Über den heutigen Tag hinaus hat sie noch nichts geplant. Ob sie jeden Morgen dabei sein möchte, weiß sie nicht. Sie möchte keine Verpflichtung Leuten gegenüber eingehen, die sie kaum kennt.

»Mal schauen«, sagt sie.

»Und woher kennen Sie Theresa?«, erkundigt sich Elaine, und Leanne hört, dass sie einen Akzent hat. Einen englischen.

»Ich arbeite im Krankenhaus, wo Theresa auf meiner Station aushilft.«

»Leanne ist Krankenschwester«, erklärt Theresa mit einem gewissen Stolz. »Die Kinder lieben sie heiß und innig.«

»Das ist jetzt aber etwas übertrieben«, sagt Leanne verunsichert.

»Doch! Sie sind ihre absolute Lieblingsschwester. Ihren

Kolleginnen sage ich das natürlich nicht, sonst werden sie noch eifersüchtig.«

»Die Sonne geht auf«, sagt Marie plötzlich.

Leanne schaut zum Horizont und muss die Augen zusammenkneifen, weil das goldene Licht so intensiv ist, als wollte es die ganze Welt erstrahlen lassen. Die Bucht wirkt riesig. Schlagartig wird ihr bewusst, dass sie ihr Selbstvertrauen im Schwimmbecken gewonnen hat, innerhalb eines klar begrenzten Bereichs. Beim Anblick des Ozeans, der selbst hinter dem Horizont noch weitergeht, ist ihre Sicherheit plötzlich verschwunden. Und dann sind da noch die Wellen, die zwar nicht so groß sind wie schon an manchen Tagen, aber im Gegensatz zum glatten Wasser im Schwimmbecken echte Hindernisse.

»Wie weit schwimmen wir noch mal?«, fragt sie und schluckt.

Marie zeigt zum Little Beach hinüber, wo Leanne oft die Promenade entlanggejoggt ist. »Nach da hinten und wieder zurück. Wenn man sich erst einmal daran gewöhnt hat, ist es gar nicht so weit.«

»Und wenn *ich* das schaffe, kann das jeder«, sagt Theresa und verpasst Leanne einen aufmunternden Klaps. »Wirklich, ich bin nicht besonders gut in Form.«

»Das kann man jetzt nicht mehr behaupten«, erwidert Elaine lächelnd. »Du legst ein ganz schön flottes Tempo vor.«

»Keine Sorge, ich bleibe bei Ihnen, Leanne«, sagt Theresa. »Diese beiden hier werden hingegen in null Komma nichts verschwunden sein.«

»Wir sehen uns aber immer wieder«, sagt Marie mit einem verhaltenen Lächeln.

»Klar, wenn ihr mir auf eurem Rückweg entgegenkommt!« Theresa klingt empört, grinst aber.

Leanne schaut von ihr zu Marie und Elaine. Die beiden lächeln sich an und wirken auch sonst vollkommen entspannt. Während sie selbst sich wie ein Kreisel fühlt, der sich dreht und im nächsten Moment losgelassen wird. Ihr ist nicht klar, ob das etwas Gutes oder etwas Schlechtes bedeutet.

»Aber egal, heute habe ich es sowieso nicht eilig. Ich muss die Kinder nicht in die Schule bringen.« Theresa seufzt und schaut aufs Meer. »Was für ein Luxus!«

»Haben Sie Kinder, Leanne?«, fragt Elaine.

Die Frage haut sie fast um, obwohl sie eigentlich naheliegt. Sie ist im besten Alter, um Mutter zu werden. Allerdings schafft sie es meist, erst gar nicht danach gefragt zu werden. Sie meidet den Umgang mit anderen Menschen tunlichst, und wenn sie sich ihm nicht entziehen kann, hält sie nach Möglichkeit den Mund. Ist jemand dennoch hartnäckig, hat sie die Erfahrung gemacht, dass man ihn am besten mit Gegenfragen abwimmelt. Die meisten Menschen sind glücklich, wenn sie stundenlang nur über sich reden dürfen. Theresa ist anders, das weiß Leanne, denn sie stellt gern Fragen. Im Krankenhaus kann man ihnen ganz gut aus dem Weg gehen, jetzt hingegen sieht sich Leanne den Blicken dreier Frauen ausgesetzt, die auf die Antwort einer Frage warten, die zweifellos nett gemeint ist. Was noch lange nicht heißt, dass sie eine Antwort darauf geben möchte.

»Nein«, sagt sie und schaut zu Boden in der Hoffnung, dass die Sache damit erledigt ist.

Doch Elaine gibt nicht auf. »Und einen Ehemann?«

»Nein.«

»Ich habe auch keinen«, sagt Marie. »Er ist gestorben. Ziemlich rücksichtslos von ihm.«

Leanne begegnet ihrem Blick und sieht das Verständnis darin. Der Kelch ist an ihr vorübergegangen, und sie ist froh darüber.

»Und jetzt los, ab ins Wasser!«, ruft Theresa und klingt dabei so, als wäre das Meer der einladendste Ort der Welt.

Leanne stopft ihre Haare unter die Badekappe, nimmt ihre Schwimmbrille und watet hinter den anderen ins Wasser. Es ist überraschend kalt, weil sie an das Schwimmbecken gewöhnt ist, das sich tagsüber von der Sonne aufwärmt und auch noch eine angenehme Temperatur hat, wenn sie nach der Arbeit hineinspringt.

Als eine kleine Welle unerwartet kräftig gegen ihren Bauch schwappt, schnappt sie nach Luft.

Dann rollen größere Wellen auf sie zu, und Leanne beobachtet, wie Marie und Elaine in sie eintauchen, so natürlich wie Delphine. Sie selbst kann das nicht. Sie hat keinerlei Erfahrung mit dem Ozean. Es war naiv zu denken, einfach so im Meer schwimmen zu können.

Sie will nicht in Panik verfallen, aber ihr Mund öffnet sich automatisch, und ihre Atmung wird so schnell, dass sie fast schon keucht. Sie reißt sich zusammen, und der Gedanke blitzt auf, was Theresa wohl von ihr denken wird, wenn sie jetzt aufgibt und ans Ufer zurückkehrt. Das Schwimmbecken ist ein sicherer Ort. Mit klaren Grenzen. Und obwohl Leanne gern auf den Ozean hinausschaut, ist die Erfahrung, mittendrin zu stehen, zu viel für sie. Mitten in einer wilden Welt, die sie nicht kontrollieren kann.

»Leanne?« Theresa ist stehen geblieben und schaut sich um.

»Ich …« Sie schluckt.

»Es ist ganz normal, Angst zu haben«, sagt Theresa, watet auf sie zu und bleibt neben ihr stehen. Eine Welle bricht sich an ihrem Rücken, aber sie weicht nicht einen Millimeter von der Stelle. Leanne fragt sich, wie lange es wohl dauert, bis man sich an die Brandung gewöhnt hat. »Ich hatte auch Angst.«

»Ich habe keine Angst«, entfährt es Leanne, die selbst nicht weiß, warum sie das sagt. Warum fürchtet sie sich davor, was Theresa über sie denken könnte?

Theresa setzt sich die Schwimmbrille auf die Stirn, sodass Leanne in die tiefen, mitfühlenden Augen schaut, die sie schon von ihrer Arbeit im Krankenhaus kennt.

»Für mich war das auch eine neue Erfahrung«, sagt Theresa. »Aber ich habe als Kind viel Zeit am Strand verbracht. Sie nicht, oder?«

»Nein«, sagt Leanne und bohrt die Zehen in den sandigen Boden, um die Ruhe zu bewahren.

»Sie müssen sich natürlich zu nichts gezwungen fühlen«, sagt Theresa. »Sie können am Ufer auf uns warten. Oder heimgehen.« Sie schaut aufs Meer. »Wie ich schon sagte, ich hatte auch Angst. Aber es ist das Schönste, was ich je getan habe, Leanne. Wenn man draußen ist, lösen sich alle Sorgen in Luft auf.« Als Theresa sich wieder zu ihr umdreht, ist ihr Lächeln voller Freundlichkeit. »Und Sorgen schleppen wir doch alle mit uns rum, nicht wahr?«

Leanne kann sich kaum vorstellen, was Theresa für Sorgen haben soll. Sie wirkt immer so unbekümmert. Dabei ist Leanne klar, dass an ihrem eigenen Verhalten auch nichts auf ihre Vergangenheit hindeutet – obwohl sie anderen Erwachsenen gegenüber ein großes Misstrauen verspürt,

Männern gegenüber noch mehr als Frauen. Andererseits hat die Oberschwester ihr erzählt, dass allen aufgefallen ist, dass ihr Umgang mit Kindern viel unbefangener ist. Aber bis jetzt hat sie niemand nach dem Grund gefragt. Zum Glück. Sie wüsste auch nicht, was sie antworten sollte.

»Vermutlich«, sagt sie.

»Vielleicht ist der Ozean nicht das Richtige für Sie, Leanne. Auch das wäre vollkommen in Ordnung. Aber wenn Sie gern ausprobieren wollen, wie es sich anfühlt, darin zu schwimmen, dann verspreche ich Ihnen, dass ich Sie nicht einen Moment aus den Augen lassen werde.«

Das Wasser umspült immer noch ihre Oberschenkel, und Leanne spürt, dass sich ihr Körper an die Temperatur gewöhnt. Lange hat es nicht gedauert. Vielleicht wird sie sich an andere Dinge genauso schnell gewöhnen.

»Gut«, sagt sie und ringt sich ein Lächeln ab.

»Wirklich?« Theresa sieht aus, als hätte man ihr soeben verraten, dass es den Weihnachtsmann doch gibt.

Leanne nickt und hört, wie ein sonderbares Geräusch aus ihrer Brust aufsteigt – ein Lachen. »Los geht's!«

Theresa zieht die Schwimmbrille wieder über die Augen, nimmt Leannes Hand und führt sie tiefer ins Meer. Als die nächste Welle heranrollt, schaut sie mit einem Grinsen zu Leanne hinüber und springt hinein.

Leanne folgt ihr und taucht in eine Welt ein, die ihr gleichermaßen vertraut und fremd ist. Das Wasser fühlt sich nicht an wie der warme Kokon des Schwimmbeckens, aber auch nicht vollkommen anders. Als sie die Augen öffnet, sieht sie die Welle über sich hinwegrollen, in einer so perfekten Kurve, dass es Leanne beinahe unwirklich vorkommt. Inmitten von gleißendem Licht und wirbelndem

Sand hat sie das Gefühl, in einer Geschichte ohne Anfang und Ende zu schweben.

Dann erblickt Leanne Theresa, die durch das Wasser wieder nach oben steigt, stößt sich mit den Füßen vom sandigen Boden ab, durchbricht die Oberfläche, schnappt nach Luft und taucht sofort wieder unter.

12

Im Zimmer herrscht eine fast erdrückende Hitze. Elaine klammert sich an ihr Glas mit dem lauwarmen Riesling und zupft mit der anderen Hand an ihrem Kleid. Weshalb um alles in der Welt hat sie ein gefüttertes Kleid anziehen müssen? Es ist Sommer, die Luftfeuchtigkeit ist hoch, der kleine Raum hat keine Klimaanlage – und sie trägt ein gefüttertes Cocktailkleid. Sie muss den Verstand verloren haben. Wenn sie weiterhin so schwitzt, wird ihr Make-up verschmieren. Ihre Frisur hat sie bereits aufgegeben; die Haare kleben an ihrem Hals und scheinen eins mit der Haut zu werden. So viel zum Thema Haarspray. Vor der Abreise aus England hat sie sich das Haar abschneiden lassen, im Stil der Prinzessin von Wales, weil sie dachte, im subtropischen Klima sei es so besser zu pflegen. Aber wie sich herausgestellt hat, ist das Klima hier für dichtes Haar jeder Länge ein Problem.

»Hallo, mein Schatz«, sagt James, der nun an ihrer Seite erscheint. »Amüsierst du dich?«

Sie spürt, wie ihre Augen schmaler werden, um ihn anzublitzen, und reißt sich zusammen. Sie ist nur wegen ihres Ehemanns auf dieser verdammten Veranstaltung, aber das ist okay. Er muss nicht wissen, dass sie allein hier herumsteht, seit er sie sich selbst überlassen hat, um mit einem Urologen und einem anderen Kollegen zu reden, dessen Fachrichtung sie schon wieder vergessen hat. Keine Menschenseele hat sie in der Zwischenzeit angesprochen, und es hat nicht lange gedauert, bis sie sich derart elend fühlte, dass sie sich außerstande sah, ihrerseits auf Fremde zuzugehen.

Eigentlich ist Elaine durch ihre Erziehung mit gesellschaftlichen Gepflogenheiten vertraut. Sie ist nicht auf den Mund gefallen, und wenn sie will, kann sie sogar charmanten Smalltalk machen. Doch wie es scheint, beherrscht sie diese Fähigkeiten nur in einem vertrauten Umfeld. Tausende von Kilometern von zu Hause entfernt fühlt sie sich immer mehr wie eine Versagerin.

Selbst ihre Schwimmgruppe ist diesbezüglich kein großer Fortschritt. Klar, wenn alle im Wasser sind, ist es mit dem Reden schwierig, aber auch davor und danach bringt sie kein richtiges Gespräch zustande. Ihre Frage, ob Leanne Kinder habe, war *kolossal* übergriffig. Die arme junge Frau sah so aus, als hätte sie auf sie geschossen. Ihre Reaktion wird schon einen Grund gehabt haben, aber den wird sie nie herausfinden, wenn sie sich weiterhin wie ein Elefant im Porzellanladen aufführt.

»Klar«, sagt sie mit dünner Stimme. »Und du?«

Er wirkt geistesabwesend. »Nur mit manchen Leuten. Die Knochenchirurgen mit ihren Eisensägen sind so feinfühlig wie Rugbyspieler – ich würde mich hüten, einen von ihnen in meine Nähe zu lassen.«

Elaine lächelt, als verstünde sie das nur zu gut, dabei kennt sie sich mit den verschiedenen medizinischen Fachrichtungen immer noch nicht aus. James beschäftigt sich mit dem Herzen, das ist das Einzige, was sie weiß.

»Schaeffer, wie schön, Sie zu sehen«, sagt plötzlich ein großer, bulliger Mann, packt James' Hand und kugelt ihm dabei fast die Schulter aus.

»Neville! Ganz meinerseits.« James lächelt breit, und Elaine bewundert mal wieder, wie stoisch er bestimmte Leute erträgt. Sie weiß, wer dieser Neville ist – einer von James' Kollegen, der normalerweise nicht besonders nett zu ihm ist –, und doch wirkt ihr Ehemann hocherfreut, ihn zu sehen.

»Und das da ist das kleine Frauchen, was?« Neville wendet seine Schlafzimmeraugen und seine rote Nase in ihre Richtung.

Elaine begegnet James' Blick und sieht, dass er die Augen aufreißt. Offenbar möchte er nicht, dass sie diese Bemerkung schlagkräftig pariert, also wird sie sich beherrschen. Sie wird einen Mittelweg finden.

»Eigentlich bin ich ziemlich groß«, sagt sie mit dem liebenswürdigsten Lächeln, das sie sich abringen kann, und lässt einen Augenaufschlag folgen. Mit den Jahren hat sie gelernt, dass diese Kombination, vor allem mit ihrer geraden Körperhaltung und dem wohlgeformten Busen, bei Männern Eindruck macht.

»Das kann man wohl sagen.« Neville mustert sie schnell von Kopf bis Fuß. »Nun, wie ich von James erfahren habe, sind Sie *Innenarchitektin*?«

Er spricht so langsam, als wäre sie ein Kleinkind. Elaine verspürt den Impuls, ihm gegen das Schienbein zu treten, grinst aber so gezwungen, dass sie das Gefühl hat, ihre Augen würden von ihrer Haut verschluckt.

»Das war ich. Zu Hause. Ich hatte eine eigene Firma. Als wir beschlossen haben hierherzuziehen, habe ich sie verkauft, aber für Innenarchitektur interessiere ich mich immer noch.«

»Eine *Firma*!« Nevilles donnerndes Lachen steigt tief aus seinem Bauch auf. »Wie um alles in der Welt hatten Sie Zeit für eine Firma bei einem Job, wie James ihn macht? Meine Frau hat bestimmt keine Zeit für eine *Firma*. Zu Hause hat sie genug zu tun.«

James drückt ihren Ellbogen. Sie weiß, dass er sie sanft ermahnen will, diesem ungehobelten Klotz gegenüber nicht die Beherrschung zu verlieren. Aber mit der Berührung will er ihr auch etwas signalisieren. Er will ihr zu verstehen geben, dass er auf ihrer Seite ist. Also tut sie das Einzige, was ihr übrig bleibt, um Zeit zu gewinnen, bevor sie etwas antworten muss: Sie stürzt ihren Wein in einem Zug hinunter und verzieht das Gesicht. Bei Zimmertemperatur und im Fass ausgebaut, ist er nicht gerade ihr bevorzugtes Getränk.

»Elaine hat viele Begabungen«, sagt James lächelnd und legt ihr den Arm um die Taille. »Ohne ihre Hilfe könnte ich meinen Beruf niemals ausüben, andererseits ist es wichtig, dass sich ihr Leben nicht ausschließlich um mich dreht.« Er schaut Neville über den Rand seiner Brille hinweg an, wobei ihm eine graue Locke in die Stirn fällt. »Sie werden mir sicherlich zustimmen, dass wir Männer uns zwar gern für den Nabel der Welt halten, damit aber ziemlich falschliegen dürften.«

Neville lacht noch lauter als zuvor und klopft James so kräftig auf die Schulter, dass der ins Wanken gerät. »Ich neige zu der gegenteiligen Ansicht, was den letzten Satz betrifft.« Seine Miene wird noch gemeiner. »Und Sie täten gut daran, Ihre Frau daran zu erinnern, wer die Rechnungen bezahlt.«

Elaine überlegt, ob sie erwähnen soll, dass sie es war, die die Rechnungen bezahlt hat, als James noch in der Ausbildung zum Facharzt war. Damals verdiente er nicht viel, obwohl sie schon zwei Kinder hatten. Aber in dieser Schlacht wird sie niemals den Sieg davontragen, das ist ihr klar. James' Welt ist voll von Nevilles, die von ihrer Wichtigkeit überzeugt sind und einfach nicht sehen wollen, wie viel Unterstützung sie auf ihrem Weg erfahren haben.

Soweit Elaine weiß, ist James auch ein Neville, wenn sie nicht in der Nähe ist. Miterlebt hat sie das allerdings nie, und bevor er ihr gesagt hat, dass er nach Australien zurückwill, hat er ihr auch nie ausdrücklich Opfer abverlangt. Die hat sie alle freiwillig gebracht, wobei sie mit ihrer Firma und ihren Eltern, die in der Nähe wohnten und sich um die Kinder kümmern konnten, großes Glück hatte.

»Jetzt brauche ich aber dringend noch einen Drink«, sagt sie in den Raum. »Möchtest du auch einen, James?«

Ihr Mann runzelt die Stirn, und ihr fällt wieder ein, worüber sie vorhin im Wagen geredet haben. Er hat sie gefragt, ob sie schon einen Gin Tonic getrunken habe, und sie hat ihn belogen, indem sie es geleugnet hat. Natürlich hatte sie einen Gin Tonic getrunken. Die Vorstellung, sich nüchtern in einen Raum voller fremder Menschen zu begeben, war einfach unerträglich.

»Nein, ich nicht«, sagt er mit einem vielsagenden Blick.

Sie weiß, dass er sie nicht bitten wird, nichts mehr zu trinken – nicht vor Neville. Also kann sie machen, was sie will. Vorerst.

»Ich überlasse euch dann mal euch selbst. Neville – *enchantée.*« Sie lächelt ihr süßlichstes Lächeln und marschiert zum Tisch mit den Getränken.

Darauf steht das Fass mit dem widerlichen Wein, aber das ist ihr jetzt egal. Sie muss Distanz zwischen sich und diesen Raum bringen, also schenkt sie sich ein Glas ein, stürzt es hinunter und füllt es noch einmal nach. Es sieht sowieso niemand, da alle in ihre Gespräche vertieft sind.

Mit dem Glas in der Hand bahnt sie sich einen Weg durch die Menge, bis sie die Haustür findet. Draußen weht eine frische Abendbrise, an die sie sich bereits gewöhnt hat. Sie setzt sich auf eine Treppenstufe, trinkt ihren Wein – langsam diesmal – und denkt an ihre Söhne.

Henry ist so groß wie sie, kommt aber sonst nach James. Marcus ist kleiner und ähnelt ihrem Großvater. Was die beiden betrifft, hat sie gute Arbeit geleistet, würde sie sagen. Aus ihnen sind nette Männer geworden. Vernünftige. Geduldige. Wenn Sie es recht bedenkt, haben Sie das allerdings von James.

Sie hat nie so viel Zeit gehabt, über ihre Kinder nachzudenken, wie jetzt, da sie nicht mehr in ihrer Nähe ist. Den Abschiedsschmerz hat sie erst gespürt, als sie schon ein paar Tage in Australien war – er brach übermächtig und wütend über sie herein. Er ist schlimmer als jeder andere Schmerz in ihrem Leben. Kein Wunder, dass sie ständig ihre Sinne betäuben möchte.

Sie öffnet ihre Augen, als sie eine warme Hand am Handgelenk spürt.

»Ich habe dich gesucht, mein Schatz«, sagt James. Er lässt seine Finger ihren Arm hochgleiten und dann an der Seite ihres Körpers wieder hinab, ehe er sich neben sie setzt.

»Tut mir leid.« Sie verzieht das Gesicht. »Ich bin einfach nicht mehr so partytauglich wie früher.«

»Das ist mir schon aufgefallen.« Er legt seine Hand auf ihren Oberschenkel und küsst ihren Hals, um ihr auf seine Weise klarzumachen, dass er ihr keine Vorwürfe macht. »Es ist Nevilles Schuld. So ein verdammter Schwachkopf.«

Sie muss lachen – sonst ist James ein höflicher Mensch und flucht kaum. »Es ist nicht nur wegen Neville«, sagt sie.

James' Nasenflügel blähen sich, als er Luft holt. »Ich weiß. Es ist, weil es in Australien von Schwachköpfen nur so wimmelt.«

Wieder muss sie lachen, obwohl es sie eigentlich ärgert, dass er vom eigentlichen Problem ablenkt.

»Tut mir leid«, sagt er. »Ich will nicht verharmlosen, was nicht harmlos ist.«

Aha, ihre Verärgerung ist ihr also anzusehen. Sie hat ihre Gefühle nie so gut verbergen können, wie ihre Mutter es gewünscht hätte.

»Es ist ja nicht deine Schuld«, sagt sie. »Ich muss mich einfach noch daran gewöhnen … Australierin zu sein.«

»Oh, mein Schatz«, sagt er und drückt ihren Oberschenkel. »Ich hoffe, dass du nie eine wirst. Ich liebe dich, wie du bist, englisch und überhaupt. Und ich bin dir sehr dankbar dafür – falls ich das noch nie gesagt haben sollte –, dass du mit mir hergekommen bist. Das war viel von dir verlangt.«

»Du bist wegen mir in England geblieben«, sagt sie und lächelt so warm, wie es ihr möglich ist. »Wir sind also quitt, würde ich sagen.«

Sie trinkt einen Schluck, aber der Wein ist nun so warm, dass sie eine Grimasse zieht.

»Lass uns verschwinden«, sagt James. »Ich wäre jetzt

lieber mit meiner wunderschönen Frau zu Hause als mit Neville hier.«

Er steht auf und reicht ihr die Hand. Sie nimmt sie und wünschte, sie würde nicht Bedauern verspüren, weil sie den Wein zurücklassen muss und zu Hause sicher keinen Alkohol mehr bekommt, weil James sie nicht aus den Augen lässt. Was ihr andererseits gar nicht mal unrecht ist. Sie möchte, dass er merkt, wie es ihr geht. Noch stärker ist allerdings der Wunsch nach Ablenkung. Nach Vergessen. Nach einem Zustand, in dem sie sich nicht mehr nach ihren Söhnen sehnt, ihrem Zuhause und nach der Person, die sie dort war.

Doch heute Abend wird sie das nicht finden, also nimmt sie die Hand ihres Ehemanns und lächelt und winkt, als sie die Party verlassen. Auf der Heimfahrt legt sie den Kopf ans Wagenfenster, sieht blühende Jacarandas und Jasminbüsche mit ihren weißen Blütensternchen an sich vorübergleiten, Straßen, die in nichts denen ähneln, die sie bis jetzt gewohnt war, und kämpft gegen den Wunsch an, dass alles anders wäre.

13

Als das Sandstein-Cottage gebaut wurde, war es vermutlich das einzige Haus weit und breit, umgeben von Bäumen, Felsen und Wildnis. Es gibt nicht viele Sandsteingebäude in der Shelly Bay, deren markante helle Farbe sie als Überbleibsel aus einer anderen Zeit ausweist. Damals wurde der Sandstein in der Gegend abgebaut, um Wohnhäuser und größere Gebäude daraus zu errichten, und noch ein Jahrhundert später bewährt er sich durch seine außergewöhnliche Haltbarkeit. Die einzigen Alterserscheinungen zeigen sich an den Mauerankern des Hauses, die die Wände davon abhalten sollen, sich nach außen zu wölben. Marie hat sich immer vorgestellt, dass diese Fähigkeit, sich nach außen zu wölben, dem Haus Lebendigkeit verleiht. Oder den Anschein, Teil der Erde zu sein, aus der es gemacht wurde.

Sie liebt das Cottage, obwohl sie auch traurige Zeiten darin verbracht hat. Da war der Verlust ihres Sohnes. Dann Nicoles Probleme in der Schule, als ihre Leistungen absackten, sie keine Freunde fand und verzweifelte, was Marie hilflos mitansehen musste. Schließlich Norms Tod und die Jahre seither. Für ein langes Leben ist das nicht mal viel – Bekannte von ihr haben Schlimmeres durchgemacht –, aber doch genug, um manchmal das Gefühl zu haben, im ganzen Haus lauerten dunkle Schatten.

Von denen sie sich aber nicht kleinkriegen lässt. Sie muss nur pfeifen, und schon springt Charlie Brown auf ihren Schoß. Erfahrungsgemäß kann sie sich so lange ablenken, bis ihr Geist sich wieder erfreulicheren Dingen zuwendet.

Zum Beispiel Theresa. Sie hat die Begabung, jeden einzelnen Tag aufzuheitern, auch wenn Marie nicht begreift, wie sie das zusätzlich zum Schwimmen und ihrem hektischen Alltag schafft. Dass sich nun auch noch Elaine und Leanne zu ihrer kleinen Gruppe gesellt haben, schmälert ihre Achtung vor Theresa und die Freude, die sie in ihr Leben gebracht hat, nicht. Plötzlich scheint Marie alles besser von der Hand zu gehen.

Das würde sie ihr natürlich niemals sagen, denn das würde ja so aussehen, als würde sie die Verantwortung für ihr Glück auf Theresa abwälzen. Marie weiß schon, dass sie für ihr Glück selbst verantwortlich ist. Aber Theresa macht es einem leichter zu glauben, dass die Tage auch schöne Dinge mit sich bringen und nicht nur Sorgen.

Als sie noch gar nicht lange zusammen schwammen, hat Theresa beim Abtrocknen mal gesagt, dass sie gleich nach Hause zu den Kindern zurückwolle. Marie erklärte darauf, sie kehre nur zu Charlie Brown zurück. Sie hatte es einfach so dahergesagt – dachte sie jedenfalls.

»Das hast du schon mehrmals erwähnt«, murmelte Theresa.

»Was?«

Theresas Augen funkelten, als wäre sie aufgebracht. »Fast jeden Tag sagst du, dass nur Charlie Brown auf dich wartet.«

Marie zuckte mit den Achseln. »Stimmt ja auch.«

»Ich hoffe ...« Theresa zögerte, dann lächelte sie traurig. »Du weißt hoffentlich, dass du nicht allein bist. Dass du nicht allein sein musst.«

»Bin ich aber«, sagte Marie schnell.

»Bist du nicht!« Theresas Tonfall war fast trotzig. »Du hast mich.«

Und Marie erkannte in Theresas Augen weniger Bedürftigkeit als einen brennenden Wunsch – dass Marie ihre Freundin sein möge. Damals war sie unsicher, wie sie darauf reagieren sollte.

»Das ist nett«, sagte sie, und in Theresas Miene zerfiel etwas. »Ich meine«, fügte Marie schnell hinzu, »du bist nicht verpflichtet, das zu sagen.«

»Das weiß ich«, sagte Theresa. Und dann schenkte sie ihr ein Lächeln, in dem so viel Herzlichkeit lag, dass sie sich gesegnet fühlte. »Ich wollte dir nur sagen, dass ich dich gernhabe. Das ist alles.«

Das war so schlicht ausgedrückt – wie Kinder es zueinander sagen würden –, dass Marie es kaum fassen konnte, wie leicht sie eine neue Freundin gewonnen hatte. Aber genau so war es, weil Theresa es ihr einfach machte.

Theresa ist auch der Grund, warum Marie das dringend nötige Gespräch mit Nicole darüber, was aus dem Haus werden soll, ständig vor sich herschiebt. Theresa und ihre gemeinsamen Schwimmausflüge wiegen sie in dem Gefühl, dass das Leben ewig so dahinplätschern wird, weshalb sie sich auch nicht um die drängenden Probleme kümmern muss. Vielmehr um das eine große Problem: Geld.

Andererseits kann sie nicht länger warten, weil es sich nicht in Luft auflösen wird. Ihre Küchenregale sind leer, oft buchstäblich. Deshalb hat sie Nicole heute zu sich eingeladen, um mit ihr über die Situation zu reden. »Lass uns mal wieder ein bisschen plaudern«, hat sie gesagt, was nicht gerade typisch für sie ist. Vermutlich denkt Nicole, es gehe um Weihnachtsgeschenke oder um die Frage, ob es dieses Jahr Brandy-Butter zum Christmas Pudding geben soll. »Ein bisschen plaudern«, das klingt so harmlos. Aber was Marie zu besprechen hat, ist nicht harmlos, und Nicole wird allein damit klarkommen müssen. Wenn ihr Bruder leben würde, wäre das anders. Auch deshalb wollte Marie unbedingt ein zweites Kind: Dann hätte Nicole in der Kindheit einen Freund gehabt und im Erwachsenenalter jemanden, mit dem sie all die Entscheidungen treffen könnte, die anfallen, wenn Eltern alt werden.

Nach Duncan hatten Norm und sie darüber nachgedacht, noch ein drittes Kind zu bekommen, wobei Marie ihm nie ihre geheime Sorge anvertraute, ob sie das überhaupt ertragen würde. Sie hatte Angst, dass sie die ganze Schwangerschaft über ein nervliches Wrack wäre. Und außerdem, dass das neue Kind für sie immer nur der Ersatz wäre. Doch dann entdeckten die Ärzte eine Geschwulst in ihrer Gebärmutter und räumten ihren Unterleib aus. Ein Kind bekam sie danach nicht mehr, nur noch Kommentare von vermeintlich wohlmeinenden Menschen, die sich erkundigten, wann es denn wieder so weit sei. Oder die fragten: »Wollten Sie immer schon nur ein einziges Kind?« Und dann diese Schuldgefühle – o Gott, diese Schuldgefühle, die sie immer noch manchmal heimsuchen. Die Totaloperation empfand sie als ihre gerechte persönliche Strafe für den Verlust ihres Sohns, obwohl doch niemand an seinem Tod schuld war. Und trotzdem konnte sie den

Gedanken einfach nicht abschütteln, dass sie ihn hätte retten können.

Jetzt beobachtet ihr einziges Kind, wie dessen eigenes Kind im Garten spielt. Marie hat oft gedacht, dass Nicole ein Segen ist, und hat ihre Existenz nie für selbstverständlich gehalten. Deshalb wäre es ihr auch lieber, wenn sie ihr diese Entscheidungen nicht aufhalsen müsste.

»Jessie, mein Schatz, das darfst du nicht.« Nicole droht ihrer sechsjährigen Tochter mit dem Finger, weil sie eine kleine Eidechse festhalten will.

»Aber sie will weg!« Jessie schnappt immer noch begeistert nach dem Tier.

»Weil sie nicht gefangen werden will.« Nicole wirft ihrer Tochter einen warnenden Blick zu.

Marie lächelt, fast ein wenig traurig, weil sie ihren eigenen strengen Tonfall aus Nicoles Worten heraushört. War sie auch so? Sie weiß, dass sie eine vorsichtige Mutter war. Sie dachte immer, dass sich die Vorsicht automatisch einstellt, wenn man Kinder hat, andernfalls wäre man keine gute Mutter.

»Ist der Tee fertig, Mum?«, fragt Nicole und lächelt Marie an.

»Sollte er eigentlich.« Sie nimmt den Deckel von der Teekanne und schaut hinein. »Er zieht schon ein paar Minuten.«

»Jessie, reiß die Pflanze nicht raus.« Wieder droht Nicole mit dem Finger.

»Ist schon in Ordnung, mein Schatz«, sagt Marie. Sie weiß, dass es für kleine Menschen schwer ist, sich zu beherrschen.

»Ich möchte ihr beibringen, respektvoll mit ihrer Umwelt

umzugehen, Mum. Bei Toby scheint es dafür schon zu spät zu sein.«

Nicole lächelt Marie an, und in diesem Blick liegt ein ganzes gemeinsames Leben: all die Male, die Marie ihre Tochter zur Vorsicht ermahnt hat, weil sie sie beschützen wollte. Weil sie sie nicht verlieren wollte.

»Was machen Toby und sein Vater heute?«, fragt Marie.

»Die spielen Cricket im Stadtpark. Wenn wir Glück haben, bricht sich Toby diesmal nichts.«

Nicole verzieht das Gesicht, als wüsste sie auch nicht, was sie noch tun soll. Toby ist immer schon ein wildes Kind gewesen. Wenn er etwas kaputtmacht oder sich wehtut, steckt keine böse Absicht dahinter. Es geschieht einfach.

»Er ist ein lieber Junge«, sagt Marie.

»Meistens jedenfalls.« Nicole streckt die Hand aus, um Tee einzuschenken. »Worüber wolltest du denn mit mir reden?«

»Mhm.« Marie nimmt ihre Tasse, in der sich genau die richtige Menge Milch befindet; Nicole ist so ein exakter Mensch. Dann fragt sie sich, wie sie das Gespräch anfangen soll – als hätte sie nicht schon wochenlang darüber nachgedacht.

Plötzlich wirkt Nicole erschrocken. »Bist du krank?«, fragt sie beklommen.

»Nein«, sagt Marie schnell und ärgert sich über ihre Gedankenlosigkeit, weil Nicole natürlich sofort in diese Richtung denken muss. »Nein, das ist es nicht.«

»Gut.« Nicoles Gesicht entspannt sich wieder.

»Es geht um das Haus.«

»Hat dieser Typ aus der Nachbarschaft dich wieder gedrängt, es ihm zu verkaufen?« Nicole wirkt verwirrt.

Dimitri, wie der Typ heißt, ist in den letzten Jahren immer mal wieder vorbeigekommen, um sich zu erkundigen, ob Marie verkaufen möchte. Seine Frau liebe das Haus, hat er stets behauptet. Marie erwiderte immer, es stehe nicht zum Verkauf, was ja auch stimmt. Doch in ihrer gegenwärtigen Lage wäre das eine schnelle Lösung, auch wenn sie noch so schmerzlich wäre.

»In letzter Zeit nicht«, sagt sie, um ein Lächeln bemüht. »Aber ich …« Sie schluckt. Letzte Nacht hat sie sich selbst davon zu überzeugen versucht, dass man Dinge, die einem auf der Seele brennen, am besten beherzt angeht. Doch in der Praxis ist das gar nicht so einfach. »Ich glaube, ich muss dir etwas erzählen«, sagt sie.

Nicole starrt sie an und schaut erst wieder weg, als Jessie einen Schrei ausstößt. »Ich hab sie!«, ruft sie und hält die Eidechse hoch.

»Jessie, lass sie sofort wieder los«, befiehlt Nicole, worauf ihre Tochter schmollt. Dann wendet sie sich wieder an Marie. »Was ist denn los, Mum?«

»Das Haus ist zu teuer im Unterhalt. Dazu die Ausbesserungsarbeiten, die gemacht werden müssten …« Marie wirft die Arme in die Luft und spürt überrascht, dass ihr Tränen in die Augen steigen.

Eigentlich hat sie dieses Gespräch ruhig und vernünftig führen wollen. Sie wollte ihren Gefühlen vor Nicole nicht freien Lauf lassen, denn das würde nur einen Teufelskreis von Sorgen in Gang setzen. Nicole wäre aufgewühlt, und sie wäre aufgewühlt, weil Nicole aufgewühlt wäre, und so weiter und so fort. In einem Teufelskreis wie diesem war sie schon einmal gefangen, und es ist an ihr, es nicht so weit kommen zu lassen, weil sie die Mutter ist, selbst wenn sich die Rollen mittlerweile manchmal umkehren. Bei Müttern und Töchtern geschieht das nicht selten. Gwens Tochter hat angefangen, sie zu bemuttern, als das erste Enkelkind kam. Töchter, die selber Kinder haben, scheinen sich dazu berufen zu fühlen, die ganze Welt zu bemuttern, statt ihr Verhalten einfach nach dem Alter ihrer Mitmenschen zu richten.

»Mum«, sagt Nicole mit warmer Stimme, weil sie sich bestimmt Sorgen macht. »Reg dich bitte nicht auf. Ich bin mir sicher, dass du keine so drastischen Entscheidungen treffen musst, wie das Haus zu verkaufen.«

»Die Steinplatten vom Gartenweg sind gesprungen und müssen ersetzt werden«, beginnt Marie, die Liste in ihrem Kopf herunterzurattern. »Das Dach über dem Schlafzimmer ist undicht und lässt bei jedem Regen Wasser durch. Der Schuppen da«, sie zeigt auf das Ding, das Norm gebaut hat, als Nicole noch ein Kind war, »bricht bald zusammen, ich muss ihn entweder abreißen oder reparieren lassen. Aber ich kann keine …« Ihre Stimme bricht. »Beides kann ich mir nicht leisten. Also bleibt die Bruchbude stehen, was kein schöner Anblick ist.«

»Schön war der Schuppen nie«, stellt Nicole trocken fest.

»Ich weiß. Aber …« Marie schluckt ihre Gefühle hinunter. »Ich will damit nur sagen, dass dieses Haus nach und nach in sich zusammenfallen wird, ohne dass ich etwas dagegen unternehmen könnte. Meine Pension reicht nicht einmal für die Reparaturen *im* Haus, und neue Unterwäsche kann ich mir auch kaum noch leisten.«

»Das ist jetzt aber nicht wahr!« Nicole wirkt ungläubig.

»Da sind die Gemeindesteuern«, fährt Marie fort, »ganz zu schweigen von all den Rechnungen. Das summiert sich. Und ich habe keine Ersparnisse.«

Sie hält inne, da sie denkt, sich verständlich gemacht zu haben. Wenn sie Nicoles Miene richtig deutet.

»Ich hatte ja keine Ahnung«, sagt Nicole und schaut in den Garten. »Jessie! Du sollst Grannys Pflanzen nicht ausreißen!«

Marie sieht ihre Enkelin mit einer Primel in der Hand dastehen und will Nicole noch einmal bitten, nicht so streng zu sein. Andererseits wird sie keine der Pflanzen, die Jessie rausreißt, ersetzen können, daher sollte sie vielleicht selbst strenger sein.

»Leg die Primel einfach hin, Jessie!«, ruft sie. »Ich pflanze sie später wieder ein.«

»Tut mir leid«, murmelt Nicole. »Zu Hause ist sie nie so.«

»Der Garten wird es überleben«, sagt Marie zuversichtlich.

»Verkauf das Haus nicht«, bittet Nicole. »Ich weiß, dass du es liebst. Genauso wie ich. Außerdem ist es dein Zuhause.« Sie hält inne und wirkt nachdenklich. »Lass mich mit Pete reden. Vielleicht können wir dir bei den Steuern unter die Arme greifen. Und bei den Arbeiten, die erledigt werden müssen. Vielleicht wäre es auch nicht schlecht, wenn sich mal jemand um den Garten kümmert.« Sie zieht die Augenbrauen hoch.

»Der ist ganz schön verwildert, nicht wahr?«, sagt Marie. Nicoles eigener Garten erinnert an eine englische Mini-Gartenschau, mit in Form geschnittenen Hecken und allen möglichen Pflanzen, die man in einem subtropischen Klima nicht unbedingt erwarten würde.

Nicole wirkt verlegen. »Ein bisschen.«

»Aber ich möchte nicht, dass ihr so viel für mich ausgebt«, sagt Marie und meint das auch so. Für einen Gärtner müsste ihr Schwiegersohn bestimmt eine ganz schöne Summe hinblättern.

»Warum sollten wir nicht einspringen, Mum? Du hast dich früher um mich gekümmert, da wäre es doch jetzt an der Zeit, dass ich mich mal um dich kümmere, oder?«

Marie seufzt. »War mir gar nicht klar, dass ich schon so alt bin, dass man sich um mich kümmern muss.«

»*O Gooott*«, scheint Nicole zu verzweifeln, fängt sich dann aber wieder. »Jetzt sei halt nicht so pathetisch. Wir schicken dich ja nicht aufs Altenteil, sondern bezahlen nur ein paar Rechnungen.«

Marie verspürt Dankbarkeit. Und auch Verlegenheit, dass es so weit gekommen ist. Aber sie ist nicht in der Lage, das Angebot abzulehnen – es sei denn, sie möchte aus dem Haus ausziehen, in dem sie geboren wurde.

»Danke«, sagt sie, und die Erleichterung löst ihre Verspannungen in den Schultern und dann auch im Rest ihres Körpers, bis zu den Zehen.

»Ich wünschte nur, du hättest es mir eher erzählt«, schimpft Nicole. »Warum müssen dir erst graue Haare wachsen? Wenn noch einmal so etwas ist, sag es mir bitte früher.« Sie nimmt Maries Hand.

Marie nickt und beugt sich vor, um ihre Tochter auf die Wange zu küssen. Dann lehnen sie sich beide zurück, die Hände noch verschränkt, und schauen zu, wie sich Jessie Erde ins Gesicht schmiert.

14

Elaine hat die Bäume in der Shelly Bay lieben gelernt, diese kleinen, widerstandsfähigen Pflanzen, die dem Seewind trotzen. Sie mag ihre Blätter mit der seltsamen Färbung, die sie an Smaragde denken lässt, die zu lange in der Sonne lagen. Auch die heimischen Büsche mit ihren auffallenden Blüten sind auf ihre Weise hübsch, obwohl Elaine die üppige Pracht englischer Gärten vermisst. All der Regen – sie hatte ja keine Ahnung, was für einen Unterschied er macht, bis sie nach Australien kam. Die gelegentlichen sintflutartigen Wolkenbrüche scheinen jedenfalls nicht dieselbe Wirkung auf die Pflanzen zu haben wie der permanente Nieselregen daheim. Andererseits gibt es in der Shelly Bay auch ein paar Gärtner, die das Beste aus den klimatischen Bedingungen machen und hübsche Beete anlegen, die angesichts des struppigen Buschlands eine Wohltat fürs Auge sind.

In Ermanglung von Anlässen hat Elaine bisher nur selten die Shelly Bay verlassen. James' Eltern leben in einem ländlichen Städtchen südwestlich davon, besuchen sie aber immer in der Stadt, da James sich nicht lange genug freinehmen kann, um hinzufahren. Wenn allein der Hinweg drei Stunden dauert, sollte man schon über Nacht bleiben, damit es sich lohnt, aber das ist wegen seiner vielen Verpflichtungen nicht drin.

Da Weihnachten naht und seine Eltern das Fest bei James' Schwester, die noch weiter westlich wohnt, verbringen wollen, hat James beschlossen, sich ein Wochenende freizunehmen und sie endlich einmal zu besuchen.

Elaine hat das Schwimmen am Morgen sehr genossen, zumal sie wusste, dass sie vor Montag nicht mehr dazu kommen wird. Sie vermisst es jetzt schon. Mittlerweile freut sie sich fast so sehr darauf, die Frauen zu sehen, wie auf das erhebende Gefühl, in die erste Welle einzutauchen. Da sie nie zuvor in der Brandung geschwommen ist, überrascht ihre Begeisterung sie selbst.

»Ein Penny für deine Gedanken.« James' Stimme holt sie ins Wageninnere zurück.

»Meine Gedanken sind eine Menge mehr wert!«

»Ohne jeden Zweifel«, sagt er. »Aber ich würde trotzdem gern wissen, was du denkst.«

»Wenn ich sagen würde, dass ich mich gefragt habe, ob ein Truthahn im warmen Klima schneller gart als zu Hause, würdest du mir dann glauben?«

Abwegig wäre es nicht, dass sie sich darüber Gedanken macht. Dieses Jahr wird Elaine erstmals in ihrem Leben ein Weihnachtsessen kochen. Sonst war immer ihre Mutter dafür verantwortlich, weil die mehr Zeit zum Planen, Einkaufen und Vorbereiten hatte. Elaine hat immer bis Heiligabend gearbeitet und trudelte am nächsten Tag schlapp und erschöpft bei ihren Eltern ein, zwei völlig überdrehte Kinder und einen ebenso ausgelaugten Ehemann im Schlepptau. Da sie davon ausgegangen ist, dass sich daran nichts ändern wird, hat sie nie darauf geachtet, wie man all die Köstlichkeiten zubereitet, die ihre Mutter immer so mühelos aufgetischt hat.

»Nein, mein Schatz, das würde ich nicht«, antwortet James. »Aber ich würde trotzdem gern anmerken, dass ich von dir gar nicht erwarte, mir einen Truthahn vorzusetzen. Wir müssen die Essenstradition deiner Mutter nicht kopieren, und die Jungs sind sowieso nicht da, also …«

Er unterbricht sich, und Elaine beißt sich auf die Lippe. Sie fahren durch eine Landschaft aus gelblichen, bräunlichen und grünlichen Farben. In der Ferne sieht man ein Rechteck in einem helleren Grün, das so seltsam wie ein fehlplatzierter Flecken in einem ansonsten trostlosen Quilt wirkt. Es passt genauso wenig hierhin wie sie selbst. Ihre Kinder leben in einer anderen Hemisphäre, und James hat vollkommen recht: Ohne sie macht es keinen Sinn, zu Weihnachten ein großes Brimborium zu veranstalten – obwohl sie gleichzeitig der wesentliche Grund dafür sind, es doch zu tun. Elaine würde sich ihnen näher fühlen, wenn sie Weihnachten wie immer feiern würden. Vielleicht hat sie auch Schuldgefühle, weil sie nicht bei ihnen ist.

»Wir hätten hinfliegen sollen«, sagt James sanft.

»Aber wir sind zu dem Entschluss gelangt, dass wir das nicht schaffen.«

»*Du* bist zu dem Entschluss gelangt«, erwidert er immer noch ruhig. »Ich hätte mir schon ein paar Tage freigeschaufelt.«

Aber bereits während des Gesprächs konnte sie nur an eines denken: Würde sie heimkehren, würde sie niemals hierher zurückkommen wollen. Die ganze lange Reise für nur eine einzige Woche – länger hätten sie ohnehin nicht fahren können –, um dann in dieses fremde Land mit seiner Hitze, Feuchtigkeit und den Fliegen und den Hagelstürmen zurückzukehren. Ein so weites Land, dass man in der Zeit, die sie zu James' Eltern brauchten, vom Haus ihrer eigenen Eltern bis nach Schottland fahren könnte. Sie konnten nicht nach Hause. Sie mussten hierbleiben.

»Jetzt ist es sowieso zu spät«, murmelt sie.

Sie weiß nicht, wie viele Kilometer sie zurücklegen, während sie an Wohnwagen, Pferdeanhängern und Straßenschildern mit unbekannten Namen vorbeikommen – gelegentlich auch an welchen mit bekannten, weil die Orte Namen tragen, die sie aus ihrer Kindheit kennt: als britische Elemente wurden sie in eine überhaupt nicht britische Welt verpflanzt.

Erst als der Wagen hält, merkt sie, dass sie entweder eingenickt oder in Trance war, denn sie wird unsanft wieder in die Gegenwart gerissen. James steigt aus und öffnet ein Tor.

»Jetzt sind wir gleich da«, sagt er mit einem Grinsen, als er wieder einsteigt, um ihr dann eine Hand an die Wange zu legen und sie leidenschaftlich zu küssen. »Ich weiß, dass das nicht deine Vorstellung von einem perfekten Wochenende ist, deshalb danke ich dir, dass du mitgekommen bist. Mum und Dad freuen sich wirklich sehr darüber.«

Er schaut ihr in die Augen, und in diesem Moment wird ihr etwas bewusst, das ihr bislang gar nicht klar war: Sie hat sich für ihren Ehemann entschieden und ihre Kinder zurückgelassen, damit sie ihr eigenes Leben leben, und das alles, weil sie James gegenüber vor all diesen Jahren eine Verpflichtung eingegangen ist, so wie er ihr gegenüber auch. In den letzten Monaten hat sie immer nur darüber nachgedacht, was sie alles verloren hat – hat sich in ihrem Leid gesuhlt –, aber sie hat sich nie die Zeit genommen, sich klarzumachen, was sie noch hat. Sie ist immer noch verheiratet. Sie wird immer noch geliebt. Und erwidert diese Liebe.

»Meine Vorstellung von einem perfekten Wochenende ist«, sagt sie sanft, »mit dir zusammen zu sein.«

Kurz wirkt er überrascht, dann küsst er sie auf die Nasenspitze und schaltet in den ersten Gang.

Als am Ende der Zufahrt, die eigentlich eine richtige Straße ist, das Haus seiner Eltern auftaucht, stellt Elaine verblüfft fest, dass es nicht so riesig ist, wie man es in der Umgebung erwarten würde. So viele Hektar Land, aber das Wohngebäude ist nicht viel größer als ihr Cottage in der Shelly Bay. James' Cottage vielmehr. Er ist auf dem Land aufgewachsen, verliebte sich aber, als er zum Studium in die Stadt zog, in die Shelly Bay und das Meer. Das weiße Haus aus Holz und Backsteinen hat er kurz vor seiner Abreise nach England gekauft, weil er davon ausging, höchstens ein, zwei Jahre fort zu sein. Als er dann in Übersee Wurzeln schlug, vermietete er es. Gott sei Dank haben seine Bewohner es pfleglich behandelt, den Garten in Schuss gehalten und sich auch gut mit den Nachbarn verstanden. Für zwei Bewohner bietet es genug Platz, aber dass sie keine Kinder in dem Haus großziehen mussten, ist ein Segen. Für die Jungs wäre es schnell zu klein gewesen. Allerdings ist es immer noch groß genug, um sich leer anzufühlen, wenn man dort stundenlang allein ist.

»Hallo, mein Schatz!«, ruft James' Mutter, als sie die Tür zur Veranda öffnet und ihnen entgegengeht.

»Hallo, Mum«, sagt er, schließt sie in die Arme und hebt eine Hand, um seinen Vater zu begrüßen, der nun um die Ecke kommt.

»Elaine, mein Schatz.« James' Mutter lächelt sie strahlend an und küsst sie auf die Wange. »Komm herein. Schön, dich zu sehen. Wie war die Fahrt?«

»Gut, danke, Amy. Interessant. Ziemlich viel Land.«

»Zum Glück«, sagt Tom, James' Vater, und küsst sie ebenfalls zur Begrüßung. »Wie sonst sollten wir die feinen Großstädter auf Distanz halten?« Er zwinkert. »Komm, ich pack mit an.« Er hält James die Hand hin und nimmt eine ihrer Taschen.

»Ich weiß, dass es normalerweise noch zu früh für einen Drink wäre«, sagt Amy. »Aber wenn ich mich recht entsinne, trinkst du gern mal einen Gin Tonic, Elaine, und da schließen wir uns mit Vergnügen an. Mittag ist ja immerhin schon vorbei!«

Elaine begegnet James' Blick und sieht die Sorge darin. Sie hat den ganzen Tag noch nicht einmal an Alkohol gedacht, was schon ein Fortschritt ist – wenn auch nur deshalb, weil sie stattdessen an all die Menschen und Orte gedacht hat, die sie vermisst. Was auf Dauer keine Lösung sein kann. Sie kann ja nicht leiden, nur um mit dem Trinken aufzuhören.

»Danke, Amy«, sagt sie, »aber der Gin Tonic hat noch eine Weile Zeit.«

James schaut sie immer noch an, jetzt aber mit unergründlichem Blick. Sie möchte ihm keine Sorgen bereiten – und sich selbst auch nicht. Wenn allerdings sogar seine Mutter schon registriert hat, dass sie gern trinkt, haben sie das Stadium der Sorge vielleicht bereits hinter sich und stattdessen ein handfestes Problem.

»Du bedienst dich einfach«, sagt Amy. »Aber jetzt lasst uns reingehen und auspacken, dann können wir uns unterhalten.«

Elaine folgt den anderen zum Haus, durch den Matsch, der an ihren weißen Sandalen kleben bleibt. Es war töricht, sie anzuziehen, der Dreck setzt sich zwischen den Zehen und unter ihrer Fußsohle fest. Ihre ganze sorgfältig ausgewählte Kleidung wird schnell unter der brütenden Hitze leiden. Im nächsten Moment überlässt sie sich wieder ihrem Elend. Dies ist nicht ihr Land, sie versteht Australien einfach nicht. Und vielleicht wird sie es nie verstehen.

»Schatz?«, ruft James, und ihr wird bewusst, dass sie den Anschluss an die anderen verloren hat.

»Ja«, sagt sie erschöpft und greift nach seiner Hand, damit sie mit ihm zusammen die Treppe zum Haus hinaufgehen kann.

15

»Andrew, könntest du bitte ans Telefon gehen?«

Theresas Hände stecken in der Hackfleischmasse, als sie merkt, dass das Klingeln nicht aufhört.

»Andrew!«

Da er nicht reagiert, geht sie schließlich doch ins Wohnzimmer, nimmt mit der weniger klebrigen Hand den Hörer ab und vernimmt die Stimme ihres Vaters am anderen Ende der Leitung.

»Hallo, Dad«, sagt sie und zwingt sich zur Fröhlichkeit, obwohl ihre Eltern eigentlich wissen, dass dies der schlechteste Moment des Tages ist, um zu telefonieren. Theresa kümmert sich um das Abendessen, die Kinder drehen durch, weil sie sich nicht gleichzeitig mit ihnen beschäftigen kann, Andrew scheint auch an ihnen zu verzweifeln, und Nonna verfolgt das ganze Spektakel nur. Theresa weiß, dass ihre Großmutter sie für unfähig hält. Zu ihrer Zeit tobten die Kinder nicht einfach herum, während die Mamma in der Küche zu tun hatte. Aber zu Nonnas Zeiten halfen auch die Großeltern noch mit. Damals wohnten alle Generationen unter einem Dach, während Theresas Eltern nach Ollies Geburt beschlossen, aus der Shelly Bay wegzuziehen. Theresa kann also auf keinerlei Hilfe zählen, nicht von ihnen, nicht von Andrew und auch nicht von Nonna, nebenbei bemerkt, aber von Letzterer erwartet sie das auch gar nicht. Einer älteren Dame sollte es gestattet sein, einfach eine ältere Dame zu sein, selbst wenn sie ihre Zeit nur damit verbringt, Poker zu spielen, italienische Aperitifs zu trinken und die stärksten Zigaretten zu rauchen, die es auf dem Markt gibt.

»Hast du viel zu tun?«, fragt ihr Vater angespannt, und Theresa muss sich schon wieder am Riemen reißen. Wann hätte sie mal nicht viel zu tun?

»Geht schon«, sagt sie stattdessen.

»Du musst ein paar Tage kommen«, sagt er, und Theresa wird bewusst, dass sie in eine Falle getappt ist. Seine Frage hat nichts mit dem jetzigen Moment zu tun gehabt. Sie war grundsätzlich gemeint, und sie hätte sie unbedingt bejahen müssen.

»Wieso, Dad?«

»Deine Mutter hat Probleme mit dem Rücken.«

Theresa schweigt. Der Rücken bereitet ihrer Mutter schon seit Jahren immer wieder Probleme. Normalerweise geht sie zum Arzt, lässt sich ein Schmerzmittel verschreiben, legt sich dann ein, zwei Tage ins Bett, und danach ist es für eine Weile wieder gut. Wieso sollte Theresa deswegen zu ihnen fahren?

»Das tut mir leid«, sagt sie. »Aber daran kann ich leider nichts ändern.«

»Darum geht es doch gar nicht«, sagt ihr Vater verärgert. »Du musst kommen und dich um den Haushalt kümmern. Kochen und so. Ich schaffe das nicht.«

»Sonst hast du das doch auch geschafft, Dad. Und du weißt ja, dass der Zustand meist nur ein, zwei Tage dauert.« Sie gibt sich Mühe, ruhig zu bleiben, muss aber an das Hackfleisch denken, das in der Küche braun anläuft, und an die Kinder, die bald quengeln werden, weil sie Hunger haben.

»Mein Knie macht nicht mehr mit«, sagt er. »Ich schaffe das alles nicht.«

Theresa holt tief Luft, ihre Methode, sich wie die brave Tochter zu verhalten, obwohl sie ihren Vater am liebsten anfahren würde, endlich mal erwachsen zu werden und sich um sich selbst zu kümmern. Er ist fast siebzig, benimmt sich aber wie Ollie. Obwohl – das muss sie zurücknehmen, denn Ollie weiß, wie man einen Staubsauger einschaltet und die Waschmaschine bedient. Sie hat ihm beides gezeigt, weil er es unbedingt wissen wollte.

»Dein Knie wird dich schon nicht am Kochen hindern, Dad«, sagt sie langsam.

»Und was ist mit dem Rest?«, schimpft er.

»Mario lebt fünf Kilometer von euch entfernt. Frag ihn doch!«

Ihr ältester Bruder ist ihren Eltern nachgezogen, und sie weiß, dass er für sie Zeit hätte. Er rührt keinen Finger, um seiner Frau mit den Kindern und im Haushalt zu helfen, und rühmt sich immer, kaum Zeit in seiner Firma verbringen zu müssen, weil seine Angestellten alles für ihn erledigen.

Ihr Vater stößt ein Geräusch aus, das abfällig klingt. »Der hat schon genug am Hals, da will ich ihn nicht auch noch belästigen.«

»Dad!«, sagt Theresa gereizt. »*Ich* habe viel am Hals.«

»Aber es ist deine Pflicht, deinen Eltern zu helfen«, erwidert er.

»Und Marios nicht?«

»Der hat selbst eine Familie, um die er sich kümmern muss.«

»Und was ist mit meiner Familie, Dad? Wer soll sich um mein Haus und meine Kinder kümmern?«

Dem Geräusch in ihrem Ohr nach hat er einfach aufgelegt. Das andere Geräusch, das sie vernimmt, ist die Wut, die sich in ihrem Innern zusammenbraut. Sie weiß, dass ihre Mutter das Gespräch mitgehört und die Absicht ihres Vaters gutgeheißen haben dürfte. Es wäre ihr sicher lieber, dass ihre Tochter die Regie übernimmt, als dass ihr Ehemann sich darin versucht. Theresa hat immer die Regie übernommen, wenn ihre Mutter Hilfe brauchte, nicht nur bei Rückenproblemen. Als Nonno noch lebte, war ihre Mutter auch immer zur Stelle, wenn Nonna um Hilfe bat, und auch von Theresa wird das erwartet. Aber jetzt lebt Nonna bei ihnen, und die Kinder sind auch noch da, und es ist eine zweistündige Fahrt zu ihren Eltern, daher sieht sie nicht ein, dass sie es sein soll, die alles stehen und liegen lässt.

Aber da sie weiß, dass ihre Eltern nicht lockerlassen werden, sollte sie Andrew von dem Telefonat wenigstens erzählen.

Sie legt den Hörer auf die Gabel, schließt die Augen und denkt daran, wie glücklich sie noch vor zwölf Stunden war. Sie konnte fast mit Elaine mithalten, als sie auf dem Rückweg zum Main Beach um die Landspitze herum schwammen. Endlich wird sie schneller. Zwar konnte sie Elaine nicht einholen, lag aber bei ihrer Rückkehr an den Strand nicht mehr weit zurück. Die anderen haben sich ebenfalls für sie gefreut. Es gab Gelächter, und Marie hat sie in die Wange gekniffen und sie »Meisterschwimmerin« genannt. Theresa hat etwas erreicht und immer noch ein Ziel vor

Augen. Nicht wie zu Hause, wo sich alles in einer Art Endlosschleife abspielt und sie eher den Eindruck hat, nicht mehr mithalten zu können.

»Was ist los?«

Als sie die Augen öffnet, sieht sie Andrew vor sich stehen, in einem frischen Hemd und seiner neuesten Jeans. Vor einer halben Stunde ist er in seiner schmutzigen Arbeitskluft heimgekommen und gleich in den Garten durchmarschiert, um den Kindern Hallo zu sagen.

»Du hast dich umgezogen?«, fragt sie.

»Ich gehe noch weg.«

Theresa unterdrückt einen tiefen Seufzer. »Wohin?«

»Weg eben.«

Wieder betrachtet sie sein Hemd. »Und mit wem?«

»Warum kannst du nicht einfach mal aufhören, mich mit Fragen zu bombardieren?«, knurrt er.

»Weil ich uns Abendessen mache und du nicht da sein wirst. Mal wieder.« Jetzt kann sie sich den Seufzer nicht verkneifen. Auch die Tränen, die sich unter ihren Augenlidern sammeln, quellen hervor. »Möchtest du nicht ein bisschen Zeit mit deinen Kindern verbringen?«

»Ich habe gerade Zeit mit ihnen verbracht«, sagt er abfällig. »Außerdem haben sie ja dich.« Er presst die Lippen aufeinander, und seine Augen werden düster. »In Wirklichkeit wollen sie doch nur einen von uns beiden, dich.«

»Sei nicht albern«, winkt sie ab, obwohl sie weiß, dass er recht hat. Aber er hat nur recht, weil er kaum mehr da ist und die Kinder sich daran gewöhnt haben.

»Sie lieben dich«, fügt sie hinzu.

Er wirkt skeptisch und schaut weg.

»Ich wollte mit dir über etwas reden«, sagt sie schnell.

»Was ist denn?« Er klingt mürrisch.

»Ich muss ein paar Tage zu Mum und Dad fahren.«

»Warum?«

»Mum hat wieder Probleme mit dem Rücken, und Dad braucht Hilfe im Haushalt.«

»Und wieso musst du deshalb kommen? Kann er das verdammt noch mal nicht selbst machen?«

Jetzt muss Theresa fast lächeln. Ein solcher Satz von Andrew, der noch nie in seinem Leben auch nur einen Finger im Haushalt krummgemacht hat.

»Nein, kann er nicht«, sagt sie. »Er besteht darauf.«

»Und wer schmeißt dann hier den Haushalt? Was ist mit den Kindern?«

»Das Schuljahr ist fast vorbei. Ich könnte sie eher aus der Schule nehmen und mit ihnen ein paar Tage hinfahren.«

»Und was soll ich so lange tun?«, fragt er theatralisch, aber Theresa ist sich sicher, dass er das nicht einmal merkt.

»Du bist doch sowieso nie hier«, sagt sie langsam. Mit voller Absicht. Er soll begreifen, was für Folgen sein Verhalten hat.

Er blinzelt nervös, und sie merkt, dass er nicht darüber reden will.

»Du lässt mich also mit Nonna hier allein?«, fragt er.

»Die kommt schon zurecht. Du müsstest sie nur zu ihrer Pokerrunde fahren.«

»Den Teufel werde ich.« Andrew baut sich vor ihr auf wie vor einem Kampf.

Theresa schweigt. Sie hat keine Lust, zu ihren Eltern zu fahren, hat aber das Gefühl, dazu verpflichtet zu sein. Andererseits wünscht sich ein Teil von ihr, dass sich Andrew ein paar Tage um sich selbst kümmern muss. Wiederum ein anderer Teil bedauert, dass sie in diesem Fall mehrmals nicht schwimmen gehen und die anderen treffen wird. Der Morgen, die einzige Zeit des Tages, wenn sie sich frei fühlt und Energie sammeln kann, um mit dem Rest des Tages klarzukommen, würde dann wegfallen.

Ein Geräusch an der Hintertür lässt sie beide herumfahren.

»Man kann euch hören.« Nonna betritt mit zusammengekniffenen Augen die Küche.

»Tut mir leid, Nonna«, sagt Theresa peinlich berührt.

Nonna richtet ihren stählernen Blick auf Andrew. »Auch die Kinder können euch hören.«

Am liebsten würde Theresa im Boden versinken. Sie dachte, die Kinder seien hinten im Garten, wo sie sonst immer spielen.

»Du fährst nicht weg«, sagt Andrew. »Ich werde nicht in einem Saustall leben, nur weil deine Mutter ihren eigenen Haushalt nicht schafft. Klär das mit deinem Vater.«

Ohne ihr die Gelegenheit zu einer Erwiderung zu geben, nimmt er seinen Autoschlüssel und knallt die Haustür hinter sich zu.

Theresa und Nonna schauen sich an. Von draußen ist Geschrei zu hören, weil Sasha und Oliver jetzt wieder herumtoben.

»Männer wollen immer das Sagen haben, *mia* Theresa«, sagt Nonna und legt eine Hand auf die Arbeitsplatte. »Aber das darfst du nicht zulassen. Du musst intelligenter sein und die Kontrolle an dich reißen, bevor sie es merken.«

»Aber so bin ich nicht, Nonna«, sagt Theresa traurig. Und denkt außerdem, dass die Zeiten, in denen sie vielleicht Macht über Andrew gehabt hat, längst vorbei sind.

»Weil meine Tochter es dir nicht beigebracht hat.« Nonna fuchtelt mit der anderen Hand herum. »Dieser Idiot von deinem Vater … Sie lässt ihm alles durchgehen. *Stupido!* Von mir hat sie das nicht.«

»Tut mir leid«, sagt Theresa. »Du hättest das gar nicht mitbekommen sollen. Ich weiß nicht, was ich noch mit ihm tun soll.«

Nonna umfasst Theresas Arme mit ihren starken Fingern, die stundenlang Klavier gespielt haben, als sie noch jünger war. Viel, viel jünger.

»Du musst dir die Kontrolle zurückholen, Theresa«, sagt sie wieder, diesmal heiser, und lässt sie dann los. »Das ist alles, was ich dazu sage.«

Als sie sich umdreht und geht, winkt sie abfällig – dieselbe Geste wie früher, wenn Theresa als kleines Kind etwas angestellt hat.

Damals bestand die Strafe darin, eine halbe Stunde lang Fingerübungen zu machen. Theresa hat ein paar Jahre gebraucht, um zu begreifen, dass diese Strafe eigentlich eine Form von Unterstützung war. Ihr Klavierspiel hat sich dadurch deutlich verbessert. Leider spielt sie schon seit Jahren nicht mehr, da Andrew kein Klavier im Haus wollte. Den Platz könne man besser für eine große Couch als für ein solches Ungetüm nutzen, erklärte er.

»In einer halben Stunde gibt es Abendessen!«, ruft sie jetzt schwach.

Dann hört sie, wie ein Streichholz angerieben wird.

Zigarettenqualm weht durch die Hintertür, als sie sich die Hände befeuchtet und sich wieder ihren Hackfleischbällchen zuwendet.

16

Marie gibt sich Mühe, sich nichts anmerken zu lassen, als sie das T-Shirt auszieht, aber Theresa erkennt sofort, dass etwas nicht stimmt.

»Was hast du?«, fragt sie.

»Nichts«, sagt Marie und verbirgt ihre Grimasse hinter dem Oberteil, das sie sich mühsam über den Kopf zu ziehen versucht.

»Marie.«

»Meine Schulter tut weh«, gesteht sie, als sie mit einem wütenden Schnauben das T-Shirt in den Sand wirft. »Ich habe Unkraut gejätet. Offenbar ein bisschen zu … enthusiastisch.«

Sie kann sich noch genau an den Moment erinnern, in dem der Schultermuskel protestierte, weil sie eine falsche Bewegung gemacht hatte. Charlie Brown war der einzige Zeuge, aber sie kam sich trotzdem blöd vor, als sie aufschrie und direkt aus der Hocke ins Beet kippte.

»Hast du nicht erzählt, Nicole hätte jemanden organisiert, der dir zur Hand geht?«, fragt Theresa und winkt Elaine zu, die am anderen Ende des Strands aufgetaucht ist.

»Der kann erst im neuen Jahr anfangen«, sagt Marie und

runzelt die Stirn. »Wer hätte gedacht, dass Gärtner derart ausgebucht sind.«

»Ich könnte doch helfen«, meldet sich Leanne zu Wort. Marie fährt herum. Die junge Frau ist normalerweise so still, dass man sie glatt vergessen könnte.

»Wenn es sich nur um ein bisschen Unkraut handelt«, fügt Leanne schnell hinzu, um sich dann abzuwenden und sich mit Badekappe und Schwimmbrille zu beschäftigen. »Ich wohne ja in der Nähe.«

»Ach ja?« Marie kann sich nicht erinnern, dass sie beide jemals darüber gesprochen hätten, wo sie wohnt. Dabei würde sie es mit Sicherheit noch wissen, weil sie sich bisher nur selten mit Leanne unterhalten hat.

»Du wohnst doch in dem Cottage aus Sandstein in der Nähe von der Livingstone Road, oder?«

»Ja.« Marie hat wirklich keine Erinnerung daran, das erwähnt zu haben. Aber das muss sie offenbar. Oder Theresa hat es Leanne erzählt.

»Meine Wohnung ist auf der Hafenseite in der Elliott Road. Eigentlich direkt um die Ecke.« Leanne lächelt und schaut dann wieder weg.

Es ist wirklich schwieriger, die Aufmerksamkeit dieser jungen Frau zu halten, als mit einer Katze Freundschaft zu schließen. Was der Grund ist, warum Marie nie eine Katze hatte: Die Tiere sind einfach zu unnahbar. Sie schaut zu Theresa hinüber, die gebannt den Wortwechsel verfolgt. Zu Recht, denn so viel hat Leanne an einem einzigen Morgen noch nie von sich erzählt.

»Das ist nett, dass du das anbietest«, sagt Marie, »aber ich denke, ich werde einfach warten, bis der Gärtner kommt.«

Im ersten Moment wirkt Leanne derart betroffen, dass

Marie sich schon fragt, ob sie Hintergedanken bei ihrem Angebot hatte.

»Guten Morgen, meine Damen«, sagt Elaine, als sie auf die anderen zukommt.

Marie beneidet sie um ihre langen Beine. Durch den Sand zu laufen scheint ihr nicht schwerer zu fallen als einem Schiff, über ein ruhiges Meer zu segeln.

»Marie hat Probleme mit der Schulter«, verkündet Theresa.

»Verstehe.« Elaine hebt eine Augenbraue. »Das ist wohl meine Chance, ihr mal davonzuschwimmen. Endlich.« Sie lächelt verschmitzt.

Bislang hat Marie nie Ehrgeiz beim Schwimmen entwickelt, aber plötzlich verspürt sie einen gewissen Missmut. Offenbar hatte ihre Bescheidenheit vor allem damit zu tun, dass sie ohnehin immer die Schnellste war. Die Vorstellung, langsamer als eine ihrer Mitschwimmerinnen zu sein, behagt ihr gar nicht. Es erinnert sie zu sehr daran, dass sie alt wird. Wenn sie vornewegschwimmt, ist sie es noch nicht, so legt sie es sich jedenfalls zurecht. Aber vielleicht gefällt es ihr auch einfach, die Nase vorn zu haben. Ihre kleinen Siege sind das Einzige, was sie noch hat.

»Tu dir keinen Zwang an«, sagt sie, »aber gewöhn dich bloß nicht dran.«

»Vielleicht«, sogar aus dem einen Wort ist Elaines geschliffener Akzent herauszuhören, »vielleicht sollten wir alle heute brustschwimmen.« Sie lächelt Marie an. »Für die Schultern ist das besser als kraulen.«

»O Gott, nein«, sagt Marie, die sich fast wünscht, Theresa ihr Problem verschwiegen zu haben. »Ich schwimme einfach langsamer.«

»Ich mag Brustschwimmen«, sagt Theresa fröhlich.

Leanne wirkt fast erleichtert. »Ich auch.«

»Dann werden wir also alle zusammen schwimmen«, stellt Elaine fest. »Wie gesellig.«

»Morgen, meine Damen. Lange nicht gesehen.«

Marie seufzt, als sie Trevor King näher kommen sieht. »Wir waren jeden Morgen da, Trev. Du bist es, der nicht aufgetaucht ist.«

»Ich hatte es mit dem Rücken«, sagt er und legt die Hand in die Seite.

»Ach ja, stimmt«, sagt Marie trocken. »Ich kann mich noch daran erinnern, dass du vor Schmerzen fast gestorben bist, als wir letztens das Mädchen aus dem Wasser gezogen haben.«

Trev schüttelt den Kopf. »Es war wirklich schrecklich. Ich kam gar nicht mehr vom Bett hoch. Nicht einmal, um mir ein Bier zu holen!« Er lacht, als hätte er den lustigsten Witz überhaupt gerissen, und schaut dann zu Leanne hinüber. »Hal-looo. Wen haben wir denn da?«

»Das ist Leanne«, sagt Theresa. »Sie ist Krankenschwester im hiesigen Krankenhaus.«

»Woher kommst du denn?«, fragt Trev.

»Ich wohne in der Nähe vom Hafen«, erwidert Leanne mit ruhiger Stimme.

Seine Miene verrät, dass er sie für leicht minderbemittelt hält. »Nein«, sagt er und schüttelt den Kopf. »Ich meinte: Bist du eine von diesen Bootsflüchtlingen, oder was?«

Leanne verzieht keine Miene, und Marie fragt sich, wie oft sie den Spruch schon gehört haben mag. Keine von ihnen hat Leanne je nach der Geschichte ihrer Familie gefragt. In Australien leben Menschen aus aller Welt, und

Leannes Akzent ist durch und durch australisch. Wenn man Marie fragen würde, sie hielte sie für eine Australierin.

Die Wangen der jungen Frau glühen. Marie findet es unerträglich, wie Trev, dieser dämliche alte Mann, sie verunsichert.

»Was um Himmels willen redest du da eigentlich, Trevor?«, fährt sie ihn an.

»Du weißt doch«, sagt er und zeigt in Leannes Richtung.

»Ich weiß gar nichts. Du, Theresa?«

»Nein.« Theresa wirkt so grimmig, wie Marie sie noch nie erlebt hat.

»Und was ist mit dir, Elaine?«

Elaine reckt das Kinn und strafft die Schultern. »Ich habe keinen blassen Schimmer«, sagt sie.

Marie schenkt Trevor ein strahlendes Lächeln. »Tut mir leid, aber wir wissen alle nicht, was du meinst. Genauso wenig wie Leanne.«

Trevor betrachtet sie eine nach der anderen, die Stirn gerunzelt. Nur Leanne schaut er nicht mehr an. »Oh«, sagt er und scheint ein bisschen zu schrumpfen.

Marie lächelt immer noch. »Und jetzt hau ab. Wir sind spät dran.«

Wieder mustert er sie alle und wirft dieses Mal auch in Leannes Richtung einen kurzen, verwirrten Blick. »Na gut«, sagt er dann, dreht sich um und schlurft davon.

»Idiot«, murmelt Marie.

»Tut mir leid«, sagt Theresa.

Leanne schüttelt den Kopf. »Ihr seid ja nicht schuld. Und es ist auch nicht so, dass mir das zum ersten Mal passiert.«

»Tut mir trotzdem leid«, sagt Theresa.

Marie nickt Richtung Ozean. »Los, lasst uns diesen Schwachkopf einfach vergessen und ins Wasser springen.«

»Das wird ein großer Spaß!«, verkündet Theresa und schaut in Leannes Richtung, etwas zu aufgekratzt.

Insgeheim muss Marie zugeben, dass brustschwimmen tatsächlich leichter für sie sein wird. Und ihre Schulter ist ja auch nicht kaputt, sondern tut nur weh, sodass sie morgen bestimmt wieder kraulen kann. Für den Moment wird ihr die Abwechslung guttun.

Das Wasser hat etwas von seiner stechenden Kälte verloren, fällt ihr auf, als sie bis zu den Schultern eintaucht. Zudem ist es nicht nur wärmer als am Vortag, sondern es herrscht auch kaum Wellengang, sodass sie nicht einmal den Schwimmstil wechseln müssen, um weiter aufs Meer hinauszugelangen.

»Danke, Elaine«, sagt sie, als sie neben sie schwimmt. »Das war eine gute Idee.«

»Manchmal habe selbst ich gute Ideen«, sagt Elaine, aber es klingt nicht überzeugt.

»Ich habe dich noch gar nicht gefragt, wie dein Ausflug in den Busch war«, sagt Marie, während sie versucht, mit Elaine mitzuhalten, die mit anmutigen Armzügen schnell vorankommt.

Elaine schnaubt. »In Ordnung.«

»Oh?« Maries Verständnis nach bedeutet »in Ordnung« nicht gerade »gut«. Aber da sie Elaines Augen hinter der Schwimmbrille nicht sehen kann, hat sie keine Ahnung, ob sie das auch so meint.

»James' Eltern sind wunderbar«, fährt Elaine mit festerer Stimme fort. »Aber ich … Dieses Land … es ist so trostlos.«

Am liebsten würde Marie widersprechen und darauf beharren, dass Australien überall schön ist. Aber es ist ihr klar, dass sich das für eine Europäerin anders anfühlen muss, also verzichtet sie darauf, die Patriotin herauszukehren, um nicht noch mehr Salz in die Wunde zu streuen.

»Tut mir leid«, fügt Elaine hinzu. »Das klang nicht gerade nett.«

»Unser Land besteht zweifellos aus ziemlich vielen Brauntönen«, sagt Marie.

»Die sich ziemlich großflächig verteilen«, sagt Theresa, die auf Elaines anderer Seite schwimmt, während sich Leanne neben Marie hält. »Als meine Eltern zum ersten Mal mit uns in diesen Teil des Landes gefahren sind, war ringsum so viel Braun, dass ich dachte, es habe vor Kurzem gebrannt.«

»Hatte es vielleicht auch«, sagt Marie. »Oder es gab eine Dürre.« Ihre Schulter zwackt ein bisschen, und sie verringert den Radius ihrer Armzüge. Dann schaut sie zu Elaine hinüber. »Du musst schreckliches Heimweh haben, oder? Das hier ist sicher eine ziemlich fremde Welt für dich.«

Elaine nickt und scheint Wasser geschluckt zu haben, denn sie hustet, bevor sie antwortet. »Ich musste immer wieder an das Haus meiner Eltern in Kent denken, was natürlich sofort auch andere Erinnerungen geweckt hat. An meine Söhne, die in ihrer Nähe sind, während ich hier bin und sie nicht mehr zu Gesicht bekomme.« Sie atmet laut durch den Mund aus, als würde etwas Schweres auf ihrer Brust liegen.

»Es ist hart, wenn man jemanden vermisst«, sagt Marie. »Wie wär's, wenn wir kurz anhalten und ein bisschen Wasser treten? Der Morgen ist so schön, wir sollten ihn genießen.«

Elaine runzelt die Stirn, so als wollte Marie sie mit dem Vorschlag bestrafen, dabei hat sie nur die besten Absichten. Wenn Elaine sich in ihren Kummer hineinsteigert, könnte sie noch mehr Wasser schlucken, was die Situation nicht besser machen würde. Also bilden sie einen Kreis vor der Landspitze, nahe den Felsen, wo das Wasser am flachsten ist. Ohne Wellengang besteht heute zur Abwechslung kein Risiko, gegen die Steine gespült zu werden, während sie sonst stets aufpassen müssen.

»Ich vermisse auch ein paar Menschen«, sagt Marie. »Meinen Ehemann natürlich – woran sich leider nichts mehr ändern lässt. Und meine Freundin Gwen, die ein paar Stadtteile weiter gezogen ist. Andererseits habe ich sie noch nie besucht, keine Ahnung, warum.«

»Vielleicht hast du mit uns so viel Spaß, dass du sie nicht mehr so sehr vermisst wie vorher?«, sagt Theresa.

Das ist gar nicht so falsch. Marie denkt immer noch an Gwen, aber sie vermisst sie nicht mehr so stark wie noch vor ein paar Wochen. Sogleich verspürt sie ein anderes Gefühl: Schuld.

»Möglich«, sagt sie. »Ihr seid aber auch sehr unterhaltsam.«

Theresa wirkt erfreut.

»Trotzdem sollte das kein Grund dafür sein, diese Freundschaft zu vernachlässigen«, fährt Marie fort. »Ich habe sie schleifen lassen, aber demnächst muss ich Gwen wirklich mal besuchen.«

»Unbedingt«, sagt Theresa. »Meine Eltern wollten auch, dass ich sie besuche. Na ja, Dad hat mich vielmehr gebeten, ein paar Tage zu kommen und ihm zu helfen. Ich habe Nein gesagt.«

»Und das war richtig«, sagt Marie. »Du hast schon so viele Verpflichtungen hier. Zu viele, würde ich behaupten.«

Nun ist es an Theresa, eine schuldbewusste Miene aufzusetzen. »Ich bin eine schlechte Tochter«, erklärt sie.

»Du?«, platzt es aus Elaine heraus. »Ich bin doch die Tochter, die auf der anderen Seite der Welt lebt.«

»Aber du würdest zu deinen Eltern fahren, wenn du könntest.« Theresa klingt deprimiert. Oder ein wenig selbstmitleidig, denkt Marie, obwohl das eigentlich nicht ihre Art ist.

»Vielleicht auch nicht, selbst wenn sie in der Nähe wohnen würden«, sagt Elaine. »Wenn mein Leben so wäre wie früher, wäre ich vollauf beschäftigt.«

»Was ist mit dir, Leanne?«, fragt Marie. »Leben deine Eltern in der Nähe?«

Aus dem Augenwinkel kann sie sehen, wie Theresa heftig den Kopf schüttelt.

»Mhm ...«, macht Leanne, taucht kurz bis zur Nasenspitze unter und kommt dann wieder hoch. »Ja.«

Marie mustert Theresa, die die Augen aufgerissen hat. Wie sie ihre Freundin kennt, hat sie bereits versucht, Leanne Informationen über ihre Familie zu entlocken, ist aber gescheitert. Was kein Grund für Marie ist, es nicht ebenfalls zu versuchen.

»Siehst du sie oft?«, fragt sie.

»Nein«, antwortet Leanne und schwimmt ein Stück in Elaines Richtung, weg von Marie. Vielleicht, weil sie ihr nicht in die Augen schauen möchte.

Da steckt doch etwas dahinter. Leanne scheint ziemlich einsam zu sein, und Marie würde den Grund dafür allzu gern verstehen. Denn Leanne ist zu jung, um aus denselben Gründen einsam zu sein wie sie.

»Darf ich fragen, warum nicht?«

Leanne tritt wieder Wasser, den Blick gen Himmel gerichtet. »Sie möchten mich nicht sehen«, antwortet sie.

»Aber das kann doch nicht sein«, sagt Marie schnell. »Du bist so eine reizende junge Frau.«

Leanne löst den Blick vom Himmel, aber mit der Schwimmbrille über ihren Augen kann Marie nicht sehen, was in ihr vorgeht. »Vielleicht bin ich ja gar nicht so reizend, wie ihr alle denkt«, sagt sie mit belegter Stimme.

»Natürlich bist du das!«, ruft Theresa. »Du bist so wunderbar mit den Kindern.«

Leanne erwidert nichts.

Elaine dreht ihren Kopf von Leanne zu Marie und zurück. »Ich glaube, ich muss mich mal wieder ein bisschen bewegen«, sagt sie dann. »Wollen wir weiterschwimmen?«

Marie wird klar, dass Elaines Einfühlungsvermögen sie vermutlich vor einer noch unangenehmeren Situation gerettet hat.

Leanne stürzt sich in eine Art Kraul und schwimmt davon.

»Oh«, sagt Theresa, »sie will es heute aber wissen. Marie, du kannst mit deiner Schulter ja leider nicht …« Ihre Stirn legt sich in Falten.

»Lass sie schwimmen«, sagt Marie. »Ich war zu forsch, das hat sie aufgeregt.«

»Mach dir keine Sorgen, das ist mir auch schon passiert«, sagt Theresa. »Manchmal weiß man einfach nicht, wann man mit gut gemeinten Fragen eine bestimmte Grenze überschreitet.«

»Ich fürchte, dass sie etwas belastet, das wir bestenfalls erahnen können«, sagt Elaine, die sich ein Stück vor ihnen hält. »Aber ich werde ihr Gesellschaft leisten, wenn ihr nichts dagegen habt.«

Marie nickt, die Beine scherenförmig bewegend, und schwimmt dann schweigend mit Theresa weiter.

17

Guten Morgen, Leanne.«

»Guten Morgen, Dr. Jacobs.« Leanne nickt dem Kinderarzt zu, der seine Runde durch die Station macht. Als er im Büro der Oberschwester verschwindet, lässt sie die Schultern sacken. Immer wenn sie einen der Ärzte sieht, spannt sich alles in ihr an, aus Angst davor, er könnte ihr sagen, dass sie etwas falsch gemacht hat.

Ihr ganzes Leben lang hat sie schon Angst davor, etwas falsch zu machen, was sie aber nicht auf ihre Erziehung schieben kann. Ihre Brüder haben viele Fehler gemacht; sie weiß also, dass man Fehler überlebt. Es gab keinen Vorfall, dem sie diese Angst verdankt, und ihre Eltern haben ihr dieses Gefühl auch nie direkt vermittelt. Trotzdem hat sie Tausende Erinnerungen daran, dass sie unbedingt die artigste Schülerin sein wollte und hoffte, ihre Brüder würden sich nicht ständig danebenbenehmen. Und ihrer kleinen Schwester wollte sie auch immer beibringen, wie man sich richtig verhält.

Es ist ihr bewusst, dass ihr verpfuschtes Leben ein Musterbeispiel dafür ist, dass andere sich nicht richtig verhalten haben. Ihr gegenüber. Sie hat daraus die einzig mögliche

Konsequenz gezogen, um das wiedergutzumachen, obwohl sie wusste, dass sie womöglich immer und ewig dafür büßen würde. Aber sie hatte keine Wahl. Jahrelang die Kommentare ihrer Mutter über »schlechte Mädchen« anhören zu müssen – Mädchen, die sich in einer ähnlichen Situation wie sie befanden –, hat seine Wirkung nicht verfehlt.

Inzwischen ist sie für Fehltritte anderer sensibler und bringt sich selbst möglichst gar nicht erst in eine Lage, welche zu begehen.

»Schwester?«, ruft die Oberschwester durch den Flur.

Leanne eilt zu ihr.

»Wir bekommen eine neue Patientin«, sagt die Oberschwester. »Dr. Jacobs hat mir soeben mitgeteilt, dass sie vom Kinderkrankenhaus hierhergebracht wird.«

Leanne runzelt die Stirn. Es ist ungewöhnlich, dass ein Kind aus dem einzigen Kinderkrankenhaus der Stadt zu ihnen verlegt wird. Normalerweise ist das Gegenteil der Fall.

»Sie stammt hier aus der Gegend«, erläutert die Oberschwester, »und ihre Eltern möchten sie näher bei sich zu Hause haben. Sie hat ein Nierenleiden und soll bei uns bleiben, bis die beste Behandlungsmethode feststeht.«

»Aha«, ist alles, was Leanne herausbekommt. Ihr ist schleierhaft, warum die Oberschwester ihr das alles erzählt, wo alle nötigen Informationen doch bei der Verlegung mitgeliefert werden.

»Das Mädchen braucht besondere Betreuung«, erklärt die Oberschwester ungeduldig, als stünde Leanne absichtlich auf der Leitung. »Tagsüber kümmern wir uns ganz normal um sie, aber die Eltern wollen, dass auch nachts jemand bei ihr ist. Wenn das jemand von unserem Mitarbeiterstab übernehmen würde, wäre mir das nur recht.«

Die Anfrage ist ungewöhnlich. Die meisten Eltern wissen gar nicht, dass man in einem öffentlichen Krankenhaus eine Krankenschwester anfordern kann, die sich ausschließlich um das eigene Kind kümmert. Leanne hat das noch nie getan, wurde aber auch noch nie darum gebeten. Sie ist sich nicht einmal sicher, ob sie heute gefragt wird.

»Soll ich … soll ich jemanden organisieren?«, will sie wissen.

»Nein, Leanne. Ich dachte, dass Sie bei dem Mädchen bleiben könnten. Wenn Sie denn Zeit haben. Die Eltern haben ausdrücklich nach Ihnen verlangt.«

Leanne ist entgeistert. Wieso sollte jemand ausgerechnet nach ihr verlangen? Ihre Patienten kommen und gehen, ohne ein bestimmtes Muster. Manche verlassen das Krankenhaus lebend, andere nicht. Sie verhält sich immer professionell, aber an die Namen der Eltern könnte sie sich beim besten Willen nicht erinnern. An die der Kinder schon.

»Wie kann das sein? Ich meine, wieso?«

»Sie haben vor zwei Jahren die ältere Schwester betreut. Ein Gehirntumor.« Die Oberschwester wirft einen Blick in die Akte in ihrer Hand. »Daphne Sullivan.«

Leanne erinnert sich an ein blasses Kind mit grünen Augen, mausbraunem Haar und einem Lächeln, das sein ganzes Gesicht leuchten ließ, obwohl man es leider nur selten sah. Das Mädchen ist nie wieder entlassen worden. Auch an ihre jüngere Schwester Imogen erinnert Leanne sich noch, vor allem an den Stich, den es ihr versetzt hat, als sie ihr erzählte – mit diesem Stolz, mit dem Kinder ihr Alter verkünden –, dass sie im Juli 1976 geboren sei. Sie war genauso alt wie Leannes Kind. Das Kind, wegen dem sie von den Menschen getrennt lebt, die sie am meisten liebt, von der Familie, in der sie zusammen mit Brüdern und Schwestern aufwuchs, die ihre besten Freunde waren und nun aus ihrem Leben verschwunden sind. In den letzten sieben Jahren hat sie versucht, Erklärungen für das Zerwürfnis zu finden, und zwar aus gutem Grund: um die Erinnerungen zu bekämpfen, die sie sonst zerstören würden.

Nachts, wenn sie nicht schlafen kann, ist es immer die eine Erinnerung, gegen die sie nicht ankommt.

»Wie konntest du das zulassen?«, fragt ihre Mutter in ihrer Erinnerung, immer wieder und wieder. »Wie konntest du nur zulassen, dass er dich anfasst? Dass er sich mit seinen schmutzigen Händen an dir vergreift? Wie vielen hast du das sonst noch erlaubt?«

Diese Frage wird Leanne nicht beantworten, weil sie weiß, dass keine Zahl stimmt. Und »niemandem« wird man ihr nicht abnehmen.

In ihrer Erinnerung kann sie spüren, wie die Hand ihres Vaters auf ihrer Wange landet. Das ist ein anderer Schmerz, als sich einen Knöchel zu verstauchen oder Haut abzuschürfen. Diese Schmerzen sind einfach nur ein Zeichen dafür, dass man etwas falsch gemacht hat und besser aufpassen muss. Aber die brennende Wange steht dafür, geliebte Menschen enttäuscht zu haben, obwohl man nichts Falsches getan hat – in den eigenen Augen jedenfalls nicht. Sie wollte gar nicht, dass dieser Mann – der Freund ihres ältesten Bruders, jemand, dem sie vertraut hat – sich mit seinen schmutzigen Händen an ihr vergreift. Und sie wollte auch nicht, dass es jemand herausfindet.

»Ich habe gar nichts erlaubt«, sagt sie leise, in der Hoffnung, dass ihre Eltern ihr glauben.

Aber aus den Augen ihrer Mutter blitzen Wut und Empörung. »Wieso sollen wir denken, dass das die Wahrheit ist?«

»Weil ich es sage.«

Aber Leanne weiß, dass die Wahrheit – ihre Wahrheit – nicht für eine Verteidigung reichen wird, und spürt, wie sich ihr Leben in nichts auflöst. Der Familienverband, der sie seit ihrer Geburt getragen hat, zerfällt zu Staub, und sie wird ihn durch keine noch so große Anstrengung wieder zurückbekommen.

»Das haben wir aber anders gehört«, sagt ihr Vater so wütend, dass sein Gesicht hässlich wird. Dabei ist er eigentlich alles andere als hässlich.

»Aber ich war dabei«, sagt Leanne so bestimmt wie möglich. In all den Jahren mit ihren älteren Brüdern hat sie gelernt, wie man sich behauptet. »Sonst weiß niemand, was passiert ist.«

»Er schon«, sagt ihre Mutter, und Leanne sieht, dass ihre Lippe zittert.

Jedes Mal sieht sie in ihrer Erinnerung die zitternde Lippe ihrer Mutter, nur dass ihr der Grund dafür nicht klar ist. Hatte sie Angst um sie, oder war es Verachtung?

Ihre Mutter und sie waren sich nie so nah wie andere Mütter und Töchter, aber ihre Beziehung war immer harmonisch. Leanne würde heute gern glauben, dass ihre Mutter sich nur Sorgen um sie gemacht hat, aber sie weiß zu gut, dass sie sich vor allem darüber Gedanken machte, was andere Leute denken könnten. Das ist es, was ihrer Mutter wirklich zu schaffen machte. Auch, weil ihre Eltern von jemand anderem von der Schwangerschaft erfuhren. Leanne hatte es einem ihrer Brüder anvertraut, der es dann weitererzählte. Leanne war klar, dass die Panik ihrer Mutter auch daher rührte, dass ihr Sohn bekanntlich nicht der Verschwiegenste war. Sie befürchtete, die Geschichte könnte bereits die Runde gemacht haben. Jedenfalls ein Teil davon. Die ganze kennt nur Leanne. Leanne und der Mann, der ihr das angetan hat.

Wenn diese Erinnerungen kommen, tut Leanne alles, um sie an diesem Punkt abbrechen zu lassen. Sie versucht, nicht an all die Gedanken zu denken, die ihr an jenem Tag durch den Kopf gegangen sind; nicht an die Entscheidung, die sie in dem Tumult getroffen hat – zu gehen und nie wiederzukommen. Nein, es ist leichter, die Erinnerungen an dem Punkt enden zu lassen, an dem sie die Tür öffnete und ins Freie trat.

Vor langer Zeit ist ihr bewusst geworden, dass diese Erinnerungen vor allem deswegen wiederkehren, weil sie damals das letzte Mal die Gesichter ihrer Eltern gesehen hat. Das letzte Mal ihre Stimmen gehört hat. Die Entscheidung, sie zu verlassen, hat ganz allein sie getroffen. Was ihre Eltern wollten, hat sie gar nicht gefragt. Vielleicht sind sie immer noch erleichtert, nichts mehr mit ihr zu tun zu haben. Vermutlich gehen sie davon aus, dass sie ein Kind hat und es allein großzieht: der wandelnde Beweis für ihr schlechtes Benehmen.

Nur dass Leanne das Kind nie hatte. Sie fühlte sich so in die Enge getrieben, dass sie sich von ihm befreite, wie sich ein Tier seinen eigenen Fuß abbeißt. Um zu überleben. Obwohl ihr klar war, dass sie einen Preis dafür zahlen musste. Also legte sie den Preis fest: Sie würde niemals wieder jemanden in ihre Nähe lassen. Wenn es einen Gott gibt – oder etwas anderes, das den Lauf der Dinge bestimmt –, dann weiß er diesen Beschluss hoffentlich zu würdigen. Denn nun ist sie allein. Sie hat keine Freunde und auch keine Bekannten.

Theresa hat versucht, Freundschaft mit ihr zu schließen, immer wieder und wieder; und jetzt versuchen Marie und Elaine es ebenfalls. So nah hat Leanne noch niemanden an sich herangelassen, denn Freundschaft muss auf Gegenseitigkeit basieren. Zwar interessiert sie sich für andere Leute, möchte ihr eigenes Leben aber mit niemandem teilen. Es gibt Sachen, die sie lieber für sich behält. Sachen, die sich nicht wiederholen dürfen.

Leider war die Hoffnung, die Vergangenheit auf sich beruhen lassen zu können, naiv. Selbst ihre Versuche, für sich zu bleiben, sind gescheitert. Irgendetwas in ihr sucht offenbar die Verbindung zu anderen Menschen. Warum sonst hat sie sich der Gruppe um Theresa wohl angeschlossen? An manchen Tagen ist sich Leanne selbst ein Rätsel. An den meisten vielmehr. Vielleicht sollte sie den Versuch, sich aus allem herauszuhalten, aufgeben und stattdessen probieren, einfach ein Mensch zu sein.

Und nun kommt plötzlich ein Kind auf ihre Station, das so alt ist wie ihres.

»Ja, ich erinnere mich an sie«, sagt sie zur Oberschwester. »Und auch an Imogen, ihre Schwester.«

Die Oberschwester wirkt überrascht. »Imogen, richtig. Sie wird heute Nachmittag verlegt. Aber ich erwarte nicht, dass Sie von jetzt an jede Nacht bei ihr bleiben. Das ist ein kräftezehrender Job, und ich brauche Sie in Topform. Warum besprechen Sie die Einzelheiten nicht mit den Eltern und teilen mir dann mit, worauf Sie sich geeinigt haben?«

»Gern.« Leanne nickt höflich und kehrt zu ihrer Arbeit zurück.

Als sie die Oberschwester wieder mit Dr. Jacobs reden hört, nutzt sie die Gelegenheit, um in die Küche zu schlüpfen. Sie braucht jetzt einen Moment für sich. Natürlich könnte sie die zusätzliche Arbeitsbelastung mit einer Entschuldigung ablehnen, andererseits weiß sie selbst, dass sie keine hat. Ihr Leben ist nicht so reich an Verpflichtungen oder Hobbys, dass sie die Zeit nicht erübrigen könnte. Und der zusätzliche Verdienst wäre auch nicht schlecht. Ihre Miete wird nicht ewig auf dem gleichen Niveau bleiben, und große Ersparnisse hat sie nicht. Vielleicht könnte sie mit dem Geld sogar in den Urlaub fahren.

Sie stellt sich vor, wie es wäre, jede Nacht bei einem kranken Kind zu sitzen – *diesem* kranken Kind – und nichts anderes tun zu können, als dafür zu sorgen, dass es ihm gut geht und es keine Angst hat.

Sie weiß nichts Genaueres über Imogens Nierenkrankheit, aber offenkundig machen sich ihre Eltern große Sorgen. Leanne hat das schon häufiger erlebt: eine Aneinanderreihung von Unglücksfällen, die wie ein Fluch auf einer Familie zu lasten scheinen. Ob es noch andere Geschwister gibt, weiß sie nicht; da sie aber damals nur Imogen gesehen hat, geht sie nicht davon aus. Imogens Eltern geben sich vermutlich selbst die Schuld, wie viele Eltern der Kinder, die hier sind. Aber Krankheiten sind niemandes Schuld, und es trägt auch niemand die Verantwortung. Man hat entweder Glück oder Pech, so einfach ist das. Leanne hat vier Brüder und eine Schwester, und keiner von ihnen war in der Kindheit ernsthaft krank. Auf der anderen Seite ist da Imogen, die bereits ihre Schwester verloren hat und nun ebenfalls krank ist. Wenn Leanne religiös wäre, würde sie vielleicht glauben, dass das kein Zufall, sondern Gottes Wille ist. Oder sein Werk. Aber sie ist nicht religiös.

Es ist ein Trost – und dann doch wieder nicht –, dass das mit dem Glück und Pech auch für ihr eigenes Leben gilt.

Leanne wird dieses Kind also betreuen und versuchen, die Wahrscheinlichkeit dafür zu erhöhen, dass es wieder gesund wird und nach Hause zurückkehren kann. Oder dass es wenigstens nachts durchschläft. So wie sie auch ihre eigenen Chancen zu verbessern versucht, an jedem einzelnen Tag ihres Lebens, indem sie aufsteht und zur Arbeit geht und all die richtigen Dinge tut und die falschen unterlässt. Eines Tages wird sie vielleicht glauben können, dass sie sich nichts hat zuschulden kommen lassen.

18

Diese australische Sitte, mitten im Sommer ein warmes Weihnachtsessen aufzutischen, wird Elaine nie begreifen. Warmes Essen ist etwas für kühles Wetter, und als sie spürt, wie ihr der Schweiß den Rücken hinabrinnt und sich am Verschluss ihres BHs sammelt, würde sie am liebsten gegen die Ofentür treten.

»Lass uns ein paar Freunde einladen«, hatte James vorgeschlagen. »Leute, die Weihnachten nicht mit ihren Familien feiern können.«

Da Elaine in Australien keine Freunde hat – zumindest keine, die sie gut genug kennt, um sie Weihnachten in ihr Haus einzuladen –, waren damit natürlich seine Freunde gemeint. Sie ging davon aus, dass Leute, die Weihnachten allein feiern müssen, aus Übersee kommen. Hoffte, dass vielleicht auch ein, zwei Europäer unter ihnen seien, mit denen sie sich über ihre Heimat unterhalten könnte. Aber nein, die Gäste kamen aus dem Westen Australiens und aus Queensland und hatten nur nicht genug Urlaub, um über die Festtage nach Hause zu fahren.

Jetzt hört sie sie lachen, fast brüllen, wie Australier es gern tun, besonders die Männer. Anfangs ist sie oft zusammengezuckt, wenn sie dabei in deren Nähe stand. Dann hörte sie zum ersten Mal einen Kakadu und begriff: Australier sind so laut, weil sie mit diesen Viechern konkurrieren. Mit Kakadus, Lachenden Hänsen und anderen heimischen Vögeln – die manchmal einen solchen Radau veranstalten, dass man nicht mehr klar denken kann. Inmitten von Vögeln, Haien und den Beutelratten in ihrem Garten hat Elaine manchmal das Gefühl, in einem riesigen Freiluftzoo zu leben.

Die Weihnachtsgäste trudelten ab elf Uhr ein und öffneten sofort Bierdosen und Weinflaschen. James trinkt nie Bier – zumindest hat sie ihn noch nie Bier trinken sehen –, aber er zog trotzdem den Ring einer Büchse ab und kippte den Inhalt in sich hinein, als wäre er die Sahara und das Bier ein Wolkenbruch. Er schlug sogar anderen Männern auf die Schulter und nannte sie »Kumpel«. Im Verlauf der letzten Monate hat Elaine ihren Ehemann gelegentlich mit Kollegen oder Freunden erlebt, und diese Version von ihm ist ihr gänzlich neu. Das Verhalten passt so gar nicht zu dem Mann, mit dem sie schon fünfundzwanzig Jahre lang zusammenlebt. Vielleicht zieht er nur eine Schau ab, um bei seinen »Kumpels« als waschechter Australier durchzugehen, aber er wirkt dabei so natürlich und spontan, dass sie insgeheim eher die Befürchtung hegt, er könne sich in der langen Zeit ihres Zusammenlebens verstellt haben. Angenehm ist der Gedanke nicht.

»Du träumst wohl!«, hört sie einen Mann brüllen, dann erklingt Gelächter und ein Geräusch, als würde ein Stuhl umkippen, gefolgt von schrillem Gekicher. Das wird wohl Joanne sein, die frischgebackene zweite Ehefrau eines von James' Kumpels.

Elaine hat ihren Mann nicht gebeten, ihr im Vornherein etwas über die Gäste zu erzählen, und kommt sich jetzt dumm vor, weil sie überlegt, ob manche der Kinder, die die Männer doch haben müssen, jetzt bei ihren ersten Ehefrauen sind. Vielleicht hätte sie nicht davon ausgehen sollen, dass sie weiß, wer James' Freunde sind. Aber jetzt sind sie alle hier und warten auf Truthahn, Schinken, gegrilltes Gemüse, Plumpudding und weiß der Himmel noch was.

»Ich hoffe nur, es gibt eine *pav*!«, verkündete ein Mann, sobald er seinen Fuß über die Schwelle gesetzt hatte.

James schaute Elaine schuldbewusst an und schwieg. Nach zahlreichen Anspielungen von Wayne, wie der Name des Mannes wohl lautet, dämmerte ihr, dass er mit *pav* eine *pavlova* gemeint haben muss: eine Torte aus Baiser, Sahne und Früchten, die bei so feuchtwarmem Wetter gar nicht gelingen kann. Sie wird Wayne enttäuschen müssen: Er wird nicht in den Genuss einer *pav* kommen. Auch, weil James gesagt hat, ein Plumpudding sei vollkommen ausreichend.

Wieder Gelächter und weiteres Schulterklopfen.

Elaine greift nach dem Glas mit Champagner, der in der Küche warm geworden ist, und kippt ihn hinunter. Wenn sie schon hier sein und die ganze Arbeit machen muss, kann sie sich auch etwas gönnen. Die Flasche Bollinger wird sie jedenfalls nicht mit den Gästen teilen.

Noch ein frisches Glas voll, das sie noch schneller trinkt, damit es erst gar nicht warm werden kann. Gut, was wollte sie jetzt machen? Ach ja, die Füllung. Und die Soße.

Sie stößt auf und schmeckt den Champagner noch einmal. Anscheinend hat sie ihn zu hastig hinuntergekippt. Sie dreht den Wasserhahn auf, füllt ein neues Glas und trinkt es langsam aus.

»Alles in Ordnung hier drinnen, mein Schatz?« James steht im Türrahmen und schaut sie mit trüben Augen an.

»Was ist, wenn ich Nein sage?«, antwortet sie und weiß, dass sie pampig klingt.

»Oh.« Er schmollt, was gar nicht zu ihm passt, dann kommt er zu ihr und drückt ihr einen feuchten Kuss auf die Wange. »Besser?«

»Nicht wirklich.« Sie zieht die Nase hoch. »Vielleicht wenn du mir hilfst?«

Während James sich in der Küche umschaut, bewundert sie wie so oft sein schönes Gesicht. Sie weiß, dass es oberflächlich war, einen Mann auch wegen seines Gesichts zu heiraten, aber sie hat es vor sich selbst damit gerechtfertigt – und tut es immer noch –, dass James ja nicht klischeemäßig schön ist. Es ist die Kombination aus allem, die sie fasziniert. Die wohlgeformte Nase und die Augen stehen dicht beieinander, aber nicht zu dicht, sodass es nicht komisch, sondern eher intensiv wirkt. Dann hat er überraschend zarte Wangenknochen und kräftige Augenbrauen. Seine Haut wird schnell braun, wenn er denn in seiner geliebten Sonne ist – ein ewiges Thema, als sie noch in England wohnten, wo sie kaum schien. Vor allem aber hat er ein *freundliches* Gesicht. Das hat sie zuerst angezogen, als sie ihm begegnet ist.

Ein Freund ihrer Eltern hatte sich erkundigt, ob sie sich um einen jungen australischen Arzt kümmern könnten, der in London seine Ausbildung fortsetzen wollte. Er kenne niemanden – ob sie ihn wohl ein bisschen herumführen könnten? Ihre Eltern verdonnerten Elaine dazu, da James ja ein Freund eines Freundes und folglich keine Anstandsdame vonnöten war. Sie verstanden sich auf Anhieb und kamen mühelos ins Gespräch, tauschten Erinnerungen an Kriegszeiten aus und unterhielten sich darüber, wie sich ihre Länder seither entwickelt hatten. Er bekannte, dass es ihm schwergefallen sei, Australien zu verlassen – was sie als erstes Indiz dafür hätte deuten müssen, dass er irgendwann wieder zurückwollen würde. Andererseits lebte er sich mit einer Leichtigkeit in London ein, dass sie nie auf die Idee kam, er könne woandershin gehören.

Wenn sie ihn heute mit seinen Freunden beobachtet, fragt sie sich, ob er vielleicht einfach nur die Gabe hat, sich neuen Gegebenheiten anzupassen – nicht, weil er ein Heuchler wäre, das ist nicht seine Art, aber er hat eine Leichtigkeit, die ihr fehlt. Eine Eigenschaft, die zweifellos auch der Grund dafür war, dass sie sich sofort so gut verstanden haben – und die auch das Erfolgsgeheimnis für sie als Paar ist. Er ist der Charme in Person, während sie in seinem Schatten steht. Nachdem er in England noch andere Leute kennengelernt hatte, organisierte sie Lunches, Dinner, Picknicks und Ausflüge. Es musste der Eindruck entstehen, dass sie die Offene von ihnen beiden war, dabei war in Wirklichkeit er es. Später hatte sie ihre Freunde, Eltern und Kinder, um die sie sich kümmern musste, aber hier und jetzt, an diesem Ort, wo nur er Freunde hat, fühlt sie sich vollkommen fehl am Platz.

»Was kann ich tun?« Die Hände in die schmalen Hüften gestemmt schaut sich James in der Küche um. Dann zeigt er auf das, was vom Champagner übrig ist. »Hast du etwa die ganze Flasche getrunken?«

»Die ganze nicht«, sagt sie wahrheitsgemäß. Fast die ganze, mehr nicht.

Er runzelt die Stirn. »Es ist noch nicht einmal Nachmittag, mein Schatz. Solltest du dich nicht ein bisschen zurückhalten?«

»Und was ist mit dir?«, fährt sie ihn an. »Ich hatte den Eindruck, dass du ganz schön zulangst.«

»Trotzdem habe ich nicht so viel getrunken wie du«, sagt er in diesem vernünftigen Tonfall, den sie so hasst.

»Ich bin ja auch allein hier in der Küche, während du dich da draußen mit deinen Freunden vergnügst.« Selbst in ihren eigenen Ohren klingt sie betrunken. Vielleicht hat sie es wirklich übertrieben, aber er hätte sie auch nicht allein lassen dürfen.

»Es sind auch deine Freunde.«

»Sind sie nicht.« Sie wird wütend, aber das ist jetzt nicht mehr zu ändern. »Meine Freunde würden sich mit mir unterhalten.«

Sie merkt, dass sie mit einem Tranchiermesser herumfuchtelt, und legt es weg.

Er kommt zu ihr und nimmt ihre Hände. »An Weihnachten darf man schon mal über die Stränge schlagen. Aber ich mache mir Sorgen, weil du es auch sonst tust.«

Sie zieht die Schultern bis zu den Ohren hoch – die einzige Art, diese hässliche Wahrheit zu ertragen. Denn natürlich würde James niemals etwas sagen, nur um sie zu verletzen. Er ist einfach der bessere Mensch. Ihr hingegen rutscht schon mal etwas heraus, das ihn treffen soll.

»Reg dich nicht auf, mein Schatz«, sagt er sanft. »Ich mache mir nur Gedanken um dich.«

»Sonst übertreibe ich es auch nicht«, sagt sie brüsk. »Ich trinke einfach wie alle anderen auch.«

Sie hört ihn einatmen, dann lässt er ihre Hände los. »In Ordnung«, sagt er. »Ich wollte dir nicht zu nahe treten.«

»Na dann.« Sie reißt die Ofentür auf und greift gedankenlos nach dem Bräter. »Verdammt!«, schreit sie, als sie ihn berührt. Sie zieht die Hand zurück, und ihr Kopf ist leer. Was soll sie jetzt nur tun?

»Komm.« James packt ihr Handgelenk und dreht das kalte Wasser auf. Als er ihre Hand unter den Strahl hält, schießen ihr Tränen in die Augen.

»O Gott«, sagt sie und kommt sich albern vor. Sie hat sich noch nie beim Kochen verbrannt. Nur einmal am Bügeleisen, und auch da fühlte sie sich ziemlich ungeschickt.

»Halb so wild«, sagt James, meidet aber ihren Blick. Offenbar denkt er, dass sie sich die Hand nur verbrannt hat, weil sie betrunken ist. Aber das stimmt nicht. Sie ist nicht betrunken, sondern einfach nur unfähig. »Halte deine Hand noch etwas länger in den Wasserstrahl.«

Sie jault auf, weil der Schmerz stärker wird.

»Ich muss den Truthahn rausholen«, sagt sie mit schmerzverzerrtem Gesicht, »sonst wird er noch trocken.«

Er lässt sie los und nimmt zwei Geschirrtücher, um den Bräter anzufassen. »Schon geschehen«, sagt er mit einem gezwungenen Lächeln, als er ihn oben auf den Herd stellt.

»Danke«, sagt sie.

»Dann lass uns mal schauen.« Wieder nimmt er ihr Handgelenk. »Ich hole Verbandszeug. Aber hör nicht auf, die Hand zu kühlen.«

Sie nickt, versucht, zerknirscht zu wirken. Aber da ihr der Champagner jetzt richtig zu Kopf steigt, hat sie eher das Gefühl, wie eine Verrückte auszusehen.

Aus dem Wohnzimmer hört sie, wie James den Gästen erklärt, dass es eine kleine Verzögerung gibt. Sie seufzt und fragt sich, was die Leute wohl von ihr denken, um sich gleich im nächsten Moment über die Frage zu ärgern. Erst mal wird sie das Essen servieren. Sauber machen kann sie später noch. Sie möchte James eine gute Ehefrau sein, selbst wenn sie zu viel trinkt. Wie er behauptet. Im Moment scheint der Champagner den Schmerz zu betäuben, was eher von Vorteil ist.

Als sie ihre Hand und die große rote Blase betrachtet, beschließt sie, dass sie nach all dem Ärger noch ein Gläschen verdient hat. Es ist gerade noch genug in der Flasche. Bevor James zurückkehren kann, hat sie sich den Rest eingeschenkt und hinuntergestürzt, und der vor ihr liegende Tag erscheint ihr ein bisschen erträglicher.

19

Theresa ist sich sicher, dass sie auf dem Weg runter zum Strand das Tempolimit überschritten hat. Aber sie konnte es einfach nicht erwarten, dort zu sein und ein bisschen Zeit für sich zu haben. Ihre Eltern und ihr Bruder haben das Haus in Beschlag genommen, sie musste den Trubel einfach hinter sich lassen. Erster Weihnachtstag – keine Chance zu flüchten, obwohl Marie gesagt hat, sie würde am Morgen schwimmen gehen. Zweiter Weihnachtsfeiertag – vergiss es, alle mussten zur Kirche; der einzige Lichtblick war, dass sie Marie unter den Gemeindemitgliedern entdeckte. Theresa beschloss, nur zu winken und nicht ihre Familie auf sie zu hetzen. Ihre Mutter hätte nur neugierige Fragen gestellt – wieso Marie allein war zum Beispiel. Hatte sie denn keinen Ehemann? Und wo waren ihre Kinder? Ihre Mutter ist manchmal wirklich sehr neugierig. Zwar weiß Theresa, dass auch sie neugierig ist, aber sie gibt sich dabei immerhin Mühe, anderen nicht zu nahe zu treten. Ihre Mutter hingegen maßt sich stets ein Urteil an. Hätte sie mit Marie geredet und die ihr erzählt, dass sie Witwe sei und ihre Tochter Weihnachten mit der Familie ihres Mannes verbringe, hätte ihre Mutter hinter ihrem Rücken sofort gesagt: »Was für eine Tochter lässt ihre Mutter Weihnachten allein? Anscheinend war sie keine gute Mutter.« Ihr Vater hätte auch eine Meinung dazu gehabt, Mario ebenfalls, und alle hätten sie dabei schlicht vergessen, dass Theresas anderer Bruder Angelo vor zehn Jahren nach Canberra gezogen ist und bisher nicht ein einziges Mal Weihnachten mit ihnen verbracht hat. Weil Canberra im Sommer so schön sei. Von wegen! Aber Angelo kommt damit durch.

Der Strand ist das reinste Paradies, verglichen mit der Familienversammlung zu Hause. Fast leer. Da sie früh dran ist, hat sie noch Zeit, sich in der Morgendämmerung hinzusetzen und die Wellen zu beobachten. Draußen sind bereits Surfer unterwegs. Was hat Andrew mal gesagt? Frühe Surfer fängt der Hai.

Damals ist Andrew gelegentlich surfen gegangen. Er kam auch vom Surfen, als sie sich an einem Lagerfeuer am Killarney Beach kennenlernten, nicht weit entfernt von der Shelly Bay. Er und seine Kumpels hockten um das Feuer, und Theresas Freundin zwang sie praktisch, mit ihr hinzugehen, weil sie mit Andrews Freund Bonza zusammen war. Andrew sagte zu Theresa, dass sich die »heißen Mädchen« nie für ihn interessierten, aber da sie nun plötzlich neben ihm sitze und sich mit ihm unterhalte, habe sich sein Glück anscheinend gewendet. Sie war damals schon zweiundzwanzig, aber noch hinreichend unbedarft, um nicht auf die Idee zu kommen, dass er log, als er sagte, dass sie an diesem Abend das einzige »heiße Mädchen« sei. Sie war noch brav und hätte sich nie mit einem Jungen eingelassen, weil ihr Vater und ihre Brüder sie sonst umgebracht hätten. Aber als Andrew sie »heiß« nannte, war der Damm gebrochen. Später fand sie, er sei ebenfalls ein heißer Kerl und noch dazu eine gute Partie, weil er eine Firma hatte, eine Kfz-Werkstatt in eigenen Räumlichkeiten. Außerdem zog er ihr im Restaurant den Stuhl zurück und erklärte, er wolle zwei Kinder, was exakt ihren eigenen Wünschen entsprach. Wie oft hat sie sich später gefragt, wie sie auf die Idee gekommen war, das reiche für eine Ehe.

»Oh, ich dachte, ich wäre die Erste.«

Theresas Ausblick auf den Ozean wird plötzlich von Elaines hochgewachsener Gestalt verstellt. Selbst im gnädigen Licht der Dämmerung sieht sie aus wie ein Wrack. Ihr Gesicht ist fleckig, die Haare wirr, und die Schultern hängen herab. Dabei hält sie sich normalerweise so gerade wie die Leiterin eines Benimmkurses.

»Guten Morgen!«, sagt Theresa. »Wir sind beide frühe Vögel.«

»Scheint so.«

Elaines Miene wirkt fast finster, was gar nicht zu ihr passt. Bestenfalls sieht sie mal streng aus. Theresa schließt daraus, dass etwas nicht stimmt.

»Geht es dir nicht gut?«

»Warum fragst du?«, antwortet Elaine ein bisschen zu schnell, und Theresa fühlt sich bestätigt.

»Du siehst etwas … fertig aus. Tut mir leid, ich hätte den Mund halten sollen. Ich mache mir einfach zu häufig Sorgen.« Sie spielt nervös am Zipfel ihres Sarongs herum.

Elaine stößt ein unbestimmtes Geräusch aus, lässt sich aber neben Theresa in den Sand fallen und schlingt die Arme um die Knie.

»Wie war Weihnachten?«, fragt Theresa, um das Thema zu wechseln.

»Interessant.« Elaine starrt auf die Brandung. »Und bei dir?«

»Zu viele laute Menschen, die ich nicht wirklich um mich haben will.«

»Ah.« Elaine schenkt ihr ein Lächeln, aber es wirkt schmerzlich. »Klingt so, als wäre es uns ähnlich ergangen.«

»Verstehe.« Theresa versucht zu lachen, um die unangenehme Situation zu entspannen. Sie möchte Elaine nicht zu nahetreten, zumal die sie immer ein wenig einschüchtert. Elaine ist elegant, stilvoll und klug auf eine Weise, wie es nur Nicht-Australier sind.

»Aber du hast schon recht«, bekennt Elaine. »Ich stehe tatsächlich ein bisschen neben mir. Ich, na ja …« Sie blinzelt, dann entspannt sich ihr Gesicht. »Ich habe Weihnachten etwas zu viel getrunken, und jetzt muss ich den Preis dafür bezahlen.«

»Das ist doch nicht so schlimm. Ich wünschte, ich hätte mich auch betrinken können. Das hätte mir bestimmt gutgetan.«

»Ich habe es aus Selbstmitleid getan«, sagt Elaine und zuckt mit den Achseln. »Ein Anfall von Trübsinn, könnte man sagen. Ich habe Heimweh. Ich vermisse meine Kinder. Und ich vermisse meine Arbeit.«

Theresa ist überrascht, wie bereitwillig Elaine erzählt. Normalerweise ist sie nicht der Typ, der gern von sich redet, anders als Marie – und sie selbst. Was vielleicht davon kommt, dass sie ihr Leben lang in den Beichtstuhl gescheucht wurde: Jetzt schüttet sie Fremden ihr Herz aus, ohne dass man sie groß dazu ermutigen muss.

»Genießt du es nicht, mal eine kleine Pause zu machen?«, fragt Theresa. »Ich für meinen Teil kann es kaum erwarten, dass die Kinder groß sind und nicht mehr alles an mir hängen bleibt. Obwohl ich mich dann natürlich immer noch um Andrew kümmern muss.«

Sie seufzt, als sie an all die lästigen Pflichten denkt, zu denen ihre Kinder natürlich nicht zählen. Die sind meistens eine große Freude, wenn auch eine nervenaufreibende, weil Muttersein ein Sieben-Tage-Job ist. Warum hat man sie nicht vorgewarnt, bevor sie Kinder bekam? Seit acht Jahren hat sie nicht einen einzigen freien Tag gehabt.

»Ich hatte Glück, da ich Unterstützung bei den Kindern hatte. Es gab ja auch noch meine Firma. Aber jetzt …«, Elaine schließt die Augen, »jetzt kommt mir alles ein bisschen leer vor.«

»Soll ich dir mal meinen Ehemann ausborgen?«, fragt Theresa und stößt sie sanft an. »Er ist nämlich ein Kind zu viel.«

Elaine muss lachen, und Theresa freut sich, dass sie es geschafft hat, ihre Stimmung zu heben.

»Oh, schau nur«, sagt sie plötzlich. »Marie und Leanne sind auch schon da.«

Elaine blickt in die Richtung, in die Theresa zeigt. »Leanne ist ziemlich still, nicht wahr?«

»Nur wenn sie mit Erwachsenen zusammen ist. Mit Kindern ist sie wunderbar, aber Erwachsene scheint sie irgendwie nicht zu mögen.«

Elaine wirkt überrascht. »Obwohl sie jeden Morgen herkommt?«

»Vermutlich will sie einfach nicht allein schwimmen. Wir sind – wie soll ich sagen? – eher praktisch für sie.« Theresa runzelt die Stirn. »Nein, das klingt gemein. Ich glaube, sie möchte einfach nur keine Freundschaften schließen. Und das ist auch in Ordnung so.«

»Wirklich?« Elaine wirft ihr einen amüsierten Blick zu. »Aber du schließt doch gern Freundschaften, oder?«

Theresa lacht, obwohl es ihr unangenehm ist, so leicht durchschaut worden zu sein. Allerdings war sie immer schon so. Ihre Mutter hat sie oft ermahnt, ihre Gefühle besser zu verbergen, da man sie ihr am Gesicht ablesen könne. Eine Weile hat sie das sogar versucht, aber dann war es ihr zu anstrengend, nicht sie selbst sein zu dürfen.

»Zu mir warst du immer freundlich«, fährt Elaine fort. »Und dafür bin ich dir dankbar.«

Theresa durchströmt eine Wärme wie damals in der Schule, wenn sie eine gute Note bekam. »Ich mag dich eben«, sagt sie und registriert überrascht, dass Elaine den Tränen nahe zu sein scheint.

»Wirklich?«

Theresa legt ihr die Hand auf den Arm, weil ihr nicht die Zeit für eine Erwiderung bleibt. Leanne und Marie stehen vor ihnen.

»Was haben wir denn da für eine Vogelscheuche?«, sagt Marie zu Elaine und erntet einen verwirrten Blick. »Hattest du ausschweifende Feiertage?« Marie kneift die Augen zusammen.

Elaine schluckt. »Was meinst du damit?«

Marie schaut sie schräg an. »Ich denke, das weißt du.«

»Ausschweifende nicht, nur … viele«, erwidert Elaine leichthin.

»Aha«, sagt Marie langsam.

»Hallo, Leanne«, sagt Theresa. »Wie war dein Weihnachten?«

Leannes Lächeln ist schmal. »Ruhig.«

Theresa weiß, dass sie für den Moment nicht mehr aus ihr herausbekommen wird. Doch irgendwann wird sie nachhaken, weil sie fürchtet, dass Leanne ziemlich einsam ist. Selbst wenn sie nicht mit Erwachsenen reden mag, den kleinen Patienten gegenüber ist sie so anders, dass ihr gutes Herz unübersehbar ist. Menschliche Nähe scheint ihr also doch ein Bedürfnis zu sein. Und wenn dem so ist, muss sie einsam sein, weil es in ihrem Leben offenbar sonst niemanden gibt.

»Sollen wir ins Wasser gehen?«, fragt Elaine und steht auf. »Ich hab das Schwimmen so vermisst.«

»Gute Idee«, sagt Marie. »Lasst uns die Weihnachtsstimmung fortspülen.«

Elaine schaut sie an, bleibt aber stumm.

»Den Letzten beißen die Hunde!«, ruft Theresa, um dann erst daran zu denken, dass sie mit ihren langen Haaren am längsten braucht, um sich die Badekappe aufzusetzen. Sie wird also die Gebissene sein.

Doch das macht ihr nichts aus, zumal sie nicht weit hinter den anderen zurückbleibt, als sie sich gemeinsam durch die Wellen arbeiten und dann auf den Little Beach und den neuen Tag zuschwimmen.

20

Als Gwen ihr zum ersten Mal erzählte, dass Fred und sie in eine Wohnanlage für Senioren ziehen wollen, klang ihre Freundin so begeistert, als würde sie einen Traumurlaub planen. Marie hingegen schüttelt sich, wenn sie an eine solche Anlage auch nur denkt. Die Vorstellung, ausschließlich von alten Leuten umgeben zu sein, erträgt sie nicht, obwohl sie für den ungeübten Betrachter selbst wie eine alte Frau aussehen mag. Doch sie möchte so nicht wirken, möchte sich nicht alt fühlen, auch wenn sich ihre Knie jeden Morgen beschweren, wenn sie nach dem Schwimmen den Hügel hinaufsteigt, stärker schnaufend als früher. Aber das Schwimmen hält sie fit – immer schon, und so soll es auch bleiben –, und sie redet sich gern ein, dass es nur gut sein kann, eben nicht an einen Ort zu ziehen, wo man lauter neue Leute kennenlernen und neue Gewohnheiten entwickeln muss. Ihre alten Gewohnheiten bewähren sich immer noch bestens.

Aber sie vermisst Gwen, da sie beide sich schon so lange kennen. Ob Gwen sie ebenfalls vermisst, weiß sie nicht so genau. Natürlich telefonieren sie miteinander, aber der selbstverständliche Austausch von früher findet nicht mehr statt. Worüber haben sie eigentlich immer so viel geredet? Je öfter sie sich sahen, desto mehr gemeinsame Themen hatten sie; jetzt geht es in ihren Gesprächen nur noch um die Enkelkinder und Politik. Marie spricht nicht über das, was in der Shelly Bay passiert, weil sie denkt, dass es Gwen nicht mehr interessiert, und fragt nicht nach dem Leben in der Wohnanlage, weil sie die nicht kennt.

Aber das will sie ändern, indem sie heute hinfährt. Erst eine lange Busfahrt, dann muss sie den Zug nehmen und schließlich noch einen Kilometer einen Hügel hinabsteigen. Wieder einmal bedauert sie es, keinen Führerschein gemacht zu haben. Aber es war so bequem, sich von Norm überall hinfahren zu lassen, und dass er zuerst das Zeitliche segnen und sie ohne ein allzeit verfügbares Verkehrsmittel zurücklassen könnte, ist ihr nie in den Sinn gekommen.

Die Straßen auf dem Weg zu Gwens neuem Zuhause sind ruhig, in den Vorgärten der Backsteinhäuser stehen Bäume dicht an dicht. Es ist dieselbe Stadt und doch eine ganz andere Welt. Eine abgeschlossene Welt, während man in der Shelly Bay immer den endlosen Himmel und den Ozean sieht. Marie ist unbegreiflich, dass ihre Freundin, die ihr ganzes Leben dort verbracht und auch ihre Kinder dort aufgezogen hat, plötzlich fortwollte. Sie selbst fühlt sich mit der Shelly Bay so verbunden, dass sie überzeugt ist, dass Meerwasser statt Blut in ihren Adern fließt und sie jedes Sandkorn am Strand persönlich kennt.

Die Wohnanlage für Senioren ist ein brandneues Gebäude aus gelblichen Ziegelsteinen und mit frisch gepflanzten Büschen in gepflegten Beeten davor. Gwen hat ihr erzählt, dass sie jetzt in einer kleinen Zweizimmerwohnung wohnt. Als Marie die Nummer gefunden hat, drückt sie auf die Klingel.

Im Innern sind langsame Schritte zu hören, dann öffnet sich die Tür, und dann steht sie vor ihr: Gwen, mit ihrem altbekannten strahlenden Lächeln.

»O Marie«, sagt sie, öffnet die Tür ganz und umarmt sie. »Ich habe dich so vermisst.«

Marie lässt sich die Umarmung länger gefallen als je zuvor. Es ist, als würde sie sich an die Vergangenheit klammern – als hätte sie, sobald sie Gwen loslässt, keine andere Wahl, als zu akzeptieren, dass Gwen nun hier lebt und sie dort. Als Gwen fortzog, hätte Marie nie gedacht, dass es so lange dauern würde, bis sie sich wiedersehen würden. Allerdings muss sie sich mittlerweile eingestehen, dass ihre eigene Welt ziemlich eng ist. Sie geht immer die gleichen Pfade und weicht nur selten von ihnen ab, während Gwen mit ihrem Umzug ein Abenteuer gewagt hat.

»Tut mir leid, dass ich nicht eher gekommen bin«, sagt Marie und schämt sich ein bisschen, weil sie jetzt weiß, dass die Fahrt zwar lang, aber kein unüberwindliches Hindernis ist. »Es ist nicht so, dass ich keine Zeit gehabt hätte. Aber ich war einfach zu … träge.«

Gwen lächelt herzlich. »Wir kennen uns schon so lange, Marie. Ich höre ganz bestimmt nicht auf, deine Freundin zu sein, nur weil wir uns nicht mehr jeden Tag sehen.« Sie mustert sie. »Gut schaust du aus. Gehst du immer noch schwimmen?«

»Natürlich«, sagt Marie nicht ohne Stolz. Sie kennt nicht viele Leute, die regelmäßig schwimmen – obwohl viele darüber reden. »Jetzt sogar nicht mehr allein«, fährt sie fort.

»Wirklich?« Gwen wirkt leicht nervös.

»Mit neuen Freunden«, sagt Marie fröhlich und merkt, dass Gwens Verunsicherung wächst. »Du hast hier doch bestimmt auch neue Freundschaften geschlossen, oder?«, erkundigt sie sich.

Wie töricht, dass sie der Überzeugung war, Gwen wäre nicht genauso an dem Fortbestand ihrer Freundschaft gelegen wie ihr.

»Ein paar schon.« Gwens Lächeln ist knapp. »Aber keine, die so ist wie unsere.«

Marie legt ihr die Hand auf den Arm. »Ich habe auch niemanden wie dich gefunden.«

Was nicht ganz die Wahrheit ist, denkt sie. Zu Theresa verspürt sie eine tiefe Zuneigung, und auch Elaine und Leanne mag sie sehr. Aber das muss Gwen ja nicht wissen. Außerdem wird keine dieser Freundschaften so lange dauern, wie die mit Gwen schon besteht.

»Ist auch ein Mann dabei?«, erkundigt sich Gwen hoffnungsvoll.

»Nein!«, platzt es aus Marie heraus. »Um Himmels willen. Damit habe ich nichts mehr am Hut.«

»Ach ja?«

Marie winkt ab. »Stell dir doch mal vor, du müsstest dir einen Neuen erziehen. Nein danke, dafür bin ich zu alt. Aber wo wir schon bei Männern sind: Wo ist Fred?«

»Der spielt Canasta mit ein paar Leuten im Club«, sagt Gwen mit schuldbewusster Miene. »Aber er hat gesagt, er kommt nachher kurz vorbei, um Hallo zu sagen.«

Das überrascht Marie nicht. Fred konnte sich nie so recht mit ihr anfreunden. Was vermutlich damit zu tun hat, dass sie Gwen länger kennt als er und er eifersüchtig auf sie ist. Oder er sie einfach nicht mag.

»Schon in Ordnung«, sagt Marie. »Ich bin ja wegen dir hier. Also, was ist mit einer Führung?«

Gwen zeigt ihr die Wohnung: Schlafzimmer, Wohnzimmer, Küche, Bad, kleiner Garten.

»Ruhige Nachbarn.« Sie deutet über den Gartenzaun. »Fast könnte man meinen, sie seien alle tot.«

Marie grinst, reißt sich dann aber zusammen, weil das Szenario nicht unrealistisch ist.

Als Gwen Wasser aufsetzt und das Tablett holt, nimmt sie Platz.

»Was macht das Haus?«, erkundigt sich Gwen, während sie Marie ihren Tee so zubereitet, wie sie ihn gern mag: mit einem Schuss Milch und etwas Zucker.

»Es steht noch und verschlingt ein Vermögen. Ich brauche dringend neue Maueranker für die Sandsteinwände, sonst werden sie sich noch weiter vorwölben.«

Marie lächelt, um kein Drama daraus zu machen, obwohl das Problem gravierend ist. Das Haus stammt aus dem Jahr 1878 und braucht wie jeder Hundertjährige eigentlich regelmäßige und kostenintensive Pflege.

»Du solltest es verkaufen«, sagt Gwen und schiebt Marie die Tasse hin.

Gleich nach Norms Tod ist Gwen lange auf diesem Thema herumgeritten. Schon damals hat sie Marie gewarnt, dass sie mit den Kosten für den Unterhalt Probleme bekommen würde, doch Marie hat davon nichts wissen wollen. Sie kann stur sein, wenn es ihr passt, das weiß Gwen, und in diesem Fall hat sie auf Durchzug geschaltet, weil ihr das Thema zu sehr an die Nieren ging.

»Ich bin noch nicht bereit dazu«, sagt sie jetzt.

»Du weißt doch, Marie, dass dir schlussendlich gar

nichts anderes übrig bleiben wird.« Gwen seufzt, nimmt ihre Tasse und lehnt sich zurück. »Du hast nur Ärger damit, und das schadet deiner Aura.«

Ach ja, die Aura. Vor ungefähr fünf Jahren ist Gwens Älteste, Bronwyn, zu der Einsicht gelangt, übersinnliche Kräfte zu haben. Seither erzählt sie Gwen – und jedem, der ihr fünf Minuten zuhört – von ihrer Aura. Gwen glaubt ihrer Tochter alles und beschäftigt sich sogar selbst mit Mystizismus und solchen Dingen. Ihre neue Religion nennt sie »New Age«, was Marie lustig findet. Besonders, da Gwen jetzt in eine ausgerechnet von Unitariern betriebene Wohnanlage für Senioren gezogen ist. Was aber nicht heißen soll, dass sie Gwens Überzeugungen einfach abtut. Ihre Freundin hat tatsächlich die Gabe, Marie anzusehen, wie es ihr geht – wobei Marie nicht weiß, ob das mit Gwens Aura zu tun hat oder mit der Tatsache, dass ihr eigenes abgehärmtes, von Sorgen gekennzeichnetes Äußeres unübersehbar ist.

»Meiner Aura möchte ich natürlich nicht schaden.« An ihrem Tee nippend versucht sie es halbherzig mit Sarkasmus.

»*Marie.*« Gwen schaut sie empört an.

»Ich mache mich nicht lustig über dich«, sagt Marie. »Aber ich habe keine Ahnung, wie ich meiner Aura etwas Gutes tun kann.«

»Ich werde Bron bitten, dich mal anzurufen. Oder wir reden darüber, wie du das Haus verkaufst. Schon das könnte helfen.«

»Nicole würde das niemals zulassen.«

»Die fragen wir erst gar nicht.«

»Aber es ist ihr Erbe!«, protestiert Marie. »Und ich möchte auch nicht umziehen, wenn es sich vermeiden lässt.

Außerdem sind Nicole und Pete gerade so nett, ein paar der Rechnungen zu übernehmen.«

»Trotzdem wirst du nicht für den Rest deines Lebens dort wohnen können«, sagt Gwen. »So ganz auf dich allein gestellt«, fügt sie hinzu.

Marie betrachtet Gwens Familienfotos und ihr Leben, das nun in ein Wohnzimmer, ein Schlafzimmer, eine kleine Küche und ein kleines Bad gepfercht ist. Maries Cottage ist zwar auch nicht groß, aber es ist ihr Zuhause.

»Mir geht es gut«, sagt sie leise.

»Wirklich?« Gwen hört sich an, als würde sie fauchen.

»Und Charlie Brown habe ich ja auch noch.«

»Marie! Irgendwann wirst du über diesen Hund stolpern und dir sämtliche Knochen brechen. Dann liegst du ewig herum, bis dich jemand findet.« Gwen schnaubt. »Es ist gefährlich, allein zu leben.«

Sie weiß, dass Gwen nicht ganz unrecht hat, denn ähnliche Szenarien hat sie sich auch schon vorgestellt. Jedes Mal, wenn sie auf die Leiter steigt, um eine Glühbirne auszuwechseln, denkt sie, dass sie hinunterfallen wird und dann nicht ans Telefon kommt. Aber wenn sie sich ständig Sorgen über diese Dinge machen würde, käme sie zu gar nichts mehr.

»Das geht schon«, sagt sie, klingt aber nicht vollständig überzeugt.

Eine Weile sitzen sie schweigend da, trinken Tee und essen Kekse.

»Ich mache mir ja nur Sorgen um dich«, sagt Gwen schließlich, und Marie sieht ihr an, dass sie es ernst meint.

Sie lacht. »Ich mache mir auch Sorgen um mich. Allerdings nicht, weil ich über den Hund stolpern könnte.«

»Weshalb dann?«

Als Antwort würde Marie eine Menge einfallen, aber sie möchte Gwen nicht damit belästigen. Sie hat sich ihr Leben leichter gemacht, indem sie hierhergezogen ist, daher sollte sie nicht Maries banale Probleme anhören müssen.

»Nichts, womit ich nicht allein zurechtkäme«, sagt sie.

»Sei doch nicht so.« Gwen streckt die Hand aus und tätschelt ihr das Knie. »Geteiltes Leid ist halbes Leid.«

Wenn das doch nur stimmen würde. Marie glaubt nicht, dass sie Norm weniger vermisst, wenn sie über ihn redet. Sie glaubt auch nicht, dass die Lebenshaltungskosten sinken, wenn man darüber schimpft, wie teuer alles ist. Aber sie weiß, was Gwen meint. Wenn sie ihr ihre Gedanken vorenthält, wären sie bald schon keine Freundinnen mehr. Seit Gwens Wegzug hat Marie begriffen, dass man die zarten Bande einer Freundschaft pflegen muss. Man darf niemanden für selbstverständlich halten, besonders nicht die Menschen, die untrennbar mit dem eigenen Leben verbunden sind. Wie die letzten Jahre gezeigt haben, können sie ganz plötzlich fort sein, und dann beginnt das Gerüst der eigenen Existenz zu wackeln.

»Das mit dem Geld ist schon ein Problem«, gibt sie zu. »Ich muss zu viel ausgeben, und es kommt zu wenig rein.«

»Du könntest ein paar Bilder verkaufen«, sagt Gwen, die sich zu freuen scheint, dass sie eine Idee hat. »Die Bilder, die dir deine Mutter hinterlassen hat.«

Maries Mutter hatte Freunde, die um die Jahrhundertwende herum gemalt und teilweise durchaus Berühmtheit erlangt haben. Ihre Mutter hat sich diesbezüglich immer bedeckt gehalten, aber Marie hegt die Vermutung, dass auch sie gemalt hat. Als Kind hat Marie oft gedacht, dass manche dieser Bilder eigentlich von ihrer Mutter stammen, aber von jemand anderem signiert wurden. Beweise dafür hat sie nicht, und da die Gemälde größtenteils die Namen ebenjener berühmteren Maler tragen, kann Marie davon ausgehen, dass sie durchaus etwas dafür bekommen würde. Andererseits sind sie alles, was sie von ihrer Mutter noch hat. Und wenn sie die Bilder verkauft, sind die Wände kahl.

»Ich werde darüber nachdenken«, sagt sie, da sie es zu schätzen weiß, dass Gwen ihr helfen möchte.

»Wenn du hierherziehen würdest, müsstest du dir keine Gedanken mehr über irgendetwas machen.«

»Ich weiß gar nicht, ob das Haus genug wert ist, dass ich mir das leisten könnte.«

Gwen zuckt mit den Schultern und nimmt einen Schluck aus ihrer Tasse. Marie hat keinerlei Zweifel, dass sie vor Ende des Besuchs noch einmal auf das Thema zurückkommen wird.

»Aber jetzt erzähl mal von deinen Kindern«, sagt sie, da sich das Thema Haus für den Moment erledigt zu haben scheint.

Auf Gwens Gesicht erscheint ein strahlendes Lächeln. »Ihnen geht es wunderbar. Erst gestern haben sie uns besucht.«

Marie lehnt sich auf der Couch zurück und entspannt sich ein bisschen. Während Gwen redet, kehrt die Erinnerung daran zurück, wie es ist, über kleine und doch so bedeutsame Dinge zu reden: über Enkel, Familie, gemeinsame Erlebnisse. Die Erinnerung, wie es ist, zusammen zu lachen. Sie sollte bis zu ihrem nächsten Besuch nicht allzu lange warten.

21

Die Balkontüren im großzügigen ersten Stock des Surfclubs sind geöffnet, aber die Luft ist trotzdem heiß und schwer vom Zigarettenqualm. Theresa versucht, durch den Mund zu atmen, aber das bringt nichts, weil sie den Rauch trotzdem riecht. Es gab Zeiten, da hätte sie ihn gar nicht bemerkt oder vielleicht sogar genossen, weil sie selbst zu den Rauchern gehörte. Alle ihre Bekannten rauchten. Sie hat erst aufgehört, als sie zum ersten Mal schwanger wurde, weil sie der Meinung war, das Baby solle später selbst entscheiden, ob es Raucher oder Nichtraucher sein wolle. Die Entzugserscheinungen waren schlimmer als die morgendliche Übelkeit, und jetzt sind die beiden Empfindungen so stark miteinander verquickt, dass die Luft im Clubraum bei ihr das Gefühl auslöst, sich übergeben zu müssen.

»Hier«, sagt Andrew und reicht ihr einen Plastikbecher mit einer hellen Flüssigkeit, bevor er wieder verschwindet.

Theresa war überrascht, dass er so wild darauf war, zu dieser Party zu gehen. Normalerweise ließen sie sich an Silvester einfach von ihrer Müdigkeit überwältigen, der Müdigkeit, die alle Eltern in ihrem Bekanntenkreis zu kennen scheinen.

Sie wünschte, sie würde schon schlafen – in letzter Zeit fühlt sie sich noch müder als sonst –, aber Trev hat sie neulich, als sie vor dem Schwimmen auf die anderen gewartet hat, zum Kommen überredet.

Als sie Andrew von der Party erzählte, hatte sie die Hoffnung, er würde das übliche Theater veranstalten – wie jedes Mal, wenn sie zu einer Veranstaltung gehen sollten, etwa einer in der Schule –, stattdessen erklärte er: »Ach ja, davon habe ich gehört. Muss super sein.«

»Wo hast du davon gehört?«, fragte sie auf die Gefahr hin, dass er sich wieder aufregte.

»Chook aus der Werkstatt hat davon erzählt. Er ist Mitglied im Club.«

Zu Chook kehrt Andrew jetzt auch zurück, nachdem er ihr den ominösen Drink in die Hand gedrückt hat. Im nächsten Moment steht Trev vor ihr, und sie sitzt in der Falle. Nun kann sie nicht mehr pinkeln gehen, denn Trev wird ihren Rückzug zu verhindern wissen.

Sie schaut zu Andrew und seinem Freund hinüber, die sich gegenseitig anstoßen und wegen irgendetwas kichern. Die einzige andere Person, die sie hier kennt – ihr Nachbar Brian –, ist verschwunden. Sie möchte nur noch nach Hause, aber sie bezweifelt, dass sie Andrew dazu überreden kann.

»Tag, Tess«, sagt Trev und kommt ein wenig zu nah.

»Hallo, Trev«, sagt sie und stöhnt innerlich auf.

»Schöner Abend.« Er mustert sie von Kopf bis Fuß und grinst auf eine Weise, die wohl anzüglich ist. »Und du bist auch schön.«

»Danke«, sagt sie.

Sie möchte nicht allzu erfreut über das Kompliment

erscheinen, weil das Trev nur ermutigen würde, sich noch näher zu ihr zu stellen. Allerdings hat Andrew im Gegensatz zu ihm kein Wort über ihr Aussehen verloren, obwohl das Kleid zu ihrer Freude schon ein bisschen lockerer sitzt als beim letzten Mal, als sie es anhatte. Das Schwimmen zeigt Wirkung, in vielerlei Hinsicht. Im Wasser fühlt sie sich sorglos, elegant, stark und mutig. Außerhalb davon ist sie oft müde und schlapp, aber das scheint normal zu sein, und letztlich ist sie wirklich besser in Form als in den letzten Jahren.

»Ist deine Frau auch hier?«, fragt sie Trev und nimmt schnell einen Schluck aus dem Becher, um im nächsten Moment das Gesicht zu verziehen. Was auch immer das ist, sie wird es bestimmt nicht austrinken.

»Ja.« Trev nickt zu einer Frau hinüber, die neben einer Topfpalme steht. Sie hat eine Dauerwelle mit kleinen Löckchen und trägt ein Polyesterkleid, das in einem überhitzten Surfclub absolut fehl am Platz wirkt. Er zieht seine Hose hoch, genau wie er es immer mit seiner Badehose tut. »Das ist mein Frauchen. Nance.«

Theresas Kopf schwirrt, als sie darüber nachdenkt, worüber sie mit ihm reden könnte: Cricket, den Surfclub, die Schlägerei, die letzten Abend in einem Pub ausgebrochen ist. Aber bevor sie sich für ein Thema entscheiden kann, sieht sie, wie Andrew und Chook außer Sichtweite entschwinden. Typisch Andrew, dass er sie sich selbst überlässt. So ist das immer, wenn sie irgendwohin gehen.

»Und wo ist dein Ehemann, Tess?«, fragt Trev, wieder mit diesem anzüglichen Blick.

»Oh, der … der ist gerade weggegangen. Ich sollte wohl mal nach ihm sehen.«

Sie will sich schon umdrehen, als Trev sie am Arm packt. »Warte. Ich möchte dir Nance vorstellen.«

Theresa setzt eine freundliche Miene auf, aber sie möchte keine Freundschaft mit Trev schließen und auch Nance nicht kennenlernen. Doch da ist sie schon, lächelt und schüttelt ihr so schlaff die Hand, wie es viele Frauen machen und wie Theresa es schon immer gehasst hat. Warum kann man sich nicht einfach wie ein Mann die Hand geben? Nance erkundigt sich nach ihren Kindern, ohne zu merken, dass ihr Mann Theresa noch immer lüsterne Blicke zuwirft.

Nach etwa fünf Minuten, die ihr wie fünfzehn vorkommen, protestiert ihre Blase energisch. »Tut mir leid«, platzt es aus Theresa heraus, was sie durch eine entschuldigende Miene wiedergutzumachen hofft. »Aber ich muss dringend auf die Toilette.«

»Oh.« Nance wirkt gekränkt, dabei ist es die reine Wahrheit.

»Tut mir leid«, wiederholt sie. »Zwei Kinder – Sie wissen ja, wie das ist. Man kann sich einfach nicht mehr so lange zusammenreißen.«

Als Trev rot wird und etwas Unverständliches murmelt, fühlt sich Theresa bestätigt: Die Anspielung auf einen schlaffen Beckenboden war die Trumpfkarte, mit der sie sich seiner entledigen konnte. Sie stellt ihren Drink auf einen Klapptisch und macht sich auf die Suche nach dem Klo, das sie im Untergeschoss vermutet.

Als ihr Chook entgegenkommt, bleibt sie stehen. »Wo ist Andrew?«

Chook zuckt mit den Achseln und meidet ihren Blick. »Keine Ahnung.«

Theresa widersteht dem Drang, ihre Wut an ihm auszulassen, denn es ist ja nicht Chooks Schuld, dass ihr Ehemann sie wahrscheinlich sitzen gelassen hat, um allein in den Pub oder nach Hause zu gehen.

Sie steigt die Treppe hinunter und geht nach rechts zu den Toiletten, als sie ihn plötzlich entdeckt. Ihn und noch jemanden. Ein Mädchen. Eine junge Frau vielmehr. Deutlich jünger als Theresa. Blond. Glatte Haare. Schlank. Ein ganz anderer Typ als sie. Natürlich.

Ihre dreist vorgestreckten Titten sind der Grund, warum Theresa sie für jünger hält. Man kann sie wirklich nur schwer übersehen, auch weil Andrews Hände auf ihnen liegen.

Leute gehen an Theresa vorbei und steigen die Treppe hinauf, und alles, was sie denken kann, ist: Gott sei Dank, dass Brian schon fort ist. Und Gott sei Dank, dass Trev und Nance noch oben sind, sodass niemand das hier mitbekommt.

Niemand außer ihr.

Jetzt gleitet eine von Andrews Händen in den Schritt der Frau.

Er muss betrunken sein. Sie hat ihn gar nicht viel trinken sehen, aber das würde doch Sinn machen, oder? An Silvester trinken die meisten Leute zu viel, und viele machen Dummheiten. Was nicht heißt, dass sie nicht stinksauer ist, aber es wäre jedenfalls eine Erklärung. Sie hat auch mal bei einer Weihnachtsfeier mit einem Typ geflirtet, weil sie ein Glas Sekt zu viel getrunken hatte.

Trotzdem steht sie wie angewurzelt da, klammert sich ans Geländer und merkt selbst, dass sie nicht zum Klo gehen kann, weil ihr Ehemann vor ihren Augen eine andere küsst. Sie kann ihn auch nicht zur Rede stellen, weil das nur die Aufmerksamkeit der anderen Gäste erregen würde. Hinzu kommt, wie die beiden sich anschauen. Sie sehen sich in die Augen, während er sie befummelt und sie die Hand über seinen Rücken gleiten lässt.

Die zwei kennen sich.

Das sieht man an der Art und Weise, wie die junge Frau seine Wange streichelt. Und daran, wie Andrew sie anblickt. Vor vielen Jahren, als es die Kinder noch nicht gab, hat er Theresa auch so angesehen. Seine Miene ist sanft, sein Lächeln süß. Ganz der verliebte Teenager.

Theresa denkt an die letzten Monate, an all die Abende, an denen er mit seinen Kumpels aus war. An das Parfüm Brut 33, das nicht in seinem Badezimmerschrank steht, aber nach dem er riecht, wenn er nach Hause kommt. Am liebsten würde sie laut lachen, und zwar über sich selbst. Sie war stinksauer, dass er sich für die Abende mit seinen Kumpels schick gemacht hat, aber nicht für die mit ihr. Wie dumm – wie unglaublich dumm! – muss man sein, um davon auszugehen, dass er seine Kumpels mit seinem Aussehen beeindrucken will? Um ihm abzunehmen, dass er nur im Pub ein Bier trinkt? Ihm war doch klar, dass sie ihn nicht kontrollieren würde. Sie konnte die Kinder ja schlecht allein zu Hause lassen, um im Pub nach ihm zu suchen.

Plötzlich befindet sich die Eingangstür direkt vor ihrer Nase. Selbst die warme Nachtluft dürfte unendlich viel kühler sein als die Scham, die ihre Wangen brennen lässt. Übelkeit steigt in ihr auf. Sie flüchtet nach draußen – zu dem Gebüsch vor dem Club –, und schon kommen die Wurst im Schlafrock und der Party-Pie und der Käse, der auf dem letzten Cracker war, wieder zum Vorschein. So hat sie nicht mehr gekotzt, seit ... seit sie mit Sasha schwanger war.

Als sie an ihre Kinder denkt, auf die jetzt zu Hause Nonna aufpasst, würde sie am liebsten schreien. Wie kann Andrew ihnen diese Frau vorziehen? Wie kann er lieber Zeit mit ihr verbringen, wo seine Kinder ihn doch bedingungslos lieben?

Als sich Theresa wieder aufrichtet, ist ihr vage bewusst, dass andere Gäste an ihr vorbeigehen und reden – über sie? –, aber sie lassen sie in Ruhe. Dafür ist sie dankbar. Sie braucht einen Moment für sich, um darüber nachzudenken, was sie nun tun soll. Sie möchte Andrew keine Szene machen. Nicht hier.

Dann kommt ihr ein Gedanke. Er hat sich nicht einmal die Mühe gegeben, sich zu verstecken. Vielleicht wissen andere Leute längst davon. Vielleicht wissen es alle.

Wenn ihr Magen nicht schon leer wäre, würde sie wieder kotzen. Scham ist eine Empfindung, die von ihrer Religion ausdrücklich gutgeheißen wird, aber Theresa kann sich nicht erinnern, so ein Gefühl wie das jetzt schon einmal verspürt zu haben. Scham wegen sündigen Verhaltens ist das eine, aber Scham, weil der eigene Ehemann keinen Hehl aus einer Affäre macht, etwas ganz anderes.

Was soll sie nur tun? Allein nach Hause gehen? Und dann? Es später mit ihm austragen und riskieren, dass die Kinder aufwachen und mitbekommen, dass Theresa ihren Vater einen Betrüger nennt?

Nein, das wird sie nicht tun. Sie muss sich etwas anderes überlegen. Denn natürlich ist es nicht damit getan, dass sie ihm an den Kopf wirft, was sie gesehen hat. Wenn sie ihm vorhält, sie zu betrügen, wird er sich nur wieder beklagen, wie er in all den Jahren geschuftet hat, um seine Familie zu ernähren.

Theresa wünschte, ihm eine Rechnung für die Dinge präsentieren zu können, die sie im Haus erledigt. Müsste er sie fürs Kochen, Putzen, Waschen und Kindererziehen bezahlen, er könnte sie sich nicht leisten.

Wenn man bedenkt, dass sie fast ihr Lehrerdiplom in der Tasche hatte! Sie stand kurz vor dem Abschluss, als Andrew ihr den Heiratsantrag machte, und das war's dann. Er wollte nicht, dass sie arbeitete – als wäre das, was sie jeden Tag tut, keine Arbeit! Und ihre Mutter erklärte, es sei ihre »Pflicht«, ihrem Ehemann ein schönes Heim zu bereiten. Am liebsten hätte sie gefragt, ob sie nicht auch sich selbst gegenüber eine Pflicht habe, aber so lief das nicht im Leben.

Ganz hat sie trotzdem nicht auf ihre Mutter gehört. Bis sie mit Ollie schwanger wurde, arbeitete sie in einer Bäckerei in der Nachbarschaft. Dann hörte sie damit auf, darauf bestand Andrew.

Jetzt begreift sie, in welchem Ausmaß sie in der von ihm geschaffenen Welt gefangen ist. All die Zeit über hat sie sich gesagt, dass sie zwar kein Geld verdient, aber immerhin im Haushalt das Sagen hat. Aber das war eine Illusion, denn was auch immer er da tut, er trägt es in ihr Haus, ihre Ehe, ihre Familie. Das Haus kann nicht ihre Domäne sein, wenn jemand anders so leicht dort eindringen kann.

Sie setzt sich auf eine niedrige Backsteinmauer vor dem Club und schließt die Augen. Die Nachtluft ist der reinste Balsam, und das Rauschen der Wellen nur ein paar Meter entfernt beruhigt sie. Sie sind immer hier, die Wellen. Morgen früh wird sie wieder hineintauchen. Morgen früh wird sie Zeit zum Nachdenken haben. Vielleicht auch Zeit zum Reden. Denn sie braucht einen Rat von jemandem, der klüger ist als sie. Von jemandem wic Marie. Die hat mehr in ihrem Leben gesehen als Theresa und ist vernünftig.

Allerdings glaubt Theresa nicht, dass sie Marie den Vorfall schon erzählen kann. Das wäre zu früh. Und würde die Sache Realität werden lassen.

Irgendwann steigt sie die Treppe wieder hinauf und sieht Andrew mit Chook am Tisch mit den Getränken stehen. Chook weiß, was zwischen den beiden läuft; deshalb konnte er ihr auch nicht in die Augen schauen. Schon wieder wird ihr übel, aber sie läuft nicht davon. Weglaufen kann nicht die Lösung sein. Nicht heute.

»Dieses Jahr haben sich zum Training für Rettungsschwimmer so viele Leute angemeldet wie noch nie«, hört sie Trev sagen, als sie zu ihm und Nance tritt.

»Entschuldigt, dass ich so lange verschwunden war«, sagt sie.

»Kein Problem«, sagt Trev, den Blick auf seine Füße gerichtet.

Andrew erscheint an seiner Seite. »Fertig zum Abmarsch?«, fragt er.

Theresa sammelt in ihrem tiefsten Innern die Kraft für die beste theatralische Darbietung ihres Lebens – eine bessere als die damals, als sie bei der Schulaufführung einen von Schneewittchens sieben Zwergen gespielt hat. »Ja«, sagt sie und schenkt ihm ein Lächeln. Auf dem Heimweg lässt sie ihn reden: über Chook und die Werkstatt und dass er darüber nachdenkt, in den Surfclub einzutreten, weil unter den Mitgliedern ein paar »gute Kerle« seien. Sein Verhalten ist der Beweis dafür, dass er sie am Fuß der Treppe nicht bemerkt hat, sonst wäre er bestimmt nicht so redselig.

Daheim angekommen schaut sie nach den Kindern und geht dann ins Bad, um zu duschen und sich den Zigarettenqualm, die Scham und den Gestank von Erbrochenem, den Andrew ebenfalls nicht bemerkt hat, vom Leib zu spülen.

Später findet sie ihn im Bett, wo er sich derart breitgemacht hat, dass für sie kein Platz mehr ist. Also geht sie ins Wohnzimmer, stellt den Fernseher an und merkt gar nicht, wie die Zeit vergeht, bis das erste Licht der Morgendämmerung durch die Fenster fällt.

22

Als sich die Morgensonne wie eine glänzende Decke über das Wasser legt, reckt Elaine den Kopf und schwimmt eine Weile Brust. Der Anblick ist zu schön, um ihn sich entgehen zu lassen, außerdem kann sie auf diese Weise nach Schmeißfliegen Ausschau halten. Die ersten Januartage haben ihnen die Viecher ein wenig vermiest, weil sie eine »ungewöhnliche Plage zu dieser Jahreszeit« sind, wie Marie gesagt hat. Elaine hat erstmals von ihnen gehört, als Marie sich bückte, um eine Stelle zu inspizieren, wo der nasse Sand in den trockenen überging, und daraufhin schnaubte.

»Was ist denn?«, fragte Theresa.

»Schmeißfliegen«, sagte Marie und richtete sich wieder auf. Dann seufzte sie und schaute aufs Meer hinaus. »Es ist Ebbe, also sind die Viecher vielleicht schon alle am Strand.«

Elaine betrachtete Theresa, die alarmiert wirkte. »Mhm«, sagte Theresa und ließ ihren Blick von Marie zu Elaine, dann zu Leanne und dann wieder zu Marie gleiten.

»Sind Schmeißfliegen ein Problem?«, fragte Elaine, die nur glänzend blaue Flecken im Sand neben Maries Füßen sah. »Was tun sie denn?«

»Sie stechen. Normalerweise gehe ich trotzdem ins Wasser, aber sie hier«, Marie wies mit dem Daumen auf Theresa, »sieht das vielleicht anders.«

»Ich wurde mal gestochen, als ich zehn war.« Theresa verzog das Gesicht, weil sie sich offenbar noch gut an den Schmerz erinnern konnte. »Angenehm war das nicht.«

»Wie groß ist denn die Wahrscheinlichkeit, von ihnen gestochen zu werden?«, fragte Leanne leise, als sie sich über ein Exemplar beugte und es betrachtete.

Marie zuckte mit den Achseln. »Keine Ahnung, aber in all den Jahren bin ich erst zwei Mal gestochen worden. Daher …« Sie warf Theresa einen vielsagenden Blick zu. »… würde ich sagen, unsere Chancen zu überleben stehen ziemlich gut.«

»Dann geh ich rein«, sagte Elaine.

»Das lob ich mir«, sagte Marie und zog sich das T-Shirt über den Kopf.

Elaine war schon aufgefallen, dass sie jeden Tag dasselbe trug. *Life. Be in it*, stand vorne drauf – das Motto einer Kampagne für Sport, aber da Maries Ehemann tot war, fragte sie sich, ob der Spruch für Marie noch eine andere Bedeutung hatte.

»Ich auch«, sagte Leanne. »Ich bin sowieso so langsam, dass ich die Viecher rechtzeitig sehe.«

»Und was ist mit dir, Theresa?«, fragte Marie, als sie ihre Shorts auszog.

»Na ja, ich will natürlich nicht allein am Strand bleiben«, sagte Theresa unsicher.

»Ich bin mir sicher, dass Trev dir gern Gesellschaft leisten wird.«

»Bin schon im Wasser.« Theresa riss sich den Sarong vom Leib und band ihr Haar zurück.

»Nur ein kleiner Rat«, wandte sich Marie an die anderen. »Haltet die Augen offen. Ich glaube zwar wirklich, dass die meisten Schmeißfliegen am Strand sind, aber es kann nicht schaden. Besonders in den Wellen.«

Elaine nahm sich die Empfehlung zu Herzen und schwamm ruhig durch die Wellen, statt sich in sie hineinzustürzen.

Heute Morgen haben sie nur zwei Schmeißfliegen im Sand gesehen, aber Elaine schwimmt immer noch vorsichtig, selbst jetzt, da sie die Brandung schon hinter sich gelassen hat. Im Sonnenlicht kann sie die Umgebung gut erkennen. Sie dreht sich ein Stück um die eigene Achse und schwimmt seitlich, was sie schon seit Jahren nicht mehr getan hat. Nach ein paar Metern wechselt sie die Seite.

Hinter sich hört sie ein Plätschern, dann schließt Theresa auf. »Seitenschwimmen!«, sagt sie außer Atem. »Ich hätte gar nicht gedacht, dass das noch jemand kann.«

»Manchmal probiere ich halt gern etwas anderes aus«, erklärt Elaine lächelnd, bevor sie sich wieder zurückrollt und ins Brustschwimmen wechselt.

Sie spürt, wie sich ihre Hüften mit jedem Beinschlag dehnen, und auch ihr Brustkorb öffnet sich, als sie die Hände streckt und durch das Wasser zieht. Wunderbar ist das. Sie hat das immer geliebt, auch wenn Brustschwimmen den Körper nicht so fordert wie Freistil – die Bezeichnung für den australischen Kraulstil, wie sie gelernt hat. Der ist energischer und anspruchsvoller, und man kann damit schneller und weiter schwimmen. Wenn sie jeden Tag ihre Strecke nur brustschwimmend zurücklegen würde, wäre sie stundenlang unterwegs.

Vor ihr lockt der Little Beach, ihr Ziel wie an jedem Tag.

Aber da Elaine für gewöhnlich den Kopf unter Wasser hat, hat sie ihre Umgebung noch nie genauer betrachten können. Auf einer Seite des kleinen Strands sind mehrere Felsen, auf denen ein paar Häuser stehen, auf der anderen ist ebenfalls steiniges Gelände, das die Bucht vor dem Wind schützt. Heute gibt es kaum Wellen.

An den Strand grenzt eine Grasfläche mit Picknicktischen, die um diese frühe Tageszeit noch leer sind. Wenn Elaine am Wochenende mal hier spazieren geht, sind sie immer belegt. Zu ihrer Rechten steht der Kiosk mit der Reklame für Paddle Pops und Schweppes. Im Moment ist er geschlossen, und sie ist sich nicht sicher, ob er an Werktagen überhaupt öffnet.

Auf der Ozeanseite der Halbinsel gehen die Felsen in struppiges Buschland über. Die niedrigen, harten hellgrünen Pflanzen sind typisch für die Küstenlandschaft, weil sie Sand und Wind trotzen. Ein Stück weiter sind die Parkplätze, da all die Besucher ihr Auto irgendwo abstellen müssen.

Mit dem Rest der Shelly Bay unsichtbar im Rücken könnte man sich fast einbilden, dass Little Beach ein Dorf fernab der Zivilisation ist. Für Elaine macht es gerade den Reiz dieser Gegend aus, dass man das so empfinden kann, obwohl man sich am Rand der größten Stadt Australiens befindet.

Marie hat bereits kehrtgemacht und kommt ihr entgegen. Normalerweise hängt Elaine nicht so weit hinterher, aber heute macht es ihr nichts aus, diejenige zu sein, die das Tempo verschleppt. Vielmehr: Es macht ihr nicht allzu viel aus. Sie hat auch eine verborgene ehrgeizige Seite, der sie aber nie allzu stark nachgegeben hat. Rein vom Verstand her stört es sie nicht, wenn Marie schneller als sie am Main Beach ist, aber insgeheim wurmt es sie doch. Sie sagt sich gern, dass dieser Ehrgeiz sie in Bewegung hält und daran hindert, sich zu Hause zu langweilen und an Gin zu denken. Würde sie nicht den Drang verspüren, sich stetig zu verbessern, sie wüsste nicht, was sonst aus ihr geworden wäre.

»Auf dem Rückweg werde ich wieder Freistil schwimmen«, verkündet sie, als sie sich dem Little Beach nähern.

»Ich auch«, sagt Theresa munter, wirkt aber angespannter als sonst.

Es ist nicht zu übersehen, wie viel Theresa am Hals hat; und sosehr Elaine ihre Söhne auch vermisst, ist sie doch froh, das alles hinter sich zu haben: täglich zwei Kinder bekochen, waschen und anziehen zu müssen. Zu allem Überfluss muss Theresa sich auch noch um ihre Großmutter kümmern, die das Rauchen für den Schlüssel zur ewigen Jugend hält.

Als sie wieder am Main Beach sind und – unbehelligt von Schmeißfliegen – den Strand betreten, fühlt sich Elaine beschwingt. Theresa hingegen wirkt noch erschöpfter als sonst.

»Alles in Ordnung?«, fragt Elaine, während sie langsam zu ihren Handtüchern gehen – im selben Moment, als Trev tropfnass an ihnen vorbeieilt.

»Geht's wieder besser, Schätzchen?«, ruft er.

Es ist nicht klar, an wen die Frage gerichtet ist, aber Theresa dreht den Kopf weg.

»Wen meinst du?«, fragt Marie.

»Tess.« Er zwinkert Marie zu. »Ich hatte den Eindruck, dass sie bei der Silvesterparty einen über den Durst getrunken hat.«

»Ach ja?« Marie wirkt eher desinteressiert.

Theresa hingegen sieht aus, als hoffte sie, sofort von Treibsand verschluckt zu werden.

»Sie hat sogar in die Büsche gekotzt. Heißt es jedenfalls«, verkündet Trev, und Elaine ist entsetzt darüber, dass jemand so indiskret sein kann.

»Ist uns das nicht allen schon mal passiert?«, fragt sie, um die Aufmerksamkeit von Theresa abzulenken. »Früher hatte ich den Ruf, es nicht einmal bis zu den Büschen zu schaffen.«

Sie merkt, dass Marie sie stirnrunzelnd mustert, und blickt dann zu Theresa hinüber, die in Tränen auszubrechen droht.

»Du schaust wohl gern zu tief in die Flasche, was?«, fragt Trev und zieht seine Badehose im Rücken hoch, sodass sie sich noch enger um sein Gemächt schmiegt.

Elaine lächelt, achtet aber darauf, dass ihre Augen ausdruckslos bleiben.

»Verzieh dich, Trev«, sagt Marie.

Kichernd watschelt er weiter, die Badehose in die Arschritze geklemmt.

Marie wendet sich an Elaine. »Schaust du wirklich gern zu tief ins Glas?«, fragt sie, und Elaine wird rot.

»Manchmal. Wie auch immer, ich sollte jetzt schnell heimgehen, damit ich James noch zu Gesicht bekomme, bevor er zur Arbeit verschwindet.«

»Danke«, sagt Theresa leise.

»Nichts zu danken«, erwidert Elaine und schlingt sich ihr Handtuch um die Hüfte.

»Und was war mit dir los, Theresa?«, fragt Marie. »Das klingt so gar nicht nach dir.«

Natürlich – die Frage hätte Elaine auch stellen sollen. Aber stattdessen war sie so egozentrisch und wollte die Aufmerksamkeit nur von ihrem eigenen Verhalten ablenken. Sie wirft Theresa einen Blick zu. Auch Leanne schaut Theresa an und runzelt die Stirn, als wäre sie enttäuscht.

»Oh … ah … ich glaube, eine Garnele war schlecht.« Theresa lacht schrill, und allen ist klar, dass sie nicht die Wahrheit sagt.

»Aber wir haben dich doch am nächsten Tag gesehen«, sagt Marie langsam. »Da wirktest du gar nicht wie jemand, der sich von einer Lebensmittelvergiftung erholen muss. Und auch nicht wie jemand, der am Vortag zu viel getrunken hat.«

»Lebensmittelvergiftung, das klingt so dramatisch«, erklärt Theresa, wickelt sich in Rekordzeit in ihren Sarong und schnappt sich ihre Flip-Flops. »Und jetzt muss ich mich beeilen! Schulferien, ihr wisst schon. Die Kinder verwüsten vermutlich schon das Haus.«

»The-re-sa«, sagt Marie langsam.

»Tschüss!«, erwidert Theresa nur und läuft viel schneller als sonst über den Strand.

Marie wirft erst Leanne und dann Elaine einen Blick zu. »Da stimmt doch etwas nicht«, sagt sie. »Leanne, besteht die Chance, dass du im Krankenhaus etwas aus ihr herausbekommst?«

Leanne schüttelt sofort den Kopf. »Sie ist für kommendes Wochenende nicht eingeteilt. Und für das darauf auch nicht. Wegen der Ferien. Außerdem würde ich …«

»Niemals fragen?« Marie verzieht das Gesicht. »Wir sind alle so unfassbar höflich zueinander, was? Und das soll keine Kritik, sondern eine Feststellung sein«, fügt sie hinzu, als sie Leannes entgeistertes Gesicht sieht.

»Sie wird es uns schon irgendwann erzählen«, sagt Elaine. »Wenn sie denn möchte.«

Marie wendet sich nun an sie. »Ja«, sagt sie. »Das wird sie bestimmt.« Ihr Blick ist bohrend, und Elaine fühlt sich nackt. »Ich denke, dass wir alle mehr von uns erzählen könnten, wenn wir denn wollten. Immerhin sind wir nun Freundinnen, oder?«

Elaine weiß genau, worauf Marie hinauswill. Aber wenn sie darauf spekuliert, dass sie gleich hier am Strand damit anfangen wird, irrt sie sich gewaltig. Lebensbeichten entsprechen nicht ihrem Wesen. Andererseits möchte sie die Hand nicht zurückweisen, die Marie ihr so verständnisvoll hinhält. »Das werden wir«, sagt sie nach einer Weile.

Marie nickt, als wäre sie mit der Antwort zufrieden. »Gut.«

»Ich muss jetzt auch gehen«, sagt Leanne. »Frühschicht.« Sie verabschiedet sich und verschwindet auf ihre stille Art.

»Ich auch.« Marie schlingt sich ihr Handtuch um den Hals. »Und du solltest zusehen, dass du zu deinem Mann nach Hause kommst. Bis morgen.«

»Tschüss.«

Elaine sieht Marie hinterher, wie sie schwerfällig, aber entschlossen über den Strand zur Promenade marschiert. Eine Weile später wird ihr bewusst, was heute Morgen offiziell verkündet wurde: dass sie Freundinnen sind. Dass sie alle Freundinnen sind.

Auch wenn Elaine mehr von sich preisgegeben hat als beabsichtigt, empfindet sie deswegen keine Reue. Sie hat an einem Ort, an dem sie vor noch gar nicht langer Zeit keinerlei Freunde hatte, Freundschaften geschlossen. In einem solchen Moment sollte man doch unsäglich glücklich sein.

23

Mit Beginn des neuen Jahres wurde der Dienstplan neu erstellt, weshalb einige ihrer Kolleginnen anscheinend vergessen haben, wann ihre Schicht beginnt. Leanne hat das Gefühl, das ganze Krankenhaus für sich zu haben.

Sie stellt ihre Tasche ins Schließfach, lässt die Schultern kreisen und spürt die Wirkungen des regelmäßigen Schwimmens. Als sie zum ersten Mal ein paar Tage hintereinander geschwommen ist, hatte sie dort Muskelkater, wo sie keine Muskeln vermutet hätte. Das ist jetzt schon viele Wochen her, aber immer noch entdeckt sie neue Stellen am Körper, die wehtun können. Es tut gut, ihre im Schwimmunterricht erworbenen Fähigkeiten im Ozean auszuprobieren, wobei sie schon länger keine Stunde mehr genommen hat.

Heute wird sie nach der Arbeit ins Schwimmbad gehen, weil sie morgens nicht im Meer war und gestern auch nicht. Die schweren Regenfälle vor zwei Tagen könnten das Wasser verschmutzt haben, und Marie hat allen geraten, mindestens zwei Tage Pause zu machen, wenn sie nicht »Scheiße schlucken« wollen. Leanne hat diese Warnung gereicht; dass Marie sich an ihren eigenen Rat hält, kann sie allerdings nicht beschwören. Wer jahrelang täglich schwimmen geht, kann sicherlich nur schwer darauf verzichten.

Eine Schwimmerin wie Marie zu werden ist Leannes großer Traum, doch noch kommt sie sich vor wie ein unkoordiniertes Knäuel strampelnder Gliedmaßen. Als Kind waren ihre Bewegungen nicht so unkoordiniert. An manchen Tagen denkt sie, sie hätte besser am Strand bleiben sollen, aber dann kommen auch wieder welche, an denen alles wie von selbst geht und sie sich fähig und begabt fühlt. Allerdings sind die anderen immer noch viel schneller als sie und schwimmen mit einer ihr nicht gegebenen Leichtigkeit. Sogar Theresa, die sich für einen hoffnungslosen Fall hält, was natürlich vollkommener Quatsch ist. Leanne zweifelt daran, dass sie je so schwimmen wird.

Als sie zum Stationszimmer geht, ist auf dem Flur kein Laut zu hören. Etliche Patienten sind zu Weihnachten und Silvester nach Hause zurückgekehrt, entweder für immer oder weil man ihre Behandlung über die Feiertage aussetzen konnte. Das heißt, dass sie den im Krankenhaus gebliebenen Kindern mehr Aufmerksamkeit widmen kann. Und eines von ihnen möchte sie jetzt sofort sehen: das, an dessen Bett sie bereits viele Nächte gesessen, ihm beim Schlafen zugeschaut und auf seinen Atem gelauscht hat. Als die Oberschwester sie gefragt hat, ob sie Imogens Betreuung übernehmen könne, war ihr klar, dass die Arbeit anstrengend werden würde. Es geht darum, Imogens Eltern zu beruhigen, und die Art der Beruhigung besteht darin, die Eltern wissen zu lassen, dass ihr Kind noch lebt. Also sitzt und lauscht Leanne und opfert ihren eigenen Schlaf, zumal ihr ebenfalls wichtig ist, dass Imogen noch lebt. Natürlich liegen ihr alle Patienten am Herzen, aber sie kann nichts dagegen tun, dass sie sich ihr ein bisschen stärker verbunden fühlt.

»Hallo, Imogen«, sagt sie, als sie sich dem blassen Kind nähert. Das Mädchen liegt allein in dem Zimmer, in dem noch drei weitere Betten stehen.

»Hallo, Schwester!« Imogen lächelt, und Leanne bewundert mal wieder ihre Fähigkeit, sich die gute Laune zu bewahren.

Sie lächelt zurück. »Du kannst ruhig Leanne zu mir sagen. Wir kennen uns doch schon ganz gut, oder?«

Imogen nickt und drückt ihre Puppe an sich. Die Puppe gehörte ihrer Schwester. Leanne erinnert sich daran, weil ihr schon damals ein Auge fehlte und das Haar schräg abgeschnitten war.

»Wie heißt deine Puppe eigentlich?«, fragt sie, als sie Imogens Handgelenk nimmt, um den Puls zu fühlen, und unauffällig ihre Atmung beobachtet.

»Bunny.«

»Bunny?« Leanne zählt stumm die Pulsschläge. »Sie sieht aber gar nicht aus wie ein Häschen.«

»Trotzdem.« Imogen rümpft die Nase, und ihr Mund verzieht sich wieder zu einem Lächeln. Dann wandern ihre Augen über Leannes Gesicht. »Deine Haare sind aber sehr schwarz.«

Leanne legt Imogens Hand wieder auf die Bettdecke. »Das stimmt.«

»Und sehr glatt.«

»Das stimmt auch.« Sie füllt Imogens Wasserglas.

»Meine Haare sind lockig.«

Leanne lächelt. »Ja, da hast du recht.«

»Meine Freundin in der Schule hat auch so Haare wie du. Sie ist aus Japan.« Imogen sieht aus, als hätte sie eine weltbewegende Nachricht verkündet. »Kommst du auch aus Japan?«

Leanne schüttelt schnell den Kopf. »Nein, ich komme aus Australien. Klinge ich nicht wie eine Australierin?«

»Meine Freundin klingt auch wie eine Australierin, aber sie sagt, ihre Eltern sind aus Japan.« Imogen neigt den Kopf zur Seite, als würde sie über etwas nachdenken.

»Hast du eigentlich dein Frühstück aufgegessen?« Leanne konzentriert sich auf ihre Arbeit, da Imogen das Gespräch in eine Richtung lenkt, von der sie nicht weiß, ob sie sie zulassen will. Sie redet weder mit den Kindern noch mit deren Eltern über sich selbst, obwohl viele von ihnen Fragen stellen. Es ist besser, Distanz zu wahren.

Imogen verzieht das Gesicht. »Ich mag keinen Porridge.«

»Du hast ihn nicht gegessen?«

Imogen lässt den Kopf hängen, während Leanne ein Thermometer schüttelt und ihr in die Achselhöhle steckt. »Tu mir einen Gefallen und halte kurz still.«

Imogens Augen wandern wieder zu Leannes Kopf zurück. »Kommst du ganz bestimmt nicht aus Japan?«, fragt sie, und Leanne weiß, dass sie irgendetwas antworten muss. Imogen wird nicht lockerlassen. Sie ist so neugierig wie andere Kinder in ihrem Alter, und manchmal sogar noch mehr.

Gestern wollte sie von Leanne wissen, warum ihre Schwester gestorben ist, da ihre Eltern es ihr nicht erzählen. Am Ende musste Leanne sich etwas ausdenken. Man wisse halt nicht immer, wieso Dinge passieren, hat sie erklärt – eine allzu vage Antwort, um jemanden zufriedenzustellen, vor allem, wenn es sich bei ihm um eine aufgeweckte Sechsjährige handelt. Aber sie kann Imogen ja kaum die Wahrheit erzählen, wenn ihre Eltern nicht wollen, dass sie sie erfährt.

»Ich komme nicht aus Japan«, sagt Leanne leichthin. »Aber meine Mutter stammt aus Korea, deshalb habe ich diese Haare.«

»Deine Augen sind auch lustig. Gar nicht wie meine!«

Leanne muss daran denken, wie oft sie in der Schule wegen ihrer Augen verspottet wurde. In tausend Variationen wurde ihr eine chinesische Abstammung angedichtet, aber von Japan oder Korea redete niemand. Damals dachte sie – und das hat sich noch immer nicht geändert –, dass die Australier bei all ihrem Sarkasmus wenig Fantasie haben, wenn sie jemanden beleidigen wollen.

»Das stimmt. Wie deine sind sie nicht«, sagt sie und zieht das Thermometer aus Imogens Achselhöhle hervor. Achtunddreißig Grad. Es war also keine Einbildung, dass Imogen blasser wirkt als sonst. Leanne holt eine Paracetamol aus der Tasche ihres Schwesternkittels. »Die habe ich auch von meiner Mutter.«

»Hast du Brüder und Schwestern?«

Das hat Imogen sie schon häufiger gefragt, und Leanne hat Ja gesagt. Bei der Frage nach der Anzahl hat sie allerdings ausweichend geantwortet, nicht nur, weil sie es für sich behalten will. Sie hätte es taktlos gefunden, damit möglicherweise ein Kind neidisch zu machen, dessen einziges Geschwister gestorben ist.

»Das weißt du doch«, sagt sie. »Hier, das ist Medizin für dich. Jetzt muss ich nur schnell einen Orangensaft holen, damit du die Tablette runterschlucken kannst. Leistest du Bunny Gesellschaft, solange ich weg bin?«

Wieder rümpft Imogen die Nase und nickt dann. »Mhm.«

Leanne streckt die Hand aus und streicht ihr über den Kopf. »Braves Mädchen.«

Als sie zur Küche eilt, klopft ihr Herz schneller. Wenn Imogens Temperatur gestiegen ist, stimmt etwas nicht. Und das, obwohl sie sie doch gerade erst stabilisiert haben. Genau davor hatte Leanne Angst, als sie nachts an ihrem Bett saß – um sich regelmäßig selbst zu ermahnen, nicht allzu stark mitzufühlen. Imogen ist eine Patientin von vielen; wenn sich Leanne mehr um sie sorgt als um andere, macht sie ihren Job nicht richtig.

Nachdem sie ihr die Paracetamol verabreicht hat, verständigt sie den Assistenzarzt, damit er sich Imogen ansieht, dann setzt sie ihre Runde fort. Als sie fertig ist, schläft Imogen, und auf dem Dokumentationsblatt ist vermerkt, dass Paracetamol verabreicht wurde. Leanne kann nichts mehr tun, als zu warten und zu hoffen, dass sich das Mädchen erholt.

Der Tag vergeht wie im Flug – wie alle Tage, weil sie immer und überall gebraucht wird –, und nach ihrer Schicht holt sie schnell von zu Hause ihre Schwimmsachen und geht ins Freibad.

Es ist einer der Vorteile in der Shelly Bay, dass alles in Laufweite liegt, obwohl man nicht den Eindruck hat, in einer Kleinstadt zu wohnen. Ständig begegnet man neuen Gesichtern, da im Krankenhaus viele Menschen ein und aus gehen und am Wochenende Touristen die Gegend überschwemmen. Die Shelly Bay kann sich ausdehnen und zusammenziehen, um immer so viele Menschen aufzunehmen, wie sich gerade dort aufhalten. Und ohne dass

Leanne es gemerkt hätte, hat der Ort auch sie unter seine Fittiche genommen.

Als sie die Drehkreuze am Schwimmbad erreicht, spürt sie, wie ihr ein dicker Tropfen in den Nacken klatscht. Wenn es schon wieder regnet, wird sie ihr erzwungenes Exil gleich um einen weiteren Tag verlängern können. Das Schwimmbecken ist zwar eine annehmbare Alternative zum Ozean, allerdings geht Leanne lieber nach Feierabend hin, wenn keine überambitionierten Schwimmer durchs Becken ziehen, die noch vor der Arbeit ihre zwanzig Bahnen schaffen wollen. Gestern hat sie den Fehler begangen, am Morgen zu kommen, als selbst die Bahnen für Schwimmer im gemäßigten Tempo überfüllt waren. Es hatte nichts mit Stolz zu tun, dass sie nicht auf eine Bahn für Langsamschwimmer gewechselt ist – die Domäne der Brustschwimmer, die froh sind, fünfzig Meter in weniger als zehn Minuten zu schaffen. Schneller als die ist sie allemal. In den letzten Wochen hat sie gewaltige Fortschritte gemacht und sollte auf einer Bahn für mittleres Tempo schwimmen dürfen, was sie aber nur in Anspruch nimmt, wenn dort kein Gedränge herrscht. Sie stößt einen erleichterten Seufzer aus, als sie sieht, dass an diesem Nachmittag zwei solcher Bahnen abgetrennt sind und auf jeder nur eine Person schwimmt.

Sie hat keine Ahnung, wie lang ihre täglich geschwommene Distanz zwischen Main Beach und Little Beach ist, daher setzt sie sich lieber ein zeitliches Ziel: eine Dreiviertelstunde. Im Chlorwasser ist das Schwimmen anstrengender, da es nicht so trägt wie Salzwasser. Dass sie bei den letzten Malen eine Dreiviertelstunde durchgehalten hat, beweist nur, was für eine Entwicklung sie durchgemacht hat – auch wenn sie auf den letzten Bahnen manchmal zwischendurch brustschwimmt. Schnell.

Sie schlüpft in die Umkleidekabine für Frauen und entledigt sich ihrer Schwesterntracht. Selbst wenn sie allein ist, beeilt sie sich immer beim Umziehen. In ihrem Elternhaus war es nicht selbstverständlich, nackt herumzulaufen, daher kennt sie es nicht anders, als schnell nach dem Duschen im Handtuch eingewickelt vom Bad in ihr Zimmer zu flitzen. Sie hat noch nie jemanden aus ihrer Familie nackt gesehen, nicht einmal ihre Brüder.

Wenn sie im Meer schwimmt, fühlt sie sich nicht so exponiert wie im Schwimmbad. Was sicher auch mit der Einstellung der anderen Frauen zu ihrem Körper zu tun hat. Theresa mäkelt gelegentlich an ihrem herum, hat aber kein Problem damit, sich im Badeanzug zu zeigen. Marie mag schon über sechzig sein, ist aber unübersehbar stolz darauf, was sie durch jahrelanges Training erreicht hat. Und Elaines Bewegungen wiederum sind so geschmeidig, dass Leanne sich kaum vorstellen kann, dass sie jemals unsicher ist.

Als sie aus der Umkleidekabine tritt, ist der Regen stärker geworden. Sie schaut sich nach einer Stelle um, wo sie Tasche und Handtuch ablegen könnte. An einem der Tische am Beckenrand ist noch ein Sonnenschirm aufgespannt, und sie rennt schnell hin, bevor noch jemand anders auf die Idee kommt. Die Augen wegen des Regens zusammengekniffen bemerkt sie die andere Person erst, als sie mit ihr zusammenstößt.

»Holla!«, sagt eine Männerstimme, und Leanne registriert zu ihrem Entsetzen, dass sie Matt gehört. Ebenjenem Matt, bei dem sie schon eine Weile keine Schwimmstunde mehr genommen hat.

»Leanne!«, ruft er, und sein Gesicht verzieht sich zu einem Lächeln. »Mir war gar nicht klar, dass du mich so sehr vermisst hast.«

Leanne ist zu perplex, um darauf etwas zu erwidern. Sie hat Matt nicht vermisst – obwohl sie es gut fände, wenn er im Meer gelegentlich ihren Armzug und Beinschlag korrigieren würde –, aber das kann sie schlecht sagen. Theresa würde in dieser Situation schon ein lässiger Kommentar einfallen, aber sie kann nur etwas vor sich hin stammeln und ringt sich ein Lächeln ab, das sicher dumm wirkt.

»Entschuldigung«, sagt sie. »Ich wollte nur mein Handtuch und die Tasche unter den Schirm legen, damit sie nicht nass werden.«

»Oh.« Er betrachtet die Sachen in ihrer Hand. »Ich kann beides für dich im Büro deponieren.«

Er winkt sie mit sich, bevor sie protestieren kann.

»Du siehst gut aus«, sagt er über die Schulter gewandt, wirkt dann aber plötzlich verlegen. »Ich meine, du scheinst Sport zu machen. Bist du viel geschwommen?«

»Ja. Jeden Tag.«

Er nickt, als hätte er keine andere Antwort erwartet.

Im Büro nimmt er ihr die Sachen ab und legt sie hinter die Tür. »Wir schließen nie ab, du kannst sie dir also einfach holen, wenn du fertig bist.« Er grinst.

»Danke«, sagt sie und zieht sich die Badekappe über die Haare. Wäre es unhöflich, sich jetzt einfach umzudrehen und zu gehen?

»Und wie geht es dir sonst so?«, fragt er, womit die Frage sich erübrigt hat.

»Gut. In letzter Zeit … Ich schwimme jetzt immer im Ozean. Das bringt eine Menge.«

Matt nickt energisch. »Ich habe dich hier lange nicht mehr gesehen.«

»Ich war zum Beispiel gestern hier.« Leanne stopft sich die letzte Haarsträhne unter die Kappe.

»Aha.« Er nickt wieder, fast ein wenig enttäuscht. »Also … kein Unterricht mehr?«

»Im Moment geht es auch so, danke.« Sie lächelt vage.

»Gut.«

Seine Miene kommt ihr seltsam vor. Sie muss sich etwas einfallen lassen, um das Gespräch zu beenden, sonst schafft sie es nie mehr ins Becken. »Du warst ein so toller Lehrer, und ich habe eine Menge von dir gelernt. Mit den Frauen, mit denen ich jetzt schwimme, kann ich jedenfalls einigermaßen mithalten. Und die sind wirklich gut. Durchtrainiert.«

Wieder huscht eine Gefühlsregung über sein Gesicht, aber diesmal ist es so etwas Ähnliches wie echte Freude. Sie hätte vorher daran denken sollen, ihm von ihren Fortschritten zu erzählen. Jetzt kommt es ihr fast herzlos vor, dass sie ihm vorenthalten hat, was für eine große Hilfe er für sie gewesen ist. Im Meer hat sie schon öfter daran gedacht, wie dankbar sie ihm ist, immer dann, wenn er nicht in ihrer Nähe war.

»Das ist wunderbar zu hören«, sagt er. »Ich freue mich für dich.«

Sie bemüht sich um ein strahlendes Lächeln. »Danke.«

»Aber es gibt da … Ich wollte dich noch etwas anderes fragen.« Er spielt mit der Klinke der Bürotür, als sie ihn anschaut. »Vielleicht klingt das jetzt ein bisschen merkwürdig, weil wir uns beim Unterricht kennengelernt haben, aber, nun ja …« Er wirkt nervös. »Könntest du dir vorstellen, irgendwann vielleicht mit mir was essen zu gehen?« Er wirkt so erleichtert, als hätte er soeben eine dreistündige Prüfung überstanden.

Leanne ist zu überrascht, um zu wissen, wie sie reagieren soll. Nicht im Traum wäre sie auf die Idee gekommen, dass sie etwas anderes für ihn sein könnte als eine Schülerin – wobei das immerhin bedeutet, dass er sich in seinem Job absolut professionell verhält. Soll sie empört sein, weil er vielleicht die ganze Zeit Hintergedanken hatte? Nein, bestimmt nicht, sie hat davon ja gar nichts mitbekommen. Er hat sie auch nicht einfach zu Hause angerufen – was er durchaus hätte tun können, da er ihre Nummer hat. Einer dieser typischen Widerlinge ist Matt also nicht. Andererseits könnte sie auch nicht behaupten, darüber nachdenken zu wollen, ob er etwas anderes ist. Jedenfalls hat sie ihn nie als jemanden wahrgenommen, mit dem sie sich gern treffen würde.

Wobei sie bisher niemanden auf diese Weise wahrgenommen hat. Das ist einfach nicht Teil ihres Lebens, und bis zu diesem Moment hätte sie gedacht, dass das auch so bleiben würde. Schließlich wird sie von Männern nicht eingeladen – das erzählt sie jedenfalls den neugierigen Kolleginnen im Krankenhaus, wenn die wissen wollen, warum sie keinen »Typen« hat. Die Erklärung geht ihr leicht über die Lippen, weil sie im Großen und Ganzen stimmt.

»Leanne?«, fragt Matt vorsichtig. »Entschuldigung. Habe ich etwas Falsches gesagt?« Er wirkt besorgt.

»Nein, hast du nicht.« Sie holt tief Luft, weil sie plötzlich die letzten sieben Jahre auf sich einstürzen fühlt.

Sieben Jahre, in denen sie keinem Mann gegenübergesessen und sich mit ihm unterhalten hat. Sieben Jahre, in denen sie dachte, sie würde für immer und ewig allein bleiben, und das gut so fand. Sieben Jahre, in denen sie sich manchmal nach einem anderen warmen Körper gesehnt hat, um unweigerlich daran denken zu müssen, was für einen Preis diese Sehnsucht hat. In all diesen Jahren hat sie geglaubt, dass man Männern nicht trauen kann, weil sie Frauen nur wehtun. *Ihr* wehtun. Selbst ihr Vater und ihre Brüder haben ihr letztlich wehgetan.

Mit Feminismus hat das nichts zu tun, dass sie so geworden ist. Sie hat keine Lust, *The Female Eunuch* von Germaine Greer zu lesen, obwohl Marie ihr das Buch ans Herz gelegt hat, und Simone de Beauvoirs *Das andere Geschlecht* hat sie nach den ersten paar Seiten wieder weggelegt. Leanne braucht keine Bücher, die ihr erklären, dass Frauen dieselben Rechte wie Männer haben sollten. Das weiß sie auch so. Und sie weiß auch, dass es fast unmöglich ist, das im Leben umzusetzen.

Und doch gibt es Leute wie Matt, mit seiner warmen Stimme und dem freundlichen Gesicht. Der sich aufrichtig freut, dass sie regelmäßig schwimmt und er seinen Teil dazu beigetragen hat.

Der Moment wird kommen, das weiß Leanne, in dem sie sich entscheiden muss, wie viele von ihren grundlegenden Überzeugungen sie beibehalten will – wie viel sie ihr wert sind, um sie mit in ihr zukünftiges Leben zu nehmen. Es verlangt Mut, das Ende der sieben Jahre einzuläuten. Dazu muss sie fest daran glauben, dass ihre Zukunft besser sein kann als ihre Vergangenheit, doch im Prinzip tut sie das bereits, weil sie den Anfang schon gemacht hat.

Matt mag nicht der Mann ihrer Träume sein, aber dem ist sie sowieso noch nie begegnet. Sie hat sich nie gefragt, mit was für einem Mann sie sich ein Leben aufbauen will, und noch nie von einem solchen geträumt. Vielleicht wird sich Matt nicht einmal als der Richtige für ihre unmittelbare Zukunft erweisen, aber das wird sie nie in Erfahrung bringen, wenn sie es nicht wenigstens versucht.

»Das wäre schön«, sagt sie und schenkt ihm ihr strahlendstes Lächeln, um das sie sich in letzter Zeit häufiger bemüht – immer Theresa im Kopf, die so schnell und bereitwillig lächelt.

»Wirklich?« Jetzt wirkt er so glücklich wie ein Kind, das auf der Kirmes einen Teddybären gewonnen hat.

Sie nickt. »Ja.«

»Toll. Wunderbar. Das ist … wirklich wunderbar. Darf ich …? Oh, du willst jetzt bestimmt ins Becken. Aber darf ich dich irgendwann mal anrufen?«

»Natürlich.« Wieder lächelt sie.

»Nun, also … dann viel Spaß beim Schwimmen.« Sein Lächeln ist überschwänglich, sehr zu ihrer Freude.

»Den werde ich sicher haben.« Sie dreht sich um und verschwindet in Richtung Schwimmbecken, durch den warmen Regen, der nicht aufgehört hat. Draußen ist es fast genauso nass wie im Becken, als sie sich hineingleiten lässt, untertaucht und sich vom Rand abstößt.

24

»Herrgott, Andrew, das kannst du ihm doch nicht durchgehen lassen!« Theresa würde am liebsten aufstampfen, wie ihre Kinder es manchmal tun, und zwar nicht nur, weil Andrew es zulässt, dass ihr gemeinsamer Sohn die Küche mit der Mayonnaise beschmiert, die eigentlich in den Kartoffelsalat gehört.

Zu dem, was auf der Silvesterparty passiert ist, hat sie immer noch nichts gesagt, aber der Drang, es zu tun, wird langsam übermächtig. Sie fürchtet, dass sie irgendwann vor den Kindern damit rausplatzt, wenn sie es nicht bald zur Sprache bringt. Allerdings sind sie gerade für ein paar Tage bei ihren Eltern, auf der Fahrt saßen sie alle gemeinsam im Wagen, und sonst hat sie Andrew nur gesehen, wenn sie sich im Flur über den Weg liefen. Wenn er abends nach Hause kam, schlief sie bereits.

In letzter Zeit ist Theresa täglich immer früher eingeschlafen, und sie könnte nicht sagen, ob es mit ihrer Erschöpfung zu tun hat – die bestimmt eine Rolle spielt, andererseits ist sie schon seit Jahren erschöpft – oder sie damit unbewusst der nötigen Aussprache aus dem Weg gehen will.

Sie funkelt ihren Ehemann an, der ihre Ermahnung nicht einmal mitbekommen hat.

»Andrew … *bitte* hilf mir«, sagt sie, streicht sich das Haar aus der verschwitzten Stirn und merkt zu spät, dass sie sich nun selbst mit Mayonnaise beschmiert hat.

»Steht dir super.« Andrew nimmt seine Bierdose und trinkt einen großen Schluck.

»Ich schwöre bei Gott …«

»*Gott, Herrgott* … Mit dem hast du doch den perfekten Beistand.« Er nimmt noch einen Schluck, und sie würde am liebsten schreien.

Aber nun steht Sasha vor ihr und schaut sie mit diesen riesigen braunen Augen an. Ihre Lippen zittern, wie immer, wenn sie mitbekommt, dass ihre Eltern sich streiten.

Oliver ist kaum zu bändigen, sein normaler Zustand, wenn er bei seinen Großeltern ist und bergeweise Gummibärchen und Eis in sich hineinstopft. Theresa weiß, dass Andrew ihn nicht in die Schranken weisen wird, weil er das nie tut.

Früher war Andrew nicht so. Als sie noch zu zweit waren, hat er sie aufgefordert, Bügelwäsche und Abwasch stehen zu lassen und stattdessen zu ihm ins Bett zu kommen. Nach Olivers Geburt hat sich sein Verhalten schlagartig geändert, und ihr ist es bis heute nicht gelungen, etwas daran zu ändern.

»Mama«, jammert Sasha.

Theresa wischt sich die Hände an der Schürze ab und bückt sich, um ihre Tochter hochzuheben. Als Sasha sich an ihre Brust schmiegt, zuckt sie zusammen. Ihre eine Brust ist in letzter Zeit so empfindlich, dass sie sich schon gefragt hat, ob sie beim Schwimmen mit einem Arm stärker als mit dem anderen durchs Wasser zieht. Aber sie ist keine Expertin, und würde sie während des Schwimmens ihren Kraulstil analysieren wollen, hätte sie keinen Spaß mehr dabei.

»Es ist alles gut«, flüstert sie und küsst Sasha zweimal auf die Schläfe, bevor sie sie wieder absetzt. »Warum schaust du nicht mal, was Nana macht?« Da nicht davon auszugehen ist, dass sich die Atmosphäre in der Küche entspannt, ist Sasha woanders deutlich besser aufgehoben.

»Was ist denn los?« Nun steht auch ihr Vater in der Küche, ebenfalls eine Bierdose in der Hand.

Theresa seufzt und ringt sich ein Lächeln ab. »Ich versuche nur, Oliver zu bändigen. Er verteilt die Mayonnaise überall.«

Sie hat von sich aus angeboten, das Mittagessen zu kochen, damit sich ihre Mutter von Nonna erholen kann, die ständig Backgammon spielen will, weil sie durch den Besuch bei ihrer Tochter ihre Pokerrunde verpasst. Allerdings hatte Theresa nicht eingeplant, sich gleichzeitig um ihre Kinder kümmern zu müssen.

»Oliver«, sagt ihr Vater und drückt die Schultern durch, wie er es immer tut, wenn er Autorität ausstrahlen will, »wie wär's mit einer Partie Cricket? Deine Gran hat Schläger und Ball irgendwo im Garten deponiert. Wenn wir sie finden, können wir ein paar Schläge machen.«

Oliver grinst.

»Ollie, stell sofort das Mayonnaise-Glas auf die Arbeitsplatte zurück!«, ruft Theresa, kann aber nur noch mitansehen, wie er das Glas fallen lässt, bevor er in den Garten rennt. Jetzt sind auch noch die Küchenschränke beschmiert.

Sie stößt einen Schrei aus. »OLIVER!«

»Lass ihn«, sagt Andrew, trinkt noch einen Schluck Bier und stößt auf. Wie reizend. »Er hat doch Ferien, und die dauern nur noch ein paar Tage.«

»Was nicht heißt, dass er alles tun und lassen kann, was er will«, sagt Theresa, nimmt einen Lappen aus der Spüle und wischt die Schränke ab. »Schließlich bist nicht du es, der die Schweinerei wegmachen muss.«

»Weil es dein Job ist«, sagt er, ohne sie anzuschauen. »Ich habe schon genug zu tun.«

Klar, er hat so viel zu tun. Er leistet die ganze Arbeit. Er zahlt für alles. Sie hingegen tut gar nichts. Hausarbeit ist ein Kinderspiel. Nach Ollie und Sasha zu schauen ebenfalls. Es sei denn, er soll es tun, dann ist es eine Zumutung. Sie ist es so leid.

Trotzdem wird sie sich jetzt nicht aufregen, das bringt nichts. Sie schluckt den Ärger hinunter, wirft den Lappen in die Spüle, dreht den Wasserhahn auf und wäscht ihn aus.

»Dad«, sagt sie, als sie den Lappen über den Hahn hängt, »wolltest du nicht mit Oliver Cricket spielen?«

»Ach ja.« Ihr Vater nickt Andrew zu und verlässt die Küche.

Theresa wendet sich ihrem Ehemann zu. Er mustert sie mit einer Miene, die man wohlwollend als gleichgültig bezeichnen könnte, doch Theresa ist sich sicher, dass sie etwas viel Schlimmeres ist.

»Hast du eine Affäre?«, platzt es aus ihr heraus.

Andrew starrt sie an. »Jetzt sei nicht albern, verdammt«, sagt er, aber sie hört, dass seine Stimme zittert.

»Ich habe dich gesehen.« Sie fühlt sich wagemutig.

Er wendet den Blick ab, um sie dann wieder anzusehen. »Ich habe keine Ahnung, wovon du redest.«

Da sie weiß, dass er lügt, fühlt sie sich ruhiger. Sie ist es, die hier die Wahrheit sagt. Warum hat sie es nicht schon früher getan?

»Bei der Party im Surfclub«, sagt sie. »Vor den Toiletten. Du warst …« Wie soll sie das Schauspiel beschreiben, das sich vor ihren Augen abgespielt hat? »Du hast eine Frau befummelt.«

»Hab ich nicht.«

Er klingt wie Oliver, wenn der etwas abstreitet, das er getan hat. Schon ihren Sohn dazu zu bringen, die Wahrheit zu sagen, ist aussichtslos, daher versucht Theresa es bei ihrem Mann gar nicht erst.

Sie hat nicht darüber nachgedacht, was sie tun soll, wenn Andrew alles abstreitet – sie wollte es einfach loswerden. Aber wenn er darauf beharrt, keine Affäre zu haben, obwohl aus ihrer Sicht alles dafürspricht, was bleiben ihr dann noch für Möglichkeiten? Wie soll sie künftig mit ihm zusammenleben, wenn sie weiß, dass er ihr eine andere Frau vorzieht? Und wenn er weiß, dass sie das weiß?

»Gut«, sagt sie, weil ihr nichts anderes einfällt.

Andrew schaut sie entgeistert an. »Gut?«

»Warum gehst du nicht zu Dad und Ollie in den Garten?«

Sie nimmt den Lappen vom Wasserhahn und hängt ihn wieder zurück. Nimmt ihn und hängt ihn wieder hin. Wenn Andrew nicht geht, hat sie Angst, dass sie noch etwas sagen könnte – oder losschreien womöglich –, und sie will nicht mehr Streit als unbedingt nötig. Sie möchte, dass ihre Kinder die Zeit hier genießen. Der Garten mit der Schaukel am Baum ist doppelt so groß wie ihrer daheim, und ihr Dad ist mit seinen Enkeln grenzenlos geduldig. Und die haben schließlich Ferien, wie Andrew schon so richtig gesagt hat. Theresa hat ihre eigenen Sommerferien noch in bester Erinnerung, und Ollie und Sasha soll das später genauso gehen.

Sie steht mit dem Gesicht zur Spüle, spürt aber, dass er dicht hinter sie getreten ist.

»Das hatte nichts zu bedeuten«, sagt er.

Sie riecht den Hopfen in seinem Atem. Ihr Magen stülpt sich um, aber nicht wegen des Geruchs. »Du leugnest es also nicht?«

Er zieht die Nase hoch. »Was soll das?«, fragt er müde. »Es war nur ein einziges Mal.«

»Du kennst sie schon länger«, sagt Theresa. »Das war nicht zu übersehen.«

»Sie ist Chooks Schwester.«

Natürlich. Was bedeutet, dass Chook um ihre Demütigung weiß, wie sie bereits vermutet hat.

»Ich hatte keinen Ahnung, dass sie auf der Party sein würde.« Wieder zieht er die Nase hoch. »Ich habe einfach …« Er atmet nervös aus. »Sie hatte schon eine ganze Weile ein Auge auf mich geworfen.«

Als wäre das eine Erklärung. Wobei es schon etwas erklärt, wenn das als Rechtfertigung herhalten soll.

»Und das bedeutet, dass du einfach so tun kannst, was du getan hast?«, fragt sie flüsternd.

»Ich habe mich nur …«, er seufzt, »hinreißen lassen.«

In keinem der Szenarien, die sich Theresa vorgestellt hat, war vorgesehen, dass Andrew sich hat hinreißen lassen. Vielmehr bekannte er sich dazu, sich in diese Frau verliebt zu haben. Oder verkündete, Theresa zu verlassen, weil die Frau schwanger sei. Oder es gab schon ein Kind, weshalb er so oft fort gewesen sei. Theresa sehnt sich nach einem Drama, das zu ihren Gefühlen an jenem Abend passt. Nach etwas Großem. Jetzt verspürt sie fast Enttäuschung, vermischt mit brennender Scham und dem Gefühl, betrogen worden zu sein.

Sie dreht sich zu ihm um, weil sie seine Reaktion sehen möchte. »Du hast es vor aller Augen getan. War dir egal, ob dich jemand dabei sieht? Ob ich dich sehe?«

Andrews Augen glänzen, und ihr wird bewusst, wie ungepflegt er aussieht. Er hat sich schon eine Weile nicht mehr rasiert, und seine Haare müssten geschnitten werden. Die Haut auf seiner Stirn pellt sich, weil er draußen nie eine Kopfbedeckung trägt und Theresa ihre Ermahnungen schon vor langer Zeit eingestellt hat. Er wirkt verwahrlost, und sie hat es nicht gemerkt, weil sie ihn schon lange nicht mehr richtig angeschaut hat. Vielleicht sieht sie genauso aus. Sie nimmt sich nicht jeden Tag Zeit, das zu überprüfen.

»Natürlich ist mir das nicht egal«, murmelt er. »Was denkst du denn, warum ich es getan habe?«

Theresa hat das Gefühl, als würde ihr ein heißer Wind in die Augen blasen, daher kneift sie sie zusammen. »Du *wolltest*, dass ich es sehe?«, fragt sie heiser.

»Ich war neugierig, wie du reagierst«, sagt er, und seine Stimme klingt fast schneidend. »Aber du hast nicht reagiert. Bis heute nicht. Und jetzt ist es …« Der Ton seiner Stimme ist höhnisch. Dann schüttelt er den Kopf, und sein Grinsen ist verflogen. »Früher fandest du mich attraktiv und konntest gar nicht genug von mir bekommen.«

Eine Erinnerung blitzt auf, ein Bild, das ihr in den Kopf schießt und sofort wieder verschwindet: Andrew, der ihr sagt, dass sie das schönste Mädchen am Strand ist. »Das könnte ich von dir auch sagen«, erwidert sie leise, obwohl ihr bewusst ist, dass sie nicht mehr das Mädchen von früher ist. Sie glaubt nicht, dass er sie noch begehrt. Wenn doch, hätte er nicht woanders sein Glück gesucht, sondern wäre ihr treu geblieben. Allerdings hat sie Zweifel, dass er ihre Sichtweise teilt.

»Du hast zuerst aufgehört, mich zu wollen«, sagt er und schluckt. »Ich nie.«

Seine Augen sind rot gerändert, aber sie bezweifelt, dass er weinen wird. Sie hat ihn noch nie weinen sehen. Und um die Wahrheit zu sagen, kann sie darauf auch verzichten. Heulende Männer haben ihr nie gefallen, weil sie gern glauben möchte, dass Männer stärker sind: stark genug, um einen aufzufangen, wenn es sein muss. Weinen ist ein Zeichen von Schwäche, oder? So steht es jedenfalls in den Zeitschriften.

»Andrew«, sagt sie. »Die meiste Zeit über bin ich so müde, dass ich gar nicht weiß, was ich möchte.«

»Tja, nun ja …« Er spielt mit dem Ring der Bierdose. »Ein Mann hat eben Bedürfnisse.«

Und eine Frau nicht? Das kann sie allerdings nicht laut sagen, weil sie seine Antwort bereits kennt. Ihre Bedürfnisse müssen hinter denen der anderen zurückstehen.

»Tut mir leid, wenn es dir so geht«, sagt sie, weil es auch zu ihren Pflichten gehört, den Frieden zu bewahren. »Ich werde versuchen, mir mehr Zeit für dich zu nehmen.«

»Du könntest mit dem Schwimmen aufhören«, sagt er so schnell, als hätte er es geplant. Als hätte er nur auf die Gelegenheit gewartet, es noch einmal vorzuschlagen.

»Was?«

»Statt jeden Morgen aus dem Bett zu stürmen, könntest du noch ein bisschen liegen bleiben.« Er wirft ihr einen hoffnungsvollen Blick zu.

Früher einmal wäre sie seiner Bitte nachgekommen, aber jetzt will sie ihn am liebsten zum Teufel schicken. Das Schwimmen ist das Einzige, was sie für sich tut, nur für sich allein. Im Wasser ist sie frei. Fähig. Fühlt sich so gut wie an Land nie.

Doch wenn sie sich jetzt seiner Bitte verweigert, kann er behaupten, er habe alles versucht – wohingegen sie sich keine Mühe gebe.

»Mu-um!« Sasha rettet sie vor Andrews Schachmatt.

»Ich geh mal besser schnell zu ihr«, sagt sie.

»Was für eine Überraschung.«

»Ich … werde darüber nachdenken«, sagt sie, obwohl das gelogen ist. Sie braucht nur Zeit, um sich einen Kompromiss einfallen zu lassen.

»Klar.«

»Muuu-um!«

Sie starren sich ein paar Sekunden an, dann eilt Theresa aus der Küche.

25

Als Marie vom Schwimmen nach Hause kommt, blinkt ihr Anrufbeantworter. Die Nachricht muss von Nicole sein, da ihre Tochter die Einzige ist, die ihr je etwas draufspricht.

Hallo, Mum … Ich hatte ganz vergessen, dir zu sagen, dass dein neuer Gärtner heute loslegt. Er heißt Gus. Wann er kommt, weiß ich nicht, aber ich habe gesagt, dass du zu Hause bist. Bist du doch, oder? Hab dich lieb. Tschüss.

Marie schaut nach draußen und seufzt. Höchste Zeit, dass der Gärtner anfängt. Der Garten ist schon fast verwildert. Norm wäre entsetzt, das weiß sie. Vermutlich wird dieser Gus sie für faul oder unfähig halten, aber darüber will sie sich nicht den Kopf zerbrechen, weil er sicher jung ist und ihre Anwesenheit kaum bemerkt. Das passiert, wenn man graue Haare hat und nicht mehr so aufrecht gehen kann wie früher: Man wird unsichtbar. Für die meisten Menschen ist Marie eine ältere Dame. Wenn sie an ihnen vorbeigeht, fühlt sie sich wie ein Geist, weil sie körperlos zu sein scheint. Gut, dass sie für Theresa nicht unsichtbar war, damals, als sie sich zum ersten Mal am Strand über den Weg gelaufen sind.

Marie lächelt, als sie daran denkt, wie albern sie heute Morgen waren. Theresa ist so lange unter Wasser geschwommen, wie sie nur konnte, um dann unvermittelt neben Elaine aufzutauchen, die vor Schreck aufschrie.

»Du hättest ein Hai sein können!«, rief Elaine, während Leanne amüsiert zu ihnen hinüberschaute.

»Bin ich aber nicht.« Theresa strampelte keuchend im Wasser. »Aber ich wünschte, ich könnte so gut wie einer tauchen.« Damit legte sie sich auf den Rücken und ließ sich treiben.

»So zieht die Strömung dich aufs Meer hinaus«, ermahnte Marie sie, die zu ihnen zurückgeschwommen war, ausnahmsweise einmal nicht erpicht darauf, so schnell wie möglich ans Ziel zu kommen.

»Aber ich muss mich kurz ausruhen«, sagte Theresa.

»Dann hättest du eher auftauchen und Luft holen sollen, du Dummchen«, schalt Marie. »Man kann ohnmächtig werden, wenn man zu lange die Luft anhält.«

Um sie herum hob und senkte sich das Meer durch die ständigen Wellen, die sich am Main Beach brechen würden und hier noch kaum zu erkennen waren. Sie waren ungefähr fünfzig Meter von der Strandpromenade entfernt, wo Leute joggten, spazieren gingen oder ihre Hunde ausführten. Es war einer dieser perfekten Morgen, an denen der Himmel wolkenlos ist und das Licht so golden, dass die Blätter an den Bäumen von einem frischeren Grün zu sein scheinen und der Sand intensiver glänzt als sonst. Marie kennt diesen Ort schon ihr ganzes Leben lang, sieht ihn aber oft schon gar nicht mehr. Es ist lange her, dass sie sich die Zeit genommen hat, ihre Umgebung zu betrachten.

Sie hat das Bild noch vor Augen, als sie duscht und

sich das Frühstück macht, und ist immer noch von diesem Glanz durchdrungen, der ihr anscheinend bis ins Mark gesickert ist.

Das Tapsen von Pfoten auf dem Küchenboden reißt sie in die Gegenwart zurück. »Was ist, Charlie Brown? Hast du dein Frühstück schon aufgegessen?« Sie bückt sich, um ihn hinter dem Ohr zu kraulen.

In diesem Moment hört sie, wie jemand »Klopf, klopf« sagt. Als sie sich aufrichtet, sieht sie einen großen, leicht gebeugten Mann mit fülligem, grau meliertem Haar in der Tür zur Veranda stehen. Er hat graugrüne Augen und einen dunklen Teint, entweder von Natur aus oder von der Sonne. Sein Blick ist wach und neugierig.

»Hallo?«, sagt sie und spürt, dass ihr Herz schneller schlägt, als sie den Fremden sieht. Dabei kann es nur der Gärtner sein.

»Sind Sie Marie?«, fragt er lächelnd und bleibt, wie ihr auffällt, draußen stehen. Immerhin besitzt er den Anstand, darauf zu warten, dass sie ihn hereinbittet.

»Ja«, antwortet sie.

»Ich bin Gus. Nicole schickt mich. Entschuldigen Sie bitte den Überfall – aber Nicole hat gesagt, ich soll hinten rumgehen.« Er hat so stark ausgeprägte Krähenfüße, dass sie denkt, dass er viel lachen muss.

Er ist älter als erwartet und sieht nicht aus wie ein Mann, der sein Leben lang körperlich gearbeitet hat. Auch das Leinenhemd mit den hochgekrempelten Ärmeln, das in einer Baumwollhose mit einem ziemlich neuen Gürtel steckt, ist eher untypisch. Die Stiefel wiederum könnten dem Bild eines Arbeiters entsprechen, aber viele Handwerker der Gegend tragen Badelatschen. Einmal hat sie jemanden die Regenrinne reinigen lassen und wegen seines Schuhwerks den ganzen Tag Angst gehabt, er könne von der Leiter fallen.

»Bitte … Kommen Sie doch herein«, sagt sie.

Als er eintritt, springt Charlie Brown wie verrückt um ihn herum. »Wen haben wir denn da?« Gus bückt sich.

»Charlie Brown. Er führt hier das Kommando.«

Sie beobachtet, wie er Charlie Brown den Handrücken zum Beschnuppern hinhält. Offenbar kennt er sich mit Hunden aus.

»Haben Sie auch einen Hund?«, fragt sie.

»Hatte ich mal, vor langer Zeit.« Er steht auf. »Einen Schäferhund. Er war wunderbar.«

Jetzt streckt er ihr die Hand entgegen. Sie ist trocken und warm, während ihre sich wie eine Eisflosse anfühlen dürfte, das ist ihr bewusst. *Kalte Hände, warmes Herz*, pflegte Norm zu sagen.

»Sehr nett, Sie kennenzulernen, Marie.«

Wieder bilden sich in seinen Augenwinkeln Falten, und er betrachtet sie eindringlicher, als es je ein Mann seit Norms Tod getan hat. Ihr ist nicht ganz klar, was sie davon halten soll, zumal er sicher ein Jahrzehnt jünger ist als sie. Sein Interesse muss einen anderen Grund haben als Norms damals.

»Sie haben den Garten auf dem Weg zur Veranda ja schon gesehen«, sagt sie und nickt in die entsprechende Richtung. Deswegen ist er schließlich gekommen.

»Flüchtig. Es wäre schön, wenn sie ihn mir noch mal zeigen könnten.« Er spricht so wohlartikuliert wie jemand, der eine Sprachausbildung genossen hat.

Marie lächelt schnell und geht um Charlie Brown herum, der sich an ihre Hacken heftet, als sie auf die Veranda tritt.

»Wie ist Nicole auf Sie gekommen?«, fragt sie über die Schulter.

»Mein Sohn kennt ihren Mann«, sagt Gus, der ihr die Treppe zum Gartenweg hinabfolgt. »Er hat wohl mal erwähnt, dass ich ein bisschen gärtnere. Nichts Besonderes.« Er lächelt sie an, als er neben ihr stehen bleibt. »Vielleicht sollte ich Sie vorwarnen, dass ich Autodidakt bin. Aber ich habe es noch nie geschafft, einen Garten zu ruinieren.«

Sie schaut zu ihm auf. »Nun, mir ist es fast gelungen, wie Sie sehen. Schlimmer kann es also nicht mehr werden.«

Er stützt die Hände in die Hüften und schaut sich um. »Sie sind zu streng mit sich. Es wächst doch alles. Dem Garten fehlt nur ein bisschen Zuwendung.«

Ihre Blicke begegnen sich.

»Und brauchen wir die nicht alle?«, fragt er, und sie weiß nicht, ob sie schockiert oder erfreut sein soll, dass er mit ihr flirtet – oder zumindest den Anschein erwecken will.

Marie reißt ihre Augen von ihm los und deutet auf den Schuppen. »Ich zeige Ihnen dann die Gartengeräte meines Mannes.«

Sie weiß selbst nicht, warum sie Norm erwähnt. Es besteht kein Grund, Gus wissen zu lassen, dass es sich um seine Gerätschaften handelt.

»Nicole hat mir erzählt, dass er vor ein paar Jahren gestorben ist. Das tut mir leid.« Gus klingt mitfühlend.

»Es ist ja nicht Ihre Schuld.«

Er lacht. »Das sage ich auch immer, wenn mich die Leute wegen meiner Frau bemitleiden.«

Marie verspürt einen Stich von Eifersucht – ein Gefühl, das sie seit Jahren nicht mehr gehabt hat.

»Sie sind auch Witwer?«, fragt sie.

Gus nickt. »Ungefähr so lange wie Sie. Seither beschäftige ich mich mit Gärten.« Er breitet die Arme aus. »Ich habe jahrelang im juristischen Bereich gearbeitet, aber irgendwann hatte ich die Nase voll. Es ist eine große Genugtuung, wenn man bei Gericht einen Sieg erringt, aber den Rest der Zeit über kommt man sich nicht besonders nützlich vor. Allerdings hat mein Job finanziell genug eingebracht, um kürzertreten zu können, sodass ich jetzt tun kann, was mir Spaß macht.«

Er wirkt zerknirscht. »Ich rede zu viel, tut mir leid.« Wieder wirft er ihr einen eindringlichen Blick zu. »Vermutlich hat das damit zu tun, dass ich glaube, Sie zu kennen, weil Pete mir von Ihnen erzählt hat. Entschuldigen Sie bitte.«

Marie zieht die Augenbrauen hoch. »Jetzt entschuldigen Sie sich schon wieder.«

Als sie ein Geräusch vernimmt, folgt sie ihm und überrascht Charlie Brown dabei, wie er ein Beet umgräbt.

»Charlie Brown!«, ruft sie wütend. »Hör sofort auf damit.«

Gus kommt und hebt den Hund in einer einzigen flüssigen Bewegung hoch. Charlie Brown wirkt zu überrascht, um zu protestieren, und Marie geht es genauso.

»Dann lassen Sie uns mal einen Blick auf die Gerätschaften werfen«, sagt er und geht zu dem Schuppen, den Terrier unter dem Arm. »Und dann können wir darüber reden, wie viel Arbeit wir hier investieren wollen.«

Marie verdrängt den plötzlichen Wunsch, unter seinen anderen Arm geklemmt zu werden, und folgt Gus in den Schuppen.

HERBST 1983

26

Das Schwimmen an diesem Morgen war herrlich. Nahezu mühelos, sodass Elaine sogar versuchte, Marie einzuholen, die meistens noch vorn lag. Doch wie immer wurde Elaine von ihrer Schulter schnell daran erinnert, dass sie noch nicht so lange schwamm, für wie sportlich sie sich auch halten mochte.

Wobei sich wohl niemand bei einem Alkoholkonsum wie ihrem als sportlich bezeichnen konnte. Inzwischen ist es mehr als nur eine schlechte Angewohnheit. Lange hat sie sich vorgemacht, dass ihr der Gin nur Gesellschaft leistete, wenn sie abends auf James wartete oder nachdem er bereits erschöpft ins Bett gefallen ist.

Manchmal möchte er abends noch mit ihr schlafen. Dagegen hat sie nichts einzuwenden. Tatsächlich begrüßt sie es sogar, weil es ihr die Möglichkeit gibt, sich kurz zu vergessen. An solchen Abenden trinkt sie erheblich weniger und vermisst es auch nicht. An solchen Abenden sagt sie sich, dass sie gar nicht so viel Alkohol braucht beziehungsweise es auch gut ohne aushält.

Und dann kommt der nächste Nachmittag, und sie denkt: *Nur einen einzigen Drink.* Und dann: *Nur noch einen zweiten*. Ihr Körper hat sich mittlerweile so daran gewöhnt, dass sie immer mehr braucht, um den Zustand des sanften Vergessens zu erreichen.

Da James inzwischen gemerkt hat, dass sie zu viel trinkt, tut sie es heimlich. Sie beginnt früher am Tag, damit sie vor seiner Rückkehr ein bisschen ausnüchtern kann, und schleicht sich nachts für ein, zwei Drinks aus dem Bett.

Sie verbirgt einen Großteil ihres Lebens vor ihrem Ehemann und genießt es, weil es ihr kurzzeitig das Gefühl verleiht, ein bisschen Kontrolle zurückzugewinnen. Nicht Kontrolle über ihn, sondern über ihr Leben hier. Außerdem mildert der Alkohol das Heimweh. Den Rest der Zeit verachtet sie sich allerdings für ihr Verhalten und hat sogar eher das Gefühl, die Kontrolle zu verlieren. Sie möchte aufhören, kann aber nicht. Weil sie in Wirklichkeit nicht aufhören möchte.

Sie schenkt sich Tonic nach, um den Gin zu verdünnen, und stellt das Radio in der Küche leiser. Statt Musik läuft eine Talksendung, und sie zuckt regelmäßig zusammen, wenn sie den breiten Akzent mancher australischer Anrufer hört. Sie verwenden viele unverständliche Redewendungen, zum Beispiel, dass sie ja nicht »in der Dusche gestürzt seien« oder dass jemand »so unappetitlich esse wie ein frühstückender Hund«. Schließlich sprechen sie über etwas, das Elaine erst nach längerem Grübeln als die »Regierung« identifiziert.

Die männlichen Anrufer, und das sind entschieden die meisten, benutzen sehr oft das Wort »Kumpel«, besonders wenn sie etwas bemängeln. Ihr ist aufgefallen, dass Australier das Wort als freundliche Anrede, aber auch als Warnung verwenden, der Unterschied liegt im Tonfall. Meinen sie es wohlwollend, heben sie am Ende die Stimme, als würde ein Ausrufezeichen folgen. Bei einer Warnung sprechen sie das Wort meist leiser und schärfer aus.

Ganz offensichtlich hat Elaine zu viel Zeit, wenn sie sich mit Lappalien wie dem hiesigen Jargon beschäftigt. Andererseits können sich diese Beobachtungen durchaus als nützlich erweisen. Bei der Begegnung mit James' Kollegen ist ihr aufgefallen, dass die das Wort »Kumpel« nicht benutzen, sondern sich stattdessen mit Namen anreden. Woraus sie die Theorie entwickelt hat, dass Australier, die sich keine Namen merken können, zu »Kumpel« als Ersatz greifen. Denn wenn alle so reden, wird niemand die eigene Vergesslichkeit bemerken. Möglicherweise wird die Bezeichnung aber vor allem als Waffe eines falschen Egalitarismus eingesetzt: Jeder ist ein »Kumpel« – so wirklichkeitsfremd das auch ist.

Sie weiß, dass Australier gegen das britische Klassensystem wettern, obwohl man sich nur die Klatschseiten der Sonntagszeitungen anschauen muss, um zu merken, dass etwas Ähnliches auch hier existiert. Es gibt »Ladys«, die mit »Sirs« verheiratet sind, obwohl kein Tropfen blaues Blut in ihren Adern fließt. Zum Beispiel ist eine gewisse Lady Sonia McMahon Stammgast in diesen Zeitungen, wo ihr immer ein Ehrenplatz eingeräumt wird. Elaine ist sich sicher, dass sie nicht die Tochter eines Earls ist wie die vormalige Lady Diana Spencer, und trotzdem wird sie wie ein entferntes Mitglied des Königshauses hofiert.

Auch Elaines ehemalige Tennispartnerinnen hatten ihre ganz eigenen Vorstellungen von einem Klassensystem. Der Tochter der einen wurde offenkundig ein besserer Start ins Leben ermöglicht, weil sie auf eine Privatschule ging.

Der Sohn der anderen besuchte zwar eine öffentliche High School, die aber nicht wahllos Schüler aufnahm und daher besser war als andere öffentlichen Schulen, wenngleich nicht so gut wie die Privatschule. Es scheint, als zählten sich die Menschen unweigerlich zu bestimmten Schichten – sogar, oder vielleicht gerade, in Australien, einer ehemaligen Strafkolonie.

Der einzige Ort, der von so etwas frei zu sein scheint, ist ihre Schwimmgruppe. Marie, Leanne und Theresa vermitteln ihr den Eindruck, als wäre es ihnen egal, wo sie herkommt oder was sie vor ihrer Begegnung gemacht hat. Im Wasser sind sie alle gleich. Sie wollen einfach nur im Ozean sein, sich von ihm umspülen lassen, stolz darauf sein, was sie tun, und hinterher beim Abtrocknen am Strand die Sonne im Gesicht spüren.

Elaine nimmt noch einen großen Schluck, als sie an ihre neuen Freundinnen denkt: Theresa, die Temperamentvolle, obwohl eine gewisse Verletzlichkeit durch ihr strahlendes Lächeln hindurchscheint, durch die Entschlossenheit, mit der sie jeden Tag glücklich sein will. Dann Leanne, die sich so verschlossen gibt und sich immer wieder zurückzieht, aber dennoch täglich mit von der Partie ist, sodass sie vielleicht doch nicht so genau weiß, wo sie steht, oder sich vieles nur einredet. Und schließlich Marie, die Witwe, die eine Aura von Wehmut ausstrahlt und trotzdem unglaublich zäh wirkt, nicht nur wegen ihrer körperlichen Fitness.

Elaine schaut auf die Uhr an der Küchenwand. Es ist fast fünf. James hat gesagt, dass er heute auf jeden Fall zum Abendessen daheim sein wird, daher sollte sie langsam ans Kochen denken. Sie stellt den Drink ab und öffnet die Kühlschranktür. Spinat und Tomaten sind da, aber kein Fleisch. James liebt Lammkoteletts. Warum hat sie sich nicht eher Gedanken darüber gemacht?

Am Fuß des Hügels gibt es einen Metzger, der manchmal noch nach fünf geöffnet hat. Wenn sie sich beeilt, könnte sie es gerade so schaffen. Ihr Schlüssel und ihre Handtasche stehen neben der Eingangstür. Sie rennt fast zum Wagen, stellt den Motor an und rangiert aus der Parklücke.

Sie fühlt sich ein bisschen benebelt. Wahrscheinlich sollte sie gar nicht fahren, wenn man bedenkt, wie viel sie getrunken hat. Aber wenn sie zu Fuß zum Metzger geht, schafft sie es ganz sicher nicht, und sie kann ihrem Ehemann nicht nur Spinat und Tomaten zum Abendessen vorsetzen, wenn er ihren Zustand nicht bemerken soll. Er würde sich unweigerlich fragen, warum sie sich über das Essen keine Gedanken gemacht hat, zumal sie sonst nichts zu tun hat. Vielleicht ahnt er ja längst, dass sie ein Problem hat.

Nicht dass sich Elaine je auf die Hausarbeit gestürzt hätte. In ihrem vorigen Leben hatte sie eine Haushälterin, die sich um alles gekümmert hat, sodass sie selbst sich ihrer Firma und den Kindern widmen konnte. Ihrer Überzeugung nach sollte das Muttersein sämtliche Zeit beanspruchen, die ihr die Arbeit noch ließ, Kochen und Putzen hätten sie daran nur gehindert. Diese Ausrede zieht jetzt allerdings nicht mehr, weil ihre Söhne erwachsen sind und weit weg auf der nördlichen Erdhalbkugel wohnen. Sie hätte einfach früher an die Lammkoteletts denken müssen.

Plötzlich spürt sie einen Aufprall und hört ein schabendes Geräusch, aber beides kommt ihr fast unwirklich vor. Das, was gerade passiert, scheint einer anderen Person zuzustoßen, an einem anderen Ort. Ihr Kopf wird zur Seite geschleudert, und als sie anhält, sieht sie, dass sie in den alten Mercedes gefahren ist, der immer am Ende der Straße parkt, kurz vor der T-Kreuzung. Es ist der Wagen, der sie zum Stehen gebracht hat, nicht ihr Fuß, der viel zu spät auf die Bremse getreten ist.

Ein dumpfes Pochen ist zu hören. Leiser als der Aufprall. Schneller. Ihr Herz. Sie hat das Gefühl zu ersticken. Sie schnappt nach Luft, kann aber nicht einatmen.

Ihr Wagen ragt mitten in die Straße, und im Rückspiegel ist zu sehen, dass sich ein anderes Auto nähert. Sie befürchtet schon, dass es nicht an ihr vorbeikommen wird. Was für eine Katastrophe. Sie hat eine gewaltige Katastrophe angerichtet, und ihr Kopf fühlt sich ganz komisch an.

Als sich der andere Wagen gerade so an ihr vorbeiquetscht, erkennt sie Colin von weiter oben in ihrer Straße. Er wirft ihr einen finsteren Blick zu. Großartig – jetzt gibt es auch noch Zeugen.

Colin hält an und steigt aus. Mit seinem Wagen ist die Straße erst recht blockiert. Und das ist alles ihre Schuld. Sie würde sich zu Tode schämen, wenn ihr nicht der Schreck in den Gliedern säße.

Als Colin sich ihrer Wagenseite nähert, kurbelt sie die Scheibe hinunter und setzt das Lächeln auf, das man ihr schon in der Kindheit anerzogen hat: dieses Alles-in-bester-Ordnung-Lächeln, das Leute ihres Schlags so perfekt beherrschen wie Selbstdisziplin.

»Alles okay?«, fragt Colin, bückt sich und schaut sich im Wageninnern um.

»Ich bin ja so dämlich.« Elaine spricht die Wörter

bewusst langsam aus, aus Angst, sonst zu lallen. »Wenn man mit High Heels fährt, muss man ja von der Bremse rutschen.«

Sie kann nur hoffen, dass er nicht allzu genau in den Fußraum schaut, weil er dann sehen würde, dass die Absätze ihrer Schuhe nicht besonders hoch sind.

»Sind Sie mit dem Kopf irgendwo gegengeknallt?«, erkundigt er sich.

»O Gott, nein, nein!«, antwortet sie schrill. »Überhaupt nicht! Es tut mir so leid, dass ich Sie aufgehalten habe.«

Er kneift die Augen zusammen und nickt langsam. »Brauchen Sie Hilfe, um den Wagen wegzuschieben?«

»Nein danke. Alles in Ordnung. Ehrlich. Bitte, fahren Sie weiter.«

Sich selbst die Schuld zu geben funktioniert immer, besonders wenn man wirklich Schuld hat. Trotzdem muss sie das jetzt regeln. Jetzt sofort. Noch bevor James nach Hause kommt. Er darf nicht erfahren, was passiert ist, sonst wird er den Grund dafür wissen wollen.

Als Colin wieder einsteigt und weiterfährt, sausen die Gedanken wie ein Starenschwarm durch ihren Kopf. So viel zu der Behauptung, Alkohol vernebele die Sinne. Sie ist hellwach.

Was soll sie jetzt tun? Wer kann ihr helfen? Wer wohnt in der Nähe?

Theresa. Der Name dringt durch das Geflatter in ihrem Kopf zu ihr durch.

Sie öffnet die Wagentür und schnappt sich Handtasche und Schlüssel. Ein Gefühl in ihrem Hals mahnt sie, sich nicht zu schnell zu bewegen, aber sie braucht Hilfe. Nachdem sie die Tür hinter sich zugeknallt hat, geht sie nach Hause zurück. Bei dem Versuch, die Tür aufzuschließen, lässt sie zweimal den Schlüssel fallen. Drinnen wirft sie ihre Tasche auf den Boden und eilt zum Telefon ins Wohnzimmer.

»Hallo?«, meldet sich Theresas Stimme am anderen Ende der Leitung.

»Theresa … ich … ich bin's«, sagt Elaine und denkt gleichzeitig, wie albern das ist. *Ich* könnte jeder sein.

»Elaine?« Die Stimme klingt besorgt.

»Ich … ich brauche deine Hilfe.«

»Wo soll ich hinkommen?«, fragt Theresa und legt, nachdem Elaine ihr die Adresse genannt hat, sofort auf.

Sie hat nicht einmal nach dem Grund gefragt. Angesichts einer solchen Hilfsbereitschaft steigen Elaine Tränen in die Augen.

Als Theresa eintrifft, trägt sie eine Schürze über ihrem Baumwollkleid. Ihr Lächeln ist etwas verhaltener als sonst.

»Ich bin betrunken«, sagt Elaine, da Theresa es sowieso riechen würde.

Theresas Miene verändert sich nicht. »Okay?«

»Und ich bin in ein anderes Auto hineingefahren.«

Jetzt erscheint eine kleine Falte auf ihrer Stirn. »Bist du verletzt?«

»Ich …« Elaine atmet durch den Mund aus. »Ich glaube nicht. Höchstens ein leichtes Schleudertrauma.« Sie schluckt. »Der Wagen … er steht weiter vorn auf der Straße. Und James kommt bald nach Hause, obwohl ich noch keine Lammkoteletts gekauft habe.« Sie verzieht das Gesicht.

»Mach dir wegen der Koteletts mal keine Sorgen«, sagt Theresa und legt Elaine den Arm um die Schulter.

»Tue ich aber!« Elaine schnieft, um nicht laut aufzuschluchzen. »Wenn ich kein vernünftiges Abendessen auf den Tisch bringe, wird er wissen, dass ich den ganzen Tag nichts anderes getan habe, als herumzusitzen und zu trinken.«

Theresa drückt sie noch fester an sich. »Ich rufe jetzt Marie an. Die hat bestimmt Lammkoteletts oder etwas in der Art im Tiefkühler.«

»Nein! Bitte. Ich möchte nicht, dass sie es erfährt.«

Elaine erträgt die Vorstellung nicht, was Marie denken könnte, wenn sie wüsste, dass sie sich am helllichten Tag betrinkt. Ihr Blick neulich, als Elaine das nur angedeutet hat, ist ihr noch gut in Erinnerung.

»Elaine«, sagt Theresa in einem Tonfall, den sie vermutlich sonst nur ihren Kindern gegenüber anschlägt, »wie ich das sehe, haben wir noch andere Dinge zu erledigen, also benötigen wir Hilfe. Ich werde auch Leanne anrufen, damit sie kommt und dich durchcheckt, damit wir wissen, dass du nicht verletzt bist.« Sie lächelt ihr sanftes, aufmunterndes Lächeln, das immer alles in einem rosigen Licht erscheinen lässt.

»Na gut«, sagt Elaine.

»Wunderbar. Also … Wo ist das Telefon?«

Elaine deutet mit dem Kinn Richtung Sideboard. Während Theresa ihre Anrufe macht, bleibt sie zusammengesunken auf dem Sofa sitzen.

»Was soll ich nur James sagen?«, stöhnt sie, als Theresa wieder aufgelegt hat.

Theresa kommt zu ihr zurück, setzt sich neben sie und nimmt ihre Hand. »Wie wär's mit der Wahrheit?«

Elaine will den Kopf schütteln, wird aber bei der kleinsten Bewegung vom Schmerz daran gehindert. »Das geht nicht. Er denkt schon länger, dass ich zu viel trinke, und damit … Na ja, damit hätte er doch seinen Beweis.«

Sie schließt die Augen und stellt sich vor, wie ein solches Gespräch mit James wohl ablaufen würde. Der Gedanke ist erschreckender als die Erinnerung an den Unfall selbst.

»Dann … solltest du vielleicht darüber nachdenken, was du sonst für Möglichkeiten hast«, schlägt Theresa vor. »Du bist meine Freundin, und es kann mir nicht gut gehen, wenn du Kummer hast.«

»Du bist so nett«, flüstert Elaine. »Wenn ich du wäre, würde ich viel härter mit mir ins Gericht gehen.«

»Es ist nicht meine Aufgabe, mit dir ins Gericht zu gehen«, sagt Theresa. »Sondern dir zu helfen. Kann ich noch irgendetwas für dich tun?«

»Du hast mir bereits geholfen.« Elaine legt ihren Kopf an Theresas.

»Was ist mit den Anonymen Alkoholikern? Die sollen wirklich gut sein.«

»Ich bin keine Alkoholikerin«, fährt Elaine auf, um es schon im nächsten Moment zu bedauern, da Theresa verletzt wirkt. »Ich meine … klar, ich trinke zu viel, aber noch lange nicht genug, um Alkoholikerin zu sein.«

Von der Bezeichnung will sie nichts wissen, weil sie es nicht ertragen würde, als eine solche zu gelten. Alkoholiker sind alte Männer mit rutschenden Hosen und ungepflegten Bärten. Oder traurige Frauen, die nach einem Leben ohne Ehemann und Kinder allein sind. Menschen, die nicht klarkommen. Sie ist nicht so. Sie darf so einfach nicht sein.

»Der Besuch einer solchen Gruppe könnte trotzdem nicht schaden«, sagt Theresa. »Vielleicht bekommst du dort ein paar hilfreiche Tipps. Oder dir wird bewusst, dass dein Problem gar nicht so schlimm ist, wie du denkst.«

Elaine wirkt skeptisch. »Mag sein. Aber ich weiß nicht, ob ich mich in Gruppen einfügen kann.«

»In unserer Gruppe tust du das doch auch«, sagt Theresa sanft. »Es käme auf einen Versuch an.«

Elaine stößt ein scharfes Lachen aus. »Ich wüsste gar nicht, wie ich so etwas anfangen soll.«

»Ich kümmere mich darum. Wenn ich mich recht entsinne, habe ich einen Aushang gesehen, als ich letztens an unserer Kirche vorbeigekommen bin.« Theresa legt Elaine wieder den Arm um die Schulter. »Du bist jedenfalls nicht allein«, sagt sie.

Als Elaine ihr in die Augen schaut, weiß sie, dass es so ist. Was sie nicht weiß, ist, wie sie das Gefühl der Einsamkeit abstellen soll, das sie immer wieder zum Trinken verleitet. Oder ist das Verlangen danach der Schlüssel zu ihrem Problem? Aber dann wäre sie vielleicht doch Alkoholikerin.

»Danke«, sagt sie. »Wenn du mir Informationen besorgen könntest, wäre ich dir sehr dankbar.«

Theresa nickt und steht auf. »Gut, dann lass uns jetzt mal nach deinem Wagen schauen.«

So gern Elaine sich auch in einem Loch verkriechen und anderen die Lösung ihres selbst verschuldeten Problems überlassen möchte, sie weiß, dass sie sich der Sache stellen muss. Und durchhalten muss. Jeden einzelnen Tag. Bis sie das Gefühl hat, dass sie das Problem im Griff hat, das momentan ihr Leben dominiert.

Wenn es doch nur so einfach wäre.

27

Bald wird es am Morgen nicht mehr angenehm mild sein, nun, da der März schon halb vorbei ist und die Tagundnachtgleiche bevorsteht. In Australien wechseln die Jahreszeiten stets mit dem Ende eines bestimmten Monats, nur der Herbst nicht. Auch wenn die Luft noch nicht kalt ist, wird sich das in ungefähr zwei Wochen ändern, und dann ist bald schon Ostern. Und Winter. Leanne nimmt an, dass sie nach dem Wetterumschwung nicht mehr schwimmen werden, obwohl Marie schon erklärt hat, es das ganze Jahr durchzuziehen. Ob Marie von den Leuten, die nicht so hart sind wie sie, verächtlich denkt, weiß Leanne nicht, aber sie merkt selbst, dass ihr Maries Urteil nicht gleichgültig ist.

An diesem Morgen ist Leanne die Erste. Sie schließt die Augen und spürt die Luft auf ihrer Haut. Nachdem sie in die Shelly Bay gezogen ist, hat sie gelernt, dass am Meer zu leben auch bedeutet, mit den Elementen zu leben: mit Erde, Wasser, Luft und Himmel. Ein Feuer hat sie bislang nicht erlebt, was hoffentlich auch so bleiben wird. In den Außenbezirken der Stadt kommt es regelmäßig zu Buschfeuern, aber auf ihrer kleinen Halbinsel ist noch keins ausgebrochen. Stattdessen kommt jeden frühen Nachmittag Wind auf, so verlässlich, dass man die Uhr danach stellen kann. Tatsächlich hat sie, als sie am Meer den Wind auffrischen spürte, schon einmal automatisch gedacht, dass es dreizehn Uhr ist. Auch morgens ist es selten windstill, aber dann weht eher eine frische Brise.

Sie öffnet die Augen, um den Teil der Erde vor sich zu betrachten: die vielen verschiedenen Bäume, die den Strand und den Pfad nach Little Beach säumen. Obwohl sie nicht alle hier heimisch sind, gedeihen sie prächtig.

Das Wasser wiederum liegt ihr zu Füßen und lockt. Seit ihrem ersten Mal im Ozean sehnt sie sich danach. Wenn sie nur gewusst hätte, wie viel Spaß es macht, durch eine Welle zu tauchen und so weit vom Ufer wegzuschwimmen, dass sich die Welt in ihrer unendlichen Weite vor einem erstreckt, sie hätte schon viel eher damit begonnen. Sie ist versucht, ihren Eltern die Schuld dafür zu geben, dass sie so viel versäumt hat, weil die nie mit ihnen ans Meer gefahren sind, aber vermutlich hatten sie keine Ahnung davon. Schließlich sind sie nicht an der Küste aufgewachsen.

Aber vielleicht macht sie sich auch nur etwas vor, denn immerhin hat sie sich im sicheren Becken an das Wasser gewöhnt. Dort hat sie gelernt, sich in diesem neuen Element zu bewegen und dabei nicht unterzugehen. Das alles hat sie Matt und seinen ermutigenden Kommentaren zu verdanken, seinen Fähigkeiten als Schwimmlehrer. Er hat ihr nie das Gefühl gegeben, nicht schnell genug zu lernen, und hatte immer ein aufmunterndes Lächeln für sie übrig.

Sie wird rot, als sie an dieses Lächeln denkt. Und dann an jenes neulich am Schwimmbecken, als sie sich zufällig über den Weg gelaufen sind. Es wirkte, als wäre dadurch der Tag für ihn gerettet, dabei weiß sie wirklich nicht, ob sie eine solche Reaktion verdient. Bis jetzt hat sie nichts unternommen, um sich mit ihm zu verabreden, obwohl er ein paarmal angerufen hat. So entschlossen sie an jenem Tag war, alles auf sich zukommen zu lassen, hat sie seither immer wieder gekniffen. Dabei verdankt sie es nur Matt, dass sie nun hier steht, den Ozean bewundert und sich nach dem Gefühl von Salzwasser auf ihrer Haut sehnt.

Sie weiß, dass sie vor allem aus Wasser besteht; alle Menschen tun das. Aber das war nur abstraktes Wissen für sie – eine Tatsache –, bis ihr plötzlich klar wurde, dass diese Tatsache für sie eine besondere Bedeutung hat. Der Ozean ruft nach ihr, und sie möchte ihm antworten.

Das verbindet sie mit Marie, obwohl sie sich nicht gut genug kennen, um sich darüber zu unterhalten. Aber sie sieht es jeden Morgen in ihren Augen – diese Liebe zu dem ureigensten Element – und hofft, dass Marie es in ihren auch erkennt.

»Magisch, nicht wahr?«

Das ist Maries Stimme, und im ersten Moment denkt Leanne, dass sie träumt. Doch dann tritt Marie neben sie, so wirklich wie der helllichte Tag.

»Ja«, murmelt Leanne. »Es ist …«

Jeden Morgen sucht sie nach den besten Worten, um die Stimmung zu beschreiben. Erfolglos. Vielleicht gibt es sie noch gar nicht. Vielleicht hat noch nie eine wortgewaltige Person im Frühherbst in der Morgendämmerung an einem Strand gestanden und versucht, genau die richtige Kombination von Vokalen und Konsonanten zu finden, um die Atmosphäre einzufangen. Es gibt Wörter für alles, was sie sieht: Sonnenlicht, Wasser, Wellen, Gischt, Sand, Ozean.

Und für die Geräusche: Möwenschreie, das Brechen der Wellen, das Gluckern des Wassers auf dem Sand, entfernte menschliche Stimmen. Aber wenn Leanne ihren Verstand und ihre Erinnerungen nach einem Wort für dieses Gefühl durchsucht, was sie hier regelmäßig überkommt, wird sie nicht fündig.

Vielleicht ist sie ungerecht. Das Wort, das sie sucht, hat wahrscheinlich nur mit ihrer persönlichen Erfahrung zu tun: hier zu sein, an diesem speziellen Strand, mit diesen Frauen, die sie immer mehr schätzt, weil sie ihr so bedingungslos ihre Freundschaft angeboten haben. Ihre Gesellschaft und Kameradschaft sind ein Geschenk. Und auch ihre Persönlichkeiten und Geschichten und dieses sie alle verbindende Wissen, dass die Zeit im Wasser wie eine Zeitkapsel ist, die nur ihnen allein gehört. Täglich trennen sie sich mit dem Gefühl, diesen Morgen mit sich nehmen und am nächsten Tag wiederkehren zu können, um etwas anderes zu erleben. Jeder Tag ist kostbar und neu. Jeder Morgen ist voller Energie und einer bestimmten Art von Euphorie.

Zum ersten Mal seit ihrem achtzehnten Lebensjahr hat Leanne das Gefühl, dass ihr Körper wieder ihr gehört. Dass er nicht von feindlichen Truppen erobert wurde und auch kein hohles Gefäß für ein Baby ist, das sie nicht haben wollte. Sosehr sie ihren Beruf auch liebt, sie weiß, dass sie nur Rollen spielt. In einer davon kann sie wunderbar mit Kindern umgehen, eine andere wählt sie, wenn sie mit Erwachsenen zu tun hat, aber keine entspricht ihr selbst. Ihr wirkliches Selbst – ihr Wesen – ist irgendwo in ihrem Innern eingekapselt. Ihr ist nicht klar, ob sie das sich oder den Umständen verdankt, aber plötzlich spürt sie, wie dieses

Selbst an die Oberfläche drängt. An diese harte Schale, auf die sie immer so gut aufgepasst hat, damit sie keine Risse bekommt. Sie sollte Angst haben, dass sie birst und ihr so lang verborgenes Wesen nach all der Zeit enthüllt, aber das hat sie nicht. Sie fühlt sich mutig. Was in ihr versteckt ist, sind all die Dinge, die sie als Kind ausgemacht haben: das furchtlose Mädchen, das auf Bäume klettert, Fahrrad fährt und stundenlang mit ihren Brüdern herumrennt, erschöpft, aber aufgekratzt. Damals war sie eins mit ihrem Körper und wäre nie auf die Idee gekommen, es könne anders sein. Und nun, da sie zu sich zurückzukehren scheint, wird die Idee einer solchen Entfremdung wieder genauso abwegig. Hier gehört sie hin, in diese Hülle namens Leanne. Das haben sie diese Tage gelehrt. Das ist das Geschenk des Ozeans.

»Hallo! Was für ein schöner Morgen.« Theresa quält sich durch den weichen Sand, der Wind fährt ihr in den Sarong.

»Bin auch schon da!«, ruft Elaine, die aus der anderen Richtung kommt. »Ein bisschen spät, ich weiß.«

»Wir halten uns ja nicht strikt an die Uhr«, sagt Marie lächelnd.

»Ich weiß. Trotzdem …« Elaine seufzt und lässt ihr Handtuch in den Sand fallen.

»Alles in Ordnung?«, fragt Marie.

»Alles bestens.«

Marie wirkt skeptisch, und Leanne weiß, wieso: Sie haben Elaine gestern nicht gesehen und vorgestern auch nicht – seit sie Theresa gebeten hat, ihr aus der Patsche zu helfen. Durch ihren Beruf ist Leanne eigentlich gegen Überraschungen gefeit; manchmal ist sie schockiert, aber selten überrascht, weil sie im Krankenhaus schon die unmöglichsten Dinge erlebt hat. Vorgestern war das anders.

Auf Leanne wirkte Elaine immer unberührbar: groß und strahlend. Eine Frau, die sich sehr gewählt ausdrückt. Doch die Frau, die sie an jenem Tag erlebt hat, machte einen mitgenommenen Eindruck. Einen verletzlichen.

»Ehrlich«, sagt Elaine, obwohl sie müde aussieht.

»Was hat James gesagt?«, fragt Marie zu Leannes Freude, weil sie glaubt, dass sich auch die anderen diese Frage stellen.

»Er war sauer«, antwortet Elaine. »Aber er hat das mit dem Besitzer des Mercedes geklärt und meinen Wagen in die Werkstatt gebracht.«

»Was hast du ihm erzählt?«, mischt Theresa sich ein.

Elaines Lider flattern. »Nicht die ganze Wahrheit.«

Theresa wirkt enttäuscht, aber Marie scheint nichts anderes erwartet zu haben.

»Er wird es sich schon zusammengereimt haben«, erklärt sie. »Er sagt nur nichts dazu.«

Elaines Lächeln ist schmal. »Möglich. Wollen wir jetzt schwimmen?«

Marie verdreht leicht die Augen. »Klar.«

Elaine und sie laufen zum Wasser, als würden sie sich ein Wettrennen liefern. Leanne lässt sich Zeit und ist froh, dass Theresa es auch nicht eilig hat. Sie möchte mit ihr reden.

»Theresa?«, fragt sie zaghaft und erntet dafür einen Gesichtsausdruck, der an Schock grenzt. Wobei die Reaktion sogar nachvollziehbar ist. Leanne hat noch nie von sich aus das Gespräch mit einer der drei Frauen gesucht.

»Ja?«

Leanne zeigt aufs Wasser. »Lass uns, äh … Ich erzähle es dir, während wir reingehen.«

Jetzt sieht Theresa so aus, als hätte Leanne ihr ein Geschenk in die Hand gedrückt.

»Ich … ich brauche einen Rat«, beginnt Leanne, als sie langsam ins Wasser waten. Marie und Elaine sind bereits jenseits der Brandung und haben Kurs auf ihr Ziel genommen.

»Ja?«

»Ich wurde eingeladen, mit jemandem essen zu gehen.« Leanne hat überlegt, wie sie das Thema ansprechen soll, und ist zu dem Schluss gekommen, dass es so am unverfänglichsten ist.

»Du meinst, du hast ein Date?« Theresas Stimme ist plötzlich eine Oktave höher.

»Möglich.« Leanne hält inne. Vielleicht will Theresa gar nicht über so etwas sprechen. Sie ist eine verständnisvolle Person, aber sollte Privates nicht besser privat bleiben?

»Mit wem denn?«

Leanne geht weiter. »Er heißt, na ja … Matt. Und arbeitet im Schwimmbad.«

»Den kenn ich!«, sagt Theresa, und Leanne bricht sofort kalter Schweiß aus. Wie hätte sie ahnen können, dass Theresa Matt kennt? Jetzt ist es jedenfalls zu spät, um einen Rückzieher zu machen, weil Theresa Feuer und Flamme ist.

»Er hat unseren Kindern das Schwimmen beigebracht«, fährt Theresa fort. »Er ist *wunderbar*. Und sieht gut aus! Woher kennst du ihn?«

»Ich … ich habe auch Schwimmstunden bei ihm genommen.«

»Und anscheinend hat er gute Arbeit geleistet. Aus dir ist eine fantastische Schwimmerin geworden.« Ihr Lächeln ist ermutigend.

»Danke«, sagt Leanne.

Inzwischen sind sie im Wasser, und sie könnte nicht einmal sagen, ob es sehr kalt ist, weil sie sich ganz auf das Gespräch konzentriert.

»Und wann geht ihr essen?«, fragt Theresa, als sie durch die kleinen Wellen schwimmen.

»Das ist es ja – ich schiebe es ständig vor mir her.« Matt hat schon dreimal angerufen, um zu fragen, wann sie denn Zeit hätte, und sie hat immer versprochen, in ihrem Terminkalender nachzuschauen. Beim dritten Mal klang er leicht verwirrt. Kaum erstaunlich, zumal sie auch nicht wieder im Schwimmbad war.

»Warum?«

»Ich glaube nicht, dass ich mich mit jemandem verabreden sollte.«

»Aber wieso denn nicht?«

»Ich ... ich habe nicht viel Glück in dieser Hinsicht.« Leanne taucht unter, daher hat sie keine Ahnung, ob Theresa etwas erwidert.

Sobald sie wieder auftaucht, hört sie allerdings: »Woher willst du das wissen, wenn du dich nie mit jemandem verabredest?«

»Na ja, *nie* stimmt nicht ganz«, sagt Leanne schnell, weil das der Punkt ist, auf den sie hinauswill, obwohl sie Angst hat, es laut auszusprechen. »Einmal habe ich mich schon mit jemandem verabredet. Mit achtzehn. Er, na ja ... war nicht sehr nett.« Sie hört selbst, dass ihre Stimme zittert.

»Stopp!«

Leanne gehorcht und schweigt.

»Nimm deine Brille ab und schau mich an«, befiehlt Theresa und schiebt ihre eigene Schwimmbrille auf ihre Stirn.

Leanne zögert, weil sie zu ihrer größten Beschämung merkt, dass sie weint. Dabei weint sie nie. Weinen ist

Gefühlsduselei, und sie hat es sich auferlegt, sich nicht von ihren Gefühlen leiten zu lassen. Auch im Krankenhaus würde sie andernfalls keinen Tag durchstehen.

»Lee-*anne*.«

Sie taucht unter und hofft, dann aufhören zu können zu weinen, aber es funktioniert nicht. Außerdem kann sie ja nicht ewig unter Wasser bleiben.

»Was auch immer du mir nicht sagen willst, es ist offenbar etwas Schlimmes.« Theresa klingt jetzt nur noch besorgt.

»Tut mir leid«, sagt Leanne. »Ich wollte mich nicht aufregen.«

»Niemand regt sich auf, weil er es will«, sagt Theresa. »Aber ich kann nicht ewig Wasser treten, daher musst du jetzt langsam mit der Sprache rausrücken.«

Leanne atmet heftig ein. Natürlich ist es nicht leicht, über etwas zu reden, was man so lange verschwiegen hat, das hätte ihr klar sein sollen.

»Ich hatte damals eine Verabredung«, beginnt sie. »Er war … er war ein Freund meines ältesten Bruders.«

»Mhm, mhm«, macht Theresa, und ihre Miene ist untypisch ausdruckslos.

»In der High School hatte ich nie einen Freund«, fährt Leanne fort. »Ich war immer … zu beschäftigt. Mit Sport und so. Ich hatte einfach kein Interesse an Beziehungen.«

Theresa sagt nichts, aber was sollte sie dazu auch sagen?

»Es war also meine erste Verabredung. Und er …«

Sie hält mit offenem Mund inne und spürt, wie sich der Atem in ihrem Brustkorb staut. Als sie nach Luft schnappen will, bleibt sie ihr im Halse stecken. Sie geht unter, schlägt mit den Armen um sich.

Im nächsten Moment spürt sie, wie Theresa sie auf den Rücken dreht und ihr die Hand unter die Wirbelsäule legt, die sich zum Hohlkreuz biegt. Leanne erinnert sich, dass Matt das auch getan hat, als er ihr gezeigt hat, wie man sich treiben lässt.

»Atme«, sagt Theresa leise.

Nun spürt sie weitere Hände unter ihrem Rücken und hört Marie und Elaine etwas flüstern. Aber vielleicht flüstern sie auch gar nicht. Vielleicht ist etwas mit ihrem Gehör nicht in Ordnung, weil sie die Worte der anderen nur seltsam verzerrt wahrnimmt. Sie keucht, und Theresa wiederholt immer wieder: »Atme! Ganz langsam. Ja, genau so.«

»Sie hat einen Panikanfall«, hört sie Marie sagen. »Was ist denn passiert?«

»Sie wollte mir eine Geschichte erzählen, und dann ist sie einfach …«

»Wir müssen sie an den Strand zurückbringen.«

Elaines Stimme, denkt Leanne, dann geht plötzlich ein Ruck durch ihre Glieder.

»Nein«, sagt sie und dreht sich wieder um. Drei Gesichter schauen sie so besorgt an, als gehörten sie zu Eltern ihrer Patienten im Krankenhaus. »Ich muss weiterschwimmen«, stottert sie.

Die anderen schweigen. Ihre Beine arbeiten unter Wasser wie Quirle. Sie hält die anderen auf. Sie hält sich selbst auf.

»Bitte«, sagt sie.

»Gut.« Marie dreht sich auf den Bauch und schwimmt ein paar Meter Brust, dann Kraul. Elaine folgt ihr. Schließlich bleibt nur Theresa zurück.

»Ich denke, ich weiß, was du vorhin sagen wolltest«, sagt sie, mittlerweile auf dem Bauch treibend, die Schwimmbrille immer noch auf der Stirn. »Und das ist schrecklich. Entsetzlich. Grauenhaft.« Sie schüttelt den Kopf. »Niemand sollte so etwas erleben müssen.«

Leanne bekommt Schluckauf vor Überraschung, dass jemand nach so langer Zeit so etwas zu ihr sagt und sie nicht verurteilt. Aber was hatte sie erwartet? Sie wollte es Theresa erzählen, eben weil die sich vermutlich kein Urteil anmaßen würde. Leanne hat sie lang genug bei der Arbeit beobachtet, um zu wissen, was für ein Mensch sie ist.

»Es wäre ziemlich mutig von dir, mit Matt auszugehen«, fährt Theresa fort. »Aber ich weiß ja, dass du mutig bist, Leanne. Du konntest kaum schwimmen, als du dich uns angeschlossen hast! Und jetzt …« Sie zeigt auf den Horizont. »Schau nur, wo du bist. Das schaffen nur wenige.« Sie lacht. »Ich habe mich auch überwinden müssen. Wir alle sind mutig! Nur Marie nicht – für die ist das Schwimmen hier draußen schiere Gewohnheit.« Sie kräuselt die Nase. »Aber dafür ist sie in anderen Bereichen mutig, glaube ich.«

Theresa rollt sich auf den Rücken und sieht aus, als würde sie auf einer unförmigen aufblasbaren Plastikbanane liegen: Die Knie ragen aus dem Wasser, während die Arme gerade so drinhängen.

»Du musst natürlich nicht hingehen«, sagt sie. »Aber eines verspreche ich dir: Matt ist anständig. Er wird dir nicht wehtun. Aber solltest du dennoch Angst haben, könnte ich natürlich die Anstandsdame spielen.« Sie zwinkert.

Leanne und Theresa schauen sich an. Aus dem Augenwinkel sieht Leanne Marie und Elaine davonziehen. Am liebsten würde sie ihnen hinterherjagen. Sie möchte durch das Wasser gleiten und die Vergangenheit abwaschen.

»Danke«, sagt sie.

»Keine Ursache.«

Theresa setzt die Schwimmbrille wieder über ihre Augen und rollt sich herum, bevor sie mit dem Kopf eintaucht und losschwimmt. Eine Sekunde später ziehen ihre Arme durchs Wasser, und sie ist verschwunden.

Zwei Sekunden später ist Leanne ihr auf den Fersen.

28

Es ist merkwürdig, im Dunkeln zu sitzen. Theresa ist eben erst klar geworden, dass sie in ihren achtunddreißig Jahren auf Erden – neununddreißig in ein paar Tagen, am fünften Mai – noch nie im Dunkeln gesessen hat. Andererseits ist es nicht vollkommen dunkel, da der Fernseher läuft. Sie glaubt, dass eine Folge von *Quincy* wiederholt wird, schaut aber nicht richtig hin. Der Ton ist ausgestellt. Noch etwas Merkwürdiges. Sie hat noch nie bei ausgeschaltetem Ton vor dem Fernseher gesessen, denn das ergibt wenig Sinn, oder?

Sie leckt sich über die Lippen. Sie kann sich nicht daran erinnern, wann sie zum letzten Mal einen Schluck Wasser getrunken hat. Oder eine Tasse Tee. Oder Kaffee. Heute Morgen vielleicht? Es muss heute Morgen gewesen sein, nachdem sie die Kinder vor der Schule abgesetzt hatte und bevor Brian von gegenüber zu ihr in den Garten kam. Sie war gerade dabei, Wäsche aufzuhängen. Er wirkte nervös.

»Theresa«, sagte er und lächelte wie jemand, dem eigentlich gar nicht nach Lächeln zumute ist.

»Brian!« Sie stellte den Wäschekorb ab. Er hatte vorher noch nie die Grenze des Vorgartenzauns überschritten. Wenn sie normalerweise redeten, dann über seine Rosen und seine Porzellansammlung und über ihre Kinder. Einmal hat er ihr das Rezept für seinen Lieblingszitronenkuchen gegeben und sie gebeten, es nicht an Muriel weiterzureichen, die ebenfalls in ihrer Straße wohnt. Die sei schon jahrelang hinter dem Rezept her, erklärte er, aber das sei nur etwas für besondere Menschen. Theresa kam sich vor, als hätte man sie in einen Club aufgenommen, von dessen Existenz sie bisher nichts gewusst hatte. Aber selbst damals hatte Brian vor dem Zaun auf dem Bürgersteig gestanden.

»Wie geht es dir?«, fragte er, als sie die Klammern in ihre Schürze steckte.

»Gut«, sagte sie, weil sie das immer sagt, wenn jemand fragt. Das gehört sich so.

»Schön.« Wieder dieses gequälte Lächeln. »Hör mal, ich …«

»Ist mit dir alles in Ordnung, Brian? Du bist plötzlich ganz blass.«

»Oh … na ja.« Er lacht. »Mir geht es gut, danke. Aber ich, na ja …«

»Theresa, wer ist da?«, rief Nonna und kam aus ihrer Wohnung.

»Brian!«, rief sie über die Schulter. »Von gegenüber.«

»Ah.« Nonna winkte ihnen zu. »Danke für den Tipp, Brian. Sie hatten absolut recht mit dem Pferd.«

Sie winkte noch einmal, dann zog sie sich wieder in ihre Wohnung zurück. Seit wann unterhielten sich Nonna und Brian?, wunderte sich Theresa. Anscheinend könnte ihre Großmutter ein kleines Land von ihrer Wohnung aus regieren, und sie würde es nicht mitbekommen.

»Kann ich dir irgendwie … helfen, Brian? Rückt meine Großmutter dir vielleicht auf die Pelle?«

»O Gott, nein.« Er schüttelte den Kopf. »Nichts dergleichen. Ich wollte nur …« Er seufzte. »Ich war gestern Abend weg.«

»Im Ox?« Das war der Pub, wo die Einheimischen hingingen.

»Ja.« Er sah sie an, als müsste sie von selbst etwas erraten, aber sie hatte nicht die geringste Ahnung, warum er ihr von seinem Abend erzählen wollte.

»Schön«, sagte sie in der Hoffnung, dass er die versteckte Aufforderung verstand.

»Ich habe deinen Mann dort gesehen.« Seine Augenbrauen zogen sich schräg nach oben.

»Klar, da geht er gern hin. Ich kann ja nicht …« Sie zeigte aufs Haus. »Die Kinder.«

»Klar. Nun ja …« Seine Augenbrauen zogen sich auseinander und zusammen. »Er war mit einer Frau da.«

Jetzt kollidierten die Augenbrauen fast mit seinem Haaransatz. Es fiel Theresa auf – vielmehr konzentrierte sie sich darauf, weil sie so ignorieren konnte, dass ihr Herz plötzlich zwischen ihren Schlüsselbeinen eingeklemmt schien.

»War sie …«, Theresa schluckte, »blond?«

Er schaute sie entgeistert an. »Ja.«

Mehr musste sie nicht wissen. Sie kann sich nicht erinnern, was sie danach noch redeten, aber sie ist dankbar, dass Brian ihr davon erzählt hat, und fühlt sich gleichzeitig gedemütigt, weil ihr Mann sich in der Öffentlichkeit so ungeniert verhält.

Sie ignorierte die Fragen von Nonna, die in der Tür erschien, kehrte ins Haus zurück, und erst später fiel ihr die Wäsche wieder ein. Als sie hinausging, war alles aufgehängt. Offenbar Nonnas Werk.

Vermutlich könnte sie mit niemandem so gut darüber sprechen wie mit Nonna. Die hat zwei Weltkriege erlebt und ist Mussolinis Diktatur nur knapp entronnen, hat also einiges durchgemacht. Ihr dürfte nichts Menschliches fremd sein, überhaupt nichts. Aber Theresa weiß auch, was Nonna sagen würde, nämlich: *Schick den Kerl zum Teufel.* Nonna kann gnadenlos sein, und mit Andrew ist sie nie wirklich warm geworden. Ihrer Meinung nach ist er faul und eigensüchtig, womit sie nicht ganz unrecht hat. Trotzdem ist Theresa nicht bereit, so skrupellos zu sein. Noch nicht. Sie muss auch an die Kinder denken. Und an sich und daran, wie sie ohne Andrew über die Runden kommen sollen.

Andererseits ist er vielleicht längst schon einen Schritt weiter. Hat vielleicht vor, ihr demnächst mitzuteilen, dass er sie verlässt. Oder dass er sie verlassen muss.

Andrew ist ausgegangen. Wie immer. Mit den Jungs einen trinken, hat er gesagt. Obwohl ihm doch klar sein muss, dass Theresa ihm das nicht mehr abnimmt. Oder hält er sie für so leichtgläubig? Oder dumm? Ja, so muss es wohl sein, wenn er vor den Augen der Welt mit dieser Frau herumturtelt, in aller Öffentlichkeit, sodass ihn auch Nachbarn sehen können. Gesehen *haben.* Und wer weiß, wo sie sich sonst noch zusammen zeigen.

Vielleicht wird er versuchen, Theresa aus seinem Haus zu verscheuchen, um mit der Blondine hier einzuziehen. Die Kinder will er bestimmt nicht, da ist sich Theresa ziemlich sicher – die machen zu viel Arbeit, zumal seine Mutter ihm nicht helfen wird –, also wird sie darauf bestehen, im Haus wohnen zu bleiben, falls es so weit kommt.

All diese Gedankengänge haben sich bei gelöschtem Licht und in der stummen Gesellschaft von Jack Klugman leichter gedacht als bei helllichtem Tag.

Theresa zuckt zusammen, als der Schlüssel in die Tür gesteckt wird. Sie hat gar kein Motorengeräusch gehört. Andrew selbst ist sicher nicht gefahren, da er vermutlich betrunken ist, aber sie hätte gedacht, dass er sich ein Taxi nimmt.

»Hallo?«, sagt sie, damit er weiß, dass sie da ist. Auch wenn sie ihren nächsten Lebensabschnitt vielleicht schon ohne ihn plant, will sie ihn nicht erschrecken.

»Oh … hallo.« Er kommt ins Zimmer und schaltet das Licht ein. »Warum sitzt du im Dunkeln?«

Theresa zuckt mit den Achseln. »Mir war danach.«

Er legt den Schlüssel auf den Couchtisch.

»Wie geht's deiner Blondine?«, fragt sie so unbekümmert wie möglich.

»W…was?« Er schwankt ein bisschen, als er auf sie zukommt.

»Chooks Schwester«, sagt sie ausdruckslos. »Deiner Geliebten.«

»Wovon zum Teufel redest du?«

Trotz seiner Ausdrucksweise klingt er eher verletzt als sauer, als würde ihm ein Unrecht widerfahren. Theresa seufzt. Offenbar will er es ihr schwermachen.

»Von der Frau, mit der du gestern Abend im Pub warst.«

Jetzt wirkt er empört. »Ich habe keine Ahnung, was du meinst.«

Wieder seufzt Theresa. Er will ihr definitiv nicht entgegenkommen. Wird es in die Länge ziehen. Warum betrügt ein Mann seine Frau und leugnet es dann auch noch, wenn sie ihn zur Rede stellt? Das macht die Situation doch nur noch schwieriger. Oder möchte er sie betrügen und immer weiter betrügen und nie dabei erwischt werden? Vermutlich. Die Affäre zu leugnen ist demnach egoistisch und dient nur dem einen Zweck: weiterbetrügen zu können. In anderen Worten: Er verhält sich genau so, wie sie es von ihm erwartet. Und sie ist es leid.

»Andrew.« Sie geht zum Fernseher, um ihn abzuschalten, weil er sie nur ablenkt. »Ein Freund hat dich gestern Abend im Pub mit einer blonden Frau gesehen. Und ich habe dich auf der Silvesterparty mit einer blonden Frau gesehen. Erinnerst du dich? Ich habe dich nach ihr gefragt.«

Sein rechtes Augenlid zuckt, und er schaut weg. Als er sie wieder ansieht, wirkt er trotzig. Den Blick kennt sie von Ollie, nur dass der ihn für gewöhnlich aufsetzt, wenn er Froot Loops zum Frühstück will.

»Tja«, sagt Andrew langsam. »Gut.«

»Gut?« Theresas Lachen ist hohl. »Das auf der Party war ein Ausrutscher, hast du gesagt, aber offenbar hast du schon wer weiß wie lange eine Geliebte, und das soll *gut* sein?«

»Ja, und? Du bist doch immer so distanziert, was soll ich sonst tun?« Seine Worte klingen unbekümmert, aber seine Stimme verrät Angst. Man könnte meinen, dass Theresa Macht über ihn hat, aber das ist ein Irrtum. Vermutlich hat sie nie welche gehabt. Und jetzt hat die andere Frau die Macht in ihrer Ehe. Ein Teil von Theresa möchte sich damit abfinden. Möchte aufgeben. Aber da ist immer noch der Teil, der die Ehe als Langzeitprojekt betrachtet; immerhin haben sie sich versprochen, in guten wie in schlechten Zeiten zueinanderzustehen. Die Zeiten, in denen die Kinder klein sind und Theresa nicht sämtliche ehelichen Pflichten erfüllen kann, weil sie zu müde ist, werden nicht ewig dauern, und danach können sie sich vielleicht wieder stärker aufeinander einlassen. Vielleicht sollte sie ihm das sagen, aber sie spürt schon wieder diese vollkommene Erschöpfung, weil die Verantwortung für das Funktionieren ihrer Ehe allein auf ihren Schultern lastet. Und daran wird sich auch nichts ändern. Sie wird ihn nie dazu bringen, seinen Beitrag zu leisten.

»Es tut mir leid, dass ich nicht alle deine Bedürfnisse befriedigen kann«, sagt sie schließlich, »aber du hättest mir mehr Zeit geben können.«

»Hab ich doch.« Sein Kinn ruckt ein bisschen nach vorn. »Aber das hat verdammt noch mal nichts geändert. Und Susie war so scharf, so …« Er zuckt mit einer Schulter. »Sie kümmert sich um mich.«

Chooks Schwester hat also einen Namen.

Theresa denkt an all die Dinge, die sie Andrew in diesem Moment gern sagen würde – dass sich Susie natürlich um ihn kümmern könne, weil sie ja gerade erst die Pubertät hinter sich und keine Verpflichtungen habe; dass sich sofort einiges ändern würde, wenn er Kinder mit ihr hätte und sich in derselben Mühle wiederfände wie mit ihr, Theresa –, aber das wäre zwecklos. Er interessiert sich nicht mehr für sie. Seit wann, weiß sie nicht, und sie möchte auch gar nicht darüber nachdenken. Ihre ursprüngliche Unentschlossenheit ist verflogen, und sie ist wieder ganz im Hier und Jetzt. Die Kinder sind das Wichtigste, auf die muss sie sich konzentrieren.

»Dann solltest du jetzt wohl bei Susie sein«, sagt sie sanft.

An seiner Miene kann sie erkennen, dass er mit dieser Reaktion nicht gerechnet hat.

»Ich gehe davon aus, dass du nichts dagegen hast, wenn die Kinder und ich hierbleiben«, fährt sie fort. »Zumindest bis wir uns geeinigt haben, wie es weitergeht.«

Andrew öffnet den Mund, dann schüttelt er den Kopf. »Ich habe ihnen nicht einmal gute Nacht gesagt.«

»Ich werde ihnen erzählen, dass du jemanden besuchen musst.« Sie lächelt traurig. »Was ja gar nicht mal so falsch ist.«

»Ich wollte aber nicht ...« Andrew blinzelt und kratzt sich am Kopf. »Ich wollte einfach nur ein bisschen Aufmerksamkeit, verstehst du?«

Die hätte ich auch gern, würde Theresa am liebsten sagen. Ihm ins Gesicht schreien. Aber er würde zweifellos sagen, dass sie ja Aufmerksamkeit bekommt – von den Kindern.

»Verstehe«, sagt sie stattdessen und nickt in Richtung Schlafzimmer. »Warum packst du nicht einfach ein paar Sachen für die nächsten Tage zusammen. Wir reden später darüber, wann du den Rest holst.«

Er nickt, kann ihr aber nicht in die Augen sehen. Sie bezweifelt, dass er sich schämt. Vielleicht kommt er sich einfach nur dämlich vor, weil er ertappt worden ist, bevor er selbst bereit dafür war.

Er war mal attraktiv, ihr Ehemann. Jetzt ist er nichts als ein abgehalfterter Trottel, der glaubt, er könne seine besten Tage zurückholen, indem er sich an eine andere Frau klammert, die zu jung ist, um sich daran erinnern zu können.

Sie stellt den Fernseher wieder an – diesmal mit Ton. Eine andere Sendung läuft. Ein Film? Vielleicht sogar mit Jane Fonda?

Theresa lässt das Licht an und bekommt nicht einmal mit, wie Andrew geht.

29

Soll ich dich zu Hause absetzen?«, fragt Theresa.

Ihr Gesicht wirkt angespannt, als sie in ihrem Trainingsanzug vor Marie steht, die Arme eng vor der Brust verschränkt. Marie muss sich immer noch daran gewöhnen, die anderen vollständig bekleidet zu sehen.

Wegen des kälteren Wetters gehen sie in der Zeit, in der sie sonst schwimmen würden, am Strand spazieren. Marie hat sie noch eine Weile zum Durchhalten überreden können, aber sobald die Wassertemperaturen unter die Siebzehn-Grad-Grenze fielen, war nichts mehr zu machen. Dies ist also der erste Mai seit Jahrzehnten, an dem sie nicht im Wasser ist.

Aber sie könnte noch nicht einmal sagen, dass sie es vermisst. Tatsächlich hat das schnelle Gehen ihre Wadenmuskeln wieder zum Leben erweckt, die sich überraschend lautstark beschweren.

So wie anscheinend auch Theresas Körper. In den letzten Tagen sah sie müde aus, oder vielleicht eher ausgelaugt. Marie gibt sich Mühe, sich mit besorgten Nachfragen zurückzuhalten, weil sie nicht übergriffig erscheinen möchte. Andererseits ist Theresa in kürzester Zeit eine so gute Freundin geworden, dass es schwer ist, die offenkundige Veränderung kommentarlos hinzunehmen.

Marie überlegt, ob sie ihr Angebot annehmen soll. Normalerweise läuft sie vom Strand nach Hause, was Theresa auch weiß. Sie bietet ihr nie an, sie mitzunehmen, sondern muss immer sofort los, um die Kinder fertig zu machen und zur Schule zu bringen. Vermutlich hat sie heute einfach nur mehr Zeit, da Samstag ist. Trotzdem spürt Marie, dass Theresa mit ihr reden möchte. Und diesem Wunsch wird sie sich nicht verweigern.

»Gern«, sagt sie.

»Ah«, sagt Theresa erleichtert. »Schön.«

Sie verabschieden sich von Elaine und Leanne und steigen in Theresas Wagen. Die Fahrt den Hügel hinauf dauert nicht lange, sollte Theresa sich etwas von der Seele reden wollen, wird sie es kaum in diesen zwei Minuten schaffen.

»Vielleicht magst du ja noch auf einen Tee mit reinkommen«, sagt Marie, als sie vom Strand aufbrechen.

Sie schaut zu Theresa hinüber, deren Gesichtszüge zu entgleisen scheinen.

»Das wäre …« Theresa schluckt. »Das wäre schön.«

Marie nickt. Sie möchte Theresa zu nichts drängen. Offenbar sind hier Zeit und Aufmerksamkeit vonnöten, und wenn sie beides nicht aufbringen kann, wird sich Theresa vielleicht verschließen, was bestimmt nicht gut wäre.

Nachdem sie ausgestiegen sind, treten sie durch das Tor in Maries kleinen Vorgarten, in dem die Kamelien blühen und an den Azaleen schon die ersten Knospen zu sehen sind.

»Das ist dein Haus?« Theresa bleibt vor der Veranda stehen. »Ich fand es schon immer schön. Ich meine, es ist mir immer aufgefallen, wenn ich hier hochgefahren bin.«

Marie dreht den Schlüssel im Schloss herum. »Mein Cottage fällt eben auf. Dieser Sandstein. Und dann direkt an der Ecke, gegenüber vom Kiosk – es ist kaum zu übersehen. Jedes Mal, wenn ich mir drüben eine Zeitung kaufe, fragt mich jemand nach der Geschichte des Hauses.« Sie zieht eine Augenbraue hoch. »Normalerweise erzähle ich den Leuten, dass es das erste Gefängnis in der Shelly Bay war – und sie nehmen es mir sogar ab.«

Der Vorraum ist kühl und dunkel. Marie bedeutet Theresa, ins Wohnzimmer durchzugehen.

»Ich denke, wir bleiben besser drinnen«, sagt sie. »Im Garten kann es selbst im Herbst noch unangenehm warm sein.«

Theresa nickt und setzt sich auf die Couch. Ihre Miene wirkt wieder gequält.

Marie nimmt neben ihr Platz und tätschelt ihre Hand. »Ich denke, den Tee brauchen wir gar nicht, oder? Wir sollten einfach reden.«

Theresa hält die Luft an und blinzelt; ihre Augen glänzen verdächtig. Sie sieht aus wie ein Kind, das sich im Büro der Schuldirektorin für etwas rechtfertigen soll. »Ja.« Sie nickt schnell.

Marie nimmt ihre Hand in ihre. »Was ist los?«

Theresa drückt ihre Finger. »Andrew hat eine Affäre.« Wieder blinzelt sie. »Ich denke … ich denke, unsere Ehe ist am Ende.«

»Aha?«, sagt Marie zögerlich.

Immer wieder hat sie erlebt, dass Frauen über ihre Ehemänner geschimpft und sie als wahre Widerlinge dargestellt haben. Marie hat gelernt, nie ihre Meinung dazu zu äußern, geschweige denn, diese Männer zu verurteilen, da sich besagte Frauen nur in den seltensten Fällen später tatsächlich getrennt haben. Vielmehr durfte Marie oft mit anschauen, dass diese Frauen ihre Männer trotz aller Verfehlungen wie den tollsten Mann seit Cary Grant behandelten.

»Ich wollte es dir erzählen. Schon seit ich ihn mit … mit ihr gesehen habe.« Theresa stockt wieder der Atem, und Marie tätschelt wieder ihre Hand. »Ich habe immer darüber nachgedacht, was ich tun soll. Was ich sagen soll …« Sie schüttelt den Kopf. »Ich komme mir vor wie eine Idiotin.«

»Warum solltest *du* dir wie eine Idiotin vorkommen?«

Theresa schaut überrascht auf. »Weil ich es hätte wissen müssen. Weil ich mutiger hätte sein müssen, um sofort etwas zu sagen. Weil ich es hingenommen habe, bis mein Nachbar – mein *Nachbar*! – die beiden zusammen im Pub gesehen hat. Und außerdem, weil ich ja selbst …« Sie hält inne, plötzlich zutiefst beschämt.

»Weil du schuld bist? Ist es das, was du denkst?« Marie hofft, mit ihrer Miene deutlich zu machen, wie lächerlich sie diese Idee findet, möchte aber gleichzeitig ihre volle Unterstützung signalisieren.

Theresa schaut an die Decke und blinzelt ein paarmal, aber die Tränen rollen ihr trotzdem über die Wangen. »Ich habe einfach keine Zeit für ihn«, sagt sie und schüttelt wieder den Kopf.

»Einen verdammten Scheiß hast du.«

Theresa schnappt nach Luft, weil sie es offenbar nicht gewöhnt ist, eine Frau fluchen zu hören.

»Du kümmerst dich um die Kinder und das Haus«, fährt Marie fort. »Dein Mann hat nichts zu tun, als Autos zu reparieren und mit seinen Kumpels Bier zu trinken. Und *du* hast keine Zeit für *ihn*?« Sie schnaubt. »*Er* nimmt sich keine Zeit für *dich*. Und wenn er meint, mit jemandem anbandeln zu müssen, weil er sich zu Hause vernachlässigt fühlt, dann hat das nichts mit dir zu tun. Gibt er dir je das Gefühl, begehrenswert zu sein?«

Theresa schüttelt den Kopf.

»Sagt er dir, dass du schön bist? Dass er dich liebt?«

Noch mehr Kopfschütteln, begleitet von Schniefen.

»Aber ich …« Theresa unterbricht sich und seufzt. »Ich sage ihm ja auch nicht, dass er attraktiv ist. Und nun hat das offenbar eine andere übernommen.«

»Vielleicht ist er auch einfach nur ein Idiot.«

Theresa öffnet den Mund und klappt ihn wieder zu. Marie muss an den Goldfisch denken, den Nicole früher hatte, und kann sich ein Lachen nicht verkneifen.

»Was ist?« Theresa wirkt verletzt.

»Oh, meine Liebe.« Marie tätschelt ihre Wange. »Ich wollte dich nicht kränken, ganz bestimmt nicht.«

Sie sitzen nebeneinander, und während Theresa vor sich hin schnieft, denkt Marie darüber nach, was sie jetzt sagen soll. Soll sie von ihrer Beziehung zu Norm erzählen? Aber jeder hat sein eigenes Leben, und ihre eigenen Erfahrungen müssen nichts mit denen zu tun haben, die Theresa gerade macht. Wenn aber doch, dann wäre sie verpflichtet, nicht zu schweigen. Damit Theresa weiß, dass sie nicht allein ist.

»Die Ehe ist ein Kreuz, nicht wahr?«, sagt sie schließlich. »Das Zusammenleben ist nie ganz einfach, aber immerhin hast du Kinder, die du bedingungslos liebst.« Sie verzieht das Gesicht. »Allerdings weiß ich nicht, wer sich ausgedacht hat, dass wir unsere Ehemänner genau so lieben sollen. Das ist einfach lächerlich. Man muss sich entscheiden, sie zu lieben, und zwar an jedem einzelnen Tag des Lebens, und ihnen geht es mit uns genauso. Wenn zwei Menschen beschließen, sich zu lieben, dreihundertfünfundsechzig Tage im Jahr, ein ganzes Leben lang, nun, dann ist das ein verdammtes Wunder. Und Wunder geschehen nicht oft.« Sie lächelt reumütig. »Ich muss es wissen.« Sie nimmt wieder Theresas Hand und hält sie fest. »Norm hatte auch eine Affäre.«

»Was?« Theresa klammert sich an sie.

Marie nickt langsam. »Wir waren ungefähr in der Phase, in der ihr euch gerade befindet. Nicole war klein, und ich war immer müde. Dabei hatten wir nur ein Kind. Ich kann mir kaum vorstellen, wie das mit zwei Kindern sein muss, vor allem ohne eine Oma in der Nähe.«

Theresa schaut sie mit großen Augen an und streicht sich das Haar aus dem Gesicht. »Anstrengend«, sagt sie leise.

»Bestimmt.« Marie seufzt. »Aber egal, in unserem Fall wurde es unschön, weil die Frau mit einem seiner Freunde verheiratet war. Deren Ehe ist daran zerbrochen. Unsere nicht.«

»Warum nicht?«

Theresa beugt sich vor, und Marie merkt, dass sie die Antwort wirklich wissen will. Sie sucht verzweifelt einen Ausweg aus der Situation, aber Marie weiß nicht, ob sie ihr einen bieten kann. Nicht jede Frau wäre bereit zu dem, was sie getan hat.

»Ich habe ihm verziehen«, sagt sie. »Aber ich habe ihm auch gesagt, dass ich beim nächsten Mal sofort auf und davon bin. Und dass ich Nicole dann alles erzähle.«

Theresa wirkt beeindruckt, aber gleichzeitig auch leicht entrüstet. »Wirklich?«, fragt sie flüsternd, als wäre Norm in der Nähe und könnte sie hören.

»Leicht war das nicht«, gibt Marie zu. »Und es funktioniert auch bestimmt nicht bei jedem. Aber Norm ist nie wieder fremdgegangen – soweit ich weiß.« Sie lacht. »Vielleicht hat er auch nur besser aufgepasst. In jedem Fall hatte er plötzlich mehr Achtung vor mir. Als hätte er nur darauf gewartet, dass ich die Regeln setze. Als hätte er genau das gebraucht.« Plötzlich kommt ihr ein ganz neuer Gedanke. »Vielleicht hat er sich auch nur auf die Affäre eingelassen, um mich zu prüfen. Und mich dazu zu bringen, Haltung zu zeigen.«

Sie schauen sich an. Marie ist klar, dass Theresa das Verhalten ihres verstorbenen Ehemanns nicht billigen kann, und sie kann sie gut verstehen. Damals konnte sie es auch nicht.

»In meinem Fall hat es jedenfalls funktioniert«, fährt Marie fort. »Die Beweggründe deines Andrew kenne ich nicht, und vielleicht willst du die auch lieber gar nicht wissen.« Theresa laufen wieder die Tränen über die Wangen, und Marie wischt sie ihr sanft ab. »Wie ich schon sagte, die Ehe ist ein Kreuz. Du musst tun, was für dich am besten ist.«

Marie ist nicht überrascht, als Theresa sie heftig umarmt.

»Ich wünschte, ich wüsste es«, flüstert sie ihr ins Ohr. »Ich wünschte, ich wüsste, was ich tun soll.«

Marie drückt sie noch einmal an sich und lässt sie dann los. »Geh weiter schwimmen. Das hat mich damals gerettet.«

Sie kann sich noch gut erinnern, wie sie durch das Meer gepflügt ist, dabei eine Lösung gesucht hat – und schließlich eine Entscheidung getroffen hat.

»Im Moment ist es ja leider zu kalt zum Schwimmen,

aber manchmal habe ich den Eindruck, dass es schon hilft, einfach nur aufs Meer hinauszuschauen. Der Ozean ist größer als unsere Probleme, meine Liebe«, fügt Marie hinzu. »Vertrau dich ihm an.«

Theresa betrachtet sie mit einer Miene, in der sich Hoffnung zu spiegeln scheint.

»Er ist schon seit ein paar Tagen nicht mehr nach Hause gekommen«, flüstert sie. »Ich habe ihn rausgeworfen, jedenfalls so etwas in der Art.«

Marie würde gern weitere Ratschläge erteilen, aber mit Norm ist sie nie an diesen Punkt gelangt, an dem Theresa jetzt steht. Alles, was sie noch sagen würde, könnte bevormundend wirken.

»Die Zeit ist sonderbar«, sagt sie schließlich. »Ein paar Tage – ein paar Minuten … wenn du verzweifelt bist, kann sich beides gleich lang anfühlen. Aber nichts ist vorbei, solange es nicht wirklich vorbei ist.«

Theresa blinzelt und nickt.

»Und jetzt«, sagt Marie, »ist es Zeit für unseren Tee.«

WINTER 1983

30

Auf dem Zettel steht, dass sich die Anonymen Alkoholiker jeden Dienstag um neunzehn Uhr in der St Vestey's Church treffen. Heute ist Dienstag, und es ist halb sieben. Elaines Kehle ist wie zugeschnürt. Aller Anfang ist schwer, aber der Anfang findet nur einmal statt, sagt sie sich. Das klingt banal, andererseits steht es ihr nicht zu, sich über Motivationssprüche wie diesen lustig zu machen.

Irgendwie findet sie es unpassend, dass sich ein Haufen Alkoholiker in einem Gotteshaus trifft. Aber vielleicht ist das ja beabsichtigt. Immerhin sollen sie sich einer höheren Macht anvertrauen. Davon hat sie gehört.

Nicht dass sie viel über die Anonymen Alkoholiker wüsste. Bislang hat sie sich nie dafür interessiert, und wenn Theresa es ihr nicht ans Herz gelegt hätte, würde sie auch nie zu einem ihrer Treffen gehen. Und dieser ist nicht ihr erster Versuch. Andererseits weiß sie nicht, was sie sonst tun soll. Sie ist einfach zu feige, das muss sie zugeben. Sie trinkt, um der Wirklichkeit zu entfliehen, und hat sich zu sehr geschämt, um James die Wahrheit über die Delle im Wagen zu sagen. Es zeugt nicht einmal von Mut, dass sie sich Theresa anvertraut hat, weil sie wusste, dass die die einzige Person sein würde, die ihre Beichte milde aufnimmt. Aber Theresa ist nicht die einzige Person, die ihr helfen kann. Auch James würde es tun. Wenn sie ihm denn etwas erzählen würde.

Was sie jetzt tun muss, denn er ist unerwartet früh nach Hause gekommen, was sie aber nicht zum Anlass nehmen wird, nicht zu dem Treffen zu gehen – als einen weiteren Anlass, zusätzlich zu all jenen, die sie bereits vorgeschoben hat. So wie sie es nämlich zur Meisterschaft darin gebracht hat, Gründe zu finden, warum sie keine Alkoholikerin ist, ist es schon fast ein Ritual geworden, Theresa zu versichern, dass sie »zum nächsten Treffen auf jeden Fall« gehen wird. Bis gestern jedenfalls, als Theresa plötzlich unerwartet wütend wurde und ihr erklärte, von jetzt an keine Ausreden mehr zu dulden. Übermorgen früh, verkündete sie, erwarte sie ihren Bericht.

»Kurzer Tag, mein Schatz?«, sagt sie, nachdem James ihr, wie immer, einen Kuss auf die Lippen gegeben hat. »Verglichen mit denen sonst jedenfalls.« Sie hofft, fröhlich zu klingen, unbekümmert, gleichmütig, spürt aber selbst ihre Anspannung.

»Eigentlich hatte ich eine Besprechung, aber die wurde verschoben. Was ist das denn?« Er zeigt auf den Zettel in ihrer Hand.

»Das ist, na ja …« Sie schenkt ihm ein falsches Lächeln, wie sie es seinen Kollegen gegenüber aufsetzt, wenn sie andeuten will, dass sie gleich etwas Provokantes sagen wird. »Das ist ein Infoblatt über ein Treffen der Anonymen Alkoholiker heute Abend. Eigentlich jetzt gleich.«

Das falsche Lächeln erlischt, und sie wappnet sich für seine Reaktion. James mag gelegentlich Kommentare über ihren Alkoholkonsum fallen lassen, aber als Alkoholikerin hat er sie noch nie bezeichnet.

Er legt seinen Schlüssel auf das Sideboard. »Oh!« Fast sieht er aus, als wollte er lachen. »Und wer interessiert sich dafür?«

Sie blinzelt. »Ich«, sagt sie, um ein echtes Lächeln bemüht. »Ich … ich dachte, ich sollte vielleicht mal hingehen.«

Er hockt sich auf das Sideboard und verschränkt die Arme. »Aha«, sagt er sanft.

Ein paar Augenblicke verstreichen, in denen er, den Blick zu Boden gerichtet, gleichmäßig ein- und ausatmet.

»Ich bin keine Alkoholikerin«, sagt sie in der Hoffnung, überzeugend zu klingen, »aber ich möchte auch keine werden. Das wäre … nicht gut.«

James seufzt. »Mir war schon klar, dass das nicht normal ist«, erklärt er, immer noch leise. »Ich hätte früher etwas sagen sollen. Aber ich …« Er schaut sie an und dann aus dem Fenster in den Garten. »Ich habe mich schlecht gefühlt. Schließlich sind wir wegen mir hierhergezogen, und es ist nicht einfach für dich, das weiß ich. Wenn du ab und an einen Drink brauchst, na gut …« Sein Blick ist düster, als er ihren auffängt. »Wer tut das nicht gelegentlich? Aber wenn du es für nötig hältst, zu einem solchen Treffen …« Er seufzt noch einmal und schüttelt den Kopf. »Ich habe dich im Stich gelassen.«

Obwohl sie diesen Mann liebt, fühlt Elaine unwillkürlich Ärger in sich aufwallen. *Hier geht es nicht um dich*, würde sie am liebsten rufen. *Hier geht es um mich!* Aber sie lebt schon lange genug mit ihm zusammen, um zu wissen, dass er ihr Problem durch die Linse seiner Erfahrung sieht. Die meisten Menschen sind so. Noch ein weiterer Grund, warum sie so dankbar für die Freundschaft mit Marie und Theresa ist. Keine von beiden hat je versucht, das Leben der anderen zu verstehen, indem sie auf das eigene schaut. Theresa, weil sie so empathisch ist, Marie, weil sie schon ein langes Leben hinter sich hat, das vermutlich nicht immer ganz einfach war. Selbst Leanne ist auf ihre verschlossene Art eine Unterstützung.

Elaine kann James also nicht vorwerfen, sich sofort mit ihrem Problem zu identifizieren. Vielleicht sollte sie ihm dankbar sein, dass er die Verantwortung auf sich nimmt, obwohl sie etwas anderes braucht. Ihr dürfte es eher helfen, selbst die Verantwortung für ihre Situation zu übernehmen.

Unwillkürlich kommt ihr ein alter Witz in den Sinn: *Wie viele Psychiater braucht es, um eine Glühbirne einzuschrauben? Einen – aber die Glühbirne muss auch wollen.* Sie möchte unbedingt, dass sich etwas ändert. Bislang hat ihr der Wille gefehlt, aber vielleicht wird dieses Treffen ja der nötige Ansporn sein.

»Du hast mich nicht im Stich gelassen«, sagt sie bestimmt. »Und ich selbst mich auch nicht. Ich habe nur einfach irgendwie die Kontrolle verloren.« Sie geht zu ihm und legt ihm die Hand auf die Schulter. »Es wird Zeit, das wieder zu ändern.«

Er nimmt ihre Hände und zieht sie zu sich, die Augen zusammengekniffen. »Was ist passiert?«, fragt er.

»Wie meinst du das?«

»Du warst die ganze Zeit so traurig.«

Sie öffnet den Mund, um zu protestieren, weil ihr »traurig« als ein zu starkes Wort erscheint, aber er küsst sie einfach auf die Nase.

»Keine Widerrede«, sagt er. »Ich habe es doch gesehen.

Und du weißt, dass es so war. Vielleicht hätte ich dazu ebenfalls etwas sagen sollen.«

»Also gut, dann war ich eben traurig«, sagt sie. »Aber das ist vermutlich normal für eine Mutter, die ihre Kinder nicht um sich hat.«

»Die noch dazu am anderen Ende der Welt sind.« Er zieht sie an seine Seite. »Es tut mir leid, dass ich dir das zugemutet habe.«

Schon okay, will sie sagen, aber das wäre eine Lüge, die keinem von ihnen weiterhilft. Stattdessen beschließt sie, seine Frage zu beantworten.

»Aber wenn du wirklich wissen willst, was passiert ist: Ich habe neue Freunde. Glaube ich wenigstens.«

Er zieht sich zurück und schaut sie irritiert an. »Wen?«

»Du weißt doch, dass ich jeden Morgen schwimmen gehe – beziehungsweise momentan spazieren, weil das Wasser zu kalt ist.«

»Mhm.« Er tätschelt ihr den Po. »Bekommt dir gut.«

»Danke, das denke ich auch«, sagt sie. »Und die anderen sind wirklich nett.«

»Theresa und …« Er hält inne und runzelt die Stirn.

Elaine hat ihre Freundinnen ein paarmal erwähnt, aber sie hat nicht erwartet, dass er sich ihre Namen merkt. Er hat so viel anderes um die Ohren. Das war schon immer so. In den ersten Monaten ihrer Beziehung sind ihm sogar die Namen ihrer Eltern immer wieder entfallen. Aber die seiner Patienten kennt er. Einmal hat Elaine gesagt, dass er wohl so viele Namen vergisst, weil er sich darauf verlässt, dass sie sich um alles im Zusammenhang mit ihrem häuslichen Leben kümmert – damit er sich ganz auf seine Arbeit konzentrieren kann. Er hat ihr nicht widersprochen.

»Leanne und Marie«, ergänzt sie die Aufzählung für ihn.

»Stimmt.« Er lächelt. »Und ihr versteht euch gut?«

»Ja«, sagt sie überschwänglich. »Es ist ganz anders als damals bei diesem Tennisdebakel …«

»Das war kein Debakel«, unterbricht er sie. »Diese Frauen haben einfach nicht gepasst.«

Sie lächelt darüber, wie er die Tatsachen beschönigt. »Möglich. Die jetzt sind jedenfalls reizend. Wir reden gar nicht so unglaublich viel, aber trotzdem verbinden uns all die kleinen Gespräche miteinander. Wir stehen uns …«

Sie wollte sagen, dass sie sich mittlerweile sehr nahestehen. Und dass sie mit Theresa sogar über ihr Alkoholproblem gesprochen hat. Aber sosehr James sie auch liebt, sie ist sich nicht sicher, wie er reagiert, wenn er erfährt, dass sie mit Theresa eher über ihr Problem geredet hat als mit ihm.

»Ja?«, hakt er nach.

»Sie sind jedenfalls furchtbar nett. Und offen. Ich glaube, wir sind inzwischen richtige Freundinnen.«

Sie erinnert sich an einen Morgen im Spätsommer. Mitten in der tosenden Brandung zog Marie eine Qualle aus ihrem Badeanzug und wedelte damit herum, bevor sie das Tier ins Meer zurückschleuderte, während Theresa Seegras aus ihrem Badeanzug fischte und vorschlug, einen Bikini daraus zu häkeln; Leanne musste untertauchen, um ihr Grinsen zu verbergen. Wenn es nur diese Momente gäbe – für Elaine und auch für die anderen –, wäre das Leben ein Kinderspiel. Immerhin haben sie sich gemeinsam eine Blase aus Licht geschaffen, die ihnen jetzt den Alltag erhellt.

»Ich freue mich sehr.« James küsst sie noch einmal. »Die Menschen haben jemanden wie dich verdient. Auch wenn ich dich manchmal nur für mich haben möchte.«

Er umarmt sie, und sie ist erleichtert, dass sie kein Geheimnis mehr mit sich herumschleppen muss und trotz ihrer Probleme geliebt wird. Manchmal vergisst sie das, wenn sie die Kontrolle über sich verliert – und in den nächsten Wochen wird sie sich bestimmt gelegentlich daran erinnern müssen. Denn selbst jetzt, während James sie hält und ihre innere Uhr sie ermahnt, sofort zu dem Treffen aufzubrechen, verspürt sie das Bedürfnis nach einem Drink. Vom Verstand her braucht sie keinen, aber die Gewohnheit ist so tief in ihr verankert – und das muss sie bekämpfen.

»Darf ich dich hinfahren?«, fragt James.

»Das wäre nett.«

Den Zettel immer noch in der Hand nimmt Elaine mit der anderen die seine, als sie zusammen zur Tür gehen.

31

Marie ist sich sicher, dass Gus eigentlich nicht zwei Tage hintereinander hätte kommen müssen. Absolut sicher, denn sie hat es ihm selbst gesagt. Mittlerweile hat er jedes einzelne Beet gesäubert und sämtliche Büsche gestutzt, die es nötig hatten. Trotzdem erklärte er gestern, vor dem Frühling noch die Regenrinne reinigen zu wollen, weshalb er diese Woche ein weiteres Mal bei ihr vorbeischauen würde. Marie entgegnete, dass die Regenrinne seit fünf Jahren voller welkem Laub sei, sodass die Arbeit noch gut und gern eine Woche warten könne.

Nicht dass sie ihn erst dann wiedersehen möchte. Es gefällt ihr, ihn um sich zu haben. Sie kommen leicht ins Gespräch und scherzen sogar. Norm hat nie viel geredet, und obwohl sie sich auf ihre Weise trotzdem nahe waren, schien es ihr manchmal, als könnten sie sich nie wirklich kennenlernen. Er liebte sie, da war sie sich sicher, aber er war nicht fasziniert von ihr. Sie wiederum hätte gern mehr über ihn gewusst, fragte aber irgendwann nicht mehr nach. Sosehr sie ihn liebte, kam ihr manchmal doch der Verdacht, dass sie ihn früher für einen komplexeren Charakter gehalten hatte, als er tatsächlich war. Vielleicht gab es gar keine Tiefen zu entdecken – was Norm selbst ja auch nie behauptet hatte.

Gwen gegenüber hat sie damals die Befürchtung geäußert, dass Norms mangelnde Neugier vielleicht auf Gleichgültigkeit hindeute.

»So sind Männer doch oft«, antwortete Gwen. »Die meisten sogar. Oder kennst du einen Mann, der gern redet? Ich nicht.«

Doch, Marie kannte einen aus der Kirche: Bradley, er war nett und jung. Er war einer dieser Typen, die nie eine Freundin haben, aber von Maries Mutter als »Goldstück« bezeichnet worden wären. Selbst Pater Paul, der es schon von Berufs wegen tun musste, schien nicht so leidenschaftlich gern zu reden wie Bradley. Das Letzte, was sie von ihm gehört hat, ist, dass er aufs Land gezogen ist und dort als Lehrer arbeitet. Sie vermisst die Gespräche mit ihm.

Gespräche sind für Marie wichtig für eine enge Freundschaft, und da Gus gern redet, gibt sie sich vielleicht einer Illusion hin, wie gut sie sich in Wirklichkeit verstehen. Andererseits scheint er sich aufrichtig für sie zu interessieren, sonst würde er nicht so viele Fragen stellen. Wenn sie sich manchmal, so wie heute zum Beispiel, dabei ertappt, selbst in einer Tour zu reden, hält sie verunsichert inne.

Trotz Maries Einspruch ist er heute Morgen erschienen, weil die Regenrinne unbedingt gereinigt werden müsse: Marie lebe in einer Gegend, in der Buschfeuer drohten, und mit all dem welken Laub sei ihr Haus geradezu ein Pulverfass.

Sie gab zurück, dass sie sich nicht erinnern könne, in ihrem ganzen Leben auch nur ein einziges Buschfeuer in der Shelly Bay erlebt zu haben, aber er blieb hartnäckig.

Deshalb steht er jetzt oben auf der Leiter, in seinen langen Arbeitshosen und mit dem offenen Hemd mit den hochgekrempelten Ärmeln, und sie gibt sich alle Mühe, ihn nicht anzustarren, wenn er sich reckt und streckt. Erstens ist das generell unhöflich, und außerdem ist er ihr Gärtner. Sie kennt ihn kaum.

Allerdings hat sie ihn schon mehrmals dabei ertappt, dass er sie auch anschaut. Vom ersten Tag an.

Bei seinem zweiten Besuch trug sie Sachen, die nicht durch allzu häufiges Waschen die Form verloren hatten, und wurde dafür mit einem bewundernden Blick belohnt.

»Du bist ziemlich fit, oder?«, fragte er, und sie hätte schwören können, dass er sie musterte, als wäre er ein Preisrichter auf der Sydney Royal Easter Show, auf der Kühe prämiert wurden. Aber genauso hätte sie schwören können, dass sie es genoss.

»Was meinst du damit?«, fragte sie, weil sie es in ihrer Verwirrung wirklich nicht wusste.

»Fit eben.« Er lächelte. Die Fältchen neben seinen graugrünen Augen waren wieder da, und sie spürte ein Flattern im Magen. »Du siehst aus, als würdest du Sport treiben.«

»Oh, na ja, ich … den Großteil meines Lebens bin ich jeden Tag schwimmen gegangen.« Sie kam sich albern vor – normalerweise stotterte sie nie so herum. »Fast das ganze Jahr über. Im Ozean.«

»Wirklich?«, sagte er bewundernd. »Unten am Main Beach?«

»Ja.«

»Dann habe ich dich vermutlich schon mehrmals gesehen. Ich fahre manchmal Kajak dort. Um welche Uhrzeit bist du immer da?«

»Bei Sonnenaufgang«, sagte sie und war so aufgeregt, als würde sie ihm ein unmoralisches Angebot machen.

»Ja«, sagte er langsam, während er sich bückte und Zweige aufhob. »Dann habe ich dich wirklich schon dort gesehen.«

Er warf ihr einen Blick zu, der besagte, dass er sie bereits kannte – und dass ihm gefiel, was er gesehen hatte. Sie wiederum konnte sich an einen Mann im Kajak nicht erinnern. Wäre er ihr am Strand begegnet, wäre er ihr aufgefallen, da war sie sich sicher.

Oder vielleicht auch nicht. Marie hat schon vor langer Zeit damit aufgehört, Männer auf *diese* Weise anzuschauen. Allerdings nicht gleich nach ihrer Hochzeit, denn selbst, wenn man sich an eine Person bindet, heißt das doch noch lange nicht, dass damit alles vorbei ist. Augen sehen, und Herzen klopfen, das macht einen lebendigen Menschen aus. Zu heiraten bedeutete für Marie die Entscheidung, nichts darüber hinaus geschehen zu lassen; eine Verpflichtung dem anderen gegenüber einzugehen. Attraktive Männer sind ihr also auch später noch durchaus aufgefallen, aber das war auch schon alles.

Dass Norm bei mindestens einer Gelegenheit eine andere Entscheidung traf, konnte sie durchaus verstehen. Er war auch nur ein Mensch, und trotz ihrer Verletzung verurteilte sie ihn nicht, nur weil er sich nicht wie sie verhalten hatte. Ihr Glaube und ihre Erziehung hatten sie gelehrt, dass Ehebruch eine Sünde war, aber tief im Herzen konnte sie ihren geliebten Mann nicht einfach abschreiben, nur weil er sich einmal anders entschieden hatte. Und wäre es ausschließlich nach ihrer Religion gegangen, hätte sie selbst auch nie einen anderen Mann anschauen dürfen.

Da man diese menschlichen Impulse aber nicht einfach abstellen kann, hat sie damals einen Deal mit sich selbst geschlossen: Sie würde an ihrem Glauben festhalten, würde ihn aber an die Gegebenheiten des Lebens anpassen. Norm war kein Priester und sie keine Nonne.

Als sie fünfzig wurde, kamen die Hormone dann langsam zur Ruhe, und wenn sie einen attraktiven Mann sah, konstatierte sie für sich, dass er attraktiv war, und das war's. Norm und sie schliefen noch miteinander – was sie genoss –, aber der Sex hatte die Dringlichkeit verloren. Nach Norms Tod hatte sie darüber nachgedacht, sich einen neuen Partner zu suchen, aber da es nur eine theoretische Frage und kein dringendes Bedürfnis gewesen war, ließ sie es auf sich beruhen. Außerdem hatte sie immer noch das Gefühl, mit Norm verheiratet zu sein, da sie die Ehe ja nicht freiwillig beendet hatte. Der Tod ist ein anderer Daseinszustand, keine Scheidung.

Jetzt liegt er allerdings schon fünf Jahre zurück, und sie spürt, dass Norm ihr allmählich entgleitet. Aber dass sie nicht mehr ständig an ihn denkt, heißt noch lange nicht, dass sie auf der Suche ist. Daher ist es wie ein Schock für sie, zugeben zu müssen, dass Gus Erinnerungen in ihrem Körper weckt.

Weil Marie befürchtet, er könne ihr das ansehen, redet sie jetzt ohne Punkt und Komma. Sie muss ihn davon ablenken. Zum Beispiel erzählt sie, wie sie zu Charlie Brown gekommen ist. Gus lächelt und nickt, als sie berichtet, dass er in den ersten Wochen gar nicht von ihrer Seite weichen wollte und sie schon dachte, sie würde das Haus nie mehr allein verlassen können.

»Jetzt wirkt er ziemlich ausgeglichen«, sagt Gus, während er welkes Laub in den Müllsack stopft. »Er scheint ein glücklicher kleiner Kerl zu sein.«

Charlie Brown erhebt sich von der Stelle im Beet, wo er gesessen hat.

»Ja, mein Freund, ich rede über dich«, sagt Gus lachend.

Selbst mit dem Hund geht er locker um, und Marie fragt sich, ob es wohl irgendjemanden gab, mit dem Gus sich nicht verstand.

»Sag Bescheid, wenn er dir in die Quere kommt«, bittet sie ihn.

Gus lächelt sie erstaunt an. »Warum sollte er das tun?«

»Ich hoffe, die Arbeit hier kostet dich nicht den ganzen Tag«, sprudelt es aus ihr hervor

»Dies *ist* mein Tag.« Er stützt die Hände in die Hüften und wirft ihr einen merkwürdigen Blick zu. »Die Arbeit ist doch keine Last.«

»Aber bestimmt hast du schon schönere Gärten gesehen.« Sie schaut sich um.

»Deswegen bin ich ja hier – um einen daraus zu machen. Das ist mein Job.«

Er zieht die Handschuhe aus, die er getragen hat, um die Blätter am Rand der Veranda aufzuhäufen. Als er sich vorbeugt, bewundert sie seinen langen Rücken und wendet nicht schnell genug den Blick ab, als er sich wieder aufrichtet.

»D...danke, dass du heute da bist«, sagt sie verlegen, weil sie sich ertappt fühlt, und schaut zum Dach hoch. »Die Regenrinne wird es dir auch danken.«

Er lacht. Sie mag, wie er lacht, den Kopf in den Nacken gelegt. Das Geräusch scheint tief aus seiner Brust aufzusteigen, als würde eine Welle anschwellen.

»Und ich bin der Regenrinne dankbar«, sagt er. »Sie hat mir die Gelegenheit verschafft, dich wiederzusehen.«

Marie fragt sich, ob sie richtig gehört hat.

»*Mich* wiederzusehen?«, wiederholt sie.

Wieder lacht Gus. »Na ja, deine Azaleen haben es mir auch angetan, Marie. Aber nicht annähernd so wie du.«

Ihr klappt die Kinnlade herunter. Dann schließt sie den Mund wieder, damit er nicht denkt, sie sei seltsam.

»Ich genieße unsere Zeit zusammen«, sagt er. »Mittlerweile bin ich fast …«, er zögert, »fast abhängig davon. Ja, das scheint mir das richtige Wort zu sein. Es ist schon lange her, dass ich mit jemandem so leicht ins Gespräch gekommen bin. Und jemanden so gern angeschaut habe, wenn ich mich so ausdrücken darf.«

Sie sehen sich an. Marie ist bewusst, dass er ihr ein Geschenk gemacht hat und sie nur noch entscheiden muss, ob sie es annimmt. Wenn sie in einer Weise reagiert, die nicht ihren Gefühlen und Gedanken entspricht, wird sie vielleicht keine zweite Chance bekommen.

»Mir geht es genauso mit dir«, sagt sie in einem Anflug von Kühnheit. »Das mit dem Anschauen wenigstens. Als Gesprächspartner kannst du einen schockieren.«

Er reißt die Augen auf, bevor er wieder lacht. »Wenn du das so siehst, werde ich versuchen, mir mehr Mühe zu geben«, sagt er. »Vielleicht könnten wir am Samstag zusammen essen gehen, dann kann ich ein bisschen üben.« Er schaut sie erwartungsvoll an.

Marie weiß seine Art zu schätzen. Er macht keinen Hehl daraus, dass er sich für sie interessiert, was ihr die Möglichkeit gibt, ebenfalls offen zu ihm zu sein. Sie sind beide, wie andere sie bezeichnen würden, Senioren. Für falsche Zurückhaltung, die von einer wohlerzogenen jungen Frau erwartet werden würde, haben sie keine Zeit mehr. Wie wunderbar, diese Phase des Lebens erreicht zu haben. Und wie außergewöhnlich, jemandem begegnet zu sein, der sich ebenfalls in dieser Phase befindet.

»Das würde mich sehr freuen«, sagt sie.

»Wunderbar. Darf ich dich um sieben abholen?«

»Natürlich«, sagt sie und würde sich am liebsten umdrehen, um wie ein Honigkuchenpferd zu grinsen. »Aber wie wär's erst einmal mit einer Tasse Tee?«

»Sehr gern.« Beim Anblick von Gus' Lächeln durchströmt Wärme ihren ganzen Körper, bis zu den Zehen. »Ich bring nur noch schnell das Laub zum Mülleimer.«

Marie nickt und atmet schneller, um mit ihrem Herzschlag mitzuhalten. Dann dreht sie sich um und geht zum Haus. Kurz vor der Verandatür gestattet sie sich einen kleinen Hüpfer.

32

Die Nervosität war zu erwarten, denkt Leanne, der Grund dafür ist ihre Vergangenheit. Aber sie versucht, nicht allzu tief in dem Kaninchenloch ihrer Erinnerung zu verschwinden, als sie sich für die Verabredung mit Matt umzieht. Für das Dinner. Es muss ja nicht gleich ein Date sein, obwohl Matt sicher nicht einfach nur ihr Freund sein will.

Eine halbe Stunde verbringt sie damit, sich Gedanken zu machen, ob sie überhaupt die richtigen Klamotten für einen solchen Anlass hat. Ihr Leben verläuft derart gleichförmig, dass sie Sachen für den Strand und zum Einkaufen und für gelegentliche Spaziergänge besitzt, aber nichts davon geht auch nur annähernd als schick durch. Schließlich entscheidet sie sich für einen ihrer beiden ausgestellten Röcke und eine Bluse, deren Ärmel sie aufkrempelt. Dazu trägt sie ihre einzige Kette und die flachen Schuhe, die sie bisher nur auf einer Betriebsfeier anhatte. Solche Feiern finden im Krankenhaus gelegentlich statt, meist, wenn ein Lokalpolitiker eine neue Station eröffnet. Leanne würde es für angemessener halten, wenn die Schwestern zu solchen Gelegenheiten ihre Uniform anzögen, aber mit dieser Meinung steht sie allein da. Und da sie offenbar kein Gefühl für angemessene Kleidung hat, hat sie auch kein passendes Outfit für eine Essenseinladung.

Doch Matt scheint sie trotzdem zu gefallen. »Gut siehst du aus«, sagt er, als er sie genau zur verabredeten Zeit abholt.

Sie glaubt nicht, dass er von ihr erwartet, das Kompliment zurückzugeben, dabei sieht er ebenfalls gut aus. Er trägt einen Blazer und ein gestärktes Hemd, das am Hals aufgeknöpft ist, zu einer sportlichen Hose und Schnürschuhen. Irgendwie passt alles nicht hundertprozentig zusammen, aber vermutlich trägt ein Mann, der sonst nur in Shorts und Badelatschen herumläuft, so etwas zum Dinner. Jedenfalls hat er sich Mühe gegeben, und zwar für sie. Und sie hat sich für ihn Mühe gegeben, wie ihr bewusst wird.

Er fährt zu einem kleinen französischen Restaurant nicht weit entfernt. Im Auto redet er befangen über das Wetter und den dramatischen Wechsel an der Spitze der Labor Party, wo Bob Hawke kurz vor der Wahl Bill Hayden abgelöst hat und gleich zum Premierminister gewählt wurde. Matt mag »Hawkey« und hält ihn für einen anständigen Kerl. Trotzdem hat er für die Liberalen gestimmt, weil der Wahlkreis seit Ewigkeiten von ihnen gehalten wird, und warum etwas ändern, wenn es nicht unbedingt sein muss?

Leanne hört nur zu, da sie sich nie sehr für Politik interessiert hat. Sie liest Zeitung, hört Radio und schaut gelegentlich die Nachrichten im Fernsehen, aber meistens liest sie Bücher von Georgette Heyer oder auch mal einen Krimi. In den letzten Jahren ist sie vor der Wirklichkeit in ihre Romane geflüchtet.

Als nun im Restaurant der erste Gang vor ihnen steht, weiß sie, dass sie endlich etwas sagen muss. Matt hat bislang die Gesprächsführung übernommen, so wie Theresa, Marie und Elaine am Strand.

»Ich finde es toll, dass du so viel schwimmst«, sagt er, als er zu Messer und Gabel greift. »Die meisten von denen, die Stunden nehmen, bleiben nicht lange dabei.«

»Wirklich?« Was für eine Zeitverschwendung, denkt Leanne – und das sollte sie auch laut sagen, denn mit solchen Bemerkungen hält man ein Gespräch in Gang. Aber sie ist so daran gewöhnt, ihre Meinungen für sich zu behalten, dass auch diese in ihrem Hals festzustecken und auf etwas zu warten scheint, das sie hervorlockt.

»Tja.« Er nimmt ein kleines Stück Hühnerfleisch und kaut mit geschlossenem Mund. Aus irgendeinem Grund ist sie erleichtert. »Die Leute haben natürlich vor dabeizubleiben«, sagt er, nachdem er es hinuntergeschluckt hat. »Oder vielleicht sollte ich besser sagen, sie *wollen* es denken. Aber sie tun es nicht. Du schon.«

Er grinst, und sein ganzes Gesicht verwandelt sich. Seine Augen scheinen lichterfüllt. Für einen jungen Mann hat er überraschend viele Fältchen an den Augen, aber das deutet darauf hin, dass er viel lacht, und das wiederum gefällt ihr.

»Ich liebe es«, sagt sie, und sein Grinsen wird noch breiter. »Es ist, na ja …« Sie sucht nach dem richtigen Wort. »*Befreiend.* Die Leute, die Stunden bei dir nehmen und dann nicht weiterschwimmen, verschwenden meiner Meinung nach deine Zeit.«

So, jetzt hat sie es gesagt.

Er zuckt mit den Achseln. »Mag sein, aber mittlerweile bin ich das gewöhnt. Meistens erkenne ich diese Kandidaten relativ schnell. Bei dir hatte ich gleich den Eindruck, dass du die Sache ernst nimmst und mir aufmerksam zuhörst. Manche Leute – selbst kleine Kinder – bilden sich ein, alles besser zu wissen als ich.«

»Kinder auch?«

»Vermutlich haben sie die Angewohnheit von ihren Eltern, die ja meist mit dabei sind. Denen sage ich dann, dass ihre Kinder gern machen können, was sie wollen, dass sich dann aber niemand bei mir beschweren soll, wenn die lieben Kleinen ertrinken.« Er zwinkert. »Das gibt ihnen in der Regel zu denken.«

Leanne hält die Luft an, muss dann aber lachen. Ihr war gar nicht klar, dass Matt eine solche Seite hat. Bisher hat sie ihn eher ruhig und gelassen erlebt.

»Wie kommt es eigentlich, dass du als Kind nicht schwimmen gelernt hast?«, erkundigt er sich.

»Meine Eltern haben sich nicht darum gekümmert, es uns beizubringen, und ich selbst bin auch nie auf die Idee gekommen.«

»Uns? Du hast also noch Geschwister?«

Er beugt sich vor, ernsthaft interessiert. Aber mit ihrem Wunsch, nicht über ihre Familie zu reden, ist es ihr genauso ernst. Das hätte ihr nicht herausrutschen dürfen.

»Ja«, antwortet sie. »Und du?«

»Einen Bruder.« Seine Miene verändert sich. »Aber wir verstehen uns nicht gut.«

»Nein?«

Sie hofft, ihn dadurch zum Reden zu animieren, sodass sie selbst darum herumkommt. Trotz ihres guten Willens, auch etwas zum Gespräch beizutragen, fällt es ihr nicht leicht.

Matt schaut beiseite, bevor er wieder zum Besteck greift. »Er ist ein bisschen älter als ich. Größer, falls du weißt, was ich meine.« Seine Augen glänzen, als er sie wieder ansieht. »In der Pubertät, na ja … Er hatte einen ziemlichen Hass. Auf meine Eltern. Auf die Welt. Aber er hat ihn an mir ausgelassen.« Er beugt sich über seinen Teller, sodass Leanne sein Gesicht nicht richtig sehen kann. »Ich habe mich immer bemüht, alles zu vermeiden, was ihn aufregen könnte. Vollkommen illusorisch. Aber egal …«, sagt er, immer noch mit hängendem Kopf. »Jetzt ist er ganz anders. Aber ich habe das nie vergessen können. Oder es ihm verzeihen.«

Als er sie wieder anschaut, ist er nicht mehr der unbeschwerte Matt, und ihr wird bewusst, dass sie diesen anderen Matt noch lieber mag. Dieser Matt ist nicht so einfach gestrickt, wie sie immer dachte – fälschlicherweise dachte. Eigentlich hat sie bei ihrer Arbeit genug mit Menschen zu tun, um zu wissen, dass niemand nur eine Seite hat.

»Hast du Kontakt zu ihm?«, fragt sie vorsichtig.

»Nur zu Weihnachten.« Er spießt eine grüne Bohne auf und steckt sie sich in den Mund. »Dann beherrsche ich mich, meinen Eltern zuliebe. Sie möchten die glückliche Familie spielen. Aber damit lastet die ganze Verantwortung auf mir, während er fein raus ist. Länger als einen Tag halte ich das Theater nie aus.« Er seufzt. »Bestimmt habe ich dich jetzt gelangweilt.«

»Aber das ist doch nicht langweilig.«

Am liebsten würde sie sagen, dass sie nachvollziehen kann, was in Familien schieflaufen kann. Doch dazu müsste sie ihm erzählen, was bei ihr schiefgelaufen ist, und das soll er nicht wissen. Noch nicht jedenfalls.

»Es wundert mich, dass du keinen Freund hast«, sagt er und lächelt wieder. »Stimmt das wirklich?«

»Ja.« Ihr schießt die Röte in die Wangen.

»Dabei bist du so hübsch«, sagt er.

Natürlich, das ist ein Pfund, mit dem sie wuchern kann – so wie alle hübschen Frauen –, aber sie ist trotzdem etwas enttäuscht, dass er sie anscheinend deswegen eingeladen hat.

»Aber das ist nicht das, was ich eigentlich sagen wollte«, fährt er fort. »Ich meine, natürlich bist du hübsch, das ist schwer zu übersehen. Aber mich hat vor allem beeindruckt, wie konzentriert du bei den Schwimmstunden warst. Du hast so etwas Ernsthaftes.« Er nickt langsam. »Ich mag ernsthafte Menschen. Hoffentlich lachst du mich nicht aus, wenn ich dir jetzt verrate, dass ich Schach spiele.«

Er wirkt ein bisschen nervös, was sie durchaus sympathisch findet.

»Wirklich?«, fragt sie fast ungläubig, weil er schon wieder eins ihrer Vorurteile zerstört hat.

»Ja. Mein Bruder hat es mir beigebracht, als wir noch gut miteinander auskamen. Ich suche immer nach Schachpartnern. Spielst du Schach?«

Sie schüttelt den Kopf. »Nein.«

»Möchtest du es lernen?« Er schaut sie erwartungsvoll an, immer noch leicht nervös.

Dies ist eine wichtige Frage, denkt sie, eine entscheidende. Wenn sie Ja sagt, wird sie ihn wiedersehen, was dazu führen könnte, dass sie ihn auch danach wiedersehen wird. Lehnt sie ab, ist das vielleicht das Ende ihrer Bekanntschaft. Aber da es so scheint, als wollte er tatsächlich nur Schach mit ihr spielen, antwortet sie entsprechend.

»Darüber habe ich noch nie nachgedacht«, sagt sie langsam. »Aber … warum nicht!«

»Wirklich?« Sein Grinsen kehrt wieder.

Sie nickt.

»Ich denke, du wirst es mögen«, sagt er.

Im weiteren Verlauf des Essens reden sie über Hobbys. Leanne erzählt, dass sie früher sportlich war, woraufhin sie sich gegenseitig aufzählen, wer sich welche Knochen gebrochen hat, weil er auf Bäumen oder in trockenen Flussbetten herumgeturnt ist. Zwei Stunden vergehen, in denen Matt sie nicht dazu nötigt, über etwas zu reden, über das sie nicht reden möchte. Unauffällig lässt er sie die Themen bestimmen.

Und nachdem er sie nach Hause gefahren, sie zur Tür gebracht und einen Termin zum Schachspielen ausgemacht hat, gibt er ihr einen Handkuss, der sie völlig überrumpelt.

Er mag der erste Mann sein, mit dem sie seit so vielen Jahren zu tun hat, aber sie ist fest gewillt, Theresa recht zu geben. Er ist ein guter Mensch.

33

Und dann hat meine Frau mich verlassen. Sie oder die Hunde, hat sie gesagt.« Der Mann kratzt sich am Bart. »Aber ich habe mein ganzes Leben lang auf Hunde gewettet.« Er zuckt mit den Achseln, und Elaine realisiert entsetzt, dass für den Mann die Windhunde wichtiger als seine Ehe waren.

Zu ihrer Überraschung war bei dem ersten Treffen von ihr erwartet worden, dass sie vor diese wildfremden Leute trat, laut ihren Namen nannte und sich selbst als Alkoholikerin bezeichnete. Das war bestimmt nicht das Wort, mit dem sie sich anderen Menschen vorstellen wollte. Das Wort stand für ein Langzeitproblem. »Trinkerin« würde besser zu ihr passen.

Als sie zögerte, das Wort laut auszusprechen, lächelte Gerard – der jedes Treffen leitet, wie sie mittlerweile festgestellt hat – sie herablassend an. »Alles zu seiner Zeit, Elaine«, sagte er, und am liebsten hätte sie ihm die Tasse mit der dünnen Plörre von Tee an den Kopf geworfen, gefolgt von ihrem labbrigen Keks. Er kannte sie doch gar nicht; woher wollte er wissen, was zu seiner Zeit passieren würde.

Inzwischen hat sie allerdings begriffen, dass sie sich selbst nicht kennt. Die Elaine, die sie geglaubt hat zu sein, hätte niemals einen Wagen angefahren, weil sie zu viel getrunken hat. Diese Elaine hätte auch nie Hilfe bei einer Freundin gesucht, mit der sie noch gar nicht so vertraut ist. Sie ist dankbar, dass Theresa ihr zugehört hat, aber sie hatte kein Recht, das von ihr zu erwarten. Sie hat einfach verzweifelt jemanden zum Reden gebraucht, was nichts entschuldigt.

Da es ihr in einem Raum voller Fremder nicht unbedingt leichter fällt, hat sie bisher auch noch nicht das Wort ergriffen. Andererseits herrscht hier kein Mangel an Menschen, die ihre Geschichte bereitwillig teilen, wie dieser Typ jetzt.

»Und dann habe ich zu trinken begonnen«, sagt er und kratzt sich die andere Seite seines Barts. Er lacht, ein tiefes, raues Lachen. »Kurz darauf habe ich die Hunde aufgegeben.« Er zieht ein Gesicht, als wäre ihm nichts anderes übrig geblieben. »Ich hätte lieber von Anfang an die Frau behalten sollen.« Noch ein Achselzucken. »Aber die wollte dann nichts mehr von mir wissen, vor allem nicht, nachdem sie von den zwölf Bier am Tag erfuhr. Ich habe noch versucht, ihr klarzumachen, dass Bier billiger ist als Hundewetten.«

Wieder lacht er, und Elaine hätte fast eingestimmt, weil ihr die Komik dieses paradoxen Verhaltens nicht entgeht.

»Aber egal, sie hat sich die Kinder geschnappt und ist in den beschissenen Süden gezogen. Hat sich bei Holden einen Job besorgt.« Er verdreht die Augen. »Ausgerechnet nach Südaustralien, wo bis vor Kurzem noch der Schwulenverfechter Don Dunstan Premier war. Ich habe ihr gesagt, wenn sie Männer in rosa Höschen mag, ist mir auch klar, warum es mit uns nicht geklappt hat.« Noch ein raues Lachen, aber dieses Mal klammert er sich dabei an das Stehpult. »Die Sache ist die: Wenn ich nicht zu trinken aufhöre, werde ich meine Kinder nicht wiedersehen. Sie dürfen mich nur besuchen, wenn ich nicht mehr an der Flasche hänge. Deshalb starte ich jetzt einen Versuch. Das war's.«

Er schaut zu Gerard hinüber, der langsam nickt. »Danke, Walter. Sehr einsichtig. Und wir sind hier, um dich dabei zu unterstützen.«

Die anderen klatschen verhalten, und Elaine stimmt ein. Sie muss sich immer noch mit diesen Treffen anfreunden, zumal sie sich wie eine Betrügerin vorkommt. Sobald sie zu Hause ist, wird sie an nichts anderes denken können als an einen Drink. Immer noch. Sie hatte gehofft, dass sie nur zu den Treffen gehen muss, um das Bedürfnis loszuwerden. Aber es ist noch genauso stark wie vorher.

Derek, die einzige Person hier, mit der sie bisher geredet hat, findet das ganz normal. Er hat gesagt, Elaine solle sich darauf einstellen, dass das für den Rest ihres Lebens so bleiben werde. Elaine ist immer noch der Meinung, dass sie stark genug sein sollte, um nicht jeden Tag ans Trinken zu denken, aber Derek erklärte, dass sie eines Tages schon einsehen würde, dass sie Alkoholikerin ist. Dann werde sie verstehen.

Doch Elaine möchte nicht ewig zu den Anonymen Alkoholikern rennen. Schließlich trinkt sie nicht seit Jahren, sondern hat es in letzter Zeit nur etwas übertrieben. Klar, zuvor hat sie auch regelmäßig getrunken, aber das war kein wirkliches Problem.

Die Dauer spiele keine Rolle, sagte Derek, es gehe eher

um den Umgang mit Alkohol. Sie werde nie wieder trinken können.

Immerhin konnte ihm Elaine wahrheitsgemäß versichern, dass sie keinen Gin mehr anrührt, seit sie zu den Treffen kommt. Allerdings hat sie ihm verschwiegen, dass ihr die Abstinenz leichter fällt, weil ihr ein paar Projekte durch den Kopf gehen. Sie hat das Gefühl, dass sie ihr Alkoholproblem besser im Griff hat, wenn sie sich mit etwas anderem beschäftigen kann, als wenn sie zu den Anonymen Alkoholikern geht. Das Zwölf-Schritte-Programm hat bei ihr bisher nichts bewirkt.

»Wer würde noch gern zur Gruppe sprechen?« Gerard schaut sich im Raum um.

Elaine zieht den Kopf ein, damit er sie nicht aufruft.

»Claire?«, fragt er eine Frau mit dünnem Haar, die am Ende von Elaines Stuhlreihe sitzt und jetzt heftig den Kopf schüttelt. Da Claire noch nicht so lange dabei ist wie Elaine, kommt sie mit einem Nein davon.

»Elaine?«

»Was?«

Ihr wird klar, dass sie einen Fehler gemacht hat. Weil sie über Claire nachgedacht hat, hat sie nicht sofort Nein gesagt, wie sie es sonst immer tut. Gerard wird die Chance nutzen.

»Würdest du uns gern etwas erzählen?« Er mustert sie mit dieser schrecklichen Mischung aus Arroganz und Beharrlichkeit.

Gelegentlich hat Elaine sich schon gefragt, ob Gerard überhaupt Alkoholiker ist oder nicht vielmehr ein Schauspieler, der dafür bezahlt wird, dass er die Sitzungen leitet. Er scheint genau zu wissen, welche Miene er aufsetzen muss, um etwas Bestimmtes zu erreichen – und jetzt besagt seine Miene, dass er ihr ein Nein nicht länger durchgehen lässt.

»Nicht wirklich«, nuschelt sie. Eigentlich bildet sie sich ein, sich anderen Leuten gegenüber behaupten zu können, aber autoritären Personen gegenüber hat sie die Tendenz, klein beizugeben.

»Das ist doch schon mal ein Fortschritt.« Gerard lächelt so breit, dass sie seine Zähne sieht – ein seltener Anblick.

»Ach ja?« Elaine schaut sich im Raum um und fängt Dereks Blick auf.

Er grinst, dieser Bastard. Bestimmt hat er nur auf diesen Moment gewartet. Er hat sich gleich bei seinem ersten Treffen alles von der Seele geredet und deutet ihre Zurückhaltung als Zeichen eines gewissen Snobismus – als hielte sie sich für etwas Besseres. Womit er zum Teil sogar recht haben mag. Aber ihre Zurückhaltung hat auch damit zu tun, dass ihre Eltern sie früher nicht gerade dazu ermutigt haben, persönliche Dinge vor Fremden auszubreiten.

Derek nickt zum Stehpult hinüber.

»Elaine?«, sagt Gerard.

Bei aller Entschlossenheit, bloß nicht vor diese Leute zu treten, regt sich auch ein anderer Teil in ihr, der verantwortlich dafür ist, dass sie Schulbücherei-Assistentin, Vertrauensschülerin und Vizekapitänin des Hockeyteams war. Diese junge Version von Elaine hat getan, was man von ihr verlangt hat; dieses Mädchen hat niemanden im Stich gelassen. Vielleicht hat Elaines Problem genau in dem Moment begonnen, als sie gegen dieses Mädchen rebelliert hat. Nie im Leben wäre es auf die Idee gekommen, schon mittags um zwei Alkohol zu trinken, und es hätte auch nicht vor sich hin gejammert, weil es jetzt in Australien wohnt. Es hätte sich der Situation einfach gestellt.

An diesem Punkt ihres Lebens wird Elaine klar, dass es egal ist, ob man sie zu diesem Mädchen gemacht hat – so wie schon ihre Mutter und ihre Großmutter zuvor –, oder ob sie von Natur aus so ist. Es lässt sich ohnehin kaum noch feststellen. Sie weiß nur, dass ihr Leben leichter wäre, würde sie akzeptieren, dass ihre Auflehnung gegen die Erwartungen an ein nettes, normales Mädchen – eine Frau – nicht funktioniert hat.

Der Gedanke genügt, um aufzustehen, zumal sie weiß, dass Derek und Gerard sowieso keine Ruhe geben werden.

Sie räuspert sich und stellt sich so gerade wie möglich hin. Die Schultern gestrafft, den Bauch eingezogen, das Brustbein gehoben, wie man es ihr im Ballettunterricht beigebracht hat. Beinahe hätte sie die erste Position eingenommen.

»Mein Name ist Elaine«, sagt sie.

»Hallo, Elaine«, erwidern alle im Chor.

»Und ich …«

Sie hält inne. Aller Entschlossenheit zum Trotz kann sie das Wort nicht aussprechen. So jemand ist sie nicht. Sie ist nicht schwach. Sie hat nicht die Selbstkontrolle verloren. Sie ist keine Versagerin, aber genau das bedeutet dieses Wort.

Andererseits ist sie es doch. Oder fühlt sich wenigstens so. Sie versaut sich ihr Leben, weil sie keine Kontrolle mehr darüber hat. Nach dem Umzug hat sie sich ihrem Kummer überlassen. Bis vor einem Jahr hatte sie ein wunderbares Leben, wirklich, das haben alle gesagt – und sie oft auch.

Nur eine einzige Erschütterung gab es bisher darin – eine einzige! Und mit der ist sie nicht klargekommen.

Elaine weiß, dass viele Menschen viel schlimmere Dinge durchmachen. Im Zweiten Weltkrieg war sie ein Kind und hat die Nachrichten über die Luftangriffe der Deutschen gehört, während sie wohlbehütet und in Sicherheit bei ihren Großeltern in Devon war, fernab der Gefahr. Und doch hat sie es sich jetzt erlaubt, sich gehen zu lassen. Sich dem Alkohol hinzugeben. Es ging ihr elend, weil sie sich elend fühlen wollte, und nicht, weil man sie ins Elend gestürzt hatte. Sie hat getrunken, weil sie es wollte. Also kann sie auch aufhören, wenn sie es will.

»Ich bin Alkoholikerin«, sagt sie.

FRÜHLING 1983

34

»Los, beweg deinen Allerwertesten!«, ruft Marie hinter ihr, und Theresa ist versucht, sich umzudrehen und ihr die Zunge rauszustrecken.

Es war Maries Idee, heute durch den Busch zu wandern, statt am Main Beach entlang oder zum Little Beach hinüber, ihre normalen Winterrouten. Das ist ein Kinderspiel, hat sie gesagt, nur einmal um die Landspitze herum. Wunderschön. Wild. Es wird dir gefallen.

Was sie zu erwähnen vergessen hatte, war, dass ein paar steile Abschnitte und felsige Passagen zu überwinden sind und man sich durch dichtes Buschwerk und stachelige Sträucher kämpfen muss. Theresa war nie sehr gelenkig – nach einem Jahr Ballettunterricht teilte der Lehrer ihrer Mutter mit, Theresa solle besser bei einer Schulaufführung den Hanswurst spielen –, weshalb sie jetzt missmutig von Fels zu Fels stolpert.

Leanne und Elaine ist anzusehen, dass sie sportlich sind. Theresa ist zwar fit und bemüht sich auch, nicht wieder an Gewicht zuzulegen, dennoch hat sie Probleme. Die anderen scheinen nicht einmal zu registrieren, dass sie etwas tun, was Theresa als Klettern bezeichnen würde. Man muss sie sich nur anschauen! Sie lachen und reißen Witze und reden unentwegt. Entweder hat sie durch das Schwimmen doch nicht so viel Kondition bekommen wie gedacht, oder sie hat im Winter alles wieder eingebüßt.

Als sich zwei Hände auf ihren Po legen, schreit sie auf. »Marie! Was machst du da?«

»Ich helfe ein wenig nach. Du wirkst so, als hättest du vor den Felsen Angst.«

»Habe ich auch.« Sie stößt einen Laut der Verzweiflung aus, lässt sich aber von Marie hochschieben.

»Alles okay?«, fragt Marie. Sie wirkt nun ernster, und Theresa ist klar, dass sie nicht nur ihre Wanderung meint.

»Keine Ahnung«, sagt sie wahrheitsgemäß und richtet den Blick nach vorn, wo Leanne und Elaine an einer ebenen Stelle stehen und aufs Meer schauen, die Hände in die Hüften gestützt.

»Ist das nicht herrlich?« Elaine grinst Theresa an, als sie zu ihnen aufschließt.

»Ja«, sagt Theresa und ringt um Luft. »Ganz reizend. Wundervoll.«

Elaine wirft ihr einen merkwürdigen Blick zu.

»Von hier oben sieht alles ganz anders aus«, sagt Marie. »Wenn man im Wasser ist, scheint der Horizont gar nicht so weit entfernt zu sein.«

»Ich war noch nie hier«, sagt Leanne. »Dabei wohne ich gleich da drüben.« Sie dreht sich um und zeigt in die Richtung. »Vielleicht komme ich von jetzt an öfter her.«

»Es ist ein wunderbarer Ort«, sagt Marie. »Früher bin ich oft nach der Schule mit Nicole hier hochgeklettert – damit sie die Natur zu schätzen lernt.« Sie zuckt mit den Achseln. »Jetzt wohnt sie in einem Reihenhaus, dicht an dicht mit ihren Nachbarn, und pflegt ihren englischen Rasen.«

»Ich bin mir sicher, dass diese Ausflüge Spuren bei ihr hinterlassen haben«, sagt Theresa. »Eines Tages wird sie hierher zurückkommen, das wette ich.«

Marie seufzt. »Das wäre schön. Dann würde ich sie auch öfter sehen.«

Theresas Gesicht verdüstert sich. »Vermutlich muss ich mich an den Gedanken gewöhnen, dass ich Ollie und Sasha auch kaum noch zu Gesicht bekommen werde, wenn sie erst einmal erwachsen sind.«

»Momentan musst du dich ziemlich intensiv um sie kümmern, oder?«, fragt Marie demonstrativ.

Theresa weiß, worauf sie hinauswill. Sie haben darüber gesprochen, dass Theresa den anderen erzählen soll, was momentan in ihrem Leben passiert. Marie ist der Meinung, sie hätten ein Recht darauf, es zu erfahren, und das stimmt natürlich. Die langweiligen Details hören sie sich ja auch an: die Bücher, die Sasha in der Schule von der Lehrerin vorgelesen bekommt, die Fußballmannschaften, die Ollie mag, und die Tatsache, dass Nonna es geschafft hat, sich jeden spielwütigen Rentner im Umkreis von zwei Kilometern zum Feind zu machen, weil sie beim Pokern immer gewinnt. Die umwälzenden Veränderungen behält sie hingegen für sich, schon weil sie zu real würden, würde sie darüber sprechen. Nicht einmal ihren Eltern hat sie davon erzählt – nur Nonna, Marie und mittlerweile auch den Kindern, und dabei ist es in den letzten Monaten geblieben.

Sie schaut sich um und entdeckt einen Felsen, der aussieht, als könnte man sich auf ihn setzen. »Können wir uns ein paar Minuten ausruhen?«, fragt sie und schaut Marie an.

»Klar«, sagt Marie.

Die anderen lächeln nachsichtig, als sie ihre Beine ausstrecken, den Blick weiter gen Horizont gerichtet.

»Aber nicht zu lange, sonst erkälten wir uns noch«, sagt Elaine übermütig.

Ihre Laune wird stetig besser, seit sie zu den Anonymen Alkoholikern geht. Manchmal vermisst Theresa ihren Missmut, weil diese Fröhlichkeit etwas Aufgesetztes zu haben scheint, aber meistens ist sie stolz auf Elaine, weil sie sich ernsthaft bemüht, etwas zu ändern.

Theresa kennt nur eine andere Person mit einem Alkoholproblem – von Andrew und seinen Kumpels mal abgesehen, die behaupten, dass Männer halt so sind –, und das ist ihr Onkel Mario. Ihre Familie ist damit umgegangen, indem sie einfach nicht darüber geredet hat. Auf Familienfeiern hat man den Alkohol versteckt und darauf gehofft, er würde es nicht merken, dass man ihn davon abhalten will, sämtliche Flaschen allein auszutrinken. Ein einziges Mal hat ihr Großvater ihn einen *ubriacone* genannt. Theresa hat so getan, als wüsste sie nicht, was das bedeutet, zumal sie davon ausging, dass Nonno seinen Gedanken gar nicht laut hatte aussprechen wollen. Onkel Mario ist jetzt auch ein Grund, warum Theresa froh ist, Elaine helfen zu können; auf ihre bescheidene Weise jedenfalls. Hätte nur jemand Onkel Mario geholfen, statt auf ihn hinabzublicken! Hätte man über das Problem geredet, dann hätte er sich vielleicht nicht mit seinen Kindern überworfen und wäre auch nicht langsam an einem Leberleiden gestorben. Weil alle Angst hatten, das Problem anzusprechen, musste er doch unweigerlich denken, niemand habe es bemerkt. Oder mache sich Sorgen um ihn.

Elaine kann keinerlei Zweifel daran haben, dass alle sich Sorgen um sie machen. Und Theresa auch nicht.

»Ich möchte euch etwas erzählen. Es dauert auch nicht lange«, beginnt sie.

Leanne beißt sich auf die Unterlippe. »Das klingt ja … spannend.«

Theresa entweicht ein nervöser Laut, der einem Lachen ähnelt. Eine unangemessene Reaktion. Höchstens als Galgenhumor zu rechtfertigen. Als groteskes Requiem auf das Ende ihrer Ehe.

»In gewisser Weise ist es das auch«, sagt sie leise.

Sie atmet laut aus und schaut auf den Ozean. Noch vor einem Jahr hätte sie sich nicht träumen lassen, freiwillig wieder darin zu schwimmen. Er ist so beängstigend riesig – und kommt ihr dennoch jetzt wie eine neue Heimat vor. Der Ozean hat ihr Freundinnen geschenkt. Und ihr die Chance gegeben, auch mit sich selbst Freundschaft zu schließen. Die Theresa, die sich zum ersten Mal nach so langer Zeit eine Badekappe über die widerspenstigen Locken gezogen hat, hätte die letzten Monate nie so tapfer überstanden wie die, die sie jetzt ist. Das hat Marie auch gesagt.

Und diese Theresa verdankt ihr neues Selbst nicht zuletzt den drei Frauen, die sich Tag für Tag mit ihr treffen – und irgendwie auch *für* sie. In der Vergangenheit ist sie davon ausgegangen, dass Familien dasselbe Blut haben müssen. Aber jetzt weiß sie, dass eine selbst gewählte Familie möglich ist, die – anders als die Verwandten, die eine wahre Plage sein können – statt Schmerz vor allem Freude,

Unterstützung, Liebe und Kraft bedeuten kann. Und die aus Menschen besteht, für die man sich freiwillig entscheidet.

»Andrew ist vor ein paar Wochen ausgezogen«, sagt sie und schaut von Elaine zu Leanne. »Vielmehr vor ein paar Monaten. Er wird nicht mehr zurückkommen.«

»Nein!«, ruft Elaine, und Leanne weicht zurück.

»Ich habe es euch nicht erzählt, weil …« Theresa gerät ins Stocken. Wie soll sie die Scham beschreiben? Oder die Sorge darüber, dass sie an einer der beiden Rollen, die ihr die Gesellschaft zugedacht hat – Ehefrau und Mutter –, gescheitert ist? Auch der Reaktionen von Freundinnen kann man sich nicht sicher sein.

»Weil dieser Idiot sich eine Freundin zugelegt hat – weshalb du auch niemandem eine Erklärung schuldig bist«, sagt Marie bestimmt. »Es war ja nicht dein Fehler. Aber selbst, wenn es langsam besser wird, scheint mir, dass ein kleiner Teil von dir immer noch die Schuld bei dir sieht. Das ist erzkatholisches Denken. Ich bin zwar eine gute Katholikin, aber diese Schuldgefühle halte ich für völlig fehl am Platz.«

Theresa presst die Lippen aufeinander und versucht, die Emotionen unter Kontrolle zu behalten, die sie die ganze Zeit verdrängt hat. Schließlich musste sie ihren Kindern helfen, sich an ihr neues Lebens zu gewöhnen.

Sie weiß noch, wie Nonna reagiert hat, als sie erfuhr, dass Andrew eine andere Frau hatte.

»So ein Dummkopf«, hat sie geflüstert und an ihrer Zigarette gezogen. »Er hält sich wohl für den Mittelpunkt der Welt.«

Als Theresa protestierte und ihn trotz allem verteidigen wollte, wenn auch nur aus Gewohnheit, fügte Nonna hinzu: »Das bilden sie sich alle ein. Manche können es nur besser verbergen.«

Seither ruft sie sich Nonnas Bemerkung immer wieder in Erinnerung, denn sie ist der Schlüssel zur Bekämpfung ihrer Schuldgefühle: Andrews Verhalten hat sich immer nur nach Andrew gerichtet, ihres meist nach anderen. Damit ist er verantwortlich für das, was er getan hat, und sie ist ihm nichts schuldig.

»Das tut mir leid«, sagt Leanne.

»Es ist ja nicht deine Schuld«, sagt Theresa, dann schaut sie Marie an und lacht. »Den Satz habe ich mir von dir geklaut.«

»Du kannst mich gern zitieren.« Marie lächelt sie so an, wie Theresa es sich von ihrer Mutter wünschen würde, und sagt dann zu Elaine und Leanne: »Sie ist wahnsinnig tapfer.«

»Auf meine Unterstützung kannst du jederzeit zählen.« Elaine umfasst Theresas Handgelenk. »Was auch immer du brauchst – Hilfe mit den Kindern zum Beispiel. Ich habe ja genug Zeit. Es wäre mir eine Freude.«

Theresas Nase zuckt, das übliche Anzeichen dafür, dass sie Tränen zurückhalten muss. »Das ist sehr nett von dir. Aber sonst bin ich ja auch immer allein klargekommen.«

»Was nicht heißt, dass das so bleiben muss«, sagt Elaine mit einem aufmunternden Lächeln. »Lass uns mal darüber reden, ehrlich.«

Theresa nickt. »Wollen wir jetzt weitergehen?«, fragt sie dann schnell, zieht die Nase hoch und wischt sich mit dem Finger über die Augen.

»Klar«, sagt Marie, und alle erheben sich.

Weil Elaine vorangeht und Marie ihr folgt, bekommen beide nicht mit, dass Leanne ihre Arme um Theresa schlingt und sie einmal kurz drückt, um sie dann sofort wieder loszulassen. Theresa glaubt, dass sie in ihrem bisherigen Leben kaum etwas mehr überrascht hat.

»Das tut mir wirklich leid«, flüstert Leanne. »Du bist immer so nett zu allen. So etwas sollte dir nicht passieren.«

»Nein, das sollte es nicht«, sagt Theresa. Leanne wirkt so jung und verletzlich, dass sie am liebsten ihre Hand nehmen und händchenhaltend mit ihr weitergehen würde. So als wäre sie ihre große Schwester. Aber natürlich tut sie das nicht, denn Leanne ist erwachsen und könnte es falsch verstehen, könnte denken, sie wolle sie wie ein kleines Kind behandeln. »Aber nimm das nicht zum Anlass, dich von Männern fernzuhalten«, fährt sie fort. »Nicht dass ich davon ausgehe, dass du so etwas tun würdest.« Sie schüttelt den Kopf. »Was rede ich nur für einen Unsinn.«

Leanne lächelt kurz. »Das ist kein Unsinn.«

»Jedenfalls sind nicht alle wie Andrew.« Theresa streckt sich und spürt, dass eine Last von ihr abgefallen ist. »Ich habe keine Ahnung, ob du dich mit Matt triffst, und ich will dich auch nicht drängen, mir mehr zu erzählen. Aber ich kann mir nicht vorstellen, dass er sich jemals wie mein Ehemann aufführen würde. Mein Ex-Mann. Oder ist es verfrüht, so von ihm zu sprechen? Wir sind ja noch nicht geschieden. Ach!« Sie wirft die Hände in die Luft. »Wen kümmert's schon. ›Ex‹ stimmt. Und jetzt komm, den anderen hinterher.«

Theresa und Leanne beschleunigen ihre Schritte. Vom Meer her weht ihnen der Wind entgegen, und Theresa kichert überrascht. Hier oben, hier draußen, geschieht, was eben geschieht, und ihr Leben ist nur eines von Milliarden, die auf diesem Planeten auftauchen und wieder verschwinden. Plötzlich weiß sie, dass es ihr gut gehen wird. Endlich.

Selbst wenn sie nie wieder eine Beziehung mit einem Mann haben wird, ihr soll es egal sein. Sie hat drei wunderbare Freundinnen.

35

Leanne muss sich eingestehen, dass die Kinderstation ohne Theresa wesentlich ruhiger und langweiliger ist. Natürlich soll die Arbeit nicht jede Minute Spaß machen, das erwartet Leanne gar nicht, aber da sie Theresa und ihr sonniges Gemüt gewöhnt ist, kommt ihr der Ort auf einmal trist vor. Doch Leanne kann nachvollziehen, dass ihre Freundin ihre ehrenamtliche Tätigkeit für eine Weile ruhen lassen muss. Theresa weiß noch nicht, ob sie in dem Haus wohnen bleiben kann, und will sich deshalb vorsorglich nach einer Alternative für sich, ihre zwei Kinder und ihre Nonna umsehen. Manchmal fürchtet Leanne, dass sie aus der Shelly Bay fortziehen muss – es ist nicht der günstigste Stadtteil, und ohne Andrews Gehalt wird es Theresa vielleicht ganz woandershin verschlagen. Mit dem gemeinsamen Schwimmen – oder Wandern – dürfte es dann schwierig werden, und auch ins Krankenhaus kann sie dann, obwohl sie es eigentlich vorhat, vielleicht nicht mehr zurückkehren.

»Wobei nicht ausgeschlossen ist«, hat Theresa eines Morgens nach ihrem Spaziergang gesagt, »dass Nonna auf säckeweise Geld hockt. Beim Pokern sahnt sie eigentlich immer ab. Vielleicht sollte ich sie mal fragen.« Obwohl sie dabei zwinkerte und unbekümmert klang, kann Leanne sich kaum vorstellen, dass sie in einer solch schwierigen Phase derart entspannt ist. Es muss sie verdammt viel Kraft kosten.

Ihr Wunsch, dass Theresa weiter im Krankenhaus arbeitet, ist ziemlich egoistisch, wo ihre Freundin doch so viel am Hals hat, aber Leanne kann nicht anders. Theresa hat ihr immer schon von Weitem zugewinkt, und wenn sie sich auf dem Flur über den Weg liefen, hat sie Leanne zugezwinkert oder eine Bemerkung über das Schwimmen am Morgen fallen lassen.

»Heute war's wie in einem See, was?«, sagte sie zum Beispiel, wenn der Ozean ganz ruhig gewesen war.

Und: »Besser als eine Fahrt mit der Achterbahn!«, wenn der Wellengang stärker als gewöhnlich gewesen war.

Ihre Kommentare waren nicht immer originell, hatten aber etwas Fürsorgliches. Sie verliehen Leanne das Gefühl, *gesehen* zu werden. Leanne hat daraus gelernt und versucht nun, anderen etwas von Theresas Fürsorglichkeit zurückzugeben.

Leanne hat ein Händchen für Kinder. Im Umgang mit ihnen will sie immer, dass sie spüren, wie wichtig sie ihr sind. Manche Kinder, wie etwa Imogen, erweisen sich jedoch als noch wichtiger als andere. Das sind die, die sie vermisst, wenn sie wieder zu Hause sind. Oder es eben nicht schaffen. Wenn das geschieht, versucht sie, nicht allzu viel an sie zu denken, denn dann würde sie nicht mehr funktionieren. Sie war so unendlich erleichtert, als Imogen tatsächlich nach Hause entlassen wurde. In den nächsten Jahren warten noch etliche Krankenhausaufenthalte auf sie, aber obwohl Leanne sie vielleicht nie wiedersehen wird, kann sie es sich damit leisten, an sie zu denken, da die Gedanken nicht schmerzlich sind.

Die Begegnungen mit Erwachsenen kosten sie hingegen Kraft. Weil sie sich unterhalten möchten, erkundigen sie sich nach ihrem Leben, das sie nichts angeht. Auch Kinder können neugierig sein, respektieren aber ein Nein. Erwachsene tun das ihrer Erfahrung nach nicht. Was sich Leanne allerdings nie eingestanden hat, ist, dass sie vielleicht nur sieht, was sie sehen möchte. Sie hat nicht vielen Erwachsenen die Chance gegeben, nett zu ihr zu sein – Männern nicht, weil sie gute Gründe dafür hatte, aber auch keinen Frauen.

Drei Frauen waren allerdings überaus nett zu ihr, jede auf ihre Weise. Leanne hat keine Ahnung, womit sie das verdient hat, weil sie ihrerseits kaum besonders freundlich zu ihnen war. Aber als Theresa Hilfe brauchte, sah sie ihre Chance gekommen, etwas für sie zu tun, und geht seither jeden Samstagmorgen mit Oliver und Sasha in den Park. So hat Theresa ein bisschen Zeit für sich, und sie kann ihrer Freundin damit signalisieren, dass sie ihr nicht egal ist.

Leanne ist nicht besonders wortgewandt. Sie kann nicht sagen: »Ich mache mir Sorgen um dich.« Und sie ist sich absolut sicher, dass sie niemals »Ich liebe dich« zu jemandem sagen kann. Das liegt ihr einfach nicht. Aber sie kann Menschen zeigen, dass sie ihr wichtig sind, indem sie bestimmte Dinge tut. Und Theresa versteht ihre Intention offenbar. Sie hat kein großes Gewese gemacht, als Leanne ihr Hilfe anbot, sondern sie einfach angenommen und sich bei ihr bedankt.

In der Vergangenheit hat Leanne immer gedacht, keine Hilfe annehmen zu können, weil der Preis zu hoch sei –

weil sie im Gegenzug etwas dafür leisten müsse. Theresa und ihr eigenes Verhalten zu beobachten, war in dieser Hinsicht aufschlussreich, wenn nicht gar befreiend. Dabei ist ihr aufgefallen, dass die Menschen Hilfe nur dann anbieten, wenn sie es möchten – und dafür keine andere Gegenleistung erwarten als vielleicht ein Dankeschön. Nicht dass Leanne jetzt von allen Leuten Hilfe einfordern wird, aber sie könnte durchaus etwas weniger vehement darin sein, jede Unterstützung zu verweigern. Wenn sie bei der Arbeit zum Beispiel etwas Schweres schleppt, könnte sie die angebotene Hilfe eines Kollegen einfach annehmen.

Als Leanne heute das Krankenhaus verlässt, ist es draußen schon nicht mehr ganz so dunkel wie gestern um diese Zeit. Der Sommer naht, und sie kann es kaum erwarten, wieder im Ozean zu schwimmen. Mittlerweile achtet sie darauf, sich von den Kolleginnen und Kollegen zu verabschieden, und verschwindet nicht einfach grußlos. Anfangs hat sie dafür überraschte Blicke geerntet, aber jetzt haben sich alle daran gewöhnt. Sie auch.

Groß über ihr Leben redet sie noch immer nicht, und so weiß auch niemand, dass sie einen Freund hat. Sogar sich selbst gegenüber fällt es ihr schwer, dieses Wort zu benutzen. Matt war es, der damit anfing.

»Nun … wir sehen uns in letzter Zeit ja ganz schön häufig«, sagte er neulich abends, als er sie zu Hause absetzte.

Im ersten Moment verkrampfte sie sich, weil sie dachte, er wolle sie zu etwas drängen, das sie zu ihrer eigenen Überraschung gar nicht ungern tun würde – aber sie wollte gern darauf vorbereitet sein. Sie fühlt sich durchaus zu ihm hingezogen, das teilt ihr Körper ihr bei jeder Begegnung mit. Er wiederum lässt keinen Zweifel daran, dass er sie

»überwältigend« findet, obwohl sie den Ausdruck für übertrieben hält. Überwältigend war sie nie. Trotzdem freut sie sich, dass er das sagt und nichts dafür zu erwarten scheint. Inzwischen vertraut sie ihm, nicht nur wegen dem, was er sagt, sondern auch wegen seines Verhaltens. Mit seiner Geduld und seinem Respekt gibt er ihr die Möglichkeit, darüber nachzudenken, was sich aus ihnen entwickeln könnte – wie es wäre, sich nicht nur in seinem Auto zu küssen. Als er dort vor ihrem Haus stand, befand sie sich noch in der Denkphase und unternahm nichts, um ihre Gedanken in die Tat umzusetzen.

»Stimmt«, sagte sie.

Lächelnd nahm er ihre Hand. »Bedeutet das«, er hob eine Augenbraue, und sie verkrampfte sich schon wieder, »dass ich mich als deinen Freund bezeichnen darf?«

Ihr Mund klappte auf, und die Anspannung ließ nach. »Oh.« Mehr brachte sie nicht heraus. »Ja«, sagte sie dann.

»Bist du dir sicher?« Er wirkte ängstlich.

»Ja … Ja!« Sie lächelte bestätigend.

»Ich weiß ja, dass du, na ja … noch nie einen Freund hattest.« Er drückte ihre Hand. »Daher wollte ich dich nicht drängen, es zu sagen.«

Nein, sie hat noch nie einen Freund gehabt, und ihr ist klar, wie er das verstehen muss – dass sie noch nie mit einem Mann zusammen war. Wie sie ihm die Wahrheit beibringen soll, wenn sie das Geschehen von den Vordersitzen des Wagens an einen anderen Ort verlagern, ist eines der vielen Dinge, über die sie sich noch klar werden muss.

»Das ist schon in Ordnung«, sagte sie und erwiderte den Druck seiner Hand.

Er küsste sie – oder sie küsste ihn, egal. Zu Beginn hat

stets er den Anfang gemacht, weil Leanne immer noch die Idee im Kopf hatte, dass ein »braves Mädchen« so etwas nicht tut. Aber dann wurde ihr bewusst, dass auch ihre Bravheit sie nicht geschützt hatte, sie also vielleicht einfach tun sollte, wonach ihr war. Und ihr ist oft danach, ihn zu küssen.

Als sie jetzt das Krankenhaus verlässt und an den Kuss vom Vorabend zurückdenkt, lächelt sie vor sich hin. Sie geht die halbkreisförmige Zufahrt entlang, wo im Laufe des Tages Patienten abgesetzt und abgeholt werden können. Würde sie die Straße zur Linken nehmen, käme sie zur Notaufnahme. Stattdessen verlässt sie den Weg und geht in Richtung Parkplatz.

»Leanne?«

Ihr Kopf fährt nach rechts. Der altbekannte Klang ihres Namens aus dem Mund ihrer Mutter.

Leanne hat schon manchmal gehört oder gelesen, dass Leute sagen: »Ich war wie erstarrt«, wenn sie von einer Situation überrascht wurden. Sie hat den Ausdruck immer merkwürdig gefunden, aber genau so fühlt sie sich jetzt, als sie ihre Mutter ein paar Meter weiter stehen sieht, einen flehentlichen Ausdruck im Gesicht.

Sie hat sich in den letzten acht Jahren kaum verändert, was unmöglich zu sein scheint. Dann erinnert sich Leanne, dass ihre Mutter mal gesagt hat, ihre eigene Mutter habe bis zum Alter von sechzig immer gleich ausgesehen – um danach sofort wie achtzig zu wirken. »Und bei ihrer Mutter war es genauso«, hat sie mit einem wissenden Nicken hinzugefügt. Leanne hat ihr nicht geglaubt, wird aber jetzt eines Besseren belehrt.

»Leanne?«, fragt ihre Mutter noch einmal und tritt zaghaft einen Schritt auf sie zu. Sie klammert sich an die klobige Handtasche, die Leanne noch von früher kennt.

»M–Mum«, sagt sie, immer noch entsetzt. »Wie hast du mich gefunden?«

Sie hat ihre Telefonnummer und ihre Adresse nie im Telefonbuch eintragen lassen. Sie wollte einen klaren Schnitt, und das ist ihr gelungen.

»Meine Freundin.« Ihre Mutter zeigt auf das Krankenhaus. »Sie arbeitet mit dir zusammen.«

»Was für eine Freundin?« Leanne geht die Frauen durch, die infrage kämen. Aber sie weiß zu wenig über sie, was natürlich ihre Schuld ist. Sie hat noch nicht mal eine Ahnung, wo sie alle wohnen.

»Deine Oberschwester«, sagt ihre Mutter und nickt versichernd, als rechnete sie damit, dass Leanne ihr widersprechen würde.

»Die Oberschwester?« Leanne rechnet schnell nach. Die Oberschwester ist definitiv jünger als ihre Mutter, aber das hat natürlich nichts zu sagen. Elaine, Theresa und Marie sind auch älter als sie.

»Sie ist mit einem Freund deines Vaters verheiratet. Sie hat erzählt, dass auf ihrer Station eine wunderbare Schwester namens Leanne arbeitet, die angeblich wie ich aussieht.«

Ihre Mutter wirkt verängstigt, als könnte Leanne wütend auf sie sein. Aber sie ist nicht wütend. Sie ist überrascht. Verblüfft. Bestenfalls selbst ein wenig ängstlich, was nicht verwunderlich ist, wenn man bedenkt, was bei ihrer letzten Begegnung passiert ist.

Sie stehen sich gegenüber und schauen sich an. Als ein Auto hupt, merkt Leanne, dass sie mitten auf der Straße steht. Sie geht von der Fahrbahn runter und auf ihre Mutter zu.

»Leanne«, sagt ihre Mutter bittend. »Wo warst du?«

Ihr Gesicht legt sich in tausend Falten, und Leanne verspürt einen Schmerz wie schon seit Jahren nicht mehr. Es ist der Schmerz darüber, die Person zu enttäuschen, die man am meisten liebt. Nein, nicht zu enttäuschen – sondern ihr größtes Leid zuzufügen. Dass Leanne selbst in großer Not war, ändert nichts daran.

Was geschehen ist, wie es geschehen ist, das Ergebnis davon – alles hängt miteinander zusammen. Eine schreckliche Katastrophe, aus der nichts Gutes erwachsen konnte. Weshalb Leanne sich für eine Lösung entschied, von der sie dachte, dass sie den Schmerz am besten lindern würde: zu verschwinden und das Problem mit der Schwangerschaft allein aus der Welt zu schaffen. Aber die Scham ist nie verblasst; sie hat sich unauslöschlich in ihr Wesen eingebrannt.

»Ich war hier«, sagt sie und erstickt fast an den Worten.

Ihre Mutter steht vor ihr, streckt die Hand aus, nimmt die ihre. »Was ist aus ... dir geworden?«, fragt sie kurzatmig.

»Ich habe das Baby weggegeben, Mum.« Leanne versucht, ruhig zu klingen, aber es gelingt ihr nicht. Sie schluckt. »Sie hat jetzt eine andere Familie. Du musst dir also keine Sorgen machen.«

Ihr ist klar, dass sie damit ihrer Mutter unterstellt, dass sie sich nur für Leannes Ruf und das mögliche Gerede über ihr angeblich schlechtes Betragen interessiert. Vielleicht bricht sie deshalb jetzt in Tränen aus. Dabei hält sie Leanne mit beiden Händen fest und schüttelt immer wieder den Kopf. Die Tränen tropfen ihr vom Kinn.

Leanne gibt sich Mühe, sich nicht allzu schlecht zu fühlen, weil sie ihrer Mutter schon wieder Leid zugefügt hat. Eigentlich denkt sie, mit ihrer Entscheidung damals alles dafür getan zu haben, dass ihre Eltern ihr Leben weiterführen können – und irgendwann auch sie selbst. Nie hätte sie gedacht, dass der Schmerz mit aller Macht wieder zurückkommen würde.

»Wir haben dich gesucht«, sagt ihre Mutter und legt Leanne die Hand an die Wange. »Wir haben dich gesucht und konnten dich nicht finden.«

»Jetzt hast du es ja geschafft«, sagt Leanne.

Unvermittelt dringen die Geräusche vom Parkplatz zu ihr durch. Sie stehen mitten in der Öffentlichkeit und machen eine Szene. Vor ihrem Arbeitsplatz. Sie hat das Gefühl, sich übergeben zu müssen.

»Ich muss gehen«, sagt sie und reißt sich von ihrer Mutter los. Sie küsst sie auf die Wange und wischt ihr die Tränen vom Kinn. »Ich liebe dich, Mum.« Dann eilt sie davon.

»Leanne!«

Sie hört ihre Mutter rufen, als sie über den Parkplatz rennt und überlegt, wo sie sich verkriechen soll. Matt möchte sie mit der Sache nicht belasten. Marie, die in der Nähe wohnt, würde sie zwar mit offenen Armen empfangen, ist aber vielleicht nicht allein. Theresa und Elaine wiederum wohnen zu weit weg, und sie braucht jetzt sofort einen sicheren Rückzugsort.

Sie läuft an den heruntergekommenen Holzhäusern vorbei, dann an den robuster gebauten Häusern der Jahrhundertwende und den Vorgärten mit ihren Wachsblumen, kläffenden Hunden und Milchflaschen, die zur Abholung bereitstehen, bis der Boden unter ihren Füßen schließlich weich wird und sie das Salz in der Luft riechen kann.

Das Krachen der Wellen dringt an ihr Ohr, bevor sie sie sieht – die ewigen Zeugen dafür, dass sich die Welt weiterdreht und der Ozean immer für sie da sein wird.

Sie wirft ihre Tasche in den Sand, eilt zum Wasser, fällt auf die Knie, die Hände in der weißen Gischt, und beginnt zu schluchzen.

36

Marie spürt den Frühling in der Luft, als sie vor den anderen Gemeindemitgliedern aus der Kirche tritt. Über die leichte Jacke ist sie trotzdem froh, als ihr die kühle Brise um den Hals weht. Bald werden sie wieder im Meer schwimmen, das hat sie den anderen heute Morgen versprochen. Das Wasser erwärmt sich allmählich wieder, und obwohl es noch lange nicht lauwarm ist, weiß sie aus Erfahrung, dass man keinen echten Schock erleidet, würde man jetzt hineingehen.

Zu ihrer Überraschung war es Leanne, die am enthusiastischsten reagiert hat, obwohl sie den ganzen Winter über im Becken geschwommen ist. Im *beheizten* Becken. Marie ist sich nicht sicher, was sie davon halten soll, aber Theresa hat ihr gesagt, dass Leanne es nur tut, weil ihr Freund dort arbeitet. Ihr Freund! Leanne ist wirklich ein Buch mit sieben Siegeln. Aus dem wenigen, was sie von sich preisgibt, hätte Marie niemals geschlossen, dass sie einen Freund hat.

Vielleicht ist ihr Widerwille gegen das Becken auch übertrieben kleinlich; immerhin ist Leanne diejenige, die sich beim Schwimmen am meisten von ihnen ins Zeug legt. Wenn sie am Strand steht und aufs Meer schaut, wirkt sie immer, als müsste sie eine Prüfung ablegen – die Stirn gerunzelt, der Mund angespannt –, bevor sie dann akribisch ihre Haare unter die Badekappe stopft. Diese so schönen, glatten, langen Haare. Die meiste Zeit ihres Lebens hat Marie von solchen Haaren geträumt. Ihre eigenen sind nichts Besonderes.

Wieder weht ihr die Brise ins Gesicht, und sie erschauert.

»Ist dir kalt?« Gus nimmt ihren Ellbogen, und ihr wird sofort warm.

Sie lächelt. »Nein. Obwohl es für meinen Geschmack schon ein bisschen wärmer sein könnte. Und, wie war's?«, erkundigt sie sich und rückt so nah an ihn heran, wie sie es vor den anderen Kirchgängern wagt.

Sie sind noch nicht in der Phase, in der sie sich in der Öffentlichkeit als Paar zeigen – wobei sie mit Norm nie diese Phase erreicht hat, weil es einfach nicht seine Art war –, aber sie merkt, dass sie immer Gus' Nähe sucht.

»Du meinst, wie es ein alter Messdiener fand, nach Jahren wieder zur Messe zu gehen?« Er lächelt auf sie hinab und legt ihr unauffällig die Hand auf den Rücken, um sie schnell wieder wegzuziehen. Marie ist fasziniert, dass eine so sanfte Berührung in ihrem Alter noch eine solche Wirkung haben kann.

»So was in der Art.«

Gus ist hier, weil er trotz seiner Vorbehalte gegen die Religion weiß, dass ihr die Kirche wichtig ist.

»Es war ziemlich vertraut«, sagt er und schaut dann über ihren Kopf zum Kirchenportal, aus dem nun auch die Letzten herauskommen.

Marie stellt sich so hin, dass Pater Paul sie auf jeden Fall bemerken wird. Sie möchte ihn mit Gus bekannt machen. Als sie mal beiläufig in einem fröhlichen Tonfall erwähnt hat, dass sie einen neuen Bekannten habe, war ihm natürlich sofort alles klar.

»Wollen Sie mir etwa sagen, dass Sie einen *Freund* haben, Marie?«, erkundigte er sich fast anzüglich.

Marie wollte empört reagieren, aber dann dachte sie, dass Pater Paul sicher mehr Klatsch und Tratsch zu hören bekommt als irgendjemand sonst, da er ja die Beichte abnimmt. Solche Neuigkeiten würden ihn sicher nicht erschüttern.

Als die Wichtigtuerin Dulcie jetzt herüberschaut, weiß Marie, dass es nicht lange dauern kann, bis Gus zum Objekt ihrer Neugierde geworden ist. Gerade als Dulcie sich in Bewegung setzen will, geht Pater Paul zu ihr hin und nimmt ihre Hand. Marie ist sich sicher, dass er damit nur Gus und ihr einen Gefallen tun will, da auch er sonst eher einen Bogen um Dulcie macht.

»Ich mag deinen Pater Paul«, sagt Gus. »Er wirkt sehr vernünftig.«

»Das ist er. Und sehr nett. Er war …«

Sie hält inne, da Gus nicht wissen soll, dass sie vor noch gar nicht allzu langer Zeit ziemlich traurig war. Ihre Freundschaft – ihre Beziehung – ist noch frisch genug, dass sie sich stets von der besten Seite zeigen will. Würde er die komplizierteren Teile ihres Lebens kennen, würde er sie vielleicht nicht mehr mögen, befürchtet sie.

Nicole gegenüber hält sie sich auch noch eher bedeckt. Obwohl sie ihrer Tochter schließlich ihre Geldprobleme gestanden hat, hat Nicole keine Ahnung, wie lange sie letztlich gebraucht hat, um über Norms Tod hinwegzukommen.

Auf Nicole hat die Ehe ihrer Eltern vermutlich nicht wie eine leidenschaftliche Liebesgeschichte gewirkt, und natürlich waren sie nicht Elizabeth Taylor und Richard Burton. Marie war nie der stürmische Typ und Norm ganz sicher nicht. Aber auf ihre Weise haben sie eine sehr gute Ehe geführt. Sie haben das Leben gemeinsam genossen, ohne die Erwartung, dass jeder Tag einem Feuerwerk gleichen muss. Marie hat Norm um seiner selbst willen geliebt, und er liebte sie.

Als er starb, brauchten ihr Körper und ihr Gehirn ewig, um sich an die neue Wirklichkeit anzupassen. Die Rituale ihres Alltags blieben, sodass sie Norm immer noch oft sein Frühstück machte. Und wenn sie etwas Interessantes im Küchenradio hörte, ging sie ins Wohnzimmer, um es ihm zu erzählen. Solche kleinen Patzer summierten sich, und es erschöpfte sie zunehmend, ihre Sicht der Realität immer wieder korrigieren zu müssen.

Aber sobald ihr Gehirn die neue Situation internalisiert hatte – ungefähr zwei Jahre nach seinem Tod –, fühlte Marie sich plötzlich von Raum und Zeit losgelöst. Nicole fragte sie gelegentlich, warum sie so müde aussehe, und sie erzählte ihr nicht, dass sie jeden Morgen um eins aufwache, in heller Panik, und nicht mehr einschlafen könne. Sie wollte nicht, dass Nicole sich Sorgen machte. Da sie selbst nicht ehrlich war, machte sie es allerdings auch ihrer Tochter nicht einfach, sich ihr zu öffnen. Jetzt, da sie sich wieder wohl in ihrer Haut fühlt, wird ihr bewusst, dass ihre mangelnde Ehrlichkeit über die Jahre ein paar unbeabsichtigte Konsequenzen gehabt haben könnte.

»Er war was?«, fragt Gus unbefangen, und im ersten Moment denkt Marie, dass er über Norm redet. Aber er schaut zu Pater Paul hinüber, und sie muss sich wieder in Erinnerung rufen, dass sie im Hier und Jetzt ist, zusammen mit Gus.

Sie ist noch nicht bereit, ihm die ganze Wahrheit über die letzten Jahre zu erzählen, aber vielleicht kann sie die Tür zur Vergangenheit schon einmal etwas aufstoßen.

»Eine Weile ging es mir nicht so gut. Es war schwer für mich ohne Norm.«

»Das verstehe ich«, sagt Gus.

»Ich weiß.« Marie drückt schnell seine Hand. »Pater Paul ist das aufgefallen. Ich werde ihm immer dankbar dafür sein, dass er sich meiner angenommen hat. Er war sehr feinfühlig.«

Gus schaut wieder über ihren Kopf hinweg. »Er kommt zu uns.«

Die Brise zerzaust Pater Pauls Haar, als er zu ihnen tritt.

»Hallo, Marie«, sagt er und nimmt mit beiden Händen ihre Hand. »Schön, Sie zu sehen, wie immer.« Dann wendet er sich an Gus. »Ich bin Paul«, sagt er, als sie sich die Hände schütteln.

»Gus.«

»Marie hat mir nicht viel über Sie erzählt«, sagt Pater Paul mit einem verschmitzten Funkeln in den Augen.

»Vielleicht, weil es nicht viel zu erzählen gibt«, erwidert Gus lakonisch.

»Ich kann mir kaum vorstellen, dass sich Marie mit jemandem abgibt, über den es nichts zu erzählen gibt.« Pater Paul neigt den Kopf, als er sie anschaut. »Sie ist einer der interessantesten Menschen, die ich kenne.«

»Unsinn, Pater!« Marie ist aufrichtig überrascht. Ihr stilles, vorstädtisches Küstenleben kann wohl kaum als interessant gelten.

»Sie vergessen, wie viel ich über Sie weiß, Marie.« Pater Paul blinzelt, und Marie fragt sich unwillkürlich, was ihm Dulcie und die anderen Klatschtanten der Gemeinde über sie erzählt haben. Dass Pater Paul etwas Unpassendes sagen wird, fürchtet sie allerdings nicht.

»Hat Marie Ihnen schon erzählt, dass sie zwei Fremdsprachen spricht?«, fährt Pater Paul fort.

Gus wirft ihr einen bewundernden Blick zu. »Nein, hat sie nicht.«

»Man kann Latein nicht *sprechen*, Pater«, sagt Marie schnell, da ihr der Wirbel um ihre Person unangenehm ist.

»Ich schon«, erwidert er augenzwinkernd. »Aber ich meinte auch gar nicht Latein. Lesen Sie nicht gelegentlich Romane auf Deutsch und Französisch?«

»Schon lange nicht mehr«, flüstert Marie.

Gus schaut sie fragend an. »Du hast mir doch erzählt, die Bücher gehörten Nicole.«

Marie schürzt die Lippen. Sie hat nicht die Absicht gehabt, heute im Zentrum der Aufmerksamkeit zu stehen, eigentlich sollte es die Gus-und-Pater-Paul-Zusammenführung werden. Nur weil sie beschlossen hat, zusammen mit Nicole zwei Fremdsprachen zu lernen, und nach Nicoles Schulzeit einfach weitergemacht hat, muss das nicht gleich jeder wissen. Männer mögen keine intelligenten Frauen – das hat ihre Mutter schon immer gesagt.

»Ich glaube nicht, dass Gus das alles wissen muss, Pater.«

»Das denke ich aber doch«, erwidert Gus und wirft dem Pater ein verschwörerisches Grinsen zu.

»Ich könnte noch viel mehr erzählen, Gus«, sagt Pater Paul und legt Marie eine Hand auf den Arm, »aber ich denke, Marie wird früher oder später schon von selbst damit herausrücken.«

»Darauf freue ich mich jetzt schon.«

Als Gus sie anlächelt, entspannt sich Marie. Sie weiß selbst nicht, warum sie sich in seiner Gegenwart so wohlfühlt. Nicht dass das das angemessene Wort wäre: Er lässt ihr Herz schneller schlagen, was mit Wohlfühlen nicht viel zu tun hat. Wohlfühlen klingt eher nach Langeweile. In ihrem Umgang liegt eine große Leichtigkeit, aber im Kern schwelt die Anziehung. Eigentlich würde sie es Begehren nennen, wobei ihr nicht klar ist, ob sich das für Frauen ihres Alters gehört.

Vielleicht ist das Wort, nach dem sie sucht, auch eher *Vertrauen*. Sie vertraut ihm, was erstaunlich ist, weil sie sich noch gar nicht lange kennen. Es hat damit zu tun, wie er sie anschaut, voller Fürsorge und Respekt. Sie hofft, ihm dasselbe zu vermitteln, aber sie kann sich ja nicht selbst in die Augen sehen.

»Ich sollte jetzt mal weitergehen«, sagt Pater Paul. »Marie, wir sehen uns nächsten Sonntag. Gus … bis irgendwann.«

»Auf Wiedersehen, Pater.« Marie nickt zum Abschied.

Gus bietet ihr seinen Arm. »Wollen wir noch einen Spaziergang machen? Am Wasser muss es herrlich sein.«

»Gerne, mein Kavalier«, sagt sie und hakt sich bei ihm ein.

Während ihre Unterhaltung auf dem Weg zur Strandpromenade leicht dahinplätschert, fühlt sich Marie beschwingt und sorglos, in Erwartung einer Zukunft voller wunderbarer Geheimnisse.

37

Zu ihrer eigenen Überraschung war Elaine begeistert von Maries Vorschlag, wieder schwimmen zu gehen. Das Wasser wird bestenfalls achtzehn Grad haben, aber das kümmert sie nicht. Ihre Wanderungen waren schön, sie hat dabei mehr von der Shelly Bay gesehen als in ihrem ganzen ersten Jahr hier, aber im Vergleich zum Schwimmen ist es nur ein monotones Dahinstapfen. Die Spaziergänge waren gut, um sich fit zu halten und mit den anderen zusammen zu sein, aber das Schwimmen im Ozean wird wieder ein Genuss sein.

Sie hat schon seit etlichen Wochen keinen Drink mehr angerührt, und obwohl sie es vermisst – es gelegentlich kaum aushalten kann –, schläft sie jetzt besser und versinkt auch nicht mehr in Selbstmitleid. Es scheint, als hätte ihr ursprüngliches Vorhaben, das Heimweh mit Alkohol zu bekämpfen, ihren Zustand nur noch verschlimmert. Hätte sie das rechtzeitig gemerkt, müsste sie sich jetzt nicht als Alkoholikerin bezeichnen – was sie bei den Treffen der Anonymen Alkoholiker regelmäßig tut.

Einmal hat sie sich bei Derek darüber beschwert, dass sie das Wort jedes Mal aussprechen muss, wenn sie etwas sagen will – oder vielmehr, wenn Gerard will, dass sie etwas sagt. Derek hatte sie daraufhin angeschaut, als wüchsen ihr Pfingstrosen aus dem Schädel.

»Elaine«, sagte er, »begreifst du denn nicht?« Seufzend schüttelte er den Kopf. »Du wirst immer Alkoholikerin sein.«

Sie wollte protestieren – was für eine alberne Behauptung; wenn man aufhört, ständig Alkohol zu trinken, ist man auch kein Alkoholiker mehr –, aber seine Miene ließ sie innehalten. Offenbar hat sie noch nicht verinnerlicht, dass man mit der Entscheidung, zu den Anonymen Alkoholikern zu gehen, längst zu dieser Erkenntnis gekommen sein sollte.

Andererseits hat es auch etwas Befreiendes, ein ewiger Alkoholiker zu sein, dachte sie danach. Bestimmte Entscheidungen muss man damit gar nicht mehr treffen. Die Antwort auf die Frage, ob man etwas trinken soll, wird immer Nein lauten. Und auf den Geschmack von Gin kann sie verzichten, wenn sie das denn muss. Elaines Überzeugung, ohne Gin nicht funktionieren zu können, war wirklich albern. Die letzten Wochen haben gezeigt, dass sie sehr wohl dazu in der Lage ist.

Auch ihre Schwimmroutine wird dazu beitragen, dass sie funktioniert. Jeden Morgen werden ihr die Seepocken der schlechten Gewohnheiten vom Ozean vom Leib gespült werden. Man könnte es als rituelles Bad bezeichnen, würde das nicht so pathetisch klingen.

»Hallo, Elaine«, sagt Theresa, das Lächeln nicht so strahlend wie sonst. Sie ist schon eine Weile nicht mehr sie selbst.

»Hallo!« Elaine würde sie am liebsten umarmen, um

den Tag zu feiern, aber das wäre unpassend: Wer umarmt jemanden, nur weil man gemeinsam schwimmen geht?

»Wie war dein Treffen mit dem Anwalt?«, fragt sie stattdessen und kann die Antwort an Theresas Miene ablesen.

»Nicht sehr erfreulich.« Theresa presst die Lippen zusammen. »Andrew behauptet, seine Werkstatt werfe nicht viel ab. Außerdem lebt er bei einem Freund, der sagt, Andrew sei derart pleite, dass er nicht einmal Miete zahle.« Sie seufzt. »Und da ich jahrelang nicht gearbeitet habe – weil er das nicht wollte –, kann ich mir auch nicht einfach so eine Stelle suchen.«

»Aber du arbeitest doch schon«, sagt Elaine. »Du ziehst zwei Kinder groß und kümmerst dich um den Haushalt. Das *ist* Arbeit.«

Theresa lacht auf eine Weise, die Elaine gar nicht von ihr kennt: verbittert. »Leider wird der Wert dieser Arbeit von meinem Ehemann bestimmt. Außerdem behauptet er, wer Zeit für ein Ehrenamt habe und jeden Morgen mit seinen Freundinnen schwimmen gehe, vernachlässige die Kinder.«

»O Gott, Theresa.«

Nun hält Elaine die Umarmung doch für angemessen und ist froh, dass Theresa sich ihr nicht entzieht. Sie lässt sogar fast ihren Kopf auf Elaines Schulter plumpsen.

»Brauchst du Geld?«, fragt Elaine, als sie sich wieder trennen. »Als ich meine Firma verkauft habe, habe ich den Erlös einfach auf ein Konto eingezahlt, und da liegt er jetzt immer noch – in Pfund Sterling, das erheblich mehr wert ist als der Australische Dollar.«

Sie lacht, um zu überspielen, dass sie nie in einem finanziellen Engpass wie Theresa war. Dass es ihr immer gut ging, flößt ihr fast Schuldgefühle ein. Selbst ohne ihr eigenes Geld würde James genug für sie beide verdienen.

Theresa wirkt erst verblüfft, bevor sich ihr Gesicht entspannt. »Das ist wahnsinnig nett von dir, aber ich könnte niemals … Und es ist schon in Ordnung, wirklich.« Sie lächelt matt. »Wie sich herausgestellt hat, hat Nonna ihre Pokergewinne unter der Matratze versteckt – mehrere tausend Dollar, steuerfrei. Aber erzähl das bloß niemandem!« Als sie kichert, scheint die alte Theresa wieder durch. »Wir kommen schon zurecht. Ich weiß nicht, was aus dem Haus wird, aber …«

»Guten Morgen, ihr zwei«, sagt Marie.

»Guten Morgen«, sagt Elaine. »Du grinst ja wie ein Honigkuchenpferd. Was um Himmels willen ist denn los?«

Maries Lächeln wird noch breiter. »Nichts!«, sagt sie aufgekratzt. »Na ja, doch: Gus und ich hatten gestern ein wundervolles Dinner. Ich bin einfach bester Laune.«

»Aber er ist doch nicht … über Nacht geblieben, oder?«, erkundigt sich Theresa feixend.

»Nicht so, wie du denkst, Theresa.« Wieder lächelt Marie.

»Wahnsinn!«

»Hallo«, platzt Leanne in ihr Gespräch.

»Hallo«, antworten Elaine und Theresa im Chor.

»Seid ihr bereit?«, fragt Theresa dann. »Ich brenne nämlich darauf, ins Meer zu kommen. Das hätte ich nie gedacht, dass ich so verrückt danach bin, aber vermutlich ist man nie zu alt für Überraschungen.«

Marie schnaubt. »Als wärst du alt.«

»Als wärst du es«, gibt Theresa lachend zurück und seufzt dann. »Jetzt geht es mir besser. Als ich heute Morgen aufgewacht bin, dachte ich schon, ich hätte meinen Humor verloren.«

»Was ich dir nicht verdenken könnte«, murmelt Elaine.

»Leanne, wieso ziehst du so ein langes Gesicht?«, fragt Marie. »Was ist denn los?«

Elaine reißt erschrocken die Augen auf. Sosehr sie Marie liebt, sie kann ganz schön direkt sein. Dabei ist Leanne wie eine Katze: Man sollte sie nicht streicheln wollen, sondern lieber warten, bis sie von selbst kommt. Im übertragenen Sinn haben sie sie jetzt unter Mühen dazu gebracht, ihre Milch aus der Schüssel in ihrem Haus zu trinken, da kommt Marie und droht alles wieder zunichte zu machen.

»Äh … nichts.« Leanne lächelt verkniffen und schaut weg, wie nicht anders zu erwarten.

Eine Katze, die nach einem Mauervorsprung sucht, auf dem sie sich in Sicherheit bringen kann.

»Leanne«, schnaubt Marie, die Hände in die Hüften gestützt. »So eine Antwort mag mal funktioniert haben, aber diese Zeit ist jetzt vorbei.« Sie droht mit dem Finger. »Gut, dass du nicht mit Theresas Nonna Poker spielst – die würde dich ausnehmen wie eine Weihnachtsgans.«

»Marie!«, sagt Theresa. »Das ist nicht nett.«

»Aber es stimmt doch. Also, raus mit der Sprache.«

»Wirklich«, sagt Leanne, die jetzt schneller atmet, »ich komm schon klar.«

»Wenn da tatsächlich etwas ist«, sagt Marie freundlicher und macht einen Schritt auf sie zu, »dann solltest du das nicht mit ins Meer nehmen. Dann bist du in Gedanken woanders, schluckst Wasser, und ich muss dich womöglich an den Strand schleppen und Theresa dir eine Mund-zu-Mund-Beatmung verpassen.«

»Und das willst du bestimmt nicht«, sagt Theresa, wirkt aber nicht so, als hätte sie einen Scherz gemacht.

Leanne lässt ihren Kopf in die Hände sinken. »Ich weiß nicht, was ich tun soll«, sagt sie mit gedämpfter Stimme.

Elaine ist sprachlos und sieht, dass es den anderen genauso geht. Bisher hat Leanne nie eine Meinung zu etwas geäußert, geschweige denn Gefühle gezeigt. Sie ist kaum wiederzuerkennen.

»Was ist passiert?«, fragt Theresa. »Hat es etwas mit Matt zu tun?«

Leanne schüttelt den Kopf, dann hebt sie ihn wieder. Ihre Miene ist ausdruckslos, als wäre sie gar nicht mehr da.

»Es tut mir so leid – dass mir gar nicht aufgefallen ist, dass dich etwas bedrückt.« Theresa sieht aus, als wollte sie in Tränen ausbrechen. »Aber ich war auch schon so lange nicht mehr im Krankenhaus.«

Und selbst wenn, wie hätte sie es merken sollen?, denkt Elaine. Leanne behält ja alles für sich. Eine Weile dachte sie, Leanne sei gar nicht an ihrer Freundschaft interessiert und gehe nur mit ihnen schwimmen, weil das sicherer sei. Aber dann ist sie zu dem Schluss gelangt, dass Leanne einfach sehr verschlossen ist, fast asketisch. Vielleicht reduziert sie den Umgang mit Menschen auf ein Minimum, weil sie ihre Zeit einem höheren Ziel widmen will, ihrer Arbeit zum Beispiel.

»Meine Mutter ist aufgetaucht«, murmelt Leanne.

»Was?« Marie neigt sich näher zu ihr hin.

»Meine Mutter«, sagt Leanne deutlicher. »Sie stand plötzlich vor dem Krankenhaus. Vor ein paar Wochen. Ich war …« Sie unterbricht sich und blinzelt langsam. »Das war ein Schock.«

Ihr Kopf sackt wieder nach vorn, während Elaine, Theresa und Marie verwirrte Blicke wechseln.

»Ich weiß …«, beginnt Theresa, dann hält sie inne und beißt sich auf die Lippe. »Du redest nicht über deine Familie, deshalb war mir nicht klar, dass es da ein Problem gibt.«

»Ich hatte sie seit acht Jahren nicht gesehen«, erklärt Leanne, und Elaine denkt, dass sie ihnen an einem einzigen Tag noch nie so viel erzählt hat.

»Aha«, sagt Marie ruhig. »Möchtest du uns verraten, warum?«

Leanne schaut sie alle einzeln an, fast trotzig, als wäre das, was sie ihnen gleich erzählen wird, eine Herausforderung für sie. »Als ich achtzehn war, wurde ich … vergewaltigt.« Sie saugt Luft ein und scheint sie gar nicht mehr ausatmen zu wollen.

Elaines Wirbelsäule scheint zu Eis zu erstarren, ihr kommt die Galle hoch. Dass dieses zähe, stille Mädchen, das schon seit Monaten mit ihnen schwimmt, etwas so Schreckliches erlebt haben soll, ist ein Schock.

»Vom Freund meines Bruders.« Leanne schluckt.

»Das wolltest du mir damals also mitteilen«, stellt Theresa mit sanfter Stimme fest.

Leanne nickt. »Ich …« Sie schnappt wieder nach Luft, und Theresa legt ihr die Hand auf den Arm.

»Du musst nicht darüber reden«, flüstert sie.

»Das möchte ich aber«, sagt Leanne schnell, und wieder ist dieser Trotz zu spüren.

Elaine bewundert sie. Beneidet sie fast darum.

»Ich wurde schwanger«, fährt Leanne fort und blinzelt schnell.

Elaine wirft den anderen einen Blick zu und sieht, dass

sie ihre Überraschung ebenfalls zu verbergen suchen. Theresa scheint etwas fragen zu wollen, aber jetzt müssen sie Leanne reden lassen.

»Es war schon zu spät … Als ich es herausfand, war es zu spät, um noch etwas zu unternehmen«, sagt Leanne leise. »Außerdem hätte ich sowieso nicht gewusst, wo ich dafür hingehen soll. Ich erzählte es meinen Eltern, und die sagten, ich hätte Schande über die Familie gebracht. Mein Vater …« Sie schließt die Augen. »Er war so wütend«, flüstert sie. »Und meine Mutter konnte mich nicht einmal mehr anschauen. Ich glaubte, sie würden mir niemals verzeihen.«

»Aber es war doch nicht deine Schuld!«, geht Theresa dazwischen.

Leanne lächelt traurig. »Es ist doch immer unsere Schuld, oder?«

Und wieder verspürt Elaine dieses eisige Gefühl. Sie muss an die beiden Mädchen von ihrer Schule denken, die auf mysteriöse Weise verschwanden und nie wiederkamen. Alle wussten, dass sie schwanger waren, und alle redeten schlecht über sie, sie selbst eingeschlossen. Über die Männer, die sie geschwängert hatten, verlor hingegen niemand ein Wort. Jetzt schämt sie sich für ihr vorschnelles Urteil, und sie würde sich am liebsten wegdrehen, da ihre Wangen glühen. Weil das aber aussehen würde, als würde sie sich von Leanne abwenden, unterdrückt sie den Impuls.

»Also bin ich gegangen.« In Leannes Augen glimmt etwas wie Stolz auf. »Ich habe eine Stelle als Putzfrau gefunden und Geld gespart. Ich wollte eine Ausbildung machen. Mit meinen Eltern habe ich seither nicht mehr gesprochen.«

Schlichte Sätze, um eine schmerzliche und zugleich

stählende Reise zu beschreiben. Elaine ist beeindruckt, was diese junge Frau, die sie gerade erst kennenlernt, schon alles durchgestanden hat.

»Und was ist aus dem Baby geworden?«, fragt Marie.

Eine so einfache und naheliegende Frage, und doch eine so herzzerreißende.

»Ich habe es fortgegeben«, sagt Leanne, und Elaine hört, wie Theresa die Nase hochzieht.

Einen Moment lang verharren sie stumm. Es gibt nichts zu sagen, das nicht vollkommen sinnlos wäre. Und viel zu spät käme.

»Ich kann gut damit leben.« Leanne schaut sie eine nach der anderen an. »Ich hätte mich nicht um sie kümmern können. Ehrlich gesagt«, ihr Gesicht verzieht sich so flüchtig, dass die Regung kaum zu sehen ist, »wollte ich sie gar nicht behalten. Wegen dem, was passiert ist. Jedes Mal, wenn ich sie angeschaut habe, musste ich daran denken.« Sie schüttelt den Kopf. »Ich konnte es einfach nicht.«

Sie stößt einen langen Seufzer aus, dann lächelt sie so, wie Elaine sie noch nie lächeln gesehen hat, vollkommen entspannt und natürlich.

»Und deine Mutter …?«, sagt Marie.

»Sie möchte mich wiedersehen«, sagt Leanne. »Sie möchte, dass ich meine Familie wiedersehe. Angeblich tut es ihnen leid.«

»Vielleicht stimmt das ja auch«, sagt Elaine. Natürlich kennt sie nicht die Details, aber wenn Leanne so aufgewühlt ist, dass sie ihnen diese Geschichte erzählt, dann muss ihr ihre Mutter noch immer viel bedeuten.

»Vielleicht.« Das verhaltene, nichtssagende Lächeln von Leanne ist zurück.

Marie tätschelt ihr die Schulter. »Tu, was sich für dich richtig anfühlt«, sagt sie. »Wenn du deine Eltern sehen willst, triff dich mit ihnen. Wenn nicht, dann nicht. Aber wenn du es nicht tust, darfst du nicht zu hart mit dir ins Gericht gehen.« Sie schaut zu Theresa und Elaine hinüber. »Und egal, wie du dich entscheidest, du kannst auf unsere Unterstützung zählen.«

Leannes Augen werden größer, dann senkt sie die Lider, und nach einem kurzen Nicken lässt sie den Kopf wieder hängen.

»Komm her, meine Kleine«, sagt Marie, legt die Arme um die kleinere, schmale junge Frau und streicht ihr über den Rücken, wie Elaine es bei ihren Jungen immer getan hat, während sie einschliefen. Vielleicht kennen alle Mütter diesen Trick. Vielleicht hat auch Leannes Mutter sie so gestreichelt, viele Jahre bevor ihre Kinder groß wurden und sie keine Gelegenheit mehr dazu hatte – keine Gelegenheit, ihre Liebe auf so simple Weise zum Ausdruck zu bringen.

Elaine erinnert sich noch, wie schmerzlich es war, als ihre Söhne eine unsichtbare Schwelle überschritten und nicht mehr umarmt werden wollten. Aus Jungen wurden Männer, und Elaines Hände fühlten sich jahrelang leer an, weil sie keine Liebe mehr spenden durften, keinen Schutz. Sie musste andere Wege finden, um es trotzdem zu tun. Worte. Sie weiß nicht, ob ihr das gelungen ist, sie hat sich noch oft gewünscht, ihnen einfach wieder über den Rücken streichen zu können.

»Könnten wir jetzt endlich schwimmen gehen?«, fragt Leanne gedämpft an Maries Brust.

»Was für eine gute Idee«, sagt Marie und lässt sie los.

»Das Wasser wird ganz schön kalt sein.« Theresa verzieht das Gesicht.

»Ich bin bereit«, sagt Elaine und schenkt Leanne ein Lächeln.

»Ich auch.« Leanne setzt ihre Badekappe auf.

»Den Letzten beißen die Hunde!«, ruft Theresa und läuft los. Innerhalb kürzester Zeit verwandeln sie sich in eine Masse aus Armen und Beinen, die schlagen und treten und tauchen, vier ungleiche Meerjungfrauen, die zu fernen Ufern schwimmen.

38

Theresa hat versucht, sich ihr Handtuch wie einen Sarong um die Hüfte zu wickeln, aber es ist zu dick, und als sie jetzt die Haustür öffnen will und die Klinke Schwierigkeiten macht, rutscht es ihr halb hinunter. Sie muss unbedingt etwas wegen der Klinke unternehmen, oder sie wird irgendwann nicht mehr ins Haus kommen. Andrew hat immer gesagt, er kümmere sich schon darum, aber das war eine leere Versprechung, und jetzt ist er nicht mehr da. Vielleicht kann Gus ja die Klinke reparieren. Sie würde ihn natürlich dafür bezahlen. Oder Nonna vielmehr.

Ohne Nonnas Gewinne aus zwielichtigen Pokernachmittagen würden sie nicht über die Runden kommen. Theresa sagt ihr jeden Tag, wie dankbar sie ihr dafür ist, aber dann fuchtelt Nonna ihr nur mit einer Zigarette vor dem Gesicht herum und erwidert, dass das Geld nun bessere Dienste leiste als unter der Matratze.

Theresa könnte auch nicht schwimmen gehen, wenn Nonna nicht so bereitwillig auf die Kinder aufpassen würde. Sie vermutet zwar, dass Nonna sie während ihrer Abwesenheit gern herumkommandiert, aber wenn das der Preis dafür ist, hat Theresa kein Problem damit. Dann wachsen ihre Kinder eben auf wie sie selbst, denn schon damals verlangte Nonna Disziplin, wo Theresas Mutter eher Nachsicht walten ließ.

Die Türklinke kann Nonna allerdings nicht reparieren. Oder vielleicht könnte sie es sogar, aber Theresa wird sie nicht fragen. Sie wird die Sache auf ihre To-do-Liste schreiben – was vermutlich darauf hinauslaufen wird, dass sie sie in dem Moment, in dem sie über die Schwelle ins Haus tritt und tausend andere Dinge um die Ohren hat, sofort wieder vergisst.

Als sie die Tür hinter sich schließt, fällt das Handtuch vollständig herunter, und sie stolpert fast darüber. Im selben Moment kommt Oliver in den Flur gerannt.

»Du bist ja nass!«, ruft er kichernd.

Er war immer ein fröhliches Kind, ganz anders als seine ernste Schwester. Das soll keine Wertung sein, diesen Fehler wird sie bei ihren Kindern nicht machen. Das fröhliche Kind ist nicht besser als das melancholische, auch wenn Theresa sich um Sasha mehr Sorgen macht. Besonders in letzter Zeit. Ollie hat den Auszug seines Vaters bestens überstanden, während Sasha noch trauert. Theresa kann das verstehen. Manchmal möchte sie auch trauern, wenngleich aus anderen Gründen. Aber den Luxus kann sie sich nicht leisten.

»Nur meine Haare, Ollie.« Nach dem Schwimmen spürt sie gern noch etwas länger das tropfnasse Haar auf den Schultern, weil es sie daran erinnert, dass sie bis vor wenigen Minuten im Ozean war. »Dafür bist du splitternackt.«

Er ist schon immer gern nackt im Haus herumgelaufen. Andrew fand das ungehörig, aber Theresa ist es egal. Ihrer Erfahrung nach sind Kinder gern nackt, und sie selbst hätte auch nichts dagegen, manchmal so herumzulaufen.

So muss sich Freiheit anfühlen. Nur dass es in ihrem Fall die unangenehme Konsequenz hätte, dass ihre Brüste hin und her schaukeln würden. Ein Andenken an die Stillzeit.

Ollie kichert noch einmal und läuft dann in sein Zimmer, wo er, wie sie weiß, seine Schuluniform anziehen wird. Er ist ziemlich gewissenhaft, so wie älteste Geschwister es oft sind. Wobei man das von ihrem Bruder Angelo nicht sagen kann. Theresa hatte immer das Gefühl, dass sie von ihren Geschwistern das stärkste Pflichtgefühl besaß.

»Sasha!«, ruft sie. Die Kinder sollten längst für die Schule fertig sein, aber Sasha trödelt immer.

»Wo ist Nonna?«, erkundigt sie sich bei Oliver, als er zurückkommt, das Hemd der Schuluniform falsch zugeknöpft.

»In der Dusche«, sagt er.

Theresa pellt sich aus dem Badeanzug. Sie hatte gehofft, selbst schnell duschen zu können, um danach den Tag in Angriff zu nehmen, aber sie ist ein bisschen später dran als sonst, was jetzt ihren ganzen Zeitplan durcheinanderbringt. Wenn Andrew doch nur, wie gebeten, in der Wohnung ihrer Großmutter eine Dusche installiert hätte! Denn inzwischen ist Nonna zu alt, um in ihre Badewanne zu steigen.

»Bäh, Mum, iiieeh! Ich will dich nicht nackt sehen.« Oliver tut so, als würde er sich die Augen zuhalten, grinst aber dabei.

Sie grinst zurück. »Du hast mich dein ganzes Leben lang nackt gesehen, Ollie!«

Theresa hat immer versucht, in Gegenwart ihrer Kinder entspannt mit ihrem Körper umzugehen. Sie möchte ihn nicht vor ihnen verstecken, zumal sie sie gestillt hat.

Wie verwirrend das für die beiden wäre! Erst sehen sie die Brüste unentwegt, saugen daran, begrapschen sie, und dann wird der Busen weggesperrt, als würde etwas mit ihm nicht stimmen.

»Sasha!«, ruft sie noch einmal lauter. »Und Ollie, dein Hemd ist nicht richtig zugeknöpft.«

»Sie ist krank«, sagt Oliver, während er sich seinen Knöpfen widmet.

»Was?« Theresa kann heute kein krankes Kind gebrauchen. Sie hat furchtbar viel zu tun. Zusätzlich zu ihren normalen Aufgaben muss sie Nonna zum Pokern fahren und hat am frühen Nachmittag einen Arzttermin. Nicht zu vergessen, dass sie Sarah, einer anderen Mutter, versprochen hat, ihre Kinder nach der Schule mitzunehmen, weil Sarah arbeiten muss und die Babysitterin keine Zeit hat.

»Was ist das denn?«, fragt Oliver, als sich Theresa das Handtuch um den Körper wickelt.

»Was denn?«

Er stöhnt. »Jetzt kann ich's nicht mehr sehen.«

»Ollie, wovon redest du?«

»Dieses komische Ding da.« Er zeigt auf ihre Brust.

»Das Handtuch?« Sie runzelt verwirrt die Stirn.

Er zeigt wieder hin. »Das Ding da an deinem Busen.«

»Du meinst das Muttermal? Das war doch schon immer da.«

»Nein!« Er schüttelt den Kopf, als wäre sie die größte Idiotin der Welt. »Darunter.«

Sie hat keinen blassen Schimmer, wovon er redet, und Zeit für Suchspielchen hat sie auch nicht. Sie muss nach ihrer Tochter schauen, duschen und die Kinder in die Schule bringen.

»Guten Morgen, *bella*«, sagt Nonna, als sie den Flur betritt. Sie trägt ihren geliebten Frotteebademantel, der das geballte Aroma der an diesem Morgen bereits gerauchten Zigaretten verströmt.

»Hallo, Nonna. Gut geschlafen?« Theresa zieht das Handtuch um ihren Körper noch etwas enger.

»Wie kannst du nur vor dem Jungen nackt herumlaufen?«, fragt Nonna verstimmt.

»Wieso nackt? Ich habe mir ein Handtuch umgebunden und warte darauf, dass die Dusche frei wird.«

»Ich habe Mummys Dinger gesehen, Nonna – sie war splitternackt«, sagt Oliver ernst.

Nonnas Empörung ist unübersehbar. Allerdings sollte sie besser den Mund halten, da sie selbst kein wandelndes Vorbild ist – einer der Gründe, warum Theresa sie so liebt.

»Ich hatte noch keine Zeit, Kaffee aufzusetzen«, sagt Theresa, als sie zu Sashas Kinderzimmer geht.

»Ich mach das schon«, sagt Nonna.

Theresa betritt das Zimmer und entdeckt eine blasse Sasha mit noch vom Schlaf zerzaustem Haar. Tapfer quält sie sich in ihre Schuluniform.

»Hallo, Mum.« Sasha flüstert fast, und Theresas Herz krampft sich zusammen. Ihr kleines Mädchen scheint unter größter Mühe gegen Übelkeit anzukämpfen.

»Guten Morgen, mein Schatz.« Theresa hebt sie hoch und setzt sich mit ihr aufs Bett. Als sie Sashas Schläfe küsst, spürt sie ihre weichen Locken im Gesicht.

Trotz der langen Liste von Pflichten würde sie am liebsten den ganzen Tag so sitzen bleiben. Sie hat ihre Kinder gern um sich und wünscht sich, öfter einfach nur mit ihnen zusammen zu sein. Stattdessen sind sie alle in der Mühle gefangen, die sich Leben nennt: Schule, Spielnachmittage mit Freunden, Ballettstunde für Sasha, Tennisstunde für Oliver, Vorlesen, so oft es geht, Kochen, Putzen, Socken stopfen und den Garten nicht verwildern lassen. Manchmal sind zwischendurch sogar ein paar Minuten für einen selbst drin.

Sie lächelt ihre Tochter an und streicht ihr über das Haar, das am Kopf klebt. »Geht es dir nicht gut, mein Engel?«, fragt sie leise.

Sasha schüttelt den Kopf.

Theresa gibt sich Mühe, nicht aufzustöhnen. Sasha soll nicht merken, dass ihr Tag dadurch noch komplizierter wird. Für fast alle Aufgaben muss sie das Haus verlassen. Sie kann nicht einfach Sarahs Kinder vor der Schule vergessen, zumal Oliver ebenfalls abgeholt werden muss. Und Nonna wiederum kann sie nicht ins Taxi setzen, weil die alle Taxifahrer für Idioten hält und sie irgendwann unweigerlich beschimpft.

Theresa muss sich also etwas einfallen lassen. Sie muss es so einrichten, dass Sasha versorgt ist, sie aber alles andere erledigen kann. Ihr familiäres Umfeld kann sie vergessen: Andrew war nie ein Rückhalt, was die Kinder betrifft, und ist es jetzt erst recht nicht. Seine Eltern kommen auch nicht infrage, da die ihr eigenes Leben haben: Es besteht aus Treffen des Frauenclubs, Bridge-Partien und Bierchen im Segelclub. Und ihre eigenen Eltern wohnen zu weit weg, um rechtzeitig hier zu sein. Zwei Stunden fährt man mindestens, wenn alles gut läuft.

Die anderen Schulmütter wiederum sind meist mit ihren eigenen Kindern beschäftigt oder haben Jobs. Plötzlich fällt ihr ein, was Marie mal gesagt hat, als sie, Theresa, sich über ihre tausend Pflichten beklagte.

Falls du je Hilfe mit den Kindern brauchst, lass es mich wissen. Ich wohne ja nicht weit weg. Ihre Miene war dabei fast hoffnungsvoll, so als würde sie sich geradezu wünschen, dass Theresa ihr Angebot annimmt.

Theresa hat sich damals bedankt, dachte aber nicht daran, davon Gebrauch zu machen. Nicht weil sie Marie die Kinder nicht anvertrauen würde – sie ist eine absolut zuverlässige Person –, sondern weil sie ihre Freundin nicht ausnutzen möchte.

Aber sie hat keine Wahl. Heute nicht.

»Alles gut, mein Schatz«, sagt sie und gibt Sasha noch einen Kuss. »Ich muss mal schnell telefonieren.«

»Natürlich kann ich kommen«, sagt Marie, nachdem Theresa ihr die Situation geschildert hat, worauf dieser ein Stein vom Herzen fällt.

»Danke. Was sollte ich nur ohne dich tun?«

»Und was sollte ich ohne *dich* tun?«

Theresa hört das Lächeln in Maries Stimme und hofft, dass Marie ihre Rührung nicht bemerkt. Manche Tage sind so anstrengend, aber da sie Marie und die anderen jeden Morgen sieht, beginnt jeder Tag zumindest fröhlich.

»Wann soll ich da sein?«, fragt Marie.

»Ich bringe Ollie jetzt schnell zur Schule und komme dann zurück. So gegen … halb zehn?«

»Kein Problem.«

»Danke nochmals.« Nachdem das geklärt ist, geht Theresa endlich ins Bad. »Nonna, kannst du Ollie sein Frühstück machen?«, ruft sie.

»*Si, si*«, kommt es leicht mürrisch zurück, und Theresa lächelt.

Als sie unter der Dusche steht, fällt ihr wieder ein, dass

Ollie etwas an ihrer Brust gesehen haben will. Sie tastet sich ab. Da, unter der rechten Brust ist tatsächlich etwas Komisches. Nur eine kleine Stelle. So legt sie sich es jedenfalls zurecht. Kein Knoten.

Sie weiß, wie Knoten in der Brust aussehen, weil ihre Tante Gloria den Rest der Familie an ihrem Leiden teilhaben lassen wollte. Als Gloria etwas dagegen unternahm, waren die Knoten schon so groß, dass sie innerhalb weniger Monate starb. Die Stelle an ihrer Brust hingegen ist winzig. Andererseits hat ihr Sohn sie gesehen. Kaum zu fassen, dass sie ihr nicht selbst aufgefallen ist.

Nicht dass sie Zeit hätte, sich regelmäßig abzutasten, und sonst berührt ihre Brüste auch keiner mehr. Selbst vor Andrews Auszug war es lange her, dass er auch nur in die Nähe ihrer Lustbeutel kam, wie er ihren Busen früher nannte. Nachdem sie zwei Babys gestillt hatte, sagte er gern, dass ihre Brüste ihm nicht länger gehörten. Ihr war nie klar, ob ihn das traurig oder wütend machte.

Aber ihr selbst gehören sie auch nicht. Erst in der Stillzeit hat sie begriffen, dass Brüste noch eine andere Funktion haben, als Andrew glücklich zu machen oder fremde Männer auf der Straße dazu zu bewegen, ihr etwas hinterherzurufen. Für ihren Geschmack sind sie immer noch ansehnlich. Eigentlich sogar bemerkenswert ansehnlich. Selbst nach zwei Kindern haben sie ihre Form noch nicht verloren, auch wenn sie nicht mehr ganz so straff sind wie vorher.

Als es an der Badezimmertür klopft, fährt sie zusammen.

»Mu-um! Ich muss mal Pipi!«

»Dann komm rein, Ollie.«

Als ihr Sohn fertig ist, hat Theresa den Knoten fast verdrängt. In Gedanken schreibt sie ihn auf ihre Liste, auf der schon ihre anderen Pflichten stehen. So wird sie sich hoffentlich irgendwann daran erinnern, dass sie deshalb etwas unternehmen muss.

39

Das Haus sieht genau so aus, wie Leanne es in Erinnerung hat, und dann auch wieder nicht. Es wirkt älter. Die Erinnerung verschleiert die Wirklichkeit vor ihren Augen, sodass dies das Haus ihrer Kindheit ist und gleichzeitig der Ort, den sie nie wiedersehen wollte.

»Bist du dir ganz sicher?« Elaine nimmt die Hände vom Lenkrad und dreht sich ihr zu.

»Nein.« Leanne lächelt matt. »Ich bin mir bei gar nichts mehr sicher.«

Nachdem sie den anderen ihre Geschichte erzählt und erfahren hat, dass sie sie für ihre Entscheidung, wie auch immer die ausfallen würde, nicht verurteilen, fühlt sie sich wie befreit. Sie hat etwas Schlimmes erlebt und die Konsequenzen akzeptiert. Sie hat sich der Situation so mutig wie möglich gestellt.

Allerdings gibt es auch Tage, an denen sie sich wünscht, alles rückgängig machen zu können. Ihre Eltern und Geschwister und vielleicht sogar ihr Baby noch zu haben. Damals erschien es ihr logisch, sich der Schande zu entledigen, indem sie sich von den Menschen fernhielt, die sie bezeugen konnten, und das Kind weggab. Doch nach der

Begegnung mit ihrer Mutter vor dem Krankenhaus ist sich Leanne nicht mehr sicher, ob das die richtige Entscheidung war. Andererseits hat sie sich ein ganzes Leben auf dieser Entscheidung aufgebaut und weiß gar nicht, wer sie außerhalb dieses Lebens ist.

»Möchtest du gar nicht mit deiner Mutter reden?«, hat Marie an jenem Morgen nach dem Schwimmen gefragt.

»Ich … ich weiß es nicht.«

Leanne schaute aufs Meer hinaus. Ihr Leben erschien ihr so einfach, wenn sie schwamm. Wenn Arme und Beine in Bewegung waren. Wenn sie den Mund zum Atmen öffnete. Wenn die Sonne aufging und gelegentlich eine Möwe über sie hinwegflog. Dann war ihre einzige Sorge, zum Little Beach und wieder zurück zu schwimmen und mit ihren Freundinnen mithalten zu können. Nicht, weil sie so ehrgeizig ist, sondern weil sie die anderen gern um sich hat. Ihr kleines Rudel.

Gegen ihren Willen stiegen ihr Tränen in die Augen. Sie wollte nie andere Menschen in das Chaos ihres Lebens hineinziehen. Oder überhaupt in ihre Angelegenheiten. Aber plötzlich hat sie drei Freundinnen und einen Freund, und obwohl das das Leben komplizierter macht, ist es dadurch auch erfüllter. Unglaublich erfüllt. Das ist auch der Grund, warum sie Elaines Angebot, sie heute zu begleiten, angenommen hat. Ihr ist klar geworden, dass sie Hilfe braucht. Es würde zu sehr an ihre Substanz gehen, das alles allein durchzustehen.

»Ich werde im Auto warten«, sagte Elaine, als sie vorschlug, sie zu fahren. »Wenn du wieder zurück möchtest, bin ich da.«

Und noch etwas hat Leanne später an jenem Morgen

den anderen gestanden: dass es ihr leidtut, vor ihrer Mutter vor dem Krankenhaus davongelaufen zu sein. Damals war sie nicht bereit für die Begegnung, aber jetzt ist sie es – falls ihre Mutter es auch ist.

»Natürlich ist sie das«, sagte Marie bestimmt. »Wenn sie dich nach all den Jahren aufgespürt hat, will sie ganz sicher mit dir reden. So schnell wird sie sich das nicht anders überlegt haben.«

Aber in Leanne vermischten sich Zweifel mit Schuldgefühlen. »Es war trotzdem falsch«, sagte sie.

»In der Situation war es genau die richtige Reaktion für dich.« Marie konnte so schrecklich praktisch und direkt sein, doch an jenem Tag war Leanne froh über ihre Art.

Doch als sie jetzt das Haus betrachtet, werden die Zweifel wieder stärker. Was, wenn das, was sie zu tun beabsichtigt, doch nicht das Richtige für sie ist?

»Ich kann auch mit hineingehen«, sagt Elaine. »Das würde mir nichts ausmachen.«

Leanne presst die Lippen zusammen, damit ihr Kinn nicht zittert. »Nein«, sagt sie fast flüsternd. »Ich muss das allein schaffen. Aber ich bin wirklich froh, dass du hier bist.«

Elaine lächelt aufmunternd.

»Dann mal los.« Leanne zieht am Türgriff, ohne von Elaine eine Antwort zu erwarten.

Nachdem sie die Tür zufallen hat lassen, eilt sie mit schnellen Schritten auf das Tor zu, betritt den Weg und geht zu der vertrauten Holztür mit dem offenbar neuen Messingklopfer.

Sie muss nur dreimal klopfen, bis sie ein Geräusch hinter der Tür hört.

Als sie geöffnet wird, steht ihre Mutter vor ihr. Sie erscheint ihr kleiner als vor dem Krankenhaus.

»Leanne?«, flüstert sie, als traute sie ihren Augen nicht.

»Hallo, Mum.« Leanne versucht zu lächeln, aber ihr Kinn zittert.

Ihre Mutter nickt und tritt näher. »Du bist gekommen.«

»Ich hätte neulich nicht weglaufen dürfen. Es tut mir leid.«

Ihre Mutter legt ihr die Hand aufs Haar und streicht einmal darüber. »Schon in Ordnung«, sagt sie. »Mein Auftauchen muss ein Schock für dich gewesen sein.«

Leanne spürt etwas Zähes in der Kehle, wie dichter, von Salzwasser durchtränkter, schwerer Sand. Sie schluckt es hinunter, schließlich ist sie nicht hier, um emotional zu werden. Sie ist hier, um Dinge, die vorgefallen sind, zu bereinigen. Was nicht heißt, dass sie um Verzeihung oder Verständnis bitten wird. Wahrscheinlich werden sie einander nie verstehen. So ist das oft in Familien und manchmal sogar zwischen Freunden. Und trotzdem liebt man sich. Mit achtzehn wusste sie das noch nicht, damals konnte sie nur ihren eigenen Schmerz sehen.

Darüber hat sie im Wagen nachgegrübelt, während Elaine am Steuer saß und sie ihren Gedanken überließ. Nicht ein einziges Mal hat sie versucht, in sie zu dringen. Letztlich haben sie es immer so gehalten: im Wasser ist jede für sich, allein mit ihren Gedanken, getragen von der stummen Gesellschaft, die einen auch ohne Worte versteht. *Wir sind alle hier und tun dasselbe. Du musst mir gar nichts erklären.* »Schwestern im Schwimmen«, hat eine von ihnen sie mal genannt. Theresa vermutlich. Leanne kann sich nicht vorstellen, dass die Formulierung von wem anders stammt, und sie selbst würde einen derart sentimentalen Satz bestimmt nicht über die Lippen bringen.

»Ich habe dich vermisst«, sagt Leanne stotternd, obwohl sie das sich selbst gegenüber nie zugegeben, geschweige denn laut ausgesprochen hat.

Sie hätte es sich gar nicht leisten können, ihre Familie zu vermissen. Dann hätte sie nur Reue verspürt, und die konnte sie unter keinen Umständen zulassen. Man kann sein ganzes Leben damit verschwenden, sich zu wünschen, etwas nicht getan zu haben. Aber die Vergangenheit lässt sich nicht ändern. Das Einzige, was sich ändern lässt, ist der eigene Umgang damit.

»Wir waren so traurig, Leanne.« Ihre Mutter schließt die Augen. »Wir wussten einfach nicht, was wir tun sollten. Deine Brüder. Deine Schwester …« Sie seufzt. »Sie waren nicht mehr die Alten.«

Ich war nicht mehr die Alte, möchte Leanne sagen, aber das scheint ihr zu offensichtlich.

»Es tut mir leid, Mum.«

»Jetzt bist du ja da.«

Ihre Mutter lächelt ihr hoffnungsvolles, kindliches Lächeln, das Leanne immer so geliebt hat. Als sie klein war, hat es ihr das Gefühl gegeben, ihre Mutter wäre ihre Mitverschwörerin, als könnte sie die komischen Seiten der Welt sehen – so wie sie, Leanne. Andererseits hat sie sich als Teenager gewünscht, ihre Mutter würde endlich erwachsen werden. Erst jetzt weiß sie, dass dieses Lächeln kein Relikt aus der Kindheit ihrer Mutter ist, sondern Ausdruck von Optimismus; offenbar ist für ihre Mutter jeder einzelne Tag eine Gelegenheit zum Neuanfang. Und unvermittelt erkennt auch Leanne die Chance, die in diesem Tag liegt.

»Das bin ich.« Sie greift nach der Hand ihrer Mutter. »Zeigst du mir den Garten?«

Die Augen ihrer Mutter werden groß. »Möchtest du deine Kumquats sehen?«

Leanne lächelt. Sie hat die Bäume im Alter von ungefähr acht Jahren gepflanzt. Sie trugen Früchte, aus denen ihre Nachbarn Marmelade kochten. Nach einer Weile kümmerte sich Leanne nicht mehr um sie, und dennoch gediehen sie weiterhin prächtig.

»Ja, gern.«

»Dein Vater hatte immer ein Auge darauf«, sagt ihre Mutter, als sie die Schiebetür zur Veranda öffnet. Dann bleibt sie stehen und dreht sich um. »Er vermisst dich auch.«

Der Garten ist so gepflegt wie früher, aber die Kumquats sind deutlich gewachsen. Am Fuß des größten Baums entdeckt Leanne einen kleinen Schrein mit Steinen, Schmuck und Räucherstäbchen – und ein Foto von sich in einer Plastikhülle. Sie erinnert sich wieder, dass ihre Mutter auch für Verwandte in fernen Ländern solche Schreine baut. In Gedanken ist sie so immer bei ihnen und schließt sie in ihre gemurmelten Gebete um Gesundheit und Wohlergehen ein.

»Ich habe gebetet, dass du heimkehrst«, sagt ihre Mutter.

Leanne schließt die Augen, um die Erinnerung an die letzten Momente in diesem Haus zu vertreiben. An die Erinnerung, die sie sich so zurechtgelegt hat, dass sie die scheinbar nötigen Konsequenzen ziehen konnte. Reue verspürt sie nicht, aber wenn sie etwas ändern könnte, dann die Annahme, dass Scham und Wut ihrer Eltern größer sein könnten als deren Liebe. Größer auch als ihre eigene.

Die Liebe war die ganze Zeit da. Auch wenn Leanne sie verleugnet hat.

Aber das ist jetzt vorbei. Das Herz, das sie vor acht Jahren verschlossen hat, bekommt Risse, um jene Menschen einzulassen, die mit offenem Herzen zu ihr kommen. Sie wird geliebt, und sie liebt. All die Schatten der Vergangenheit, die sie in Schach gehalten hat, drängen nun ans Licht. Ein Licht wie an jedem Morgen, wenn das Salzwasser sie reinigt. An jedem neuen Tag.

»Lass uns ein Räucherstäbchen anzünden, Mum«, sagt sie und kniet sich hin.

Sie setzen sich nebeneinander, entzünden das Räucherstäbchen, und Leanne murmelt ein paar Dankgebete, weil sie den Weg nach Hause gefunden hat.

SOMMER 1983 – 1984

40

Marie ist nicht der Typ, der Hummeln im Hintern hat, aber jetzt flitzt sie durch die Küche, pellt Kartoffeln für Nicoles Lieblingskartoffelsalat, schaut nach dem Truthahn und versucht, sich zu entscheiden, wann der beste Moment ist, die Soße zu machen. Und obwohl sie seit dem Aufwachen hektisch herumwirbelt, scheint sie bisher kaum etwas geschafft zu haben.

»Du schuftest wie eine Verrückte«, sagt Gus, als er den Plumpudding bringt, der schon wochenlang in einem Tuch im Schuppen gehangen hat.

»Aber anscheinend immer noch nicht genug«, murmelt Marie. »Ich kriege nichts auf die Reihe.«

Sie spürt seine Hand auf ihrem Arm. »Mach mal eine Sekunde Pause, mein Schatz.«

Die Hummeln summen noch stärker, als er sie berührt.

Marie war nie der Typ für Liebesgeschichten, von denen in Filmen mit Katherine Hepburn oder Grace Kelly mal abgesehen, daher ist sie selbst überrascht, wie sehr sie jetzt aufblüht. Sie dachte, in ihrem reifen Alter keinen Sinn mehr für Romantik zu haben, wurde aber eines Besseren belehrt. Gus hat die Romantik wieder in ihr Leben gebracht – so wie sie sie in seins. Nicht mit großen Gesten wie Rosensträußen oder pompösen Abendessen, sondern mit kleinen Gesten und großer Aufmerksamkeit. Das Geheimnis besteht darin, einander zuzuhören und sich an das Gehörte zu erinnern. Es besteht darin, morgens den ersten Gedanken an den anderen zu verschwenden und abends den letzten, besonders wenn er nicht da ist. Es besteht darin, ihn in die eigene Welt eindringen zu lassen und sich klarzumachen, dass er es einem erlaubt, in seine einzutauchen.

Trotz ihrer Liebe zu Norm hat sich Marie noch nie so fortreißen lassen – nicht, weil sie sich nicht geliebt hätten, sondern eher wegen der Verantwortung und den Sorgen, die auf ihr lasteten. Sie musste sich um den Haushalt kümmern und eine Tochter großziehen. Immerzu war sie bemüht, das Richtige zu tun, die Ermahnungen ihrer Mutter wollten nie verstummen: *Das darfst du Nicole nicht durchgehen lassen, sonst verziehst du sie – und willst du dieses Bettlaken nicht bügeln?* Dinge, die ihre Mutter von ihrer eigenen Mutter gehört hat und so weiter, bis zurück zu der Generation, in der man erstmals den eigenen Wert für die Gesellschaft – und das Selbstwertgefühl – daran festmachte, ob die Bettlaken gebügelt waren oder nicht. So war das eben, wenn man mit den Eltern in einem Haus lebte, obwohl man selbst schon Kinder hatte. Nun, da Marie allein in demselben Haus wohnt, kann sie es kaum fassen, dass sie einst alle zusammen hier gelebt und sich nicht gegenseitig umgebracht haben.

In ihrer jetzigen Lebensphase liegen ihr viele Menschen am Herzen – Nicole, Pete und die Kinder, Theresa, Elaine und Leanne, Gwen und Pater Paul und natürlich auch ihr Hund –, aber sie trägt für sie nur wenig Verantwortung. Und während sie noch vor gar nicht langer Zeit dachte, ihr Leben werde immer begrenzter und unbedeutender, erscheint es ihr plötzlich offener denn je. Ihre Neugierde auf die Welt ist nach langem Dornröschenschlaf wiedererwacht. Komisch, wie man einfach so verschwinden kann, ohne es zu merken. Jetzt fühlt sie sich wie eine Blume, die sich der Sonne entgegenreckt: Blatt um Blatt öffnet sich der Blütenkelch und entfaltet seine Farbenpracht.

Gus vermittelt ihr ein Gefühl von Freiheit und gibt ihr einen Grund, jeden neuen Tag in seiner ganzen Fülle zu umarmen. Zuvor hat sie einzelne Dinge genießen können, ihr morgendliches Schwimmritual etwa, aber die Möglichkeiten des Genusses, die in jedem einzelnen Moment liegen, hat sie nie bemerkt. Diese neue Gabe verdankt sie Gus. Es stimmt sie fast ein wenig traurig, dass Norm zu früh gestorben ist, um ein solches Freiheitsgefühl zu erleben.

Es kommt ihr komisch vor, an ihren verstorbenen Ehemann zu denken, wenn sie mit Gus zusammen ist, ihrem neuen ... Freund. Aber wie soll sie ihn sonst nennen? Liebhaber klingt geschmacklos, und vor Kindern kann man das Wort sowieso nicht verwenden. Abgesehen davon gehen sie diesen Teil ihrer Beziehung eher langsam an. Wie auch immer, vielleicht sollte sie nicht an Norm denken, wenn sie mit Gus zusammen ist, aber sie kann nicht anders. Und wie sollte sie auch verhindern, dass ihr unwillkürlich Gedanken und Erinnerungen in den Kopf schossen? Wie lange auch immer sie noch leben mochte, es war ausgeschlossen, dass Gus länger Teil ihres Lebens sein würde, als Norm es war. Norm bliebe für immer ein Teil von ihr und Nicoles Vater.

Was ein weiterer Grund dafür ist, warum sie heute so nervös ist.

Sie spießt eine Kartoffel auf und will sie pellen.

»Marie … stopp!«, befiehlt Gus. »Das hier ist ein Weihnachtsessen, kein Manöver an der Westfront.«

»Ich möchte doch nur, dass alles gelingt«, sagt sie, selbst genervt von diesem quälenden Hang zum Perfektionismus, den sie erst kürzlich entwickelt hat. In den letzten Tagen vielmehr, seit sie mit den Vorbereitungen für das Weihnachtsessen begonnen hat.

»Hast du sonst auch so einen Aufwand betrieben?«, fragt Gus.

Sie denkt einen Moment nach. »Nein.«

»Was ist dann diesmal das Problem?«

Er wirkt amüsiert, und sie will schon sagen, dass er gut reden hat – schließlich muss nicht er seine Kochkünste demonstrieren.

»Mhm …« Sie schaut sich in der Küche um, als würde sich die Antwort irgendwo in der Obstschale oder in der Besteckschublade verstecken. Dann schaut sie ihm in die Augen. »Du«, sagt sie.

»Ich?«

»Ja. Du bist das Problem.«

Seine Miene lässt darauf schließen, dass er nicht weiß, ob er lachen oder entsetzt sein soll.

»Dürfte ich auch fragen, warum?«, erkundigt er sich zaghaft.

Marie holt Luft, um ihre Worte genau abzuwägen. Sie will ihm schon eine Weile etwas mitteilen. An Mut fehlt es ihr nicht. Oder vielleicht verdrängt sie, die täglich trotz der Haie in den Ozean geht, auch einfach nur wie beim Schwimmen die Gefahr.

Sie beginnt mit der einfachsten Wahrheit. »Weil heute ein wichtiger Tag ist.«

Er nickt, sagt aber nichts.

»Weihnachten ist ein Fest der Familie. Und du bist …«

»Keine Familie?« Er runzelt die Stirn.

»Das habe ich nicht gesagt.« Sie schluckt und kann schon wieder diese summenden Hummeln spüren. »Ich liebe dich, Gus.«

Jetzt ist es raus und lässt sich nicht mehr zurücknehmen. Sie kann nur hoffen, dass die Überraschung, die sich in seinen Augen spiegelt, nichts Schlimmes zu bedeuten hat.

»Sonst hätte ich dich heute nicht eingeladen«, fährt sie fort. »Heute ist ein wichtiger Tag, und ich möchte, dass er rundum schön wird. Ihr sollt euch mögen, gut miteinander auskommen. Wegen Nicole und Pete mache ich mir keine Sorgen. Pete kennst du ja, und mit Nicole hast du auch schon mal gesprochen. Aber Toby erinnert sich noch an Norm. Jessie zwar nicht, aber sie hat mich noch nie mit jemandem erlebt.« Sie schluckt wieder. »Vielleicht war das doch keine so gute Idee. Der Druck ist einfach zu groß.«

»Warum?«, fragt Gus erstaunt. »Es ist doch nur Weihnachten.«

Marie seufzt schwer. »Aber …« Ihr Herz beginnt zu hämmern, obwohl sie es ja war, die die Situation jetzt mit ihrer Liebeserklärung aufgeladen hat. »Ich hoffe, dass es nicht unser einziges gemeinsames Weihnachtsessen bleibt.«

Gus schaut auf sie hinab, und sie sieht, wie sich in seinen Augenwinkeln kleine Fältchen bilden. Er nimmt ihre Hand und hebt sie an die Lippen. Eine bange Sekunde lang denkt sie, dass er mit dieser Geste seinen endgültigen Abschied einleiten will.

»Ich liebe dich ebenfalls«, sagt er und kneift sie sanft in die Wange. »Vermutlich habe ich vergessen, es laut auszusprechen, weil du es in meiner Vorstellung schon längst weißt. Mir war nur nicht klar, was deine Gefühle für mich sind.«

Maries Lachen ist ungläubig. »Du liebst mich?«

»Natürlich.« Sein Lächeln ist breit und zuversichtlich. »Du bist ziemlich liebenswert.«

»Manchmal bin ich mir da nicht so sicher«, murmelt sie, aber er schneidet ihr das Wort ab, indem er sie küsst. Mittlerweile weiß sie, wie sich das anfühlt, aber das macht es nicht weniger aufregend.

Nach einem ausgiebigen Kuss zieht er sie an seine Seite und küsst sie noch einmal auf den Kopf. »Ich übernehme hier, dann kannst du einen Moment verschnaufen.«

»Ich werde mich umziehen.« Sie öffnet den Knoten ihrer Schürze und reicht sie ihm. »Danke.«

Im Schlafzimmer holt sie sämtliche Kleider aus dem Schrank, zieht sie alle nacheinander an und wieder aus, entscheidet sich für eines der ersten, verwirft die Entscheidung wieder und wählt ein anderes. Dabei schafft sie es, sich die Frisur zu ruinieren, sodass sie ihre Haare noch einmal sorgfältig in die übliche formlose Form bringen muss. Dann wirft sie einen strengen Blick in den Spiegel und beschließt, unbedingt Lippenstift aufzulegen – nur dass sie sich nicht mehr erinnern kann, wo ihr einziger abgeblieben ist, der von Revlon, den sie letztes Jahr zu Weihnachten in der Apotheke gekauft hat …

Als sie noch danach sucht, hört sie ein Klopfen an der Haustür und fährt zusammen. Ihre Lippen werden wohl ungeschminkt bleiben müssen, wie immer.

Sie öffnet die Tür und schaut in das hübsche, lächelnde Gesicht ihrer Tochter.

Nicole wirft Gus, der hinter Marie auftaucht, einen neugierigen Blick zu. »Hallo, Mum … frohe Weihnachten.« Sie küsst Marie auf die Wange und zögert dann.

»Mein Schatz, ich möchte dir Gus vorstellen … endlich.« Marie schaut zwischen ihnen hin und her. »Obwohl ihr ja schon so oft miteinander telefoniert habt, dass man euch glatt als alte Freunde bezeichnen könnte.«

»Wenn er auch immer bei dir ans Telefon geht. Man könnte fast meinen, er wäre hier Dauergast.« Als Nicole Gus zuzwinkert, wird Marie bewusst, dass die Beziehung, die sich für ihr eigenes Gefühl eher langsam entwickelt hat, für ihre Tochter längst etwas Festes zu sein scheint.

»Frohe Weihnachten, Nicole«, sagt Gus herzlich und gibt ihr einen Kuss auf die Wange, um dann zur Seite zu treten und sie vorbeizulassen.

»Hallo, Pete«, sagt Marie, während sich ihre Enkelkinder an ihre Beine klammern und sie an jeder Bewegung hindern.

Zwischen ihren Treffen können Wochen vergehen, trotzdem weiß Marie, dass ihre Enkel sich immer freuen werden, sie zu sehen. Es ist eine der unerwarteten Segnungen ihres Lebens, dass sie mit den beiden, anders als Nicole, so unbeschwert umgehen kann. Wenn man als Mutter für seine Kinder verantwortlich ist, für Erziehung und ihre Sicherheit, sorgt man sich eher, als dass man Momente reinen Glücks erlebt.

»Marie.« Auch Pete küsst sie auf die Wange, streckt Gus die Hand hin und nickt einmal, als er ihn begrüßt.

Ihr Schwiegersohn ist ein wortkarger Mann, aber großmütig und gutherzig. Marie mag ihn, obwohl man schlecht an jemanden herankommt, der nicht viel sagt.

»Wer bist du denn?«, fragt Jessie und schaut zu Gus hoch, nachdem sie Maries Bein losgelassen hat. Toby steht neben ihr und betrachtet ihn neugierig.

Marie will antworten, hält sich aber zurück. Gus wird mit einer Sechsjährigen schon allein fertig, da ist sie sich sicher.

»Ich bin Gus.«

Er geht in die Hocke, um auf Augenhöhe mit ihr zu sein. Marie bewundert seine Gelenkigkeit, so wie sonst bei der Gartenarbeit. Sie mag fit sein, aber mit dem Alter scheinen sämtliche ihrer Gelenke Rost anzusetzen. Sie fragt sich, wie es bei ihm sein wird, wenn er sie mit seinen Gebrechen einholt, und ist zuversichtlich, dass sie das miterleben wird. Die Gewissheit hat etwas Beruhigendes.

»Ich bin ein Freund deiner Gran.« Gus streckt die Hand aus, damit Jessie sie schütteln kann. »Ich liebe sie wahrscheinlich genauso sehr wie du.«

Marie hält den Atem an, als er das sagt, und schaut schnell zu Nicole hinüber, der ebenfalls die Spucke wegzubleiben scheint. Dann lächelt Nicole sie an – strahlt vielmehr –, und Marie fühlt den letzten Zweifel in sich schwinden.

»Ich liebe sie sehr«, sagt Jessie und hält Gus die andere Hand hin. »Kannst du mit mir in den Garten gehen, damit ich dort die Elfen besuchen kann?«

Gus wirft Marie einen Blick zu, und sie spürt ihre wunderbare Verbundenheit in diesem Moment, in diesem Leben und in dieser Familie. Ihr Herz schien vor Freude zu zerspringen, als sie Nicole zur Welt brachte, und es schien zu brechen, als sie ihren Sohn verlor. Sie kennt die Extreme der Liebe: die Risiken, die Belohnungen, die Niederlagen, die Siege. Als Gus nun Jessies Hand nimmt und sich aufrichtet, spürt sie, wie ihr Herz wieder zu zerspringen droht.

»Charlie Brown!«, ruft Toby, als der Hund mit wedelndem Schwanz auftaucht, und im nächsten Moment sind Junge und Hund ebenfalls zur Hintertür hinaus.

»Der Garten sieht wundervoll aus«, sagt Nicole zu Gus, nachdem sie durch Flur, Wohnzimmer und Küche gegangen und auf der Veranda angekommen sind. »Danke für deine Arbeit.«

»Ich muss mich bei dir bedanken«, sagt Gus über die Schulter. »Du bist dafür verantwortlich, dass ich deine Mutter kennengelernt habe. Danke also für den Auftrag.«

Nicole wirkt zufrieden mit sich. »Gern geschehen.«

Als sie Gus und Jessie, dieses ungleiche Paar, im Garten beobachten, legt Nicole ihrer Mutter einen Arm um die Taille.

»Er ist nett«, sagt sie.

In diesem Moment weiß Marie, dass nichts mehr schiefgehen kann.

41

Mummy?«, sagt Marcus.

»Mein Schatz!« Eine Weile herrscht Stille, während Elaines Antwort um die halbe Welt getragen wird.

»Wie geht es dir?«, fragt er.

Die Stimme ihres Sohns weckt sofort Heimweh in ihr, aber dem wird sie nicht nachgeben. Stattdessen stellt sie sich ihren hübschen Sohn mit dem dichten braunen Haar und der stämmigen Statur vor. Es scheint Ewigkeiten her zu sein, dass sie ihn gesehen hat, aber vor ihrem inneren Auge und in ihrem Herzen ist er stets bei ihr.

»Es ist so schön, dich zu hören«, sagt sie.

»Das finde ich auch. Geht es dir gut?«

Elaine denkt an ihren Tag zurück: an das Schwimmen am Morgen, als sie Marie wegen ihrer Beziehung mit Gus geneckt haben – Theresa hat sie »Turteltäubchen« genannt, und Marie ist errötet. Errötet! Elaine hätte es nicht für möglich gehalten, dass sie das kann. Dann hat sie mit Leanne in der Krankenhauskantine zu Mittag gegessen. Seit der Fahrt zu ihren Eltern sind sie sich näher gekommen, und obwohl Leanne immer noch reserviert ist, lacht sie inzwischen mehr. Über Matt erzählt sie allerdings nicht viel. Anschließend war Elaine bei einem Treffen der Anonymen Alkoholiker, hat danach zu Hause geputzt und das Abendessen geplant, um dann noch ein paar Seiten in ihrem Roman zu lesen. Dabei hat sie immer mal wieder in den Garten hinausgeschaut und sich gefragt, wie man ihn umgestalten könne. Mit der Verschönerung von Häusern hat sie früher Geld verdient und andere Menschen glücklich gemacht. Das vermisst sie. Jetzt wartet sie darauf, dass James nach Hause kommt. Er ist spät dran. Eigentlich wollte er um sieben da sein, jetzt ist es schon halb acht.

»Ja, mein Schatz, mir geht es gut«, sagt sie wahrheitsgemäß. »Und dir?«

»Wunderbar.«

Eine Pause tritt ein, und Elaine ist sich nicht sicher, ob Marcus darauf wartet, dass sie etwas sagt. Es ist nicht einfach, über eine so große Entfernung hinweg zu telefonieren.

»Es gibt Neuigkeiten, Mum.«

»Ja?« Ihr Herzschlag scheint auszusetzen, da sie spontan denkt, dass es nur schlechte Neuigkeiten sein können. Immer ihre ewige mütterliche Sorge!

»Ich habe Caroline gefragt, ob sie mich heiraten will, und sie hat Ja gesagt.« Er klingt zufrieden. Und furchtbar stolz.

Schnell rechnet Elaine nach, wie lange er Caroline schon kennt. Als James und sie nach Australien zogen, waren die beiden noch nicht zusammen, obwohl sie sich schon begegnet waren. Elaine hat sie nie zusammen gesehen, daher hat sie keine Vorstellung von ihnen als Paar. Ihr Sohn ist jetzt also tatsächlich schon so erwachsen, dass er bald Ehemann und dann vermutlich auch Vater sein wird. Er wird seine eigene Familie gründen. Sein Leben verläuft unleugbar unabhängig von ihrem, und ihre Wege werden sich nie wieder wie früher kreuzen. Hat sie sich bislang weit weg gefühlt, hat sie jetzt das Gefühl, auf dem Jupiter zu leben, während ihre Söhne glücklich auf der Erde verwurzelt sind. Noch nie in ihrem Leben war sie so einsam – aber das kann sie ihn nicht spüren lassen. Darf sie nicht. Schließlich sind es freudige Nachrichten.

»Mein Schatz, das ist ja wunderbar – absolut wunderbar«, sagt sie und legt so viel Enthusiasmus wie möglich in ihre Stimme. »Du musst so aufgeregt sein. *Sie* muss aufgeregt sein.«

»Ist Dad auch da? Ich würde es ihm gern sagen.«

»Noch nicht«, erwidert sie. »Er ist spät dran. Soll ich ihm sagen, dass er dich zurückrufen soll?«

Wieder Schweigen.

»Nein, ist schon in Ordnung«, sagt Marcus, obwohl sie ihm die Enttäuschung anhört. Elaine bemerkt jede noch so winzige Gefühlsregung in der Stimme ihrer Söhne. »Würdest du es ihm erzählen?«

»Natürlich. Er wird ganz aus dem Häuschen sein. Habt ihr schon ein Datum im Auge? Zur Hochzeit kommen wir selbstverständlich rüber. – Natürlich nur, wenn ihr uns dabeihaben wollt«, fügt sie unsicher hinzu.

»Oh, Mummy! Wir würden nicht wollen, dass ihr *nicht* kommt.«

»Schön.« Sie lächelt tapfer, obwohl er es nicht sehen kann. »Ich freue mich so für dich.«

Er kichert. »Ich freue mich auch für mich, muss ich zugeben. Hör zu, ich muss jetzt Schluss machen. Die Arbeit ruft.«

»Ich hab dich lieb, mein Schatz. Und ich werde Dad die Neuigkeiten weitergeben.«

»Ich hab dich auch lieb, Mummy. Tschüss.«

Dann ist die Leitung tot, und sie legt den Hörer auf die Gabel. Das Haus ist ihr noch nie so leer vorgekommen wie jetzt, ihr Leben noch nie so sinnlos. Ihr Sohn ist verlobt – er lebt sein eigenes Leben, ohne sie und James –, und sie ist nicht bei ihm. Was hat sie hier verloren? Warum sind sie hier? Zu Hause sollten sie sein, bei Marcus und Henry. Sie möchte keine Mutter sein, die nur zur Hochzeit aufkreuzt. Sie möchte schon in den Wochen davor bei den Vorbereitungen dabei sein. Und in den Monaten danach auch.

Sie wünschte, sie würde ihren Ehemann nicht lieben, denn dann hätte sie ihn nie hierhinbegleitet. Dieses Land ist absurd. Es liegt auf der anderen Erdhalbkugel, Tausende von Kilometern von einem anderen Kontinent entfernt, es herrscht seltsames Klima, und in ihm leben komische Tiere. Und die Bewohner könnten einen Vokal selbst dann nicht richtig aussprechen, wenn ihr Leben davon abhinge, und finden es offenbar witzig, einen Ministerpräsidenten zu haben, der den Weltrekord im Bierschnelltrinken aufgestellt hat. Klar, Elaine hat Freundinnen gefunden, wunderbare Menschen. Und sie geht gern schwimmen. Aber soll das schon alles sein? Ist das alles, was Australien ihr zu bieten hat?

Sie muss nach Hause. Ihr ist egal, ob sie James dafür verlassen muss. Sie könnten sich trotz der Trennung weiterlieben. Das könnte sogar romantisch sein. Jedenfalls kann sie nicht für immer hierbleiben.

Aber sie muss bleiben.

Wer wäre sie schon, wenn sie zurückgehen würde?

Sie hat ihre Firma verkauft, sodass sie kein Einkommen hat. Henry studiert, und Marcus hat seine Arbeit. Und bald auch noch seine Frau. Das Leben ihrer Söhne ist weitergegangen, und das Schlimmste daran ist, dass sie vollkommen zufrieden wirken. Sie scheinen sie überhaupt nicht zu vermissen. Wenn man es recht bedenkt, haben sie sich sogar gefreut, als sie ihnen ihre Umzugspläne verkündeten.

Würde sie zurückkehren, würde sie sich nur in ihr Leben einmischen. Sie würde eine erbarmungswürdige Mutter sein, die sich an ihre Kinder klammert, weil sie keine eigenen Interessen hat.

Aber so ist Elaine nicht. Und dennoch möchte sie auch nicht die Person sein, die in Australien wohnt, weit weg von ihren Lieben.

Sie ist in einer Zwickmühle gefangen und kennt nur einen Ausweg: Sie darf gar nicht erst darüber nachdenken. Sie darf überhaupt nicht denken.

Aber auch dafür gibt es nur ein Mittel.

Sie öffnet die Schiebetür zur Terrasse und läuft in den Garten. Zu Beginn ihrer Zeit bei den Anonymen Alkoholikern hat sie unter der Kamelie eine Flasche Gin versteckt. Ihr gefiel die Idee, sich selbst auf die Probe zu stellen; außerdem war da die kitzelnde Gefahr, dass James es vielleicht merken würde, wenn sie sie unter dem Busch wieder ausgraben würde. Jetzt muss sie vorsichtig sein.

Mit bloßen Händen wühlt sie in der Erde herum und stört sich nicht daran, dass ihre Fingernägel dreckig werden. Hände kann man waschen. Auch die Flecken an den Knien ihrer blassrosafarbenen Hose stören sie nicht; die kann man ebenfalls waschen. Alles kein Drama. Nur eines ist jetzt wichtig.

Sie holt den Gin aus seinem Grab, dreht den Deckel der Flasche auf und setzt sie sich an die Lippen. Tonic Water hat sie nicht – auch ein Teil der Prüfung. Sie dachte, wenn sie kein Tonic hätte, würde sie auch keinen Gin trinken. Von wegen!

Sie verzieht das Gesicht, als sie den Wacholder auf der Zunge schmeckt, dann lässt sie die Flüssigkeit die Kehle hinunterrinnen. Es ist Monate her, dass sie Alkohol getrunken hat, daher sollte sie es auf keinen Fall übertreiben. Nur so viel, um ihr Hirn vom Denken abzuhalten. Dann wird sie die Flasche wieder vergraben.

Noch einen Schluck.

Sie wartet, ob sie etwas spürt. Noch nicht.

Die Flasche liegt schon wieder an ihren Lippen, als sie ein Geräusch hört.

»Elaine!«

Die Flasche noch am Mund, dreht sie sich um. Sie möchte James' angewiderten Gesichtsausdruck sehen. Seine Enttäuschung. Sie hat ihr Versprechen gebrochen, dass sie sich selbst und auch ihm gegeben hat. Stattdessen wirkt er nur entsetzt.

Genauso wie sie. Elaine ist immer noch nicht betrunken, und ihr Gehirn funktioniert bestens. In ihrem Kopf überschlagen sich die Gedanken, wie schön es ist, dass Marcus sich verlobt hat, und wie schrecklich, dass sie nicht bei ihm sein kann, und wie es sein wird, wenn sich auch bei Henry etwas in der Richtung tut und sie ebenfalls nicht zu Hause sein kann. Und was ist überhaupt mit ihren Eltern? Die sind alt. Sie könnten plötzlich sterben, und sie wäre nicht da.

Das alles ist ein großer Fehler. Sie selbst ist ein Fehler. Ihr Leben ist ein Fehler. Der Gin ist ein Fehler.

Das denkt sie, als James ihr die Flasche aus der Hand

nimmt und ins Beet wirft, um Elaine in die Arme zu schließen und festzuhalten und die Nase in ihren Hals zu bohren, während sie schluchzend bekennt, wie sehr sie ihre Kinder vermisst. Irgendwann lässt sie sich von ihm ins Haus tragen und aufs Sofa legen.

»Es tut mir so leid«, sagt sie heiser.

Er streicht ihr über die Stirn. »Es gibt nichts, was dir leidtun müsste.«

»Doch.« Sie schaut hinaus in den Garten

»Du wirst wieder von vorn anfangen müssen«, sagt er leise.

»Ich weiß.«

Und sie weiß es wirklich, denn ihr Leben ist jetzt hier. Sie hat James gesagt, dass sie mit ihm nach Australien geht, und wird ihn nicht verlassen. Denn auch das würde sie traurig machen. Sie steckt in der Klemme, ist hin und her gerissen zwischen zwei Lieben, zwischen der Treue zu ihrem Mann und der Fürsorge für ihre Kinder. Die Lösung könnte vielleicht sein, weniger zu lieben, aber das ist keine Option für sie.

»Ich hol dir ein Glas Wasser«, murmelt er.

»Danke«, flüstert sie. Als sie das Wasser laufen hört, schließt sie die Augen und denkt daran, wo sie an diesem Tag am glücklichsten war: am Morgen im Wasser, mit dem sandigen Boden unter sich, dem Himmel über sich und aller Zeit der Welt vor sich.

Das ist der Punkt, an dem sie von vorn anfangen muss.

42

Treten hilft. Mit aller Kraft treten. Treten, als würde sie Andrew treffen. Das denkt Theresa, als sie nach Little Beach schwimmt. Aber sie ist so müde. Sie ist müde, weil sie so lange wach gelegen und sich Sorgen um die Zukunft gemacht hat. Und um die Gegenwart: darum, dass ihr Ehemann kein großes Interesse daran hat, die Kinder zu sehen; darum, dass sie Rechnungen zahlen und Nonna dafür um Hilfe bitten muss; darum, wo sie leben sollen, wenn sie das Haus verkaufen müssen.

Aber sie tritt weiter und bewegt die Arme. Zug um Zug, Schlag um Schlag. Atmet und fängt wieder von vorn an. Weitermachen, das ist die einzige Möglichkeit, immer weitermachen.

Als sie Little Beach erreicht, schwimmt sie fast in Marie hinein, die im flachen Wasser wartet.

»Entschuldigung!«

»Kein Problem«, sagt Marie, die Hände in die Hüften gestemmt, als wollte sie etwas sagen. »Was ist los mit dir?«

»Was?« Theresa richtet sich auf.

Elaine sitzt schon im flachen Wasser, die Schwimmbrille auf die Stirn geschoben. Leanne ist auch gleich da.

In der Nähe geht ein Mann mit einem schwarzen Labrador spazieren, und ein paar Jogger erfrischen sich an einem Trinkbrunnen. Theresa mag es hier. Um diese Tageszeit ist es noch ruhig, und man kann sich einbilden, auf einer Insel zu sein, losgelöst vom Rest der Shelly Bay, in einer Oase der Sorglosigkeit. Zumindest so lange, bis Marie ihre bohrenden Fragen stellt.

»Ich habe dich noch nie so wild um dich treten sehen – du sahst aus wie ein außer Kontrolle geratener Mixer.« Marie zieht die Augenbrauen hoch.

»Quatsch! Ich habe nur einen Sprint eingelegt.« Theresa sucht bei Elaine Bestätigung, aber die schüttelt den Kopf und bricht in Lachen aus.

»Vergiss es«, sagt Marie. »Du hast doch gar nicht die Statur einer Sprinterin. Du bist eine Langstreckenschwimmerin.«

Obwohl Theresa denkt, dass sie beleidigt sein sollte, registriert sie den Rest des Satzes mit Freude. »Bin ich das?«

»Zumindest kommst du allmählich dahin.«

Leanne nähert sich. »Was ist los?«, fragt sie.

»Wie Theresa geschwommen ist, war wirklich zum Schießen«, sagt Marie.

»War es nicht!«

Marie schaut sie schräg an. »Irgendetwas ist da im Busch. Und besser, du erzählst es uns. Mittlerweile solltest du schließlich wissen, dass unsere Ratschläge Gold wert sind.«

Theresa schürzt die Lippen. »Ich weiß aber nicht, ob Ratschläge da überhaupt helfen können.«

Die anderen schauen sie erwartungsvoll an.

»Es ist nur … dieses ganze Zeug.« Sie winkt ab, ohne es wirklich zu wollen. Es ist kräftezehrend, mit ihren Problemen allein klarkommen zu wollen – nach Lösungen zu suchen, die es nicht gibt.

»Erzähl es uns trotzdem«, sagt Elaine. »Bitte.«

Theresa nickt langsam und nimmt ihre Schwimmbrille ab. »Andrew behauptet immer noch, kein Geld zu haben, außerdem will er die Kinder fast nie sehen. Angeblich ist er ständig beschäftigt. Anfangs war das für Sasha und Ollie in Ordnung, aber jetzt vermissen sie ihn. Ich verdiene kein Geld und kann Nonna ja nicht für immer bitten, meine Rechnungen und die Hypothekenrate zu bezahlen. Meine Eltern drängen mich, zu ihnen zu ziehen und das Haus zu verkaufen, weil ich das nach der Scheidung ohnehin tun muss. Und zu allem Überfluss …« Sie seufzt. »Zu allem Überfluss habe ich neulich Andrew und seine Freundin gesehen, wie sie in den Pub gegangen sind.«

»Woher weißt du, dass es seine Freundin war?«, fragt Marie.

»Seine Hand lag auf ihrem Po«, antwortet Theresa und seufzt wieder.

»Bist du dir denn sicher, dass du dich scheiden lassen willst?«, fragt Elaine.

Theresa muss lachen. »Natürlich. Er hat eine Freundin.« Sie schaut zu Marie hinüber, die mitleidig lächelt.

»Überstürz lieber nichts«, sagt Elaine. »Manche Ehen haben Schlimmeres überstanden. Vielleicht ist es nur eine Phase.«

»Ich will ihn bestimmt nicht zurück! Er müsste schon eine Woche in einer Domestos-Lauge sitzen, bevor ich ihn wieder anfassen könnte, und das wird nicht geschehen!« Theresa blinzelt. Bislang war ihr selbst nicht klar, dass sie so stark ist.

»Du bist eine Frau, die weiß, was sie will, kann ich da nur sagen. Darauf lässt sich aufbauen«, stellt Marie fest. »Aber jetzt sollten wir zurückschwimmen. Wir haben schließlich alle noch zu tun.«

»Oh«, sagt Theresa überrascht. Ihr war nicht klar, was nach einem solchen Bekenntnis geschehen würde. Aber dass alle zuhören und dann einfach weiterschwimmen wollen, hat sie ganz bestimmt nicht erwartet.

»Aber nicht hetzen, meine Liebe«, sagt Marie und klopft ihr auf die Schulter. »Ich habe heute übrigens meine Denkkappe auf.« Sie tippt sich an den Kopf. »Bestimmt sprudeln da später ein paar Ideen hervor.«

Theresa hat keine Ahnung, was das für welche sein sollen, lässt sich aber zurück ins Wasser führen. Sie kann nicht mehr um sich treten, selbst wenn sie es wollte; es ist, als hätte das Gespräch mit ihren Freundinnen ihr auch die letzte Energie geraubt. Sie quält sich durchs Wasser. Sogar Leanne überholt sie, während Marie und Elaine ihr ohnehin weit voraus sind.

Der Wellengang hat sich verändert, seit sie aufgebrochen sind, und als sie sich dem Main Beach nähert, ist das Meer unruhiger. Als sie in eine Welle gerät, fährt ihr ein Schmerz in die Seite und raubt ihr fast die Luft. Seitenstiche sind es nicht, die hat sie auch schon gehabt; eher scheinen sich ihre Rippen zu beschweren. Aber da sie ihren Freundinnen heute schon genug Probleme zugemutet hat, setzt sie eine entspannte Miene auf und versucht, regelmäßig zu atmen, während sie das Wasser verlässt.

»Die Letzten werden die Ersten sein!«, ruft sie, als sie sich den anderen nähert, zuckt aber unwillkürlich zusammen.

»Die Wellen waren jetzt ja auch wirklich heftig«, sagt Elaine.

Theresa lächelt sie an. »Du willst mich nur aufmuntern.«

»Von wegen«, sagt Marie. »Das Wasser ist derart unruhig, dass ich das halbe Tasmanische Meer geschluckt habe. Ich dachte schon, ich bräuchte einen Schnorchel.«

Theresa schlingt sich ein Handtuch um die Schultern und kuschelt sich hinein. »Ich muss einfach ein bisschen fitter werden.« Sie lächelt. »Dabei dachte ich eigentlich, ich wäre auf einem ziemlich guten Weg.«

»Sei nicht so hart zu dir.« Marie tritt auf Theresa zu und gibt ihr einen Kuss auf die Wange. »Wie auch immer, ich muss jetzt los.«

»Ich komme mit«, sagt Leanne und lächelt Elaine und Theresa zum Abschied schnell zu.

»*Ciao*«, erwidert Theresa. Sie rubbelt sich den Rücken ab und lässt das Handtuch dann in den Sand fallen. Ihr nächster Seufzer ist lang und schwer. »Offenbar werde ich alt. Der Rückweg hat mich wirklich an meine Grenzen gebracht.«

»Du bist nicht alt«, sagt Elaine. »Aber wieso verziehst du immer so das Gesicht? Tut dir etwas weh?«

Plötzlich scheint sich Theresas Brustkorb zu verkrampfen. »Ich bin einfach nur … erledigt. Und …« Sie blinzelt schnell und wischt sich mit dem Handrücken über die Nase.

Elaine tritt näher und legt ihr eine Hand auf den Arm. »Was auch immer es ist, du kannst es mir sagen.«

Ihr Gesicht ist offen, und Theresa sieht, dass sie es ernst meint. Inzwischen weiß sie, dass Elaine es immer ernst meint, auch wenn ihr Akzent und manche ihrer Verhaltensweisen gelegentlich den Eindruck erwecken, sie wäre ein Snob. Das ist sie überhaupt nicht. Sie ist eine Freundin. Theresa hat den anderen nicht alles erzählt, worüber sie sich Sorgen macht – aber irgendjemand sollte es wissen, denkt sie jetzt. Sie kann die Last nicht mehr allein mit sich herumschleppen.

»Da ist etwas …« Sie holt tief Luft. »An oder in meiner Brust. Ich … habe es neulich entdeckt. Und dann wieder vergessen. Und jetzt ist es mir wieder eingefallen.«

Sie lacht, reißt sich dann aber am Riemen. Warum sollte sie es kleinreden? Will sie Elaine den Eindruck vermitteln, dass es schon nichts Ernstes sein wird? Will sie es sich selbst einreden?

Das tun sie doch alle, oder? Die ganze Zeit über. Sie versuchen, die Welt glücklicher, heller und sorgloser erscheinen zu lassen. Das ist es, was von braven Mädchen verlangt wird. Auch Theresa wurde so erzogen. Wenn man beunruhigt ist, zeigt man es nicht. Hat man Angst, spricht man nicht darüber. Alles ist wunderbar, ganz wunderbar. Mir geht es wunderbar.

»Du musst nicht so tun, als ginge es dir gut, Theresa.«

Sie nickt schnell.

»Du musst zum Arzt gehen«, sagt Elaine.

»Muss ich das?«

»Das weißt du doch selbst.«

Ja, das weiß sie. Sie weiß es, seit sie diesen Knoten entdeckt hat, aber es war einfach keine Zeit dafür. Wie soll sie einen Termin beim Arzt einschieben, wo so was doch immer ewig dauert? Wenn sie zum Arzt geht, kann sie die Kinder nicht von der Schule abholen oder Nonna nicht zum Pokern fahren oder nicht einkaufen gehen und waschen.

»Ich helfe dir«, sagt Elaine in sanfterem Tonfall. »Ich werde einen Termin für dich ausmachen.«

»Das musst du nicht«, sagt Theresa und schaut weg.

»Ich weiß, dass ich das nicht muss«, sagt Elaine bestimmt. »Aber ich möchte es.«

Theresa spürt, wie ihr die Luft wegbleibt. Sie hat ihre Sorge mit jemandem geteilt, wodurch sie realer geworden ist.

»Du bist nicht allein«, sagt Elaine ruhig.

»Meine Tante ist an Brustkrebs gestorben«, sagt Theresa mit erstickter Stimme, und Elaine nimmt sie in den Arm.

»Es muss ja nicht gleich Brustkrebs sein. Versuch einfach, dir nicht allzu viele Sorgen zu machen, bis du beim Arzt warst.«

Theresa wischt sich mit dem Finger über die Augen. »Darf ich dich heimfahren?«

»Gern«, sagt Elaine und legt sich ihr Handtuch um den Hals.

Theresas Füße versinken im weichen Sand, und sie fragt sich, wie es wäre, einfach weiter einzusinken, immer tiefer und tiefer, bis zum Mittelpunkt der Erde. Ihre Probleme könnte sie an der Erdoberfläche zurücklassen, zusammen mit den Menschen, die sie liebt.

Nein, das würde ihr nicht gefallen. Sie möchte nicht allein sein, und sie ist es auch nicht, damit hat Elaine recht. Also wird Theresa Hilfe annehmen und sich Mühe geben, einen Schritt nach dem anderen zu tun und sich nicht allzu viele Sorgen zu machen. Was der Arzt sagen wird, kann sie nicht wissen, und es wäre vergebliche Liebesmüh, in die Zukunft schauen zu wollen.

43

Bald werden die Uhren wieder von Sommer- auf Winterzeit umgestellt. Dann wird dieses Licht am frühen Abend Vergangenheit sein, dieses sanfte Wegdämmern des Tages, das so typisch für den Sommer ist. Leanne wird es vermissen, obwohl sie sich auch darauf freut, dass es morgens erst einmal heller sein wird. Um ihren normalen Tagesrhythmus beibehalten zu können, schwimmen sie fast im Dunklen los und warten nicht einmal mehr darauf, dass die Sonne am Horizont aufgeht. In der Dämmerung wirkt das Wasser grau und entschieden geheimnisvoller als sonst, fast ein wenig furchteinflößend.

Sie betrachtet noch immer das Licht, als ihr plötzlich bewusst wird, dass Matt etwas gesagt hat.

»Königin auf f6«, sagt er mit hochgezogenen Augenbrauen und in einem Tonfall, der nahelegt, dass er es nicht zum ersten Mal sagt.

»Entschuldigung«, erwidert sie. »Ich war im Reich der Feen.«

Matt schaut sie irritiert an und lacht. »Den Ausdruck habe ich ja noch nie gehört.«

»Theresa sagt das manchmal.« Sie schaut auf das Schachbrett und erkennt, dass sie nach Matts letztem Zug nicht mehr viele Chancen hat. »Ich habe keine Ahnung, was für einen Zug ich jetzt noch machen könnte.«

»Lass dir Zeit. Du musst dir immer Zeit lassen. Und während du nachdenkst, gehe ich zur Bar. Möchtest du noch etwas?«

Sie schüttelt den Kopf, und er nimmt sein leeres Glas.

Leanne schaut wieder aus dem Fenster. Der Pub liegt in Strandnähe, und sie kann die Stelle sehen, wo sie sich jeden Morgen mit ihren Mitschwimmerinnen trifft. Gelächter holt ihre Aufmerksamkeit wieder in den Pub zurück. Eine Frau hat Matt die Hand auf den Arm gelegt, und die beiden lachen. Sie scheinen sich gut zu kennen, ihre Körpersprache verrät Vertrautheit.

Leanne verspürt ein Engegefühl in Brust und Kopf, und ihr wird übel. Das Gefühl überkommt sie so unvermittelt, dass sie im ersten Moment denkt, mit dem Huhn sei etwas nicht in Ordnung gewesen. Ursprünglich wollte sie gar nicht in dem Pub essen, aber Matt war der Meinung, es sei doch nett, am selben Ort zu essen und dann Schach zu spielen.

Nein, das ist keine Lebensmittelvergiftung, dafür ist die Übelkeit nicht schlimm genug. Eigentlich ist es auch eher ein Unbehagen. Das mit jedem Lachen von Matt an Stärke zunimmt.

Ihr Vater hat immer gesagt, dass einem die Eifersucht bewusst mache, was man wirklich empfindet, und sie muss ihm recht geben. Sie konnte das Gefühl nur nicht sofort deuten, weil sie es noch nie vorher gespürt hat.

Sie will Matt. Das ist es, was ihr Körper ihr signalisieren will. Eine Offenbarung.

Vom Verstand her interessiert sie sich ohnehin für ihn. Sie haben in den letzten Monaten eine Menge Zeit miteinander verbracht, und er hat viele Eigenschaften, die sie schätzt. Aber obwohl sie ihn sehr gern küsst, hat sie bis jetzt nie das erwartete Verlangen verspürt – sodass sie sich schon gefragt hat, ob sie sich überhaupt zu Männern hingezogen fühlt. Andererseits hat sie sich auch noch nie zu einer Frau hingezogen gefühlt, daher steht der Beweis noch aus. Aber in dem Moment spürt sie es ganz deutlich: das körperliche … Verlangen? Ja.

Überraschend ist das nicht. In den letzten Monaten hat sie sich mit ihrem Körper versöhnt. Eine Zeit lang hat sie ihn eher als notwendiges Beiwerk denn als Teil ihres gesamten Seins betrachtet. So konnte sie glauben, dass die schrecklichen Dinge nicht wirklich ihr selbst zugestoßen sind. Dass es so ist, das hat sie jetzt akzeptiert – mit Hilfe anderer. Mit Hilfe von Elaine, Theresa und Marie. Und mit der von Matt. Er war der Erste, der ihr beigebracht hat, dass ihr Körper etwas leisten kann: schwimmen. Seither bestärkt er sie, erkundigt sich oft, wie lange sie zum Little Beach und wieder zurück gebraucht hat, und spornt sie an, alles zu geben und an ihrer Atemtechnik zu feilen. Er ist ihr persönlicher Trainer.

Noch mehr Gelächter ertönt, dann schaut Matt zu ihr herüber. Irgendetwas muss in ihrer Miene zu erkennen sein, denn sein Gesichtsausdruck ändert sich schlagartig. Er nickt der Frau zu und kehrt zu ihrem Tisch zurück, immer noch das leere Glas in der Hand.

»Das war eine alte Schulfreundin«, sagt er, offenkundig nervös. »Wir hatten uns Ewigkeiten nicht mehr gesehen.«

»Oh.« Mehr bringt Leanne nicht hervor, weil sie immer noch verunsichert ist.

»Sie ist mit ihrem Ehemann hier«, sagt er.

»Oh.« Jetzt lächelt sie schnell.

Matt stellt das leere Glas ab und neigt den Kopf. »Warst du eifersüchtig?«

Leanne starrt ihn an. »Nein«, sagt sie instinktiv, da sie darauf wetten würde, dass Matt keine eifersüchtige Freundin möchte. Außerdem möchte sie keine eifersüchtige Freundin sein.

»Doch«, sagt er, und seine Lippen verziehen sich zu einem Grinsen.

»Bestimmt nicht«, bleibt sie dabei, aber dieses Mal klingt sie schon nicht mehr ganz so überzeugend.

Er beugt sich herab und legt eine Hand auf den Tisch. Seine Lippen sind nicht weit von ihren entfernt. »Du musst es nicht zugeben«, sagt er leise, »ich weiß es auch so.«

Sie schauen sich an. Matt hat nie versucht, ihr etwas vorzumachen. Wenn er etwas denkt, sagt er es. Der Matt, den die Welt sieht, ist der Matt, der er ist. Sonst müsste er ein begnadeter Schauspieler sein – aber sie hat schon zu oft erlebt, wie er daran gescheitert ist, Dinge schönzureden. Wenn einer seiner Schüler etwas falsch macht, sagt er es ihm. Wenn ein Kind bei einem Schwimmwettkampf aufs Treppchen kommen will, aber selbst für den dritten Platz zu langsam ist, sagt er es ihm.

Sie ist es, die mit der Wahrheit nicht herausrückt. Aber sie hat ja auch Übung darin. Den größten Teil ihres Erwachsenenlebens hat sie sich erfolgreich vor allen versteckt, buchstäblich vor allen. Erst der Ozean und drei Frauen, die ihr mit bedingungsloser Freundschaft begegnet sind, konnten sie aus ihrem Versteck hervorlocken. Sie haben sie einfach angenommen.

»Okay, du hast recht«, sagt sie, nachdem sie sich lange angeschaut haben.

»Ha!«, sagt er und wirkt erfreut. Dann stützt er die Hände in die Hüften. »Und ich hatte schon befürchtet, dass du mich wieder loswerden willst.«

»Aber warum?« In ihrer Erinnerung sucht sie nach einem Moment, der das hätte nahelegen können.

Er runzelt die Stirn. »Du, na ja … zum Beispiel hast du mich bisher nicht weiter als bis zu deiner Wohnungstür gelassen.« Er hebt die Hände. »Nicht dass ich dich zu etwas drängen will, aber ich würde schon gern sehen, wo und wie du lebst. Du lässt mich nicht groß daran teilhaben, wer … wer du bist.«

Leanne betrachtet die Stelle an seiner Nase, wo sich nach einem Sonnenbrand ein Hautfetzen löst – weil er mal wieder seine Kappe nicht aufgesetzt hat. Sie weiß viele solcher Dinge über ihn. Sie weiß, dass er braune und helle Labradore mag, die schwarzen aber für unberechenbar hält. Mit kleinen Hunden jeglicher Rassen kann er nichts anfangen. Er liebt seine Eltern und sieht sie für seinen Geschmack viel zu selten. Seine Großmutter hat ihm das Stricken beigebracht, und obwohl er auch im Winter meist keine Socken trägt, hat er sich für zu Hause welche gestrickt, um keine kalten Füße zu bekommen. Früher hat er mal versucht, in den australischen Schwimmkader zu kommen, kann aber gut damit leben, dass es dafür nicht gereicht hat. Er liest gern den *Daily Mirror* und hört Radio.

Über sie weiß er nichts dergleichen, weil die Enthüllung kleinster Details noch immer die Gefahr birgt, die größere

Geschichte zu enthüllen. Und die hat sie ihm bisher nie erzählt, weil sie befürchtet, dass er sich dann von ihr trennt. Aber wäre es nicht ratsam, möglichst bald herauszufinden, ob ihre Angst berechtigt ist?

»Du möchtest wirklich wissen, wer ich bin?«, fragt sie nervös, da sie seine Antwort fürchtet.

»Natürlich«, sagt er und setzt sich.

»Es gibt einen Grund, warum«, sie atmet ein und schließt für einen Moment die Augen, »warum ich dich immer nur bis zu meiner Wohnungstür lasse. Und der hat nichts damit zu tun, dass ich unordentlich wäre.«

Sie bemüht sich, locker zu klingen, obwohl sie weiß, dass es ihr nicht gelingt. Sie ist keine lockere Person.

Er streckt die Arme aus und nimmt ihre Hände. Sofort fühlt sie sich ruhiger.

»Das hatte ich auch nicht angenommen«, sagt er. »Leanne, ich … ich habe mir schon irgendwie gedacht, dass etwas dahinterstecken muss. Du bist so … so verschlossen. Männern gegenüber, meine ich.«

Es überrascht sie, dass er das gemerkt hat. »Ich bin den meisten Erwachsenen gegenüber verschlossen«, sagt sie mit einem scheuen Lächeln. »Du bist mir irgendwie durchgerutscht.«

»Wahrscheinlich wegen meines Charmes«, sagt er trocken und drückt ihre Hände.

»Den du in der Tat hast«, sagt sie. »Auf deine Weise.«

Sein Lächeln ist freundlich. Sie atmet ein und aus. Ein und aus.

»Ich habe bisher nur einmal Erfahrungen mit einem … einem Mann gemacht.«

Sie hält seinem Blick stand und ist stolz auf sich, dass

sie weitermacht. Das hat sie trainiert: weiterzumachen bis zum Little Beach. Anschluss an die anderen zu halten. Sich nicht aufzugeben. Auf diesen Moment hat sie hingearbeitet.

»Es ist weiter gegangen, als ich es wollte. Viel weiter.«

Sie hofft, dass sie ihm die Wahrheit mit einem Blick vermitteln kann, weil sie nicht alles aussprechen möchte. Sie möchte nicht, dass die Vergangenheit durch ihre Worte zum Leben erwacht.

»Verstehe«, sagt er. Seine Stimme klingt jetzt tiefer. Seine Hände halten immer noch die ihren, worüber sie froh ist.

»Aber das ist noch nicht alles.« Sie zieht die Nase hoch und sieht, wie sich seine Iris weiten und wieder zusammenziehen. »Ich war schwanger.«

Matts Mund öffnet sich, und sie weiß, dass sie schnell weiterreden muss, weil er sonst denkt, sie habe irgendwo ein Kind versteckt.

»Ich habe das Baby bekommen, ein Mädchen. Und es dann zur Adoption freigegeben.«

Er schließt den Mund und senkt den Kopf. Schließlich hebt er ihn wieder. Seine Daumen pressen sich in ihre Handflächen, als er sich über den Tisch beugt und sie auf die Lippen küsst. Ein paar Schachfiguren fallen um.

»Mir war klar, dass du mutig bist«, sagt er, als er sich wieder zurückzieht. »Ich habe es schon daran erkannt, wie du dich bei den Schwimmstunden reingehängt hast.« Er nickt langsam. »Aber jetzt halte ich dich für den mutigsten Menschen der Welt – weil du mir eine Chance gegeben hast.« Wieder neigt er den Kopf zur Seite. »Danke.«

Leanne verspürt eine Art Schwindel, fühlt sich aber gleichzeitig im Raum verankert – durch Matts Hände. Am liebsten würde sie vor Erleichterung laut auflachen. Oder vor Glück entschweben, weil Matt nicht so reagiert hat, wie sie es befürchtet hat. Sie kann das Gefühl nicht benennen, aber sie hofft, dass es andauert.

Dann lässt er ihre linke Hand wieder los, stellt die Schachfiguren zurück auf ihre Felder und sagt mit einem Zwinkern: »Also, Königin auf f6. Was gedenkst du zu tun?«

Sie grinst. »Ich werde es mit dir aufnehmen«, antwortet sie und kichert, als er sich wieder zu ihr herüberbeugt, um sie noch einmal zu küssen.

44

Vielen Dank, dass du dich um sie gekümmert hast«, sagt Theresa, als Oliver und Sasha im Garten verschwunden sind.

Elaine hockt angespannt auf der Sofakante und wartet auf ihre Neuigkeiten. Theresa weiß das, hat es aber nicht eilig, sie ihr mitzuteilen.

»Und dafür, dass du mir den Termin besorgt hast«, fährt sie fort. »Mir ist schleierhaft, wie du jemanden aufgetrieben hast, der am Samstag Hausbesuche macht.«

»Es ist ein Bekannter von James«, erklärt Elaine, als wäre es ein Kinderspiel gewesen und hätte nicht involviert, den Arzt und seine Frau samt Nachwuchs zum Mittagessen einzuladen. Dabei hatte nicht einmal James es vorgeschlagen, sie selbst hatte es aus Höflichkeit angeboten, und im Endeffekt war es auch kein großes Opfer. Sie hätte viel mehr getan, damit Theresa sich untersuchen ließ.

»Ich weiß das wirklich zu schätzen, dass du die Kinder genommen hast. Nonna wollte ich nicht bitten, auf sie aufzupassen, als der Arzt hier war. Es war nämlich ihre Tochter, die …«, Theresa beginnt zu stammeln, »die, na ja … an

Brustkrebs gestorben ist. Gloria. Außerdem ist Nonna bei einer Freundin. Wer hätte gedacht, dass sie noch Freunde hat? Ich dachte, alle hassen sie, weil sie ihnen immer das Geld aus der Tasche zieht.«

Sie merkt selbst, dass sie nur redet, um das Unvermeidliche vor sich herzuschieben – wie Elaine bereits erraten haben dürfte.

»Du musst nichts erklären«, sagt Elaine. »Mir hat es Spaß gemacht, mich um die Kinder zu kümmern. Sie sind entzückend.«

Theresa wirkt skeptisch. »Das ist vielleicht etwas übertrieben.«

»Überhaupt nicht. Ist deine Gran schon zurück?«

Theresa muss an den Moment denken, als Nonna zur Hintertür hereinkam und sah, dass sie den halben Nachmittag lang geweint hatte.

»Theresa«, sagte sie, als sie in die Küche trat und die Augen zusammenkniff. »Was ist denn los? Du weinst ja.«

Theresa schüttelte schnell den Kopf. »Es ist nichts.«

»Aber irgendetwas muss doch sein.«

»Nein.«

Sie wandte sich ab und wünschte, kein offenes Buch zu sein, wie ihre Mutter immer behauptet.

Zähl bis drei, sagte sie sich. *Zähl bis drei, oder du wirst wieder zu weinen beginnen.*

Aber es war zu spät, denn Nonnas Hände lagen schon auf ihren Schultern, und Theresas Kopf ruhte an Nonnas Hals. Und obwohl sie größer ist als Nonna, kam sie sich wieder wie das kleine Mädchen vor, das ständig weinte, weil irgendein Kind in der Schule gesagt hatte, sie sei dumm oder rieche komisch oder was auch immer ihm an Beleidigungen eingefallen war.

»*Bella mia*«, gurrte Nonna dann immer, »sie kennen dich einfach nicht so gut wie ich.«

Danach fühlte Theresa sich getröstet, und es ging ihr wieder besser.

Doch was jetzt geschehen war, konnte selbst Nonna nicht heilen, daher spannte sich ihr ganzer Körper an.

»Theresa, du musst nichts vor mir verbergen«, sagte Nonna sanft.

»Tue ich auch nicht«, sagte Theresa leise, obwohl sie genau das tat.

»Gut.« Nonnas Miene ließ keinen Zweifel daran, dass sie ihr kein Wort glaubte. »Dann komm einfach zu mir, wenn du so weit bist.«

Danach beruhigte sich Theresa. Und noch immer fühlt sie sich vergleichsweise ruhig.

»Ja, die ist zu Hause.« Ihr Lächeln ist verkniffen. »Riechst du nicht den Qualm?«

»Ah.« Elaine nickt. »Doch.«

In dem Moment kommt Oliver hereingerannt und spritzt mit einer Wasserpistole um sich. Sasha folgt ihm kreischend.

»Ollie!«, ruft Theresa und springt auf.

Er bleibt stehen und schaut Theresa mit der Unschuldsmiene an, die Kinder schon in jungen Jahren beherrschen.

»Wer hat dir erlaubt, die Wasserpistole im Haus zu benutzen?«

Sie ist entsetzt, dass sich ihre Kinder ausgerechnet in diesem Moment von ihrer schlechtesten Seite zeigen – und noch entsetzter bei dem Gedanken, dass sie sich im Beisein von Elaine genauso aufgeführt haben könnten. Elaines Kinder sind vermutlich englische Gentlemen mit perfekten Manieren.

»Nonna hat mich gebeten, ihre Zigarette damit zu löschen«, sagt Oliver treuherzig, und Theresa vermeint fast, ihre Großmutter im Garten kichern zu hören.

»Ist die Zigarette denn hier im Zimmer?«, fragt sie, die Hände in die Hüften gestützt.

Er zieht einen Schmollmund. »Nein.«

»Dann würde ich vorschlagen, dass du dich mit deiner Pistole und deiner Schwester wieder in den Garten verziehst.«

»Aber das ist gemein!«

Theresa wirft ihm einen strengen Blick zu. »Das ganze Leben ist gemein, und je eher du dich daran gewöhnst, desto besser.« Was genau das ist, was ihre Mutter in solchen Situationen immer gesagt hat.

Sie nickt in Richtung Garten und wird kaum dadurch besänftigt, dass Ollie die Hand seiner Schwester nimmt und mit ihr den Raum verlässt.

»Tut mir leid«, sagt sie, als sie sich wieder neben Elaine aufs Sofa setzt.

»Das muss dir nicht leidtun. Als wir im Zoo waren, gab es keinerlei Vorfälle dieser Art.« Elaine zwinkert. »Nur zu deiner Beruhigung.«

»Danke«, sagt Theresa und streicht ihr Kleid glatt.

»Also?«, fragt Elaine demonstrativ.

»Also!«, erwidert Theresa, als handelte es sich um ein Spiel. Doch das tut es nicht. Es ist weder Spiel noch Spaß.

»Theresa.« Elaine runzelt die Stirn.

Theresa nimmt sich einen Moment, um Elaines zarte

englische Haut zu bewundern. Ihr Teint ist makellos, weil Elaine nicht in der sengenden Sonne Australiens aufgewachsen ist.

»*Theresa.*«

»Oh.« Sie weiß selbst, dass sie es hinauszögert, aber sie will einfach etwas ganz Bestimmtes nicht laut aussprechen. »Nun ja … ich soll zu einem Spezialisten gehen.«

Elaine nickt. »Das war zu erwarten.«

Theresa verzieht das Gesicht. »Der Arzt wollte sich nicht so recht festlegen, was es sein könnte, aber … Nun ja, gut sieht es nicht aus. Der Knoten ist schon ziemlich groß.« Sie ringt sich ein Lächeln ab. »Leider ist es doch kein einfacher Pickel.«

Elaine wirkt nicht beunruhigt, und Theresa entspannt sich ein wenig. »Aha. Und wann hast du den Termin beim Spezialisten?«, erkundigt sich Elaine.

»Nächste Woche. Der Arzt hat persönlich dort angerufen, und sie haben mich eingeschoben. Er sagte, die Praxis gehöre einem Studienfreund oder so.«

Theresa muss daran denken, wie erfreut der Arzt wirkte, weil er das für sie organisieren konnte. Als würde er ihr einen großen Gefallen tun. Was er vermutlich auch getan hat, aber für sie fühlt sich dieser Nachmittag trotzdem wie ein Todesurteil an.

»Wunderbar«, sagt Elaine fast heiter. »Das ist gut. Und wenn es dir recht ist, nehme ich die Kinder dann gern wieder.«

Die Angst, die sich in Theresas Magen festgesetzt hat, löst sich ein wenig. Wenn Elaine so unbesorgt ist, muss sie vielleicht doch nichts befürchten.

»Wirst du es Marie und Leanne erzählen?«, fragt Elaine.

»Mhm … noch nicht. Es gibt ja noch nichts zu erzählen, oder?«

Elaine wirft ihr einen vorwurfsvollen Blick zu. »Theresa.«

»Was denn?«

»Würdest du es nicht wissen wollen, wenn du an ihrer Stelle wärst?«

Theresa legt bewusst Verzweiflung in ihren Seufzer. »Doch, vermutlich schon.«

»Ich weiß jedenfalls, dass sie es gern wüssten«, sagt Elaine ruhig.

Von draußen dringt schon wieder Kreischen herein.

»OLIVER!«, ruft Theresa.

Das Kreischen verstummt.

»Er ist kein böser Junge«, sagt sie zu Elaine. »Er ist nur«, sie zuckt mit den Achseln, »lebhaft.«

»Er ist einfach ein Junge.« Elaine lächelt wehmütig. »Als meine klein waren, sind sie so viel in der Gegend herumgerannt, dass ich schon dachte, irgendetwas stimmt mit ihnen nicht. Als ich mit meiner Mutter darüber sprach, sagte sie: ›Kleine Mädchen sitzen in der Ecke und hecken etwas aus. Kleine Jungen hingegen lassen alles raus. Was ist dir lieber?‹« Sie zieht eine Augenbraue hoch. »Ich sage dir besser nicht, was ich geantwortet habe.«

»Sasha heckt nichts aus«, sagt Theresa, ihrerseits mit einem wehmütigen Lächeln. Ihre Tochter mag in manchen Momenten immer noch traurig sein, aber schwierig war sie nie – es sei denn, sie ließ sich von ihrem Bruder zu etwas hinreißen. Theresa sollte dankbar sein, dass beide gesund sind. Bei dem Gedanken atmet sie scharf ein.

»Was ist mit Andrew?«, fragt Elaine und reißt sie zurück ins Hier und Jetzt.

»Was?«

»Andrew.« Elaine hat beide Augenbrauen hochgezogen. »Wirst du es ihm sagen?«

Theresa schüttelt den Kopf, aber nicht zu schnell. Elaine soll denken, dass sie wirklich darüber nachgedacht hat. Eigentlich sollte sie den Mann, der immer noch ihr Ehemann ist, wissen lassen, dass sie vielleicht ein gravierendes Gesundheitsproblem hat. Nur dass es ihn nicht interessieren dürfte.

»Ich kann mich nicht erinnern, dass er mich je gefragt hätte, wie es mir geht. Also kann ich mir auch nicht vorstellen, dass es ihn jetzt kümmern würde.«

»Ich bin mir sicher, dass es ihn kümmert«, sagt Elaine in einem leicht missbilligenden Tonfall.

Theresa lacht mit diesem herben Unterton, den sie sich, wie ihr bewusst ist, in den letzten Monaten angewöhnt hat. »Da kennst du Andrew schlecht. Und bevor du jetzt vorschlägst, dass ich es meinen Eltern erzähle: Ganz bestimmt nicht! Mum wird einfach sagen, dass ein Fluch über uns liegt, siehe Tante Gloria. Ihre Rückenprobleme hat sie auch, weil ein Fluch auf der Familie liegt. Nonnas Bruder hatte mal eine Rückgratverletzung, und Mum erzählt immer noch, dass sie die geerbt hat. Eine *Verletzung*!«

Sie ringt die Hände, aber eigentlich möchte sie überspielen, dass sie nichts lieber täte, als es ihrer Mutter zu erzählen. Nachdem der Arzt fort war, wollte sie in den Armen ihrer Mutter liegen und sie sagen hören, dass alles gut wird. Auch wenn ihr das natürlich niemand garantieren kann.

»Ich dränge dich bestimmt nicht zu etwas«, sagt Elaine. »Und jetzt möchtest du den Abend sicherlich mit deinen Kindern verbringen.« Sie erhebt sich, und Theresa steht ebenfalls auf.

»Es tut mir leid.« Theresa streicht sich das Haar hinters Ohr. Das hat sie immer getan, wenn ihre Eltern sauer auf sie waren.

»Was tut dir leid?«

»Dass ich so schwierig bin.«

»O Gott, du dummes Huhn.« Elaine umarmt sie. »Du bist die am wenigsten schwierige Person, die ich mir vorstellen kann. Ich möchte dir nur helfen, und da ich nicht genau weiß, wie, versuche ich es halt auf meine Weise.«

»Du bist eine gewaltige Unterstützung«, sagt Theresa. »Danke. Vielen Dank.«

»Mu-um, wir haben Hunger!«, ruft Oliver in seinem typischen Singsang, als er in den Raum gesprungen kommt.

»Das ist mein Stichwort aufzubrechen.« Elaine bringt ihren Mund dicht an Theresas Ohr: »Und lass mich wissen, wann genau der Termin bei dem Spezialisten ist, dann nehme ich die Kinder wieder.«

Theresa nickt schnell und bedankt sich noch einmal stumm, dann steigt Elaine in ihren Renault, fährt nach Hause und überlässt es Theresa, zwei verdreckte Kinder ins Bad zu bugsieren, danach an den Abendbrottisch und schließlich ins Bett. Theresa ist froh, alle Hände voll zu tun zu haben und ihren Kopf mit den tausend im Haushalt und bei der Erziehung anfallenden Kleinigkeiten füllen zu können, statt in dieses gähnende Loch der Ungewissheit zu fallen, das sie mit Sicherheit verschlingen wird, sobald am Abend Ruhe einkehrt.

45

Marie würde Theresas Gestalt überall erkennen. Sie hat sie so oft gesehen, wenn sie im Dämmerlicht über den Strand auf sie zugekommen ist. Bald wird sie das vertraute Bild allerdings korrigieren müssen, denn, wie Theresa sich ausdrückte, als sie sie kürzlich anrief, um ihr von der bevorstehenden Operation zu erzählen: »Bald werde ich auf der einen Seite vermutlich etwas weniger Tiefgang haben.« Dabei klang sie so heiter, als erzählte sie von einem Paar verschieden langer Strümpfe und nicht davon, dass ihr bald eine Brust fehlen wird.

Theresa hat versucht, die Sache herunterzuspielen. »Es ist ja kein großer Knoten, nicht von der Größe eines Golfballs oder so. Aber die Größe ist sowieso egal, sie nehmen die Brust auf jeden Fall ab. Das haben die Ärzte gesagt. Sie nehmen sie ab und untersuchen dann das Gewebe.« Sie ließ ein Geräusch hören, das zu sehr einem Lachen ähnelte, um der Situation angemessen zu sein. »Scheint mir ein ganz schöner Aufwand zu sein, aber offenbar habe ich keine andere Wahl. Gut, dass ich nicht mehr stille, kann ich da nur sagen.«

Trotz dieser demonstrierten Fröhlichkeit fühlte Marie

sich wie betäubt. Ihre Theresa – ihrer aller Theresa – sollte Krebs haben?

Noch ist nichts bestätigt, natürlich – sie werden es erst wissen, wenn die Ärzte mit ihren Untersuchungen fertig sind –, aber es sieht ganz danach aus. Theresa hat erzählt, ihre Tante habe Krebs gehabt. Und sei daran gestorben.

In Maries Familie gab es Arthritis und Herzprobleme, was auch einer der Gründe dafür ist, dass sie mit dem Schwimmen immer weitergemacht hat. Krebs ist bisher nicht vorgekommen, nicht in dieser Form.

Als Theresa näher kommt, setzt Marie ihr strahlendstes Lächeln auf. Dann wird ihr bewusst, wie falsch es wirken muss. Was Theresa jetzt nicht braucht, ist geheuchelte Fröhlichkeit, sie braucht Freundinnen.

»Mein letztes Mal für lange Zeit, dass ich im Meer schwimmen werde, und der Himmel kann sich nicht mal bequemen, ein Lächeln aufzusetzen«, sagt Theresa und zeigt auf die tief hängenden Wolken. »Wie kann er es wagen!«

Jetzt ist Maries Lächeln echt. »Wie geht es dir, meine Liebe?«, fragt sie, legt ihr einen Arm um die Schulter und gibt ihr einen schnellen Kuss auf die Wange.

»Das ist ja mal was ganz Neues«, sagt Theresa. »Du hast mich noch nie geküsst. Denkst du, ich komme nicht zurück?«

»Sei nicht albern«, sagt Marie, obwohl ihr früher am Tag genau das durch den Kopf geschossen ist. Sie hat den negativen Gedanken sofort verbannt, damit er kein Unheil bringt. Nicht dass sie abergläubisch wäre, aber sie hat trotzdem ein schnelles Gebet hinterhergeschickt und um Verzeihung dafür gebeten.

Theresa atmet tief aus. »Ich habe Leanne noch gar nicht erzählt, was los ist.«

»Oh.«

»Es gab noch keine Gelegenheit. Im Krankenhaus war ich schon seit Ewigkeiten nicht mehr, unmittelbar vor dem Schwimmen wollte ich es ihr nicht sagen, und als ich sie zu Hause angerufen habe, war sie nicht da.« Theresa verzieht das Gesicht wie ein Kind, das Angst vor Ärger hat. »Heute muss ich es ihr unbedingt erzählen.«

»Ja, das musst du. Guten Morgen, Elaine.«

»Hallo.« Auch Elaine gibt Theresa einen Kuss.

»Ihr scheint ja *beide* zu denken, dass ich nicht mehr wiederkomme!«, sagt sie empört.

»Das stimmt nicht«, versichert Elaine entschieden. »Ich würde euch alle jeden Morgen küssen, wenn ich wüsste, dass ihr mir das durchgehen lasst. Trevor würde bestimmt gern zusehen.«

Marie schaut zum Clubhaus hinüber, wo Trevor angeregt mit einem jüngeren Mann diskutiert. In letzter Zeit hält er Abstand zu ihnen – seit Leanne ihn eines Morgens bei einem Wettschwimmen zur Landspitze abgehängt hat.

Sie wusste gar nicht, dass sie um die Wette schwammen, hat ihn aber trotzdem geschlagen.

»Da kommt Leanne«, sagt Marie leise.

»Weiß sie es schon?«, fragt Elaine etwas lauter. Und macht: »Oh«, als Theresa sie erschrocken anschaut.

»Guten Morgen«, sagt Leanne gut gelaunt.

Mittlerweile strahlt sie bei jedem Treffen, und Marie erkennt die junge Frau, die noch vor wenigen Monaten kaum einen Mucks gesagt hat, fast nicht wieder. Sie schiebt die Veränderung auf ihren Freund, obwohl Leanne nicht viel über ihn erzählt.

Im nächsten Moment sind alle damit beschäftigt, ihre Handtücher und Anziehsachen zusammenzufalten, und greifen dann zu ihren Schwimmbrillen und Badekappen.

»Das wird also für eine Weile mein letztes Mal im Meer sein«, sagt Theresa, als sie sich die Badekappe aufsetzt.

Leanne schaut sie an. »Wieso?«

»Tut mir leid, Leanne«, sagt Theresa. »Ich habe dich angerufen, um es dir zu sagen, aber du warst nicht zu Hause.«

»Bestimmt war ich bei Matt«, sagt Leanne schnell. »Was meinst du damit – dein letztes Mal im Meer?« Sie schaut zu Marie hinüber, dann zu Elaine.

Marie bemüht sich, eine neutrale Miene aufzusetzen, weil Theresa ihre Geschichte selbst erzählen muss. Am liebsten würde sie sagen, dass sie sich Sorgen um ihre Freundin macht und sich inständig wünscht, sie müsse nicht etwas derart Schreckliches durchleben. Wenn sie könnte, würde sie ihr diese Last gern abnehmen, das möchte sie sagen.

»In ein paar Tagen habe ich eine kleine Operation.« Theresa holt Luft. »Eine Mastektomie.«

»Was?«, sagt Leanne. »Wie bitte?«

Theresa zuckt so beiläufig mit den Achseln, als hätte sie gerade erzählt, dass sie ihr Auto verkaufen wird. Marie fragt sich, ob sie die ganze Sache herunterspielt, um sich nicht von der Angst auffressen zu lassen. Sie könnte es ihr nicht verdenken.

»Ich habe einen Knoten in meiner Brust entdeckt«, sagt Theresa. »Und ihn dann … zu lange ignoriert.«

»Seit wann weißt du davon?«, fragt Leanne scharf.

»Den Knoten habe ich schon eine Weile«, erklärt Theresa. »Ich habe nur einfach nichts unternommen. Vor ein paar Tagen hat mir ein Spezialist gesagt, dass ich mich operieren lassen muss. Ich kann von Glück sagen, dass ich so schnell einen Termin für die OP bekommen habe.«

Leanne starrt Theresa an.

»Ich bin immer noch dieselbe.« Theresas Lippe zuckt, und auf ihrer Stirn erscheint eine vertikale Falte. »Und ich werde auch hinterher niemand anders sein. Leanne?«

Leanne stößt Luft aus. »Ja«, sagt sie. »Tut mir leid.«

»Alles in Ordnung mit dir?«, fragt Elaine und legt Leanne eine Hand auf die Schulter. Leanne fährt zusammen.

»Ja!«, antwortet sie schrill.

»Mach dir keine Sorgen, Lee«, sagt Marie und drückt ihre andere Schulter. »Sie stirbt ja nicht.«

»Noch nicht«, sagt Theresa etwas zu aufgekratzt.

Jetzt besteht für Marie kein Zweifel mehr: Theresas zur Schau gestellte Lockerheit soll tatsächlich über ihre Angst hinwegtäuschen. Man sieht es daran, wie ihr Auge zuckt und ihr Mund sich verzieht. Beides ist vollkommen untypisch für sie.

»Es tut mir leid«, sagt Leanne erneut, nimmt ihr Handtuch und tupft sich damit die Augen ab.

»Das muss es nicht.« Theresa lächelt unbehaglich, dann betrachtet sie den Sand und reibt sich die Augen. »Es schmeichelt mir fast, dass ich dir eine solche Reaktion entlocken kann. Normalerweise bist du das reinste Pokerface.« Sie versucht zu lachen, aber nun rollen ihr die Tränen über die Wangen. »Herrgott noch mal, wie peinlich«, murmelt sie, stützt die Hände in die Hüften und schaut auf den Ozean hinaus. »Entschuldigung, Marie.«

»Kein Problem, der Herrgott versteht das schon.«

Theresa schnieft. »Ich habe mich immer mit zwei Brüsten alt werden sehen.«

»Du kannst eine Prothese tragen«, sagt Marie. »Niemand wird den Unterschied bemerken.«

»Alle werden es verdammt noch mal bemerken!« Theresa schaut sie immer noch nicht an, und Marie sieht, dass ihre Schultern zittern. »Und *ich* werde es in jeder Sekunde spüren«, sagt sie so leise, dass sie kaum zu verstehen ist.

Marie tritt vor Theresa und nimmt sie bei den Schultern. »Für mich wirst du immer vollständig sein. Mir ist egal, wie viele Brüste du hast. Du gehörst zu uns.«

Theresa beginnt zu weinen, von Schluckauf geschüttelt.

Elaine wendet sich ab und hält sich die Hand seitlich vors Gesicht, um ihre eigenen Tränen zu verbergen.

»Jetzt kommt aber, Leute«, sagt Marie. »Lasst uns die salzigen Tränen mit ein bisschen Salzwasser wegwaschen.«

»Von mir aus. Ich bin bereit«, verkündet Leanne laut, zu Maries Überraschung. »Theresa, was ist mit dir?«

Theresa schaut sie an. »Ja«, sagt sie. »Ich bin auch bereit.«

»Dann mal los«, sagt Leanne. »Elaine, ich werde heute versuchen, als Erste am Little Beach zu sein.«

»Was?« Elaine zieht T-Shirt und Shorts aus und wirft sie in den Sand. »Dann brauchst du aber einen gehörigen Vorsprung, um überhaupt den Hauch einer Chance zu haben.«

Elaine hat Kappe und Brille aufgesetzt und ist schon fast im Wasser, bevor Marie auch nur angefangen hat, sich fertig zu machen.

»Jetzt geh schon«, sagt sie zu Theresa, die sie fragend anschaut.

Theresa schüttelt den Kopf. »Ich habe es nicht eilig.«

Innerhalb weniger Sekunden ist Marie an ihrer Seite, und sie waten gemeinsam ins Wasser. Die Gischt bricht sich an ihren Schienbeinen. Nachdem sie sich die Schwimmbrillen aufgesetzt haben, tauchen sie in eine Welle hinein und schwimmen Leanne und Elaine hinterher, um den Anschluss zu ihnen nicht zu verlieren. Marie beobachtet die drei so vertrauten Gestalten, die nun für eine ganze Weile so nicht mehr zusammen sein werden. Aber das ist kein Grund, sentimental zu werden. Dies ist kein Ende, nur eine Veränderung. Marie hat in ihrem Leben schon viele Veränderungen erlebt, und auch an diese wird sie sich gewöhnen – aber sie wird sich auf den Tag freuen, an dem sie wieder zu viert zum Little Beach schwimmen werden.

HERBST 1984

46

Theresa weiß noch, dass sie bei dem Countdown bis acht gekommen ist. Kurz davor hat sie gehört, wie der Chirurg sie begrüßt hat. Eine ganze Weile vorher hat sie eine Beruhigungsspritze bekommen, noch vor der eigentlichen Narkose. Der Anästhesist hatte weiche Hände und harte Augen. Theresa war unsicher, was sie von dieser Kombination halten sollte, aber offenbar versteht er sein Handwerk, denn jetzt kommt sie langsam wieder zu sich.

»Theresa«, sagt eine Frauenstimme. Sollte sie sie kennen? Wer ist das?

»Theresa, Sie sind im Aufwachraum. Sie haben die Operation überstanden. Mr Phillips sagt, es ist alles gut verlaufen.«

Mr Phillips – der Chirurg. Sie hat ihn mehrmals Dr. Phillips genannt, bis eine der Schwestern sie aufklärte, dass man Chirurgen mit »Mr« anredet. Den Grund hat sie nicht herausgefunden.

»Wie fühlen Sie sich?« Die Schwester beugt sich über Theresa. Sie lächelt nicht, wirkt aber auch nicht sonderlich besorgt. Das muss doch etwas Gutes zu bedeuten haben.

»Ein bisschen … benommen.« Theresa will schlucken,

aber es ist, als wäre ihr Mund verklebt. »Werde ich mich übergeben müssen?«

»Vermutlich nicht.« Die Schwester tätschelt ihr die Hand. »Auch wenn Sie das gerade glauben. Sie werden noch eine Weile hierbleiben, anschließend bringen wir Sie auf die Station.«

Und danach? Was soll ich danach tun, mit nur einer Brust?

Das ist die Frage, die ihr eigentlich auf der Zunge liegt, aber vermutlich hat niemand eine Antwort darauf.

Der Heldenmut, den sie vor Marie, Elaine und Leanne zur Schau gestellt hat, war nur gespielt. Wenn es sein muss, kann sie eine gute Schauspielerin sein. Vermutlich hat sie alle davon überzeugt, sich mit der Situation abgefunden zu haben. Was ganz und gar nicht der Fall ist.

Sie schluckt wieder, und in ihrem Kopf wirbelt alles durcheinander. Wenn nur ihre Mutter da wäre. Letztlich hat sie sich doch dazu durchgerungen, ihren Eltern und Nonna zu erzählen, dass sie sich einem kleinen »Eingriff« unterziehen muss. Die nervliche Anspannung, es geheim zu halten, wäre schlimmer gewesen als die zu erwartenden Reaktionen. Die ganze Wahrheit kennen sie allerdings nicht; Theresa hat nur gesagt, dass sie ein paar Tage ins Krankenhaus muss.

Jetzt fragt sie sich allerdings doch, warum sie ihrer Mutter gegenüber darauf beharrt hat, dass es »nicht der Rede wert sei, Mum, nur eine kleine OP«. Natürlich, damit wollte sie ihren Eltern Sorgen ersparen, aber jetzt, da niemand an ihrem Bett sitzt, ihre Hand hält und ihr versichert, dass alles gut wird, so wie ihre Mutter es getan hat, wenn sie früher als Kind krank im Bett lag, fühlt sie sich wie der einsamste Mensch der Welt. Ihre Erinnerungen an die Zeiten, als sie krank war, bestehen aus Limonade mit Strohhalm, kühlen Händen auf der Stirn und einlullenden Schlafliedern.

Es ist schrecklich, allein zu sein, nachdem einem jemand einen Teil von sich amputiert hat. Die Schwestern wuseln um die anderen Patienten herum, die alle wichtiger als sie zu sein scheinen. Andererseits bekommen sicher alle dasselbe Maß an Aufmerksamkeit. Alle erholen sich von etwas, von einer Krankheit, die ihr Leben erschüttert hat, und vermutlich geht es dem einen oder anderen viel schlechter als ihr. Vielleicht ist jemandem ein Bein abgenommen worden. Das wäre wirklich schlimm. Mit nur einer Brust kann man leben, aber mit nur einem Bein hätte sie ein echtes Problem. Dagegen hat sie fast noch Glück gehabt – das wird sie sich sagen müssen, wenn die Ärzte irgendwann kommen und ihr mitteilen, dass sie tatsächlich Krebs hat. Denn sie weiß, dass es so ist, genau wie bei Tante Gloria.

Und dann? Das ist der Teil der Geschichte, an den sie nicht denken möchte.

Tante Gloria ist elendig gestorben, innerhalb weniger Monate. Allerdings waren ihre Kinder schon erwachsen, Oliver und Sasha sind erst in der Grundschule.

Theresa hat kein Interesse daran, jetzt schon zu sterben. Ihr geht es prächtig – na ja, im Moment gerade nicht, wegen der Narkose, aber durch das Schwimmen hat sie sich topfit gefühlt. Diese Geschichte mit dem Knoten kommt verdammt ungelegen, nicht zuletzt, weil sie jetzt wer weiß wie lange keinen Sport machen kann.

Aber das ist Zukunftsmusik. Erst mal muss sie sich von der Narkose erholen, zu ihren Kindern zurückkehren und wieder in die Rolle der alleinerziehenden Mutter schlüpfen. Das alles hat sie verdrängt, solange diese dringlichere

Angelegenheit im Raum stand, aber ewig kann sie das nicht tun.

»Wir werden Sie jetzt auf die Station bringen, Theresa.«

Wieder dieselbe Schwester. Theresa muss länger vor sich hin geträumt haben, als ihr bewusst war, wenn sie jetzt schon verlegt wird.

Sie schließt die Augen, als man sie in den Aufzug schiebt und auf eine andere Etage fährt. Den Rest des Krankenhauses möchte sie gar nicht sehen. Sie versucht, sich ausschließlich auf sich selbst und den Heilungsprozess zu konzentrieren. So wie Elaine es ihr geraten hat.

»Da wären wir schon«, sagt eine andere Schwester, die irgendwo auf dem Weg zu ihnen gestoßen sein muss. »Kommen Sie erst mal an. Wie sind die Schmerzen?«

»Gut. Ich meine … ich habe keine.«

Was Theresa ziemlich komisch vorkommt. Man hat ihr eine Brust abgenommen, und sie spürt … nichts. Sie fühlt sich nur etwas unförmig, wegen der Verbände und was auch immer um ihren Oberkörper gewickelt wurde. Dabei sollte es doch wehtun. Sie sollte das Gefühl haben, etwas verloren zu haben, an dem sie wirklich hing, wenn sie es recht bedenkt. Ihre Brüste waren nicht mehr die tollsten, aber sie hat schließlich auch gestillt, und mit dem richtigen BH sahen sie in einem eng anliegenden Kleid immer noch gut aus. Gott sei Dank trägt sie schon eine Weile keine figurbetonten Kleider mehr, denn damit wäre es nun endgültig vorbei. Die Prothese mag noch so gut sein, an eine echte Brust wird sie wohl kaum heranreichen.

»Ah, Sie haben Besuch«, verkündet die Schwester mit einem strahlenden Lächeln.

»Wirklich?«

Vielleicht Elaine – obwohl die eigentlich angekündigt hat, heute nicht zu kommen, weil man so frisch nach einer Operation doch besser allein sei. »Nicht einmal die Menschen, die man am meisten liebt, mag man dann sehen«, erklärte sie. »Man fühlt sich einfach nur grässlich, und jede Nettigkeit kostet Mühe.« Also eher nicht Elaine.

»Ihr Ehemann ist da«, sagt die Schwester, und bevor Theresa protestieren kann, ist sie zur Tür hinaus und kehrt mit Andrew zurück.

»Dann lasse ich Sie mal allein.«

Mit diesen Worten verschwindet die Schwester. Theresa wäre es lieber, sie wäre geblieben. Andrew starrt sie an, und wenn sie schon dachte, nicht die Energie zu haben, um ihre Freundinnen zu empfangen, hat sie für diese Begegnung ganz bestimmt keine Kraft.

»Wann gedachtest du es mir zu sagen?«

Andrew steht breitbeinig da, die Arme verschränkt. Diese Haltung kennt sie. So steht er auch da, wenn ihm jemand an den Kopf knallt, dass er ihm für einen neuen Auspuff zu viel abknöpfen will.

»Es geht mir nicht gut, Andrew«, sagt sie und lehnt sich ins Kissen zurück. »Ich wurde gerade operiert.«

Und vorher habe ich dich wochenlang nicht gesehen – warum also hätte ich es dir erzählen sollen? Das ist es, was sie am liebsten sagen würde, aber in diesem Moment hat sie keine Lust auf Streit.

»Wovon du mir nichts erzählt hast.«

»Doch.« Sie will einfach keine Energie an diese Unterhaltung verschwenden.

»Du hast von einer Operation gesprochen, aber nicht, weshalb du operiert werden musst.«

»Und du hast nicht gefragt!« Ihre Stimme ist schrill. Sie ballt die Fäuste, öffnet sie wieder und ermahnt sich, Ruhe zu bewahren.

Sie wollte ihm keine Details erzählen, da er sie nur als Beweis dafür nutzen würde, dass sie sich nicht richtig »um sein Haus kümmern« könne. So nennt er es seit seinem Auszug: *sein* Haus. Nicht: ihr gemeinsames Haus.

»Warum hätte ich fragen sollen?«

Als er näher tritt, zuckt sie zusammen. Sofort bleibt er stehen und lässt die Arme sinken. Sein Gesicht verzieht sich. Sie könnte meinen, dass sich Sorge darin spiegelt – wenn sie es nicht besser wüsste.

»Theresa, hör zu«, sagt er nun ruhiger. »Eigentlich bin ich nur hier, weil ich mich erkundigen wollte, wie es dir geht.«

»Wie hast du es herausgefunden?«

»Einer meiner Jungs aus der Werkstatt ist mit einer Krankenschwester verheiratet. Sie hat ihm erzählt, dass du heute Morgen operiert wurdest. Er wollte wissen, wie es mir damit geht, dass dir jetzt eine Brust fehlt.« Wieder funkelt er sie an. »Ich musste so tun, als wüsste ich, wovon er redet.«

Theresa fühlt eine weißglühende Scham, weil Andrews Angestellte über ihre intimsten Angelegenheiten Bescheid wissen. »Krankenschwestern dürfen nicht über Patienten reden.«

Er starrt sie stumm an.

»Und warum fragt er dich das überhaupt? Weiß er denn nicht, dass du nicht mehr zu Hause wohnst?« Die Bemerkung hat sie sich nicht verkneifen können. Warum sollte sie es als ihren Fehler ansehen, dass sie ihm etwas vorenthalten hat, das zu wissen er ihrer Meinung nach gar kein Recht mehr hat?

Er schaut zu Boden und schüttelt den Kopf. »Nein. Ich habe Chook gebeten, es niemandem zu erzählen.«

Theresa beschließt, darauf nicht zu reagieren, wenn sie sich doch darauf konzentrieren muss, das Krankenhaus zu verlassen und für die Menschen da zu sein, die sie wirklich lieben.

»Tut mir leid, wenn ich dich in Schwierigkeiten gebracht habe«, sagt sie. Ihn zu beschwichtigen, ist die beste Methode, um ihn schnell wieder loszuwerden. »Ich wollte dich einfach nicht damit behelligen.«

»Wo sind die Kinder?«

»Bei Marie.«

»Wer ist Marie?«

»Ich gehe mit ihr schwimmen. Ich habe dir schon von ihr erzählt.« Sie zuckt zusammen, als sie sich im Bett aufrichten will. Schmerzen hat sie nicht, aber was auch immer der Arzt getan hat, um sie wieder zusammenzunähen, es schränkt sie in ihrer Bewegungsfähigkeit ein.

»Du überlässt die Kinder einer Fremden, während du dir eine Brust abnehmen lässt?«

»Du bist ja immer beschäftigt«, fährt Theresa ihn an.

Er ist sichtlich überrascht, dass sie so beherrscht ist, aber sie kann in ihm nur noch den Mann sehen, der ausschließlich an sich denkt. Theresa ist ihm vollkommen egal. Das ist die Geschichte ihrer Ehe und des Scheiterns derselben, und nun wird selbst die Mastektomie zu seinem persönlichen Drama. Wenn Theresa nicht längst Erleichterung verspüren würde, dass Susie ihr diesen Kerl abgenommen hat, sie würde es spätestens jetzt tun.

»Und?«, sagt er. »Du hättest es mir trotzdem erzählen können.«

»Und was hättest du dann getan, Andrew? Du hättest doch nicht deine Arbeit Arbeit sein lassen, um nach den Kindern zu schauen. Ich hätte für sie trotzdem eine Lösung finden müssen. Und wie es mir geht, interessiert dich doch sowieso nicht.«

»Alles in Ordnung hier?«, fragt die Schwester, die den Kopf zur Tür hereingesteckt hat.

Theresa würde am liebsten sagen, dass nichts in Ordnung ist, aber in der Öffentlichkeit soll man ja keine schmutzige Wäsche waschen – wobei sie das eigentlich schon tun.

Sie schaut erst die Schwester an, dann Andrew. »Ich bin müde«, sagt sie schließlich. »Ich war nicht darauf eingestellt, so schnell nach der Operation Besuch zu bekommen.«

Die Schwester tritt in den Raum. »Dann lassen Sie Ihre Frau jetzt am besten ein bisschen in Ruhe«, sagt sie zu Andrew. »Sie können ja später wiederkommen.«

»Oder morgen«, sagt Theresa.

Andrew blickt von der Krankenschwester zu Theresa. »Gut«, sagt er, steckt die Hände in die Taschen seiner Arbeitsshorts und verlässt den Raum.

»Oder am besten nie mehr«, murmelt Theresa.

»Und jetzt ruhen Sie sich ein wenig aus«, sagt die Schwester und zieht den Vorhang um ihr Bett.

Damit ist Theresa zum ersten Mal wirklich allein mit ihrer einen Brust und ihrer Wunde und ihren Verbänden und dem Tropf an ihrem Arm. Sie ist allein mit ihren Gedanken an die Kinder und ihrer Sehnsucht nach ihnen. Allein mit ihren Ängsten vor einer ungewissen Zukunft.

Aber eines weiß sie mit Sicherheit: Mit Andrew möchte

sie nicht mehr verheiratet sein. Sobald sie in der Verfassung ist, wird sie die Scheidung durchsetzen, selbst wenn das bedeutet, das Haus aufgeben zu müssen.

Es fällt ihr schwer, ruhiger zu werden, um einschlafen zu können, aber dann schließt sie die Augen und denkt daran, wie sie zum letzten Mal mit ihren Freundinnen schwimmen war. Jeden einzelnen Armzug holt sie sich ins Gedächtnis zurück, jeden Beinschlag, jede Welle – und jedes Lachen, jedes Lächeln, jedes freundliche Wort. Die Erinnerungen trösten sie, bis sie schließlich wegdämmert.

47

Schau mal einer an, du hast dich ja richtig in Schale geworfen«, sagt Marie mit Blick auf die Verbände, als sie an Theresas Bett tritt.

Auf dem Weg den Hügel hinauf zum Krankenhaus hat sie sich vorgenommen, gute Laune zu verbreiten, und hält ihre Entscheidung für richtig, als sie Theresa nun so verloren in ihrem Bett liegen sieht.

»Ich würde mich lieber richtig in Schale schmeißen und Cocktails schlürfen«, entgegnet Theresa und hebt den Arm. »Mein Freund, der Tropf, müsste natürlich mitkommen.«

»Immerhin hättest du schon einen Tanzpartner, meine Liebe.« Marie bückt sich und küsst Theresa auf die Wange. »Wir haben dich heute Morgen vermisst.«

»Ihr wart ohne mich schwimmen?« Theresa schaut sie mit offenem Mund an. »Wie könnt ihr es wagen!«

»Es war nicht dasselbe.«

»Das musst du ja jetzt sagen.«

»Du dürftest mich gut genug kennen, um zu wissen, dass ich Dinge nicht sage, nur weil ich sie sagen muss.« Marie legt zwei Bücher auf das Nachtschränkchen. »Hier, für dich – Barbara Cartland. Leichte Kost.«

Theresa verzieht das Gesicht. »Vielleicht hat sie ja ein paar Tipps auf Lager, wie ich mir das nächste Mal einen besseren Ehemann angele.« Ihre Miene wird sanfter. »Aber danke, das ist sehr nett von dir.«

»Die Kinder sind bei Gus.« Marie zeigt auf den einzigen Stuhl, und als Theresa nickt, setzt sie sich. »Nur falls du dich fragen solltest: Auch während des Schwimmens war er bei ihnen. Er hat sie am Strand bespaßt.«

»Sie waren schon so früh wach?« Theresa wirkt skeptisch.

»Wir haben ihnen keine Wahl gelassen. Außerdem hat Gus ihnen ein Eis versprochen.« Marie zwinkert. »Wir dachten, eine kleine Bestechung kann nicht schaden.«

»Oje, danke.« Theresas Lächeln ist verkrampft. »Geht es ihnen gut?«

Marie winkt ab. »Prima. Sie weichen Charlie Brown gar nicht mehr von der Seite und haben mir beim Backen geholfen. Ich glaube, sie haben noch gar nicht richtig realisiert, dass du nicht da bist.«

Was im Wesentlichen sogar stimmt. Nur am Vorabend haben beide vor dem Einschlafen nach ihrer Mutter gefragt. Marie musste Lieder singen und ihnen den Rücken streicheln, bis sie sich schließlich beruhigten. Sasha ist zu jung, um zu verstehen, was passiert, aber Oliver ahnt, dass etwas nicht stimmt. So wild er ist, er ist auch clever, und sie hat seine besorgte Miene gesehen, als er sich nach seiner Mutter erkundigte.

Theresa wechselt die Liegeposition, was ihr sichtlich schwerfällt. »Sie haben sich schon immer einen Hund gewünscht.«

»Jetzt haben sie einen«, sagt Marie fröhlich. »Wenigstens für ein paar Tage.«

Sie lehnt sich zurück und begegnet Theresas Blick. Tausend Gefühlsregungen huschen über das Gesicht ihrer Freundin.

»Kaum etwas ist so hart wie das, was du gerade durchmachst«, sagt Marie nach einer Weile. »Du trägst es mit Fassung, aber ich ahne, wie schwer es ist.«

»Ich fühle mich überhaupt nicht gefasst.« Theresa erstickt fast an dem letzten Wort. »Ich habe das Gefühl, dass ich keinen Schimmer habe, wie ich mit der ganzen Situation klarkommen soll.«

Marie möchte sie aufmuntern, möchte ihr aber auch keine Lügen auftischen. »Das liegt daran, dass du gar nicht wissen kannst, was du als Nächstes tun sollst. Du musst einfach diesen Tag überstehen. Und den nächsten. Und dann den darauf. Dazu gibt es im Moment keine Alternative.«

Sie wendet den Blick von Theresa ab. Als sie wieder hinschaut, mustert ihre Freundin sie.

»Norms Tod muss hart für dich gewesen sein«, sagt Theresa ruhig.

»Ja.«

Der Blick, den sie wechseln, ist frei von jeglichem Schein: zwei verletzte Vögel, die mit ihrem einen verbliebenen Flügel flattern und hoffen, noch fliegen zu können.

Die Patientin im Bett nebenan schaltet ein Radio ein. Marie war gar nicht bewusst, dass mehrere Frauen hier liegen. Trotz des Vorhangs vor dem Nachbarbett. Beim Blick aus dem Fenster sieht sie ein Stück vom Hafen und weiß nicht weiter. Obwohl die Freundschaft mit Theresa mit der Zeit immer enger geworden ist, hat sie selbst ihr noch nicht viel über sich erzählt. Und so selbstverständlich wie die mit Gwen wird ihre Beziehung wohl nie werden.

»Vor allem, weil so viele Dinge hochkamen, die ich ganz vergessen hatte«, sagt sie schließlich. »Oder verdrängt. Dass ich meinen Sohn verloren hatte, zum Beispiel.«

Kaum hat sie die Worte ausgesprochen, schimpft sich Marie eine Egoistin, weil sie ausgerechnet jetzt wieder damit angefangen hat. Andererseits lenkt die Geschichte Theresa vielleicht von ihrer Situation ab, dann hätte es auch etwas Gutes. Als sie sieht, dass Theresa weint, ist ihr klar, dass ihre Hoffnung vergeblich war.

»O Marie.« Theresas Kinn zittert, und ihre Stirn kräuselt sich. »Das tut mir leid.«

»Nicht weinen, sonst fang ich auch an«, sagt Marie und versucht, die aufsteigenden Tränen zurückzuhalten. Sie hat den Tod ihres Jungen nun schon so lange tapfer ertragen, dann sollte sie es auch jetzt schaffen.

»Wir haben damals gar nicht richtig darüber gesprochen, nicht wahr?« Theresa seufzt schwer. »Ich wollte nicht in dich dringen, und dann hat sich keine Gelegenheit mehr dazu ergeben. Es ist so traurig, dass du ihn verloren hast.«

Marie nickt. »Ja. Aber mein Leben ist eben so, wie es ist, verstehst du? Ein anderes Leben, in dem er lebendig gewesen wäre, existiert nicht.«

Theresa senkt den Blick und zupft an der Decke, die über ihrem Unterleib ausgebreitet ist. »Ich frage mich …«, beginnt sie, um dann wieder zu Marie aufzuschauen. Die Angst in ihren Augen ist unübersehbar. »Ich frage mich, ob es eine Zukunft gibt, in der ich lebendig bin.«

Obwohl Marie schon vor der Operation Theresas Furcht vor ihrer jetzigen Situation bemerkt hat, bekommt sie sie immer noch nicht mit dieser Person zusammen. Theresa, die der Brandung und dem offenen Meer mit Lachen und

Enthusiasmus entgegengetreten ist, schien nie eine Kandidatin für Angst zu sein. Aber natürlich hat sie sie. Natürlich fragt sich eine Frau, der man eine Brust abgenommen hat, was das für sie bedeutet. Wenn Marie nur eine halbe Sekunde über ihre Freundin statt über sich nachgedacht hätte, wäre ihr das sonnenklar gewesen.

»Sei nicht albern, meine Liebe«, sagt sie so bestimmt wie möglich. Wenn Theresa Angst hat, muss Marie das Kommando übernehmen und ihr das Gefühl vermitteln, es gebe keinen Grund dazu. »Das bekommen wir schon hin. In null Komma nichts bist du wieder zu Hause, und dann machen wir einen Schritt nach dem anderen. Du bist nicht allein. Das lasse ich nicht zu.«

»Aber meine Tante ist an Brustkrebs gestorben«, sagt Theresa leise.

»Du weißt noch nicht einmal, ob es sich um Krebs handelt«, sagt Marie.

Theresa schaut sie an. »Marie!«

»Gut.« Marie seufzt. »Vermutlich ist es Krebs. Aber du bist nicht deine Tante. Du bist meine Freundin, und wir ziehen das durch. Und ›wir‹ umfasst in diesem Fall auch Elaine und Leanne. Wenn wir uns jeden Morgen halbnackt ertragen, kann uns auch eine fehlende Brust nicht davon abhalten, dir zu helfen.«

Theresa wirkt überrascht, dann bricht sie in Lachen aus. »Wie ist das nur passiert?«, fragt sie.

»Was? Der Brustkrebs?«

»Nein!« Sie lacht immer noch. »Wie sind wir bis hierhin gekommen, du und ich? Und Elaine und Leanne? Noch vor zwei Jahren kannte ich euch nicht.«

Marie betrachtet diese Frau, die sie so lieb gewonnen

hat, und hat das Gefühl, sie seit Ewigkeiten zu kennen. Vielleicht ist es sogar so, und sie haben nur eine Weile gebraucht, um es zu registrieren.

»Schmeißfliegen schweißen Menschen eben zusammen«, liefert sie stattdessen eine nicht ernst gemeinte Erklärung.

»Diese Mistviecher«, sagt Theresa.

»Wie dein Ehemann, was?«, ergänzt Marie.

Dann wird der Essenswagen ins Zimmer geschoben, und als Marie eine Bemerkung über den traurig aussehenden Wackelpudding fallen lässt, wird sie darauf aufmerksam gemacht, dass die Besuchszeit längst vorbei sei. Sie verabschiedet sich schnell von Theresa, während die mit der Schwester darüber diskutiert, ob sie das Hühnchen-Sandwich unbedingt essen muss.

Sie will das Krankenhaus schon verlassen, beschließt aber dann spontan, noch einen Umweg zu machen.

Die Krankenhauskapelle ist nicht konfessionell gebunden, und Marie glaubt beziehungsweise hofft, dass ihr der Herr diesen Seitensprung verzeihen möge – genauso wie die Tatsache, dass sie in letzter Zeit zu glücklich war, um ihn wirklich zu brauchen. Manchmal regen sich Schuldgefühle wegen ihres Glücks, weil Theresa doch so viele Probleme hat. Andererseits wäre Theresa die Erste, die ihr deswegen Vorhaltungen machen würde.

In der Kapelle bekreuzigt Marie sich und kniet sich in eine Bank.

Sie spricht dasselbe Gebet wie jeden Tag, seit ihr Theresa von der Operation erzählt hat. Normalerweise betet sie es stumm beim Schwimmen, aber heute braucht sie eine andere Umgebung. Außerdem kann sie an diesem stillen

Ort direkter sein. Fordernder. Sie möchte, dass ihr Gott dafür sorgt, dass Theresa die Sache gut übersteht.

Nachdem sie ihre Bitte vorgetragen hat, verlässt sie das Krankenhaus und steigt den Hügel hinab. Der Tag ist kühl, fast schon kalt. Der Herbst ist da, sodass sie bald wieder ihre Spaziergänge aufnehmen werden. Oder auch nicht. Elaine und Leanne sind nun durchtrainiert. Vielleicht wird es ihnen dieses Jahr schwererfallen, auf das winterliche Meer zu verzichten, als sich hineinzustürzen.

Bald sieht sie Gus am Gartentor an der Grundstücksseite stehen, Oliver und Sasha an der Hand. Sie dankt Gott für die Gnade, die ihr in ihrem Leben widerfahren ist, und beschließt, weiter dafür zu beten, dass er Theresa zur Seite stehen möge und ihrer Freundin damit die gewaltigste Gnade von allen zuteilwerden lässt. Marie ist fest überzeugt davon, dass alles, was im letzten Jahr – in den fast zwei letzten Jahren vielmehr – in ihr Leben getreten ist, mit dieser Frau zu tun hat. Mit Theresa, ihrem großen Herzen und einem Stück Meer, das Freundinnen angezogen hat, von denen Marie nie zu träumen gewagt hätte. Freundinnen, die ihr eigenes Herz für etwas geöffnet haben, an dessen Existenz sie nicht mehr geglaubt hatte: eine neue Liebe, mit allem Fremden und Vertrauten, was dazugehört.

»Hallo, mein Schatz«, sagt Gus und küsst sie auf die Lippen, als sie neben ihm steht. »Wir haben dich vermisst.«

»Und ich habe euch vermisst«, sagt sie, während aus den Kindern hervorsprudelt, was sie in den letzten Stunden erlebt haben, und Charlie Brown an der Tür sitzt und auf sie wartet und der Geruch dessen, was auch immer Gus zum Abendessen kocht, zu ihr hinausweht.

48

Leanne steckt einen Zeh ins Wasser und zieht ihn schnell wieder zurück. Das Meer scheint kälter zu sein als gestern, aber davon wird sie sich nicht abschrecken lassen. Ihr Entschluss, so lange wie möglich im Meer zu schwimmen, steht fest. Denn so schön die gemeinsamen Spaziergänge auch sind, es ist nicht dasselbe. Das Gefühl, etwas geschafft zu haben, ist hinterher lange nicht so groß. Obwohl sie noch immer dieselbe Strecke wie am Anfang ihrer Treffen schwimmen, kann sie sich verausgaben, indem sie das Tempo erhöht oder den Stil wechselt. Matt rät ihr, es ab und an mit Rückenschwimmen zu probieren. Die meiste Zeit fühlt sie sich dabei, als würde sie ertrinken, aber langsam wird es besser. Vielleicht sollte sie heute Morgen rückenkraulen und ihn mit ihren Fortschritten überraschen, wenn er zurück ist.

Er ist für das lange Osterwochenende ins Strandhaus seiner Familie gefahren, mit dem Auto sind es dorthin einige Stunden. Gestern rief er an, um Leanne zu erzählen, dass sein Bruder unerwartet aufgekreuzt sei und er nicht wisse, ob er unter diesen Umständen bleiben solle.

»Ich bin vermutlich nicht die Richtige, um dir einen Rat

zu geben«, sagte Leanne. »In Familiendingen bin ich absolut keine Expertin.«

»Aber du sprichst wenigstens mit deiner Familie«, sagte Matt, und sie konnte den Stolz in seiner Miene förmlich vor sich sehen. Er hat ihr mal gesagt, wie sehr es ihn beeindrucke, dass sie Kontakt zu ihrer Mutter halte und auch den zu ihrem Vater wieder anbahne. Der Zorn ihres Vaters ist das, was Leanne am schwersten vergessen kann.

Sie steckt den ganzen Fuß ins Wasser und lächelt bei der Erinnerung, wie Matts warme Hand die ihre gehalten hat, als sie nach dem letzten Essen am Donnerstag zu ihr nach Hause gegangen sind. Er vermittelt ihr ein Gefühl von Stärke und Sicherheit. Bei jeder Begegnung hat sie das Gefühl, weniger vorsichtig sein zu müssen. Mittlerweile fast gar nicht mehr.

»Guten Morgen, Lee«, sagt Marie, legt ihr eine Hand in den Rücken und gibt ihr einen Kuss auf die Wange.

Inzwischen küssen sie sich alle zur Begrüßung. Sie sind keine Sportgruppe mehr, sondern Freundinnen, die sich zum Schwimmen treffen.

»Hallo, meine Damen!«, ruft Elaine, während sie über den weichen Sandstrand auf sie zukommt. Als sie dort, wo der Sand schon hart ist, neben ihnen steht, fragt sie: »Wie war dein Karfreitagsessen, Marie?«

»Wunderbar. Wir haben in dem Park auf der Landspitze ein Barbecue gemacht. Gus hat gegrillt.« Sie lächelt.

»Fisch?«, sagt Elaine und zieht ihr langärmeliges Oberteil aus.

»Natürlich. Erst die Morgenandacht, dann Fisch zum Mittagessen – ich mag Rituale.« Sie zwinkert. »Und was ist mit dir, Lee? Hast du ein bisschen Zeit für dich, wo Matt unterwegs ist?«

Leanne nickt. »Aber ich arbeite heute. Ich habe die Schichten am langen Wochenende übernommen, damit andere wegfahren können.« Sie zuckt mit den Achseln. »Ich habe kein Problem damit, an Feiertagen zu arbeiten. Da ist es ruhig. Wie an Weihnachten.«

Sie stehen da und schauen sich an.

»Komisch«, sagt Marie. »Ich warte immer noch jeden Morgen auf Theresa.«

Elaine lacht erleichtert auf. »Ich auch. Gestern Abend habe ich mit ihr gesprochen. Sie sagte, sie würde furchtbar gern bei uns sein.«

»Ich habe sie nachmittags angerufen«, sagt Leanne.

»Ich auch«, sagt Marie. »Es scheint, als hätte sie keine ruhige Minute.«

Andererseits ist es sicher besser, sie mit Anrufen zu bombardieren, als sich nicht zu rühren. Sie rufen sie täglich an und besuchen sie, wann immer es geht. Zu viel wollen sie ihr allerdings auch nicht zumuten, denn obwohl sie immer beteuert, sich zu freuen, braucht sie noch sehr viel Erholung. Schon das Zusammensein mit den Kindern kostet sie Kraft, und für Gespräche gilt das erst recht. Außerdem hat Nonna die Rolle eines Leibwächters übernommen und würde ihnen vermutlich kaum noch die Tür öffnen, wenn sie noch öfter vorbeischauten.

»Und wie geht es dir sonst, Lee?«, will Marie wissen. »Du bist so still, dass ich manchmal vergesse, dich danach zu fragen.«

»Musst du auch nicht«, sagt Leanne, die immer froh ist, wenn sie nicht im Mittelpunkt der Aufmerksamkeit steht.

»Aber anders finde ich es nicht heraus«, stellt Marie trocken fest. »Du bist schwerer zugänglich als ein geschlossenes Geschäft. Was ich natürlich irgendwie auch verstehen kann«, fügt sie schnell hinzu. »Trotzdem lasse ich es mir nicht nehmen, mich bei dir zu erkundigen.«

Leanne fügt sich in ihr Schicksal. »Mir geht es gut«, sagt sie und betrachtet eine Möwe, die an ihnen vorbeiwatschelt. Dann entdeckt sie noch etwas anderes. »Ist das ein … Pelikan?«, fragt sie mit angehaltenem Atem.

»Tatsächlich«, antwortet Marie. »Dieses Jahr habe ich noch gar keinen gesehen.« Sie schaut sich um. »Es müssen noch andere in der Nähe sein. Die Tiere kommen selten allein.« Sie dreht ihren Kopf nach links. »Da … noch zwei.«

Elaine geht begeistert einen Schritt aufs Wasser zu.

»Als kleines Kind habe ich das Buch *Storm Boy* geliebt«, sagt Leanne träumerisch.

»Nicole auch.« Maries Augen folgen den majestätischen Vögeln. »Aber ich habe ihr lieber *Sun on the Stubble* vorgelesen, das ist lustiger.«

»Ich habe noch nie Pelikane gesehen«, sagt Elaine beeindruckt, als sich einer der Vögel vor ihnen in die Lüfte schwingt. »Sie sind wunderbar.«

»Die anderen beiden werden auch gleich losfliegen … schaut«, sagt Marie, und innerhalb weniger Sekunden sind tatsächlich alle drei in der Luft.

»Vielleicht sind es die Eltern, die ihrem Jungen folgen.« Elaine verrenkt sich den Hals, um ihnen nachzuschauen, als sie in Richtung Little Beach verschwinden.

»Wo wir schon einmal dabei sind, Lee …«

Leanne kann Maries Blick auf sich gerichtet fühlen.

»Du hast uns wirklich schon lange nicht mehr erzählt, wie bei dir der Stand der Dinge ist.«

Das stimmt. Theresas Gesundheitsprobleme haben alles

andere überlagert. Außerdem hat Leanne viel mit Matt über ihre Familie geredet, weshalb sie kein Bedürfnis nach weiterem Austausch hatte. Was aber nicht heißt, dass sie Marie und Elaine nichts erzählen sollte. Vielmehr sollte sie sich klarmachen, dass sich die beiden einfach für sie interessieren, selbst wenn Leanne keine Hilfe braucht.

»Mum möchte, dass wir uns alle bei ihnen zu Hause zum Essen treffen«, beginnt sie. »Aber ich bin mir nicht sicher. Es gibt …« Sie überlegt, wie sie es ausdrücken soll. »Es gibt ein paar Dinge, die ich nur schwer vergessen kann.«

Sie schließt die Augen und sieht die zornige Miene ihres Vaters vor sich, hört die Dinge, die er sagt, spürt seine Schläge in ihrem Gesicht. Mit ihm und den anderen Mitgliedern ihrer Familie an einem Tisch zu sitzen würde sie zu sehr an diese letzte Begegnung erinnern.

Matt hat vorgeschlagen, ihre Familie stattdessen in die Shelly Bay einzuladen, und sie denkt tatsächlich darüber nach. »Ich könnte dabei sein«, schlug er vor, fast hoffnungsvoll. »Zur Unterstützung.«

»Hat deine Mutter denn gesagt, dass es deinem Vater leidtut, was passiert ist?«, bohrt Elaine zaghaft nach.

»Ja. Aber vielleicht sagt sie das auch nur, weil sie einen Schlussstrich ziehen möchte.«

Leanne ist sich nicht sicher, ob sie das wirklich glaubt oder es nur glauben möchte, weil es irgendwie auch bequemer wäre, käme es nicht zur großen Versöhnung. Denn dann läge wieder ein langer Weg vor ihr, und das in einer Phase, in der ihr Leben zum ersten Mal sorglos erscheint.

»Das wirst du vermutlich erst wissen, wenn du mit ihm redest«, sagt Marie. »Du wirst es an seiner Stimme hören. Hattet ihr früher ein enges Verhältnis?«

Leanne denkt an den Mann, der ihr ein Spielhaus gebaut hat – nur für sie allein, damit sie sich vor ihren Brüdern zurückziehen konnte, auch wenn die natürlich immer versuchten, sich Zutritt zu verschaffen. Sie denkt daran, wie geduldig er für sie Skizzen für die Schule angefertigt hat, weil sie im Zeichnen ein hoffnungsloser Fall war.

»Ja«, sagt sie.

»Dann wird sich das nicht in Luft aufgelöst haben«, sagt Marie. »Aber jetzt lasst uns endlich ins Wasser gehen. Hier draußen ist es ja kälter als im Meer.«

Sie haben so lange geredet, dass die Sonne weiter über den Horizont gezogen ist als sonst und das Meer in flüssiges Gold verwandelt hat. In der Nähe paddelt der erste Surfer des Tages hinaus.

Sie legen schnell ihre Sachen ab und waten in die Brandung. Nach ein paar Sekunden gibt sich die Kälte, und das Wasser umhüllt sie so wohltuend wie immer.

49

Elaine parkt ihren Renault vor Maries hübschem Cottage. Das Haus ist ihr bei ihren vielen Spaziergängen in der Shelly Bay schon aufgefallen, und immer hat sie sich gefragt, wie alt es wohl sein mag. Manchmal hat sie sich sogar gewünscht, dort zu leben.

Beim Aussteigen fällt ihr Blick auf ein Gebäude gegenüber, über dessen Eingangstür sein Name prangt: *Therese*. Sie muss lächeln. Nicht identisch, aber fast.

Theresa ist der Grund, warum Elaine jetzt hier ist: Sie möchte Marie mit Oliver und Sasha unterstützen. Gus arbeitet, und als Marie am Morgen nach dem Schwimmen erwähnte, dass sie mit den Kindern nach der Schule allein sei, fragte Elaine, ob sie sich dazugesellen dürfe. Theresas Kinder sind ihr ans Herz gewachsen.

Theresa beharrt immer wieder darauf, dass es ihr gut gehe und sie keine Hilfe mehr brauche. Doch Marie ist der Meinung, dass sie sich so viel wie möglich ausruhen solle.

Und wenn sie ihr die Kinder für ein paar Stunden abnimmt, kann Theresa schlafen oder lesen oder fernsehen – wonach auch immer ihr gerade ist.

»Bonjour«, sagt Marie, als sie die Tür öffnet und Elaine auf die Wange küsst.

»Du sprichst Französisch?«

Marie wird rot. »Ein bisschen.«

»On peut parler en français si tu veux«, bietet Elaine an, obwohl ihre Französischkenntnisse etwas eingerostet sind, seit sie nicht mehr in Europa lebt.

»Vielleicht irgendwann einmal. Ich spreche, na ja … nicht wirklich fließend.«

Elaine versteht den Wink und tritt ein. Schon im Flur vernimmt sie fröhliches Geplapper.

»Wie geht es ihnen?«, fragt sie.

»Es sind Kinder«, sagt Marie lächelnd. »Sie leben im Moment. Gerade backen sie Sandkuchen.«

Sie geht mit Elaine in den Garten, wo Sasha und Oliver im Beet hocken, Gesicht, Hände und Füße mit Dreck verschmiert, und darüber diskutieren, wer den größeren Matschklumpen hat und was man damit anstellen kann.

»Ich habe versprochen, sie am Ende mit dem Schlauch abzuspritzen«, sagt Marie mit verschränkten Armen und betrachtet die beiden mit einer Art Stolz. »Ich glaube, die Vorstellung gefällt ihnen so gut, dass sie sich jetzt so dreckig wie möglich machen.«

Elaine lächelt, als sie sieht, dass sich die Kinder keinerlei Sorgen um ihre Mutter machen. Sie wünschte, sie hätte auch diese Gabe, im Hier und Jetzt zu leben, aber mit dem Erwachsenwerden ist sie ihr abhandengekommen.

»Hallo, Ollie. Hallo, Sasha!«, ruft sie.

»Hi, Lainey!« Sasha winkt.

Oliver schaut auf und nickt ein beiläufiges Kleine-Jungen-Nicken.

»Das ist neu«, sagt Elaine. »Sonst hat er sich immer gefreut, mich zu sehen.«

»Er gibt sich eben cool, typisch Junge«, sagt Marie lachend. »Komm, lass uns eine Tasse Tee trinken. Wenn sie sich streiten, werden wir es schon hören.«

Die Kinder spielen weiter, als Elaine ihrer Freundin ins Haus folgt. Im Innern ist es spürbar kühler als im Garten. Im Herbst schwanken die Temperaturen, es gibt immer noch Tage, die an den Sommer erinnern. In Elaines Haus ist es nie so frisch, aber mittlerweile hat sie sich an das Klima gewöhnt. Sie findet es nicht mehr unerträglich und schimpft auch nicht mehr vor sich hin, wie herrlich mild die englischen Sommer doch seien. Das wäre auch undankbar, wenn ihr hier der Ozean förmlich zu Füßen liegt, der oft so warm ist, dass sie den ganzen Tag darin baden könnte.

»Wie geht es dir?«, fragt Marie, nachdem sie Wasser aufgesetzt hat. »Wir sehen uns zwar jeden Tag, aber kommen kaum zum Reden.«

Das stimmt. Elaine hat festgestellt, dass die nonverbale Verständigung beim Schwimmen – dass man die Mienen der anderen zu deuten lernt: die Anzeichen für Müdigkeit oder Freude oder Angst – ein ausgedehntes Gespräch ersetzt. Bei vielen Themen jedenfalls.

»Es geht …«, beginnt sie, aber dann wird ihr klar, dass sie keine richtige Antwort darauf hat. Außerdem hat Marie ganz andere Sorgen, da muss Elaine nicht auch noch über ihre eigenen Verfehlungen jammern. »Bestens«, sagt sie mit einem schmallippigen Lächeln.

»Meine Liebe, ich bin doch nicht auf den Kopf gefallen. Ich kenne dich zu gut, um dir dein Theater abzunehmen.« Marie neigt den Kopf, als wollte sie Elaine herausfordern.

Elaine zieht Luft durch die Nase ein. »Wahrscheinlich.« Noch ein angespanntes Lächeln.

»Also?«

Elaine verschränkt die Arme. »Es ist leichter, nichts zu sagen. Leichter, es zu verstecken.«

Maries Miene wird sanfter. »Du musst auch nicht mit mir reden. Mir war nicht klar, dass sich etwas Ernsthaftes hinter deinem Schweigen verbirgt.«

»Das tut es auch nicht«, sagt Elaine munter. »Nicht wirklich. Ich bin einfach nur eine komplette Versagerin, das ist alles.«

»Anonyme Alkoholiker«, wirft Marie in den Raum.

»Ich gehe noch zu den Treffen«, sagt Elaine und reckt das Kinn. »Allerdings musste ich wieder von vorn anfangen.«

Marie wirkt erleichtert. »Du bist rückfällig geworden?«

»Ja.«

»Und das ist alles?«

Elaine runzelt die Stirn. »Ja.«

Marie beginnt zu lachen. »Du hast also gedacht, es würde beim ersten Mal klappen?«

»Sollte es das denn nicht?«

»Nein!« Marie kichert. »Wahrscheinlich hast du geglaubt, weil du so diszipliniert bist, jeden Morgen schwimmen zu gehen, kannst du auch die Finger vom Alkohol lassen. Und jetzt fragst du dich, wie es passieren konnte, dass du wieder einen Schluck getrunken hast. Wenn du dich beim Trockenwerden so reinhängen würdest wie beim Schwimmen, dann hättest du kein Problem mehr, so denkst du doch, oder?«

»Stimmt«, murmelt Elaine.

»Aber so funktioniert das nicht, meine Liebe.« Marie

seufzt. »Ich wünschte, es wäre anders, aber Alkohol ist nicht das Meer. Außerdem ist er nicht gut für dich.«

»Aber es ist gut für mich, ihn aufzugeben. So wie es gut ist zu schwimmen.« Elaine merkt selbst, dass sie klingt, als wollte sie ein Fleißkärtchen abstauben.

»Richtig. Und trotzdem bedeutet ein Rückfall nur, dass du ein Mensch bist.« Sie wirft Elaine einen bohrenden Blick zu. »Vielleicht ist es das, womit du Schwierigkeiten hast.«

Elaine starrt sie an, weil sie weiß, dass in dem Satz durchaus ein Körnchen Wahrheit enthalten ist. Sie möchte sich als jemanden sehen, der auf übernatürliche Weise mit seinen Problemen fertig wird, der über die Herausforderungen des Lebens erhaben ist. Wie ein Schwan möchte sie – dieses Bild erlaubt sie sich – über die Höhen und Tiefen hinweggleiten. Doch ihr Verhalten in den letzten Monaten erinnert sie eher an einen Fisch, der im Netz zappelt und verzweifelt nach einem Ausweg sucht. Sie hat sich selbst etwas vorgemacht, und Marie hat sie mühelos durchschaut.

»Vielleicht hast du recht«, murmelt sie.

»Ich habe fast immer recht.« Marie lächelt und nimmt das Tablett. »Wollen wir auf die Veranda gehen?«

»Gern.«

»Warum erzählst du mir nicht etwas von deinen Söhnen«, sagt sie dann. »Morgens kommen wir ja nicht dazu.« Wenn Marie lächelt, verschwinden ihre Augen fast zwischen ihren Krähenfüßen.

»Nur wenn du mir auch etwas über Gus erzählst«, sagt Elaine. »Ich habe den Eindruck, Theresa weiß bedeutend mehr als ich.«

Marie zuckt mit den Achseln. »Kann sein.« Dann zeigt sie auf einen Stuhl, von dem man in den Garten schauen kann, wo Sasha und Oliver immer noch damit beschäftigt sind, sich dreckig zu machen.

»Wird Theresa alles überstehen?«, fragt Elaine, als sie sich setzt.

»Das weiß nur Gott«, erwidert Marie und schenkt ihnen beiden Tee ein.

»Du glaubst also wirklich an Gott?«, fragt Elaine, ernsthaft interessiert.

Sie ist im anglikanischen Glauben aufgewachsen, lebt ihn aber nicht. Man kann sie wohl kaum als spirituellen Menschen bezeichnen. Vor und nach dem Schwimmen reden sie nie über Religion. Elaine hat gelernt, weder über Politik noch über Religion zu sprechen, und in Australien scheint diese Regel ebenfalls zu gelten, jedenfalls was die Religion betrifft. Über Politik und Politiker, die laut Derek eine »Horde Affen« sind, reden sich die Australier allerdings die Köpfe heiß.

»Natürlich«, sagt Marie. »Und du?«

»Ich weiß es nicht.«

»Mhm.« Marie lächelt verschmitzt, als sie an ihrem Tee nippt. »Müsst ihr euch bei den Anonymen Alkoholikern nicht auch einer höheren Macht unterordnen?«

Gott ist in Elaines Welt nie wirklich vorgekommen. Die Welt hat sich immer gedreht, das Gras ist immer gewachsen, und die Sonne hat immer geschienen. Nach ihrer Kindheit war auch ihre letzte Neugierde auf Gott verschwunden. Aber nun betrachtet sie die Kinder, die beim Spielen vor Lachen quietschen, und Charlie Brown, der überlegt, wo er sich niederlassen soll; sie sieht die Pflanzen im Garten und das Blumenmuster auf ihrer Tasse. Ihr ist bewusst, dass Marie neben ihr sitzt, die sie vor zwei Jahren noch nicht kannte. Sie denkt an die vielen Morgen, die sie in Gesellschaft der anderen verbracht hat, und die Zuwendung, die sie von ihnen erfahren hat und immer noch erfährt. Wenn es nicht Gott ist, der das alles schenkt, wer dann? Oder was dann? Wie ist es möglich, dass sie noch vor zwei Jahren traurig und einsam war, um dann durch Theresas und Maries Freundlichkeit und Leannes stille Zuneigung gerettet zu werden? Sie ist fast in ein gravierendes Alkoholproblem hineingeschlittert und hat Hilfe bekommen, ohne dass sie sich jemals hätte rechtfertigen müssen. All das kam von irgendwo da oben, nicht von ihr. Irgendjemand – irgendetwas – hat ihr das alles geschenkt.

»Doch, das müssen wir«, sagt sie schließlich. »Ich glaube, ich werde mal länger darüber nachdenken.«

Marie nickt. Dann sitzen sie da, trinken Tee – Elaine zieht eine Grimasse, weil er für ihren Geschmack zu stark ist – und reden über Männer und Ehen, über schlechte Entscheidungen und Wiedergutmachungen. Eine Brise kommt auf und vertreibt die Hitze, und am späten Nachmittag stehen die Kinder vor der Terrasse und lassen sich von Marie die Spuren ihrer Spiele im Garten von der Haut spritzen, bevor Elaine sie schließlich zu ihrer Mutter nach Hause zurückfährt.

50

Theresa wird an diesem Morgen zum Strand kommen, aber es hat sie große Überwindung und gutes Zureden von Maries Seite gekostet. Nicht weil sie nicht gern dort wäre – sie hat die morgendlichen Treffen vermisst –, sondern weil sie weiß, dass es nicht wie früher sein wird. Die anderen werden schwimmen, und sie wird am Strand auf sie warten. Die Operationsnarbe – die die Haut dort zusammenhält, wo früher ihre Brust war – muss noch verheilen. Und selbst wenn es nicht so wäre, wüsste sie nicht, ob sie sich dazu bringen könnte, sich im Badeanzug zu zeigen. Die Prothese mag okay sein, um sich damit am Strand zu sonnen, aber was, wenn sie wieder schwimmen will? Darüber hat sie schon mit Marie gesprochen: wie das mit einer falschen Brust gehen soll.

Das Haus ist ruhig, als sie sich zum Aufbruch fertig macht. Auf Maries Vorschlag haben Ollie und Sasha die Nacht bei ihr verbracht, damit Gus am Morgen auf sie aufpassen kann. Nonna hat ihr Soll an Kinderbetreuung bereits mehr als erfüllt.

Theresa vergisst immer wieder, dass sie schon über achtzig ist; in einem Alter, in dem man nicht ständig Kinder um sich haben möchte, selbst wenn man mit Nikotin und Chianti konserviert ist.

Es war sehr nett von den beiden, das anzubieten – auch wenn Theresa sich schon fragt, wie oft Gus denn bei Marie schläft. Weiter lässt sie ihre Fantasie nicht schweifen, denn so neugierig sie auch ist, sie möchte nicht darüber nachdenken, ob Marie ein aktiveres Liebesleben hat als sie. Falls sie überhaupt so alt wird wie Marie, kann sie nur hoffen, ebenfalls einen netten Mann zu finden, der sich im Haus nützlich macht und auch noch bereitwillig auf anderer Leute Kinder aufpasst. Zudem ist Gus ziemlich attraktiv. Nicht dass sich Theresa jemals für ältere Männer interessiert hätte, aber sie versteht absolut, was Marie an ihm findet.

Da sie noch nicht wieder Auto fahren darf, wird sie zum Strand laufen. Elaine wird sie hinterher nach Hause bringen. Es ist ein ganzes Stück bis zum Meer, aber sie hat Zeit. Die anderen werden bei ihrer Ankunft schon im Wasser sein, und sie wird auf sie warten. Es macht keinen Sinn, länger als nötig dort zu hocken, deshalb trödelt sie. Würde sie die anderen ins Meer rennen sehen, würde sie sich nur aufregen, weil sie ihr vor Augen führen, was sie verpasst. In letzter Zeit geht ihr das in vielen Situationen so.

Das Licht ist trübe, als sie die Straße zum Strand hinuntergeht. An diesem Abschnitt sind bereits Surfer im Wasser, obwohl kein nennenswerter Wellengang herrscht. Andererseits dürfte das kaum stören: Surfer scheinen es auch zu mögen, einfach nur friedlich auf ihrem Surfbrett zu hocken. Theresa hat das nie wirklich verstanden, bis sie mehr Zeit im Wasser verbrachte. Im tiefen Wasser.

In ihrer Kindheit hat sie an den Wochenenden im flachen Wasser gespielt, um sich dann mit zunehmendem

Alter weiter hinauszuwagen, aber niemals zu weit. Selbst während ihres Kurses bei den Rettungsschwimmern blieb ihr tiefes Wasser unheimlich. Ihre Mutter war nicht wild aufs Schwimmen – so gern sie auch in Strandnähe lebte – und witterte jenseits der Wellen nur Gefahren. Vielleicht zu Recht. Theresa hat es nie herausgefunden, weil sie sich als gehorsame Tochter immer nur wenige Meter vom Strand entfernte.

Erst das tägliche Schwimmen zum Little Beach hat ihr Verhältnis zum Wasser grundlegend verändert. Diese Welt ist so anders als die, mit der sie aufgewachsen ist. Während sie die ersten Male noch Angst hatte, ist ihr irgendwann klar geworden, dass ihr nichts geschehen wird. Sie konnte sich alles in Ruhe anschauen. Nicht nur die Fische – und davon gibt es einige –, sondern diese ganze so fremdartige und doch inzwischen vertraute Welt. Im Wasser war sie frei. Anmutig. Fähig. Manchmal fühlte sie sich sogar wild.

Als kleines Kind hat sie Geschichten von Meerjungfrauen nicht besonders gemocht, aber seit sie im Ozean schwimmt, wünscht sie sich nichts sehnlicher als Kiemen und einen Fischschwanz, um stundenlang unter Wasser bleiben zu können. Draußen auf dem offenen Meer war sie nie Theresa oder Mum und auch nicht jemandes Ehefrau, Tochter oder Freundin. Dort war sie Teil von etwas Größerem. Teil der Erde. Die Rhythmen des Wassers schienen die ihren zu sein; die Strömungen fühlten sich an wie ihr eigenes fließendes Blut. Im Ozean zu sein, das war Glückseligkeit. Bevor sie wieder nach Hause zurückmusste.

Einmal hat sie Marie erzählt, was sie empfindet. Wenn jemand es verstehen kann, dann die Person, die seit Jahrzehnten täglich schwimmt.

Marie nickte mit ernster Miene. »Genau so ist es. Wir sind Teil von etwas, das größer ist als wir selbst. Ich empfinde den Gedanken als Erleichterung.« Ein Schatten huschte über ihr Gesicht. »Manchmal sogar als Erlösung. Im Ozean sind wir nichts und alles. Jeder Wassertropfen ist Teil von uns, jedes Sandkorn.« Sie sah Theresa direkt an. »Das bedeutet auch, dass wir gar nicht so verschieden sind, du und ich. Denk also nicht, ich würde nicht verstehen, was in deinem Leben passiert – denn ich denke auch nicht, dass du nicht verstehst, was in meinem passiert.«

Es hat eine Weile gedauert, bis Theresa zu würdigen wusste, was Marie ihr damals angeboten hat. Doch nun ist dieses Geschenk der Grund dafür, warum sie in ihrer Rekonvaleszenzzeit bereitwillig die Hilfe der anderen annehmen kann. Sie weiß wirklich nicht, wie sie es ohne die drei schaffen würde, sich um die Kinder und den Haushalt zu kümmern. Schon vorher war es anstrengend genug.

Als sie weitergeht, sieht sie ein paar Surfer am mittleren Strandabschnitt. Sie schaut zum Südende hinüber. Irgendwo dort müssen Marie, Elaine und Leanne schwimmen. Sie spürt die Sehnsucht, bei ihnen zu sein, fast körperlich, sofort gefolgt vom Schmerz an der Stelle, wo einst ihre Brust war.

»Jaja, ich vergess dich schon nicht«, murmelt sie, froh, dass die Jogger in ihrer Nähe zu schnell laufen, um sie zu hören.

Vielleicht übernimmt sie sich, wenn sie eine so weite Strecke geht, aber sie kann auch nicht ewig auf dem Sofa hocken. Vor der Operation war sie fitter als viele Jahre zuvor, und daran möchte sie nicht mehr als unbedingt nötig ändern. Außerdem musste sie mal das Haus verlassen – ohne die Kinder ist es zu still. Ohne Andrew.

Theresa hat viel Zeit, um über ihre Ehe nachzudenken, besonders abends, wenn sie nicht schlafen kann. Oder wenn sie in den frühen Morgenstunden aufwacht und nicht wieder in den Schlaf zurückfindet. Vielleicht hätte sie ihm eine andere Ehefrau sein sollen. Eine bessere. Sie hätte ein bisschen weniger laut und ein bisschen unterwürfiger sein können. Andrew hätte das gefallen. Jedem Mann, den sie kennt, hätte das gefallen. Aber sie kennt kaum Frauen, die gern so sind.

Und genau das ist das Problem, nicht wahr? Dass die Art und Weise, wie es nach Meinung der Männer in der Welt zugehen soll, nicht die Art und Weise ist, die Frauen sich wünschen. Aber weil Männer größer und stärker sind, tun Frauen, was diese wollen. So war das immer schon.

Gott sei Dank gibt es Freundinnen, sonst wäre ein solches Leben nicht auszuhalten.

Jetzt hat sie die anderen entdeckt. Sie kommen aus dem Wasser: Elaine vorneweg, dann Marie. Leanne ist noch … Theresa kann sehen, wie sie, die nie der ausgelassene Typ war, versucht, sich mit einer Welle an Land spülen zu lassen.

Sie scheinen bestens ohne sie zurechtzukommen, eine Gruppe von Freundinnen, die gern lachen. Das Schwimmen genießen. Letztlich brauchen die drei sie nicht.

»Theresa!«

Elaine winkt so stürmisch, dass Theresa Angst hat, dass sie sich die Schulter auskugelt.

Mehr braucht es nicht, dass jede Unsicherheit von ihr abfällt: eine Welle, einen Ruf, ein strahlendes Lächeln.

Marie, Leanne und Elaine kommen auf sie zu, als sie die Treppe zum Strand hinabsteigt.

»Lass dich umarmen«, sagt Marie, »auch wenn ich ganz nass bin.«

»Hallo«, sagt Leanne, und Theresa könnte schwören, dass sie ein Lächeln über ihr Gesicht huschen sieht.

»Hallo.« Elaine küsst sie auf beide Wangen und hinterlässt dort Meerwasserspuren.

»Seid ihr gut geschwommen?«, fragt Theresa.

»Natürlich«, sagt Marie langsam. »Aber ohne dich ist es nur der halbe Spaß. Die ganze Zeit schon.«

»Quatsch«, sagt Theresa, obwohl sie innerlich vor Freude vibriert.

»Aber das stimmt«, sagt Elaine mit einem Lächeln. »Ohne dich ist es lange nicht so lustig.«

»Ich bin immer noch furchtbar langsam«, sagt Leanne und verzieht das Gesicht. »Du wirst also definitiv nicht die Letzte sein, wenn du wieder zurückkommst.«

»Ja … falls ich zurückkomme.«

Theresa merkt, dass ihr die Luft in der Brust stecken bleibt. Sie hätte nicht damit gerechnet, eine solche Traurigkeit zu verspüren. Eigentlich ist sie davon ausgegangen, dass sie sich freut, die anderen nach dem Schwimmen zu sehen, beflügelt von der Idee, irgendwann selbst wieder mit ihnen durch den Ozean zu pflügen. Aber stattdessen hat sie das Gefühl, etwas verloren zu haben, bevor sie es richtig hatte. Das ist natürlich lächerlich; sie sollte kein Drama daraus machen. Schon ihre Mutter hat sie immer »meine kleine Sarah Bernhardt« genannt.

»Bestimmt, aber das wird noch eine Weile dauern, meine Liebe«, sagt Marie. »Außerdem ist das Wasser jetzt schon ziemlich kalt. Vielleicht solltest du mit der Rückkehr besser warten, bis der Winter vorbei ist.«

»Wirklich?«, fragt Elaine mit einem verschmitzten Blick. »Bedeutet das, dass wir auch eine Pause einlegen können?«

»Keine Chance«, sagt Marie. »Ich habe mich mittlerweile daran gewöhnt, euch im Wasser um mich zu haben. Ihr werdet euch wohl einen Neoprenanzug zulegen müssen.«

Theresa lächelt, obwohl ihr die Idee, einen ganzen Winter lang warten zu müssen, keineswegs behagt. Morgen wird sie den Arzt fragen, wie es mit ihr weitergeht. Gedanken darüber, was bei dem Termin noch zur Sprache kommen könnte, lässt sie gar nicht erst zu, weil sie es ohnehin nicht beeinflussen kann. Sie kommt sich ziemlich reif vor.

»Wie wär's, wenn ihr alle noch mit zu mir kommt?«, fragt Marie. »Die Kinder werden auch schon wach sein.«

»Das klingt nach einer schönen Idee«, sagt Theresa. »Danke.«

»Gut. Wenn wir uns abgetrocknet und angezogen haben, können wir aufbrechen.«

Theresa entspannt sich, als Marie die Führung übernimmt. Die anderen begleiten sie zu Elaines Wagen und dann in Maries Haus, wo sich sogar Leanne am Gespräch beteiligt. Als sie sich warm und geliebt fühlt, kommt ihr Geist zur Ruhe.

Sie gibt sich Mühe, dieses Gefühl so lange wie möglich zu bewahren. Denn ihr ist bewusst, dass sie am Abend, dem Gedankenkarussell in ihrem Kopf ausgesetzt, wieder wach liegen und gegen die Sorgen über Gegenwart und Zukunft ankämpfen wird.

WINTER 1984

51

Die Tage sind so kurz geworden, dass man bei einem Nachmittagsspaziergang kaum noch Muße hat, das letzte Licht des Tages zu genießen. Wenn man von der Landspitze in Richtung Westen schaut, liegt das Tasmanische Meer hinter und die große Stadt vor einem – diese Stadt, in die Marie kaum fährt, obwohl sie ihre eigene Welt oft für allzu klein hält. Trotzdem bleibt sie lieber in der Shelly Bay. Außerdem ist die Stadt ja in Sichtweite.

Die Begegnung mit Gus, ihre Verliebtheit, hat Marie wachsen lassen. Wenn ihr Herz schon so groß ist, dass Elaine, Leanne und Theresa darin Platz finden, so ist es für diesen unglaublichen Mann, der mit ihr spazieren geht und sie anruft, um einfach nur Hallo zu sagen, riesig geworden – für diesen Mann, der jetzt hier mit ihr sitzt und Händchen hält und sie küsst und von einer gemeinsamen Zukunft träumt.

»Theresa hat es gerade schwer, oder?«, sagt Gus und massiert Marie mit einer Hand den Nacken.

»Ja«, murmelt Marie. »Aber wenn du so weitermachst, kann ich nicht garantieren, dass ich mich noch auf unser Gespräch konzentrieren kann.«

»Gefällt es dir?«

»Mhm.«

»Das freut mich.«

Sie spürt seine Lippen an ihrer Wange und lächelt. Dann erlischt das Lächeln. »Ich glaube, sie macht sich entsetzliche Sorgen. Aber da sie kaum darüber spricht, ist es schwer herauszufinden, wie wir ihr helfen können. Sie will nicht mehr, dass wir ihr die Hausarbeit abnehmen, und ich glaube nicht, dass sie ihrer Großmutter so viel zumuten kann, wie sie immer behauptet.«

»Wie kommst du darauf?«

Maries Schuldbewusstsein lässt sich vermutlich an ihrer Miene ablesen. »Die Kinder haben es mir erzählt.«

»Marie!« Gus lacht. »Du wirst doch wohl nicht Informationen aus Minderjährigen herauspressen?«

»Und wenn doch?«

»Dann bin ich sprachlos.« Er massiert wieder ihren Nacken. »Andererseits ist es eine gute Taktik, wenn Theresa selbst nichts erzählt.«

»Ich wünschte, sie würde es tun. Wir drei würden doch sofort auf der Matte stehen. Wir hatten einen richtigen Einsatzplan, den wir jederzeit reaktivieren können.« Sie seufzt. »Ich glaube nicht einmal, dass sie zu stolz ist, um uns um Hilfe zu bitten. Vermutlich möchte sie einfach nicht, dass wir wissen, wie die Situation wirklich ist. Vielleicht hat sie Angst, wir würden denken, sie sei gescheitert oder so.«

Gus hält wieder inne und beugt sich vor, damit sie ihn besser sehen kann. Marie sehnt schmerzlich die Berührung seiner Hand zurück.

»Und du«, sagt er, »hast du, als Norm starb, dir von jemandem helfen lassen?«

»Ich hatte gar keine Wahl. Gwen kam ständig mit Aufläufen und Kuchen angerannt.«

Marie kann sich noch daran erinnern, dass der Kühlschrank förmlich überquoll. Ihr selbst blieb kaum ein ruhiger Moment, um über das nachzudenken, was geschehen war. Damals fand sie Gwens Verhalten fast aufdringlich, und sie musste sich beherrschen, um sie nicht anzufahren. Erst als der Tatendrang ihrer Freundin nachließ, konnte Marie würdigen, was sie für sie getan hatte.

Dann muss sie an eine andere Zeit denken, viele Jahrzehnte zuvor, als Gwen kein Essen, sondern nur sich selbst mitbrachte. Sie war bei ihr, während sie um das Kind trauerte, das nicht mit ihr aus dem Krankenhaus nach Hause gekommen war. Hat sie Gwen bei einer dieser Gelegenheiten je gedankt? Ihres Wissens nicht, und Gwen hätte es auch nicht erwartet. Marie beschließt, morgen ihre alte Freundin zu besuchen und das nachzuholen.

»Aber Gwen hat mir in meiner Trauer beigestanden«, sagt sie. »Theresa …«

Sie unterbricht sich, weil ihr bewusst wird, dass auch Theresa trauert. Vielleicht um ihre Brust, vor allem aber um das Leben, das sie mal hatte. Ihre Ehe ist gescheitert, und obwohl sie daran nicht verzweifelt, bedeutet es trotzdem eine radikale Veränderung. Berücksichtigt man noch die Krankheit, kann man sagen, dass sie nie wieder dieselbe Person sein wird. Vielleicht kann Theresa selbst die Gründe für ihre Trauer nicht so deutlich benennen, aber das ändert bestimmt nichts daran, dass sie sie empfindet.

»Ich denke, ihr müsst wieder aktiv werden«, sagt Gus freundlich. »Akzeptiert kein Nein. Helft ihr einfach.«

»Aber ich kann mich ihr nicht aufdrängen. Außerdem wohnt ihre Großmutter bei ihr.«

»Trotzdem. Ich glaube, sie braucht eine Freundin.« Er reibt ihr den Rücken. »Und du bist eine gute Freundin.«

Der Himmel im Westen färbt sich tieforange. Bald wird die Dunkelheit hereinbrechen, und sie werden den Pfad hinab zur Straße nur mit Mühe finden.

»Bin ich das?«, fragt Marie leise.

»Mir schon.« Gus küsst ihre Schläfe. »Die allerbeste der Welt.«

Sie lehnt sich an seine Brust. »Und du bist mein allerbester Freund.«

Sie sitzen in der Stille, die nur von den Schreien der Vögel unterbrochen wird, die sich ihren Schlafplatz suchen. In den Bäumen sammeln sich die Lachenden Hänse und plappern über wer weiß was. Eine Elster schreit, als sie über ihre Köpfe hinwegfliegt.

»Ganz schön was los da oben«, sagt Gus.

»In der Tat. Vielleicht sollten wir auch langsam in unser Nest zurückkehren.«

»Nur noch eine Minute, ja?«

Er drückt ihre Schulter, und sie ist froh, dass seine Wärme sie in der heraufziehenden Kälte des Abends wärmt. Und noch aus einem anderen Grund freut sie sich darüber: Sie ist ein untrügliches Zeichen dafür, dass Gus echt ist. Dass er wirklich Teil ihres Lebens ist, so unwahrscheinlich und unerwartet das auch geschehen ist.

»Du machst mich sehr glücklich, Marie Kathleen Veronica«, murmelt er. Sie lächelt. Neulich hat er in ihrer Bibel ihren Taufnamen entdeckt und benutzt ihn seither ausgiebig.

»Du machst mich auch sehr glücklich, Angus George.«

»Wir kennen uns noch nicht lange«, sagt er, »aber ich hoffe, du verzeihst mir die Frage, ob du je daran gedacht hast, noch einmal zu heiraten? Nicht dass ich dir einen Antrag machen möchte. Noch nicht. Ich möchte dich ja nicht vergraulen.«

Im selben Moment verspürt Marie das reinste Gefühl von Freude seit Jahren. Ungefiltert und zügellos. Sie ist weit davon entfernt, sich vergraulen zu lassen.

Sie zieht sich von Gus zurück, weil sie ihm in die Augen schauen und sich vergewissern möchte, dass er es ernst meint. Er ist nicht der Typ, der über so etwas Witze machen würde, aber sie muss sich trotzdem sicher sein. Da es schon zu dunkel ist, um seine Miene erkennen zu können, muss sie nachfragen.

»Meinst du das ernst?«

»Natürlich. Also, was sagst du?«

Sie holt tief Luft. »Ich werde mir die Frage durch den Kopf gehen lassen«, sagt sie. »Du steckst wirklich voller Überraschungen.«

»Das ganze Leben steckt voller Überraschungen«, sagt er, und sie kann das Lächeln in seiner Stimme hören. Ihre Hände finden sich in der Dämmerung. »Und jetzt komm. Es ist Zeit, zurückzugehen und sich um das Abendessen zu kümmern.«

»Das war alles?« Sie erhebt sich, als er aufsteht. »Mehr wolltest du nicht sagen?«

»Ich wollte nur vorfühlen«, sagt er und küsst sie auf die Lippen.

Dann holt er eine Taschenlampe aus der Windjacke und schaltet sie ein, damit sie den Weg erkennen können.

»Ich wusste gar nicht, dass du die dabeihast.«

»Wie ich schon sagte: Das ganze Leben steckt voller Überraschungen.«

Er richtet den Lichtstrahl auf den schmalen Pfad. In der Ferne gehen in den ersten Häusern die Lampen an.

Seine Hand fühlt sich stark an, als sie aufbrechen, und sie würde gern glauben, dass auch ihre sich so anfühlt. Sie ist bereit, sich von ihm führen und nach Hause bringen zu lassen. Heute Abend und jeden Abend.

52

Und jetzt sag es noch einmal«, bittet James, während er mit glänzenden Augen am Küchentisch lehnt.

»Warum?«, fragt Elaine, obwohl sie so aufgeregt ist, dass sie es nur allzu gern wiederholen möchte.

»Weil ich noch einmal sehen will, wie glücklich du dabei ausschaust.« Er schenkt ihr ein Lächeln, dem sie immer noch verlässlich erliegt.

»Henry kommt uns besuchen!«, verkündet sie lachend. »Noch vor Marcus' Hochzeit!«

»Und?«

»Und ich habe Flüge gebucht, damit wir zusammen zur Hochzeit nach England fliegen können.«

Jetzt lacht James ebenfalls. »Komm her«, sagt er, breitet die Arme aus und umschlingt sie, sodass sie an seinem Hals weiterkichern muss.

»Weißt du was?«, fragt er in ihr Haar.

»Was denn?«

»Das war das erste Mal, dass du ›nach England‹ fliegen gesagt hast und nicht ›nach Hause‹.«

Sie ist so überrascht, dass sie sich von ihm löst. »Vermutlich hast du recht. Hast du etwa Buch geführt?«

Er schüttelt den Kopf. »Bestimmt nicht. Es ist mir nur aufgefallen, weil du dabei immer das Gesicht verzogen hast.«

Womit er sicher recht hat, obwohl ihr das nicht bewusst war. Sie nimmt seine Hände und küsst sie sanft. »Das tut mir leid.«

Er schaut ihr in die Augen. »Wieso?«

»War das nicht verletzend?« Sie küsst ihn wieder. »Mein Zuhause ist doch bei dir.«

»Und das weiß ich, mein Schatz. Ich habe es immer gewusst.« Sein Lächeln wirkt ein bisschen traurig. »Auch wenn du oft weit weg zu sein schienst.«

Sie nickt. »Das war ich auch. Aber jetzt bin ich hier.«

Die Küchenuhr schlägt sieben.

»Wir müssen!«, sagt sie. »Wir sollen um halb acht bei deinen Freunden sein.«

»Ich hoffe, es sind auch deine«, sagt er und lockert die Krawatte, um später das Hemd auszuziehen und gegen das frische einzutauschen, das sie ihm schon aufs Bett gelegt hat.

»Das ist eine fromme Hoffnung, mein Schatz. Aber ich habe ja meine Freundinnen.« Sie zwinkert, was so untypisch für sie ist, dass James sie entgeistert anschaut.

»Meinst du nicht, ich sollte diese mysteriösen Schwimmerinnen mal kennenlernen?«, fragt er, als er, von ihr gefolgt, durch den Flur in Richtung Schlafzimmer geht.

Elaine hat sich bereits vor einer Stunde fertig gemacht, aber das heißt nicht, dass sie ihm nicht gern beim Umziehen zuschaut. Es ist eine ihrer Lieblingsbeschäftigungen.

»Im Ernst, ich glaube kaum, dass sie mal alle an einem Abend Zeit haben. Leanne hat einen Freund. Marie hat einen … einen Gus. Und Theresa die Kinder.« Sie denkt nach. »Vielleicht könnten wir mal gemeinsam bei ihr essen. Dann müsste sie keine Betreuung für Ollie und Sasha organisieren. Demnächst irgendwann. Wenn sie wieder fit ist.«

»Ich würde sie wirklich gern mal kennenlernen«, sagt er, als er sich das alte Hemd über den Kopf zieht und zu Boden fallen lässt. Sie runzelt die Stirn. »Oh, stimmt … Wäschekorb«, sagt er mit einem Grinsen und hebt es auf.

In den wenigen Sekunden, die er zum Wäschekorb in der Ecke neben der Tür braucht, schweift Elaines Geist zu den anderen Neuigkeiten des Tages ab. Wobei es nicht gerade Neuigkeiten sind, eher Gedanken. Oder ein Gedankenprozess.

»Was bereitet dir Kummer?«, fragt James, als er das frische Hemd anzieht und sich den Knöpfen widmet.

»Nichts!«, sagt sie unbeschwert. »Ich denke nur nach.«

»Worüber?«

Sie schaut ihn an und fragt sich, wie viel sie verraten soll. Der Plan ist noch ganz frisch, und vielleicht wird ja gar nichts draus. Als er ihr erstmals durch den Kopf gegangen ist, ist sie fast in Panik geraten. In England hatte sie Freunde, die ihrer Firma Starthilfe geleistet haben, wofür sie ihnen ewig dankbar sein wird. Hier hat sie solche Kontakte nicht. Und James kann sie ja kaum bitten, sich zu erkundigen, ob die Frauen seiner Kollegen ihre Häuser neu einrichten lassen wollen. Sie weiß nicht einmal, ob Australier ihre Häuser überhaupt gern einrichten. Ihrer Erfahrung nach verbringen sie ihre Zeit am liebsten an der frischen Luft. Vielleicht sollte sie zur Landschaftsgärtnerin umschulen, dann könnte sie Gärten gestalten. Und da sie noch keine Vorstellung hat, wie sie an Kunden gelangen soll, macht es eigentlich auch wenig Sinn, jetzt schon Lieferanten und ein Ladenlokal zu suchen. Ihr eigenes Haus ist schön, aber nicht groß genug für das, was sie plant.

All diese Zweifel haben dazu geführt, dass sich schon wieder eine gewisse Selbstverachtung in ihr breitgemacht hat. Sie war einfach zu faul. Oder zu ängstlich. Aber nachdem sie ein paar Tage vor sich hin gegrübelt hat, hat sie beschlossen, sich dem zu stellen, was ihr eigentliches Problem ist.

Ihr Zögern rührt im Wesentlichen daher, dass sie trotz ihrer Freundschaft mit den Frauen von ihrer kleinen Schwimmgruppe ziemlich schüchtern ist. In ihrer Heimat, wo sie mit Leuten befreundet war, die sie schon aus der Schule kannte, ist das nicht so aufgefallen. Und auch in ihrer Firma konnte sie es gut verbergen, weil sie da die Rolle der Chefin spielte. Es scheint, als hätte sie erst ans andere Ende der Welt ziehen müssen, damit diese Fassade zusammenbrach und eine erstaunlich unsichere Person dahinter enthüllte. Ihr Schiff, wenn man das Bild so zulassen will, war nie echtem Seegang ausgesetzt, bis es in der Shelly Bay angespült wurde, wo sie es in Ermangelung bestimmter Fähigkeiten zuerst nicht unter Kontrolle bekam.

Sie musste erst Mut fassen – den Mut, daran zu glauben, dass Marie, Theresa und Leanne sie wirklich mögen. Den Mut, daran zu glauben, dass auch sie selbst die drei mag. Dass dies so ist, gibt ihr Kraft. Wenn sie jeden Tag mit drei Menschen, die ihr bei ihrer Ankunft hier vollkommen fremd waren, zum Little Beach und zurück schwimmen kann, dann kann sie auch eine neue Firma gründen, selbst wenn sie sich dafür einen Kundenstamm aufbauen muss.

Es würde ihr guttun, finanziell nicht mehr von James

abhängig zu sein, woran sie sich immer noch nicht gewöhnt hat. Jahrelang hatte sie ein eigenes Einkommen und war glücklich damit. James hingegen scheint ihre Abhängigkeit nicht zu stören, im Gegenteil. Er genießt es sichtlich, dass sie ihn braucht. Schade eigentlich, weil er sich das bald wieder abgewöhnen kann.

»Ich werde eine Firma gründen«, sagt sie jetzt. »Vergleichbar mit meiner alten. Ich habe mich schon bei verschiedenen Ämtern erkundigt, was ich dafür tun muss.«

James' Gesicht leuchtet auf. »Das ist ja *unglaublich*!« Fast scheint er aufspringen zu wollen. »Innenausstattung?«, fragt er.

»Ja. Vielleicht sogar … mit einem Laden?« Sie lächelt. »Es könnte sogar sein, dass ich mir schon ein paar Immobilien angeschaut habe.«

Die Idee mit dem Laden ist ihr gekommen, als ihr klar wurde, dass zu Hause nicht genug Platz ist. Sie könnte dort ihr Büro einrichten und hätte gleichzeitig Lagerraum und Ausstellungsfläche.

James schlingt sich die Krawatte wieder um den Hals. »Wirst du sie mir auf dem Hinweg zeigen?«

»Es ist doch schon dunkel. Du würdest sowieso nichts sehen«, sagt sie, kann sich aber angesichts seiner Begeisterung ein Lächeln nicht verkneifen.

»Mir egal. Zeig sie mir trotzdem.«

»Na gut.«

Sie greift zu ihrem Abendtäschchen und lässt sich von ihm bei der Hand nehmen, bevor er fast im Trab durch den Flur läuft, sich Schlüssel und Jacke schnappt und hinauseilt.

Als er hinter ihr die Beifahrertür schließt und um den

Wagen hüpft, lacht sie, weil er so jungenhaft ungestüm ist. Gerührt stellt sie wieder einmal fest, dass sie mit jemandem verheiratet ist, dem sie sehr am Herzen liegt. Im Gegensatz zu Theresa, deren Ehemann nur Verachtung für seine Frau zu empfinden scheint, hat Elaine aus irgendeinem Grund einen Mann abbekommen, der sie noch immer liebt und respektiert.

Es gibt so viel Glück in der Welt und keinen erkennbaren Plan dahinter – obwohl sie mittlerweile etwas stärker an die höhere Macht glaubt, nach der Marie sie gefragt hat, wie auch immer sie beschaffen sein mag. Im Moment ist Elaine einfach nur dankbar für ihr Glück.

Sie hat lange gebraucht, um zu begreifen, dass der Umzug nach Australien keine Tragödie ist. Jetzt wird sie ihr Glück mit beiden Händen packen und abwarten, wie es sich entwickelt.

53

Wenn Matt ihre Hand noch fester drückt, wird er ganz bestimmt ihren Blutkreislauf zum Versiegen bringen, davon ist Leanne überzeugt. Vermutlich denkt er dasselbe, denn sie presst seine Hand ebenfalls zusammen. Der Plan, das Treffen mit ihren Eltern an den Strand zu verlegen, damit sie in der Öffentlichkeit spazieren gehen können und so die Wahrscheinlichkeit verringern, dass ihr Vater einen Wutanfall bekommt, hat vollkommen überzeugend geklungen.

Bis zu diesem Moment. Als sie jetzt hier stehen, umgeben von Touristen und Möwen, die sich auf die Pommes frites der Urlauber stürzen, hat Leanne das Gefühl, ein Publikum zu etwas eingeladen zu haben, das sich als Drama erweisen könnte.

Mehrmals hat ihre Mutter ihr versichert, dass es keinerlei Probleme geben wird. Leannes Vater und sie seien glücklich über ihren Wunsch, sie zu sehen, sagte sie. Natürlich kämen sie in die Shelly Bay, auch wenn ihr Vater noch nie dort gewesen sei.

In der Shelly Bay fühlt Leanne sich am wohlsten, wenn auch nicht hundertprozentig sicher.

Auch Matt soll ihr Sicherheit geben. Als sie ihn darum bat, wirkte er hocherfreut.

»Bist du dir sicher?«, fragte er. »Das ist eine ziemlich große Sache.«

Das weiß sie auch. Eine so große Sache, dass sie sich seit Wochen über kaum etwas anderes Gedanken macht.

»Ohne dich wäre sie noch größer«, erwiderte sie wahrheitsgemäß, um dann zu merken, wie komisch das klang. »Ich meine, ohne dich würde es mir noch schwererfallen, mich ihr zu stellen.«

»Lee.« Er küsste sie auf die Stirn. »Ich weiß, dass du Angst hast, aber ich glaube, sie wollen dich wirklich sehen. Du musst neue Dinge mit deiner Familie erleben, um neue Erinnerungen zu kreieren. Momentan ist die letzte an deine Eltern die einzige, die haften geblieben ist, daher fühlt es sich für dich so an, als wäre sie die einzige überhaupt. Sie ist …« Er hielt inne, und sein Blick ging an ihr vorbei. »Als Kind wurde ich mal von einer Welle überspült. Ich dachte, ich müsste ertrinken. Das war das schlimmste Erlebnis meines Lebens. Und ausgerechnet mein Vater hatte mir zugerufen, ich solle mich auf dieser Welle treiben lassen. Er war natürlich entsetzt darüber, was dann passierte, aber ich habe ihn trotzdem dafür verantwortlich gemacht – und wollte nie wieder ins Meer. Aber Dad hat mich dazu gedrängt, gleich am selben Tag noch. Er sagte, ich solle versuchen, eine andere Welle besser zu erwischen, damit ich nicht denke, alle Wellen seien Waschmaschinen.« Matt grinste. »Und das habe ich getan. Im Endeffekt bin ich nur deshalb der verdammt gute Schwimmer geworden, als den du mich kennst.«

Sie verstand, was er ihr mitteilen wollte, hätte aber am liebsten erwidert, dass die Erinnerung an ihre Familie weniger einer Waschmaschine als einer Geisterbahn glich. Doch das wäre nicht nett gewesen, er wollte ja nur sein Verständnis für ihre Situation zum Ausdruck bringen. Und das ist ihm gelungen. Er ist überaus verständnisvoll. Was auch der Grund dafür ist, dass er jetzt hier ist, bei ihr.

»Da sind sie«, flüstert sie, als sie einen Mann sieht, der kleiner und gebeugter ist, als sie ihn in Erinnerung hat. Ihre Mutter klammert sich an seinen Arm.

»Leanne!«, ruft sie mit ihrer schönen Stimme. »Leanne!«

Ihre Mutter winkt, und Leanne winkt zurück. Als sich die beiden nähern, lässt sie Matts Hand los.

»Mum«, sagt sie und gibt ihr einen Kuss. »Dad.«

Seine Augen sind immer noch blau, obwohl die Farbe durchscheinend ist. Er sieht aus wie ein kleiner alter Mann, nicht wie der kraftvolle, zähe Vater ihrer Jugend.

»Leanne«, sagt er rau und streckt ihr die Hand hin.

»Mum, Dad, ich möchte euch Matt vorstellen, meinen Freund.« Sie fühlt, wie Matt ihre Schulter drückt. »Matt, das ist meine Mutter. Ji-woo. Und das mein Vater, Pádraic.«

»Schön, Sie beide kennenzulernen.« Matt gibt ihnen die Hand. »Pádraic? Sind Sie Ire?«, fragt er, nachdem sie sich die Hände geschüttelt haben.

»Meine Mutter war Irin. Das ist eigentlich ein Nachname«, sagt ihr Vater, dessen Blick auf Leanne ruht.

»Sollen wir ein Stück gehen?«, fragt sie und lächelt, obwohl sie weiß, wie gezwungen das wirkt.

»Leanne.« Ihr Vater legt ihr die Hand auf den Arm. »Bitte. Es ist so lange her.«

Sie versteift sich und holt tief Luft. Wird er eine Szene machen? Eine Szene ist das Letzte, was sie jetzt gebrauchen kann.

»Neue Welle«, flüstert Matt ihr ins Ohr, und sie entspannt sich.

Als sie ihren Vater anschaut, erkennt sie den Schmerz in seinen Augen. Der Unterschied zwischen der Person, die sie heute ist, und der Person von damals liegt darin, dass sie jetzt nicht sich selbst dafür verantwortlich macht.

Ihr Vater umfasst ihre Hand. »Kannst du mir verzeihen?«

Leanne schaut von ihm zu ihrer Mutter und wieder zurück. Vielleicht ist die Bitte um Vergebung der Grund, warum sie gekommen sind. Sie selbst hat nie daran gedacht, das von ihnen einzufordern. Sie hat sich selbst um Vergebung gebeten und sie sich erteilt. Jemandem nicht zu vergeben ist grausam, und sie mag vieles sein, aber das nicht.

Was soll sie sagen? Irren ist menschlich, vergeben göttlich? Sie muss nicht göttlich sein, um ihrem Vater und ihrer Mutter etwas zuteilwerden zu lassen, was wesentlich zum Menschsein dazugehört.

»Leanne!«, ruft plötzlich eine vertraute Stimme, und die Miene ihres Vaters verändert sich.

Als sie sich umdreht, sieht sie Marie vom Little Beach auf sich zukommen.

»Lee!«, ruft sie noch einmal, und Leanne winkt. Sollte sie gedacht haben, jemandes Segen zu brauchen, um ihren Eltern verzeihen zu können, wäre niemand besser dafür geeignet als Marie. Sie würde sich nicht wundern, würden Elaine und Theresa auch noch aufkreuzen.

»Hallo, meine Liebe«, sagt Marie und küsst Leanne auf die Wange. »Komisch, dass wir uns jeden Morgen hier treffen, uns aber sonst noch nie am Strand über den Weg gelaufen sind, oder?« Sie lacht, dann bemerkt sie die anderen drei Personen. »Oh«, sagt sie. »Entschuldigung, ich wollte nicht stören.«

Leanne zögert, weil sie nicht weiß, wen sie zuerst vorstellen soll. Dann entscheidet sie sich für die Reihenfolge, in der sie Marie von ihnen erzählt hat.

»Marie, das ist Matt.« Sie strahlt und ist sich bewusst, dass Marie sie an diesem Punkt ihres Lebens besser kennt als ihre Eltern.

»Der berühmte Matt«, sagt Marie und schüttelt ihm energisch die Hand. »Du hast recht, Lee – er ist wirklich hässlich.«

Matts Überraschung gibt sich schnell, und er schüttelt lächelnd den Kopf. »Über Sie habe ich auch schon einiges gehört«, erwidert er, während Leannes Augen zu ihren Eltern huschen, um deren Reaktion zu beobachten.

Ihrer Mutter hat sie erzählt, dass sie morgens schwimmen geht und auch, mit wem. Allerdings hat sie nie so viel berichtet, dass ihre Mutter ahnen könnte, wie nah sie und die anderen sich mittlerweile stehen.

»Und dies sind«, Leanne holt tief Luft, »meine Eltern.«

Marie stutzt, dann nickt sie ihr zu und zwinkert.

»Hallo, Mrs Leanne und Mr Leanne.« Lächelnd fügt sie hinzu: »Aber jetzt muss ich weiter. Gus wartet bestimmt schon auf mich. Ah, da hinten ist er ja.« Sie winkt. »Wir fahren zu seiner Schwester. Offenbar ist heute der Tag der Familientreffen.« Sie lächelt Leanne aufmunternd zu und tritt einen Schritt zurück. »Schön, Sie alle kennengelernt zu haben. Bis morgen, Lee.«

Leanne sieht ihr hinterher. Obwohl sie nicht an Engel oder Kismet oder andere mystische Dinge glaubt, ist sie versucht zu denken, dass Marie ihr von einer höheren

Macht geschickt wurde. Vielleicht will jemand sie daran erinnern, wie weit sie es schon gebracht hat. Ihr Leben in Einsamkeit – das Leben, das sie wählte, weil sie keine Wahl zu haben glaubte – gehört der Vergangenheit an. Es wird Zeit, sich auf eine neue Welle zu stürzen.

»Ja, Dad«, sagt sie und wendet sich wieder ihrem Vater zu, »ich verzeihe dir.«

Seine Augenlider flattern, und er senkt den Kopf.

Leanne tritt neben ihn und bietet ihm den Arm, während Matt ihre andere Hand nimmt. Zu viert schlendern sie die Promenade entlang und lassen sich dabei alle Zeit der Welt.

FRÜHLING 1984

54

Der Krebs gibt sich nicht mit Theresas Brust zufrieden, er hat es auch auf die Lymphknoten abgesehen. Der Arzt hat gesagt, sie herauszunehmen sei eine »vorbeugende Maßnahme«. Sie wollte ihn fragen, wogegen sie denn vorbeugen soll, aber da sie keine Ärztin ist – und auch sonst keine Expertin für irgendetwas –, muss sie ihm vertrauen.

»Wir schauen noch mal nach«, so drückte er sich aus.

Wo nachschauen? Das war die Frage, die ihr auf der Zunge lag. Aber weil sie nicht töricht erscheinen wollte, hielt sie den Mund. »Aha, na dann«, sagte sie und nickte, als wäre das die adäquate Reaktion.

»Wir haben einem Ihrer Lymphknoten eine Probe entnommen, und die Pathologie vermutet, dass der Krebs gestreut haben könnte. Wir würden sie also am liebsten ganz herausnehmen.«

Seine Stimme wirkte emotionslos, als würde er darüber nachdenken, ob man einen Lammbraten bei zweihundert oder bei hundertachtzig Grad garen soll. Für ihn war Theresa vermutlich nur ein Stück Fleisch. Eine seiner vielen Patientinnen. Nach ihrem Termin würde er mit der nächsten Frau über ihre Lymphknoten sprechen. Oder über Schlimmeres.

Das war es, was sich Theresa immer wieder in Erinnerung rufen musste: Es könnte schlimmer sein. Sie könnte an einem Ort leben, wo es keinen Arzt oder kein Krankenhaus gibt. Zum Beispiel auf dem Land, dann müsste sie zur Behandlung in die Stadt fahren – Hunderte von Kilometern von ihren Kindern entfernt.

Als sie noch im Krankenhaus gearbeitet hat, ist sie einer jungen Frau begegnet, die wegen etwas operiert werden musste, über das sie nicht reden wollte. Theresa erfuhr, dass sie drei Kinder hatte, die mit ihrem Vater ganz in den Westen des Kontinents zurückgefahren waren, während sie bleiben musste. Sie hatten in der Shelly Bay Urlaub gemacht, als die Frau bekam, was auch immer es war. Das muss schwer sein, dachte Theresa damals, so weit weg von zu Hause zu sein, wenn so etwas Gravierendes passierte. Sie selbst hat Freundinnen, die ihr helfen, und Ollie, Sasha und Nonna bringen sie zum Lachen. Diese Frau hatte niemanden. Die Situation könnte also schlimmer sein. Ganz bestimmt.

Aber sie könnte auch besser sein, und so hat sie diesmal Maries Rat beherzigt, ihren Eltern die ganze Wahrheit erzählt und sie gebeten, zu kommen und zu helfen. Theresa will Marie, Leanne und Elaine nicht länger die Kinder und die Hausarbeit zumuten.

»Mit Zumutung hat das nichts zu tun!«, protestierte Marie, aber Theresa war da anderer Meinung. Wie könnte sie ihnen das alles, was sie schon für sie getan hatten, je vergelten?

Dann wollte Marie – wie schon beim letzten Mal – wissen, ob sie Andrew von der nächsten Operation erzählen würde.

»Ganz bestimmt nicht«, antwortete sie.

»Theresa, das ist eine ernste Sache«, sagte Marie.

»Ich meine es auch ernst. Wenn ich es ihm erzähle, wird er mir vielleicht die Kinder wegnehmen.«

»Aber er sieht sie doch kaum, meine Liebe. Ist sein letzter Besuch nicht schon zwei Wochen her – als er sie zu McDonalds geschleppt hat? Es ist äußerst unwahrscheinlich, dass er sie die ganze Zeit am Hals haben möchte.«

»Er könnte ja seine Eltern bitten, sich um sie zu kümmern«, sagte sie und geriet sofort in Panik, weil sie schon vor sich sah, wie ihre Schwiegereltern Ollie und Sasha im Segelclub vergaßen, weil sie zu viel getrunken hatten.

»Theresa, was auch immer du gerade denkst, vergiss es«, sagte Marie. »Du siehst aus, als würdest du gleich explodieren.«

»Ich werde ihm nur sagen, dass ich mich noch einer Operation unterziehen muss. Keine Details«, sagte sie trotzig.

Das war der Moment, in dem Marie erklärte, dass es dann nur eine einzige Lösung gebe: Theresa müsse ihre Eltern bitten, für eine Weile zu ihr zu ziehen.

Schon wenige Stunden nach Theresas Anruf standen ihre Eltern auf der Matte. Sie waren sofort von der Central Coast aufgebrochen.

»Du hättest es mir eher erzählen sollen!«, schimpfte ihre Mutter bereits in der Tür.

Theresa wollte sagen, dass dies wohl kaum der richtige Zeitpunkt sei, um ihr Vorhaltungen zu machen, dachte dann aber, dass sich ein paar Dinge vermutlich nie ändern würden, Krebs hin oder her. Sie bildete sich gern ein, dass sie sich Sasha gegenüber nie so verhalten würde.

Die Vorstellung, dass Sasha so etwas wie ihr passieren könnte, war grauenhaft. Die bloße Vorstellung, dass ihren

Kindern überhaupt etwas Schlimmes passieren könnte, war grauenhaft. Bei dem Gedanken wurde sie ihrer Mutter gegenüber etwas nachsichtiger, da die mit ihrem strengen Auftritt vielleicht nur die eigene Angst überspielen wollte.

Theresa hat es immer so empfunden, dass ihre Mutter ihr gegenüber besonders streng war – allein aus dem Grund, dass sie der Meinung war, Töchter seien anders zu behandeln als Söhne. Theresas Brüder mussten sich nie für irgendetwas entschuldigen. Sie mussten auch nie Rechenschaft darüber ablegen, wo sie gewesen waren oder warum sie etwas Bestimmtes wollten.

Ihre Mutter hat mal angedeutet, dass Nonna auch sehr streng mit ihr war, aber dafür hat Theresa keinerlei Beweise. Sie weiß nur, dass Nonna ihrer Enkelin gegenüber nie strenger war als gegenüber ihren Enkelsöhnen. Wenn es überhaupt einen Unterschied gab, dann den, dass sie Theresa wie eine Freundin behandelte, ihre Brüder aber wie Nervensägen. »Diese dummen kleinen Jungen«, sagte sie immer und schüttelte den Kopf, wenn ihre Mutter sie verzärtelte.

Doch seit ihre Mutter von Theresas Operation erfahren hat, scheint sich etwas in ihr verändert zu haben. »Du brauchst uns«, sagte sie, und in dieser schlichten Aussage lag der Schlüssel zu etwas, das Theresa ihr Leben lang vermisst hatte. Vielleicht hatte ihre Mutter nur darauf gewartet, dass ihre Tochter sie brauchte. Vielleicht hatte sie nur einen Vorwand gesucht, um ihr zu zeigen, wie sehr sie ihr am Herzen liegt.

Lange hat sich Theresa am Leben ihrer Mutter orientiert. Als sie Kinder bekam, hat sie alles gemacht wie sie. Doch jetzt unterscheiden sich ihre Lebenswege plötzlich, und da ist sie nun, ihre Mutter, und wünscht, Theresa hätte ihr eher von ihrer Krankheit erzählt.

»Ich wollte nicht, dass du dir Sorgen machst«, redete sich Theresa heraus, und ihre Mutter setzte eine Miene auf wie früher, wenn Theresa als kleines Kind beim Backen »helfen« wollte, indem sie Mehl in der ganzen Küche verteilte.

Ihre Eltern wohnen jetzt im Gästezimmer und haben Andrews Abwesenheit nicht weiter kommentiert. Sie machen sich unersetzlich und geben Theresa die Möglichkeit, sich zu erholen; gleichzeitig lassen sie ihr nicht die Zeit, um über bestimmte Dinge nachzudenken. Auch Marie und die anderen haben ihr sehr geholfen, aber sie können nicht unentwegt bei ihr sein und sie vom Grübeln ablenken.

Die Kinder wurden – »als Belohnung« – mehrmals von jungen Studenten betreut, um nicht schon vor Weihnachten komplett durchzudrehen. Und damit Theresa Zeit hatte, sich mit »ihren Damen« zu treffen, wie ihre Mutter sich ausdrückte. Mit ihrem Schwimmkreis.

So hat Elaine sie mal bezeichnet, in ihrem affektierten britischen Englisch: »der Schwimmkreis der Damen der Shelly Bay«. Theresa dachte schon, sie wolle sie zum Synchronschwimmen überreden, aber als sie ihre Befürchtung äußerte, lachte Elaine nur.

»Das sagt man halt so«, erklärte sie. »Passt vielleicht nicht ganz.«

Doch inzwischen kommt Theresa die Bezeichnung absolut passend vor. Sie sind ein Kreis, kein Quadrat oder Rechteck oder Strich. Eine Gruppe, eine einzige große Umarmung, die man am besten mit einem Kreis darstellen kann.

Sie mag jetzt schon viele Monate nicht mehr mit ihnen geschwommen sein, und sie geht auch nicht jeden Tag an den Strand, um dort auf sie zu warten, aber die drei rufen sie an, besuchen sie und plaudern mit ihren Eltern, damit sie Zeit für sich hat. Sie helfen ihr, die Situation zu ertragen.

Als sie das Marie gegenüber mal aussprach, stiegen ihrer Freundin zu ihrer großen Überraschung Tränen in die Augen.

»Ist dir denn nicht klar«, sagte Marie, »was du alles für *uns* getan hast?«

Nein, das ist Theresa nicht klar. Sie ist einfach sie selbst, kämpft sich durchs Leben und versucht, das Beste aus allem zu machen. Das Leben ist schon hart genug, da muss man nicht auch noch schlechte Laune verbreiten. Jemanden zum Lächeln zu bringen ist für sie eine gute Tat. Würde sie noch in die Kirche gehen, würde sie sich vielleicht als Sprachrohr des Herrn verstehen. Stattdessen gefällt ihr die Vorstellung, einfach eine Botschafterin der Menschlichkeit zu sein. Wie heißt die Formulierung noch, die sie kürzlich gehört hat? Gutes Karma? Sie verbreitet gutes Karma. So was in der Art.

Außerdem muss sie ein Vorbild für ihre Kinder sein. Ollie und Sasha sollen sie lächeln sehen und eine fröhliche Mutter haben, auch wenn sie das eigentlich nicht ist.

Gedanken wie diese gehen Theresa durch den Kopf, seit sie das mit den Lymphknoten erfahren hat. Die Frage, wie die Kinder sie in Erinnerung behalten werden, beschäftigt sie. Makabere Gedanken, das ist ihr selbst klar, aber sie muss praktisch denken. Was, wenn sich ihr Zustand weiter verschlechtert? Wenn noch mehr Körperteile amputiert werden, bis nichts mehr von ihr übrig ist? Sie muss die Kinder irgendwie darauf vorbereiten.

Aber Sarkasmus ist vermutlich nicht der richtige Weg. Sie müsse *positiv* denken, das hat Elaine mal zu ihr gesagt.

Worauf Theresa entgegnet hat, dass die Treffen der Anonymen Alkoholiker offenbar Wirkung zeigen. Die Elaine, die sie anfangs kennengelernt hat, hätte sich niemals zu einem solchen Spruch hinreißen lassen.

»Stimmt«, bestätigte Elaine überrascht. »Ich kann es selbst kaum glauben, dass ich das gerade gesagt habe.«

»Zu spät«, erwiderte Theresa. »Aber wenn es dir lieber ist, kann ich so tun, als hätte ich es nicht gehört.«

Elaine schnaubte. »Bloß nicht, das ist doch etwas Gutes. Ich verändere mich. War das nicht bitter nötig?«

Theresa ist sich da nicht so sicher. Sie mag Elaine, wie sie ist.

Am Vorabend kam ihre Mutter zu ihr ins Zimmer, setzte sich an ihr Bett und nahm ihre Hand. »Wie geht es meiner Tochter?«, fragte sie in einem Tonfall, den Theresa nicht von ihr kannte.

»Ich …« Theresa bemühte sich um Tapferkeit, aber erfolglos, zumal sie für ihre Mutter ohnehin ein offenes Buch ist. »Ich habe Angst«, gestand sie, und ihre Mutter nickte.

»Natürlich, die hätte ich auch. Aber die Ärzte kümmern sich um dich. So unerträglich das alles für dich sein muss, es ist gut, dass sie schnell gehandelt haben.«

Theresa nickte. »Ich weiß. Ich wünschte nur, sie könnten mir sagen, was als Nächstes passiert.«

Ihre Mutter lächelte das Lächeln, das Mütter aufsetzen, wenn sie ihren Kindern Mut machen wollen.

»Das würden wir alle gern wissen«, sagte sie. »Oder vielleicht auch nicht, sonst würden wir uns noch mehr Sorgen machen.«

Das Gespräch tat seine Wirkung, wie ihrer Mutter vermutlich klar gewesen war, und Theresa schlief in der darauffolgenden Nacht länger als gewöhnlich.

Heute hat sie sich in den Garten gesetzt und schaut jetzt zu, wie ihre Kinder durch den Wasserstrahl vom Gartenschlauch springen, den ihr Großvater für sie hält, obwohl ihre Lippen bereits blau sind.

Theresa muss daran denken, dass er das früher auch für sie getan hat. Er war meistens sehr streng mit ihr, aber nicht immer.

Die einfachen Freuden haben ihre Bedeutung für sie nie verloren. Inzwischen gehört das Schwimmen dazu. Gehörte. Wieder verspürt sie diese physische Sehnsucht, die mit jedem Tag, den sie nicht im Wasser sein kann, größer wird. Da ihr Körper mittlerweile einem Schlachtfeld gleicht, wünscht sie sich umso dringlicher, ihn dem Meer zu überlassen.

»Hier«, sagt ihre Mutter und reicht ihr ein Glas Limonade.

»Danke, Mum.«

Theresa gibt sich Mühe, auf dem wackeligen Gartenstuhl, der schon uralt ist, eine bequeme Haltung zu finden. Ihre Mutter scheint auf ihrem Klappstuhl, den sie sich von zu Hause mitgebracht hat, genauso zu kämpfen. Sie sind wie zwei alte Damen, die im Garten sitzen, nur dass noch nicht mal ihre Mutter sonderlich alt ist.

»Hast du Schmerzen?«, fragt ihre Mutter in neutralem Tonfall.

»Nicht wirklich«, erwidert Theresa und hofft, überzeugend zu klingen. »Die Schmerzmittel sind ziemlich gut. Auch wenn sie müde machen.«

Ihre Mutter nickt.

»Weiß Andrew eigentlich, was los ist?«, fragt sie dann, als wäre das eine unverfängliche Frage.

Damit hätte Theresa rechnen müssen. Sie können das Thema Andrew schließlich nicht für immer aussparen.

»Nein.« Sie nimmt einen Schluck von ihrer Limonade.

»Meinst du nicht, er sollte es wissen?« Der Blick ihrer Mutter ist auf die Kinder gerichtet, aber Theresa ist der mahnende Unterton in ihrer Stimme durchaus nicht verborgen geblieben.

»Nein.«

»Theresa.« Jetzt schaut ihre Mutter sie an, aber hinter der Katzenaugen-Sonnenbrille, die sie immer trägt, kann Theresa ihre Augen nicht erkennen. »Das ist unvernünftig.«

»*Er* ist unvernünftig.«

»Theresa.« Diesmal klingt ihre Mutter, als stünde ihre Tochter kurz davor, sich ernsthafte Schwierigkeiten einzuhandeln. Dabei ist Theresa schon seit … nun … über zwanzig Jahren erwachsen.

»Was denn?« Sie will genervt schnauben, spürt aber sofort ein Ziehen der Naht und gibt stattdessen einen Schmerzenslaut von sich.

»Er ist Ollies und Sashas Vater. Deren Mutter krank und nicht immer in der Lage ist, auf sie aufzupassen. Er muss seinen Anteil an der anfallenden Arbeit übernehmen.«

»Er wüsste doch gar nicht, was das bedeutet.«

»Dann wird es Zeit, dass er es lernt. Er rührt keinen Finger und läuft in der Shelly Bay herum, als wäre er sonst wer. Dabei ist seine Aufgabe hier. Hier ist noch immer sein

Zuhause. Vermutlich geht ihm jedes Mal der Arsch auf Grundeis, wenn er dem Haus zu nahe kommt.«

Theresa kann ihre Überraschung über die Ausdrucksweise ihrer Mutter nicht verhehlen.

»Na ja«, sagt die jetzt kleinlaut. »Ich habe ihn nie besonders gemocht.«

Theresa kichert. »Wirklich?«

»Er war einfach nicht gut genug für dich. Aber du hattest dich für ihn entschieden.« Ihre Mutter hält eine Hand hoch. »Also durfte ich mich nicht einmischen. Außerdem hat er mir zwei wunderbare Enkel geschenkt. Ich musste mich also mit ihm abfinden. Aber mein Punkt ist, dass er Zeit hat. Zeit, um dir mit den Kindern zu helfen.«

»Ich möchte aber nicht, dass er es weiß.«

»Du möchtest nicht, dass *er* es weiß?« Der Kopf ihrer Mutter fährt zu ihr herum. »Oder du möchtest nicht, dass seine Freundin es weiß?«

»Wo ist denn da der Unterschied?« Sie will schon wieder schnauben, akzeptiert aber ihre körperlichen Einschränkungen und hält sich zurück.

Der Blick ihrer Mutter ist immer noch auf sie gerichtet, und Theresa wünscht, sie könnte ihre Augen sehen, um herauszufinden, was sie denkt. Sie war schon immer schwer zu durchschauen, während Theresa ihre Gefühle nicht einmal verbergen könnte, wenn ihr Leben davon abhinge.

»Dein Vater und ich können nicht ewig bleiben«, sagt ihre Mutter. »Da würdest du ja verrückt werden. Natürlich hast du deine Freundinnen, aber denen kannst du auch nicht alles aufbürden. Andrew muss seinen Teil der Verantwortung übernehmen. Er wird nicht alles genau so machen wie du, aber damit musst du dich abfinden.«

Theresa weiß, dass ihre Mutter recht hat. Die Kinder werden ihm gegenüber sowieso nicht den Mund halten, und dann könnte er die Geheimniskrämerei wieder gegen Theresa verwenden. Außerdem ist kaum anzunehmen, dass er die Kinder die ganze Zeit über bei sich haben will; sie würden ihm doch sein schönes Leben vermasseln. Andererseits könnte er sie schon aus dem Grund nehmen wollen, um ihr eins auszuwischen. Wenn eine Ehe durch eigene Schuld zerbricht, handelt man vielleicht sogar unlogisch, nur um sein Gesicht zu wahren.

»Aber ich möchte nicht mit ihm reden«, murmelt Theresa.

»Das musst du auch nicht«, verkündet ihre Mutter zufrieden. Offenbar geht sie davon aus, Theresa umgestimmt zu haben. »Ich übernehme das schon.«

»Ollie, neiiiin!«, greint Sasha. Theresa schaut gerade noch rechtzeitig auf, um zu sehen, wie Ollie den Schlauch direkt auf seine Schwester richtet.

»Oliver, nimm den Schlauch runter!«, ruft sie mit aller Kraft, die sie aufbringen kann.

»Wäre es nicht besser«, sagt ihre Mutter, »wenn nicht immer du in solchen Situationen einschreiten müsstest?«

Theresa nickt resigniert.

»Mach die Augen zu«, weist ihre Mutter sie an, als Sashas Geschrei in Gelächter übergeht. »Schlaf ein bisschen. Ich werde dann mal telefonieren.«

55

Elaine biegt in Theresas Einfahrt und stellt den Motor ihres Wagens ab. Die Straße verläuft am Hang zwischen Main Beach und Sunrise Beach, sodass man von überall Meerblick hat. Theresa hat ihr erzählt, dass Andrew und sie seit der Hochzeit in der Royalist Road wohnen. Andrews Elternhaus ist nur eine Straße weiter, und er wollte unbedingt in der Gegend bleiben, obwohl seine Eltern bereits damals vorhatten, in ein neues Haus eine halbe Autostunde entfernt zu ziehen.

»Frührentner«, hat Theresa gesagt, »was bedeutet, dass sie meist zu beschäftigt sind, um auf die Kinder aufzupassen.« Sie seufzte. »Meine Eltern wohnen an der Central Coast, seine auf dem Land. Beide lieben ihre Enkelkinder heiß und innig, aber sich um sie kümmern – Pustekuchen. Waren deine Eltern dir eine Hilfe?«

»Ja«, sagte Elaine, fast mit schlechtem Gewissen. »Ich hatte großes Glück. Sie wohnten in der Nähe und haben mich gern unterstützt. Nur so konnte ich mich um meine Firma kümmern.«

Wann immer Theresa sich nach ihrer Arbeit erkundigte, verlieh sie Elaine das Gefühl, als wäre es eine übermenschliche Leistung gewesen, Kinder und ein Unternehmen unter einen Hut zu bringen. Vielleicht war es das ja auch. Aber damals war es einfach ihr Leben und kam ihr nicht weiter ungewöhnlich vor. Jetzt fragt sie sich schon, ob sie sich nicht eine Menge zugemutet hat.

Seit jener Unterhaltung ist Elaine fest gewillt, für Theresa zu tun, was ihre Eltern für sie getan haben – zumal Andrews Vorstellungen von seiner Vaterrolle weniger mit Pflichtgefühl als mit den vergnüglichen Seiten des Lebens zu tun haben. In der wenigen Zeit, die er mit ihnen verbringt, fährt er in die Mall, um Donuts zu essen, oder an den Strand, um Fish and Chips zu essen – Unternehmungen von bestenfalls einer Stunde.

Sein Verhalten wirft auch ein anderes Licht auf James. Elaine hat ihn nie für einen schlechten Vater gehalten, obwohl er die Kinder wegen seiner Arbeit abends oft nicht mehr zu Gesicht bekam, manchmal nicht einmal am Wochenende. Aber das war kein Problem für sie, was bedeutete, dass auch die Kinder damit kein Problem hatten. Was sie damals nicht gewürdigt hat, war, dass James seine häufige Abwesenheit nicht durch pausenlosen Klamauk wiedergutmachen wollte. Wenn er da war, ging das Familienleben seinen normalen Gang. Er hat Elaine vor den Jungen immer über den grünen Klee gelobt und betont, wie glücklich sie sich schätzen könnten, eine so wunderbare Mutter zu haben – was die beiden, wenn überhaupt, mit einem Stöhnen quittierten. Ihr gegenüber hat er immer wieder gesagt, wie glücklich *er* sich schätzen könne, eine so wundervolle Ehefrau zu haben. Mit anderen Worten, er hat seine Vaterschaft nie dazu benutzt, sein Ego zu stärken.

Als sie sich der Haustür nähert, hört sie Oliver und

Sasha im Garten spielen. Theresa ist also zu Hause. Theresas Eltern sind nach Canberra gefahren, um ein paar Tage bei einem ihrer Brüder zu verbringen – »und um mir eine Verschnaufpause von ihrer fürsorglichen Diktatur zu gönnen«, wie Theresa sich ausdrückte.

»Mum liegt mir ständig in den Ohren, dass ich dies oder jenes tun soll«, hat sie vor ein paar Tagen am Telefon gesagt. »Sie hat sogar Andrew angerufen und ihn aufgefordert, sich mehr um die Kinder zu kümmern. Ich habe das Gespräch nicht mit angehört, aber sie sagt, sie habe ihm zu verstehen gegeben, dass er der faulste Vater sei, den sie je erlebt habe, und wenn er sich nicht bemühe, würden mein Vater und sie mir Geld geben, damit ich das alleinige Sorgerecht erstreiten könne. Gebracht hat es kaum etwas. Er behauptet noch immer, bis zum Hals in Arbeit zu stecken«, fuhr Theresa fort.

Elaine hörte die falsche Fröhlichkeit aus ihrer Stimme heraus. Offenbar gab Theresa sich Mühe, nicht allzu enttäuscht zu sein. Aber sie war es natürlich – Elaine würde es in ihrer Situation nicht anders gehen. Niemanden lässt es kalt, wenn der Vater der gemeinsamen Kinder nicht bereit ist, grundlegende elterliche Pflichten zu übernehmen.

»Ich stecke nicht bis zum Hals in Arbeit«, erwiderte Elaine, da es für sie kein Problem ist, Theresa weiterhin im Haus zu helfen oder die Kinder zur Schule zu bringen.

»Theresa?«, ruft sie jetzt durch die Tür mit dem Fliegengitter ins Wohnzimmer. Sekunden vergehen, in denen sie nur die Kinder schreien hört.

»Theresa?«, ruft sie etwas lauter.

»Es ist offen«, hört sie eine schwache Stimme.

Als Elaine die Tür öffnet und eintritt, ist Theresa auf der Couch kaum zu erkennen. Die Rollos sind heruntergelassen, was bisher noch nie vorgekommen ist. Normalerweise lässt Theresa immer Licht ins Zimmer fluten, obwohl die Nachbarn von gegenüber dann reinschauen können.

»Theresa?« Elaine flüstert fast, eingeschüchtert von der Dunkelheit.

»Ja. Hallo.« Die Gestalt auf der Couch rührt sich. »Elaine.« Theresas Stimme klingt weit weg – schwach und dünn.

»Darf ich die Lampe anschalten?«, fragt Elaine.

»Mhm … okay.«

Theresa setzt sich langsam auf. Im Licht ist zu erkennen, dass ihre Gesichtsfarbe ziemlich ungesund ist, fast gelb.

Zuletzt hat Elaine sie vor vier Tagen gesehen, als sie kurz vorbeigeschaut hat. Danach haben sie ein paarmal telefoniert, aber Theresa hat nie erwähnt, dass sie sich nicht gut fühlt. Auch Marie und Leanne waren mehrere Tage nicht bei ihr, haben allerdings angerufen, worüber sie sich morgens beim Schwimmen noch unterhalten haben.

»Theresa, was ist los?« Elaine eilt zu ihr und setzt sich neben sie.

»Oh, ich …« Theresas Stimme verliert sich, und ihr Blick wandert zum Fenster. »Warum sind die Rollos unten?«

»Keine Ahnung.« Elaine fühlt Theresas Stirn, eine instinktive Geste nach jahrelangem Muttersein. »Du bist heiß«, sagt sie. »Wie lange geht es dir schon schlecht?«

Theresa wirkt verwirrt. »Ein paar Tage.« Sie runzelt die Stirn. »Wo sind die Kinder?«

»Im Garten.«

Elaine bemüht sich, die Ruhe zu bewahren, verspürt aber einen Anflug von Panik. Theresa hat normalerweise immer ein Auge auf ihre Kinder, sie weiß immer, wo sie sind.

»Oh.« Theresa leckt sich über die Lippen.

»Möchtest du etwas trinken?«

Elaine geht in die Küche, ohne eine Antwort abzuwarten, füllt ein Glas mit Wasser und bringt es Theresa. Die nippt einmal daran und stellt es wieder weg.

»Ich fühle mich irgendwie krank«, sagt sie dann.

»Ich würde eher sagen, du bist krank.« Elaine bemüht sich um einen normalen Tonfall. »Wo ist Nonna?«

Theresa runzelt die Stirn. »Ich glaube, sie ist hier«, sagt sie langsam.

»Dann schau ich mal nach«, erklärt Elaine.

Es ist ihr unverständlich, wie eine andere erwachsene Person im Haus nicht bemerkt haben kann, dass es Theresa nicht gut geht. Offenbar stimmt auch mit Nonna irgendetwas nicht. Durch die Fliegengittertür von deren Wohnung dringen Radiogeräusche und Zigarettenqualm.

»Nonna?«, ruft sie.

»Wer ist da?«

»Elaine. Theresas Freundin. Wir sind uns schon einmal begegnet.«

»Lainey!«, ruft Oliver und kommt auf sie zugestürzt. »Was machst du denn hier?«

»Ich besuche deine Mum«, sagt sie.

Die Fliegengittertür öffnet sich, und Nonna steht vor ihr, noch runzliger als bei ihrer letzten Begegnung.

»Ja?«, sagt sie gedehnt.

»Wie wär's, Oliver, wenn du und Sasha die ganze Erde, die ihr ausgebuddelt und auf der Terrasse deponiert habt, wieder in den Garten zurückbringt«, sagt Elaine und streichelt ihm kurz über die Schulter.

»Okay.« Grinsend rennt er davon. »Saaashaaa, Lainey sagt, wir sollen die Erde wieder zurückbringen!«

Elaine dreht sich zu Nonna, die Arme verschränkt, um die anschwellende Angst in Schach zu halten. »Theresa geht es nicht gut«, sagt sie.

Nonna starrt sie an, und Elaine bekommt einen vagen Eindruck von der eiskalten Pokerspielerin, als die Theresa sie gelegentlich schildert. »Ich weiß. Sie hat Krebs.«

»Natürlich. Aber ich wollte sagen, dass es ihr heute nicht gut geht. Sie ist apathisch und hat Fieber. Sie ist überhaupt nicht sie selbst.«

»Was heißt *apathisch*?« Nonna zieht die Nase hoch.

»Sie ist … Sie ist …« Elaine ist nicht darauf eingestellt, das wandelnde Wörterbuch zu geben. »Sie kann sich nicht konzentrieren. Und weiß nicht, wo die Kinder sind – oder Sie.«

»Ich dachte, sie ist einfach nur müde. Sie macht kein Frühstück mehr, also übernehme ich das.« Nonna zuckt mit den Achseln. »Das ist schon okay.«

»Aber so war sie noch nie«, sagt Elaine. »Seit wann geht das schon so?«

Für Elaine ist das ein sicheres Anzeichen dafür, dass etwas Grundlegendes nicht stimmt. Sie weiß, wie Entzündungen sich entwickeln können, und vermutet etwas in der Art hinter Theresas Zustand. Henry hatte mal eine Mittelohrentzündung, die schon so weit fortgeschritten war, dass er ins Krankenhaus musste. Eine Entzündung kann sich rasend schnell ausbreiten, aber die infizierte Person zeigt meist vorher schon Symptome. Elaine hat es sich immer noch nicht verziehen, dass sie sie bei Henry nicht bemerkt hatte, daher sollte sie Nonna gegenüber vielleicht nachsichtiger sein. Aber sie fühlt sich ganz und gar nicht nachsichtig.

»Einen Tag vielleicht. Oder zwei.« Nonnas Augenbrauen

zucken. »Mir ist ihre Veränderung schon aufgefallen, aber ich wollte deshalb – wie sagt man? – kein Fass aufmachen.«

Am liebsten würde Elaine hysterisch auflachen, denn die Einstellung kennt sie nur zu gut. Die Geschichte ihres eigenen Lebens besteht darin, kein Fass aufmachen zu wollen. Wahrscheinlich genauso wie die von Theresa, Marie und Leanne. Sie alle sind so unglaublich beherrscht. Frauen eben. Wegen ihrer Belange wird nie ein Fass aufgemacht, was unterschwellig gleichbedeutend damit ist, dass sie es nicht wert sind. Sie leben nur, um Fässer wegen anderer aufzumachen. Das Schlimme ist, dass genau diese Unterordnung unter die Bedürfnisse anderer Theresa in diese Lage gebracht hat, da ist sich Elaine sicher. Theresa fühlt sich vermutlich schon eine Weile elend, wird sich aber gesagt haben, dass sie kein Fass deswegen aufmachen sollte – auch nicht Marie, Leanne und ihr gegenüber. Wenn Theresa doch nur eher etwas gesagt hätte, wäre sie jetzt wahrscheinlich nicht so schlimm dran.

Wann wird das unerbittliche Wüten einer Krankheit so unerträglich, dass man seine lebenslange Überzeugung, nicht wichtig genug zu sein, um sich um seine Gesundheit zu kümmern, bereitwillig über den Haufen wirft? Mit dem Knoten in der Brust war es genau dasselbe: Theresa hatte ihn längst entdeckt, als sie Elaine davon erzählte, aber zu viel mit den Kindern und allem anderen zu tun, um sich selbst Priorität einzuräumen.

Also wird Elaine Theresa jetzt zu ihrer Priorität machen.

»Sie muss sofort zum Arzt«, sagt sie zu Nonna. »Könnten Sie währenddessen auf die Kinder aufpassen?«

»Wenn die nicht frech sind.« Nonna sieht in deren Richtung.

»Ich fürchte, Sie werden sich in jedem Fall um sie kümmern müssen, egal, ob sie frech sind oder nicht.« Elaine bemüht sich um ein freundliches Lächeln, obwohl sie eigentlich keine Zeit für einen solchen Unsinn hat.

Plötzlich ist Nonna wie ausgewechselt. »Ist sie wirklich krank?«

Diesmal ist Elaines Lächeln aufmunternd. Sie will die alte Frau nicht aufregen. »Krank genug jedenfalls, um zum Arzt zu müssen.«

Sie sagt nicht, dass es sich bei dem ersten Arzt, den sie anrufen wird, um James handelt. Vor allem deshalb, weil sie Theresa nicht unnötig beunruhigen will. Es wäre überstürzt, sie sofort ins Krankenhaus zu verfrachten, ohne sich vorher abzusichern.

Elaine kehrt ins Haus zurück und wählt James' Nummer, während Theresa immer noch reglos auf der Couch liegt.

»Vorzimmer von Dr. Schaeffer«, meldet sich eine Stimme, die Elaine gut kennt.

»Hallo, Barbara. Hier ist Elaine.«

»Elaine, hallo.«

»Ist er da?«

»Er hat einen Patienten«, sagt Barbara erwartungsgemäß.

»Ich muss unbedingt mit ihm reden. Es ist dringend.«

Elaine benutzt das Wort nicht oft, daher hofft sie auf die erwünschte Wirkung.

»Ich stelle Sie durch«, sagt Barbara tatsächlich, dann herrscht ein paar Sekunden lang Stille. Elaine schaut zu Theresa hinüber, deren Augen geschlossen sind.

»Mein Schatz«, hört sie James' Stimme und verspürt sofort Erleichterung, weil sie weiß, dass sie mit ihren Entscheidungen jetzt nicht mehr allein ist.

»Hallo. Tut mir leid, dass ich störe, aber ich bin bei Theresa zu Hause.« Sie holt schnell Luft, da sie merkt, dass sie in Panik gerät, obwohl sie sich zusammenreißt. »Sie ist ganz gelb im Gesicht. Ich hatte dir doch erzählt, dass sie diese Operation hatte – die Mastektomie –, und vor ungefähr einer Woche hat man ihr auch noch die Lymphknoten entfernt. Eigentlich ging es ihr den Umständen entsprechend gut. Das letzte Mal habe ich sie vor vier Tagen gesehen, und vorgestern haben wir telefoniert, da schien noch alles normal. Aber jetzt ist sie ganz heiß und will nur noch schlafen.«

James schweigt, und Elaine weiß, dass er dabei ist, eine Antwort zu formulieren. Er ist immer sorgfältig, fast schon skrupulös, wenn er einen Rat geben soll.

»Hast du dir die Wunde angeschaut?«, fragt er nach ein paar Sekunden.

»Nein. Soll ich?«

»Lieber nicht. Theresa muss in die Notaufnahme, jetzt sofort.«

Er klingt so ruhig, dass sie wünschte, sie könnte es auch sein. Doch mit einer solchen Anweisung hat sie nicht gerechnet.

»Was denkst du, was es ist?«, fragt sie.

»Das möchte ich lieber nicht sagen. Kannst du sie ins Krankenhaus bringen?«

»Ja. Wir fahren gleich los.«

»Ruf mich an, wenn du dort bist. Ich werde versuchen, dann zu euch runterzukommen.«

»Gut, danke.«

Die Verbindung bricht ab, und Elaine weiß, dass er sich schon wieder seinem Patienten widmet. Das heißt nicht, dass ihm Theresa egal ist, aber jetzt ist erst einmal sie selbst in der Pflicht.

Sie ruft Marie an, die verspricht, sich sofort auf den Weg zu machen und ihr zu helfen, Theresa in den Wagen zu verfrachten.

Dann setzt sich Elaine wieder zu Theresa, nimmt ihre heiße Hand und streichelt sie. »Theresa?«, sagt sie leise.

»Mhm.« Theresa bewegt den Mund, als versuchte sie zu schlucken.

»Wir müssen ins Krankenhaus.«

Elaine könnte heulen, als Theresa nicht die geringste Reaktion zeigt. Wie krank muss sie sein – wie wenig sie selbst –, wenn sie nicht einmal darauf reagiert. Doch Tränen sind sinnlos; sie muss handeln, und zwar richtig und konsequent. Früher dachte sie mal, über diese Fähigkeiten zu verfügen, und ganz kann sie sie doch nicht eingebüßt haben.

Sie hört die Kinder im Garten, während sie auf Marie wartet. Erstmals kommt ihr der Gedanke, Andrew zu verständigen. So wenig Achtung sie vor ihm hat, er sollte doch wissen, dass Theresa vielleicht wieder eine Weile im Krankenhaus sein wird.

Aber Elaine hat jetzt keine Zeit für ihn, so wie er keine Zeit für seine Frau und seine Kinder hat. Wenn er nur auf sie aufgepasst hätte – wenn sie nur alle besser auf sie aufgepasst hätten –, dann würde sich Theresa nicht in einer solchen Lage befinden.

56

Als Leanne den Kopf zur Tür hereinsteckt, erwartet sie, ihre Freundin aufrecht und mit leuchtenden Augen in ihrem Krankenhausbett sitzen zu sehen. Stattdessen liegt sie da, in jedem Arm eine Kanüle, ihre Haut bleich und gräulich, ihr Haar stumpf. Die Augen sind geschlossen, was Leanne die nötige Zeit verschafft, ihre entsetzte Miene wieder unter Kontrolle zu bringen.

Leanne fühlt sich schuldig, weil sie keine Ahnung hatte, dass es Theresa schlecht ging. Sie haben sich alle daran gewöhnt, dass sie stets gute Laune verbreitet, und jetzt fragen sie sich verzweifelt, wie es sein kann, dass plötzlich alles anders ist. Leanne hat sich das nicht gefragt, weil sie Theresa seit ihrer letzten Operation nicht mehr besucht hat. Theresas Eltern waren dort, und sie wollte nicht stören. Das hat sie sich wenigstens eingeredet. In Wahrheit wollte sie einfach keinen Smalltalk mit Fremden machen müssen. Sie hat sich von ihren eigenen Neurosen davon abhalten lassen, sich um ihre Freundin zu kümmern, und das ist unverzeihlich.

Elaine hat ihr erzählt, dass es schlimm um Theresa steht. Gestern war Elaine nicht beim Schwimmen und hat sich heute Morgen damit entschuldigt, dass sie Nonna geholfen habe, auf Oliver und Sasha aufzupassen. Theresa sei sehr krank und wieder im Krankenhaus.

»Eine Sepsis«, sagte Elaine schlicht, und Leanne wusste natürlich, was das bedeutet.

Leanne hat auch den ängstlichen Blick registriert, den Marie und Elaine wechselten.

»Wie ist das passiert?«, fragte Leanne.

Wunden sind immer ein Gefahrenherd, das ist ihr bekannt, aber nach der Operation schien es Theresa nicht schlecht zu gehen.

»Die Wunde hat sich entzündet, und Theresa hat offenbar nicht gemerkt, dass sich die Entzündung ausgebreitet hat«, erläuterte Elaine. »Die Schmerzmittel haben die Symptome unterdrückt. Das hat jedenfalls James …« Elaine bricht ab und schaut weg, sichtlich von ihren Gefühlen überwältigt.

»Ich hätte ein Auge auf sie haben müssen«, sagte Marie.

»Aber wir haben doch alle mit ihr telefoniert«, sagte Elaine. »Sie hat nicht erwähnt, dass es ihr schlecht ging. Sie klang auch nicht anders. Wobei sie eigentlich schon lange nicht mehr wie sie selbst klingt.«

»Und was passiert nun?«, fragte Leanne.

»Eigentlich müsste man das infizierte Gewebe herausschneiden. Aber weil es so nah an der Amputationsstelle liegt, sind die Ärzte …« Elaines Atem ging abgehackt. »Sie wollen es nicht machen. Noch nicht. Im Moment bekommt Theresa Antibiotika.«

»Geht es ihr denn besser?«, fragte Marie.

»Das weiß ich nicht. Ich war mit den Kindern beschäftigt.«

»Ist denn nicht … Kümmert sich denn Andrew immer

noch nicht um die beiden?«, fragte Leanne, weil es das Einzige war, was sie zum Gespräch beitragen konnte. Ihr war klar, warum Elaine und Marie ihr nicht Bescheid gesagt hatten: Sie war bei der Arbeit gewesen und hätte ihnen sowieso nicht helfen können. Zum ersten Mal in ihrem Leben hasste sie ihren Job.

Marie schaute sie mit leicht belustigter Miene an. »Könnte er, wenn er es für wichtig genug hielte. Aber entweder möchte er nicht glauben, dass Theresa tatsächlich so krank ist, oder er hält sich bei der Arbeit wirklich für unabkömmlich. Jedenfalls scheint er davon auszugehen, dass Nonna alles allein schafft.«

»Theresas Eltern werden sich wieder um sie kümmern«, fuhr Elaine fort. »Gestern habe ich mit ihrer Mutter telefoniert. Sie sind schon auf dem Weg.«

Nachdem sie geschwommen waren – langsamer als sonst, um dann auch langsamer als sonst den Strand zu verlassen –, beschloss Leanne, Theresa nach ihrer Schicht zu besuchen. In der Mittagszeit ist sie mit einem leeren Einmachglas an den Strand gegangen und hat es mit Meerwasser gefüllt. Das war das Einzige, was ihr einfiel, was Theresa vielleicht mehr bedeuten würde als Blumen.

Obwohl ihre Schuldgefühle sie hergeführt haben, verspürt sie jetzt vor allem Sorge, als sie an Theresas Bett tritt, das Glas mit dem Wasser in beiden Händen, als wäre es ihr wertvollster Besitz.

Theresas Lider öffnen sich flatternd.

»Hallo«, sagt Leanne leise.

Theresa lächelt matt. »Leanne«, krächzt sie.

»Hallo«, wiederholt Leanne. Es fällt ihr schwer, die richtigen Worte zu finden.

Jemanden im Krankenhaus zu besuchen hat immer etwas Intimes; unweigerlich schwingt das Wissen mit, dass die Person schwach und verletzlich ist. Niemand würde so tun, als wäre alles in Ordnung, und banale Phrasen wirken im Krankenzimmer noch hohler als sonst schon. »Wie geht's?«, ist dann keine unverfängliche Floskel mehr. Für Leanne, die sich noch immer meist hinter gesellschaftlichen Artigkeiten versteckt, sich mit Phrasen wie »Sehr gut!« aus der Affäre zieht und Wörter wie »bitte« und »danke« wie Zaubersprüche einsetzt, damit niemand hinter ihre Fassade schaut, ist der Besuch bei Theresa ein Test – einer, den sie klaglos angehen sollte. Sie ist hier, weil Theresa ihr die Freundschaft angeboten hat, indem sie geduldig gewartet hat, bis Leanne auf sie zukam. Theresa hatte keine Angst davor, sie besser kennenzulernen, und stört sich nicht daran, wenn jemandes Antwort nicht »Sehr gut!« lautet. Also ist es jetzt an Leanne, sich durch möglicherweise ähnliche Antworten nicht abschrecken zu lassen.

»Ich habe dir Wasser mitgebracht«, sagt sie und stellt das Glas auf das Nachtschränkchen. »Von unserem Strand. Ich dachte …« Als sie jetzt das Glas betrachtet, kommt sie sich töricht vor, es für ein Geschenk gehalten zu haben. Aber nun steht es da, und sie muss etwas dazu sagen. »Ich dachte, wenn du schon nicht zum Strand kommen kannst, bringe ich eben etwas davon zu dir.« Sie zuckt mit den Achseln. »Das war wohl dumm von mir«, sagt sie und fühlt sich auch so.

»Nein«, sagt Theresa und setzt sich unter Mühen auf. »Das ist wunderbar.« Ihre Worte sind langsam und mit Bedacht gewählt. »Sehr aufmerksam von dir.«

Sie sitzen da und schauen sich an, und Leanne sucht

nach dem Leuchten, das normalerweise in Theresas Augen liegt. Sie kann es nicht entdecken.

»Wie lange musst du noch hierbleiben?«, fragt sie.

Theresa lächelt, aber es scheint sie Kraft zu kosten. »So lange, wie die Ärzte es für nötig halten.«

»Hast du Schmerzen?«

»Nein, ich bin nur … erschöpft.« Theresas Augenlider senken sich ein wenig. »Ich hätte nie gedacht, dass man so müde sein kann.«

»Ich bleibe auch nicht lange«, sagt Leanne. Sie hätte daran denken sollen, dass Theresa vielleicht gar keinen Besuch möchte.

Theresa schüttelt den Kopf. »Nein, bleib ruhig. Es ist schön, Besuch zu haben. Ich habe meine eigene Gesellschaft so satt.« Wieder schließt sie die Augen für ein paar Sekunden, bevor sie sie wieder öffnet. »Marie hat mir erzählt«, sie leckt sich über die Lippen, »dass sie dich gesehen hat. Mit deinen Eltern.« Ein weiteres Lächeln erscheint in ihrem Gesicht, um im nächsten Moment wieder zu erlöschen. »Und mit Matt.«

»Das stimmt, aber wir müssen nicht darüber reden. Du hast jetzt bestimmt andere Dinge im Kopf.«

»Aber vielleicht möchte ich ja darüber reden.« Dieses Mal bleibt das Lächeln. »Ich vermisse unseren Klatsch und Tratsch.«

Leanne nickt. »So viel gibt es da gar nicht zu tratschen, wirklich nicht.«

»Also«, Theresa schluckt langsam, »wie war's?«

»Merkwürdig. Aber gut. Irgendwie tröstlich.«

Theresa schaut sie aufmunternd an.

»Wir haben über meine Arbeit im Krankenhaus geredet«, fährt Leanne fort. »Meine Eltern haben eine Menge Fragen gestellt. Das war schon sonderbar. Sie wissen nicht einmal …« Sie hält inne und versucht, sich an all die Einzelheiten zu erinnern, um Theresa eine unterhaltsame Geschichte zu erzählen. »Es gibt so viel, das sie nicht wissen, weil wir uns so lange nicht gesehen haben. Auch Matt haben sie mit Fragen gelöchert.«

»Und wie geht es jetzt weiter?«, hakt Theresa nach.

An der Tür ist ein Geräusch zu hören, und beide schauen hin.

»Entschuldigung. Ich, äh … ich störe wohl.«

Es ist ein Mann, den Leanne noch nie gesehen hat. Er ist groß und leicht übergewichtig. Sein Haar ist wirr, seine Haut an manchen Stellen verbrannt und die Augen blutunterlaufen.

Leanne schaut Theresa fragend an und sieht, dass sie bei seinem Anblick erstarrt ist.

»Andrew«, sagt Theresa matt. Sie sieht Leanne an, aber es ist unmöglich zu sagen, ob sie ihren Ehemann hier haben will oder nicht.

»Ich sollte dann wohl besser gehen«, sagt Leanne, da sie merkt, dass ihre Anwesenheit Andrew irritiert.

»Nein, das solltest du nicht«, sagt Theresa mit unerwartet kräftiger Stimme. Ihre Miene ist hart. So hat Leanne sie noch nie erlebt.

»Die, äh, Kinder wollen dich sehen«, sagt Andrew.

Theresa wirkt aufgebracht. »Warum sind sie bei dir?«

»Deine Mutter hat gesagt …« Er kratzt sich hinter dem Ohr. »Sie sagte, ich könne sie nicht immer Nonna und deinen Freundinnen überlassen.«

In Leanne wallt ein Gefühl auf, das an Wut grenzt.

Theresas Augenlider schließen sich für einen Moment. »Sie brauchen ihren Vater, egal, was du denkst.«

Leanne wünschte, sie könnte den Raum unauffällig durch eine Geheimtür verlassen. Wäre Theresa bei klarem Verstand, sie würde sich bestimmt keine Zeugen für diese Szene wünschen.

»Willst du sie nun sehen oder nicht?«, fragt Andrew.

»Du hast sie doch nicht etwa mitgebracht?«, erkundigt sich Theresa mit finsterem Blick.

»Sie sitzen im Auto.«

»Herrgott, Andrew.« Theresa lässt sich in ihr Kissen zurücksinken.

»Ich werde zu ihnen gehen«, sagt Leanne. Sie wendet sich an Andrew, der sie stirnrunzelnd mustert. »Ich bin Leanne. Ich schwimme mit Theresa. Sasha und Oliver kennen mich.«

»Gut«, sagt er, seine Stirn immer noch in Falten gelegt.

»Was ist es für ein Auto?«

»Ein Falcon. Limousine. Rot.« Sein Gesicht entspannt sich.

Leanne wendet sich an Theresa. »Ich gehe mit ihnen spazieren, dann könnt ihr beide reden.«

Das klang wie eine Anweisung, und genau so war es gemeint. Sie wird die beiden nicht an Theresas Krankenbett bringen, weil kein Kind seine Mutter am Tropf hängen sehen soll. Die beiden würden es nicht verstehen und nur einen gewaltigen Schreck bekommen. Sie müssen von hier ferngehalten werden.

»Sie haben zwanzig Minuten«, sagt sie zu Andrew und gibt Theresa schnell einen Kuss auf die Wange.

»Bis gleich.« Leanne rennt fast aus dem Raum und lässt

die Komplikationen von Theresas Ehe hinter sich. Sie wird sich jetzt der bedeutend unkomplizierteren Aufgabe widmen, nach ihren Kindern zu schauen.

57

Du trinkst also keinen Alkohol mehr?«, fragt Marie, als Elaine den Blinker setzt. Hier links, dann rechts, dann noch einmal rechts, und sie sind bei Theresa.

»Mhm.« Elaine ist nicht gerade auf ein solches Gespräch erpicht, obwohl sie es zu schätzen weiß, dass Marie die Sache anspricht. Die meisten Leute machen um unangenehme Themen einen großen Bogen.

»Du klingst nicht sehr überzeugt.«

»Seit dem Rückfall, von dem ich dir erzählt habe, habe ich keinen Alkohol mehr angerührt.«

»Aber … daran gedacht.«

»Schon«, bekennt Elaine missmutig. »Ich weiß, dass das nicht gut ist.«

»Aber normal«, sagt Marie. »Deshalb ist der Entzug auch so schwer, aber darüber hatten wir ja schon gesprochen. Ich weiß es nicht aus eigener Erfahrung, aber ich glaube, gehört zu haben, dass Alkoholiker noch lange an den Alkohol denken. Vielleicht für den Rest ihres Lebens.«

»Das glaube ich nicht«, sagt Elaine entgeistert, obwohl sie weiß, dass es so ist.

Sie möchte nicht ständig an Alkohol denken müssen. Ihr

Kopf muss für andere Dinge frei sein. Bessere Dinge. Was unmöglich ist, solange Theresa so krank ist. Mehr als einmal ist ihr in den Sinn gekommen, dass sie vielleicht nur Ablenkung sucht, wenn sie an Gin denkt, so wie sie sich früher damit abgelenkt hat, ihn zu trinken. Der Gedanke an Alkohol könnte also doch einen Nutzen haben: Sie muss ihn gar nicht trinken, wenn allein das An-ihn-Denken einen ähnlichen Effekt hat. Aber vielleicht macht sie sich auch nur etwas vor und ist in einem Muster gefangen, das, wie Marie gesagt hat, für den Rest ihres Lebens Bestand haben wird.

»Du wirst es schon herausfinden«, sagt Marie und klingt durchaus verständnisvoll.

Schweigend biegt Elaine um die letzte Kurve.

»Wie geht es Leanne?«, fragt Marie irgendwann. »Es gibt doch das Sprichwort: Stille Wasser sind tief. Ich glaube, sie ist das beste Beispiel dafür.«

»Auf wunderbare Weise scheint sich in ihrem Leben plötzlich alles zu fügen«, sagt Elaine. »Endlich. Sie hat es wirklich schwer gehabt.«

Sie stellt den Motor ab und betrachtet das Haus.

»Ja, das hat sie«, murmelt Marie. »Sie war so tapfer, unsere kleine Leanne. Viel tapferer als ich.«

»Das glaube ich kaum«, sagt Elaine, als sie die Fliegengittertür aufdrückt.

Drei energische Schläge mit dem Türklopfer später erscheint ein Mann. Andrew vermutlich, denn der war es auch, der ans Telefon ging, als Elaine sich erkundigen wollte, ob Nonna etwas brauche. Er sagte, er sei wieder eingezogen. Übergangsweise.

»Oh«, sagte Elaine. »Darf ich fragen, wie es dazu gekommen ist?«

»Es war die Idee meiner Mutter. Sie ist der Meinung, Nonna sei zu alt, um sich um die Kinder zu kümmern«, antwortete Andrew.

Unwillkürlich überkam Elaine Wut, weil es anscheinend einer Ermahnung seiner Mutter bedurft hatte, damit er etwas unternahm. Aber das behielt sie für sich. Für die Kinder ist es gut, ihren Vater um sich zu haben. Egal, wie gleichgültig er sich ihnen gegenüber verhält, er ist ihr anderes Elternteil.

»Tag«, sagt Andrew nun und hält ihnen die Tür auf. »Danke, dass Sie gekommen sind.«

Seine Augen sind trüb, ob vom Schlafmangel oder übermäßigen Bierkonsum, kann Elaine nicht sagen.

»Wo sind die Kinder?«, fragt Marie.

Andrew kratzt sich am Kopf. »Nonna ist mit ihnen in den Park gegangen.«

»Und das traut sie sich zu?«, fragt Elaine überrascht, die Nonna nie eine längere Strecke als von ihrer Wohnung in die Küche gehen gesehen hat.

Er zuckt mit den Achseln. »Es war ihr Vorschlag. Darf ich Ihnen etwas anbieten?«

»Nein danke«, sagt Marie. »Wir sind nur hier, um zu schauen, wie Sie zurechtkommen.«

»Scheiße«, sagt er. »Was denken Sie denn?«

Elaine zuckt zusammen. Sie ist es immer noch nicht gewöhnt, dass ein Mann in ihrer Gegenwart flucht. Das ist eine Unsitte in diesem Land, mit der sie sich noch arrangieren muss.

»Waren Sie heute im Krankenhaus?«, fragt Marie.

»Nein.« Er verschränkt die Arme vor der Brust. »Die Kinder wollten mitkommen, aber Theresa möchte sie ja nicht sehen.«

»Wirklich?«, entfährt es Elaine. Dann merkt sie, dass das so klingen muss, als würde sie ihm nicht glauben, und sie ist nicht gekommen, um sich mit ihm anzulegen.

Andrew wirkt erregt. »Sie, na ja … sie möchte nicht, dass die Kinder sie so sehen. Genau, das wollte ich eigentlich sagen. Mit all den Schläuchen und dem ganzen Zeug.«

Elaine hat noch vor Augen, wie Theresa gestern ausgesehen hat – als verlöre sie allmählich an Substanz und würde zwischen den weißen Krankenhausdecken verschwinden. Ihr inneres Feuer, das immer so hell gelodert hat, schien fast erloschen. Marie gegenüber konnte Elaine mit ihrer Angst nicht hinterm Berg halten.

James hat gesagt, dass der Unterschied zwischen Leben und Tod einer Person oft in etwas besteht, das für Ärzte nicht erkennbar ist. »Es ist der Überlebenswille«, sagte er. »Nimm zwei Patienten mit derselben lebensbedrohlichen Krankheit: Keiner der Faktoren, von denen man denkt, dass sie entscheidend dafür sind, ob sie überleben – Gewicht, Alter, allgemeiner Gesundheitszustand, Nikotinkonsum –, hat einen so großen Einfluss darauf wie der Wille zu leben.«

Als sie Theresa kennenlernte, dachte Elaine, dass sie nie einem Menschen mit einem größeren Lebenswillen begegnet sei. Jetzt fragt sie sich, ob er einen Preis hatte. Ob ihre heitere und offene Art Theresa so viel Kraft gekostet hat, dass sie nicht mehr über die Reserven verfügt, um sich jetzt zu erholen. Oder dass ihr einfach der Wille abhandengekommen ist. Theresa vergöttert ihre Kinder und liebt ihre Eltern und ihre Großmutter. Aber all diese Liebe scheint in letzter Zeit erloschen zu sein, und Elaine ist sich nicht sicher, ob sie in einem hinreichenden Maß wiederentflammen wird.

Zum ersten Mal denkt Elaine, dass eine gewisse Zurückhaltung im Leben – so wie sie, Leanne und selbst Marie sie manchmal an den Tag legen – auch Vorteile haben kann, die ihr bislang nicht bewusst waren. Wenn bei der Mastektomie nicht alles erwischt wurde und Theresa immer noch Krebs hat, mit all seinen Folgen, dann steht zu befürchten, dass sie nicht die nötige Energie für die ihr bevorstehenden Behandlungen hat, wenn sie nicht ein wenig von ihrer freigiebigen Persönlichkeit aufgibt.

Hinter Elaines Sorge stehen egoistische Bedenken, da sie Theresa liebt, wie sie ist. Sie möchte, dass sie immer die Alte bleibt, so wie sie es sich auch von Marie und Leanne wünscht – und die anderen sich vermutlich von ihr. Einfach angenommen zu werden, nach einer zufälligen Begegnung, und sich für diese Freundschaften entschieden zu haben, ist vielleicht der größte Segen ihres Lebens. So unerwartet, so schön, so selten.

»Was haben Sie den Kindern erzählt, Andrew?«, fragt Marie mit einer Sanftheit, die Elaine noch nie an ihr erlebt hat.

Er runzelt seine Stirn. »Nicht viel. Nur dass ihre Mutter krank ist, es ihr aber bald wieder besser gehen wird.«

Als Marie zu ihr herüberschaut, erkennt Elaine, dass sie ihre Befürchtungen teilt, und ihr wird ganz anders. Wenn sich sogar Marie, die in ihrem Leben schon viel gesehen hat, Sorgen um Theresa macht, können sie sich nicht länger etwas vormachen. Und sie können auch Andrew nicht im Dunkeln tappen lassen.

»Sie wissen aber schon«, beginnt Marie, »dass die Entzündung sie geschwächt hat? Sehr geschwächt.«

Andrew sieht aus, als hätte er keine Ahnung, wovon sie

redet. »Aha?«, erwidert er fast trotzig. »Sie wird es schon überleben.«

»Zu dem Ergebnis der Lymphknotenuntersuchung haben die Ärzte noch nichts gesagt, oder?«, erkundigt sich Elaine bei ihm.

Er schüttelt langsam den Kopf. »Sie wollen warten, bis es ihr besser geht, um dann über die weitere Behandlung zu entscheiden.«

Noch ein Blick von Marie. Sie begreifen beide, was das bedeutet: Irgendetwas Schreckliches hat sich ihrer Freundin bemächtigt, und sie hat einen langen Weg vor sich. Und da Andrew auf dem Papier noch ihr Ehemann ist, wird er als ihr nächster Angehöriger die nötigen Entscheidungen treffen, sollte sie selbst dazu nicht mehr in der Lage sein.

»Es muss sich alles ändern, Andrew«, sagt Marie ruhig. »Die Arbeit in Ihrer Werkstatt, dieser Haushalt … nichts kann mehr so weitergehen wie bisher. Nicht in absehbarer Zeit. Theresa wird Pflege benötigen.«

»Aber die Hypothekenraten müssen gezahlt werden!«, begehrt er auf, wenn auch nur schwach. »Es ist immerhin auch mein Haus.«

»Das verstehen wir ja. Aber jemand muss auch die Kinder zur Schule bringen, ihre Wäsche waschen und ihnen das Abendessen machen. Theresa wird das lange Zeit nicht können. Und Nonna kann das genauso wenig übernehmen.«

»Was wollen Sie damit sagen? Dass ich meine Werkstatt schließen und stattdessen Arbeitslosengeld kassieren soll, nur damit ich die Kinder von der Schule abholen kann? Das können Sie sich abschminken.« Seine Augen blitzen.

»Nein, Andrew«, sagt Elaine so behutsam wie möglich.

Marie und sie wollen nur helfen, aber das muss er auch zulassen. »Wir beide sind bereit, Ihnen viel von dieser Arbeit abzunehmen. Leanne würde ebenfalls einspringen, aber sie hat eine volle Stelle.« Sie blickt zu Marie hinüber, die aufmunternd nickt. »Wir hingegen haben Zeit, möchten uns aber nicht aufdrängen. Auch wenn wir der Meinung sind, dass das alles zu viel für Sie allein sein wird.«

Er reckt das Kinn und schaut dann auf seine Füße. »Ich bin doch kein Sozialfall«, murmelt er.

»Um Himmels willen, jetzt seien Sie doch nicht so stur«, schimpft Marie. »Ihrer Ehefrau geht es nicht gut. Niemand bietet Ihnen Almosen an, Andrew, nur Hilfe im Haushalt. Das ist ein Unterschied.«

Elaine würde am liebsten lächeln, weil es ihr gefällt, Marie so wütend zu sehen.

Andrew schnauft ein paarmal laut, dann steckt er die Hände in die Taschen und schaut auf. Elaine sieht die jüngere Version von ihm durchscheinen und versteht, was Theresa an ihm fand. Sicher sah er mal gut aus. Vielleicht war er auch mal ein guter Mensch. Sie wird es nie erfahren.

»Was erzählt sie so alles über mich?«, fragt er, immer noch trotzig.

»Nicht viel«, sagt Marie. »Nach allem, was ich weiß, sind Sie nicht oft hier, also gibt es auch nicht viel zu erzählen.«

»Sie will mich nicht mehr hier haben«, sagt er. »Hat sie das auch erzählt?«

Marie seufzt, und Elaine weiß, warum. Keine von ihnen möchte sich mehr in diese Ehe einmischen als unbedingt nötig. Andererseits müssen sie ihre Freundin verteidigen.

»Das stimmt so nicht ganz«, sagt Elaine. »Aber darüber sollten wir jetzt nicht sprechen.«

»Nichts von alldem wäre passiert, wenn sie mich einfach noch so lieben würde wie früher«, sagt er heftig, so schnell wie ein Blitz.

Marie hebt die Augenbrauen. »Als wir eine Tochter hatten, habe ich meinen Ehemann auch nicht mehr so geliebt wie vorher, ganz zu schweigen von all den neuen Sorgen, die mit einer Familie einhergehen. So ist das eben in der Ehe.«

»Tja, nun ja. Ich liebe sie trotzdem noch so wie damals«, sagt er so leise, dass sie ihn kaum verstehen.

Sie stehen schweigend da. Darauf kann man wohl kaum etwas erwidern, denkt Elaine. Er liebt seine Frau, rebelliert aber gegen ihr gemeinsames Leben, indem er sich mit einer anderen aus dem Staub macht, weshalb Theresa wiederum denkt, er liebe sie nicht mehr, und sich entsprechend verhält.

Es ist ein Wunder, denkt Elaine – ein großes Wunder, kein kleines, häusliches –, dass James und sie nie an diesen Punkt gelangt sind. Vielleicht, weil keiner von ihnen etwas getan hat, um dorthin zu gelangen.

»Nehmen Sie unsere Hilfe an, Andrew?«, fragt Marie nach einer Weile. »Wir würden Sie wirklich gern unterstützen.«

Wieder schnaubt er und schiebt die Hände noch tiefer in die Hosentaschen. »Na gut.«

Elaine würde sich wünschen, Erleichterung zu verspüren, aber der Grund, warum sie hier sind, ist kein erfreulicher. Dennoch werden sie das Beste daraus machen. Marie und sie werden die Tage unter sich aufteilen und sicherstellen, dass die Kinder gut versorgt sind. Und wenn Theresa nach Hause kommt, werden sie auch für die neue Situation eine Lösung finden.

»Danke«, sagt Marie. »Wir melden uns.«

Als sie gehen, küsst sie Andrew auf die Wange, und Elaine tut es ihr gleich. Er wirkt überrascht, sagt aber nichts.

58

Theresa musste sich dazu durchringen, darum zu bitten, in das Bett am Fenster verlegt zu werden. Sie wollte Bäume und den Himmel und ein Stück vom Hafen sehen. Er liegt nicht an der Ozeanseite von der Shelly Bay, wo sie jeden Morgen schwimmen gegangen ist und glücklich war, auch wenn der Zustand nur anhielt, solange sie im Wasser war. Glück und schmerzende Muskeln. Ihre knapp zusammengefasste Geschichte des Schwimmens.

Sie hängt noch am Tropf, aber wie sie aus den Gesprächen der Schwestern herausgehört hat, hilft das, was aus den Beuteln in sie hineinfließt, nicht so wie erwünscht. Nicht dass man ihr das mitteilen würde. Die medizinische Behandlung sieht offenbar vor, dass der Patient vorher, währenddessen und nachher im Dunkeln gelassen wird. Beliebige Krankenhausangestellte haben sie mit Spritzen gequält, um ihr Blut abzunehmen; andere haben ihr Warfarin in den Unterleib gespritzt, damit sie kein Blutgerinnsel bekommt. Eine Ansammlung bunter Blutergüsse ist die Folge. Krankenschwestern werfen einen Blick auf das Dokumentationsblatt am Fußende ihres Bettes und messen gleichgültig ihren Blutdruck. Kein einziger dieser Fremden erkundigt sich, wie es ihr geht. Täten sie es, würde sie sagen, dass sie verwirrt ist und sich überfordert fühlt. Und Angst hat. Ihr Inneres scheint geschmolzen. Die Wunde pocht immer noch, aber man hat ihr nicht gesagt, ob man sie wegen der Entzündung noch einmal operieren wird.

Am Vorabend war Leanne da. Das war ein Lichtblick. Außerdem haben Marie und Elaine angerufen. Andrew hat sie schon eine Weile nicht mehr gesehen.

Die Kinder auch nicht. Es war ihre Entscheidung, weil sie ihnen keine Angst einjagen wollte, aber jetzt bereut sie es. Sie vermisst sie. Sie vermisst Sashas weiches Haar und Olivers wachen Blick. Manchmal schließt sie die Augen, um von ihnen zu träumen. Von ihren wunderbaren Kindern.

Sie versucht, Luft zu holen. Das Atmen fällt ihr zunehmend schwer, aber das scheint die Schwestern nicht zu beunruhigen. Die sagen nur, dass sie müde ist. Und das stimmt auch. Obwohl Müdigkeit ein schwaches Wort für das ist, was sie empfindet. Sie hat zwei Menschenwesen in sich getragen, aber das fühlte sich nicht halb so seltsam und fremd an wie das, was nun mit ihr geschieht.

Keine der Schwestern hat kommentiert, was Theresa schon seit ein, zwei Tagen beschäftigt: dieses Gefühl anzuschwellen. Ihre Haut ist gespannt. Wenn sie mit dem Finger in den Unterarm drückt – was sie viel Mühe kostet, aber sie tut es trotzdem –, bleibt eine Delle zurück. Normal ist das nicht. Andererseits hat sie hier zu viel Zeit, um zu grübeln und sich zu sorgen. Vielleicht macht sie sich nur verrückt. Vielleicht sind all diese Dinge ganz normal in ihrem Zustand.

Trotzdem ist es anstrengend. Am Leben zu bleiben. Sie

liegt nun schon viele Tage hier, wie viele genau, weiß sie nicht. Besucher kommen und gehen, aber sie hat immer vor Augen, wie sie nach dem Besuch wieder in ihr normales Leben zurückschlüpfen. Sie ist nur eine kurze Episode darin, eine Besorgung, die man erledigen muss.

Es ist nicht so, dass sie sich nicht geliebt fühlen würde – sie weiß, dass man sie liebt. Sie erkennt es in den Blicken ihrer Eltern und ihrer Freundinnen.

Aber sie weiß auch etwas anderes: Alle kämen wunderbar ohne sie zurecht. Selbst Sasha und Oliver. Sie ist wichtiger für die beiden als jeder andere Mensch, und trotzdem würden sie ohne sie erwachsen werden und etwas lernen. Sie würden sogar von anderen Menschen geliebt werden.

Vielleicht wäre es also gar nicht so schlimm, denkt Theresa. Vielleicht wäre es sogar leichter. Wenn sie diesen Planeten einfach verlassen und ins Universum eingehen würde, wäre das vielleicht das Leichteste überhaupt. Obwohl sie in ihrer Kindheit so oft in der Kirche war, glaubt sie nicht, dass Gott irgendwo auf sie wartet. Aber sie ist sich ziemlich sicher, dass das schier grenzenlose, wunderschöne Universum mit all seinen Sternen und Planeten und Monden und Gesteinsbrocken von Asteroiden sie aufnehmen wird. Manchmal verspürt sie seinen Sog. Wie jetzt zum Beispiel, als sie kaum Luft bekommt. Schon der nächste Atemzug könnte noch schwerer als dieser sein. Sie weiß es einfach nicht.

»Theresa?«

Sie spürt etwas an der Schulter … eine Hand vielleicht. Was auch immer es ist, sie spürt den Druck, hält die Augen aber geschlossen, weil das Licht, das durch das Fenster fällt, so grell ist.

»Theresa? Theresa, ich bin's, Leanne.«

Sie denkt an den Tag zurück, an dem sie Marie kennengelernt hat. Von dem Moment an war Schwimmen keine Pflichtübung mehr, etwas, das sie durchziehen wollte, um sich in Form zu bringen. Die Zeit im Meer wurde zum Höhepunkt jeden einzelnen Tags.

Sie lächelt, obwohl das Lächeln schmerzt. Alles schmerzt jetzt.

Besser an schönere Zeiten denken. Wenn sie sich konzentriert, kann sie das Gefühl heraufbeschwören, wie die Gischt ihre Beine umspült. Den ersten Schock, wenn man die Kälte spürt, weil das Meer in der Shelly Bay nie besonders warm ist. Früher hat sie davon geträumt, im Urlaub nach Queensland zu fahren, weil das Meer dort wärmer ist. Oder in die Tropen, wo es Badewannentemperatur hat. Das hat sie jedenfalls gehört.

Jetzt schließt sich eine Hand um ihr Handgelenk. Sie fühlt sich kühl an. Oder vielleicht ist sie selbst nur so heiß. Heute Morgen haben sich die Krankenschwestern über ihre Temperatur unterhalten. Sie konnte nicht heraushören, ob sie okay oder zu hoch war.

»Theresa, kannst du die Augen öffnen?«

Wenn sie am Main Beach ins Wasser gewatet ist, hat sie sich immer beeilt. Manche Menschen gewöhnen sich lieber langsam an die Kälte, aber Behutsamkeit war nie ihre Sache. Das Pflaster muss mit einem beherzten Ruck ab, hat sie immer gesagt. Kopf unter Wasser, mit dem ganzen Körper eintauchen und zur Not nach Luft japsen. Lange hat es nie gedauert, sich an die Kälte zu gewöhnen. Besonders dann nicht, wenn sie gleich losschwammen.

Sie versucht, sich an die Fische zu erinnern, die sie am

Little Beach gesehen hat. Was für eine Farbe hatten sie noch?

»Ich brauche Hilfe! Schwester! Sofort!«

Vor ihr ist Marie. Vor ihr, wie immer. So durchtrainiert und schnell.

Auch Elaine zieht an ihr vorbei. Elaine mag sie wirklich sehr gern. Es hat eine Weile gedauert, mit ihr warm zu werden, aber es hat sich gelohnt.

Dann Leanne, dicht hinter ihr. Sie hat so hart trainiert, um mit ihnen mithalten zu können. Um besser zu werden. Bewundernswert.

Das sind die Frauen, die sie liebt und von denen sie geliebt wird. Dieses Wissen hat gereicht, um manche Tage durchzustehen. Marie würde wahrscheinlich hinzufügen: Und das wird immer so bleiben. Denn die Liebe ist ewig, so wie es in guten Büchern steht.

Theresa glaubt daran.

59

Oliver, nimm deine Schwester bitte an die Hand.« Marie sieht zu, wie Oliver und Sasha langsam die Treppe zum Strand hinuntersteigen, Sasha einen Schritt hinter ihrem ungeduldigen Bruder. »Bleibt dort stehen, während wir auf die anderen warten.«

Sie dreht sich um und sieht Elaine und Leanne mit Handtüchern und Trinkflaschen nahen, Leanne mit ihren zielstrebigen, präzisen Schritten, Elaine eher schreitend. Sie unterhalten sich, aber sind noch zu weit entfernt, als dass sie etwas verstehen könnte.

Auch Gus wird demnächst den Hügel zu ihnen hinunterkommen. »Die Kinder sollen erst mal eine Weile mit euch allein sein«, hat er gesagt.

Die Sonne steht hinter ihnen am westlichen Himmel. Bis zum Sonnenuntergang sind es noch ein, zwei Stunden. Marie liebt das Dämmerlicht. An den letzten Abenden hat sie es besonders genossen und den Moment hinausgezögert, bis sie wieder ins Haus zurückging und mit ihren Gedanken allein war. Später hat sie mit denselben Gedanken im Bett gelegen und konnte kaum schlafen. In den letzten Nächten waren es vielleicht ein, zwei Stunden.

Gus, den sie um seinen festen Schlaf beneidet, war bei ihr. Morgens hat er ihr das Frühstück ans Bett gebracht. Sie weiß nicht, ob sich um Elaine und Leanne jemand genauso kümmert, aber sie weiß, dass sie ebenfalls schlaflose Nächte haben. Jeden Morgen sieht sie es ihnen an. Besonders Leanne.

Es war ein Schock für Leanne, Theresa in diesem Zustand vorzufinden. Sie hat schon mehrmals versucht, ihnen davon zu erzählen – von ihnen ermutigt –, aber immer sind ihr die Worte im Hals stecken geblieben. Stets kam sie nur bis: »Eigentlich wollte ich nur schnell in der Mittagspause bei ihr vorbeischauen.« Dann brach die Geschichte ab, und sie erfuhren lediglich, dass Theresa auf die Intensivstation verlegt wurde.

Ein paar Tage war unklar, ob sie Theresa behalten würden. Ob sie sie auf der Erde festhalten könnten. Besuchen durften sie sie nicht. Nur ein Besucher am Tag war erlaubt, und ihre Eltern hatten Vorrang. Also haben sie sich telefonisch nach ihr erkundigt, und Leanne hat ihre Verbindungen spielen lassen, um immer auf dem aktuellen Stand zu bleiben.

Erst vor zwei Tagen wurde Theresa wieder auf die normale Station zurückgebracht. Mittlerweile hat sie ihre Kinder schon lange nicht mehr gesehen. Marie macht es nichts aus, sich um die beiden zu kümmern, nicht eine einzige Sekunde lang.

Elaine, Leanne und sie gehen immer noch schwimmen, natürlich. Sie werden sowieso früh wach, und das Schwimmen gibt ihren Tagen einen Sinn, mehr denn je. In der Vergangenheit ging es dabei um körperliche Fitness und den Spaß, die anderen zu treffen. Jetzt ist es eine Gelegenheit, zusammen zu sein, ohne reden zu müssen. Sie stehen immer noch unter Schock. Etwas von dem Gefühl wird vielleicht für immer bleiben. Ihre Freundin, ihre geliebte Freundin, ist unter ihren Blicken fast gestorben. Plötzlich ist nichts mehr sicher. Alles ist möglich. Gleichzeitig ist nichts je sicherer gewesen als jetzt. Indem sie fast ihre Freundin verloren haben, haben sie einen neuen Sinn im Leben gefunden, der darin besteht, sich von der Liebe leiten zu lassen. Zu geliebten Menschen zu sagen: »Ich liebe dich«, und ihre Liebe freudig anzunehmen. Theresa war schon immer ein Geschenk für sie, und das gilt jetzt umso mehr. Wenn sie es ihr nur persönlich sagen könnten.

Bald.

In der Zwischenzeit konzentrieren sie sich auf Ollie und Sasha. Anfangs hat sich Andrew dagegen gesperrt, aber vor ein paar Tagen lenkte er ein.

»Ich versuche ja nicht, die Großmutter zu spielen«, sagte Marie, als er ihr die beiden für einen Tag überließ. »Mir ist klar, dass sie schon zwei Großmütter haben. Aber ich habe so viel Zeit mit ihnen verbracht, dass ich sie vermisse.«

»Aha, gut«, sagte er.

»Dann hole ich sie um neun ab«, verkündete sie, bevor er seine Meinung noch einmal ändern konnte. »Sie sind dann zu Hause?«

»Ja.«

»Sie können natürlich auch mitkommen, Andrew. Sie und Nonna.«

»Nein, schon in Ordnung«, sagte er, dann herrschte eine Weile Schweigen. »Vielleicht ist es ganz gut, mal mit Nonna allein zu sein. Mir scheint, die Situation macht ihr ganz schön zu schaffen.«

Wem nicht, hätte Marie am liebsten gesagt, lobte ihn aber stattdessen für die gute Idee.

Als sie die Kinder an diesem Nachmittag abholten, blieb Elaine im Wagen sitzen, und sie versprach Andrew, die beiden um sieben zurückzubringen, nach dem Abendessen. Er nickte und küsste Sasha und Ollie zum Abschied auf den Kopf. Marie nahm erfreut zur Kenntnis, dass sie sich nicht groß verändert hatten, denn schon im nächsten Moment stritten sie sich darüber, wer auf der Rückbank auf welcher Seite sitzen durfte.

Als Elaine und Leanne jetzt zu ihr stoßen, geben sie Marie ein Handtuch und eine Trinkflasche.

»Sollen wir uns da hinten einen Platz suchen?« Sie nickt zu der Bootsrampe in der Nähe des Surfclubs. »Oder eher in der Mitte?«

»Lieber in der Mitte«, sagt Leanne. »Von dort können wir besser aufs Meer schauen.«

Sie finden einen Platz inmitten der Menschen, die noch die letzten Sonnenstrahlen des Sonntags aufsaugen. Egal, zu welcher Jahreszeit sie herkommen, der Strand ist nie leer.

»Oliver, Sasha, kommt hierher!«, ruft Elaine vergeblich, als die beiden kreischend zum Wasser laufen, wo eine Welle ihre Knöchel umspült.

»Sie werden noch ganz nass«, sagt Marie lächelnd.

»Und das gehört sich so«, sagt Elaine. »Es sind schließlich Kinder.«

»Das macht eure Mum auch manchmal«, sagt Marie zu Oliver und Sasha, als sie wieder bei ihnen sind. »Wenn das Wasser so kalt ist, verzieht sie das Gesicht und lacht genauso wie ihr.«

Oliver blinzelt gegen die Sonne an, als er sie anschaut. »Aber sie schwimmt auch gern, oder?«

»O ja.« Marie klopft neben sich auf das Handtuch. »Komm und setz dich, dann erzähle ich dir davon. Sasha, du kannst dich auf die andere Seite setzen.«

»Ich geh dann mal Fish and Chips holen«, bietet Leanne an.

»Ich komme mit.« Elaine lächelt, aber Marie merkt, dass es gezwungen wirkt. Dasselbe gezwungene Lächeln, das sie in letzter Zeit so oft in ihrem eigenen Spiegel sieht.

»Ollie mag viel Salz auf seinen Pommes, nicht wahr?«, sagt Marie. »Ganz, ganz viel.«

Oliver wirkt entgeistert. »Nein, mag ich nicht!«

»Oh, dann war das wohl Sasha, die ganz, ganz viel Salz mag?«

»Neiiiin!« Sasha schüttelt den Kopf so heftig, dass ihre Haare fliegen.

»Tatsächlich? Dann war es wohl keiner von euch.« Marie zuckt mit den Achseln. »Also ganz normale Pommes für alle.«

Leanne und Elaine gehen langsam in Richtung der Geschäfte, den Blick aufs Meer gerichtet. Vermutlich ist es ihnen nicht einmal bewusst, denkt Marie. Wenn man eine Weile schwimmen gegangen ist, achtet man unbewusst darauf, wie hoch die Wellen sind und wie regelmäßig sie an den Strand rollen, und beginnt, die Schwimmstrecke zu planen. Theresa hat mal gesagt, dass sie sich Kiemen wünsche, und Marie hat das absolut verstanden. Sie hätte auch gern welche. Um wie ein Fisch schwimmen und mehr von der Welt unter Wasser sehen zu können – eine solche Fähigkeit würde alle Reichtümer der Welt aufwiegen.

»Wusstet ihr, dass eure Mum ein paarmal in richtige Brecher reingeraten ist?«, fragt sie die Kinder.

»Was sind Brecher?«, fragt Oliver.

»Das sind Wellen, die dich erfassen und mit sich herumwirbeln. Nicht wie normale Wellen, die einen tragen. Schaut, wie der Mann dort auf einer schwimmt.«

Sie beobachten den Mann, dessen Kopf gerade aus der Gischt auftaucht. Irgendwann richtet er sich auf und watet ins Flache.

»Woher weiß man, welche Wellen Brecher sind?« Oliver wirkt ganz ernst.

»Sie überschlagen sich. Wenn du eine Welle auf dich zukommen siehst, musst du ihren Kamm beobachten.«

»Hä?« Er runzelt die Stirn.

»Wie wär's, wenn ich euch irgendwann mal beibringe, wie man auf einer Welle schwimmt?«, sagt Marie.

»Gut«, sagt Ollie, wie Kinder es tun, ohne zu wissen, worauf sie sich einlassen.

»Erzähl mir etwas von der Schule«, sagt sie zu Sasha. »Sind die Lehrer nett?«

Marie hört zu, was die Kinder über ihre Lehrer erzählen und über den neuen Jungen in der dritten Klasse, der größer ist als die anderen und auch gemeiner. Sie erfährt, dass sie Bücher aus der Schulbücherei mit nach Hause nehmen dürfen und Andrew am Mittwoch vergessen hat, ihnen die Sportklamotten rauszulegen.

Leanne und Elaine kommen über den Strand zurück, beide Fish and Chips in der einen und ihre Schuhe in der anderen Hand. Marie schaut auf die Uhr. Gus sollte bald da sein.

Das Licht wird immer weicher und das Geschrei der

Möwen immer lauter, als die Vögel sich um die letzten Leckerbissen des Tages streiten. Auf der anderen Seite der Shelly Bay werden die Touristen bald die Fähre besteigen, die sie in die Stadt zurückbringt. Die Pubs werden sich mit Gästen füllen, die ihr Bier trinken, während die Geschäfte allmählich schließen. Alles ist wie immer, denkt Marie, selbst wenn es nicht so ist.

Noch eine Welle rollt heran. Und noch eine. So wird es immer sein, bis in alle Ewigkeit. Und niemals werden zwei Wellen identisch sein. Ihr ganzes Leben lang hat sie in den Wellen Gottes Werk erkannt, genauso wie im Himmel und in der Erde. Selbst in Zeiten größter Traurigkeit hat sie auf Gott vertraut.

In den letzten Tagen hat er sie allerdings auf eine harte Probe gestellt. Sie ist fast an sich verzweifelt. Sie hätte ihre Freundin fester umarmen sollen. Aber vor allem hätte sie ihr sagen sollen, dass sie sie mehr liebt, als Theresa klar sein dürfte. Gesten sind schön und gut, aber es gibt keinen Ersatz für die Worte, die zu hören sich jedes menschliche Wesen wünscht: Du wirst geliebt, Theresa. Ich liebe dich. Elaine liebt dich. Leanne liebt dich.

Bald wird sie es ihr sagen. Sobald wie möglich. Wenn Theresa wieder Besuch empfangen darf. Für den Moment wird sie ihre Gefühle dem Wasser anvertrauen und zulassen, dass die Wellen ihre Worte immer wieder und wieder an diesen Strand zurückspülen, der ihnen allen so viel bedeutet.

»Wahnsinn! Guck mal, die Welle da, Marie!«, ruft Oliver, als ein Brecher an den Strand kracht.

»Die war aber auch wirklich groß«, sagt sie.

Während die Kinder weiterplappern, legt sie ihnen die

Hände auf die Schultern und blickt aufs Meer hinaus. Auf den Ozean, den sie liebt und in dem sie morgen wieder schwimmen wird, zusammen mit ihren Freundinnen. Sie werden zum Little Beach und zurück schwimmen, wie jeden Tag. Marie weiß nicht, wie lange noch. Sie weiß nicht, was das Leben für sie bereithält. Ihnen allen ist allzu deutlich vor Augen geführt worden, dass nichts von Dauer ist, aber eines weiß sie sicher: Sobald der Sommer kommt, wird Theresa wieder bei Kräften sein. Dafür wird sie selbst sorgen.

Sie werden wieder zu viert ins Wasser gehen, auch wenn sich Theresa vielleicht nur auf dem Rücken treiben lassen kann. Dann wird Marie sich mit ihr treiben lassen. Und Elaine auch. Und Leanne. Am nächsten Tag werden sie Theresa dazu ermutigen, sich ein Stück weiter treiben zu lassen. Wieder einen Tag später wird sie vielleicht schon wie ein Hund paddeln können. Stück für Stück wird es ihr besser gehen. Und ihnen auch.

SOMMER 1984

60

Bist du bereit?« Marie streckt ihr die Hand hin.

»Sieht man sie sehr?«, fragt Theresa und schaut an sich hinab, als sie Maries Hand nimmt. »Die Prothese?«

Leanne und Elaine schauen amüsiert zu. Leanne würde sich am liebsten die Augen reiben, um sich zu vergewissern, dass es wirklich Theresa war, die da im Badeanzug zwischen ihnen stand, wenn auch nicht sonderlich euphorisch.

Marie verdreht die Augen. »Nur wenn ich regelrecht draufstarre. Aber obwohl du eine wahnsinnig attraktive Frau bist, kann ich es mir gerade noch verkneifen.«

Theresa verzieht das Gesicht. »Wahnsinnig attraktiv fühle ich mich nicht gerade. Ich sehe aus wie ein Skelett. Jetzt hat Andrew, was er wollte.«

»Wie meinst du das?« Marie runzelt die Stirn.

»Er hat immer gemeckert, ich müsse abnehmen. Ta-da!« Sie kichert.

In den albtraumhaften Nächten im Krankenhaus hat Theresa Gewicht verloren und bis jetzt nicht wieder zugenommen. Zudem leidet sie an traumabedingtem Haarausfall. Aber die widerspenstigen Locken werden nachwachsen, das hat Leanne schon oft bei ihren Patienten miterlebt.

»Er ist übrigens wieder ausgezogen«, sagt Theresa, und Leanne sieht, wie fest sie dabei Maries Hand umklammert.

»Wie bitte?«, fragt Elaine. »Nach allem, was du durchgemacht hast?«

»Dieses ›alles‹ ist der Grund, warum ich sogar froh bin, dass er fort ist«, sagt Theresa und macht einen Schritt ins Wasser. »Nonna hat sich nur noch über ihn aufgeregt, zumal er nicht sehr nett zu ihr war. Und wenn Mum und Dad da waren, sind sie sich gegenseitig auf die Nerven gegangen, was natürlich auch die Kinder mitbekommen haben.«

»Tut mir leid, dass es so gekommen ist«, sagt Elaine mitfühlend.

Theresa winkt mit ihrer freien Hand ab. »Ein Happy End hätte die Sache sowieso nicht genommen. Es hat keinen besseren Menschen aus ihm gemacht, mich so krank zu sehen. Wenn ich mich gequält habe, um Sasha morgens für die Schule fertig zu machen, hat er das kaum bemerkt.« Ihr Gesicht verdüstert sich. »Eigentlich hätte ich ihn sofort wieder rausschmeißen sollen.«

»Und wo ist er jetzt?«, fragt Elaine.

»Bei seinen Eltern. Oder seiner Freundin.«

»Sag nicht, die gibt es immer noch!«, ruft Marie.

»Ehrlich gesagt, ich weiß es nicht. Aber es ist mir auch egal.« Theresa macht noch einen weiteren zaghaften Schritt. »Ich habe jetzt wirklich anderes im Kopf.«

Sie schaut die anderen nicht an, aber die wissen, was Theresa meint: Sie ist über den Berg, hat aber noch einen weiten Weg vor sich. In den Lymphknoten, die ihr vor ein paar Monaten herausgenommen wurden, konnten keine Krebszellen nachgewiesen werden, aber die Ärzte können nicht garantieren, dass der Krebs nicht zurückkommt. Theresa muss auf sich aufpassen.

Und wir werden mit ihr auf sie aufpassen, denkt Leanne, auch wenn wir ihr damit auf die Nerven gehen.

»Elaine, würdest du Theresas andere Hand nehmen?«, fragt Marie.

»Klar.« Elaine streckt die Hand aus.

»Und Lee, warum nimmst du nicht Elaines Hand? Sicher ist sicher.«

Leanne tut wie geheißen, obwohl ihr klar ist, dass Maries Vorschlag nichts mit Sicherheit zu tun hat. Es geht ihr einfach darum, sie nicht außen vor zu lassen.

»So, meine Damen, und nun: Kopf hoch. Schaut euch doch nur diesen umwerfenden Sonnenaufgang an.« Marie zeigt mit dem Kinn in die entsprechende Richtung.

Theresa seufzt zufrieden. »Ich kann es kaum fassen, dass ich wieder hier bin.«

»Wir schon«, sagt Elaine. »Wir haben dich nie aufgegeben.«

Für einen Moment scheint Theresa ins Wanken zu geraten. »Nein, ihr habt mich nicht aufgegeben«, sagt sie. »Das werde ich euch nie vergessen.«

»Ich war in einem kritischen Moment da«, sagt Elaine. »Aber das war reiner Zufall.«

Theresa lächelt.

»Mein Auftauchen bei dir zu Hause war nur der Beginn einer Kettenreaktion. Die mit Leanne«, Elaine nickt zu ihr hinüber, »endete – glücklich endete.«

Dieser Moment – dieses Glück – holt Leanne zu den unmöglichsten Tageszeiten wieder ein. Dann sieht sie Theresa im Bett liegen. Spürt, wie sich die Zeit verlangsamt.

Erinnert sich, wie sie sich selbst ermahnt, nicht in Panik zu geraten und Theresa als Patientin zu sehen, nicht als Freundin. Um Entscheidungen treffen zu können.

»Warum warst du überhaupt da?«, hat Theresa sich erkundigt, als sie sich zum ersten Mal ungestört unterhalten konnten. Als sie das Schlimmste bereits hinter sich hatte. »Du hattest mich doch am Abend davor schon besucht.«

Leanne hat darauf keine gute Antwort gefunden. Die Wahrheit ist, dass sie ein komisches Gefühl hatte. Eine Ahnung. Intuition. Sie war schon auf dem Weg in die Kantine, als sie aus irgendeinem Grund einen Abstecher zu Theresas Zimmer machte. Weil sie plötzlich das Gefühl hatte, sofort nach ihr schauen zu müssen, und ihm nachgegeben hat. Sie hat solchen Gefühlen nicht immer Beachtung geschenkt und es hinterher stets bereut. An jenem Tag wollte sie das Risiko nicht eingehen.

Aber das erzählt sie Theresa nicht, weil sie abergläubisch ist. Wenn sie sagt, wie es wirklich war, könnte alles zusammenbrechen. Nicht dass es Beweise dafür gäbe – es gibt nur ihre Empfindung, dass die Dinge zu zerbrechlich sind, um für selbstverständlich gehalten zu werden. Die Antwort, die sie Theresa gegeben hat, entspricht also nicht der ganzen Wahrheit: »Ich wollte dich einfach sehen.«

Jetzt kann sie Theresa wieder jeden Morgen sehen, denn obwohl sie noch nicht schwimmen darf, hat sie versprochen, wenigstens zum Strand zu kommen.

»Möchtest du ganz hineingehen?«, fragt Marie. »Oder hast du Angst, die Prothese könnte sich verselbstständigen?«

Theresa atmet stoßweise aus. »Es gibt nur einen Weg, das herauszufinden.«

Sie halten sich gerade, immer die Wellen im Blick. Die

sind zwar klein, aber überraschend kraftvoll und brechen sich nah am Strand.

»Noch ein Stück«, sagt Theresa, und so stehen sie schon bald bis zur Taille im Wasser, dann bis zur Brust, und dann lassen sie sich los und stoßen sich ab, legen sich waagerecht ins Wasser und lassen sich treiben.

»Ah, das nenne ich Leben«, sagt Theresa.

»Wahrhaftig«, antwortet Marie.

Leanne kichert, weil Elaine mit ihr kollidiert.

»Entschuldigung«, sagt Elaine und bringt sich in die Senkrechte. »Es ist schwer, bei den Wellen nicht abgetrieben zu werden.«

Auch Leanne tritt wieder Wasser, und gemeinsam beobachten sie, wie eine sich brechende Welle auf Theresa zurollt, sie aufschreit und darin verschwindet.

Als sie wieder auftaucht, kleben ihr die Haare am Gesicht, und sie lacht.

»Gut, mein Sonnenschein, genug für heute«, sagt Marie.

Theresa lacht immer noch, als sie nickt. »In Ordnung. Aber es hat großen Spaß gemacht!«

Sie waten zusammen zum Strand, als Theresa plötzlich stehen bleibt. »Wartet! Wir können noch nicht raus!«

»Warum nicht?«, fragt Elaine.

»Ich habe meine Prothese verloren!«

Maries Gesicht spricht Bände. »Gleich bei deinem ersten Mal im Meer?«

»Schnell!« Theresa schaut sich um. »Wir müssen sie finden, bevor sie wegschwimmt!«

Die Frauen drehen sich im Kreis, aber das Wasser ist zu bewegt, um etwas unter der Oberfläche erkennen zu können.

»O Gott, meine Liebe«, sagt Marie. »Ich fürchte, die kannst du vergessen.«

Plötzlich grinst Theresa und zieht etwas hinter ihrem Rücken aus dem Badeanzug hervor. »Hab dich!«, sagt sie, wedelt mit der Prothese und steckt sie wieder an Ort und Stelle.

Marie und Elaine verdrehen die Augen.

»Gütiger Gott«, sagt Elaine. »Mach das bitte nie wieder.«

»Wann hast du das denn angestellt?«, erkundigt sich Leanne.

»Während ich im Brecher verschwunden war.« Theresa schreitet stolz durch die Wellen, mit weit schwingenden Armen. »Meine Damen«, sagt sie und dreht sich zu ihnen um, »es ist verdammt überwältigend, am Leben zu sein.« Sie strahlt. »Und noch schöner ist es, euch an meiner Seite zu wissen.«

»Das gilt für uns genauso«, sagt Marie und nimmt die Hand, die Theresa ihr hinhält, als sie über den harten Sand nah am Wasser gehen.

Sie haben es nicht eilig, zu ihren Handtüchern zu gelangen, während sie zusehen, wie jenseits der Brandung der Tag anbricht.

Marie nickt zum Surfclub hinüber. »Oje … Trev ist im Anmarsch.«

»Sollen wir bis zur Promenade weitergehen?«, fragt Elaine.

»Ich weiß etwas Besseres – wir gehen alle zu mir«, sagt Marie. »Gus hat Haferflocken-Kokos-Kekse gebacken. Nach meinem Rezept.«

»Klingt gut«, sagt Theresa, und dann eilen die Freundinnen munter plaudernd den Strand entlang zur Treppe.

Auf dem Treppenabsatz dreht Leanne sich noch einmal um. Sie sieht, dass Trev ihnen sehnsüchtig nachschaut, sieht einen Jogger an ihm vorbeilaufen, sieht einen Vater mit seinem Sohn Hand in Hand ins Wasser gehen. Sie weiß, dass sie morgen wieder hier sein wird, möchte aber heute alles in sich aufnehmen.

Das Heute ist alles, was sie hat. Morgen wird ein neues Heute sein, ebenso der Tag danach, und sie wird sie alle genießen.

DANK

Dank an Rebecca Saunders und Fiona Hazard, die Verlegerinnen dieses Buchs, für ihre Betreuung.

Dank an meine Agentin Melanie Ostell, weil sie eine gute Zuhörerin und eine fantastische Leserin ist.

Dank an Sarah Brooks, dass sie die Damen der Shelly Bay über die australischen Gewässer hinaus bekannt gemacht hat; an Abby Parsons und Cath Burke von Sphere und Andy Hine und alle Mitarbeiter der Rechte- und Lizenzabteilung von Little, Brown, UK.

Im Verlag Hachette Australia danke ich Vanessa Radnidge, Louise Sherwin-Stark, Justin Ratcliffe, Daniel Pilkington, Anna Egelstaff, Ella Chapman und allen anderen auch!

Ich hatte das Glück, mit Karen Ward als Lektorin zusammenarbeiten zu dürfen. Einen ganzen Ozean an Dank an Celine Kelly für ihr gutes Auge und an Nicola O'Shea und Fiona Daniels für das ihre.

Bücher waren durch meine Eltern Robbie und David immer ein wichtiger Teil meines Lebens. Dafür ist ihnen für immer meine Liebe und Dankbarkeit gewiss, ebenso meinem Bruder Nicholas.

Liebe und Dank an Jen Bradley, Isabelle Benton, Chris Kunz, Ashleigh Barton, Amelia Rowe, Neralyn und Col Porter, Richard und Robbie Hille, Kate Farquharson, Katie und Brian Sampson, Jill Wunderlich und Marg Cruikshank für ihr Interesse und ihre Unterstützung.

Die Inspiration und die Lehren von Shiva Rea halten das Feuer meiner Kreativität am Brennen.

Dieses Buch hat einen langen Stammbaum, darunter die Fernsehserien *Home and Away* und *All Saints*, zwei Meisterwerke australischer Erzählkunst. Auch australische Country Music gehört dazu, Künstler wie Fanny Lumsden, Harmony James, Brad Butcher, Beccy Cole, The McClymonts, Lachlan Bryan, Lyn Bowtell, Felicity Urquhart und Kasey Chambers, die ihr Herz öffnen und Songs schreiben, um ihrem Publikum Freude und Sinn zu schenken.

Dank schließlich auch an alle meine Leserinnen und Leser, die mir Tweets und sonstige Nachrichten schicken oder mich bei Lesungen ansprechen – vielen, vielen Dank, dass Sie alle sich die Zeit nehmen, meine Geschichten zu lesen.